The Overstory
Richard Powers

オーバーストーリー

リチャード・パワーズ
木原善彦 訳

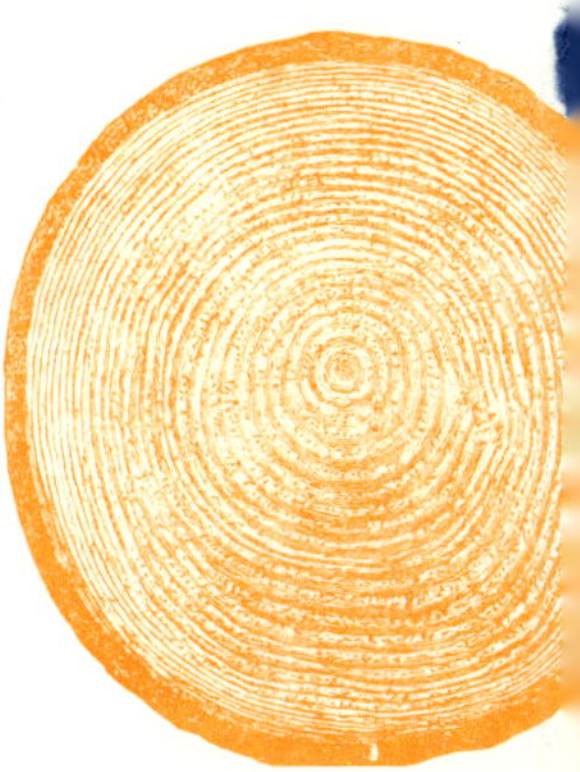

新潮社

目次

The Overstory
by
Richard Powers

Japanese translation rights arranged with Melanie Jackson Agency, LLC
through Tuttle-Mori Agency, Inc., Tokyo

Photo/Andrew C Mace/Moment/Getty Images
Design by Shinchosha Book Design Division

オーバーストーリー

凡例

この小説には度量衡について多くの数値が頻出するが、日本の読者に分かりやすいメートル法に換算して訳した場合、元より半端な数になるため、単位を換えて訳すことはせず、割注を添えた。とはいえ、「数千マイル」「数インチ」のような例も多い。主な単位についてここにまとめておくので、適宜、参照されたい。

○距離・長さ
一インチは約二・五センチメートル
一フィートは約三〇センチメートル
一ヤードは約九〇センチメートル（約〇・九メートル）
一マイルは約一・六キロメートル

○面積
一エーカーは約四〇〇〇平方メートル（約四〇アール）

○体積
一ガロンは約三・八リットル
一オンスは約三〇ミリリットル

○重さ
一ポンドは約四五〇グラム

アイーダに捧ぐ

野原や森がわれわれに与えてくれる最大の喜びは、人と植物との間にある秘められた関係を感じさせてくれることだ。私は一人ではない。私を認めてくれるものがいる。彼らは私にうなずき、こちらもうなずき返す。嵐の中で波打つ枝は私にとって新鮮でもあり、見慣れたものでもある。私はそれを不意打ちと感じるが、決してなじみのないものとは言えない。それは私が正しく思考し、間違ったことをしていないと思い込んでいるときに、より優れた知性やより善良な感情が動きだしたかのように、私を動かすのだ。

——ラルフ・ウォルド・エマーソン

地球は、古《いにしえ》の人々が信じていたのとは別の形で——目的と意識を持った、未来を知る女神としてではなく、木と同じような存在として——生きているのかもしれない。栄養になる鉱物と光と水を使って生長し、変化する木。しかしすべては非常に目立たない形で起こっているので、野原に生えた古いオークの木は、私の子供の頃とまったく変わらないように見える。

——ジェイムズ・ラヴロック

木……木はあなたを見ている。あなたが木を見ると、木はあなたの言葉に耳を傾ける。木に指はない。木は口をきかない。でも木の葉は……木の葉は水を吸い上げ、生長する。夜の間に大きくなる。あなたは眠っている間に何かの夢を見る。木や草も同じこと。

――ビル・ネイジー

根

初めに無があった。次に万物があった。

そして、夕暮れ時を過ぎた西部の都市を見下ろす公園に、上空からメッセージが降り注いでいる。一人の女が地面に腰を下ろし、松の木にもたれている。背中に当たる樹皮はごつごつして、まるで生命そのもののようだ。松葉の匂いがあたりに漂い、何かの力が森の奥に潜んでいるのが感じられる。女の耳は最も低い周波数に向けられている。言葉以前の言葉を使って、木がしゃべっている。

木が言う。太陽と水は永遠に問いを投げ掛けている、それはこちらが答えるに値する問いだ、と。

木が言う。いい答えは何度も、ゼロから再発明されなければならない。

木が言う。大地の土は常に、新しいものに把持されることを必要としている。ヒマラヤスギの細い枝には、分岐の仕方が無限にある。ものはただじっとしているだけで、あらゆる場所へ旅することができる。

女はまさにそうする。彼女の周囲に、信号が種子のように降り注ぐ。

今晩は、声が遠くにまで届く。ハンノキの曲がった幹が、遠い昔の災難を語る。チンカピングリの淡い尾状花序が花粉を落とす。やがてその花は、毬栗《いがぐり》に変わるだろう。ヤマナラシが風の噂を復唱する。柿の木とクルミの木が動物に賄賂を差し出し、ナナカマドが真っ赤な実を鈴なりに付ける。オークの古木が波打ち、未来の天気を予言する。同じ一つの名を共有させられている数百種のサンザシが、その愚かさを笑う。月桂樹は、死などまったく取るに足りないと言う。

あたりに漂う何かの匂いが女に命じる。目を閉じろ。そして柳《ウィロー》の木を思い浮かべろ。柳が泣いている《ウィーピング》と考えるのは間違いだ（英語ではしだれ柳を「泣いている柳（ウィーピング・ウィロー）」と言う）。ハリエンジュの棘を描いてみよ。それは頭で考えるどんなものよりも鋭い。あなたの上にあるものは何だ？　今、あなたの頭上に漂っているのは何だ——今？

さらに遠くの木々が加勢する。おまえたちが想像する木——竹馬に乗ったマングローブから成る魔法の森、トランプのスペードみたいな形をしたナツメグの木、ゾウノキのこぶのような幹、ミサイルのように真っ直ぐにそびえるサラノキ——は常に一部を欠いている。おまえたちの種族は木を全体として見ることがない。われわれ、木は、地上に劣らず地下にも生え伸びているのだ。

それが人間の厄介なところだ。根という問題。生命は、見えないところで、人間とともに歩んでいる。この場所でも、すぐ横でも。土を作り、水を巡回させ、栄養素を交換し、天気を生み、大気を形作り、とても人には数え切れないほど多くの種類の生物に食料を与え、病を癒やし、雨風をしのがせている。

生きた木々のコーラスが歌で女に語り掛ける。もしもあなたの心がほんのわずかでも緑がかった部分を持っていたなら、あなたはきっと意味の横溢に溺れてしまうことだろう。

女がもたれている松の木が言う。聞きなさい。あなたはこの話を聞かなければならない、と。

ニコラス・ホーエル

栗の季節。

大きな栗の木に、人々が石を投げつける。神が降らせる雹《ひょう》のように、周囲に栗が降り注ぐ。この日曜日、ジョージア州からメイン州に至るまで、無数の場所で同じ光景が繰り広げられる。マサチューセッツ州コンコードでは、ヘンリー・デイヴィッド・ソローがその仲間に加わっている。彼は自分が石を投げている相手が、感覚を持った存在だと感じている。木々は人間よりも感覚が鈍いけれども、血がつながった親類だ、と。古い木は私たちの親、あるいはひょっとすると、親の親なのかもしれない。人は自然の秘密を知ることができたなら、きっともっと人間的に振る舞うだろう……。

ブルックリンのプロスペクトヒルでは、石を投げることで大量に降ってくる栗の雨を見て、新参者のヨルゲン・ホーエルが笑っている。石が幹に当たるたび、ショベル一杯ほどの栗が降る。男たちは盗人のように周囲を駆け回り、イガから出た栗を帽子や袋やズボンの折り返しに詰め込む。これぞ、かの有名な〝無料で手に入るアメリカのごちそう〟だ——これもまた、神の食卓からもたらされた数々のおこぼれの一つ。

ノルウェー系のヨルゲンとブルックリンの海軍工廠《こうしょう》で働いているその友人たちは、森の開けた場所で大きな焚き火をし、戦利品を焼く。焼き栗の味には言葉を超えた充足感がある。ハニーポテトのように甘く、匂いも豊か、身近さと神秘性を同時に合わせ持つ味。イガに触れると痛いが、その拒絶は、本当の障壁というよりはむしろこちらをじらしているようだ。栗の実は棘だらけの殻斗《かくと》から出ることを望んでいる。どの栗も自ら食べられたがっている。その目的は、仲間の一部がさらに遠い場所へ運ばれることだ。

その夜、焼き栗に酔ったホーエルが、フィンタウンの端にある彼の下宿から二ブロック離れた松《パイン》材造りの長屋に住むアイルランド系の娘ヴァイ・ポウイスに求婚する。異議を唱える権利のある人間は周囲三千マイル（約四八〇〇キロメートル）に一人もいない。二人はクリスマス前に結婚をする。二月までには、二人ともアメリカ国籍を得る。春、再び栗の木が花を付ける。青緑色のハドソン川の上で、ふわふわした長い尾状花序が白波のように風に揺れる。

二人は市民権を得ると、次は未開の土地を手に入れたいと思うようになる。夫婦は持てる荷物をまとめ、ストローブマツの大きな森を抜け、オハイオ州の暗いブナの森へと分け入り、中西部のオークの森を横切り、新しくできたアイオワ州（一八四六年、米国二十九番目の州となった）の、フォートデモインに近い入植地に行く。そこでは当局が、測量が終わったばかりの土地を農地として誰にでも分け与えている。いちばん近い隣の家でも二マイル（約三・二キロメートル）離れている。二人は最初の年、四十八エーカー（約一九万二〇〇〇平方メートル）の大地を耕し、作付けをする。トウモロコシ、ジャガイモ、豆。仕事はきついが、やりがいはある。どこかの国の海軍のために船を作っているよりはましだ。

やがて大草原《プレーリー》の冬が来る。寒風が二人の生きる意志を試す。夜には、隙間だらけの小屋にいる二人の血液が凍りそうになる。毎朝、表面に張った氷を割らなければ、洗面器の水で顔を洗うこともできない。しかし二人には、若さと自由とやる気がある。二人を支えるものはそれら以外に何もない。冬は彼らを殺さない。ひとまずは。彼らの心の奥底にある最も黒い絶望は結晶し、ダイヤモンドに変わる。

再び作付けの季節になると、ヴァイは妊娠している。ホーエルはその腹に耳を当てる。畏怖に打たれた夫の顔を見て妻が笑う。「何て言ってる？」

彼は無骨になまった英語で答える。「腹減った！」

その五月、ホーエルは、妻に求婚した日に着ていたスモックのポケットに栗が六個入ったままになっていたのを見つける。彼はそれをアイオワ州西部の大地――小屋の周りの、木が一本もない大草原の一角――に埋める。そこは元の栗の分布域から数百マイル、プロスペクトヒルで栗拾いをした場所からは千マイル（約一六〇〇キロメートル）離れている。ひと月が経つごとに、緑色をした東部の森の風景がホーエルの記憶から薄れていく。

しかし、人や木が次々に驚くべき場所へと移動する、この有り様こそがアメリカだ。ホーエルは栗を植え、水をやり、考える。いつか、私の子供たちが幹を揺らし、ただで栗を食べるだろうと。

最初の子供は幼い頃に亡くなる。その原因にはまだ名前がない。細菌というものはまだ存在しない。子供を奪うのは神だけだ。神はよく分からないスケジュールに従って、まだ幼い魂をこの世からあの世へと連れ去る。

六つの栗のうち、一つは発芽しない。しかし、ヨルゲン・ホーエルは生き延びた苗木を枯らさない。生は創造主と被造物の間で繰り広げられる戦いだ。ホーエルはそうした戦闘の目利きになる。木を枯らさない程度のことは、彼が日々心血を注いでいる戦に比べれば些細な問題だ。最初の季節の終わりに、彼の畑は豊かに実り、最も大きく伸びた苗木は二フィート（約六〇センチメートル）を超える。

さらに四年が経つ間に、ホーエル夫妻には三人の子が生まれ、栗の木が小さな木立を作り始める。若枝がひょろひょろと伸び、茶色い幹には皮目《ひもく》が並ぶ。棘のような鋸歯があって、青々と波を打つ葉と比べると、それを支える枝がひ弱に見える。こうした栗の若木と低地に点在するバーオークを除けば、屋敷は草の海にぽつんと浮かぶ島のようだ。ひょろっとした若木にも、既に使い出がある。

幼木から取る茶は心臓の病に
若枝から伸びる葉は喉の痛みに
産後の止血には、樹皮を煎じて冷ましたものを
幼児のへそを掃除するには、虫こぶを温めたものを
ブラウンシュガーで葉を煮れば咳止めに
湿布としてやけどにも、葉はマットレスの詰め物にも
悩み事が多いときにはエキスを飲めば絶望にも効く

歳月が経つ。豊作の年もあり、不作の年もある。平均すると不作気味だが、ヨルゲンはそこに上向きの傾向を見る。彼は一年ごとに耕地を広げる。そして、ホーエル家の未来の労働力は増え続ける。その点についてはヴァイが請け合う。

魔法をかけられた生き物のように木が茂る。栗の生長は早い。トネリコが野球のバットになる頃には、栗の木はタンスになっている。苗木の上に身をかがめていると、あっという間に目を突かれる。幹が上に伸びるにつれ、散髪屋のサインポールのように樹皮に割れ目が入る。風が吹くと枝が揺れ、濃い緑と淡い緑を交互に見せる。さらなる陽光を求めて、丸い新芽から葉が広がる。むしむしする八

月に波打つ栗の木の姿は、ホーエルの妻がかつて琥珀色をしていた髪をいまだに時折揺らすのに似ている。幼い国を再び戦争が襲う頃（南北戦争（一八六一—一八六五）のこと）には、五本の幹は植えた男の背丈を超えている。

一八六二年の無慈悲な冬は、再び一人の赤ん坊を奪おうとする。結局、奪われるのは栗の木の一本だ。次の夏、長男のジョンが別の一本を枯らす。お金代わりにして遊ぶために木に付いた葉を半分もむしったら木が枯れるということは、少年の頭には思い浮かばない。

ホーエルは息子の髪をつかんで引っ張る。「こんなことをされてみろ。どんな気分だ？　ん？」。彼は平手で少年を打つ。殴打を止めるには、ヴァイが体を張って息子をかばわなければならない。

一八六三年には徴兵が始まる。最初は若い男と独身の男。三十三歳で、妻と幼い子供たちがいて、数百エーカーの土地を所有するヨルゲン・ホーエルは徴兵を猶予される。彼は結局、アメリカを保持する戦いには加わらない。彼には、救うべきもっと小さな国がある。

ブルックリンでは、北軍に従事する詩人で看護師の男（アメリカの国民的詩人、ウォルト・ホイットマン（一八一九—一八九二）のこと）がこんな文章を綴る。**たった一枚の草の葉も、天空を渡る星に劣りはしない。**ヨルゲンがこの言葉を目にすることはない。彼にとって言葉など欺瞞でしかない。彼が育てているトウモロコシと豆とカボチャ——生長するもの——だけが、言葉を超えた神の御心を明かすのだ。

再び春が来て、残る三本の栗の木がクリーム色の花を咲かす。花にはつんとした嫌な刺激臭がある。古い靴か、着たきりの下着みたいな臭い。その後、ほんの少し、甘い実がなる。男と消耗し切ったその妻は、わずかとはいえその収穫を見て、ブルックリンの東にある森で自分たちを出会わせた恵みの実の雨を思い出す。

「いつかたくさん採れるようになるぞ」とヨルゲンは言う。頭では既に、パン、コーヒー、スープ、ケーキ、グレービーソースなど、先住民がその実から作ると言われているあらゆる美味な調理を思い浮かべている。「余った分は町に売りに行こう」

「クリスマスプレゼントとして近所の人に配ればいいわ」とヴァイが言う。しかしその年はひどい干《かん》魃《ばつ》で、逆に、近所の人のおかげでホーエル家が生き延びることになる。未来に回す水が一滴もないほどの日照りが続いたせいで、また栗が一本枯れる。

年月が経つ。茶色い幹が灰色に変わり始める。乾燥した秋に、背の高い標的が他にほとんどない大草原で、残る二本の栗の片方に雷が落ちる。ゆりかごから棺桶に至るまで何にでも使えたであろう栗の木が炎を上げて燃える。わずかに燃え残った材で作れるのは、三本脚のスツール一つだけだ。

一本だけ生き延びた栗の木は花を付け続ける。しかし、その花には、返事をしてくれる相手がいない。周囲はどこまで行っても、配偶者がいない。栗は雌雄同株（雄花と雌花が同じ個体に付く木のこと）だが、自家受粉はしない。しかし、この木は樹皮の下の生きた細い円筒形の幹に秘密を隠している。その細胞は古《いにしえ》からの方略に従う。じっとしていろ、待て、と。孤独な生存者の中にある何かが、〝現在〟という鉄のルールにも時間切れがあることを知っている。なすべき仕事がある。天空レベルであると同時に、地上レベルでもある仕事。あるいは、北軍で看護師として働いていた今は亡き詩人が残した言葉で言うなら、百万の宇宙を前に、取り乱すことなく静かに立てということ。森のように、取り乱すことなく静かに。

農場は神の意志という混沌《こんとん》を生き延びる。南北戦争終結の二年後、すき入れ、くわ入れ、植え付け、間引き、草抜き、刈り入れの合間にヨルゲンが進めていた新居の建築が終わる。作物が収穫され、運び出される。ホーエル家の息子たちは、雄牛のような父と一緒に畑で働く。娘たちはそれぞれ近隣の農家に嫁ぐ。村がいくつもできる。踏みならすことで農場脇にできていた小道が、本当の道路になる。

末の息子はポルク郡の課税額査定官として働く。真ん中の息子はエームズの町で銀行に勤めるようになる。長男のジョンは農場に残り、力の衰えていく両親の跡を継ぐ。ジョン・ホーエルはスピードと進歩と機械を導入する。耕耘《こううん》と脱穀、刈り取りと結束ができる蒸気式トラクターを買う。トラクターは作動するとき、地獄から抜け出した怪物みたいなうなり声を上げる。

最後に残った栗の木にとって、こうしたことは、樹皮に新しい裂け目が二本ほど入り、幹が一インチ太る間に起こる。木は太る。樹皮はトラヤヌスの記念柱のように上に向かって螺旋を描く。波を打つ葉は日光を組織に変え続ける。それは生き延びるだけでなく、生い茂る。丸い形をなす、緑色の健康と活力。

そして新世紀に入って二度目の六月、ヨルゲン・ホーエルは自分で建て、オーク材で内装した二階の寝室で横になっている。彼が二度と出ることのできないその寝室の屋根窓からは、きらきらと空にそよぐ葉叢《はむら》が見える。息子の乗る蒸気式トラクターの音が北の農場から聞こえるが、ヨルゲン・ホーエルはそれを雨風の音だと勘違いする。枝が彼の上にまだらな影を落とす。緑色のぎざぎざな葉にある何か——かつて彼が見た夢、栗が鈴なりになる幻——によって、再び頭の周りにごちそうが降り注ぐ。

彼は考える。どうして栗の木はあんなにまっすぐで太いのに、樹皮があんなふうにねじれるのだろう？　地球の自転のせい？　人間の目を引こうとしているのか？　シチリア島にある一本の栗の木は幹周りが約二百フィート（約六〇メートル）あって、七百年前には、スペインの女王と百人の騎士が乗った百頭の馬がその下で嵐をやり過ごしたという。その木は、伝説を聞いたことがない人間より百年以上も長生きすることだろう。

「覚えてるか？」と、手を握っている女にヨルゲンが尋ねる。「プロスペクトヒルを？　あの夜はたくさん食べたよなあ！」。彼は葉の茂る枝と、その先にある土地に向かってうなずく。「あれは私からおまえへのプレゼントだった。そしておまえが私に与えてくれたのは——このすべてだ！　この国。この生涯。この自由」

しかし、彼の手を握っているのは妻ではない。ヴァイは肺炎で五年前に亡くなっている。

「もう眠って」と孫娘が彼に言い、弱った胸の上に彼の手を戻す。「私たちは階下《した》にいるからね」

ジョン・ホーエルは父の遺骸を、本人が植えた栗の木の下に埋める。高さ三フィート（約九〇センチメートル）の鋳鉄製フェンスが、散らばってしまいそうな墓を囲う。栗の木は、生者にも死者にも同じ寛大さで影を投げ掛ける。幹は太くなりすぎて、ジョンでも腕を回すことができない。いちばん下に残った枝にも、もはや手が届かない。

ホーエル家の栗は地元で道しるべ《ランドマーク》になる。農家の者たちは皆その木を〝見張りの木〟と呼ぶ。近隣の者が日曜に出掛けるときには、それで方角を見極める。よそから来た人に道順を教えるときには、海みたいに広がる穀物畑にぽつんと立つ灯台のように、基準点になる。農場は成功する。手を広げるための資金ができる。弟たちも独立し、父も亡くなった今、ジョン・ホーエルは自由に最新の機械を買うことができる。小屋は刈り取り機、風選機、結束機でいっぱいになる。彼はガソリン動力の二気筒式トラクターを見るために、チャールズシティーまで出掛ける。電話線が近所まで来ると彼は早速契約をするが、費用は多大で、家族の誰もそれが何の役に立つのか見当が付かない。

移民の息子は新し物好きという病気にかかっている。それに対する有効な治療法が見つかるのは何年も後のことだ。彼はコダック社のブローニー・ナンバー2を買う。あなたはボタンを押すだけ。あとは私たちにお任せください。フィルムは現像とプリントのため、デモインに送らなければならない。その費用はあっという間に、カメラ代金として払った二ドルの何倍にもなる。彼は新しい洗濯物絞り器を見て顔をくしゃくしゃにしている普段着の妻を写真に撮る。そして、コンバインを運転したり、背骨の曲がった荷馬に乗って穂先刈り取り機と併走したりする子供たちを撮影する。復活祭用の晴れ着とボンネットや蝶ネクタイを身に着けた家族の写真も撮る。ジョンはアイオワ州の郵便切手を写真に撮り尽くした後、ホーエル家の栗の木――彼とちょうど同い年だ――にカメラを向ける。

その数年前、彼は末娘の誕生日にズープラクシスコープ（初期の映写機で、円形ガラス板の周りに並べられた画像を、回転式のシャッターを通して映した）を買い与えていた。娘が飽きた後、相変わらずそれをいじっているのは彼だけだった。円形のガラス板が回ると生き返る家鴨や野生馬の群れが頭の中で動きだす。まるで彼自身が発明したことのように、ある壮大な計画が思い浮かぶ。彼は死ぬまでずっと定期的に栗の木を写真に撮り続けて、それを人間の望む速度で連続的に見てみようと考えた。

彼は機材庫で三脚を作る。それから、家のそばの小山に、壊れた石臼を置いて土台にする。一九〇三年の春分の日、ジョン・ホーエルはブローニーを構え、芽吹きかけた見張りの木の全体像を撮影する。きっかりひと月後、同じ場所、同じ時刻にまた一枚。毎月二十一日に、彼は小山に立つ。雨が降っても雪が降っても、殺人的な猛暑の中でも、儀式のように一心に。それは、〝拡大植物神教会〟に対する個人的な儀式だ。子供たちばかりか、妻までもが、容赦なく彼をからかう。「パパはいつか木が面白いことをしてくれると期待してるのよ」

彼が最初の年に撮った十二枚の写真をまとめて、親指でぱらぱらとめくると、わずかながら、期待通りの貴重な変化が認められる。ある一枚の中では、何もないところから新しい若葉が芽吹く。次の写真では、強くなる日差しに木が全身をさらけ出している。あるいは、枝がひたすら堪え忍んでいる。しかし、残忍な季節に鍛えられた農夫は辛抱強い。世代交代の夢を持たない人間なら、毎年春に畑を耕し続けたりはしないだろう。ジョン・ホーエルは一九〇四年三月二十一日にまた小山に立つ。まるで彼自身にも、さらに百年か二百年の余命があって、時間が永遠に隠し持っているものを分かりやすい形で記録し続けられると思っているかのように。

そこから東に千二百マイル（約一九二〇キロメートル）。ジョン・ホーエルの母がドレスを縫い、父が船を作った町を、誰も気付かない間に災難が襲う。殺し屋は密かに、アジアからアメリカに入国する。それは、おしゃれな庭に植えるために中国から輸入した栗の木の中に潜んでいた。ブロンクス動物園の木が七月に紅葉する。葉が丸まり、シナモン色に変わる。幹が腫れ上がり、オレンジ色の斑点が輪になって広がる。病変部は、少し押すだけで簡単にへこむ（栗胴枯病のこと）。

一年も経たないうちに、ブロンクス中の栗の木がオレンジ色の斑点に覆われる――それは、既に宿主を殺した寄生者の子実体《しじつたい》だ。感染した木からは、雨や風で胞子が大量に飛ぶ。町の庭師たちは反撃を試みる。そして感染した枝を切り、燃やす。馬に引かせた荷車から、石灰と硫酸銅を木々に散布する。しかしその結果は、病んだ木を倒すのに使った斧《おの》を通じて胞子を拡散しただけのことだった。ニューヨーク植物園の研究者が病原菌を特定するが、それは人間が初めて知る菌だ。彼は研究結果を公表し、夏の暑さから逃れるために町を離れる。数週間後、彼が戻ったときには、もはや町にある栗の木はどれも手の施しようがなくなっている。

一年に数十マイルのペースで死が広まり、コネチカット州とマサチューセッツ州を駆け巡る。数十万本単位で木が枯れていく。ニューイングランドの貴重な栗の木が消滅するのを、ただ啞然と国中が見ている。製革産業、鉄道の枕木、列車の車両、電柱、燃料、柵、住宅や納屋の建材、高級デスク、テーブル、ピアノ、木枠、紙パルプ、無料で無限に手に入る木陰と食料の元となる木――アメリカで最も多く伐採されていた木――が消えつつある。

ペンシルベニア州は州を横切るように森を伐採し、数百マイルにも及ぶ緩衝帯を作ろうとする。アメリカで最も豊かな栗の森の北端にあたるバージニア州では、この疫病の背後にある罪悪を清めるための宗教的復興が呼び掛けられる。アメリカに生える完全樹木《パーフェクト・ツリー》、田舎の経済の屋台骨、三十余の産業的用途を持つしなやかで丈夫な木、東部を代表する木――メイン州からメキシコ湾岸までの二億エーカーに広がる森の木の四分の一――は破滅の運命にある。

胴枯病の噂はアイオワ州の西部まで届かない。ジョン・ホーエルは外がどんな天気でも、毎月二十一日に小山に立つ。ホーエル家の栗の木は常に上へ上へと枝葉を伸ばす。この木は何かを求めていると、農夫は珍しく哲学的な思索を巡らせる。木には木の計画があると。

五十六回目の誕生日の前夜、ジョンは深夜二時に目を覚まし、何かを探すようにベッドの上を探る。どうしたのかと妻が尋ねる。彼は歯を食いしばりながら、「すぐに治まる」と答える。八分後、彼は死ぬ。

農場は長男と次男の手に移る。長男のカールは、費用がかさむばかりの写真の儀式をやめようと言う。次男のフランクは父が十年前からやってきた謎の研究を継続したいと考え、樹冠を広げ続ける木に劣らぬ頑固さで父の跡を継ぐ。百フレームを超える写真――アイオワで撮影された中で最も古く、最も短く、最もスローで、最も野心的なサイレント映画――は木の目的を明らかにし始める。写真をぱらぱらとめくると、被写体が、空にある何ものかに手を伸ばし、手探りしているのが分かる。ひょっとすると仲間を探しているのか。さらなる光を求めているのか。仲間の栗の木の復讐をもくろんでいるのか。

アメリカがついに世界的な戦争に加わることになったとき、フランク・ホーエルは第二騎兵連隊とともにフランスに送り出される。彼は自分が帰還するまで写真を撮り続けるようにと、九歳の息子フランク・ジュニアに約束させる。一年にわたる、気の長い約束。息子は想像力には欠けるが、その分、従順だ。

フランク・シニアは純粋な偶然によってサンミエルの戦いを生き延びるが、モンフォコンに近いアルゴンヌの森で迫撃砲にやられる。松材《パイン》の箱に収めて埋葬するほどの遺骸も残らない。家族は彼の帽子、パイプ、時計をタイムカプセルに入れ、敷地内――彼があまりにも短い間だけ毎月写真を撮った木の下――に埋める。

もしも神がブローニーを持っていたなら、別の被写体をタイムラプス撮影したかもしれない――刹那、留まった後、アパラチア山脈を一気に南へ下り、栗の国の心臓部へと飛び込んでいく胴枯病を。北部の栗の木もたしかに壮麗だが、南部の木は神々しさのレベルにまで達している。そしてほぼ栗ばかりから成る純林が何マイルにもわたって広がっている。サウスカロライナ州とノースカロライナ州には、アメリカという国よりも古い木が育ち、幹の直径は十フィート（約三メートル）、樹高は約百二十フィート（約三六メートル）に達する。木が花を付けると、森全体が白い雲のようにもくもくとうねる。山間にある数十の村々は、美しい柾目《まさめ》の木材で作られている。一本の木から、最多で一万四千枚の厚板が採れる。毎年、すねの高さまで降り積もる栗の実は、村人だけでは食べきれないほどだ。

今、その神々が皆、死にかけている。人間がいくら手を尽くしても、災厄が大陸中に広まるのを止めることができない。胴枯病は尾根に沿って広がり、次々に山の頂を征服する。高い場所から南部の山地を見下ろすと、栗の幹が波打つように灰白色の骨に変わっていくのが分かる。木こり《ロガー》は慌てて方々の州を訪れ、まだ菌にやられていない栗の木を片っ端から伐採する。農務省内にできたばかりの林野部（一九〇五年設置）は、それを奨励する。駄目になる前に、使える木材は利用してください。そうした救難作戦の中で、耐性の秘密を持っているかもしれない栗の木も殺される。

テネシー州の魔法の森で初めてオレンジ色の斑点を見つけた五歳の子供が大人になったとき、写真以外の形で自分の子供に見せられる栗の木はもはや残っていない。彼らは成熟した栗の木がどんなものか見たこともなく、母が子供だった頃の光景も音も匂いも知らない。数百万の死んだ切り株が粘り強く毎年ひこばえ（切った草木の根株から生え出た芽のこと）を出すが、しぶとく枝に残る菌に感染し、やがて枯れる。一九四〇年には、イリノイ州南部の最果てにある木立に至るまで、菌がすべてを覆い尽くす。自然に生えていた四十億本の木が消え、神話と化す。山間にひっそりと生き延びているわずかな抵抗の拠点を除けば、残るのは、風で運ばれる菌が届かない州にまで開拓者たちが運んだ栗の木だけだ。

フランク・ホーエル・ジュニアは父がぼんやりした白黒の露出過度な記憶の彼方に消え去ったずっと後になっても、父と交わした約束を守る。少年は毎月、木箱を開け、新たな写真を一枚、束に加える。やがて彼は思春期を迎える。そして大人になる。彼はそれが何を記念する祭なのかも知らないまま、親戚一同とともにオラフ祭（七月二十九日の「聖オラフの日」を中心に行われる祭で、一〇三〇年にノルウェー王のオラフ二世が戦死した日にちなむ）を祝う。

フランク・ジュニアには想像力が欠如している。ひょっとすると僕はこの木を憎んでいるのかもしれないとか、僕は父を愛した以上にこの木を愛しているのかもしれないなどと、彼は改めて考えることがない。独立した自分の欲望を持たず、生まれたときから自分を縛る鎖につながれ、そのまま死んでいく運命の男にとって、そんな考えには意味がない。彼は考える。この木は邪魔だ、切り倒すまで誰の役にも立ちはしない、と。他方では、時に、ファインダー越しに覗いた樹冠の広がりに息をのみ、これこそが世界の意味の基礎を成すものだと思うこともある。

夏、水は木部を上がり、葉の裏にある無数の気孔から発散する。一日あたり三百八十リットルが、空高くそびえる樹冠から湿気の多いアイオワの空気中に蒸散する。秋、黄色く染まった派手な葉がフランク・ジュニアの心をノスタルジアで満たす。冬、吹き溜まった雪の上で裸の枝が折れ、風に鳴り、丸みのある冬芽が不気味に春を待ち受ける。しかし毎年、春になると一瞬、薄緑色の尾状花序とクリーム色の花がフランク・ジュニアの頭に、ある考えを吹き込む——本人の力では思い付かないような考えを。

ホーエル家三代目の写真係は写真を撮り続ける。それはちょうど、世界のことについておとぎ話を信じ込まされていると判断を下した後もずっと信者が教会に通い続けているのと同じことだ。儀式的で不毛な写真撮影はフランク・ジュニアの人生に、農業では得られない機械的な目的を与える。それは、注意を払うに値しないもの——彼と同様にひたむきで寡黙な生物——に対してひと月に一度、目を向けるという課題だ。

第二次世界大戦中に、写真は五百枚を超える。フランク・ジュニアはある日の午後、足を止め、写真をぱらぱらとめくる。そして、父と下手な約束をした九歳のときの自分に戻ったように感じる。しかし、タイムラプスで見る木は、原形を留めないほどに変化している。

その栗の木がもともと自生していた土地の成木が全滅すると、ホーエル家の栗が好奇の目を集める。〝ホロコーストを逃れた栗の木〟という噂を確かめるために、アイオワシティーの樹木学者がやって来る。デモインレジスター紙の記者がアメリカ最後の完全樹木《パーフェクト・ツリー》について特集記事を書く。ミシシッピ川より東に「栗の木《チェストナット》」という語を含む地名は千二百ある。しかし、アイオワ州西部まで出掛けなければ実物は見られない。ニューヨークとサンフランシスコの間に新しくできた州間高速道路を走る普通の人の目から見えるのは、どこまでも広がるトウモロコシと大豆の畑の中にぽつんと浮かぶ樹影だけだ。

一九六五年二月、厳しい寒さの中で、ブローニー・ナンバー2が壊れる。代わりにフランク・ジュニアはコダック社のインスタマチックを買う。写真の束は、彼が今までに読もうとしたどの本よりも分厚くなる。しかし、束を成す写真に写っているのは、あの孤高の木だけだ。撮影者が知る途方もないむなしさをこともなげに肩をすくめてやり過ごす栗の木。フランク・ジュニアがレンズの蓋を取るときはいつも、農場は彼の背中側にある。写真はすべてを隠す。〝狂騒の〟と形容された一九二〇年代も、ホーエル家にとっては狂騒ではない。大恐慌の折に、一家は二百エーカーの農地を手放し、家族の半分はシカゴに移り住むことになる。町の電化。フランク・ジュニアの息子のうち二人は、ラジオ番組のせいで農業をやる気を失う。ホーエル家の一人は南太平洋で戦死し、二人は罪悪感を抱えて生き延びる。ディア社やキャタピラー社の農機具がトラクター小屋を出入りする。ある夜、動物たちの無力な悲鳴とともに、納屋が焼け落ちる。にぎやかな結婚式、洗礼式、卒業式が数十回。五、六回の浮気。鳥も鳴きやむほど悲しい離婚が二度。息子の一人は州議会に立候補するが落選。いとこ同士の間での訴訟が一件。予期せぬ妊娠が三度。ルーテル派の牧師と地元信徒の半分とを敵に回してホーエル家が繰り広げた長期のゲリラ戦。甥《おい》たちがベトナムから戻ってくるのと同時に現れた戦争の副産物、ヘロインと枯れ葉剤。もみ消された近親相姦、長引くアルコール依存症、高校の英語教師と駆け落ちした娘。癌（乳癌、結腸癌、肺癌）、心臓病、スクリューコンベアに巻き込まれたことによる手袋状剝皮損傷、ダンスパーティーの夜に起きた、いとこの子の交通事故死。レージ、ラウンドアップ、ファイアストームなどという名の、大量の化学物質。二代目が発芽しないように加工された特許種子。ハワイで行なった結婚五十周年の祝いとその後の悲劇。年老いた家族はアリゾナとテキサスで隠遁生活。悪意と勇気、忍耐と不意の寛容がいくつもの世代を経る。人が〝物語〟と呼ぶような出来事はすべて、カメラのフレームの外で起こる。フレームの内側には、数百の巡る季節の中、中年に向かいつつある一本の木が、樹皮にひびを入れながら木の速度で生長しているだけ。

　ホーエル家の農場に、そしてアイオワ州西部にあるすべての家族経営農場に、絶滅が忍び寄る。トラクターはあまりに巨大化し、鉄道貨物にはあまりに高価な肥料がぎっしりと積まれ、競争はあまりに大規模で効率的なものに変わり、利益はあまりに薄くなり、利益を上げるために繰り返し条《すじ》植えされた土壌はあまりにもやせる。毎年、近所の農家が一軒ずつ、管理された巨大な、そして冷淡に利益を生む単一作物工場にのみ込まれていく。破局に直面した人間は皆そうだが、フランク・ホーエル・ジュニアも、分かり切っている未来に向かって前進し続ける。彼は借り入れをする。土地の一部と権利を売る。そしてあくどい種子業者と契約を結ぶ。来年になれば、事態は好転するだろう、と彼は確信している。今までもずっとそうやってきたのだから。

フランク・ジュニアは結局、父と祖父が撮った百六十枚に加え、巨木の写真を七百五十五枚撮る。ベッドに寝たきりとなったフランク・ジュニアの生涯最後の四月二十一日、息子のエリックが、四十分離れた家から農場まで出掛け、小山にカメラをセットし、また一枚、白黒写真を撮る。今では、生い茂った枝がフレームいっぱいに伸びている。エリックは、プリントした写真を老人に見せる。その方が、「僕は父さんを愛している」と口にするよりも簡単だ。

フランク・ジュニアは苦いアーモンドのような味に顔をしかめる。「いいか。私は父と約束をして、それを守った。おまえは誰に対しても、責任を感じる必要はない。あの木のことは放っておけ」

しかしその言葉は、栗の巨木に向かって「それ以上、大きくなるな」と命じる程度の意味しか持たなかった。

一世紀の四分の三が五秒のうちにぱらぱらと踊る。ニコラス・ホーエルは千枚の写真の束をめくりながら、数十年をまたぐ秘密の意味を探る。彼は二十五歳のとき、いつもクリスマスにそうしているように、実家の農場に帰省する。多くの交通機関が止まっている中、移動できた彼は幸運だ。西から迫る吹雪のため、一帯ではすべての飛行機が足止めを食っていた。

彼と家族は祖母に会うため、車で帰省していた。明日には、さらに多くの親戚が州のあちこちから到着する予定だ。写真をぱらぱらとめくるうちに、彼の中で農場の思い出がよみがえる——子供時代の休暇、七面鳥とクリスマスキャロルのために集った親戚一同、夏の独立記念日と花火。そのすべてが、動画化した木の中に埋め込まれている。季節ごとに親戚が集まり、トウモロコシ畑に囲まれた退屈の中、いとこたちと一緒に探検したこと。写真を逆向きにぱらぱらすると、蒸気で壁紙がめくれるみたいに年月がはがれ落ちていくのをニコラスは感じる。

　動物はいつもいた。最初は犬。特に三本脚の犬。半分は野生だったが、ニックの家族が屋敷の前の長い砂利道に入ってくるたびに、うれしそうに駆け寄ってきた犬。それから、馬の熱い息と、ごわごわする牛の剛毛。刈り株の間を縫うように這う蛇。郵便受けのそばに巣を作ったせいで、人に巣を踏みつぶされていたウサギ。七月のある日、玄関ポーチの下から現れ、腐ったミルクと謎の匂いを漂わせていた半分野生の猫。屋敷の裏口の前に置かれていたささやかな贈り物は、死んだねずみだった。

　五秒の映画は原初的風景を想起させる。エンジンや秘儀的な道具が並ぶ機械小屋をうろついた記憶。ホーエル家の親戚が集まったキッチンに座り、かび臭いリノリウムの匂いを嗅いでいると、壁の隙間に密かに巣を作ったリスが物音を立てる。自分より年下の二人のいとこを誘って、もうすぐマグマが出てくると言いながら、持ち手に梨材を使った古いショベルで何時間も穴を掘ったこと。

　彼は二階に行って亡き祖父の書斎にある蓋付き机の前に座り、四世代の手を経たプロジェクトを眺める。ホーエル家の屋敷に詰め込まれたすべての家財——百個のクッキー瓶、ガラス製のスノードーム、父の昔の通知表が入った屋根裏の物入れ箱、曾祖父が洗礼を受けた教会から譲ってもらった足踏みオルガン、父やおじたちが遊んだ昔のおもちゃ、よく磨かれた松《パイン》材製の九柱戯のピン、道路の下から磁石で操る精巧な町の模型——のうちでこの写真の束だけは、何度見ても見飽きることがない唯一の宝物だった。独立した一枚一枚の写真に写っているのは、彼が目をつぶっていても上れるほど慣れ親しんだ木だけ。しかし、ぱらぱらとめくると、コリント式の柱みたいな木が親指の下で立ち上がり、何かを振り払うようにしながら膨れていく。〝いただきます〟を言う間に、一世紀の四分の三が過ぎ去る。九歳だったニックが復活祭の食事のために農場の屋敷を訪れたときには、あまりにも繰り返し写真をぱらぱらしたせいで、祖父に止められ、防虫剤臭いクローゼットのいちばん上の棚に写真を隠された。しかし大人どもが階下《した》に下りたことを確かめた途端、ニックは椅子の上に立ち、また束をいじり始めた。

それは彼が生まれ持った権利だ。ホーエル家の象徴《エンブレム》。周囲のどの家にも、ホーエル家のような大木はない。アイオワ州のどの家も、数世代にわたる写真プロジェクトに匹敵する純粋な奇行を試みてはいない。しかし大人たちは、プロジェクトの向かう先を口にすることを禁じられているようだった。彼の祖父母も父も、分厚いぱらぱら写真の目的を説明できなかった。「私は父と約束をし、父は父の父と約束をした」と祖父は言った。だが、別の折に、同じ男は「これのおかげで、物事が違って見えてくるだろ?」と言った。その通りだった。

農場はニックがスケッチをし始めた場所だった。鉛筆で描かれた少年の夢――ロケット、奇怪な自動車、一団となった軍隊、架空の都市などの絵――は、年々細部が複雑になっていった。その後は、直接目で見た、より荒々しい肌理《きめ》――芋虫の背中にふさふさと生えた毛や、嵐のときの天気図みたいな床板の木目。彼が初めて枝をスケッチするようになったのは、ぱらぱら写真の酔いが残る農場でのことだった。七月四日の独立記念日、彼は蹄鉄投げに興じる家族から離れ、一人、木の下で仰向けに寝転がり、広がる枝を眺めていた。分枝には一種の幾何学があった。彼の芸術家としての計算を超えたところにある、さまざまな密度と長さのバランス。彼はスケッチをしながら考えた。ある枝から生える数百枚の葉を見分け、いとこたちの顔を見分けるのと同じように容易に区別するためにはどんな脳が必要になるのだろうか、と。

もう一度、魔法の映画をぱらぱらめくる。すると、白黒のブロッコリーが再び天を突く巨木に変わるのより短い間に、祖父に手首をつかまれた九歳の子供が青年になり、神に恋をし、毎晩神に祈るが、シェリー・ハーパーを思い浮かべてマスターベーションするのはやめられず、その後、神をやめてギターに目を向け、マリファナたばこの吸いさしを所持していたことで逮捕され、シーダーラピッズの青少年恐怖実感施設に六か月間放り込まれ、そこで——金網で囲われた部屋の窓から見えるすべてのものを何時間もひたすらスケッチしているうちに——変わったものを作って一生を送りたいと思うようになる。

彼はそれが理解を得にくいアイデアだと知っている。ホーエル家の人間は皆、農業を営んだり、食料品店をやったり、父みたいに農機具を販売したりして、暴力的なまでに無味乾燥だった。大地の論理に根を下ろし、理由も訊かずに何年も長い時間、つらい仕事に打ち込む者ばかり。ニックは最後の対決に備えた。高校を生き延びる一助となった、D・H・ロレンスの小説に出てきた言葉のもじりだ。彼は自分の要求の愚かさに息を詰まらせながら、何週間も前から練習を重ねた。父さん、僕はどうしても、**常識的存在の縁を乗り越えて、折り紙付きの雇用不適任者になりたいから、その学費を出してください。**

彼は早春の夜を選んだ。父はいつもの夜と同じように、網戸で囲ったポーチの寝椅子に横になって、ダグラス・マッカーサーの伝記を読んでいた。ニコラスはその隣に置かれたリクライニングチェアーに腰掛けた。甘い風が網戸から吹き込み、髪をといた。「父さん？　僕は美術学校に行きたいんだけど」

父が本越しに彼に送る視線は、没落した一族の末裔を見るようだった。「そんなことだろうと思った」。そしてシカゴのダウンタウンまでなんとか行けるだけの資金的援助を受けたニックは家を出て、自身の欲望に内在する欠陥を一つずつ確かめる自由を得た。

シカゴの学校では、多くのことを教わった。

1. 人類の歴史はますます方向を見失う飢餓の物語である。
2. 芸術は彼が思っていたようなものではない。
3. 人類は思い付くものをほとんど何でも作る。鉛筆の芯の先に細かく彫刻された胸像。ポリウレタンでコーティングした犬の糞。小さな国として通用しそうなアースアート（自然景観を素材とした芸術）。
4. これのおかげで、物事が違って見えてくるだろ？

同じ学校に通う学生たちは、鉛筆を使った彼のスケッチや実物と見まごうほどハイパーリアルな絵画を笑った。しかし彼は、まるで他に選択肢がないかのように、何度季節が変わっても同じことをやり続けた。そして三年目が始まる頃にはすっかり悪名が広まり、一部では密かな尊敬を集めていた。四年生になった冬の夜、ロジャーズパークに借りた狭いアパートで、彼は夢を見た。夢の中で、彼が恋している女子学生がこんな質問をした。あなた、本当は何がしたいの？　彼は両方の手のひらを上に向け、肩をすくめた。すると手のひらの中央に小さな血だまりができた。その血だまりから棘状の物が二本現れ、枝分かれした。彼はパニックを起こして暴れ、目を覚ました。鼓動が落ち着き、棘の出所に気付くまでに三十分が経っていた。百二十年前にジプシー・ノルウェー系の曾曾曾祖父が植えた栗の木のタイムラプス写真。そして、アイオワ州西部の平原という原始美術学校で自主的に受けた通信教育。

ニックは机の前に座り、もう一度、本をぱらぱらめくる。彼は前年に、彫刻部門でシカゴ美術館附属美術大学からスターン賞を受けた。しかし今年は、ホーエル家の農場と同じく四半世紀にわたって緩慢な死を迎えつつあるシカゴの有名な百貨店で、商品補充の仕事をしている。彼は学位――友人たちを恥じ入らせ、見知らぬ人たちを憤慨させるような一風変わったものを作る自由――を得た。オークパークの貸倉庫には、仮面劇に使う紙張り子の衣装とシュールな舞台装置が詰め込まれている。その劇はアンダーソンビル近くの小劇場で上演され、三日後に打ち切りになった。しかし、長い系譜を持つ農家の相続人は、二十五歳にして、自分の最高傑作はこれから作るのだと信じたがっていた。

　今日はクリスマスイブの前日。ホーエル一族は明日、一斉に帰省する予定だが、祖母は既に極楽気分だ。隙間風の吹く古屋敷に親戚が集うこの時期を、彼女は生きる楽しみにしている。農場はもうない。残ったのは、島のような小山に立つ家だけ。ホーエル家の土地は、何百マイルも離れたところに拠点がある会社に長期でリースされている。アイオワの大地は、合理化の最終地点に到達していた。しかし、今しばらく、この休暇の間は、百二十年間、ホーエル家のクリスマスがそうであったように、この場所に奇跡の生誕と飼い葉桶の救世主があふれる。

　彼は階下《した》に下りる。時刻は午前の半ばで、ニックの祖母と両親はキッチンテーブルの周りに集まっている。大量に焼かれたペカンロールは、既にかなり消費されている。外は身を切るような寒さに冷え込んでいる。杉板の壁から入り込んでくる北風に対抗するために、エリック・ホーエルはプロパンガスを使う暖房具を点けている。暖炉には火が入り、五千人分の食事が用意されている。ワイオミング州並みに大きな新品のテレビにはフットボールの試合が映っているが、誰も観ていない。

「オマハ（ホーエル家のあるアイオワ州の西に隣接するネブラスカ州東部の町）に行きたい人、いない？」とニコラスが言う。車で一時間しか離れていないオマハのジョスリン美術館では、アメリカの風景画展が開かれている。前の晩に誘ったときには、三人は興味を持っている様子だった。しかし今は目を逸らす。

　息子がかわいそうになった母はほほ笑む。「今日は少し風邪気味なの」

「みんなすっかり落ち着いてしまって、腰が重くなったよ」と父が付け加えた。祖母も同意するようにぼんやりとうなずく。

「オーケー」とニコラスが言う。「もういいよ！　夕食までには戻るから」

州間高速道路に雪が吹き付け、上からさらにたくさんの雪が降ってくる。しかし彼も中西部人だ。彼の父も当然、車に新しいスノータイヤを履かせている。アメリカの風景画展は素晴らしい。ニックはチャールズ・シーラー（アメリカの画家・写真家 一八八三―一九六五）の作品を見ただけで、嫉妬を感じつつも、来てよかったという気分になる。彼は警備員に蹴り出されるぎりぎりまで美術館にいる。美術館を出ると、外は暗く、吹き溜まった雪はブーツの上まで来る。

　彼は何とか高速道路まで戻り、速度を落として東へ向かう。前方は真っ白で、視界が悪い。この天気の中で車を出した愚かなドライバーたちは皆、互いのテールランプを頼りに行列を作り、真っ白な風景の中をのろのろと進む。ニックの車がたどっている轍は、雪の下にある車線とごく抽象的な関係しか持っていない。でこぼこした路肩の減速舗装《ランブル・ストリップ》は雪に覆われ、振動を感じ取ることはできない。彼は陸橋の下でアイスバーンを踏む。車が尻を振り始める。彼はスリップに身を任せ、𠘑を操るように、だましだまし車を操作する。そしてハイビームとロービームを何度も切り替え、雪のカーテンの前ではどちらがよりまぶしくないのかを探る。一時間後、彼はおよそ二十マイル（約三二キロメートル）進んでいる。

　警察もののドキュメンタリー番組から取ってきたナイトビジョン映像のように、暗闇にできた雪のトンネルの中で事故が起こる。ニックの前方百ヤード（約九〇メートル）のあたりで、対向車線を走ってきた大型トレーラーがスリップして中央分離帯に突っ込み、けがをした動物のように大きく車体を振って、こちら側の車線にはみ出す。ニックはその車体をかわすが、そのまま滑って右の路肩へ突っ込む。右後部がガードレールに当たって跳ね返る。左前のバンパーがトラックの後輪に触れる。車は尻を振りながらやがて停まるが、今度は体が震え始め、しばらくハンドルを握ることができない。車はのろのろとサービスエリアに入り、同様に遭難した他の車に合流する。

トイレの前に公衆電話がある。彼は家に電話をかけるが、つながらない。クリスマスイブの前夜だというのに、州全域で電話回線がダウンしている。今頃両親は死ぬほど心配しているだろう、と彼は思う。だが冷静に考えれば、車の中で二時間ほど睡眠を取るのがいちばんだ。そうしているうちに吹雪も収まり、除雪車が神様の下痢の処理に追いつくだろう。

彼は夜が明ける少し前に、また走りだす。雪はほとんどやみ、車は双方向にゆっくりと動いている。彼は家に向かう。いちばんの難関は、高速出口の最後にある短い上り坂だ。車は尻を振りながら坂を上り、農場へ向かう道路に入る。道は雪に覆われている。ホーエル家の栗は、かなり離れたところから見え始める。地平線上には、白い雪が積もったその木しか見えない。家の二階の窓には、二つの小さな明かりがともっている。誰かが彼を心配して、夜を明かしたのだろう。

家につながる道路にはたくさんの雪が積もっている。祖父が使っていた除雪機はまだ倉庫にしまったままだ。この時間なら、父が道の雪掻きを終わらせていてもおかしくないはずなのに。ニックは吹き溜まりと格闘するが、雪はあまりにも深い。彼は私道の途中に車を放置して、最後は徒歩で家に帰り着く。そして玄関の扉を押し開け、歌うように大声を出す。「まったくもう、外はひどい天気だ！」。しかし一階には、笑い声を上げる者はいない。

後に彼は、自分はあのとき玄関先で既に気付いていたのだろうかと思うことになる。しかし、そんなことはない。彼は階段の下まで進まなければならない。そこには父が倒れている。頭を下にして、腕はありえない角度に曲がり、床を愛でている。ニックは大声で父を呼び、助けようと膝をつくが、手の施しようがない。彼は立ち上がり、一段飛ばしで階段を駆け上がる。しかしもう、事態は火を見るよりも明らかだ。二階では、二人の女が寝室で横になっているが、目を覚ますことはない――クリスマスイブの昼前だというのに、寝込み抗議《スリープ・イン》。

足元と胴体がおぼつかなくなる。体がふらつき始める。彼は一階に下りる。そこではまだ古いプロパンガス暖房機がガスを出し続けている。目に見えないガスは、ニックの父がつい最近断熱材を貼り直した天井まで溜まっている。ニックはよろめく足で玄関から飛び出し、ステップにつまずき、雪の中に倒れる。彼は氷結する雪の中で転げ回り、あえぎ、生き返る。顔を上げると、見張りの木の枝が見える。風で裸になった、フラクタルな孤高の巨木が肩をすくめるように下の枝を持ち上げ、豊かな球形を形作っている。放埒な枝のすべてが風の中で乾いた音を立てる。まるで、この些細ではかない瞬間もまた年輪に刻まれ、中西部の冬の真っ青な空を背景に手旗信号を送る枝が祈りを捧げているかのように。

ミミ・マー

一九四八年、マー・シーシュインがサンフランシスコ行きの三等船室チケットを受け取る日、彼の父親は英語で話を切り出す。自分のために自身に強いた練習だ。父のしゃべる英国植民地風の権威ある英語は、電気技師であるシーシュインの実用的な疑似英語とは違い、朗々と響く。「息子よ、聞きなさい。私たちの未来は暗い」

二人は上海《シャンハイ》にある複合ビル——半分は商社、半分は家族の住居——二階のオフィスに座っている。南京路のにぎわいが二階の窓まで届き、暗い未来などどこにも見えない。とはいえ、マー・シーシュインは政治に無関心で、その視力は、あまりに多くの数学の問題をろうそくの明かりで解きすぎたせいで衰えている。彼の父——芸術の研究者であり、書道の名人であり、正妻一人と側室二人を抱える家長でもある——は、隠喩《メタファー》を用いずにはいられない。シーシュインは隠喩が苦手だ。

「わが一族ははるばるここまでやって来た。ペルシアから、たとえて言うなら、中国のアテネまで」

自分なら同じたとえは決して使わないだろうが、シーシュインはうなずく。

「イスラム教を信じるわれわれ回族《ホイ》は、この国から投げつけられたものを片っ端から受け止め、包装を変えてまた売りに出した。この建物、杭州の屋敷……私たちがどれだけ粘り強かったか、考えてみろ。マー一族のしぶとさがどれほどのものだったか！」

マー・ショウインは八月の空を見やり、マー貿易商社が乗り越えてきたすべての試練に思いをはせる。宗主国による植民地の搾取。太平天国の乱。台風による絹生産工場の破壊。一九一一年の辛亥《しんがい》革命、一九二七年の南京事件（中国国民革命軍が日本領事館等を襲った事件）。父の顔が部屋の暗い隅を向く。いたるところに幽霊がいる――わざわざ人を雇って、自分の代わりにメッカに巡礼をさせた大賢人でさえその名を口に出せない、非道の犠牲者たち。彼は山のように書類の積まれたデスクの上で片方の手を広げる。「日本軍でさえ、われわれを倒すことはできなかった」

シーシュインは、歴史と聞くだけでぞっとする。彼にとっては歴史など、無秩序な潮の満ち引きにすぎない。彼はこの四日後、一九四八年に査証《ビザ》を与えられる限られた中国人留学生の一人として、アメリカに渡ることになっている。そして数週間前から地図を精査し、受け入れ許可の手紙を何度も読み返し、謎めいた名前の発音を練習していた。ジェネラル級輸送船メグズ号。グレイハウンド社の大型バス《スーパーコーチ》。カーネギー工科大学。彼は一年半前から、昼間の映画館に通い、ゲーブル・クラークやアステア・フレッドを相手に新しい言語の練習を重ねた。

彼はプライドから、英語で応じる。「もしも父さんが望むなら、僕はここに残る」

「おまえがここに残ることを私が望むと？　私の話がまったく分かっとらんようだな」

父の凝視は詩のようだ。

無為在岐路　　為《な》す無かれ　岐路に在りて

児女共沽巾

児女《じじょ》と共に巾《きん》を沽《うるお》すを（王勃の「送杜少府之任蜀州」（杜少府の任に蜀州に之くを送る）から）

ショウインは重い腰を上げ、窓際まで行く。そして南京路を見下ろす。未来という狂乱から利益を得ようと、いつものように必死になっている町。「おまえは一家の救いだ。六か月すれば共産党軍がここへ来る。そうなれば私たちはみんな……息子よ、正直に言おう。おまえは商売に向いていない。工科大学で永久に勉強を続ければいい。きょうだいのみんなはどうするのかって？　いとこやおじさんやおばさんは？　回族《ホイ》の貿易商にはたくさんの金がある。だが、終末が来れば、三週間ともたないだろう」

「それならアメリカは？　約束の国だよ」

マー・ショウインは机の前に戻り、息子の顎を指先でつまむ。「息子よ。コオロギと伝書鳩を飼い、短波ラジオを愛するナイーブな息子よ。黄金の山《アメリカ》（当時、中国系移民がアメリカに対して抱いたイメージは「黄金の山」であった）は生き馬の目を抜く国だ」

彼は息子の顔から手を離し、廊下の先にある、檻に囲まれた会計室まで息子を連れて行く。そして格子扉を開け、ファイリングキャビネットを横に押しやると、シーシュインがまったくその存在を知らなかった隠し金庫が現れる。ショウインはサテンの布で覆われた、三枚の木製トレーを取り出す。そこにあるのがマー一族がシルクロードから上海に至るまで何代にもわたって稼いできた金を持ち運べる形に変えたものであることは、シーシュインにも分かる。

マー・ショウインは光り輝く品々を、一つ一つ確認しながら掻き集め、トレーに戻す。そして最後に、探しているものを見つける。それは小さな鳥の卵のような、三つの指輪だ。彼は風景が彫り込まれた三つの翡翠《ひすい》を手に取り、光にかざす。

シーシュインは息をのむ。「色、見て！」。貪欲と羨望、新鮮さと成長と無垢の色だ。緑、緑、緑、緑、緑。ショウインは、首に掛けたポーチから宝石鑑定用のルーペを出す。そして、これで見納めと、光にかざした翡翠の指輪をしげしげと眺める。彼が一つ目をシーシュインに手渡すと、息子はそれを火星の石みたいに凝視する。入り組んだ形の翡翠の塊には、何層かの深さで幹と枝が彫刻されている。

「おまえは三本の木に囲まれて生きている。一本は背後にある。ロートスの木（ギリシア神話などに登場する。眠りに誘う実を付ける木で、実を食べると記憶を失うとされる）——ペルシアから来た祖先を表す生命の木だ。第七天の境界に立つその木の前は、何人《なんぴと》たりとも通ることが許されない。ああ、しかし、技師は過去には用がなさそうだ、違うかな？」

その言葉はシーシュインを困惑させる。彼には父の皮肉が読めない。彼は父に一つ目の指輪を返そうとするが、父は二つ目の吟味に忙しい。

「もう一本の木はおまえの前にある——扶桑の木（昔、中国で太陽の出る東海の中にあると言われた神木）。はるか東に立つ魔法の桑の木。そこには不老不死の霊薬がある」。彼はルーペを手に戻し、顔を上げる。「うむ、おまえは今、扶桑の国へ向かおうとしている」

彼は翡翠を手渡す。細工は、信じられないほど手が込んでいる。てっぺんの葉叢《はむら》の上を一羽の鳥が飛んでいる。ねじれた枝から一列に、蚕のさなぎがぶら下がっている。彫刻家は、先端にダイヤモンドチップの付いたごく細い針を使ったに違いない。

ショウインはルーペと目を最後の指輪に近づける。「第三の木はおまえの周囲、いたるところにある。現在の木。それは現在という時そのものと同様に、常におまえの行く場所に付いていく」

第三の指輪を渡された息子は尋ねる。「これ、木の種類は何？」

父は別の箱を包みから出す。ラッカーの塗られた黒っぽい木箱の、二つのちょうつがいで留められた蓋を開けると、巻物が現れる。彼は長い間、ほどかれたことのなかった紐を解く。巻物を広げると、そこには男たちが何人か描かれている。彼らの皮膚には、羽織っている着物よりもたくさんの皺が寄っている。一人は森の入り口で、杖にもたれている。一人は壁にある小さな窓から外を覗いている。

別の一人はねじれた松の木の下に座っている。シーシュインの父はその木を指先でとんとんと叩く。

「これと同じ種類」

「この人たちは誰？　みんな何する？」

父は詩文を見る。古いものなのでシーシュインには読めない。「阿羅漢《アラハット》。つまり聖者だ。四段階の悟りを経て、純粋なる享楽に生きる達人」

シーシュインはその輝かしい宝に手を触れる勇気がない。もちろん彼の一族は豊かだ——大半が、もはや何もしないでも生きていけるほどの金を持っている。しかし、これを所有するほどに金持ちなのか？　父が今までこれらの宝を秘密にしていたことはシーシュインを怒らせるが、彼は腹の立て方を知らない。「なぜ僕はこれを知らなかった？」

「今は知っている」

「僕は何する、父さんは望む？」

「やれやれ、文法がまったくなっとらん。電気や磁気のことを教えてくれた先生は、英語の先生よりはきちんとしていたんだろうな？」

「どれくらい古い、これ？　千年？　もっと？」

肩に手が添えられると、若い男が落ち着く。「息子よ。いいか。一族の財産を守る方法はいくつもある。私はこうやって保管した。こうしていろいろな物を集め、守っていこうと私は考えた。世界が正気を取り戻したら、ちゃんとした置き場所を見つけるつもりだった——どこかの美術館か博物館に預ければ、来館者が私たち一族の名前を目にしてくれるのではないかと……」。彼は涅槃の入り口で遊ぶ阿羅漢《アラハット》たちに向かってうなずく。「指輪と巻物は好きにしろ。おまえのものだ。ひょっとするとおまえは、これらの物が何を望んでいるのかを知ることになるかもしれない。大事なのは、決してこれらを共産主義者の手には渡さぬことだ。やつらはこの絵を、尻を拭くのに使いかねん」

「僕はこれをアメリカに持って行く?」

父は再び巻物を巻き、ほつれた紐で慎重に縛る。「おまえは儒教の国から来たイスラム教徒。行き先はピッツバーグというキリスト教徒の牙城。持っているのは大変貴重な仏教徒の絵画。完璧な取り合わせじゃないか?」

彼は巻物を箱に戻し、息子に渡す。シーシュインは箱を受け取るとき、指輪を一つ落とす。父はため息をついてしゃがみ、埃まみれの床から宝を拾う。そして残り二つの指輪もシーシュインの手から取り上げる。

「指輪は月餅の中に隠そう。巻物は……何か考えないとな」

二人は宝石のトレーを金庫に戻し、ファイリングキャビネットを動かして、金庫を隠す。それから会計室の格子扉に鍵を掛け、オフィスを閉め切り、一階に下りる。二人は外に出て、迫り来るこの世の終わりにもかかわらず商売人でにぎわう南京路で立ち止まる。

「僕は大学が終わったら、あれを持って帰ってくる」とシーシュインは言う。「そうすれば、すべて、また大丈夫」

父は通りの先に目をやり、首を横に振る。そして独り言のように中国語で言う。「人はなくなった場所へ帰ってくることはできない」

マー・シーシュインは船旅用のトランクを二つと安物のスーツケース一つを持って上海から列車に乗り、香港へ行く。上海のアメリカ領事館でもらった健康診断書を船医に見せると、それでは不充分と言われ、追加で五十ドルを支払って再検査を受けなければならない。

元々軍艦だったメグズ号は民間に払い下げられ、アメリカンプレジデントラインズ社によって太平洋横断客船として使われていた。船は千五百人を乗せた一つの小さな世界だ。シーシュインの寝台は、日の当たる場所より三層下の、アジア人専用デッキにある。ヨーロッパ人は日の当たる上層に寝泊まりし、そこにはデッキチェアーが置かれ、制服を着たウェイターたちが冷たい飲み物を給仕している。シーシュインは他の何十人もの客と一緒にシャワー代わりの水をバケツで浴びなければならない。食事はまずく、吐かずにいるだけで一苦労だ――水くさいソーセージ、べとべとのジャガイモ、塩味のミンチ肉。シーシュインはそれを気にしない。僕はこれからアメリカへ行くんだ。偉大なるカーネギー工科大学へ。そして電気工学の学位を取る。汚らしいアジア人専用区画でさえ贅沢なくらいだ。爆弾が落ちてくることもないし、レイプや拷問もない。彼は寝台の上に何時間も座ってマンゴーの種をしゃぶりながら、万物の王になった気分を味わう。

船はまずマニラ、次にグアム、その次にハワイに寄港する。そして二十一日後、サンフランシスコの港に着く。幸運に満ちあふれた扶桑の国の入り口だ。シーシュインは移民の列に並ぶ。二つのトランクとくたびれたスーツケースには彼の名前が英語で記されている。彼は今、シーシュイン・マーだ――リバーシブルの気取った上着みたいに、裏と表をひっくり返した存在。スーツケースには色とりどりなものが貼られている――船のステッカー、南京大学のピンク色のペナント、カーネギー工科大学のオレンジ色のペナント。彼の頭に悩みはない。アメリカ人の気分だ。そしてあらゆる国籍の人々に対する愛情が内心にみなぎっている。ただし、日本人は除いて。

税関職員は女だ。彼女は書類に目を通す。「マーというのは洗礼《クリスチャンネーム》名ですか、それとも名字？」

「洗礼名はありません。ムスリム名だけです。回族《ホイ》なので」

「それは何かのカルトですか？」

彼は笑みを浮かべ、何度もうなずく。職員は怪訝な顔になる。彼は嘘がばれたのだと思って、一瞬慌てる。一九二五年十一月七日生まれと書類に記入したのは嘘だった。本当は太陰暦の十一月七日生まれ。彼にはとても、暦の換算はできない。

職員は彼にアメリカ滞在の期間、目的、場所を尋ねる。すべて書類に詳しく記入したことだ。このやり取りはきっと、自分が書いた内容に関する記憶力の検査なのだ、と彼は思う。職員は二つのトランクを指差す。「それを開けてもらえますか？　いえ、もう一つの方を」

職員は食料品箱の中身を調べる。月餅三つを取り囲むように、皮蛋《ピータン》が詰め込まれている。蓋を開けた途端、彼女は窒息しそうになる。「うわ。早く閉めて」

職員は服や工学系の本を一つ一つ手に取り、彼が自分で修理した靴の底を調べる。そして巻物の箱を見つける。シーシュインと父は結局、それを隠さないことに決めたのだった。「この中身は？」

「お土産。中国の絵です」

「開けてください」

シーシュインは頭を空っぽにする。そして伝書鳩やプランク定数、何でもいいからこの名画以外のことを考えようとする。絵の真価がばれれば、関税として今後四年の生活費、学費をはるかに上回る金額を徴収される。最悪の場合は密輸の罪で逮捕だ。

職員は阿羅漢《アラハット》を見て顔をしかめる。「この人たちは誰？」

「聖人です」

「これはどういう場面？」

「幸福。彼らは真実を見ます」

「どういうこと？」

シーシュインは中国仏教のことを何も知らない。英語もつたない。それなのに、このアメリカ人女性職員に悟りを説明しなければならない。

「真実の意味は、人間はとても小さい、生命はとても大きいということです」

職員は鼻を鳴らす。「この人たちは今、それに気付いたわけ？」

シーシュインはうなずく。

「それに気付いたおかげで幸福だと？」。彼女は首を横に振り、行ってもいいというしぐさをする。

「ピッツバーグで頑張って」


シーシュインはウィンストン・マーになる。工学的には簡単な修繕だ。神話では、人はあらゆるものに姿を変える。鳥、動物、木、花、川。それなら、ウィンストンという名のアメリカ人に変身することなどわけもない。そして扶桑の国——東にあると父が言っていた神話の国——は、ピッツバーグで過ごした年月の後、イリノイ州ホイートンに変わる。ウィンストン・マーと新妻は、何もない裏庭に大きな桑の木を植える。桑は雌雄同株で、陰陽が分かれるより前からある木だ。再生の木、宇宙の中心にある木、聖なる〝道《タオ》〟を宿すうつろな木。マー一族の財産を築いた絹の木。決してこの木を目にすることのない父に捧げられた木。

彼は木のそばに立つ。足元で幹を囲む黒い土は何かを約束しているようだ。彼は汚れた手をダンガリーでぬぐうことさえしない。妻のシャーロット——かつては中国に伝道師を送り出すほど南部のプランテーションで栄え、その後、没落した一族の子孫——が言う。「中国にはこんなことわざがある。『木はいつ植えるのが一番いいか？　二十年前』ってね」

中国人技師はほほ笑む。「面白いね、それ」

「『その次にいいのはいつか？　今』」

「ああ！　なるほど！」。彼の笑みが本物に変わる。彼は今日まで、何も植えた経験がなかった。しかし二番目にいい時期である〝今〟は長く、すべてを書き換える。

無数の〝今〟が過ぎ去る。さらなる〝今〟の中、三人の幼い少女が〝朝食の木〟と名付けた桑の下でコーンフレークを食べる。季節は夏。桑の木は柔らかい集合果を付ける。九歳になる長女のミミが妹たちと一緒に座っている場所の周囲には、桑の実が散らばり、服には赤い染みが付いている。ミミは一家の運命を嘆いている。「全部、悪いのは毛沢東」。一九六七年、夏至に近い夏の朝、鍵の掛かった両親の寝室からヴェルディが大音量で鳴り響いている。ミミが子供の頃、日曜はいつもそうだった。

「毛沢東の豚野郎。あいつさえいなければ、うちは大金持ちになっていたのに」

シリアルを掻き混ぜてペースト状にしていた末っ子のアミーリアが手を止める。「モータクトーって誰？」

「世界一の悪党。おじいちゃんが持っていたものを全部盗んだやつ」

「おじいちゃんのところに泥棒が入ったの？」

「タールトンのおじいちゃんじゃないよ。マーおじいちゃん」

「マーおじいちゃんって？」

「中国のおじいちゃん」と次女のカーメンが言う。

「会ったことない」

「誰も会ったことないわ。ママだって」

「パパもずっと会ってないの？」

「おじいちゃんは強制労働をさせられてる。お金持ちはみんなその施設に入れられちゃうの」

カーメンが言う。「どうしてパパは中国語をしゃべらないの？　何か変」。それはたくさんある父の謎の一つだ。

「パパは私とポーカーをやってるときに、負けそうになったものだから私からチップを盗んだの」。

アミーリアはボウルの中に残った牛乳を木の根元にやる。

「つまらないことは言わないで」とミミが言う。「顎を拭いて。それもやめて。木の根が傷むから」

「パパの仕事って何？」

「技師よ。ばーか」

「パパがお馬鹿さんだってことなら知ってる。『列車を動かすぞ。ポッポー！』って言って私を笑わせようとするもん。毎回」

ミミは馬鹿げた冗談には付き合わない。「パパの仕事が何か、あなたも知ってるでしょ」。父は自動車のバッテリーで動き、どこにでも持ち運べるブリーフケース大の電話を発明しようとしている。家族全員でその実験をすることもある。長距離電話をかけるたび、皆で車庫に行き、シボレー――父は〝電話ボックス〟と呼ぶ――に乗り込まなければならない。

「研究所って、気味が悪いと思わない？」とカーメンが訊く。「中に入るとき、署名しないといけないとか。おっきな刑務所みたい」

ミミは動じることなく話を聞く。二階にある両親の寝室からヴェルディが響く。子供たちは日曜日だけ、朝食の木の下で食べることを許されている。日曜の午前なら、子供たちだけでシカゴまで歩いて行っても、誰も気が付かないだろう。

カーメンがミミの視線を追う。「パパとママは午前中ずっと、一体何をしてるんだと思う？」

ミミは身震いの真似をする。「いちいちうるさいことを言わないで。そういうの、大嫌い！」

「裸でお医者さんごっこをしてるのかな？」

「下品なことを言わないの」。ミミはボウルを下ろす。彼女には集中して考えることのできる場所が必要だ。つまり、一段高い所。彼女はどきどきしながら、地面近くで桑の木がV字形に枝分かれしているところに足を掛ける。私の絹畑、と父はいつも言う。蚕はいないけど。

カーメンが大きな声を出す。「登っちゃ駄目なのに。木登り禁止。パパに言い付けてやる！」

「言い付けたりしたら、あんたなんて虫みたいにプチッとつぶすよ」

アミーリアはそれを聞いて笑う。ミミは木の股に足を掛けた状態で止まる。桑の実が周囲にぶら下がっている。彼女はそれを一つほおばる。実はレーズンのように甘いが、短い生涯にあまりにもたくさん食べたせいで、彼女はその味に飽きている。枝はジグザグに伸びている。葉の形が一枚一枚違うのも彼女をいら立たせる。ハート形、手袋形《ミトン》、ボーイスカウトの合図みたいな変な手の形。裏が毛羽立っているものもあって、なおさら気持ち悪い。どうして木に毛が必要なのか？ どの葉も鋸歯があって、三本の太い葉脈が走っている。この三姉妹のように。彼女は上に手を伸ばし、次にどんな気味の悪いことが起きるかを承知の上で、葉を一枚ちぎり取る。傷口から、べとっとした白っぽい乳液がにじみ出す。蚕はきっと、どうにかしてこれを絹に変えるんだ、と彼女は思う。

アミーリアが泣きだす。「やめて！ 痛いことしないで。私には木が叫んでるのが聞こえる！」

カーメンは、ミミが目指している窓を見上げる。「パパって、そもそもキリスト教徒？ 私たちと教会に行くときだって、イエス様がどうとか一回も口にしたことがないよ」

父が何か別の変わった存在であるのをミミは知っている。小柄でかわいらしく、いつもにこにこして優しい中国系イスラム教徒で、数学とアメリカ製自動車、選挙とキャンプを愛する男。何事にも計画的で、セール品を地下室に買い溜めし、毎晩遅くまで仕事を続けて、リクライニングチェアーで十時のニュースを見ながら眠る。誰からも愛され、特に子供になつかれる。しかし、中国語は決してしゃべらない。チャイナタウンに行ったときでも。時々、バタースコッチアイスクリームを食べた後、あるいは涼しい夜に国立公園でキャンプファイアを囲みながら、アメリカに来る前の生活について話をすることがあった。上海で飼っていたコオロギや鳩の話。召使いのブラウスの中に、けばけばした桃の皮を入れ、むずがゆがらせるいたずらをしたこと。笑うな。父さんは千年経った今も後悔してる。しかしミミは昨日まで、この男のことを何も知らなかった。土曜日だった昨日、ミミは泣きながら、遊び場から帰ってきたのだった。

「何した？　おまえどうした？」

彼女は挑むように父に正対した。「中国人はみんな毛沢東好きの共産主義者で、ねずみを食べてるの？」

するとようやく、父が娘に話した。別世界の話。ミミには分からない話も多かった。しかし話が進むにつれ、父は深夜に白黒で放映されるスリラー――画面が全体に暗く、不気味な音楽が流れ、無数の人が登場するドラマ――から飛び出した人物のように思えてきた。彼は、難民法によってアメリカ人になることが許された〝取り残された学生たち〟の話をした。一緒にアメリカに来た一人が科学界最大の賞を取ったことも含め、他の中国人留学生のことも話した。アメリカと共産主義者とが父の頭脳をめぐって争っているという話はミミにとって驚きだった。

「毛沢東という男。私はあいつに大金の貸しがある。あいつが金を返せば、私は家族をすごいディナーに連れて行く。今まで食べたことのない、最高のねずみが食べられるぞ！」

彼女は再び悲鳴を上げた。彼はニュージャージー州マリーヒルに行くまでねずみを間近で見たことがなかったと説明して、娘をなだめ、落ち着かせた。「中国人は変わったものをたくさん食べる。でも、ねずみはあまり人気がない」

彼は娘を書斎に連れて行った。そこで見せられたいろいろなものを、一日経った今もミミはよく理解できずにいた。父はファイリングキャビネットの鍵を開け、木の箱を取り出した。中には緑色の指輪が入っていた。「毛沢東はこの指輪を知らない。魔法の指輪が三つ。三本の木――過去、現在、未来。運よく、私には魔法の娘が三人いる」。彼はこめかみを指先でこつこつと叩く。「父さんはいつも考えてる」

彼は過去と呼んだ指輪を手に取り、ミミの指にはめてみた。ねじれた緑の葉叢は彼女を魅了した。彫刻には奥行きがあった。これほど小さなものに人が彫刻を施すなんて、とてもありえない。

「これは全部、翡翠《ひすい》」

彼女が急に手を引くと、指輪が床に落ちた。父は膝をついてそれを拾い、箱に戻した。「まだ大きすぎる。もう少し待とう」。彼は箱をファイリングキャビネットに戻し、再び鍵を掛けた。それからクローゼットの中でしゃがみ込んで、ラッカーの塗られたケースを取り出した。次にそれを製図台の上に置き、儀式めいたしぐさで留め金を外し、紐をほどいた。二つの軸木が左右に転がると同時に、彼女の目の前に中国――それまで寓話程度の現実味しかなかった、自分の半分――が現れた。上から下に、縦に転がる中国の文字は小さな炎のように尾を引いている。一筆一筆の墨が、まるで今書いたばかりみたいに光って見える。人にそんなものが書けるとはまったく思えなかった。しかし父は、その気になりさえすればこの文字が書けるのだ。

流れるような文字の後に、男たちが並んでいた。皆、ずんぐりした骸骨のようだ。顔は笑っているが、皮膚は垂れ下がっていた。その姿は何百年も生きてきたようだった。目はこの上なく愉快そうに笑っているが、肩は何かの耐えがたい重みの下で沈んでいる。

「これは誰?」

父は彼らをじろじろ見た。「この人たち?」。彼の唇が絵の中の人物のように引き締まる。「阿羅漢《アラハット》。聖人。小さな仏様。人生の謎を解く人。最終試験に合格した人」。彼は娘の顎に手を当て、自分の方を向かせる。彼が笑うと、前歯を囲う金の縁が細く覗いた。「中国のスーパーヒーローさ」

彼女は身をよじって父の手から逃れ、聖人たちの姿を見た。一人は小さな洞穴の中に座っていた。一人は赤い腰帯とイヤリングを身に着けていた。別の一人は高い崖の縁に立ち、その背後にはごつごつした岩場と霧が広がっていた。一人は木にもたれていた。ミミは次の日、それと同じ格好で桑の木にもたれ、妹たちにその話をすることになる。

父が夢の風景を指差す。「この中国。とても古い」。ミミは木の下にいる男に触れる。父はその手を取り、指先に口づけする。「とても古い。触るのは駄目」

彼女は何もかもを知っているような男の目を見つめる。「これがスーパーヒーロー?」

「彼らはすべての答えを知っている。何があっても傷つかない。王朝は現れては消える。清《しん》、明《みん》、元《げん》。共産主義も同じ。大きな犬にくっついた小さな虫みたいなもの。でも、この人たちは違う」。彼は舌を鳴らし、親指を立てた。まるで、長い目で見ればこの小さな仏様たちに賭けておけば間違いないと言っているかのように。

その舌打ちと同時に、九歳の幼いミミの視点が高い場所、そして何年も先へと移動し、十代のミミが現れた。さらにその絵を見ているティーンエージャーの中から、より年かさの、別の女が出現した。時間は、目の前で先へ先へと伸びていく直線ではなくなった。それは彼女を核とした同心円状の柱で、現在は最も外側の環に沿って外へ外へと漂い出て行く。未来の自分は上へ、そして背後に積み重ねられ、すべての自分はこの部屋へと立ち戻り、人生の謎を解いたこの男たちを再び眺めることになる。

「色、見て」とウィンストンが言った。すると、未来のミミがすべて折り畳まれ、今の自分に戻った。

「中国は本当に変な国」。彼は巻物を丸め、ケースに収め、クローゼットの床に戻した。

桑の木に登ったミミは、あと数フィート上まで行けたら両親のいる寝室を覗くことができて、ヴェルディを聞きながら二人が何をしているか見えるのにと思う。しかし地上で革命が起こる。「木に登ったら駄目なんだよ!」とアミーリアが叫ぶ。「下りて!」

「うるさい」とミミが言う。

「パパ! ミミが絹畑に登ってるよ!」

ミミは地面に飛び降りる。一フィート位置が違えば、妹をつぶしているところだ。彼女は妹の口を押さえ、黙らせる。「叫ぶのをやめたらいいものを見せてあげる」

子供らしい完璧な聴力によって、妹たちはその〝いいもの〟が見る価値のあるものだと悟る。次の瞬間、三人はヴェルディのコーラスを隠れ蓑にして、特殊部隊《コマンドー》風の動きで父のオフィスに忍び込む。ファイリングキャビネットには鍵が掛かっている。ミミはラッカーの塗られた箱を開ける。ウィンストンの製図台の上に巻物が広げられ、ねじれた、辛抱強い木の下に座る人物が現れる。

「触ったら駄目！　この人たちは私たちの先祖よ。しかも神様なの」


ブッシュドノエルよりも大きな自動車電話でバージニアの祖父母と長距離通話をするため家族を車庫に連れて行く中国人電気技師は、アメリカの国立公園が大好きだ。ウィンストン・マーは、毎年六月になると、半年先の旅行を計画し始め、地図に印を付け、ガイドブックに下線を引き、何冊もの手帳に几帳面なメモを取り、中国で新年の祭に登場する龍を小さくしたような、奇妙な鱒用毛針を作る。十一月には準備の品物でダイニングテーブルの上がいっぱいになるので、感謝祭の食事——貝と米——は朝食用の狭いカウンターでとらなければならない。やがて休暇が来て、一家五人は再び、空色のシボレー・ビスケインに乗り込む。車内は狭いが、ルーフラックと後部座席は大陸棚並に広い。エアコンはないが、クーラーボックスには、氷で冷やしたジュースがたくさん入っている。一家はヨセミテ、ザイオン、オリンピック（それぞれ、カリフォルニア州中東部、ユタ州南西部、ワシントン州北西部の国立公園）、さらにその先と、何千マイルも旅をする。

今年は、ウィンストンお気に入りのイエローストーン再訪だ。途中にあるキャンプサイトはすべて、ノートにメモがされている。彼はキャンプサイトの電話番号を書き留め、十余りの異なる基準に従って評価をする。そしてそのデータを活用して、翌年のルートを最終決定する。娘たちには、後部座席で楽器の練習をさせる。ミミのトランペットとカーメンのクラリネットは、バイオリンを任された幼いアミーリアに比べれば、まだ簡単だ。娘たちは本を荷物に入れ忘れた。二千マイル（約三二〇〇キロメートル）にわたって読むものは何もない。ネブラスカ州を数マイル走る間、上の二人の娘が末娘をじっと見続けると、ついにアミーリアが我慢しきれず泣きだす。それもまた一つの時間つぶしだ。

シャーロットは子供たちがすることにいちいち口出しするのをあきらめる。誰もまだ気付いていないが、彼女の精神はこのとき既に長時間、秘密の場所に迷い込み始めていて、その症状は年々ひどくなっていく。彼女は助手席で夫のために地図を読み、静かにショパンの夜想曲を口ずさんでいる。認知症はここ――聖人のような居ずまいで静かに車に乗っている日々――から始まる。

一家は三日間、ワイオミング州のスラウ川のそばでキャンプを張る。下の娘二人は何時間も、ばば抜きをしている。ミミは父と一緒に川に行く。ともにけだるげに毛針を投げる動き、徐々に出されるラインが宙に描くCの字の形、二時と十時の角度で止まる四段階の規則的な手の振り、乾いた毛針が水面に落ちて立てる波紋、何かが本当に釣れるかもしれないというささやかな不安、水面から覗く驚いたような魚の口。彼女にとって魔法のようなそのすべてが、永遠に記憶に残る。

冷たい水に膝まで浸かった父は自由だ。彼は砂州の地図を頭に入れ、流れの速さを測り、底を読み、魚の隠れ家を探る――いくつもの未知数を含むこの連立方程式を解くには、魚の身になって思考することが必要だ。その間ずっと彼が考えているのは、こうしていられるのがいかに幸運かということだけ。「魚はなぜ隠れる？」と彼は娘に訊く。「魚、何する？」

後に彼女の記憶に残るのは、天国の川に浸かる父のこの姿だ。釣りをしているときの父は人生の謎を解いている。釣りをする父は最終試験の合格者だ。次の阿羅漢《アラハット》。クローゼットの床に置かれた神秘的な巻物――ミミが何年も、時々こっそりと覗きに行き続けた巻物――に描かれた阿羅漢《アラハット》たちの仲間。

彼女は大きくなっていたので、その男たちが先祖でないことは分かっていた。しかし、平穏で満ち足りた様子で川に入っている父を見ていると、父はあの男たちの子孫なんだと思わずにはいられなかった。

シャーロットは川岸で、キャンピングチェアーに座っている。彼女の仕事は、二人の釣り師の絡んだ糸をほどくこと。迷宮のように微視的に入り組んだ結び目を、何時間でも解き続けること。ウィンストンは川の向こうに日が沈み、葦《あし》が金色から灰褐色に変わるのを見る。「色、見て!」。そしてまた数分後、衰弱していくコバルトブルーの空の下で、独り言のように、色、見て! 彼が見る色彩の中には、他の誰にも見えないものがある。

一家はタワージャンクションの町に向かう道から少し外れた小さな湖の畔《ほとり》でピクニックをする。ミミとカーメンは宝石にする石を探す。シャーロットとアミーリアはダイヤモンドゲームの第十七回戦に取り掛かる。ウィンストンは折り畳み式のキャンピングチェアーに座り、ノートに新しい情報を書き加えている。テーブルのそばで妙な動きがある。アミーリアが叫ぶ。「熊だ!」

シャーロットが跳び上がり、ゲーム盤が宙に舞う。彼女は末娘を抱え上げ、湖に向かって駆けだす。熊はのろのろと、宝石を集めている少女たちの方へ向かう。ミミは熊の肩と顔の形をチェックする。相手が灰色熊《グリズリー》のときと、黒熊のときとでは対処法が違う。どちらかは木に登り、どちらかは登らない。彼女はどっちがどうだったか思い出せない。「木に登って」と彼女がカーメンに言い、二人はそれぞれロッジポールパインに登る。

熊は二人のいる場所までわずか二歩ほどのところに迫っていたが、興味を失う。そして湖岸に立ち、今日が水泳向きの日かどうかを考える。熊は、今から洗礼を施そうとしているかのように娘を抱えて胸まで水に浸かっている女を見つめる。いつも狂ったことばかりをする種《しゅ》が次に何をするか、様子を見ているのだ。熊はキャンピングテーブルの前にじっと座り、ニコンのカメラで写真を撮っていたウィンストンの方へと歩きだす。カメラ——彼が甘んじて所有した唯一の日本製品——がカチ、カシャ、ジーと音を立てる。

熊が近寄ると、ウィンストンが立ち上がる。そして熊に向かって何かをしゃべり始める。中国語で。キャンプサイトのそばには、原始的なトイレがあり、扉が開いたままになっている。ウィンストンは熊に話し掛け、あやしながら、扉ににじり寄る。すると熊が戸惑い、自分の行動を再考し始める。熊の中で悲しみが湧き起こる。熊は腰を下ろし、宙を掻くような動作をする。

ウィンストンは話を続ける。父の口から漏れ出す異質な言語にミミは仰天する。ウィンストンはポケットに入っていたピスタチオを片手いっぱいに握り締め、トイレに向かって放る。熊は遊びに乗り、のろのろとナッツを追う。「車に乗れ」とウィンストンがささやき声で叫ぶ。「早く！」。妻と子供たちは車に乗るが、熊は顔を上げることさえしない。しかしウィンストンは途中で立ち止まり、キャンピングテーブルとスツールを回収する。かなり値が張ったそれらのアイテムを残していくわけにはいかない。

その夜、ノリス山近くのキャンプサイトで、畏怖の念を抱いたミミが父に訊く。父は目の前で豹変したように、彼女には見えていた。「怖くなかったの？」

彼は困ったように笑う。「私はまだ死なない。私の物語とは違う」

その言葉を聞いて、彼女は背筋が寒くなる。どうして父は、前もって自分の物語を知っているのだろう？　しかしそのことについては訊かない。その代わりに彼女は訊く。「パパは熊に何て言ったの？」

彼は額に皺を寄せる。そして肩をすくめる。熊に対して、これより他に言うべきことがあるだろうか？　「ごめんなさいだよ！　私は熊に言う。人間はとても馬鹿だって。人間は何でも忘れる——自分がどこから来たか、自分がどこへ行くか。私は言う。心配いらないって。人間はもうすぐこの世からいなくなる。そうすればまた、熊がいちばんになれるって」

ミミはマウントホールヨーク大学（マサチューセッツ州南西部にある）で、ＬＵＧだ。つまり、在学中限定のレズビアン《レズビアン・アンティル・グラジュエーション》。他の東部名門七女子大学のうち半分でも、事情はおよそ同じだ。名付けて、〝はさみと糊《シザーズ・アンド・ペースト》〟。おふざけ、背徳、健全、みだら、甘美——何かにそなえるための、大いなる練習。例えば、人生。学校を出た後に起こる何か。

彼女は一年半の間、十九世紀アメリカ詩を読み、サウスハドリーでアフタヌーンティーを飲む。実家のあるホイートンより居心地がいい。しかし、四月のある日、〝超越性〟と題された二年生向きの入門講座のためにエドウィン・アボットの『フラットランド』を読んでいるとき、Ａ・スクエアという語り手が平面からスペースランドへと連れ出される場面に達する。真理が啓示のように彼女に降る。信じるに足る唯一のものは計測だ。私は技師にならなければならない——父と同じように。それは選択の問題ですらない。彼女は既に技師だ。昔からずっと。ホールヨークの友人たちは彼女がフラットランドに戻った途端、アボットのスクエアと同じように、彼女を監禁しようとする。

彼女はカリフォルニア大学バークレー校に移る。窯業を学ぶには最高の場所だ。キャンパスは時間を飛び越えたかのような驚異的空間だ。未来の宇宙の支配者たちが、〝人類の可能性の黄金時代〟という十年前にピークを迎えた思想を信じる懲りない革命家たちと肩を並べ、研究をしている。

生まれ変わったミミは血気盛んだ。どう見ても、プログラム可能な計算機を手にした小柄なカザフ人。だが、ホール・ペッチの関係式（金属の性質と結晶粒径との間にある関係を表す数式）というフレーズをかつて口にした中で最もかわいい人という点では、多くの学生の意見が一致した。彼女は『ステップフォードの妻たち』（米国映画（一九七五）。コネチカット州の小さな町を舞台に、夫たちの陰謀で妻たちが従順なロボットにすり変えられる物語）的な気味の悪い土地柄を楽しむ。そして、夏の乾燥の中で爆発するユーカリの森の木陰に座って問題集を解き、大文字ばかりで綴られたプラカードを掲げて抗議する学生たちを眺める。天気がよければよいほど、彼らの要求はさらに怒りに満ちる。

卒業前の月、彼女は面接用の勝負スーツを身に着ける。カリフォルニア北部地震のように容赦のない、プロフェッショナル感あふれる滑らかなグレーのスーツだ。彼女は八人の採用担当者と会い、三社からオファーを受ける。そしてポートランドにある鋳造会社で鋳造過程監督としての仕事を引き受ける。というのも、それが最も出張に行く機会が多いからだ。会社は彼女を韓国へ送り出す。彼女は韓国と恋に落ちる。そして四か月で、それまでに知っていた中国語よりも多くの韓国語を覚える。

妹たちも方々に散る。カーメンは結局、イエール大学に行き、経済学を学ぶ。アミーリアはコロラド州で、傷ついた野生動物を保護する仕事に就く。ホイートンでは、マー家の桑が多方面から攻撃を受ける。コナカイガラムシが涌いた木は、綿埃で覆われたようになる。父の殺虫剤がどれも効かないカイガラムシが枝にびっしりと付く。細菌のせいで葉が黒くなる。両親は、木を救うには無力だ。シャーロットは、濃さを増す霧の中で、司祭を呼んで祈禱してもらってはどうかとつぶやく。ウィンストンは園芸学のバイブルを隅々まで読み、自分なりの考えを几帳面な文字でノートに記す。しかし、季節が巡るごとに、木の降伏が近づく。

ウィンストンは、何度目かの韓国出張からポートランドに戻ったミミに電話する。電話をかけるのは一家の電話ボックス、つまりマー家の車庫からだ。彼の発明品はその頃、ハイキングブーツのサイズにまで縮小し、信頼性と省電力性も充分に高まっていたので、研究所は他社に対して技術のライセンス販売を始めていた。しかしウィンストンは、自分のライフワークがようやく実を結んだと娘に話して喜びに浸ることをしない。彼が話すのは、枯れつつある桑のことばかりだ。

「あの木。どうするか?」

「木がどうしたの、お父さん?」

「悪い色。全部の葉っぱ、落ちる」

「土の検査はした？」

「私の絹畑。終わり。結局、絹糸一本もできない」

「別にもう一本植えたらどうかな」

「木はいつ植えるのが一番いいか？　二十年前」

「うん。でも、二番目にいいのは今だって、いつも言ってるじゃない」

「違う。二番目にいいのは十九年前」

ミミはこの臨機応変で陽気な男の声がここまで落ち込んでいるのを聞いたことがない。「旅行に行ってみたらどう、お父さん。お母さんをキャンプに連れて行ったら」。しかし二人はつい先だって鮭のいるアラスカの川まで一万マイルの旅から戻ってきたばかりで、ノートは見直すのに数年かかりそうな几帳面なメモでいっぱいだ。

「お母さんに代わって」

物音が聞こえる――車のドアが開き、閉まり、車庫の扉が開け閉めされる。しばらくして、声が聞こえる。「サルウェー・フィーリア・メア（ラテン語で「こんにちは、わが娘」の意）」

「お母さん？　何なのそれ？」

「エゴ・ラティーナム・ディスクント（「私はラテン語を学ぶ」）」

「やめてよ、お母さん」

「ウィータ・エスト・スップリキウム（「人生は懲罰なり」）」

「お父さんに電話を代わって。お父さん？　そっち、いろいろと大丈夫？」

「ミミ、私の時はもうすぐ」

「それ、一体どういう意味？」

「私の仕事、全部完成。私の絹畑、終わり。釣りは下り坂。毎年減る。さて、私はどうする？」
「何の話をしてるの？　今までずっとやって来たことをすればいいじゃないの」。来年のキャンプサイトの地図とグラフの作成。石鹸やスープ、シリアルなど安売りになっている商品を何でも買って、地下室に溜め込むこと。毎晩十時のニュースを見ながら眠ること。自由。
「うん」と彼は言う。しかし彼女は、自分を今まで育ててきた声を知っている。彼がその「うん」にどんな意味を持たせようとしているにせよ、それは嘘だ。彼女は後で妹たちに電話をして、実家が大変なことになっていると知らせようと心に留める。両親のピンチ。どうするか？　しかし、東海岸に電話をかければ、魔法の電話を手に入れない限りは一分間に二ドルだ。彼女は週末に妹たちに手紙を書くことにする。しかし、その週末にはセラミック焼結学会がロッテルダムで開かれ、彼女は手紙のことを忘れてしまう。

秋、かつては周囲の全員にマー・シーシュインとして知られたウィンストン・マーは、地下室でラテン語を勉強している妻から離れ、枯れかかった桑の木の下に座り、ヴェルディの『マクベス』を寝室から爆音で響かせて、グリップに硬材を使ったスミス&ウェッソン686をこめかみに当て、彼という無限の存在の機能を裏庭の敷石に散らばらせる。遺書はない。代わりに、千二百年前の王維の詩（「酬張少府」（張少府に酬ゆ））を羊皮紙に毛筆で書き写したものが、書斎の机の上に丸めたまま残されている。

晩年惟好静　　晩年　惟《ただただ》　静《せい》を好み
万事不関心　　万事心に関せず
自顧無長策　　自ら顧みるに長策《ちょうさく》無し

空知返旧林
松風吹解帯
山月照弾琴
君問窮通理
漁歌入浦深

空しく旧林《きゅうりん》に返るを知る
松風《しょうふう》　解帯を吹き
山月《さんげつ》　弾琴《だんきん》を照らす
君　窮通《きゅうつう》の理《り》を問う
漁歌《ぎょか》　浦《ほ》に入って深し

ミミはシアトルでの現場視察に向かうため、サンフランシスコ国際空港にいる。彼女が買い物する気もなくコンコースにある店を覗いていると、やかましいゲートの呼び出しや利用者への呼び掛けに混じって、自分の名前が聞こえる。顧客サービス係の人に受話器を渡される前から、彼女は既に悟っている。そしてイリノイ州の実家に向かう間ずっと、どうして私には分かっていたのだろう?と考える。なぜこの知らせは、まるで昔の記憶みたいな気がするのだろう?と。

母は無力だ。「お父さんはきっと私たちを傷付けたくなかった。あの人にはあの人なりの考えがあった。私には分からないこともある。そういう人なの」。その口調はまるで、彼女が地下室で耳にしたのは時間が分岐する際に立てた爆発音にすぎないと言っているかのようだ。この一大事にあって、その表情はあまりに穏やかで、動揺もなく、表面の波を感じさせない川の中のようなので、ミミも思わず、その現実離れした落ち着きを共有せずにはいられない。父が残した仕事はミミが最後までやらなければならない。遺体と銃を動かす以外に、誰も現場を触っていなかった。脳の断片が、新種のナメクジのように石の上や木の幹に点々と張り付いている。バケツとスポンジと洗剤入りの水で、汚れたウッドデッキをきれいにする。彼女は掃除する機械になる。彼女は妹たちに警告するのを忘れ、見えていた事態を阻止し損なった。でも、これなら——裏庭で亡骸《なきがら》の始末をすることなら——いつまででもやっていられる。彼女は掃除をしていると、また別のものに変身する。風が彼女の髪を乱す。彼女は血の付いた敷石、さまざまなアイデアを宿していた柔らかな組織のかけらを見る。すると隣に父が立っていて、草むらに散らばる自分の脳の断片を見て驚いている。色、見て！　人生の起伏とは何か知りたいか？　これがまさにそうだ。

　彼女は病んだ桑の下に腰を下ろす。風が、粗い鋸歯のある葉を叩く。幹の皮には皺が寄っている。それは阿羅漢《アラハット》の顔に刻まれた皺のようだ。彼女はひどく困惑し、その目につらさが浮かぶ。今も、地面は一面、桑の実の染みで覆われている。伝説によると、それは愛する人のために自殺した者の血だ。紙を丸める音のような、小さな声が彼女の喉から漏れる。「お父さん。お父さん！　どうしたの？」

　すると、静寂がうなり声を上げる。


　カーメンとアミーリアが到着する。再会した三人が、別れる前に卓を囲む。説明は誰もしてくれない。将来もずっと。世界で最もそんなこととは縁がなさそうな男が、娘たちを置いて、ありえない旅に出た。説明の代わりに思い出がある。三人は互いの肩に手を置き、昔の話を語り合う。日曜のヴェルディ。自動車旅行。研究所訪問。同僚の大きな白人たちから祝福を受けながら廊下を歩く小柄な男——携帯電話という未来の陽気な創造者。姉妹は、一家が慌てて熊から逃げた日のことを思い出す。湖の中で、アミーリアを頭の上に乗せる母。中国語で熊に話し掛ける父——同じ森を共有する、違うサイズの生き物が二匹。

　姉妹は静かに、思い出と衝撃を分かち合う。しかし、その場所は屋内だ。妹たちは庭には近寄らない。かつての朝食の木、父の絹畑に目をやることさえしない。ミミは知っていることを話す。電話のこと。私の時はもうすぐ。

アミーリアはミミを抱く。「姉さんのせいじゃない。分かるわけないんだから」

カーメンが言う。「父さんからそんな電話があったのに、私たちに連絡しなかったの?」

シャーロットは少し笑みを浮かべて、そばに座っている。その様子はまるで、一家が再びキャンプに出掛けていて、母は湖畔で夫の絡んだ釣り糸をほどいているかのようだ。「お父さんは、あなたたちの姉妹《きょうだい》げんかを見るのが大嫌いなのよ」

「お母さん」。ミミが大きな声を出す。「お母さん。もうたくさん。しっかりしてよ。父さんはもういないの」

「いない?」。愚かな娘にシャーロットが顔をしかめる。「何を言ってるの? 私はまた父さんに会うわ」

三姉妹は山のような書類と報告書に立ち向かう。ミミはこのとき、初めて気付く。人が死んでも、法律が立ち止まることはないのだ、と。法律は墓のずっと向こう、何年も先まで手を伸ばし、遺族を官僚的ハードルに引き込む。それに比べれば、生前の試練はダンスのステップみたいなものだ。ミミが妹たちに言う。「お父さんの遺品を分けないとね」

「分ける?」とカーメンが言う。「つまりもらうってこと?」

アミーリアが言う。「それはお母さんに任せた方がいいんじゃ……?」

「母さんの様子、分かってるでしょ。話が通じないわ」

カーメンが立ち上がる。「ちょっと一休みするっていうのはどう? どうしてそんなに急ぐの?」

「用事をすべて片付けたいのよ。母さんのために」

「そのために、父さんのものを捨てちゃうわけ？」

「みんなで分けるってこと。一つずつ、ふさわしい人に」

「ややこしい二次方程式を解くみたいに」

「カーメン。私たちでどうにかしないと仕方がないでしょ」

「どうして？　お母さんの考えは放っておいて、家を売ろうって言うの？」

「母さんが自分で処分を考えられると思ってるわけ？　あの状態なのに？」

アミーリアが二人の肩に腕を回す。「まあ、その件はしばらく待ってもいいんじゃない？　私たちがこうして一緒にいられる時間は限られてるのよ」

「一緒にいる今が大事」とミミが言う。「次に三人で会うのはずっと先になるかもしれない。今、決めてしまいましょ」

カーメンがアミーリアの腕をふりほどく。「じゃあ姉さんは、クリスマスにも家に帰らないつもり？」。しかし、彼女はその声で、明らかに一つのことを告白してしまっている。〝家〟は父とともにどこかに失われてしまった、と。


シャーロットは思い出のある数品に執着する。「これはあの人のお気に入りのセーター。あ、その防水長靴は持っていかないでね。それと、これはお父さんがハイキングに行くときにいつも穿くズボンよ」

「お母さんは大丈夫」。姉妹三人だけになったとき、カーメンがそう言う。「どうにかなる。少し調子が狂っているだけ」

「二、三週間後に、私はまた来られる」とアミーリアが申し出る。「様子を見に。お母さんが大丈夫かどうか」

　カーメンが今にも怒り出しそうな顔で、ミミを真正面から見る。「お母さんを施設に入れようとか、夢にもそんなこと考えないでね」

「夢も何もないわ。私はただ、用事を片付けようとしているだけ」

「片付ける？　じゃあこれをどうぞ。几帳面な姉さんにお似合いの形見よ。私たちが寝泊まりしたすべてのキャンプサイトに関する報告を綴った十一冊のノート。全部、姉さんに上げる」

　オペラの三人のヒロイン（三姉妹の名は有名なオペラの登場人物からとられている）が銀のプレートの上に身を乗り出す。そこには翡翠の指輪が三つ載っている。指輪の一つ一つに樹木の彫刻が施されており、それぞれの木は仮装した三つの時を表している。一本目はロートスの木。何人《なんぴと》も越えて戻ることのできない過去との境界に立つ木だ。二本目は真っ直ぐに細く伸びる松で、現在を表す。三本目は未来を表す扶桑の木。不老不死の霊薬が隠された、遠い東の国にある、魔法の桑の木。

　アミーリアの目は指輪に釘付けだ。「誰がどれをもらえばいい？」

「正しい分け方が一つあるのは確かね」とミミが言う。「間違った分け方はもっとたくさんある」

　カーメンがため息をつく。「今からやるのはどっちの分け方？」

「黙って。目を閉じて。今から三を数えたら、どれか一つを取ることにしましょう」

　三と同時に、軽く腕がぶつかり合い、姉妹はそれぞれの運命を見つける。三人が目を開けると、プレートの上には何もない。アミーリアは永遠の現在、カーメンは運命の定まった過去を手にしている。そしてミミは、来たるべき未来の細い幹を手にしている。彼女はそれを指に入れる。指輪——彼女が決して見ることのない故郷からの贈り物——はやや大きい。彼女は〝開けゴマ〟と唱えるように、果てしない継承のループを、指にはめたまま回す。「次は仏様」

妹たちにはその意味が分からない。アミーリアもカーメンもこの十七年間、巻物のことを考える機会がなかったのだからそれも無理はない。

「阿羅漢《アラハット》」と、ミミはわざと誇張した発音で言う。「賢人たち」。父が毛針を巻くのに使っていたテーブルの上に、彼女が巻物を広げる。それは記憶にあるより古く、異様に見える。まるでこの世以外の場所にいる誰かが、絵の具とインクを使って手を加えたかのようだ。「競売所に持ち込んで、売却金を山分けするのも一つの手ね」

「ミミ姉さん」とアミーリアが言う。「遺産なら充分たくさんもらったんじゃない？」

「ミミが持ってたらいいんじゃないの。それが賢明だと思うけど」

「博物館に寄付する手もある。シーシュイン・マーを追悼するという形で」。ミミが発音すると、その名前は絶望的にアメリカ風に響く。

アミーリアが言う。「それいいね」

「そうすれば、一生、税金の控除が受けられる」

「それは当人がお金をたくさん稼いでいる場合に限られるけど」。カーメンが鼻を鳴らす。

アミーリアはその小さな手で巻物を巻く。「それってどうやるの？」

「さあね。とりあえず鑑定してもらわないと」

「それは任せるわ、ミミ」とカーメンが言う。「姉さんは用事を片付けるのが得意だから」

警察は家族に銃を返却する。法規上、相続によって所有権は彼女たちにある。しかし家族の中に、銃の所有許可を持っている者はいない。どうすればよいのかも、誰も知らない。銃は食器棚の上に置かれ、木箱の中から大きな存在感を放つ。それは破壊してしまわなければならない——火山の火口に放り込んで滅ぼさなければならないあの指輪と同じように（J・R・R・トールキン『指輪物語』への言及）。しかし、どうやって？

ミミは決意を固め、木箱を持つ。そして、高校生のときに使ったきり、何年も地下室に置きっ放しになっていた自転車の荷台にゴム紐でくくりつける。彼女はペンシルベニア通りを進み、父がその銃を買ったグレンエリン地区の銃砲店を目指す。店が買い取りをしてくれるのかどうか、彼女は知らない。そんなことは気にしていない。買い取ってくれなければチャリティーに寄付すればいい。彼女はひどく重い荷台の箱を、とにかく処分したがっている。横を通り過ぎる車の運転手は、さっさと走れと言いたげにいらついている。その辺りは裕福な人が多く暮らす一角なので、大人が自転車に乗ることはない。木箱は小さな棺桶のように見える。

ついにパトカーが現れる。彼女は普通に振る舞おうとする——マー一族がいつもそう装ってきたように。パトカーはのろのろと背後についてきて、ライトを点滅させるが、昼間なのでそれは見えない。すると四分の一秒間、サイレンが鳴る。究極の権力者が漏らしたしゃっくり。ミミは転倒しそうになりながら、よろよろと停まる。所有許可のない拳銃の携帯で、酌量の余地なく実刑判決。つい最近、人間の組織が大量に付着していた痕跡のある銃。彼女の心臓は余りに激しく鼓動し、口の中まで血の味がする。警官が車を降りて、自転車にまたがっている彼女のそばまで来る。「さっきの交差点、合図をしませんでしたね」

彼女の頭は小さく震えている。彼女にはその揺れを止めることができない。

「手信号は必ず出してください。法律で決まっていることなので」

次にミミはオヘア国際空港で、ポートランドに戻る便を待っている。そうしていると構内放送で自分の名が何度も呼ばれるような気がする。彼女はそのたびにぎくっとして立ち上がるが、次の瞬間には、スピーカーから聞こえているのが別の単語だと分かる。飛行機の出発は遅れている。そして再び、さらに遅れる。彼女は指にはめた翡翠の木を何万回となく回す。この世の出来事には何の意味もない。意味があるのはこの指輪と機内持ち込み荷物の中に入れた貴重な巻物だけ。彼女は安寧だけを望む。しかし、彼女は今から、ここで——曲がった桑の木の陰で——生きていかなければならない。不可解な詩。釣り人の歌。

アダム・アピチ

一九六八年、五歳の子供が絵を描く。そこには何が描かれているか？ まずは母親。紙と絵の具を与え、きれいに描いてねと言う母親。次に家。扉は宙に浮き、煙突から煙がくねくねと上っている。次に、アピチ家の四人の子供。計量カップのように大きな子供から順に、いちばん幼いアダムまで。アダムには、家の裏側にあるものの描き方が分からないので、四本の木は家の横に置かれる。長女リーのニレ、次女ジーンのトネリコ、長男エメットの鉄樹（硬質材の樹木の総称。幹が筋肉状に見えるなど後出の特徴から、ここではおそらくアメリカシデ）、次男アダムのカエデ。どれも同じ、緑色の綿《わた》の塊でできている。

「パパはどこ？」と母が訊く。

アダムはすねた顔をして、父を描き足す。彼が描く父はまさにこの絵を手に持ち、何だこれは——木か？ 外を見ろ！ 本物の木と全然似てないじゃないか？と笑いながら言っている。

生まれつき几帳面な少年は猫を描き加える。そして爬虫類向きの環境がある地下室でエメットが飼っているツノトカゲ。それから、植木鉢の下にいるカタツムリと、まったく別の生き物が作った繭《まゆ》から孵化した蛾。さらに、アダムのカエデから落ちた竹とんぼ状の種《たね》と、道に落ちていたもので、リーは石炭殻だと言っているが隕石かもしれない奇妙な石。そして、更紙《ざらがみ》に描ききれなくなるまで、数十の物――生き物やそれに近いもの。

　少年は母に完成した絵を手渡す。そのときはちょうどお向かいのグレアムさん夫妻がお酒を飲みに来ているが、その目の前で母はアダムを抱き締める。絵には描かれていないが、母が彼を抱き締めるのは酔っているときだけだ。アダムは絵が皺にならないよう、母の腕の中でもがく。彼は幼いときから、抱かれることを嫌っていた。あらゆる抱擁は、小さくて柔らかな監獄だ。

　走って逃げていく少年を見て、グレアム夫妻が笑う。階段の途中にある踊り場で、アダムは母がこうささやくのを聞く。「あの子はちょっと、社交性の面で発育遅滞があるの。学校の養護教諭からも、気を付けるようにって言われてる」

〝はついくちたい〟という語は何か特別な、ひょっとすると強大な力を意味しているのかもしれない、と彼は考える。周囲の人間が注意しなければならないような能力。彼は二階にある男の子部屋に戻った後、八歳の――大人に近い――エメットに訊く。「〝はついくちたい〟って何？」

「おまえのこと」

「何それ？」

「普通の人と違うってことさ」

　それならいい。アダムにとっては。普通の人の方がどこかおかしいのだ。普通の人たちは、世界でいちばんの生き物からはほど遠い存在だ。

　絵が冷蔵庫に張られたままで何か月も経ったある日、夕食後に、父が四人の子供たちを集める。彼らは粗末なカーペットを敷いた物置部屋に入る。その部屋にはティーボール（野球に似た球技。ピッチャーはおらず、本塁上のティーに置いたボールを打者が打つ）のトロフィーの他に、手作りの灰皿やマカロニを使った工作作品が並べられている。子供たちは、『ポケット版樹木ガイド』を手にした父を囲むように床に座る。「みんなで今から、同胞《シブリング》を見つけないといけない」

「同胞《シブリング》って何?」とアダムがエメットにささやく。

「小さい木のこと。赤っぽいやつ」

リーが鼻で笑う。「それは苗木《サプリング》よ、ばーか。同胞《シブリング》っていうのは赤ちゃんのこと」

「けっ、お尻のにおいでも嗅ぎやがれ」とエメットが言う。その動物的なイメージはあまりに強烈だったので、後に中年になったアダムの脳裏にもその言葉は残ることになる。姉のリーについて覚えていることの大半は、そうやって悪口を応酬する場面だ。

父が口論を止め、候補を示す。一つはユリノキ。成長が早く、長生きで、派手な花が咲く。小さくて細いリバーバーチ。皮でカヌーが造れる。ツガは大きな円錐形に育ち、小さな球果がたくさんできる。加えて、一年中緑だ。雪の下でも。

「ツガ」とリーが言い切る。

ジーンが訊く。「どうして?」

「理由も言わなきゃならないわけ?」

「僕はカヌー」とエメットが言う。「投票にしようよ」

そばかすが見えなくなるほど、アダムの顔が真っ赤になる。彼は、きょうだいが恐ろしい間違いを犯すことになってはならないと、ありえない責任の重さに泣きだしそうになりながら、声を上げる。

「もしも間違ってたらどうするの?」

父は本をめくり続ける。「どういう意味だ?」

ジーンが答える。彼女は弟がしゃべるようになる前からずっと、彼の代弁をしてきた。「アダムが言ってるのは、選ぶ木の種類を間違えたらどうするのかってこと」

父はどうでもいい考えを一蹴する。「いい木を選べばそれでいい」

アダムが泣きながら食い下がる。「違うよ、パパ。リーはニレの木と同じで元気がない。ジーンは真っ直ぐでいい子。エメットの鉄樹は――見てよ、この頑固さを！　で、カエデは、僕と同じように赤くなる」

「おまえがそんなことを言うのは、どれが誰の木かを知っているからさ」

アダムは、まだ生まれていないチャールズのために木を選んだこの晩の父よりも年を取ってから、心理学専攻の学部生にこの要点を説明することになる。彼はそのテーマで業績を重ねる。手掛かり《キューイング》、刺激《プライミング》、認知枠形成《フレーミング》、確証バイアス、相関と因果関係との混同――さまざまな問題を抱えた大型哺乳類の脳に元から組み込まれている欠陥。

「違うよ、パパ。僕らは正しいのを選ばないと。とりあえず選ぶなんてできない」

ジーンは彼の頭をなでる。「心配しなくていいよ、アダム」。トネリコは木陰を作る高貴な木で、治療や強壮にも使われる。枝は枝付き燭台のように広がる。しかし材は、緑色をしている状態でも燃える。

「カヌーで決まりだって」とエメットが叫ぶ。鉄樹は、切り倒される前に斧を折る。

父はいつものように、最初から答えを用意している。「今、ブラックウォルナットが店で安売りになってる」と彼は言い、民主主義が終わる。偶然にも、チャールズの未来にこれほどふさわしい木は他にない。木は背が高く、材は柾目で、できるクルミはハンマーを使わなければ割れないほど硬い。他の草木が周囲に育たないよう、土に毒をまく木。しかし、違法伐採する泥棒がいるほど、立派な木材。

赤ん坊より先に木が届く。アダムの父は罵声と怒声を吐きながら、完璧な芝生に開けた穴に向かって黄麻布にくるまれた根を引きずる。きょうだいと並んで穴の縁に立って成り行きを見ていたアダムは、ひどい間違いに気付く。誰も止めに入らないのが不思議なくらいだ。

「パパ、ストップ！　その布。木が窒息しちゃう。根っこが息できないよ」

父は手を止めず、うなりながら木を引きずる。アダムは殺害を阻止するために、穴の中に飛び込む。細い脚の上に根の全重量がかかり、彼は悲鳴を上げる。父は最上級の怒鳴り声を上げる。そしてアダムの片方の腕を引っ張って生き埋めから救う。芝生の上に投げ出されたアダムは玄関前まで転がる。少年はコンクリートの上でうつぶせになったまま吠えるが、それは痛みのせいではなく、生まれくるべき弟の木に押し付けられた許されざる罪に向けられたものだ。

無力でずっしりした赤ん坊のチャールズは毛布にくるまれた格好で病院から家に戻る。アダムは来る月も来る月も待つ――息のできなくなったブラックウォルナットが枯れて、赤ん坊も菱形模様の寝具の中で窒息するのを。しかし、木も赤ん坊も生き延びる。それでアダムが実感したのは、生命が語ろうとしている言葉は誰にも聞こえないということだった。

四年後の春、木が芽吹き始めるとすぐに、アピチ家の子供たちは「誰の木がいちばんきれいか」でけんかになる。木に種《たね》ができると種でけんかし、木が紅葉すると色でけんかする。健康と力、サイズと美しさ。きょうだいはあらゆることで言い争う。それぞれの木に独自の長所がある。トネリコはダイヤモンド形の模様の樹皮。ウォルナットは細長い複葉。カエデが降らせる竹とんぼ状の種。花瓶のような樹形のニレ。幹に溝があって筋肉みたいに見える鉄樹。

九歳になったアダムは、選挙を行うことに決める。鶏卵容器の上部に切り込みを入れて、誰がどの木に投票したか分からない投票箱を作る。五本の木に対して五票。各人が自分の木に投票する。そこで次に、決選投票。エメットは四歳のチャールズの票を、お菓子《バターフィンガー》で買う。ジーンは、愛としか呼びようのない動機で、投票先をアダムのカエデに変える。戦いの焦点は、鉄樹対カエデに絞られる。選挙運動は容赦がない。ジーンはアダムのパンフレット作りを手伝う。リーはエメットのマネージャー

う。を引き受ける。リーとエメットは父の高校卒業アルバムにあった詩を改変して、選挙スローガンに使

仕事が小さくて、　報酬がわずかでも
心配するな。
たけき鉄樹もかつては
あなたと同じ核果《ナッツ》だったのだ。

アダムはそれに対抗するため、ジーンに手伝ってもらってポスターを作る。


来たれ、坊《シュガー》や、カエデ《メープル》に一票。

カナダの名産はメープルに決まり。


「どうかしらね、アダム」。三歳上のジーンは有権者の動向をより冷静につかんでいる。「あの三人には通じないかも」

「面白いじゃん。受ければ勝ちさ」

アダムたちは選挙に負ける。三対二。アダムはそれから二か月間、機嫌が悪い。

アダムは十歳になると、一人で行動することが増える。子供たちは彼に意地悪をする。兄は彼をハイキングに連れ出し、缶に氷と小便を入れて彼に飲ませようとする。公園では、「おまえはポテトチ

ップスの食べすぎだ、頭皮が緑色になってるぞ」と友人たちが言う。彼が慌てて家に帰ると、人の言うことを信じすぎだと母に叱られる。彼には皆の行動が理解できない。彼は当惑するばかりなので、周囲は余計にちょっかいを出す。

彼は一人でいることが多い。しかし、他に何もない分譲地の一角にも数百万の生物がいる。『昆虫ミニ図鑑』と蓋に穴を開けた瓶があれば、孤独な日曜の午後が収集家の夢に変わる。『化石ミニ図鑑』で武装した彼は、玄関前の板石の出っ張りが魚竜――哺乳類が目立たない形で林床《りんしょう》に現れるよりさらに昔に絶滅した生物――の歯だと断定する。『池の生き物ミニ図鑑』『星ミニ図鑑』『岩石鉱物ミニ図鑑』『爬虫類両生類ミニ図鑑』。人間など、ほとんど見当違いな存在にすぎない。

ひと月が経つごとに、標本が増える。フクロウのペレット（猛禽が吐き出す、骨・羽毛などの不消化物の塊）とムクドリモドキの巣。尾の先や眼球皮膜まで残っている、アカダイショウの抜け殻。黄鉄鉱、煙水晶、紙のように剝離する銀灰色の雲母、旧石器時代の矢尻と思われる燧石《すいせき》。彼は見つけたもの一つ一つに日付を添え、場所を記録する。コレクションは少年の部屋を占拠し、廊下にあふれ、物置まで達する。聖なる居間にまで、展示は進出する。

ある冬の午後、少年が学校から帰宅すると、博物館が丸ごと焼却炉に放り込まれている。彼は泣き叫びながら、部屋から部屋へと飛び回る。

「アダム」と母は説明する。「あれは全部ゴミでしょ。かびが生えて、虫が食ったゴミ」

彼は母を打つ。母は痛みにたじろぎ、頰に手を当てて少年を見つめる。彼女には証拠としてまだ頰に残る痛みが信じられない。かつて六歳のとき、彼女の手から布巾を取って、「皿拭きの続きは僕がやる」と言った息子に何が起きたのかが理解できない。

その夜、アダムの父が平手打ちの件を知る。父が少年に教訓を叩き込むとき、ねじり上げられた少年の手首が折れる。その夜遅く、『甲殻類ミニ図鑑』に出てくる何かの生き物みたいな青色に腫れ上がるまで、手首が折れていることに誰も気付かない。

　ギプスが外れた晩春の土曜日、アダムはカエデの木のできるだけ高いところまで登り、夕食まで降りてこない。太陽が葉叢の間を通り過ぎ、空気を未熟なライムの色に変える。近所の屋根を見下ろし、樹上生活の心地よさを感じることには、苦々しい慰めがある。掌状の葉が微風の中で波打つ。五本指の手の群れ。小雨が降っているような音とともに、小さな芽鱗《がりん》（芽を保護する鱗状の葉片）が降る。ずっと上の方で、リスが房状の花をかじって蜜を吸い、用済みになった朽葉色のブーケを地面に落とす。アダムは他に十五種の生き物を見つける。ミールワーム。小さすぎてほとんど目に見えない脚をさざ波のように動かして甘い井戸を探す、平べったい斑点。甲虫や蝶が小枝のあちこちにぎっしり産み付けた卵を餌にしている、頭の冠が茶色と黒の鳥。前の年に餌を探しながら作った巣穴から出入りするキツツキ。それは彼の家族が決して知ることのない驚くべき秘密だ。ベルビル（イリノイ州南西部の市）中の人間を集めたよりもたくさんの生き物が、このたった一本のカエデの上で暮らしている。

　アダムはその日のことを何年も経った後も記憶している。その未来において、レッドウッド（セコイア、アメリカスギとも言う。世界で最も丈の高くなる樹種の一つ）の樹上二百フィート（約六〇メートル）の場所から見る虫みたいに小さな人々は、大半が彼の死を望んでいる。

　彼が十三歳のとき、姉リーのニレの葉が、まだ秋にもならないのに黄色く変わる。最初に変化に気付くのはアダムだ。他の子供たちは木を見なくなっている。一人また一人と、緑の隣人から遠ざかり、もっとにぎやかで派手な人々の集まりに流れていく。

　リーの木が罹患する病気は、数十年前から迫りつつあったものだ。五〇年代の楽観的な乗りでレナード・アピチが最初に木を植えた頃、ニレ立ち枯れ病は既に、ニューヨーク、フィラデルフィア、そして〝ニレの町〟と呼ばれるニューヘイブンを襲っていた。しかし、それははるか遠い町々だった。科学の手ですぐに治療法が見つかるだろうと、彼は思っていた。

子供たちがまだ小さな頃に、菌はデトロイトを潰滅させた。そのすぐ後にはシカゴ。アメリカで最も人気《にんき》の街路樹、大通りを巨大なトンネルに変える花瓶のような樹形の木が、この世界から去りつつあった。病気は今、ベルビルの郊外まで達し、リーの木も降伏する。木を悼むのは十四歳のアダムだけだ。父は伐採にかかる費用に不平をこぼす。リー本人はほとんど注意を払うこともしない。彼女はもうすぐ大学に進学する――イリノイ州立大学の演劇専攻コース。

「お父さんがニレを選ぶのは当然ね。生まれる前から私に冷たかったし」

アダムは伐採に来た男たちから木の一部を救い出す。そしてそれを地下室に持ち込み、かんなを掛け、電熱ペンで文字を刻む。言葉は本の中で見つけたものだ。**木は大地と空の間に架かる橋**。彼は〝橋〟の書き方を間違う。〝大地〟と〝空〟は間が抜けた筆跡になる。しかしとにかくそれを、餞別としてリーに渡す。彼女は笑顔でそれを受け取り、彼を抱き締める。彼女が家を出て行った後、彼はそれを見つける――救世軍に寄贈する品物を集めた箱の中で。

その秋――一九七六年――アダムはアリに惚れ込む。九月のある土曜日、彼はアリの群れが近所の歩道を横切り、したたり落ちたアイスキャンディーを巣に運んでいるのを見る。赤茶色の粗いカーペットは数ヤード広がっている。その大規模な部隊配置は人間の知恵にも劣らぬものだ。アダムは生ける泡沫と並んで草むらにキャンプを張る。お祭り集団の端にいるアリは彼の靴下を這い上がり、やせたすねを登る。あるいは肘から登り、Tシャツの袖の中に入り込む。アリは彼のパンツを偵察し、睾丸をくすぐる。アダムはそれどころではない。目の前で、いくつものパターンが現れる。驚くべきパターンだ。大量動員を指揮している者はいない。少なくともそれだけは確かだ。しかし、アリたちは非常に息の合ったやり方で、べとべとした餌を巣まで運んでいる。立案者の存在しない計画。測量者のいない経路。

彼はノートとカメラを取りに家に帰る。そこで妙案が浮かぶ。彼はジーンにマニキュアを少し欲しいとねだる。彼女は成長するにつれて愚かになり、ファッションの渦にのみ込まれている。しかし、かわいい弟アダムのためなら何でもする。彼女も以前は『ミニ図鑑』の愛読者だった。しかし、今は人間たちが彼女をつかみ、二度とそこから自由になれそうにない。

彼女は五色を譲る。緋色《スカーレット》から藍色《シアン》に至る虹。彼は現場に戻り、色塗りを始める。一匹のくず拾い係の腹部に〝スモーキング・ローズ〟と名付けられた色の小さな球が付く。彼は数十のアリを一匹一匹、同じ色で塗る。数分後、今度は〝ニート・ピーチ〟で同じことを始める。十時頃には全五色のアリがうごめいている。間もなく、落書きのようだった絵が、現実離れした美しさを持つ、もつれたジグザグ行進を見せる。集団《コロニー》には何かが備わっている。アダムはそれを何と呼べばいいのか知らない。目的。意志。一種の意識——人間の知能とはまったく異なっているので、人間にはそれが何でもないように見えるのだ。

竿と餌を持って通りかかったエメットは、草の上に腹ばいになって写真を撮り、ノートにスケッチしているアダムを見つける。「何やってんだ?」

アダムはハリネズミになり、作業を続ける。

「これがおまえの土曜日かよ? 誰もおまえの考えてることが分からないってのは当然だな」

アダムは逆に、周囲の人のことが分からない。人は本心を隠すために何かを言う。人はくだらないものを追い求める。彼は顔を上げることなく、数を数え続ける。

「おい! 昆虫少年! 昆虫少年やい——おまえに言ってんだよ! 何で地面に這いつくばってん

だ？」

エメットの声を聞いてアダムは驚く。兄は僕の行動におびえているのだ。アダムはノートに向かってささやく。「お兄ちゃんはどうして魚をいじめるの？」

足が跳ねて、アダムの脇腹を蹴る。「何言ってやがる？　魚は何も感じやしないんだよ、ばーか」

「そんなこと、分からないじゃないか。証明することはできないよ」

「証明だと？」。エメットは地面に手を伸ばし、草をひとつかみ引きちぎって弟の口に押し込む。アダムは抵抗せず、ただ草を吐き出す。エメットはアダムを哀れむような様子で首を横に振りながら立ち去る――今回もまた、一方的な口論の勝利者として。

アダムは生きた地図をじっと見る。しばらくすると、色分けされたアリの動きから見えてくることがある。中心的なリーダーからの指示なしに信号がやりとりされている可能性。彼は少し餌を動かし、アリたちを散らばらせる。途中に障害物を置き、ルート回復までの時間を測る。アイスキャンディーがなくなると、昼食の残りを違った場所に置いて、それらがなくなるまでの時間を計測する。アリの集団《コロニー》は動きが素早く、知恵もある――望みのものを手に入れる巧みさは、人間に劣らない。

監督派教会の鐘楼《カリヨン》の鐘が型通りの聖歌を響かせる。六時――アピチ家のはぐれ者たちが皆、夕食に帰る時間だ。今日の収穫は十二ページのメモ、三十六枚のタイムラプス写真、そして未完成の理論。仮に不要品交換会に持っていっても、壊れたヨーヨーとさえ交換してもらえないような代物ばかりだ。

秋の間ずっと、学校にいるときと芝を刈っているときとソフトドリンク屋でアルバイトをしている時間以外は、アリの研究に没頭する。グラフを描き、図表を作る。アリの賢さに対する敬意は際限なく増す。アリの行動は変化する条件に柔軟に対応する。〝途方もない利口さ〟と呼ぶ以外、何と形容したらよいのか？

彼は年末、地元の科学研究発表会《サイエンス・フェアー》にエントリーする。「アリの集団《コロニー》行動と知性の観察」。ホール内にはもっと見栄えのいい研究もあるし、明らかに父親が考察部分を担当した作品もある。しかし、彼と同じやり方で対象に目を向けた研究はない。

　審査員が尋ねる。「この研究を手伝ってくれたのは誰ですか？」

「自分一人でやりました」と彼は答える。返事はやや自慢げだったかもしれない。

「ご両親は？　理科の先生とか？　お兄さんやお姉さんは？」

「姉からはマニキュアをもらいました」

「アイデアは誰かからもらった？　引用文献がないけど、誰かの研究を引き写したりしてない？」

　同じ実験を誰かが既にやっているかもしれないと考えただけで彼は気落ちする。

「計測は全部自分で？　研究を始めたのは四か月前？　夏休みの間に始めたんですか？」

　彼の目が涙でいっぱいになる。彼は肩をすくめる。

　審査員たちは彼に何の賞も与えない——銅賞さえ。引用文献《ビブリオグラフィー》一覧がない、というのが理由だ。引用文献一覧は公式な研究に欠かせない、と。アダムは本当の理由を知っている。審査員たちは彼の研究を盗作だと思った。彼らには、一人の子供が何かを発見するまで観察するという喜びだけのために、独自のアイデアに基づいて何か月間も研究したということが信じられないのだ。


　春休み、姉のリーが何人かの女友達とフロリダのフォートローダーデールに行く。休暇の二日目、彼女は浜辺にあるシーフードレストランの外で、二時間前に出会ったばかりの男が運転する赤のコンバーチブル〝フォード・マスタング〟に乗る。その後、彼女を見掛けた者はいない。

　両親は半狂乱になる。二人は二度、飛行機でフロリダに行く。そして警察に向かって大声を上げ、たくさんのお金を使う。月日が経つ。手掛かりは皆無。アダムはこの先も手掛かりが出てくることはないと悟る。姉を連れ去った人物が何ものであれ、それは抜け目がなく、非常に注意深い。つまりは人間的な知性の持ち主だ。

　レナード・アピチはあきらめようとしない。「おまえたちもリーを知ってるだろ。あれがどんな子か。あの子ならまた逃げ帰ってくる。何があったかはっきり分かるまでは、葬儀みたいなことはやらん」

　はっきり分かる。彼らは皆、はっきりと分かっている。アダムの母は、前年の春にリーが口にした言葉を夫にぶつける。生まれる前から私に冷たかったし。彼女はそこに現れてきたパターンをつかむ。「あなたは、何年も前からニレがあちこちで枯れ始めたのを知ってたのに、リーの木としてニレを植えたのよね？　何を考えてたわけ？　あなたはあの子が好きじゃなかったんでしょ？　それで今、彼女はレイプされて、どこかに埋められて、私たちにはその場所さえさっぱり分からないんだわ！」レナードが妻の肘を折る。たまたまそうなったのだと父は言う。彼は自分を正当化するために、誰彼構わず話を聞かせる。そのときアダムは、人間が病に深く冒されていることを悟る。人類が長く生き延びることはないだろう。それは逸脱的な実験だ。もうすぐ健全な知性が世界を取り戻すだろう。ハチやアリの集団に見られるような、集団的な知性が。

　ジーンは弟たちを森林保護区に連れ出す。三人はそこで、父が許そうとしない葬儀を行う。彼らは火をたき、話をする。小さな声でくそったれ《アスホール》とささやいた十二歳のリーが、父に打たれて家出をした話。十四歳のリーが、自分を嫌っている家族に復讐するため、家の中で、習い始めてまだ二年しか経っていないスペイン語だけを話していたこと。十八歳のリーが、自身の十二歳の誕生日を祝うために地上に戻ってきたエミリー・ウェブ（ソーントン・ワイルダーの劇『わが町』（一九三八）の登場人物）を演じたこと。その幽霊役は高校の生徒全員に涙させたのだった。

アダムは姉のために文字を刻んだニレの木板を持参し、火にくべる。木は大地と空の間に架かる橋。ニレは燃えやすい木ではないが、さほどの抵抗なく燃える。彼がしくじった文字が完璧に変わり、一面が黒くなる――最初に〝木〟、次に〝橋〟、それから〝大地〟、そして〝空〟。

科学研究発表会《サイエンス・フェアー》の審査員たちのおかげで、アダム・アピチは何かを野外記録《フィールドノート》にメモするという欲求をなくす。彼はアリを卒業する。そして『ミニ図鑑』シリーズを処分する。母の掃除機から隠していた秘密の博物館の宝物も、今では喜んでゴミに出す。子供っぽい収集品として。

高校に通う四年間は、暗い日陰生活だ。とはいえ、友達がいないわけでもないし、娯楽がないわけでもない。実際、どちらもふんだんにある。夜遊びをしたり、町を流れる川の上流にある貯水池で裸で泳いだり。地下室でさいころを振って週末を過ごしたり、トレーディングカードを詰め込んだスーツケースを持ってきた、太って顔色の悪い友達を相手に、秘儀的なロール・プレイングのルールで言い争ったり。ゲームに出てくる怪物は、狂った博物誌のようだ。巨大昆虫。殺人樹木。ゲームの目的は、そうした怪物たちを絶滅させること。

「テストステロンのせいだ」と父は説明する。彼は大きくなった息子を恐れており、アダムもそれに気付いている。「見渡す限り、港のない場所で、ホルモンの嵐に襲われているってこと」

アダムは暴力的な衝動を覚えるが、父が間違っているわけではない。周囲には女の子たちもいるが、苦手なタイプばかりだ。女の子は一種の保護色として、馬鹿を装う。受動的で、静かで、謎めいた存在。相手が本心を読める人物かどうかを試すため、言いたいことの逆を言う。そして、本心を読んでもらいたがりながら、それを見透かされると怒る。

彼は近くの高校に対する奇襲を企てる。夜の間に何マイルにもわたってシナノキの枝にトイレットペーパーを引っ掛けるいたずらだ。トイレットペーパーは巨大な白い花みたいに、何か月もぶら下がり続ける。彼はその下をマウンテンバイクで通るたび、天才ゲリラアーティストになった気分を味わう。

彼と一人の友人は、学校とスーパーマーケットと地元銀行を標的にする。そしてどんな品物がいたずらに必要かを検討する。計画は徐々に手が込んでくる。彼らは冗談半分で、武器の値段を調べる。それはアダムにとってゲームだ。兵站《へいたん》、計画、資源管理。友人にとってそれは、宗教からの逃避。アダムは危なっかしい友人を、あこがれの目で見る。上下逆さまに地面に落ちた種《たね》は、地中で茎側と根側がひっくり返って正しい姿勢に戻る。ところが、人間の胎児は、逆さまになっているのが分かっていても、その状態のままで構わないと考えることもある。

彼はどの授業でも、絶対的最小限の努力で落第すれすれの点数を取る達人になる。大人からの要求に対して、彼は必要とされただけしか応えない。母は急落する成績表に困惑する。「どうしたの、アダム？　もっとできるはずでしょう！」。しかし、その声は平坦で、最初から負けを認めている。ジーンは弟の堕落を知っている。だから弟を叱り、冗談を言い、嘆願する。しかし彼女は、コロラドにある大学に進学してしまう。結局、誰も彼を説き伏せる者はいなくなる。

リーは戻ってこない。父による捜索は徐々に尻すぼみになる。母は大量の鎮静剤《コディン》を使うようになる。やがて、あちこちの町のドラッグストアを回るようにまでなる。家の掃除や料理もしなくなる。アダムのライフスタイルはあまり影響を受けない。彼は適応し、進化する。生き残った者の生存。

友達から、ふざけた依頼——代数の課題を代わりにやってくれたら三ドル払う——があって、彼は手軽な小遣い稼ぎの方法を見つける。実際、とても手軽なので、宣伝までするようになる。外国語を除き、どんな科目の課題でも、希望された品質、必要に応じた速さで完成させる。適正な価格を見極めるのに少し時間はかかるが、その後は、客が列を作る。大量注文への割引や前払いプランも試す。間もなく彼は、スモールビジネス経営者として成功を収める。両親は、毎晩数時間、再び宿題をするようになった息子を見て安堵する。彼が小遣いをせびらなくなったのも、両親にとってはありがたい。三方が得をするウィン・ウィン・ウィンの状況だ。アメリカの夜が明けて自由市場が取引を始め、アダムは毎晩、起業家文化の中に生まれたことに感謝しながら眠る。

彼は仕事が速く、良心的だ。どんな課題も締め切りまでには出来上がる。間もなく彼はハーディング高校で最も信頼度と尊敬度の高い不正行為フランチャイズを築き上げる。商売のおかげで人気者にまでなる。稼いだお金は大半を貯め込む。その金を何かに使うより、預金通帳に貯まった金額を眺めたり、だまされた先生一人あたりの金額を計算したりする方が彼にとっては楽しい。

しかし、高度な仕事には犠牲が付き物だ。彼は、興味を持ちたいわけでもないのに、あらゆる種類の興味深いことを学習せざるをえない。

高校三年の秋の初め、アダムは公立図書館で、彼よりも人間のことを理解していないクラスメイトのために心理学のレポートを書く。少なくとも、二冊の本を引用すること。了解。彼は席を立ち、関係する棚の前まで行く。何時間も勉強したせいで、目が正しく焦点を結ばない。図書館の暗い光の中に並ぶ本は、パイプ掃除人の目から見た長屋のようだ。

一つの背表紙が彼の目に飛び込む。蛍光黄緑色の文字が黒い背景から叫び声を上げている。ルービン・M・ラビノフスキ著『私たちの中にいる類人猿』。アダムはずっしりしたその本を手に取り、近くの肘掛け椅子に腰を下ろす。たまたま開いたページに、四枚のカードが描かれている。

6	E	X	5

その下に、説明がある。

これらのカードには、どれも、片方の面に文字、反対側に数字が書かれている。そこで仮に誰かが、「片面に母音が書かれているカードは裏が偶数になっている」と言ったとしよう。その言葉が正しいかどうかを確かめるには、どのカード（一枚であれ、二枚以上であれ）をめくる必要があるだろうか？

彼は興味をそそられる。整然として簡潔な正解を持つ問題は、人間存在にとっての解毒剤だ。彼は問題を自信たっぷりに素早く解く。しかし正解を確かめると、それは間違っている。彼は最初、本に載っている答えが間違いなのだと思う。その後、自分の見落としに気付く。他人の宿題を片付けるのに何時間も頑張ったせいで疲れていただけだ、と彼は自分に言い聞かせる。集中力が足りなかった。ちゃんとよく問題を読んでいれば、正解したはずだ。

彼は本の続きを読む。大人でもたった四パーセントしか先の問題に正しく答えられないと、そこには書いてある。

それだけではない。この問題を間違える人の約四分の三が、シンプルな答えを見せられたときに、自分の間違いについてあれこれと言い訳をする。

彼は肘掛け椅子に座ったまま、自分がほとんどすべての人間と同じ間違いをした理由を考える。四枚並んだ最初のカードの下に、別のカードが四枚並んでいる（心理学で「ウェイソンの四枚カード問題」と呼ばれる課題。Rumはラム酒、Cokeはコーラのこと）。

32　Rum　Coke　17

次の説明文はこうだ。

これらのカードは、どれも、バーにいる客を表している。片方の面に年齢、反対側に、彼らが飲んでいるものが書かれている。飲酒可能な年齢が仮に二十一歳だったとして、全員が法律に違反していないことを確かめるには、どのカード（一枚であれ、二枚以上であれ）をめくる必要があるだろうか？

答えはあまりにも明らかなので、アダムは正解を探す必要さえない。今回の答えは大人の四分の三と並んで正解だ。次に来るのはオチ。二つの問題は同じだというのだ。彼は声を上げて笑い、夜遅くに図書館にいる白髪交じりの人々の視線を集める。人間は愚かだ。人類が得意げに誇る脳という器官には、大きな〝故障中〟の看板が掛かっている。

アダムは読むのをやめられない。その本は何度も何度も、いわゆる賢いヒト《ホモ・サピエンス》がごく簡単な論理問題を間違えることを示す。しかし他方で、誰が仲間で誰が違うか、誰が上で誰が下か、誰に賛辞を浴びせて誰を容赦なく罰するべきかを考える際には素早く、驚くべき能力を発揮する。単純な論理的思考を遂行する能力？　微弱。互いを群れに分ける力？　果てしなく有能。アダムの脳の中で、まったく新しい部屋が開かれ、家具の搬入に備える。本から顔を上げると図書館は閉まりかけていて、彼も追い出される。

彼は家に帰り、夜遅くまで読書を続ける。翌朝また、朝食をとりながら続きを読み、危うくバスに乗り遅れそうになる。彼はその日、顧客に宿題を届け損なう。不正ビジネスを確立して以来、初めて名声に傷が付く。彼は最初の三時限の間、『私たちの中にいる類人猿』をデスクの下でこっそり広げ、心理学を学ぶ。そして昼食前には読み終わり、また最初から読み始める。

その本はあまりにエレガントで、アダムは自分がもっと前にその真実に気付いていなかったことを悔やむ。人間には、進化上の遺産としての行動や偏見が備わっている。進化の初期段階から残されている安普請の遺物は、既に役目を終えた規則に従っているだけだ。逸脱的で不合理に見える選択は、実は、別種の問題を解くために大昔に作り出された戦略なのだ。私たちは皆、サバンナを生き延びるため互いを監視するように形作られた、立身出世志向の狡猾な日和見主義者の身体に閉じ込められている。

その本は何日もの間、彼を幸福な自失状態に陥らせる。本に書かれたパターンを知悉した彼は、学校にいるすべての女子生徒を対象とした実験を想像する——一人一人の靴のかかとにマニキュアで印を付け、行動を追跡する実験。いちばんのお気に入りは第十二章「影響力」。もしも一年生のときにこの本を読んでいれば、彼は終身生徒会長に選ばれていただろう。人間の行動——彼にとっては生まれたときからの強敵——には、かつて彼が昆虫において観察したのに劣らぬ美しさを持った秘密の、しかし認識可能なパターンがあると考えただけで、彼の体が歌を歌いだす。彼は姉が失踪して以来、初めて自分がより軽く、より正しくなったように感じる。

大学入試の時期になると、彼は圧勝を収める。彼の分析力は上位八パーセントにランクする。ところが高校での成績の換算評点では、二百六十九段階の二百十二位にしか手が届かない。まともな大学で、彼を受け入れてくれるどころか、選考候補に入れてくれるところは一つもない。父は相手にしない。「二年間、短大に行け。おまえの過去が記された黒板をいったん消して、新たに出直すことだ」

しかしアダムは、黒板を消す必要がない。行間を読める人物を探し、それを見せるだけでいい。冬休み前の土曜日の朝、彼はダイニングテーブルに向かい、手紙を書く。子供の頃の野外記録《フィールドノート》に観察結果を記入するのと同じ気分だ。窓の外には、残された子供たちの木々がある。彼は、木とそれが代表する子供との間にあるとかつて信じていた魔術的な結び付きを思い出す。彼は自分をカエデ的な人間に仕立ててきた——ありふれていて、率直で、見分けが付きやすくて、いつでも甘い樹液を提供して、天気のいい春の初め頃に一斉に花を咲かせる木。彼はカエデが好きだった——その単純さが。なのに、周囲が彼を別物に変えた。彼はペンを取り、書き始める。

カリフォルニア州フォーチュナ
フォーチュナ大学

心理学科
R・M・ラビノフスキ教授

拝啓
ラビノフスキ教授
先生のご著書によって、私の人生は変わりました。

彼は完璧な回心物語を語る。気まぐれな少年が偶然に素晴らしい知性と出会うことで救われたという物語。『私たちの中にいる類人猿』によって自分の中で何かが目覚めました——目覚めるのが遅すぎたかもしれませんが——と彼は説明する。私は先生の本と出会うまで、まじめに勉強をしませんでした。そのため、きちんとした大学で心理学を勉強する機会を得るためには、数年間コミュニティーカレッジ（地域住民の要求に応えるコースを提供する、通常二年制の大学）に通って過去の記録を消さなければならないかもしれません、と。私はそれでも構いません、と彼は書く。私は先生に大きな借りがあります。先生ご自身が二百三十一ページにお書きになっているように、「親切な行いはお返しに何かを求めるかもしれないが、だからといって、親切さがいささかなりとも損なわれるわけではない」のです。ひょっとすると、予期せぬ親切な行いによって、私の前にある道のりが少し短くなる可能性があるかもしれません。

窓の外で、カエデが風を受けて揺れる。枝が彼を叱る。そこまで必死でなかったなら、彼はきっと恥ずかしさに赤面していただろう。彼は第十二章「影響力」から仕入れた五つか六つのテクニックを使いながら毅然と筆を進める。彼の感謝の言葉には、人に行動を起こさせる上位六個の解発因《リリーサー》のうち四つが含まれている。相互性、欠乏、承認、関与への呼び掛け。そして、自分が懇願している証拠は、第十二章で拾った別のトリックで隠蔽する。

誰かの助けが欲しいときには、既に言葉に尽くせないほど手助けをしてもらったと相手に思わせること。人は遺産を守るときは必死になるものだ。

『私たちの中にいる類人猿』の著者から返事の手紙が届いたとき、両親は仰天するが、アダムはさほど驚かない。ラビノフスキ教授からの手紙には、「フォーチュナ大学はよそとは異なる小さな学校で、教育に対する疑いのまなざしを持った熱心な学生を受け入れています」とある。入学者の選考は高校での成績にあまり重きを置かず、学生が特別な動機を持っているかどうかを考慮します。ラビノフスキ教授は入学を保証することはしないが、アダムが願書を提出すれば、選考対象としてまじめに扱うことを約束する。アダムに求められているのは、できる限り説得力のある小論文を書くことだけだ。

正式な手紙に、署名のないカードがクリップで留められている。青色のペンの乱れた筆跡でそこに記されていたのは、「私を煙に巻くような真似は二度としないこと」。

レイ・ブリンクマンとドロシー・カザリー

二人は珍しくないタイプの人間だ。木とはほとんど関係のない人間。大人になっても、オークとシナノキの区別さえつかない二人。一九七四年にミネソタ州セントポールの街中にある小さな劇場の舞台で森が何マイルも移動する場面を演じるまで、改めて森について考えたことは一度もない。

レイ・ブリンクマンは知的財産権を扱う下っ端弁護士。ドロシー・カザリーは、レイが勤める弁護士事務所に依頼された仕事を請け負っている会社の速記者だ。彼は証言を録取している彼女から目が離せない。静かに指先だけが美しく流れるように動くバレエに彼は呆然とする。音もなく、指先からあふれ出すソナタ『熱情』。

彼女は男の視線に気付き、潔く白状するよう視線で挑む。彼は告白する。遠くから死ぬほど恋い焦がれているよりは、口に出す方が楽だ。彼女は、行き先を選ばせてくれるならデートに付き合ってもいいと言う。彼は隠された意図には気付かず、取引に応じる。彼女は初めてのデートに、素人芝居の『マクベス』のオーディションを選ぶ。

どうして？　理由はない、と彼女は言う。お遊び。気まぐれ。自由。しかしもちろん、自由は存在しない。時間の種子を占い、育つものと育たないものを見分ける、古代の予言があるだけだ。

〝素人〟芝居というのは、〝恐ろしい〟芝居という意味。オーディションはまるで、懐中電灯を持たずに怪物狩りに行くようなものだ。二人とも高校以来、芝居の経験はない。彼らは勇気を振り絞って現場に出掛け、嗜虐的で手に汗握る夜を過ごす。

「うわ」と彼は彼女と一緒にホールを出ながら言う。「さっきのあれは一体何だったんだろう？」

「私は昔から、演技力があるところを人に見せたかったの。でも今までは、それに付き合ってくれる人がいなかった」

「じゃあ、二回目のデートはどうする？」

「あなたが決めて」

「今度はもうちょっと、神経がすり減らないことにしない？」

「崖から水に飛び込む、クリフダイビングはやったことある？」

オーディションの結果はずばり、二人とも合格。二人が役を得るのは当然だ。オーディションの前から既に、役は決まっている。神話とはそういうものだ。マクダフとマクベス夫人。

レイはすっかり慌ててドロシーに電話をかける。父親のショットガンをいじっていたら、突然、銃弾が飛び出したみたいな取り乱しようだ。「別に、役を引き受ける義務はないんだよね？」

「あそこはコミュニティー劇団よ。あなたを当てにしてると思うわ」

彼女は付き合いだした最初の一週間で、彼を操る最悪のつぼを既に心得ている。犯罪的なまでの責任感。病理学的なほど、人の期待や希望に応えようとする男。そしてその十倍も向こう見ずな女。彼女はこう口にするのも同然だ――『マクベス』に出ないなら今後はデートもなし、と。二人は役を引き受ける。

ドロシーの演技は自然だ。しかしレイは違う。初めて読み合わせをした夜には、配役担当責任者でさえ、キャスティングが失敗だったかもしれないと考える。ドロシーはレイに畏怖のまなざしを向ける。彼女が見てきた中で、彼は最高の大根役者だ。驚くほどナイーブで砂を嚙むような彼のせりふ回しはまるで、最後の審判という弁論の場で自分の存在理由を述べ立てているかのようだ。

彼女は図書館に行って、演技と役作りに関する本を探す。彼は平然としている。「せりふが全部覚えられたら、それだけでもよしとしないとね」

二週間後、彼はまずまずの段階まで達する。三週間後、さらにすごいことが起き始める。

「ずるいわ」と彼女が言う。「練習してたの？」

そう言われて初めて、彼は自分が知らず知らずに練習を重ねていたことに気付く。思えば法律自体が、法廷に行くずっと前からお芝居だ。レイには一つの才能がある。恐ろしいほど強烈に自分を演じる能力。この才能のおかげで、彼はその後、著作権と特許の訴訟において大成功を収めることになる。今はそのシンプルな才能が、彼の演じるマクダフに奇妙な魔力を与える。まじめな顔をしてただじっと立っているだけで、地球全体の意志からエネルギーを汲み上げているかのようだ。

ドロシーが子供の頃から備えている第一の異才は、人の口元と目元の筋肉を細かく観察することで、当人が嘘を言っているかどうかを正確に見分けるところにある。それは速記の仕事とも無関係だし、マクベス夫人を演じるのにも役に立たない。しかし彼女はその力を使って、レイの脳天気さがどこまで本物なのかを見極めたいという気持ちになる。週三晩の練習を五週間行う中で、彼女は理解する。レイ・ブリンクマンは本当に、堕落した自国を救うためだけに、妻と子供を頼る者のないまま田舎の城に置き去りにするだろう。

演出はいかにも七〇年代らしい。強く漂うウォーターゲートの余韻。入場料は無料で、地元民《コミュニティー》はそこに投じられた金額分のものを得る。連続して三晩、マクベス夫人は壮観な炎の中で倒れる。連続して三晩、木々に扮したマクダフとその部下たちの手によって、バーナムの森がダンシネーンまで移動する。木々が実際に舞台を横切る。オーク、オークの樹心《ハート》、オークの陸軍と海軍。歴史ある家の柱やまぐさとなっている木材。兵士たちは大きな枝を手に持つ。そして、何も知らないマクベスが、予言で保証された安全を宣言する一方で、攻撃者たちは動きが感じられないほどゆっくりと、踊るように舞台を横切る。そして毎晩、レイは永遠のような時間の中で考える——**僕の身に何かが起きている。それが何か僕には分からない、巨大で、重く、ゆっくりしたものがどこか遠いところから迫ってきている、と。**

彼には見当も付かない。彼のもとに迫っているのは、六百を超える種《しゅ》を擁する生物だ。熱帯から北の土地までキャンプを張りながらやって来た、見慣れた、変幻自在な種《しゅ》。あらゆる木の中で、万能を代表するオーク。集団を作り、太く、ごつごつしているけれども、大地にしっかり根を張り、他の生物に覆われた木。三百年かけて生長し、三百年その状態を維持し、三百年かけて死んでいくオーク。

オークは、人間という怪物に対する戦闘において、レイを一時的な代理に立てる。今晩、王位簒奪者を打ち負かさんとする善良なるマクダフは、次のせりふを忘れませんようにと祈りながら、切り取られた枝の背後に隠れる（この芝居のために、多くの生き物が殺された）。そして、カモフラージュに使っている枝に付いている葉の不規則で奇妙な形に驚きを覚える。それらは一つ一つが熟慮を重ねた形に見え、まるで宇宙から来たアルファベットのようだ。彼には旗に綴られた言葉が読めない。五億の根端を持つ生き物によって書かれたメッセージ。それはこう言っている。**〝オーク〟と〝扉《ドア》〟は、古代の同じ語から来ている、と。**

千秋楽のパーティーの後、レイとドロシーはベッドをともにする。芝居の稽古とドロシーの気まぐれのために、二人の関係は長い間宙吊りになっていた。そしてついに今、彼にとっては崖からの飛び込み。部屋は、内心で鳴り響くいろいろなサイレンや警報を黙らせるには充分に暗い。しかし、ろうそくの明かりに照らされた彼の顔から六インチ（約一五センチメートル）のところにいる彼女には、目の周りの筋肉の微妙な動きまで見える。

「ご両親のことはどう考えてるの？　あなたは人種差別的な偏見を持ったことがない？　万引きをしたことは？」

「僕は今、法廷に立たされてるのかな？　どうしてそんな、拷問みたいな真似を？」

「理由はない」。彼女の顔全体が、メキシコの跳び豆（〝踊り豆〟とも呼ばれるメキシコ産の豆で、中に蛾の幼虫がいて動く）みたいに痙攣《けいれん》する。

彼は仰向けに寝転がって、天井を見上げる。「僕は今まで、あんなふうに舞台に立ったことがなかった。まるで、神々に向かって話し掛けているような気分だった」

「実際、そうじゃない？」

それから。「僕たちに未来はあるのかな？」

彼女がいそいそと体を起こして肘をつくと、彼の顔が見えた。「僕たち？　ていうのは、人類のこと？」

「うん。でも、まずは君と僕のこと。その次に、みんなのこと」

「さあ、どうかしら。私に分かるわけないでしょ？」

彼は彼女の声にいら立ちを聞き取り、理解した気になる。彼の手がシーツのあちこちを叩き、彼女の手を探す。「僕はこうなると感じてた」

「〝こう〟って？」と無慈悲なマクベス夫人があざける。「運命ってこと？」

彼は再び、自分がバーナムの森に扮してタイムラプスで舞台を滑るように移動しているみたいに感じる。「僕は結構稼ぎがいい。あと五年で学費のローンは返済が終わる。あっという間に昇進して、上級社員になるはずさ」

彼女の目が固く閉じる。二、三年後には爆弾が落ちてきて地球は滅び、残された人類はロケットに乗って、あてどもなく地球を逃げ出しているだろう。

「もしも君が働きたくなかったら、働かなくてもいい」

彼女は上半身をすっかり起こす。その手が彼の胸骨を押さえ、彼を動けなくする。「ちょっと待って。ああ、何てこと。それってプロポーズのつもり？」

彼は首を少しかしげて見つめ返す。オークの心臓《ハート》。

「一緒に寝たからってこと？　たった一回？」。特別な能力を使わなくても、そのあざけりが彼の心にひどく突き刺さっているのが彼女には分かる。「待って。あなた、ひょっとして私が初めて？」

彼は舞台中央で凍り付き、身動きしない。「その質問は、二時間前にするべきだったかもね」

「ねえ。ていうか……結婚？」。その単語は、ただ口にするだけでも、バロック的で異質に響く。「結婚はできない。私は本当なら……もう、分からなくなった！　南アメリカに二年間、バックパック旅行に行くはずなの。グリニッジビレッジに引っ越して、ドラッグをやる。裏でＣＩＡ工作員をやってる軽飛行機パイロットと恋に落ちるの」

「バックパックなら僕も持ってる。ニューヨークには特許専門の弁護士がいる。パイロットに関しては何とも言えないけど」

彼女はその不意打ちに笑い、首を横に振る。「今のは冗談。さっきのは冗談じゃない。どうなってるの？」。彼女は後ろ向きに枕に飛び込む。「一体どうなってるの。私をからかってるのね、マクダフ！」

二人は再び抱き合う。今回は力がこもっている。終わった後の静けさの中で、彼女は彼のこめかみが汗ばんでいるのを感じる。「どうかした?」

「何も」

「私のことが怖いの?」

「いいや」

「嘘ついてる。今初めて」

「かもね」

「でも、私のことを愛してる」

「かもね」

「〝かもね〟? それって一体どういう意味よ?」

遠くにあって、彼の知らない、巨大で、重く、ゆっくりしたものがその言葉の意味を語り始める。そして彼は、それを彼女に示す行為に取り掛かる。


レイの予言は実現する。わずか五年で彼はローンを完済する。その後すぐに上級社員に昇進。彼は任された仕事でめざましい成果を収める。知的財産泥棒を突き止め、犯罪行為を直ちにやめさせ、あるいは対価を支払わせる。彼の熱意、公正さと安定性に対する献身には魔力がある。あなた方は人のもので利益を得ています。それでは道理が通りません。ほとんどいつも、相手方は法廷外で和解する。

ドロシーの予言も、完全な外れというわけではない。爆弾は実際に落ちる。爆弾は世界中で落ちるが、サイズは中型で、人類が地球から逃げ出さなければならないほどではない——まだ、今のところは。彼女は昼間の仕事を続け、宣誓した人々の言葉を、話されるのと同じ速さで書き留める。こつは、言葉の意味を考えないこと。内容に注意を払うと速度が落ちる。

六年の月日が一つの季節のように過ぎる。二人は別れる。そして、オルター・エゴ・コミュニティー劇団が上演する『我が家の楽園』で恋に落ちる主役二人を演じるのがきっかけで、再び婚約する。しかし彼女の足が再び止まる。そしてアパラチアン・トレイル（米国東部をアパラチア山脈に沿って南北に縦断する長距離自然歩道）の五百マイルを二十八日間かけて一緒に徒歩で踏破した後、また婚約。そして、スカイダイビングをしながら、手の合図を使って再び婚約。

平均交際期間は五か月。四度目の婚約破棄のときはあまりに精神的ダメージが大きくて、彼女は仕事を辞め、数週間姿を消したほどだった。彼女の友人たちはレイに何も教えない。彼はドロシーの様子、電話番号、何でもいいから何かを教えてほしいと懇願する。ドロシーの友人たちには長文の手紙を託そうとするが、届けることはできないと断られる。その後、彼女から短い手紙が届く。謝罪でもなく、残酷でもない手紙。そこに、居場所は書かれていない。手紙には、致命的な〝閉所〟恐怖症が綴られている――今後の彼女の人生における姿勢や行動を決定する法的拘束力を持つ文書に署名する際に感じる、耐えがたいパニックのこと。

私はあなたと一緒にいたい。それはあなたにも分かっていると思う。だからいつも、〝イエス〟と返事をする。でも、法律上の手続きはどうなるのか？　権利や所有権は？　ああ、レイ、あなたが藪医者とか、破産したビジネスマンとかだったらよかったのに。口下手な不動産屋とか。財産権を扱う弁護士以外なら、何でもよかったのに。

彼は返信先として記されている住所――ウィスコンシン州オークレアにある私書箱――に宛てて返事を書く。そして、世界のどこでも奴隷制度は違法と定められていると説く。君が誰かの財産になることは決してない。僕は君のために職業を変えるつもりはない。自分が知っているのは著作権と特許に関する法律だから。それは必要な仕事だし、世界の富を動かすエンジンでもあって、僕はその扱いが得意だ。多分、〝得意〟という言葉では済まないほどの専門家だ。でも、結婚自体をあきらめるか、また素人芝居で共演するのをあきらめるか、そのどちらかを選ばなければならないとするなら、あえて抗弁はしない《ノロ・コンテンデレ》。

とにかく戻ってきてくれ。結婚せずに一緒に暮らそう。車も二台で別々。銀行口座も二つ。家も二つ。遺言も二通。

彼が手紙を投函した後すぐ、彼女が彼のバンガローの玄関口に現れる——ローマ行きの切符を二枚持って、深夜に。彼はオフィスであれこれ訊かれるが、二日後には彼女と非新婚旅行に出発する。永遠の都市で過ごす三日目の夜、壊れそうな骨董や街頭に響くやかましい音楽に囲まれて、優雅な枝のあちこちに街灯のような白い花を咲かせ、見事な樹冠を見せるシナノキを眺め、ロマンチックな明かりの中でスパークリングワインをがぶがぶ飲みながら、彼女が尋ねる——「どうなの、ねえ、レイ、法律で永遠に私に縛り付けられた家財になるつもりなの？」。二人は旅の締めくくりに、トレビの泉に左肩越しにコインを投げる。それは独自のアイデアではないので、本当ならきっと誰かに著作権料を払わなければならないのだろう。

二人は十月祭《オクトーバーフェスト》に間に合うようにセントポールに戻る。そして絶対に誰にも何も言わず、何を訊かれても否定しようと互いに約束をする。しかし友人たちは、二人がにやけた顔で一緒に人前に現れた途端に察する。君たち二人、ローマで何があったんだ？　別に何も。二人が嘘をついていることを表情から読み取るのに特別な能力は必要がない。刑務所にぶち込まれるか何かしたのか？　君たち結婚した？　結婚したんだろ？　結婚したんだな！

だからといって、生活はまったく変わらない。ドロシーはレイと一緒に暮らし始める。彼女は家計を几帳面に管理しようと言い張り、二人に共通する費用はぴったり半額ずつ負担する。しかし彼女は、彼のすてきな書斎とダイニングルームとサンルームをうろつきながら、頭のどこかで考えている。ひょっとして、繁殖の時期が来て、私の気分が変わって子供を作る気になったら、このすべてが子供たちのものになるんだ、と。

一年目の結婚記念日、彼は彼女に手紙を書く。言葉選びにはたっぷりと時間をかける。彼は同じ言葉を口でしゃべることはとうていできないので、出勤前に朝食のテーブルに手紙を置いて出る。

僕が君に出会う前には想像もできなかったものを君は与えてくれた。それはまるで、以前から言葉としてしか知らなかった〝本〟の現物を、君が与えてくれたような感じ。僕が言葉でしか知らなかった〝ゲーム〟のやり方を、君が教えてくれた。そして言葉でしか知らなかった〝人生〟を、突然現れた君が、「ああ、これのことね」と見せてくれた。

彼は、自分からそのお礼として結婚記念日に渡せるものが何もないと言う。とある生長するもの以外には何も。僕はこうしようと思う。どこで思い付いたのか彼にも分からない。木を演じなければならなかった男の役を演じる羽目になった初めての素人芝居のときに感じた、巨大で、重く、ゆっくりとした予言のことは忘れていた。

ドロシーは審理を書き留めるために午後の法廷に向かう車の中でその手紙を読む。

毎年、結婚記念日の前後に、種苗屋に行って、何か庭に植えるものを探そう。僕は植物のことは何も分からない。名前も知らないし、世話の仕方もさっぱりだ。木なんてただ緑のものというだけで、見分けも付かない。でも、学ぶことはできる――自分のこと、ものの好き嫌い、自分が生きている場所の広さ、高さ、奥行きなど、今まで君と一緒にあらゆるものを学び直してきたように。

植えたものが全部根付くわけではないだろう。どの植物も元気に生い茂るというわけではないだろう。でも、それらが庭を埋めていく様子を、僕らは二人で眺めることができる。

手紙を読む彼女の目がかすみ、車が歩道に乗り上げて、街路樹の太いシナノキに衝突し、フロントグリルが壊れる。

シナノキは過激な木だ。女が男と違うように、シナノキはオークと異なる。蜜蜂の木、平和の木。シナノキから採れる強壮剤やお茶はあらゆる緊張や不安を和らげてくれる。他とは見間違いようのない木。というのも、地上にある十万種の樹木の中で、その花とサーフボードのような苞《ほう》からぶら下がる小さな核果は、自らの独自性を主張するというひねくれた考え以外に何の目的も持っていないように見える。今回の奇襲を手始めに、シナノキはこの後も彼女に襲いかかるだろう。しかし、それが彼女を完全にものにするのは、まだ何年も先のことだ。

ハンドルにぶつかったせいで切れた右目の上の裂傷を閉じるのに、十一針縫わなければならない。レイはオフィスから病院に駆けつける。慌てた彼は病院の駐車場で、後部バンパーの右側を医師のBMWにぶつける。そして手術室に通されたときには泣き顔になっている。彼女は頭の周りに包帯を巻いて椅子に座り、文字を読もうとしている。何もかもが二重に見える。包帯のブランド名も、彼女の目には、〝ジョンソン&ジョンソン&ジョンソン&ジョンソン〟だ。

彼――二人に見える彼の両方――を見つけると、その目が輝く。「レイレイ！　ダーリン！　どうしたの？」。彼が駆け寄ると、当惑した彼女が身を引く。それから、やっと理解する。「しーっ。大丈夫。私はどこにも行かない。何か植えましょうね」

ダグラス・パヴリチェク

朝食前、ダグラス・パヴリチェクが暮らすカリフォルニア州イーストパロアルトにある小さな簡易アパートの踊り場に警官隊が集まる。行き届いたことに、本物の警官たちだ。いわばリアリズム。ダグラスにかけられているのは武装強盗の容疑。警官は被疑者の権利を読み上げる。刑法二一一条および四五九条違反。警官によるボディーチェックを受け、手錠を掛けられる間、彼は顔がにやけるのを抑えられない。

「何が面白い？」

「いえ。別に、何も面白くありません！」。まあ、ちょっとだけ面白いかも。

　隣人がパジャマ姿でバルコニーに現れ、外で待っていたパトカーまでダグラスを連行する段になると、さほど面白さは感じられなくなる。彼はほほ笑む——これはみんなが思っているようなものじゃないんだぞ——けれども、後ろ手に手錠をされた状態では、笑顔の効果は低い。

　警官の一人が彼を後部座席に押し込む。後部座席には扉を開けるための取っ手がない。警官は無線で、逮捕の報告をする。何もかも映画『裸の町』（犯人捜査をニューヨーク市のオールロケーションで描いたセミドキュメンタリー（一九四八））のようだ——ただし、場所が完璧にサンフランシスコ半島の中心部で、季節も八月であることと、日当十五ドルが支払われるという約束のおかげで、サウンドトラックは陽気だ。彼は十九歳。二年前に両親を亡くし、スーパーマーケットの棚出し係の仕事を最近レイオフされたばかりで、両親の生命保険金を食いつぶしている。何もしなくても、二週間続けて日当十五ドルがもらえるというのはかなり実入りのいい仕事だ。

警察署——これも本物——で、彼は指紋を採取され、シラミを駆除され、目隠しされる。彼は車の後ろに放り込まれ、連れ回される。目隠しが外されると、そこは監獄だ。刑務所長のオフィス、実験責任者のオフィス、そしていくつかの監房。彼の足に鎖がつながれる。すべてが入念に考えられていて、説得力がある。彼は今、実際どこにいるのかまったく分からない。どこかのオフィスビル。ショーを遂行している人々は、彼と同じく即興で演じている。

看守は全員、囚人も大半が既にそこにいる。ダグラスは囚人五七一号になる。看守たちはただの〝旦那《サー》〟——警棒と笛、制服とサングラスを身に着けてはいるが。彼らは、時間単位で雇われたボランティアたちを相手に、少し警棒を使いすぎる。役に入り込むためと、実験者たちの楽しみとして。彼らはダグラスを裸にし、スモックを着せる。それは彼のプライドにダメージを与えるための行動だが、ダグラスには元々プライドがないのでダメージもない。その夜、何度か点呼がある——それは囚人がそこにいるかどうかの確認であると同時に、屈辱を与える儀式だ。夕食はスラッピージョー（トマトソースなどで味付けした牛挽肉をのせたパン）。彼がずっと食べていたものよりも上等だ。

消灯時刻頃に囚人一〇三七号が、行きすぎているように感じられる演出に対して少し文句を言う。看守たちが彼に体罰を加える。既に明らかな事実として、ここにはいい看守、非情な看守、頭のおかしな看守の三種類がいる。他の仲間が見ている前では、どの看守も一段階堕落する。

ダグラス——五七一号——が何とか眠りに就いた頃に、またしても点呼が行われ、彼はベッドから引きずり出される。時刻は午前二時三十分。そこで事態は妙な様相を見せ始める。この実験は説明されていたものとは違う、と彼は思う。彼らは本当は何かもっと恐ろしいことを試そうとしている、と彼は悟る。しかし、とにかく十四日間を生き延びればそれでいい。二週間なら何が起ころうと耐えられるだろう。

二日目、第一監房で威厳をめぐるいさかいが手に負えないところまで拡大する。最初は軽い小突き合いだった争いがエスカレートする。数人の囚人――八六一二号と五七〇四号と他の二人――がベッドを扉の前に横倒しにして、監房内にバリケードを築く。看守たちは夜勤の仲間を応援に呼ぶ。若い男たちがベッドの枠台越しに小突き合い、つかみ合う。誰かが大声を上げ始める。「シミュレーションだぞ、畜生。たかがシミュレーションじゃないか!」

ひょっとすると、そうではないのかもしれない。看守たちは消火器を使って暴動を鎮め、首謀者たちを鎖につなぎ、〝穴〟に放り込む。懲罰房だ。謀反人たちは夕食抜き。食事は特権なんだ、と看守たちは囚人に言う。ダグラスは食事をする。彼は飢えの何たるかを知っている。五七一号はちゃちな素人芝居のために飢える気はない。他の連中が怒り狂って時間を過ごしたいというのなら、それは勝手にやればいい。だが、俺が温かい食事をとる権利は誰にも奪わせない。

看守たちは特権監房を作る。暴動について知っていることを話したい囚人がいれば、より快適な部屋に移ることができる。協力者は顔を洗い、歯を磨き、さらには特別な食事まで味わうことが可能だ。囚人五七一号には特権は必要ない。自分の身は守るが、密告はしない。実際、特権監房の申し出をする囚人は一人もいない。最初のうちは。

看守たちは定期的に囚人を裸にさせて身体検査をすることを始める。喫煙は特別な褒美になる。トイレに行くのも特権になる。次の二日間は、排便用バケツか我慢かだ。そして長時間にわたる無意味で厳しい作業。深夜の点呼。別の囚人の排便用バケツの掃除。にやにやしているのが見つかると、罰として両腕を広げて「アメージング・グレース」を歌わなければならない。囚人五七一号は、何度も些細な違反をでっち上げられて、そのたびに何百回も腕立て伏せを強制される。

囚人たち全員が〝ジョン・ウェイン〟と呼んでいる看守が言う。「俺がおまえたちに、床とセックスしろと言ったらどうする？　五七一号、おまえはフランケンシュタインだ。三四〇一号、おまえはフランケンシュタインの花嫁。さあ、キスしろ、ろくでなしども」

誰も——看守も、囚人も——決して役割から外れない。狂気だ。この人たちは危険だ。五七一号にもそれは分かる。全員が手の付けられない状態になっている。彼もそれにつられている。彼はやはり、この二週間持ちこたえる自信がなくなる。簡易アパートで照明を暗くして求人広告を読む生活が、急にかなりの贅沢に思えてくる。

点呼中に些細な問題が起きて、ついに囚人八六一二号が切れる。「両親を呼んでくれ。俺は抜けさせてもらう！」。しかしそれは不可能だ。彼も、他の全員と同様、二週間服役しなければならない。彼はわめき始める。「これじゃあ本当に刑務所じゃないか。本物の囚人と同じだ」

八六一二号が何をしているのか、皆が理解する。正気を失ったふりだ。他のメンバーが糞の汲み捨てを残りの何日やろうと勝手だが、自分だけは抜けたいというろくでなし。ところが演技が本物になる。

「畜生、もうこりごりだ！　うんざりだよ。抜けさせろ！　今すぐ！」

ダグラスはツインフォールズでの高校生時代、同級生が発狂するのを見たことがある。この男が二人目だ。その様子を見ているだけで、自分の脳まで凶暴になる。

八六一二号は連れ去られる。どこへ連れて行かれたのか、所長は言わない。実験に支障があってはならない。実験は続行。五七一号もとにかくそこから出たいと思う。しかし他の囚人を残してそれはできない。そんなことをすれば、仲間の囚人たちに一生憎まれる——彼が今、八六一二号を憎んでいるように。それは病気だ。彼が自分に備わっているとは思いもしなかった小さなプライドの症状。しかし五七一号の評判は傷付けたくない。マジックミラー越しに部屋を覗き、ビデオ撮影をしている心理学の教授にああ、こいつ——こいつもまたいかれたなと言われるのはごめんだ。

司祭が訪問に来る。カトリックの教誨師。外部から来た本物だ。囚人は全員、面談室で彼に会わなければならない。「お名前は?」

「五七一号です」

「なぜここに?」

「武装強盗をやったことになっています」

「確実に釈放してもらうために、何をしていますか?」

その質問は五七一号の背骨を伝い、腹に沈む。俺は何かをしなければならないのか? もしもそれをしなかったら——すべきことを考え損なったら? 合意された期間が終わってもこの地獄に残らされるのか?

翌日は、すべての囚人が不安に陥る。看守たちはその不安につけ込む。囚人たちは家に手紙を書かされる。ただし、看守に言われた通りの言葉を書かなければならない。拝啓、お母さん。僕はしくじりました。僕は悪人です。看守の一人が八一九号を親不孝者だと激しく責めると、八一九号が泣き崩れる。看守たちはバリケード事件以来、彼に狙いを定めていたのだが、ついに彼を追い詰める。すすり泣きが監獄中に響く。他の囚人たちは点呼のため、通路に呼び出される。そしてこんなことを何度も言わされる。囚人八一九号は悪いことをした。あいつのせいで、俺の排便用バケツは一晩部屋に置いたまま。囚人八一九号は悪いことをした。あいつのせいで……

新たな囚人、四一六号——八六一二号の代わり——がハンガーストライキを組織する。二人が仲間に加わるが、他の囚人たちは面倒を起こそうとする彼を相手にしない。トラブルがあると、全員が迷惑を被る。五七一号はどちらにも味方しない。彼は子分タイプではないが、親分タイプでもない。すべてが崩壊に向かい始める。囚人たちは互いにいがみ合う。争いに巻き込まれたくない彼は、自分は誰とも同盟を組まないと宣言する。しかしそこに、非同盟という立場は存在しない。

ジョン・ウェインが四一六号を脅す。「ソーセージを食え、坊や、さもないと後悔するぞ」。四一六号が床にソーセージを投げると、それは転がって汚物まみれになる。彼はたちまち汚いソーセージを手に持たされて懲罰房に入れられる。「それを食い終わるまでそこにいろ」

他の囚人たちに向かってアナウンスがある。「今日一晩毛布は要らないと誰かが申し出れば、四一六号は赦免される。申し出がなければ、一晩懲罰房で過ごすことになる」。五七一号は毛布にくるまってベッドに横になったまま考える。これは本当じゃない。ただのシミュレーションだ、と。ひょっとすると、実験者たちに逆らい、彼らの期待を裏切り、聖なるスーパーマンになるべきなのかもしれない。しかし、他のやつらは誰も立ち上がろうとしない。誰もが彼に、毛布なしで寝ることを期待している。皆をがっかりさせるのは本意ではないが、彼が四一六号にくだらない反抗をさせたわけではない。皆で二週間退屈をやり過ごしさえすれば、万事問題はなかったのだ。

彼は横になったまま一晩中温かく過ごすが、眠れない。頭の中で思考が巡るのを止めることができない。彼は考える。もしもこれが本当だったらどうだろう？　もしも二年、いや十年、あるいは二百年どこかに隔離されたとしたら？　タウンゼンドに暮らしていたときの酔っ払った中学校教師——ラインダンスから戻ってきた両親の車に正面から車で突っ込んだ男——みたいに殺人で懲役十八年ということになったら？　今まで改めて考えたことはなかったが、アメリカ国内にいる目に見えない数百万の人々と同じように、檻の向こう側に閉じ込められたら？　俺など無に等しい。五七一号のように振る舞うことさえできないだろう。本物の刑務所は、彼をどんなものにでも変えられるだろう。

翌朝、慌てて人が集められる。刑務所長と実験責任者がさらに上の人から呼び出しを受ける。偉い立場にある頭のいい科学者がようやく目を覚まし、こんな実験をしてはならないと気付く。実験自体が犯罪的だ。囚人は全員、刑期満了を待たずに釈放。悪夢はわずか六日しか続かなかった。六日。たった六日とはとても思えない。五七一号は一週間前の自分がどうであったかさえほとんど思い出せない。

　実験者たちは皆を外の世界に戻す前に、実験の目的について説明を行う。しかし犠牲者たちはあまりにも神経が高ぶっていて、実験を振り返るどころではない。看守たちは自己弁護に終始し、囚人たちは怒り狂う。ダグラス――ダグラス・パヴリチェク――も挑戦的に指を突き立てる。「こんな実験をやったやつら――心理学者と名乗っている連中――は倫理違反で全員、刑務所にぶち込まれるべきだ」。しかし、彼は毛布を離さなかった。今後は永遠に、たった二週間の模擬実験でも誰の味方にもならず、毛布をあきらめることもしなかった人間になるのだ。

　彼は穴蔵を出て、明るく美しいサンフランシスコ半島中央部の空気に触れる。ジャスミンとイタリアカサマツの匂いが混じった甘いそよ風がシャツに入り、髪を乱す。彼は自分が今いる場所を知っている。泥棒貴族（米国の鉄道経営者・政治家だったリーランド・スタンフォード（一八二四―一八九三）のこと）の設立した大学にある心理学部棟だ。スタンフォード。威圧的な石の回廊《アーケード》があって、どこまでもヤシの木のトンネルが続く、知識と現金と権力の土地。彼が今までずっと、大学生になりすました容疑で逮捕されるのではないかと心配で、敷地を散歩するのも、用事で訪れるのも避けてきた、金持ち連中の修道院。

　彼は九十ドルの小切手を受け取り、イーストパロアルトの簡易アパートまで車で送ってもらう。そのまま部屋に引きこもり、ビールに浸したトウモロコシチップス《フリトズ》を食べ、アルミホイルを角《つの》の形に丸めてアンテナ代わりにした白黒テレビを観る。そして三週間後、そのテレビで、ラオスでの作戦に失敗した米軍のヘリコプターが百機あまり行方不明になったというニュースを見る。彼は米軍がラオスにいることさえ知らなかった。彼はビールの缶を丸テーブルに置く。そしてなぜかはっきりと、松《パイン》材でできた誰かの棺桶に水滴で輪染みを付けたような印象を持つ。

彼は四一六号が懲罰房で過ごした夜に感じたのと同じ気分で、ぼーっとしたまま立ち上がる。そしてふさふさの巻き毛に指を通し、その後、朝のうちにばっさりと散髪する。今の世界は、彼自身も含め、どこかが狂っている。一部の二十代の若者たちが心理学を勉強して、うまくいかなかった実験について論文を書く――一方では、そのために別の二十代の若者たちが死ぬ。彼はそんな世界に生きているのが嫌になる。戦争は敗色が濃いことを彼はよく知っている。しかし、だからといって何かが変わるわけではない。翌朝、彼は街の中心にある新兵募集センターをオープンと同時に訪れる。ついに定職だ――しかも堅気《かたぎ》の。

ダグラス・パヴリチェク二等軍曹は入隊からの四年で二百余回の運搬任務に従事する。C－一三〇輸送機の搭載管理官として、数トンの遮断用材料とクラスAの爆薬をバランスよく機に積むのが仕事だ。彼はあたりの空気が泡立つほど激しい臼砲射撃の中で兵器を地面に下ろす。彼は往航に二・五トントラック、装甲兵員輸送車、大量のC号携帯口糧、帰航には遺体袋を積む。少しでも頭を使う人間なら、とうの昔に大義が失われたことに気付いている。しかし、ダグラス・パヴリチェクの精神的エネルギーのやり繰りにおいては、頭を使うより、体を動かすことの方がはるかに重要だ。自分にすべき仕事があって、仲間がラジオでR＆Bを聞いている間は、この無意味な戦争にどれだけ遅く、あるいは早くに負けが来るかは気にならない。

彼は脱水症状で頻繁に失神することから、〝気絶《フェイント》〟というあだ名が付けられる。水分補給を忘れることがよくあるせいだ――夜はさておき、昼間は。日が暮れると、四つん這いでコラートのジョムスラン通り、バンコクのパッポンやペッチャブリーの迷路みたいな風俗街、天使の街を這い回り、メコンやシンハなどの酒を浴びるように飲む。酒は彼をより陽気、より正直、よりまともに変え、運命について三輪タクシー《サムロー》の運転手と哲学的な会話を長々と交わす気分にさせる。

「うちに帰るか？」

「まだだよ。戦争は終わってない」

「戦争終わった」

「俺にとってはまだ終わってない。誰かが最後まで残って、部屋の電気を消していかないとな」

「戦争終わった、みんな言ってる。ニクソン、キッシンジャー」

「キッシンジャーなんて糞食らえ。ノーベル平和賞だと、よく言うぜ！」

「はい。レ・ドク・ト（ベトナムの政治家（一九一一—一九九〇）で、キッシンジャーと同時にノーベル平和賞を受賞（一九七三年、辞退））も糞食らえ。もう、みんなうちに帰る」

　ダグラスはもはや自分のうちがどこにあるのか分からない。

　彼は非番のときはタイスティック（タイ産の強力なマリファナを巻いた細い棒）でハイになり、レア・アースやスリー・ドッグ・ナイトの演奏に合わせてベースのリフを口ずさむ。あるいは廃墟となった寺院巡り——アユタヤ、ピマイ。吹き飛ばされた仏塔には、何か人をほっとさせるものがあった。倒壊してチークの木にのみ込まれた塔。自然に崩れ、岩くずになるまで放置された回廊。遠からず、ジャングルはバンコクものみ込むだろう。いつかロサンジェルスも。でもそれでいい。それは俺のせいじゃない。ただの歴史だ。絨毯爆撃を行う部隊が置かれた怪物基地は次々に閉鎖され、戦争中毒で経済的に成り立っていた千の基地依存家内工業が牙をむき始める。タイの人々は皆、来たるべき事態を見通している。彼らはこうして〝白い悪魔〟と取引することを余儀なくされたのだが、今となっては間違った側を支援したように思われる。しかしダグラスが出会うタイ人は皆、破壊者に対して親切心以外のものを見せない。彼は在任期間とこの果てしない戦争が終わった後もタイに残ろうかと考える。この国ではいい思いをさせてもらったのだから、来たるべき不幸な時代にその恩返しをすべきではないか。タイ語は既に百ほど覚えている。ダイ、ニッノイ、ディーマーク（それぞれ、「できる」「ちょっとだけ」「とてもよい」の意）！　だが、とりあえず今の彼は、短期滞在者の中でも最も短期の滞在者で、最も信頼できる交通手段を使っている身分にすぎない。今、安全なのは仕事のおかげ――少なくとも数か月の間は。

彼と仲間はその日もまた、毎日カンボジアに行き来しているC－一三〇《ハーキー・バード》の離陸準備をする。彼らが数週間前からやっているのは、ポチェントンへの再補給だ。今では再補給が撤収に変わりつつある。あとひと月かふた月で、きっとすべてが終わる。ベトコンが夏の雨のように、あらゆるものを覆い始めている。

彼が補助席に座ってベルトで体を固定すると、いつものように飛行機が飛び立つ。眼下には生命のあふれる緑の世界。パッチワークのような棚田と、それを取り囲むジャングル。四年前なら、このルートは南シナ海に至るまで延々と緑が続いていた。しかしその後、嵐のように虹色の枯れ葉剤が降り注いだ。千二百万ガロン（約四五〇〇万リットル）の改変された植物ホルモン――オレンジ剤（ダイオキシンを含む強力な枯れ葉剤）。紅色の世界《ルージュランド》に入った数分後、機は攻撃を受ける。ありえない攻撃。プノンペンまで全域が武装解除されているはずだ。対空砲が乗員室と貨物室に飛び込む。航空機関士フォアマンの目に破片が当たる。弾片が航空士ニールソンの横腹を切り裂き、何か外に出てはならない生ぬるく湿ったものが体から出てくる。

乗員は全員、気味が悪いほど落ち着いている。かなり前から列を作って待っていた、夢の短編ホラー映画がついに目の前に映し出されているという感じだ。現実を信じられないでいるせいで、効率よく動くことができる。彼らは集合し、けが人の手当てをし、損傷を調べる。右舷側にある二つのエンジンから油っぽく黒い煙がじわじわと双子のように漏れている。よくない兆候だ。一分後には、じわじわがもくもくに変わる。ストラウブがきわどい角度まで機体を傾け、タイへ、救いへと向かう。距離はわずかに二百キロ。C－一三〇はエンジン一機でも飛行可能だ。

その後、高度が下がり始める——湖に狙いを定めた鴨のように。貨物室の後部から煙が漏れている。パヴリチェクの口から、意味が分からないうちに言葉が飛び出す。火が出た！　機は燃料と兵器をいっぱいまで積んでいるというのに。彼は燃え広がる炎に精いっぱい近づいていく。引火する前に荷物を捨てなければならない。彼とレヴァインとブラッグは荷物固定用のロープと開扉用の取っ手と格闘する。爆発で穴の開いたエアダクトから高熱の蒸気が漏れ、彼に吹き付ける。顔の左側が熱に焼かれる。彼は気付かない。まだ。

彼らは何とか荷物の固定をすべて解除する。荷の一つが機から放り出される前に爆発する。そして空中で大爆発が起こる。その後、パヴリチェクも、翼の付いた種子のように地上に向かって漂い落ちていく。

さかのぼること三世紀、その何マイルも下で、花粉に覆われた蜂がある緑色の無花果《いちじく》の先にある穴に這い入り、内側に込み入った形で隠された花畑の一面に卵を産み付ける。世界にある七百五十種のイチジク属《フィクス》にはそれぞれ受粉に最適化した特定の蜂がいる。この蜂はどうにかして、運命の種《しゅ》に適合する無花果を発見した。発見者は卵を産み付けて死んだ。受粉させた果実が、そのまま蜂の墓となった。

寄生蜂の幼虫は、孵化すると、この花房の内部で食料を得る。しかし彼らは、食料を消尽するところまではいかない。雄は姉妹と交尾し、果実というふわふわした監獄の中で死ぬ。雌は無花果から出て、花粉を身にまとって飛び去り、果てしのないゲームを別の場所にもたらす。後に残された無花果は、ダグラス・パヴリチェクの鼻の頭にあるしみより小さな赤い豆を生む。その無花果はヒヨドリに食われる。豆は鳥の内臓を通り、豊かな糞とともに空から、別の木のくぼみに落ちる。そこに日の光と雨が降り注ぎ、幼木が無数の枯死の可能性を免れる。若木が育つ。根が伸び、宿主を囲む。数十年が経つ。そして数世紀が。象に騎乗してやっていた戦争が、月面着陸と水爆のテレビ中継に変わる。

　無花果の樹幹が枝を出し、その枝から先の尖った葉が出る。より大きな四肢が曲がって肘となり、それが地面に伸びて太さを増し、新たな幹となる。中心にあった一本の幹がやがて木立となる。無花果は外へと広がり、三百の大きな幹と二千の細い幹から成る楕円の森と化す。それでもなお、全体はただ一つの木だ。一本のベンガルボダイジュ（イチジク属）。


　搭載管理官パヴリチェクは雲ひとつない青空を腹這いの姿勢で落下する。空気を切る音が彼を困惑させる。惨事ははるか頭上の雲に隠れ、もはや解決を必要としてはいない。今はただ世界を許し、忘れ、落ちたいと思うだけだ。ナコーンラーチャシーマー県を半分ほど横断する形で、風が気ままに彼を導く。地面が猛烈な速度でダグラスを迎えに来るとき、彼は生き返る。そしてパラシュートを使い、水をたっぷりたたえ、稲の苗で緑に点彩された棚田を目指す。しかし、トグルがもつれて目標地点を通り過ぎ、最後の百フィート（約三〇メートル）で慌てたために、太ももに装着されていたピストルが暴発する。弾丸は膝の下から入ってすねを通り、革製ブーツのかかとから出る。悲鳴が宙を裂き、体がベンガルボダイジュ――彼の落下を受け止められるよう、三百年かけて一本の木から育った森――の枝に突っ込む。

　枝が飛行服を切る。体に絡んだパラシュートは死に装束のようだ。裂傷とやけど、銃創と脚の粉砕骨折に一度に見舞われた航空兵は気を失う。彼は友好的な領土でいくつもの村を合わせたより大きな聖木に抱かれて、地上二十フィート（約六メートル）の場所に大の字の格好でぶら下がる。

　巡礼者であふれそうな乗り合いバスが神聖なる木に祈りを捧げるためにやって来る。彼らは柱廊のように並ぶ気根の間を抜け、中央の幹を目指す。それは大昔に育ての親を絞め殺した幹だ。そのねじ曲がった樹身にしつらえられた祠《ほこら》は、花、ビーズ、鈴、祈りが記された紙、ひび割れた彫像、聖紐《せいちゅう》に覆われている。来訪者たちはパーリ語で祈りを唱えながら、枝や気根でできた迷路のような四阿《あずまや》を抜け、祭壇まで進む。それぞれが腕いっぱいに線香、チキンカレーを入れたブリキ製の弁当箱、蓮とジャスミンの花輪を抱えている。三人の幼い子供が早口で田舎歌《ルークトゥン》を歌いながら、われ先に駆けだす。

巡礼者たちが祠に近づく。彼らは既にあちこちの枝に掛かっているさまざまな捧げ物に自分たちの花輪を加える。そのとき、空が崩れ、頭上の葉叢にミサイルが落ちる。その衝撃で線香、花輪、弁当箱があたりに飛び散る。巡礼者が二人、ショックで地面に倒れ込む。

混沌が治まる。巡礼者たちが顔を上げる。大きな外国人が今にも地面まで落ちてきそうな様子で枝からぶら下がっている。彼らは外国人に声を掛ける。返事はない。どうすれば男に手が届き、絡んだ枝とパラシュートから下ろしてやれるか、議論が始まる。パヴリチェク二等軍曹が目を覚ますと、数人のタイ人がベンチの上に立って彼をつついている。大気のプールに仰向けに浮かんでいる自分を、逆さまになった人々が手を伸ばしてすくい上げようとしているのだと彼は思う。脚と顔の激痛が彼を襲う。咳をすると唾に血が混じる。俺は死んだんだ、と彼は思う。

違う、と顔のそばで誰かが言う。木がおまえの命を救った、と。

タイに来てからの四年で最も役に立った三音節のタイ語がダグラスの口から出る。「マイ・カオ・チャイ」。分かりません。彼はそう言って再び気を失い、落下という長く円環的な任務に戻る。そして地下深くまで落ちる。根の王国まで、長く贅沢な落下。彼は地下水面の下に飛び込み、時の始まりに向かって落ち続ける――これまでにその存在を想像したこともなかった幻想的な生き物のすみかを目指して。

地元の診療所は米兵の脚を手当てしようとしない。職員の一人が彼を珊瑚《さんご》色のマツダに乗せ、アンテナから法輪の旗をはためかせながら、コラートの町まで連れて行く。車は運河を走る古いボートに似た苦しそうな音を立て、同じように油っぽい煙を後に残していた。最大限の痛み止めを与えられて後部座席に乗っていたパヴリチェクは、緑色の風景が何キロメートルにもわたって通り過ぎていくのを見ている。緑色の平べったい土地。うねるような低い山。水の中には魚がいる。田んぼでは米ができる。台風が来れば、あたり一面はバナナの葉で作った船のように沈む。来年の今頃になれば、ベトコンがタイ国際空港でひなたぼっこをしているだろう。一本の樹木が彼の命を救った。彼にはその意味が分からない。

痛み止めの効果が切れ始めると、パヴリチェクは運転手に俺を殺してくれと懇願する。運転手は口の周りを指さして言う。「ノー・イングリッシュ」

ダグラスの脛骨は芯がえぐられている。コラートにある基地の医師は応急手当をして、バンコクの第五野戦病院に送る。仲間の乗員は皆、生きている――後の報告書によると、それはダグラスのおかげだ。そして彼自身の命が助かったのは、木のおかげだ。

空軍は足の不自由な兵士を必要としていない。彼は松葉杖と空軍十字章――空軍が出す勲章の中では二番目の高位――そしてサンフランシスコに戻る無料チケットを与えられる。そしてミッション地区にあるフレンドリー質店で勲章と引き換えに三十五ドルを手にする。フレンドリーが傷痍軍人に救いの手を差し伸べているのか、それともただ弱みにつけ込んでいるだけなのか、彼には分からない。だが、分かる必要性も感じない。自由世界を守ろうとする搭載管理官ダグラス・パヴリチェクの任務はこうして終わった。

宇宙は、根を上に、枝を下にしたベンガルボダイジュだ。時々、まるで今でも逆さまに宙に吊られているかのように言葉が幹を伝って上がってきて、ダグラスの耳元で声が聞こえる。木がおまえの命を救った。だがその理由を、声は教えてくれない。


人生がカウントダウンする。九年、六つの仕事、実らなかった恋愛が二つ、三つの州のナンバープレート、まずまずのビールが二・五トン、そして何度も繰り返される一つの悪夢。また一つの秋が終わり、冬が来る。ダグラス・パヴリチェクは丸頭ハンマーを手に取り、馬牧場前を通ってブラックフットまで続く比較的滑らかな道路の表面に、わざといくつか穴を開ける。通行する車に速度を落とさせて、柵の脇から運転者の顔を見物するのが目的だ。十一月になると車が通らなくなるので、再びその楽しみを味わうには春まで待たなければならない。

ダグラスはその土曜日、馬に餌をやり、本を読み聞かせてやった後、いたずらに取り掛かる。作戦はうまくいく。車が充分にスピードダウンした場合には、彼と犬が車に併走する。するとやがて運転者が窓を開けて挨拶をするか、銃を取り出す。そうしていると少しだが楽しい会話ができる。本当のギブ・アンド・テイクだ。一人の男はわざわざ車を停めた。端《はた》から見るとそれがかなりの奇行であることは、ダグラスにも分かっている。しかし、そこはアイダホだ。四六時中、馬と過ごしていると、魂のたがが少し緩んで、人間たちの間にある作法などしょせんは仮装パーティーみたいなものにすぎず、額面通りに受け取るべきではないことが見えてくる。

実際、人類最大の欠陥は、ただの合意を真実だと勘違いしがちな圧倒的傾向にある、という確信をダグラスはますます深めている。ある人が何を信じるか、あるいは信じないかを決める最大要因の一つは、最寄りの公共電波に乗っている情報だ。部屋に三人の人間がいれば、おじの一人が酒に酔って屋根から落ちたというだけの理由で、重力の法則は悪だから廃止すべきだと決めるだろう。

　彼はその意見を他人に話してみたことがあるが、あまり納得はしてもらえない。しかし、第四腰椎のそばに残っている鋼鉄の破片、退役年金のわずかな蓄え、空軍十字章（質入れ中）、遅ればせながら与えられ、裏面のデザインが便座を思わせる名誉戦傷章《パープル・ハート》、そして自分の手でいろいろな物を作る能力、そのすべてが彼に、強い意見を持つ資格を与える。

　彼は今も、ハンマーを振る際、少し足を引きずる。無意識のうちに、世話をしている動物に似てきたようで、顔は面長の馬面になっている。一年のうち、年のいった牧場主が別の屋敷で別の趣味を楽しんでいる七か月間、ダグラスは一人暮らしだ。山が三方から彼を囲んでいる。テレビに映るのは砂嵐だけ。とはいえ彼の中には、自分が考えていることをどこかの誰かに認めてもらいたいという気持ちがある。他者による承認——人類を死に至らしめる病。しかしこの十月の第二土曜日、彼は家の前の道路にせっせと大きな穴を開け、車が速度を落とすことを期待する。

　彼がそろそろチェックポイントを閉めて納屋に戻り、ベルギー産の荷馬、チーフ・プレンティ・クーを相手にニーチェの話でもしようかと思っているところに、赤のダッジ・ダートが坂の向こうから音速に近い速度で近づいてくる。連続するクレーターに気付いた車はブレーキを掛け、見事にコントロールされた横滑りを見せる。ダグラスと犬が走りだす。彼らが追いついたときには、車の窓ガラスは下ろされている。豊かな赤毛の女が頭を出す。いろいろ話すことがありそうだな、とダグラスは思う。友達になる運命だ。「どうしてここだけ道路がひどく傷んでるの？」

「反乱分子の仕業さ」とダグラスが説明する。

　彼女は窓を閉め、急発進する。彼の方を一度も振り返らずに。ゲームオーバー。それはダグラスから何かを奪う。また一つ、彼の中で何かが終わる。馬に『ツァラトゥストラ』の新しい一節を読んで聞かせる元気も残っていない。

その夜、気温はマイナス十度近くまで下がり、雪片が紙やすりのような感触で彼の顔をこする。まるで外の世界全体がカリフォルニアのスクラブマッサージ店に変わったかのようだ。彼はブラックフットの町に向かい、早い時期に吹雪が来ることを考えて、一か月分のフルーツカクテルを買い溜めする。そしてビリヤードバーに立ち寄り、一ドル硬貨をまるで型からはみ出た余分なばりのように景気よくまく。

「人間は、自分が発する炎の中で身を焼く覚悟がないと駄目だ」と大勢の客に向かって言う。そう言っているのは、かつての囚人五七一号――仲間のために毛布をあきらめるべきだったときにそうしなかったと永久に言い続けなければならない男――だ。彼はエイトボールを十八ゲームやった後、家を出たときより懐を豊かにして帰宅する。そしてその現金を他の蓄えとともに北の牧草地に埋める――地面が固くなりすぎて掘れなくなる前に。

ここの冬は長いので、途中で文明世界のつけが利かなくなる。彼は彫刻をして、鹿の角の山からいろいろな物を作る。ランプ、コートラック、椅子。彼は赤毛の女を思い出し、いかに彼女が自分には手の届かない高嶺の花かを思う。天井裏からは動物たちが柔軟体操をしている音が聞こえる。彼は『携帯版ニーチェ』を読み終えて、『ノストラダムス全集』に取り掛かり、読了したページを一枚一枚ストーブにくべる。念入りに馬たちの世話をし、日替わりで順に屋内円形運動場を歩かせ、『失楽園』を読み聞かせる――ノストラダムスはあまりにも刺激が強すぎたから。

春、彼は二十二口径を持って森に入るが、脚の悪い野ウサギにさえ引き金を引けない。自分はどこかがおかしい、と彼は気付いている。雇い主が初夏に戻ってくると、彼は礼を言って仕事を辞める。次にどこへ行くかは分からない。そのような知識は搭載管理官としての最後のフライト以来、ありえない贅沢だ。

彼は西へ向かい続けたい。問題は、そこより西に進んでも、また東に向かっているように感じられるということ。とはいえ、中古だが頼りになるフォードのピックアップトラックF－100と新品のタイヤ、かなりの量のコイン、退役軍人らしい障碍があり、ユージーン（オレゴン州西部の都市）には友人もいる。美しい裏道が山脈を抜けるようにボイシ（アイダホ州の州都）とその先まで続いている。彼が空からベンガルボダイジュの上に落ちてきたときから考えれば、今がいちばん幸福だ。谷を通るとき、カーラジオはまるで月から電波を送っているかのように、音が入ったり、入らなかったりする。酒宴のように騒がしい曲がいつの間にかテクノに変わる。どのみち彼は聞いていない。何マイルも続くエンゲルマントウヒとミヤマバルサムの壁が彼をトランス状態に導いている。彼は小便のため、路肩に車を停める。こんな山の中では、ハイウェイのセンターライン上で小便をしても、誰にも気付かれないだろう。しかし、馬に読み聞かせていた文章にあったように、蛮行はいったん始めてしまうと際限がなくなる。彼は道路を下りて、森に踏みいる。

ダグラス・パヴリチェクが森に目を向けたままジッパーを下げ、膀胱の緊張が解けるのを待っていると、木々の向こう側の、森の奥までずっと緑陰が続いているはずの場所に光が差しているのが見える。彼はジッパーを上げ、先を調べる。下生えの中を歩き進むと、森の奥に入るはずが、森を出てしまう。ほんの少し歩いただけで、そこは再び……それは森の中の開けた場所とさえ呼べない。そこは月面。目前に、切り株だけが残る荒れ地が広がっている。赤みがかった火山岩滓《がんさい》とおが屑で覆われた一面の低湿地。どの方角に目を向けても、見渡す限り、羽をむしった巨大な家禽みたいな大地が続く。まるで一帯が異星人の殺人ビームに襲われ、世界が許しを請うているかのようだ。彼が今までに見てきた中で多少なりともこれに似たものは一つしかない。彼とダウ・ケミカル社とモンサント社によって裸にされた、三か国にまたがるジャングル。しかし、この伐採地の方がはるかに効率的だ。

彼は慌てて、カーテンのように伐採地を隠している森を戻り、道を渡って、反対側の森の奥を見る。

その山腹にも、さらなる月面風景が広がっている。彼はトラックのエンジンをかけ、走りだす。道はどこまで行っても、エメラルド色の森に挟まれている。しかし今、ダグラスの目は幻の向こうにあるものを見ている。彼が走っている道は、見せ掛けだけの薄っぺらな生命に包まれていて、その向こうには一つの国ほどある巨大な爆弾クレーターが隠されている。森は単なる舞台装置、巧妙な美術品にすぎない。木々はタイトショット（映画における極端なクローズアップ撮影）の隙間を埋めて舞台をニューヨークに見せ掛けるために雇われた数十人のエキストラみたいなものだ。

彼はガソリンスタンドに寄って燃料を入れ、レジで尋ねる。「谷のところは皆伐《かいばつ》をやってるのかい？」

男はダグラスの硬貨を受け取りながら言う。「そうさ、いまいましいことに」

「しかもそれを、投票所のカーテンみたいな感じで見えないようにしてる？」

「やつらの言い方では、〝美観帯〟。〝並木回廊〟とも呼ばれてる」

「でも、あそこは全部国有林なんじゃないのかな？」

レジ係はまるで、そのあまりにもつまらない質問に罠が仕掛けられているのではないかと警戒するように、ただじっと彼を見る。

「国有林っていうのは保護された土地だと思っていたんだけど」

レジ係は馬鹿にしたように答える。「それは国立公園のことだろ。国有林の仕事は安い値段で木を切って、買ってくれるやつに売ることさ」

そうか――新しい知識が彼の頭を混乱させる。ダグラスは毎日、何か新しいことを学ぶのを習慣にしている。彼がこの新しいデータを咀嚼するのに数日かかる。ベンドの町に入る手前で、怒りが吹きこぼれ始める。ことは、ある日の朝とその午後との間に消えた数十万エーカーだけの問題ではない。スモーキー・ベアとレンジャー・リックがウェアーハウザー社（スモーキー・ベアは山火事防止を訴える熊のキャラクター、レンジャー・リックは野生動物保護を訴えるアライグマのキャラクター、ウェアーハウザー社は北米最大規模の林業・木材加工業者）からこっそり年金を受け取っているという事実を受け止めることなら彼にもできる。しかし、ハイウェイ沿いだけカーテンのように木立を残すという愚かで姑息で、吐き気を催させるほど効率的な手口を見ていると、彼は誰かを殴りたくなる。木のカーテンは計画通り、一マイルごとに彼の目をくらませる。木はリアルで、無垢で、手が加えられているように見えない。彼はまるで自分があの『ギルガメシュ叙事詩』――去年、牧場の書斎で見つけて、馬に読み聞かせてやった本――に出てくる杉の森、マシュ山の上にいるような気になる。世界創造の初日に作られた森。しかし、ギルガメシュもその友人エンキドゥも既にこの場所を通り過ぎ、森はうち捨てられたらしい。世界で最も古い物語。車で走っていると、まったく気が付かないこともあるだろう。それがまた腹立たしい。

ユージーンで、ダグラスは一ドル硬貨を高く積んで、小型プロペラ機での空中遊覧を買う。「この金で、できる限り大きな周を描いて飛んでくれ。上空からの眺めを見たいから」

大地は、外科手術に備えて剃毛された病んだ獣の横腹のように見える。どの方角を見ても、すべての場所がそうだ。もしもこの情景がテレビで放映されれば、明日にも伐採は中止されるだろう。目隠しされた状態の地上に戻ったダグラスは、友人宅のソファーで、黙って三日間過ごす。何をするにも彼には元手がない。政治的な知恵もない。弁舌が冴えるわけでもない。経済的な知識もなければ、社会的な地位もない。ただ目の前に、皆伐地の風景があるだけ。寝ても覚めても、地平線までその光景が彼を追ってくる。

彼はいくつか問い合わせをする。それから、自由になる一本半の脚を使って、皆伐地に苗木を植える仕事を請け負っている会社へ行く。彼はショベルを支給され、苗木を一本数セントで購入して麻袋に詰め込む。もしも植えた木がひと月後に枯れずに残っていれば、一本あたり二十セントの給料が支払われるという約束だ。

ダグラスモミ。アメリカで最も価値の高い木材。だからダグラスモミばかりを植え、育てるのは当然のこと。一エーカー（約四〇〇〇平方メートル）で五軒分の新築家屋。彼は自分が植えている木は最終的に、原生林を伐採しているろくでなしどもの手に渡ることを承知している。しかし彼には、木材業界を打ち負かす必要もなければ、自然の復讐と向き合う必要もない。ただ、日々の生計を立て、皆伐地の風景――虫が白太《しらた》に入り込むように、彼の心に侵入してくる風景――を元に戻したいだけだ。

彼は静かでぬかるんだ、死の斜面で日々を過ごす。人を寄せ付けない湿地に足を奪われ、地面に体を投げ出し、四つん這いになりながら、根、木切れ、枝、切り株、幹などが渾然とした中を進む。泥に混じる繊維と断片は、もつれた墓場の中で腐るに任されている。彼は百の転がり方を習得する。彼はしゃがみ、地面に小さなくぼみを作り、苗木を植え、ブーツの先で丁寧に土を戻す。そして再び同じことをする。さらにまた同じことを。中心から放射状に。あるいは網目状に。斜面の上の方や裸の谷間。一時間にそれを十数回。一日に数百回。毎週数千回。三十四歳の体がヘビ毒に満たされたみたいに悲鳴を上げるまで。時には、手頃な道具さえ手に入れれば、不自由な足を切り落としたい気分にまでなる。

彼は、ヒッピーや不法移民たちの集まる植樹作業員用キャンプで眠る。屈強で愛すべき男たちは、夜には皆疲れ果てていて、人と話す元気は残っていない。彼が夜、苦痛でこわばる体を横たえると、ある一つの言い回しが頭に浮かぶ。かつて牧場の手伝いとして働いていたとき、馬に聞かせてやった言葉だ。救世主《メシア》がやって来たときに苗木を手にしていた場合には、まず苗木を植えて、その後で外に出て、救世主《メシア》に挨拶をせよ。馬も彼も、その言葉の意味がよく分かっていなかった。今までは。

木を切った匂いが彼を圧倒する。湿ったスパイス棚。湿っぽいウール。錆びた釘。酢漬けのペッパー。その匂いを嗅ぐと彼は子供時代に戻る。不可解な幸福感を抱かせる芳香。最も深い井戸の底まで彼を落とし、何時間もそのままでいさせる匂い。それに加えて、耳に枕を詰め込んだような、くぐもった音。どこか遠くで響く、のこぎりと伐採枝払い機のうなり声。彼は偉大な真実を知る。木が倒れるときには派手な音がする、と。しかし、植樹は静かで、生長は不可視だ。

時には、アーサー王物語的な霧の中で夜が明けることもある。朝の冷え込みで死にそうになる日もあれば、昼の暑さで気が遠くなり、半ば麻痺した尻から倒れる日もある。空が真っ青な午後には、地面に寝そべり、涙があふれるまで天を仰ぐこともある。あざけるような、容赦のない雨も降る。鉛のような重さと色を持った雨。オーディションにすぎないのに舞台に上がる緊張に襲われている、内気な雨。彼の足から苔《こけ》と地衣を生えさせる雨。かつてはこの場所に、巨大で入り組んだ森があった。森は再びこの地にやって来るだろう。

彼は他の植樹作業員と一緒に仕事をすることもある。その一部は、彼の知らない言葉を話す。子供の頃に見た森はどうなったのかと尋ねるハイカーに会うこともある。季節労働者は来ては去るが、彼みたいな中核メンバーの顔ぶれは変わらない。しかし彼はたいてい一人で、単調かつ野蛮な繰り返し作業に取り組む。穴を掘り、しゃがみ、植え、立ち上がり、ブーツの先で土を戻す。

ダグラスモミの小さな苗木はとても不憫に見える。パイプクリーナーみたい。あるいはおもちゃの電車セットに添えられた小道具。人工的なこの原っぱを離れた場所から見ると、はげかかった男が頭を角刈りにしているようだ。しかし、彼が泥の中に植える苗木は、長い時間をかけて形作られてきた手品の種だ。彼はそれを千単位で植え、一本一本を愛し、信頼する——同胞である人間を愛し、信頼するのと同様に。

苗木は放っておかれれば——〝放っておく〟というところがポイントだ——空気と光と雨を使って、何万ポンドも重量を増やす。どの苗木が次の六百年間、生長を続け、最も大きな工場の煙突をもしのぐ大きさになってもおかしくない。ひょっとすると、何世代にもわたって一度も地面に下りることのないハタネズミのすみかとなり、宿主を裸にする以外の欲望を持たない数十種の昆虫を養うことになるかもしれない。下方の枝の上に一年に何千万本もの針葉を落とし、樹上に小さな庭土を作ることになるのかも。

ひょろ長い苗木のいずれかが、生涯のうちに数百万の球果を付けるかもしれない。アメリカ全土に花粉をまき散らす黄色い雄花と、コイル状の鱗からねずみのしっぽのようなものを出す雌花。彼はその光景を、自分の命よりもいとおしく思う。そしていつかできるかもしれない森の匂いが、彼にはほとんど感じられる気がする——新鮮な樹脂の匂い。あこがれに満ちた、果実を作らない実の匂い。キリストよりも果てしなく古いクリスマスの匂い。

ダグラス・パヴリチェクは、ユージーンの繁華街ほどもある皆伐地で、一本一本の苗木に別れを告げながら作業をする。頑張れよ。わずか百年か二百年のこと。おまえたちにとっては朝飯前だろ。俺たちより長生きするだけでいい。俺たちさえいなくなれば、誰もおまえたちに手出しをするやつはいない。

ニーレイ・メータ

　後に人間を別の生き物に変える手伝いをすることになる少年が、家族と暮らすカリフォルニア州サンノゼのアパート――メキシコ人が経営するパン屋の二階――で、『ジ・エレクトリック・カンパニー』（『セサミストリート』を観る年代より大きな子供たちを対象にした教育番組）を観ている。キッチンでは、インドのラージャスターン州出身の母がむせながらひいているブラックカルダモンの匂いが、階下のパン屋から漂うパン・フィーノとコンチャのシナモンの匂いとぶつかり合っている。外に見える心の喜びの谷《サンタクララ・バレー》では、アーモンド、サクランボ、梨、クルミ、プラム、アプリコットなどの木があらゆる方角に何マイルも広がっている。最近、ようやくシリコンに取って代わられつつある木々。少年の両親はそこを今でも、〃黄金の州〃と呼ぶ。
　インドのグジャラート州出身の父が箒《ほうき》の柄みたいな体で大きな箱を抱え、階段を上がってくる。彼が八年前、アメリカにやって来たときに持っていたのは、二百ドルと固体物理学の学位、そして一緒に働く白人の三分の二の給料で働く意志だけだった。それが今では社員番号二七六として、世界を書き換えつつある会社で働いている。重い荷物を持った彼は、おぼつかない足取りで階段を上がりながら、息子のお気に入りの歌――寝る前にベッドで一緒に歌う歌――を口ずさむ。深い海の底にいる魚

にも喜びを、君と僕にも喜びを。（スリー・ドッグ・ナイトの有名な曲「喜びの世界」（一九七〇））

子供が父の足音を聞きつけ、踊り場に駆け寄る。「父さん《ピター》！　何それ？　僕にプレゼント？」。七歳の士族《ラジプート》である彼は、世界の大半は自分に与えられるプレゼントだと知っている。

「先に部屋に入らせてくれ、ニーレイ、ありがとうは？　プレゼントだ、うん。私とおまえの二人に」

「やっぱり！」。反対側に回り込もうとした少年の足がコーヒーテーブルに当たり、振り子のおもちゃの鋼鉄球がカチカチと鳴る。「僕の誕生日プレゼントだね。十一日早いけど」

「でも、おまえも組み立てを手伝わないと駄目だぞ」。父は箱をそっとテーブルに置き、おもちゃを床に落とす。

「僕、お手伝いは得意だよ」。少年は父の忘れっぽさを当てにしてそう言う。

「忍耐が必要だぞ、おまえは今、忍耐強さを鍛えているところだったな、覚えてるか？」

「覚えてる」。少年はそう言いながら箱を開け始める。

「忍耐こそがすべてのものを作り出すんだ」

父は息子の肩に手を添えて、キッチンまで連れて行く。母は扉にバリケードを張る。「こっちへ来ないで。今、忙しいんだから！」

「うん、あの、ただいま、母さん《モティ》。今日、コンピュータのキットを手に入れた」

「パパがコンピュータのキットを手に入れたんですって」

「コンピュータのキットなんだ！」と少年が叫ぶ。

「よかったわね、コンピュータのキットが手に入って！　さあ、二人で遊んでらっしゃい」

「遊び道具というわけじゃないんだ、母さん《モティ》」

「違うの？　じゃあ、それを使って仕事をしたらどう？　私と同じように」。少年は父の手を引っ張り、謎が横たわっている部屋へと連れ戻す。二人の背後から母が呼び掛ける。「一千語分の記憶、それとも四千語？」（「一枚の絵は一千語に匹敵する記憶だ」ということわざがあるのを踏まえている）

父はうれしそうな顔になる。「四千！」

「四千語ね、へえ。じゃあ、さっさと何かいいものを作って」

緑色のファイバーグラス製回路基板《バックプレーン》が箱から現れると、少年は口を尖らせる。「それがコンピュータのキット？　そんなものが何の役に立つの？」

父は限りなく間抜けな笑みを浮かべる。もうすぐこれによって、〝役に立つ〟ということの意味が書き換えられる時代が来る。彼は箱の中に手を伸ばし、核心部分を取り出す。「これだよ、ニーレイ。見ろ！」。彼は長さ三インチ（約七・五センチメートル）のチップを掲げる。そしてうれしそうに首を横に振る。禁欲的な彼の顔に、危険なほど自負に似た表情が広がる。「父さんはこれを開発する手伝いをしてたんだ」

「それがそうなの、父さん《ピター》？　それがマイクロプロセッサ？　脚の角張った虫みたい」

「ああ、でも、私たちが中に何を詰め込んだかが大事なのさ」

少年の目が釘付けになる。彼は父がこの二年間、寝物語に聞かせてくれた話を思い出す——英雄的なプロジェクトマネージャー、そして猿の勇士ハヌマーンと彼が率いる猿の軍団よりも数多くの試練と果敢に向き合う技師たちの物語。七歳の彼の脳が発火し、再配線し、樹枝状の軸索、樹状突起を形成する。彼は用心深く、しかし自信なげにほほ笑む。「何千個ものトランジスター！」

「そうだ、お利口さんだな」

「それ、持たせて」

「ちっちっち。気を付けて。静電気。ちょっとしたことで、命を得る前に死んでしまうかもしれないからな」

少年は甘美な恐怖に陥る。「それが今から、命を持つの？」

「もしも……！」。父が指を左右に振る。「もしもきちんと半田付けができたら、だ」

「完成したら何ができるの、父さん《ピター》？」

「ニーレイ、おまえなら何をさせたい？」

大きく見開かれた少年の目の前で、キットが魔神《ジン》に変わる。「僕らがやらせたいことを何でもできるの？」

「私たちのプランをこいつのメモリーに入れるやり方を考えないといけないけどな」

「僕らのプランをそこに入れる？　プランは何個そこに入るの？」

その質問が男の手を止める——シンプルな質問が時にそうさせるように。彼は宇宙の雑草の中で迷子となって立ち尽くす。その背中は、彼がいつも訪れる世界の重力によって少し丸まっている。「いつか、私たちが持っているプランのすべてがこの中に入るかもしれない」

息子があざけるように言う。「こんなちっぽけなものの中に？」

父は急いで本棚の前に行き、家族のスクラップブックを取り出す。そして何ページかめくった後、誇らしげに声を上げる。「へっへっへ！　ニーレイ。これを見ろ」

小さな写真には、謎めいた緑色のものが写っている。巨大な蛇の群れが、崩れた岩の間から姿を現している。

「な？　小さな種がこの寺の屋根の上に落ちた。それから何世紀も経って、種の重さで寺がつぶれたんだ。でも、種はひたすら生長を続けてる」

もつれ合う数十の幹《トランク》と根が、崩れた壁から栄養を得ている。触手が下に伸びて隙間に入り、裂け目を広げる。ニーレイの父の胴より太い根がまぐさ石の上を這い、下の戸口に鍾乳石のように垂れている。手探りするように伸びる植物の姿に少年はおびえるが、目を逸らすことはできない。石造りの建物で隙間を見つけ、そこに入り込む様子には、どこか動物的なものが感じられる。まるで別の種類の幹《トランク》——象の鼻《トランク》——のように。それは進むべき場所を知り、移動を望み、実際に動いているかのようだ。少年は考える。何かの目的を持った、動きののろい存在が、人間が作ったすべての建物を土に戻そうとしている、と。しかし、父はその写真を、最も幸福な運命を示す証拠であるかのように、ニーレイの前に掲げる。

「分かるか？　もしもヴィシュヌがこんなちっぽけな種の中に巨大なイチジクの木を入れられるのなら……」。彼は息子に額を寄せ、その小指の先をつまむ。「私たちの機械の中に、どれだけたくさんのものが詰め込めるか、考えてみなさい」

二人はそれから数日でキットを組み立てる。半田付けはすべて完璧だ。「さあ、ニーレイ殿。こいつに何をさせようか？」

少年は可能性に凍り付く。二人は今から、どんなプロセスでも——どんなわがままでも——この世にもたらすことができる。ただ、できないのは選ぶことだけ。

母がキッチンから呼び掛ける。「オクラ《ビンディ》の料理法を教えてやって」

二人はコンピュータに、光の点滅で「こんにちは、世界」と言わせる。そして、「誕生日おめでとう、ニーレイちゃん」と言わせる。父子が書いた単語が立ち上がり、作動し始める。少年は八歳になったばかりだが、この瞬間、初めて居場所を見つける。彼は内奥の希望と夢を有効な過程に変える方法を見いだしたのだ。

二人が作る生き物たちはすぐに進化を始める。五つのコマンドから成る単純なループが、きれいにセグメント化された五十行の構造に変わる。プログラムがばらばらな断片に分解されて、再利用可能なパーツになる。ニーレイの父はコンピュータにカセットテープレコーダーをつなぎ、何時間もかけたプログラムをわずか数分で容易にリロードできるようにする。しかし、ボリュームには微妙な調整が欠かせない。さもなければ、読み込みエラーですべてが台無しになる。

　二人は最初の数か月で四千バイトのメモリーを卒業し、一万六千バイトの世界に入る。そして間もなく、六万四千バイトの世界に飛び込む。「父さん《ピター》！　これって、歴史上、どんな人間も手にしたことのないほど強力なパワーだよ！」

　少年は自分の意志の論理《ロジック》に夢中になる。彼は子犬を相手にしているみたいに機械にしつけをし、何時間もかけて飼い慣らす。機械はひたすら遊びたがる。山の向こうにいる敵に大砲を撃ち込む。収穫した穀物にネズミが近寄らないようにする。運命の車輪を回す。象限内のエイリアンを探し、退治する。哀れな棒人間が首をつられる前に単語を綴る。

　父は息子が解き放ったものを眺める。母はブラウスの裾をぎゅっと握り、近くにいる男どもを叱りつける。「見てよ、あの子！　じっと座ってタイプすることしかしない。何かのクスリに酔った聖人みたい。あのはまりようと来たら、キンマを噛むよりたちが悪い」。母の脅しは、息子が大金を稼ぎ始めるまで何年間も続く。少年が母に返事をするために手を止めることはない。彼は世界を作るのに忙しい。最初は小さな世界。しかし、それは他でもない、彼の世界だ。

　プログラミング作業の中には、〝分岐《ブランチング》〟と呼ばれるものがある。そしてニーレイ・メータが行うのはまさに分岐そのものだ。彼は自分を生まれ変わらせて、再びあらゆる人種、ジェンダー、肌の色、信条を持つ人間として生きる。腐敗しつつある遺体をよみがえらせ、幼子の魂を食う。青々とした森の林冠にテントを張り、ありえない高さの断崖の麓にあるがれきの上で横になり、たくさんの太陽を持つ惑星の海で泳ぐ。彼は心の喜びの谷《サンタクララ・バレー》に端を発する無限の陰謀に生涯を捧げ、人間の脳を乗っ取って、文字の発明をしのぐ変貌を遂げさせようとする。

　花火のように枝を広げる木もあれば、円錐状に育つ木もある。空に向かって真っ直ぐ三百フィート（約九〇メートル）伸びる木。樹形が末広がりなもの、ピラミッド状のもの、丸いもの、円柱状、円錐状、ゆがんでいるもの。あらゆる木に共通しているのはただ一点、枝分かれをするということだけだ。たくさんの手を持つヴィシュヌのように。枝を広げる木々の中でも、最も手荒なのがイチジク。他の木にそっと枝を絡ませ、のみ込む、絞め殺しの木。宿主が腐食した後には、その周囲に空《から》のギプスだけが残る。インドボダイジュ、フィクス・レリギオーサ、仏陀の菩提樹、異国風に先細りになった葉。太陽の光を競い合う百本の幹を持ち、森のように広がるボダイジュ。父の写真にあった、寺をのみ込むイチジクが少年の頭に巣くっている。それは再利用可能なコードの新しい塊とともに育ち続けるだろう。それは枝を広げ、ひびをたどり、あらゆる逃げ道を探り、次にのみ込む新たな建物を探し続ける。それはこの後、二十年間、ニーレイの手の下で生長を続けるだろう。

　そしてそれは早めの誕生日祝いに対する少年の感謝の印として、遅ればせながら、花を咲かせる。大きな箱を持ってアパートの階段を上がった、小柄でやせた父親《ピター》への賛辞《オマージュ》。彼には読めないヒンディー語が印刷された安い漫画本でしか知らないヴィシュヌへの崇拝。動物からデータに変わりつつある種族への別れの挨拶。死者をよみがえらせ、再び自分を愛させようとする彼の努力。同じ木から下へ伸びる無数の幹。父が彼の中に植えた種《たね》は世界をのみ込むだろう。

　一家はマウンテンビューに引っ越す。歴史的な〝王の道《エル・カミーノ・レアル》〟沿いの谷にある一軒家だ。寝室は三つ。あまりの贅沢にバブール・メータは当惑する。乗っている車はいまだに二十一年前から同じもの。しかし彼は五か月ごとにコンピュータを新調する。

リツ・メータは新しい箱が届くたびにパニックを起こす。「これ、いつまで続けるつもり？　お金がいくらあっても足りないじゃないの！」

ガレージは古い機材でいっぱいで、車が入らなくなる。しかしいくら古くなっても、どの部品も、英雄的な技師集団によって作られたものであり、信じられないほど複雑な驚異の品だ。父も子も、とてもそれらの古びた奇跡を捨てる気にはなれない。

ムーアの法則（「マイクロプロセッサの処理速度は一年半ごとに二倍になる」という経験則）ののんびりしたペースがニーレイを悩ませる。彼はさらなるRAM、さらなる演算速度《MIPS》、さらなる画素《ピクセル》に飢《かつ》える。彼の人生の十分の一は、次の画期的アップグレードを待つことに費やされる。この小さく可変的な部品の中にある何ものかが、一刻も早く外に出たがっている。あるいは、この寡黙な物体は何かをやらされるのを待っている——まだ人類が想像だにしていないことを。そしてニーレイは、それを見つけ、その名を口にする瀬戸際にいる。あとは、次の魔法の言葉を見つけるだけだ。

彼は校庭を駆け回る一方で、子供時代を裏切る。彼は周囲の子供たちの言葉遣いを覚える——いろいろな連続コメディー番組の有名な決まり文句、ラジオでかかる有害な曲のさび、十五歳の少年なら夢中になるはずのセクシータレントの経歴。しかし夜に彼が見る夢は、校庭での争いや屈辱的な噂話ではなく、より短い言葉でよりたくさんのことを実行する美しくタイトなコードの幻想に満たされている。データの断片をメモリーからレジスターへ、レジスターからアキュムレーターへと、ダンスをするみたいに受け渡していく流れはあまりにも美しく、とても友人たちに説明することはできそうもない。彼が皆の目の前でデータを入れたとしても、何が起きているか誰にも分からないだろう。

あらゆるプログラムが可能性に変わる。人通りの多い道をカエルが横断しようとする。類人猿が樽爆弾から自分の身を守る。ブロック状の馬鹿げた皮をかぶった別世界のかくかくした生き物たちが、ニーレイの世界へとあふれ出してくる。それなのに、本当の意味で彼らを見るための窓は、限りなく小さなものでしかない。しかしやがて、今まで存在しなかったそれらの生き物は昔からいたものに変わる。その数年後には、彼のような子供はアスペルガー症候群と診断されて、人間関係をより円滑なものに変えるため、認知行動セラピーと選択的セロトニン再取り込み阻害薬《SSRI》を与えられることになるだろう。しかし彼は、他の誰よりも先に、あることを知っている——人々はきっとそれに夢中になるということを。かつて人類の運命は、社会適合者、社交的な人々、感情の制御をマスターした人々の手に握られていた。今では、それがまったく違う形にアップグレードされようとしている。

　彼はいまだに、旧態依然とした本に読みふける。夜には、時間と物質の本性を暴く圧倒的な物語を読む。何世代にもわたる宇宙船の壮大な物語。巨大なドーム状ガラスに覆われた都市。無数の並行量子世界に分岐していく歴史。彼は実際に出会うずっと前から、一つの物語を待っている。そしてついにそれを見つけたとき、そのイメージは彼をとらえて永久に離すことがない——ただし彼はその本を、どんなデータベースを使っても、二度と見つけることができない。異星人《エイリアン》が地球にやって来る。彼らは異星人にしては、かなり小柄だ。しかし、新陳代謝は非常に旺盛。彼らは羽虫の群れのようにあちこちを素早く飛び回り、あまりの速度に人間はそれを見ることができず、地球の数秒は彼らの数年に感じられる。彼らにとって人間は、肉でできた動かない彫刻でしかない。異星人たちは意思の疎通を図ろうとするが、返事はない。やがて彼らは知的な生物の兆候は存在しないと判断して、凍り付いた立像を食べだし、故郷へ戻る長旅に備えて干し肉に加工し始める。

　父は、ニーレイが自分の生み出したものより気に懸ける唯一の存在だ。二人は何も言わなくとも、互いを理解する。一緒にキーボードに向かっているときに限り、二人とも幸せだ。父は息子の首をつかみ、息子は父の脇をつつく。からかったり、笑ったり。そして、優しく首をかしげて、陽気に歌うようにいつものせりふ。「気を付けろ、ニーレイ殿。注意しろ！　自分の力をみだりに使うんじゃないぞ！」

一つの広大な宇宙が命を与えられるのを待っている。二人は力を合わせて、最も小さな原子からいくつもの可能性を生み出していかなければならない。少年は音階と歌を望むが、機械は黙っている。そこでニーレイと父は自ら、小さな圧電型スピーカーの電源を高速でオン・オフして歌わせて鋸歯状波を作る。

父が尋ねる。「いつの間におまえはそんな集中力を身に付けたんだ？」

少年は答えない。しかし二人とも知っている。ヴィシュヌは小さな八ビットのマイクロプロセッサに生ける可能性のすべてを詰め込んでいて、ニーレイはその世界が解放されるまでモニターの前に座っているだろう。

少年が中年に達する頃には、かわいらしいアイコンをドラッグしてツリーダイアグラムにドロップすることができるようになり、手首を一度フリックするだけで、父子が地下で六週間、夜を費やして作り上げたものを生むことができるようになる。しかしこの想像も及ばない、受胎を待つ存在の感覚がよみがえることは二度とない。この世界のすぐ隣にある銀河によって支払いがなされる数百万ドルのオフィスビルの、レッドウッドを基調にしたロビーに彼が将来、何年も掲げる銘板には、彼が好きな作家の言葉が刻まれている。

すべての人はすべての思想を持つことが可能でなくてはならない。
将来は必ずそうなると私は信じる。（ホルヘ・ルイス・ボルヘス『伝奇集』所収「『ドン・キホーテ』の著者、ピエール・メナール」からの引用）

十一歳のニーレイはウッタラヤン凧祭（毎年一月十四日にインドのグジャラート州で開かれている祭）に合わせて凧を作り、父親《ピター》にプレゼントする。凧は本物ではない。もっとよいものだ。二人で一緒にマウンテンビューで揚げても、牛を崇拝する無知な民族だと誰にも思われずに済む凧。彼は『一バイト惚れ《ラブ・アット・ファースト・バイト》』という謄写版ホビー雑誌で読んだ、図形パターン《スプライト》を動かす新しい技術を試す。そのアイデアは巧みで美しい。異なる図形パターンで凧を描き、それを直接ビデオメモリに突っ込む。そしてぱらぱら漫画方式で画面に映し出す手法。ひらひらした最初のわずかな動きだけで、彼は神になった気分を味わう。

彼は動き自体をプログラムするプログラムを書こうと知恵を絞る。ユーザーが簡単な文字と数字で好きな曲を打ち込んだら、そのリズムに合わせて凧が動くというものだ。ニーレイの頭はプランの壮大さでくらくらする。父さん《ピター》は本物のグジャラート音楽に合わせて凧を踊らせるだろう。

ニーレイはルーズリーフのバインダーに、このプロジェクトに関連するメモ、図、最新版のプリントアウトを綴じ込む。父は興味深そうにバインダーを手に取る。「これは何かな、ニーレイ殿？」

「触っちゃ駄目！」

父はにやりとしてうなずく。秘密の贈り物。「分かりました、ニーレイ先生」

少年は父がいないときにプロジェクトに取り組む。彼はそれを学校に持参する。組織的拷問に満ちたその迷宮は、後に彼が生み出す多くのダンジョンにヒントを与えることとなる。黒いバインダーは正式なノートに見える。彼は授業中にノートを取るふりをしながら、コードに取り組む。教師はその熱心な様子に機嫌をよくして、疑うことをしない。

彼の計画は五時間目――ギルピン先生のアメリカ文学――まではうまくいく。クラスはスタインベックの『真珠』を読んでいる。ニーレイはその物語が好きだ。特に、赤ん坊がサソリに刺される場面。サソリ、特にオオサソリは傑出した生物だ。

ギルピン先生はだらだらと、真珠が何を象徴しているかという話をしている。ニーレイにとって真珠は真珠だ。彼を悩ませているのは本当の問題だ。いかにして爪の動きと音楽をシンクロさせるか。彼がプリントアウトのページをぱらぱらとめくっている最中に、解決策が突然ひらめく。二つの入れ子ループ。それはまるで、神が彼の精神という黒板にはっきりとチョークで答えを記したかのようだった。彼は思わず独り言を言った。「え、うそ！」

クラスメイトたちが爆笑する。ギルピン先生はその直前に、「赤ちゃんが死ぬのを見たい人はいませんよね？」と問い掛けていた。

ギルピン先生は皆を黙らせた。「ニーレイ。何をしてるの？」。彼は何を言ったらいいか分からない。

「ノートに何を書いてるの？」

「コンピュータの課題です」。馬鹿げた言い訳に、再びクラスメイトたちが笑う。

「あなたはコンピュータの授業を受けてるわけ？」。彼は首を横に振る。「ここに持ってきなさい」

先生の机まで歩く途中で、彼はつまずいてねんざしようかと考える。彼はノートを手渡す。先生は中身をぱらぱらとめくる。スケッチ、フローチャート、コード。彼女は顔をしかめる。「席に戻りなさい」

彼は席に戻る。ギルピン先生はスタインベックに話を戻すが、ニーレイは不正義と恥辱のプールに浸る。チャイムが鳴って、クラスメイトたちが教室を出た後、彼はギルピン先生の机の前に戻る。彼は自分が先生に憎まれている理由を知っている。彼のような種族が彼女のような種族を絶滅に追いやることになるからだ。

彼女がノートを開くと、ブロック状の爪の絵がいっぱい描かれたページが見える。「これは何？」

彼女はウッタラヤンが何かを知らないし、ニーレイのようにインド系の父親を持つことが何を意味するのかも知らない。先生はバレーホ（カリフォルニア州サンフランシスコの北東にある都市）出身のブロンド女性だ。彼女にとって機械は敵。人間の魂の中にあるあらゆる繊細なものを論理が殺してしまう、と彼女は思っている。「コンピュータに関するメモです」

「ニーレイ、あなたは頭がいい。英語という言葉に何か不満でもあるの？　あなたは文章を図式化するのがとても得意なようだけど」。そこで言葉を句切るが、返事がないので根負けする。彼女はノートをとんとんと叩く。「これはゲームか何か？」

「違います」。それは先生が思っているような意味でのゲームではない。

「本を読むのは嫌い？」

彼は先生が気の毒になる。もしも読書が持つ可能性を先生が知ることができたら。銀河帝国とその敵との間の戦いが何十万年も前から天の川銀河全域で繰り広げられているというのに、先生が心配しているのは三人の貧しいメキシコ人のこと（スタインベック『真珠』の内容）だとは。

「あなたはたしか、『友だち』（ジョン・ノールズの小説（一九五九））が好きだったわよね」

たしかに好きだった。少し胸も打たれた。しかしそのことが、私物を返してもらおうとしている今の状況とどう関係しているのか彼には分からない。

「『真珠』に興味が持てない？　人種差別を扱った話なのよ、ニーレイ」

彼はまるで地球外知性と初めて接触しているかのように、そこに立ったまま瞬きしていた。「とりあえず、ノートを返してもらっていいですか？　今度から教室には持ってきませんから」

彼女は顔をしかめる。先生の期待を裏切ったことは彼にも分かる。先生は彼を自分の味方だと思っていたのに、数週間前から姿をくらまし、戻ってきたときには敵に変わっていたのだ。先生はノートに手をやり、再び顔をしかめる。「これはしばらく預かります。あなたがちゃんと私の話を聞くまでの間」

その数年後には、もっと些細なことで学生が教員を銃で撃つようになる。放課後、彼は先生のオフィスに行く。彼は反省の言葉を何度も自分に言い聞かせている。「先生が授業をしている最中に、ノートで自分の勉強をして本当にごめんなさい」

「勉強って何、ニーレイ？　あれが勉強だって言うわけ？」

彼女は告白を望んでいる。クラスの皆が小説の中から真珠を取り出そうと頑張っているときに、自分一人だけゲームをしていた、その堕落から救ってくれたことに対する感謝の言葉を待っている。父にプレゼントする凧に捧げた五十時間の努力が四フィート先、でも手の届かないところにある。先生は僕に屈辱を与えようとしている。怒りがこみ上げる。「とっととノートを返せよ。早く」

その言葉遣いは彼女をはっとさせる。彼女の目が据わり、腹が決まる。「今のは罰点です。教師に向かってその言葉はいけません。親御さんは何ておっしゃるでしょうね？」

彼は凍り付く。母は動物を殺すみたいに、僕に一撃を食らわすだろう。

ギルピン先生は腕の時計に目をやる。校長室に連れて行くには遅すぎる。十分後には恋人が迎えに来る。象形文字が綴られたノートに執着する頑固なインド系少年のことを二人で一緒に笑ってやろう。本人は遊びじゃないと言い張った、と。先生は権威の柱に変わる。「明日の朝、始業のベルが鳴る前に、またここに来なさい。処分についてはそのときに話すことにしましょう」

少年の血が激しい音を立て、目が燃える。

「帰っていいですよ」。先生の眉が腕立て伏せするように、命令的に少し上下する。「また明日。午前七時ちょうどに」


考えなければならない。彼はスクールバスには乗らず、歩いて家に向かう。その日はいかにもサンフランシスコ半島中央部らしく、不気味に天国に似た天気だ。気温は二十度で快晴。空気には月桂樹とユーカリの匂いが混じっている。彼はいつもの半分の速さで慣れた道を歩く。あたりには、後に人々が新しく家を建てる土地のためだけに百五十万ドルで買い取ることになる、つましい中産階級のバンガローが並ぶ。頭を整理しなければならない。彼は先生に向かってひどい言葉遣いをした。たった一言のせいで、金色に輝く今までの生活がすべておじゃんになった。白人に対して無礼を働いたことは父をがっかりさせるだろう。辛抱だぞ、ニーレイ。慎みが大事だ。忘れるな。忘れるなよ。インド系移民仲間の間で噂が広まるだろう。母は死ぬほど恥辱に苦しむはずだ。

　彼は指紋のように渦を巻く並木道を歩く。一帯は、三本のハイウェイに囲まれている。彼は家まで四ブロックのところで公園に入る。外に出るように両親から言われたときにいつも訪れる公園だ。カリフォルニアがスペイン最果ての前哨地点だったころから派手に伸びているライブオークの低い枝の間をくぐるように道が続いている。彼がライブオークという種《しゅ》に気付いたことがあったとしたら、それは映画の中だけの話だった。シャーウッドの森やバグワージーの森（R・D・ブラックモアの歴史小説『ローナ・ドゥーン』（一八六九）に登場する英国の森。作品は何度か映画化されている）、巡礼者たちを恐れさせ、追放者たちを試す森の代用品。ハリウッドが木を必要とするときには、近くに生えている唯一の広葉樹で間に合わせるからだ。

　夢のようで、異様で、苦痛にゆがんでいるような木々が手招きする。巨大な梁みたいな枝が、体を休めようとするかのように、地面に向かって伸びている。一度弾みをつけるだけで、ニーレイは枝に座ることができる。彼はそこで、次に作る世界のことばかり考えていた七歳の頃に戻る。そして台無しになった人生について考える。曲がったオークの枝に登り、歩道で木の棒を振り回して石を打っている二人の子供と、ダックスフントを散歩させている白髪の女性を見下ろしていると、ニーレイはギルピン先生の視点から事態を眺めることができる。先生が彼を叱るのは当然だ。しかし、先生は彼の所有物を奪った。今回の災厄をカラスの巣から眺めると、ギルピン先生が〝道徳的な曖昧さ〟と呼びそうな部分が見える。

　彼は筋張ったオークの枝の上で、『友だち』に登場する二人の少年のことを思い起こす。川の上に張り出した木の上で二人が恋愛と戦争のゲーム――進学校に通う白人の遊び――に興じるのを彼は眺める。枝が風にそよぐたび、はるか下で、緑と茶色の混じるカリフォルニアの地面が跳ねる。彼は両親が生きる世界をほとんど何も知らないが、一つだけ、数学同様に確かなことがある。インド人にとって、恥は死よりもひどいということ。ギルピン先生は彼がしでかしたことについて、既に電話で詳しく両親に話しているかもしれない。そう考えると、彼の頭はずきずきと痛み、口の中に金属の味が広がる。彼には母が吠えるのが聞こえる。あなたのせいで、髪の毛ぼさぼさのあの女先生に恥をかかされたのよ。あっという間に、遠い国にいるおば、おじ、いとこたちまでが皆、彼の失態を知ることになるだろう。

そして、黄金の州で暮らし、働くだけのために何年間も目立たないように努力してきた哀れな父。父は恐怖の表情を浮かべ、どうしてこの子は自分の上に立つアメリカ人に向かって言葉を返しても問題ないと考えるほど傲慢に育ったのだろう、と考えながらニーレイを見つめるだろう。

頭の中がもつれたコードでいっぱいのニーレイは、オークの枝から小道を見下ろす。すると一つのアイデアがひらめく。簡単な方法だ。僕が少し惨めな姿を周りに見せれば、同情が得られるかもしれない。けがをした子供をさらに痛めつけるようなことはできないだろう。昔の『トワイライト・ゾーン』を見たときのような、甘美な恐怖が首筋をなでる。そのアイデアは狂っている。やはり辛抱するしかない。家に帰って罰を受けるだけだ。彼はしばらくこの風景を見られなくなるだろうと思って、最後に身を乗り出す。両親は何か月間か、彼に外出を禁じるだろうから。

彼はため息をつく。そして地面に下りるため、下の枝に足を掛ける。そのとき、足が滑る。

その後、数年間、あのとき枝が動いたのではないかと思うことになる。木が僕に罰を与えたのではないか、と。下に落ちる途中で、枝が彼を打つ。ピンボールのように、枝が彼を左右に飛ばす。地面が勢いよく下から迫る。彼はコンクリート敷きの小道に尾骨から落ち、跳ねる。衝撃で大腿骨が骨盤を突き上げ、脊髄の基部を破壊する。

時間が止まる。背骨の折れた彼は、そのまま天を仰いでいる。ひびの入った天蓋は、今にも周囲に降ってきそうな様子で宙にとどまっている。千――あるいは千の千倍――の緑色の小さな指たちが、祈るように、脅すように、彼を包む。樹皮がはがれ、木部がむき出しになる。幹が生命活動の中心部として広がり、液化した陽光と吸い上げられた水とエネルギーに満ちた細胞のネットワークになる。それらを管に束ねたものの輪が、徐々に細くなる透明な枝を通じて、風に波打つ葉の先まで溶解したミネラルを届ける一方で、太陽によって生み出された栄養が同じ輪の中にある管を伝って下に向かう。数十億の独立した部品から成る巨大な宇宙エレベーター――上に伸びると同時に、横にも広がるエレベーター――が空気を上空に運び、空を地下深くに蓄え、無から可能性を選び出す。ニーレイの目が見ることのできる、最も完璧な自己書き換えコード。その後、彼の目はショックで閉じ、ニーレイもシャットダウンする。


それから数日後、彼は病院で目を覚ます。体はベルトや装置でベッドに固定されている。腕と脚は管のせいで動きが制限されている。頭は左右から板のようなもので挟まれて、首を動かすことはできない。見えるものは天井だけだが、それは空と違って、青くない。母が叫ぶのが彼には聞こえる。「目が開いてるわ」。まるで目が開いたのが悪いことであるかのように、母がすすり泣きながらそう言っている理由が彼には分からない。

彼は麻酔で意識が混濁したまま横になっている。時折、自分が一つの都市よりも大きなマイクロプロセッサに蓄えられたコードになったような気がする。時には、いつか自分が築き上げる国――ついに機械の速度が彼の想像力に追いついた時代――を訪れる旅行者になった夢を見る。時には怪物みたいな、分岐する触手に追いかけられる。

気が狂いそうなほどのかゆみ。腰より上は、いたるところが炎に包まれ、しかもそこには手が届かない。彼が再び地上に落ちると、ベッドの隣にある椅子で母が丸くなっている。彼の息遣いが変わったことで、彼女は目を覚ます。なぜか父もそこにいる。ニーレイは不安になる。父が仕事を抜け出したことに気付いたら、職場の人たちは何と言うだろう？

母が言う。「あなたは木から落ちたのよ」

彼は断片的な記憶をつなぐことができない。「落ちた？」

「うん」と彼女は言う。「そうなの」

「僕の脚はどうして管に入れられてるの？　脚を振り回して、物を壊したりしないようにってこと？」

母は指を小さく振った後、その指を唇に当てる。「何も心配要らないわ」

母はそんなことを言う人物ではない。

看護師たちが点滴で彼の痛みを和らげる。薬が切れてくると、苦痛がよみがえる。いろいろな人が見舞いに訪れる。父の上司。母のトランプ仲間。皆が、柔軟体操をするかのように笑顔を作る。皆の慰めを聞いていると、彼は心の底から怖くなる。

「君はさまざまな困難を乗り越えたんだよ」と医師が言う。しかし、ニーレイにそんな記憶はない。彼の体は困難を乗り越えたのかもしれないけれども。あるいは、彼の化身《アバター》は。しかし、彼はどうか？　コードの中の重要な部分はまったく変わっていなかった。

医師は優しい。体の横に下ろした手が少し震え、彼は壁の高いところを見つめる。ニーレイは尋ねる。「僕の脚を挟んで固定している装置を外してもらえませんか？」

医師はうなずくが、それは承諾の返事ではない。「君にはまだ治療が必要だ」

「脚が動かせないのがつらいんです」

「君は治療に専念しないといけない。それが終わってから、先のことを話そう」

「せめてブーツを脱がせてもらえませんか？　爪先を動かすこともできないんです」

そのとき彼は理解する。まだ十二歳にもならない少年。彼は自分で考え出した世界に何年も暮らしてきた。無数の楽しいことが自分の人生から失われたとはっきり気が付いたわけではない。彼にはもう一つの場所、まだこれから発達していくべき天国がある。

しかし母と父はどうか。彼らはうちひしがれるだろう。恐ろしい時間が訪れる。現実を受け入れられず、何とかしようとあがく――そして彼の記憶には残らない――日々。何年にもわたる超自然的解決、代替医療、奇跡療法。彼に下された判決が両親の愛によってさらに苦痛に満ちたものになる年月が長く続き、やがてついに二人は、再び解脱を信じ、息子の体が不自由になったという事実を受け入れる。

牽引ベッドに寝たきりで、日々が経過する。母は用事でその場にいない。ひょっとすると、それは偶然ではないのかもしれない。先生が病室に入ってくる。活力と温かみにあふれる彼女は、記憶にあるよりきれいだ。

「ギルピン先生じゃないですか！」

先生の顔に妙な表情が浮かぶ。とはいえ、今の彼のように下から人を見上げると、表情は決まって変に見えるものだ。先生はベッドに近づき、彼の肩に手を触れる。彼はそのしぐさにぎょっとする。

「ニーレイ。会えてうれしいわ」

「僕もです、先生」

彼女の体全体が震える。先生は僕の脚のことを知っている、学校のみんなが知っているんだ、と彼は思う。彼は先生に言いたい。だからといって別に、世界が終わったわけじゃありませんよ、と。少なくとも、いちばん大事な世界は終わっていない。彼女は学校の話をし、今読んでいる本のことを説明する。『アルジャーノンに花束を』。彼は僕も読みますと約束する。

「あなたがいなくてみんなさみしがってるわ、ニーレイ」

「見てください」。彼は壁を指差す。そこには、九年生全員が巨大なカードにしたためた寄せ書きが母の手によってテープで貼られている。先生は泣き崩れる。無力な彼には何もできない。「大丈夫ですよ」と彼は先生に言う。

先生は急に頭を上げ、必死に希望にしがみつこうとする。「ニーレイ。私はそういうつもりじゃなかったの……まさかこんなことになるとは……」

「分かってます」。彼は早く先生に病室から出て行ってもらいたいのでそう言う。

彼女は両手を広げて顔に当てる。それから鞄に手を入れ、彼のノートを取り出す。父にプレゼントするための凧のプログラム。「これはあなたのもの。取り上げたのは私の……」

あまりのうれしさで、彼の耳には続きの言葉が聞こえない。ノートはもう二度と戻ってこないものだと彼は思っていた——脚の自由だけではなく、ノートもまた、木に振り落とされる前の人生から奪われてしまったのだ、と。

「ありがとうございます。わあ、本当にありがとうございます!」

先生の喉からうめき声が漏れる。彼が顔を上げると、先生は後ろを向いて駆けだす。ノートを開いた途端に、悲嘆は消える。彼は取り返したページを次々にめくり、すべてを思い出す。大変な労力、たくさんの素晴らしいアイデアが、救助《セーブ》されたのだ。

六年が経つ。ニーレイ・メータは思春期に姿を変える。少年は成長し、幻想的な生き物になる。年齢十七歳、身長六フィート六インチ、体重百五十ポンド（約一九五センチメートル、約六八キログラム）で車椅子生活。彼は胴が伸びる。太い枝と化した脚もばかばかしいほど長くなる。頬は大陸プレートのように動き、顔にできたニキビは海に潜む浅瀬のようだ。かつて新品同様だった秘部からは黒い剛毛が生える。声はソプラノから高めのテナーに変わる。髪は、伝統的なまげに結わえられてはいないものの、シーク教徒のように伸ばし放題になる。髪は太い蔓《つる》のように長い顔を囲み、骨張った肩に掛かる。

彼は車輪の付いた金属装置の中で暮らす――そこは、未知の思考領域を永遠に旅する宇宙船の船長席だ。歩くことができなくなった人の中には太る人もいる。しかし、そういう人は食べる。ニーレイは五十セント分のヒマワリの種とカフェイン入りのソーダ二本で一日を過ごす。もちろん、無意味なカロリーを消費することはめったにない。朝、いつもの机に向かうと、ＣＰＵのタワーとモニターの方が彼自身よりも多くのエネルギーを消費する。彼の指はキーボードを叩き、目は画面をスキャンするが、十八時間にわたってコマンドを一つずつ慎重に入力して試作品《プロトタイプ》を形作る際に、取り立てて言うほどブドウ糖を消費するのは脳だけだ。

彼は二年の飛び級で、スタンフォード大学に入る。キャンパスはエルカミーノ通りのすぐ先にある。大学創設者の父が経営する会社からの法外な寄付で受胎されたコンピュータ科学科はにぎわっている。ニーレイは十二歳の頃からキャンパスに出入りするようになった。彼は公式に大学に入る何年も前から、事実上、コンピュータ科学科のマスコットになっていた。ほら、例の坊や。おしゃれな車椅子に乗った、**外胚葉型**（やせた体型を特徴とする頭脳型の人のこと）のインド系少年。

農場《ファーム》と呼ばれるキャンパスにある六つの建物の中で何かが生まれようとしている。一晩のうちに魔法の豆の木があちこちで発芽する。ニーレイが頻繁に訪れ、コードを入力している地下のコンピュータラボで、友達と話している最中に芽が出る。コード入力者の中には寡黙な者もいるが、日曜の夜には少しの間、繰り返し処理《ドゥーループ》から顔を上げ、ソーダの一リットル瓶を回し飲みして、ピザを分け合いながら、哲学じみた戯言を互いにぶつける。

「俺たちが見ているのは進化の第三幕だ」と誰かが言う。大きく開いたその口からソースが垂れる。その考え方は皆に共有されているようだ。いくつもの時代にわたって繰り広げられてきた生物学的進化が第一段階。その後、文化によって変化のペースが早まり、わずか数世紀にまで縮んだ。今では一つのサブルーチンが次のサブルーチンを早め、二十週ごとに新しいデジタル世代が生まれている。

「チップのトランジスタ数は十八か月ごとに倍だぞ……？　ていうか、ムーアの法則について本気で考えてみないとな」

「みんなの生活にも法則が当てはまるとしたらどうだ。俺たちはこれから六十年生きるかもしれないんだぞ」

非常識な計算に、忍び笑いが広がる。倍増時間にして四十周期。有名なチェス盤の上に、成層圏まで積もる米の粒（インドの昔話で、賢者がチェスの勝負の褒美として、「チェス盤の一マス目に一粒を置き、二マス目にその倍の二粒、三マス目にその倍の四粒を置く形ですべてのマスを埋める米」を要求したというものがある。米粒は最後のマスで二の六四乗（およそ一八〇〇京）になる）。

「数千京の増加だな。百万かける百万の深さを持つプログラム。今までに書かれた最高のプログラムよりも豊か」

彼らはしばらくの間、しらふに戻って感嘆する。ニーレイはまだ手をつけていないピザの上でうなだれ、まるで解析幾何学の問題であるかのようにそのくさび形を見つめる。「生物だ」。彼は独り言のようにそう言う。「自分で学習し、自分で自分を作るプログラム」。部屋中がどっと笑いに包まれるが、彼はさらに頭《こうべ》を垂れる。「高速で作動する彼らはきっと、僕らがここにいることに気付きもしないだろう」

最初の頃、コード作成の要点はすべてをただで譲り渡すことだった。純粋なる博愛。彼はパブリックドメインで、種子となる驚くべきプログラムを見つける。その後、プログラムに肉付けをし、新しい特徴を加え、千二百ボーのモデムの電源を入れ、ダイヤルインでローカルな掲示板に接続し、さらにそれを育てたい誰かのためにソースをアップロードする。間もなく、彼の作った生物《クリーチャー》が、地球のいたるところにある宿主《ホスト》上で増殖する。世界中の人々が、毎日、新種を宝庫に加える。その様子はまさにカンブリア爆発さながらだ――ただし速度は十億倍。

ニーレイは最初の傑作を譲り渡す。プレーヤーが日本の映画に出てくる怪獣になって、世界各地の大都市を食い荒らしていくターン制のドタバタ作品。ゲームのダウンロードに四十五分かかるにもかかわらず、十余りの国の数百人がそのゲームに飛びつく。ゲームをプレーしていると、怪獣が東京という都市に対して行うのと同じ行為を、自分の自由時間に対してやっていることになるが、そんなことはお構いなしだ。彼が作った二つ目のゲーム――処女大陸アメリカを征服者《コンキスタドール》たちが収奪していく――も、フリーウェアとして人気を博する。ゲームの攻略法を交換するだけのためにユーズネットのグループが作られる。ゲームは、プレーするたびに、地学的にリアルな新しい大陸を生成するようプログラムされている。それさえあれば、普段は食料品店で袋詰めをやっている少年でも、たくましいコルテスになれる。

彼のゲームはたくさんの模造品を生む。人がアイデアを盗めば盗むほど、ニーレイは車椅子生活のつらさを感じなくなる。より多くを譲り渡せば渡すほど、彼は豊かになる。地下のラボで車椅子に座っている彼の目に、まったく新しい大陸が飛び込んでくる。贈与経済――整ったコマンドの無料複製――によって、ついに窮乏という問題が解かれ、心の奥底にある飢餓が癒やされることになりそうだ。ニーレイ・メータという名前は開拓者《パイオニア》たちの間でちょっとした伝説と化す。人々はダイヤルアップの掲示板やゲームのニュースグループで、彼に対して感謝を述べる。大学生たちはチャットルームで、彼のことをまるでトールキン作品の登場人物であるかのように語る。インターネット上では、ニーレイが機械なしでは動き回ることのできないのっぽの怪物《フリーク》だとは誰も知らない。

しかし、彼が十八歳になる頃には、天国が柵で仕切られ始めている。かつては無料でコードを譲り渡していた博愛家が、著作権を主張し、現実の金を手にし始める。そして大胆にも、会社まで立ち上げる。なるほど彼らが売っているものはまだ袋に入ったフロッピーディスクにすぎない。しかし、事態の向かう方角は明らかだ。共有地《コモンズ》は囲い込まれつつある。贈与の文化は、幼いうちに息の根を止められる。

ニーレイは毎週開かれるユーザーグループ《ホームロールクラブ》のミーティングで彼らの裏切りを声高に非難する。そして自分の時間を使って最も有名な商用プログラムを再現し、改良し、クローンをパブリックドメインで公開する。著作権侵害？　そうかもしれない。しかし、いわゆる著作権が設定されたものもそのすべてが、何十年も対価なしで積み上げられてきた技に依存しているのだ。ニーレイは一年間、ロビン・フッドの真似をして、土地の権利書が書かれるよりも昔からその土地に生えている巨大なオークの下に陽気な仲間たちと集い、無政府主義の森にテントを張る。

彼はこれまでの無料配布プログラムの中で最高傑作と噂される宇宙もののロールプレイングゲームに数か月を費やす。十六ビットの高解像度図形《スプライト》パターンを用いたグラフィックが、六十四色の燦爛たる色彩で動きだす。彼は惑星に棲まわせるシュールな動物を探しに出掛ける。ある春の夜遅く、彼はスタンフォードの中央図書館で黄金期のＳＦ雑誌の表紙を眺め、ドクター・スース（アメリカ合衆国の絵本作家、画家、詩人、児童文学作家、漫画家（一九〇四―一九九一））の作品のページを繰っている。そこに描かれた絵は、彼が子供の頃に読んだヴィシュヌとクリシュナが登場する安物漫画に出てくるへんてこな草木に似ている。

彼は気分転換のために外に出て、ラボの様子を見に行くためにキャンパス内を移動する。時刻はおおよそ、一年のうち九か月この場所を柔らかな理想の地に仕立てる薄暮の頃合いだ。彼はまるで一人称視点の冒険もののゲーム内を動き回るかのように、ネットワークで結ばれたラボにある自分の個室に向かう。芝生広場《オーバル》につながるアーケード状のヤシの並木が彼の右手に続いている。左手には、スパニッシュ・ロマネスク様式を模した回廊の背後に、サンタクルーズ山脈が覗いている。かつて彼が別の人生を生きていたとき、両親と一緒にスカイライン街道に近い山道——レッドウッドの森——を歩いたことがある。山脈の向こうはすぐ海だ。車椅子対応のバンで行けば三十分。砂浜や湾に行くことは禁じられていない。つい三か月前にも行ったばかりだ。何人かの友達が彼を水際まで運び、砂浜に下ろさなければならなかったけれども。彼はそこで波を見つめ、海に飛び込む鳥を眺め、鳥たちの幽霊じみた声に耳を傾けた。数時間後、友人たちは泳ぎやフリスビーを心ゆくまで堪能し、砂浜での追いかけっこに疲れ果てていたが、ニーレイだけはまだ満足していなかった。

　彼は記念方庭《メモリアルコート》につながるスロープを上がって中央広場に出て、ロダン作の等身大『カレーの市民』の前を通り過ぎる。今日は長い夜になりそうだから、それを乗り切るだけのスナックを用意しておく必要がある。彼は車椅子で中庭に入り、裏口から学生会館に抜ける。そこにはキャンパス内最高レベルの自動販売機がそろっている。銀河を結ぶ計画で頭がいっぱいの彼は、礼拝堂の写真を撮っている日本人旅行客の集団に突っ込みそうになる。彼はわびを言いながら後ろに下がる際に、初めての海外旅行に来ている年配女性の爪先を車椅子のタイヤでひく。女性は当惑して頭を下げる。ニーレイは逃げるように左に急旋回し、顔を上げる。そこは礼拝堂の入り口の前で、脇には自動車サイズの植木鉢があり、象のように大きくて球根みたいな形をした、見たこともない、わけの分からない生命体が植わっている。それこそ、彼が銀河系間オペラのために探していたものだ。ワームホールを通って近くの恒星系からやって来た、生ける幻。キャンパスの管理人が昨日、夜闇に紛れてここに持ち込んだに違いない。それか、何か月も前からここに置かれていたにもかかわらず、一度も気付かずにその前を通り過ぎていたか。

彼はそばに近づき、笑う。幹は巨大なスポイトを上下逆さまにしたような形をしている。枝は馬鹿げた角度で生え、伸びている。彼は手を伸ばし、樹皮に触れる。完璧だ。しかも笑える。何かを企てているその姿。小さなプレートにはこう書かれている。ブラキュキトン・ルペストリス。クイーンズランド・ボトルツリー。名前は何の弁明にもならず、名前を知っても何も分からない。それはニーレイと同様に異星からの侵入者だ。

木そのものか、あるいは今までその存在にまったく気が付かなかったことか、そのどちらがより信じがたいのか、彼には判断することができない。視野の端で何かの影が動く。彼の背後で何かが起こっている。彼は何ものかに見られているという圧倒的な気配を感じる。頭の中で、声のないコーラスが歌いだす。**後ろを振り返れ。振り返って見ろ！**　彼はその場で車椅子をぐるりと回転させる。何もかもがおかしくなっている。回廊全体が変わっている。ハイパージャンプを経て、銀河系間植物園に着地したかのようだ。四方八方から、緑色の猛烈な思索が彼を手招きする（言語学者のチョムスキーが作った有名なナンセンス文「無色の緑色の考えが猛烈に眠る」をもじった文か）。別世界の気候に合わせて作られた生物たち。あらゆる習性と性格を持った曲者《くせもの》。今のわれわれには手の届かない大昔の存在。感覚を持ち、信号を放つこれらの生き物たちが、車椅子に乗る彼を打ちのめす。彼には薬物《ドラッグ》の経験はないが、きっとこういう感覚なのだろう。クリーム色と黄色の煙。地面に触れる前に蒸発する紫色の滝。一風変わった実験器具みたいな木々が大きな八つの植木鉢から手招きをする――その一本一本がどこかへ向かうミニ宇宙船のようだ。

ニーレイは中庭を隅から隅まで見る。彼はそこを一周する間、取り囲むように立つ背の高い評議員たちに見つめられて、麻痺した体が緊張する。そして、最初のものに劣らず異様なもう一つのドクター・スース的怪物の前を通り過ぎる。タグを読む。トックリキワタ。今も一日に十万エーカー（約四〇〇平方キロメートル）という速さで失われつつあるブラジルの森が原産。数千万年前に絶滅した草食獣を近づけないために進化した、鋭く尖ったいぼのような突起が樹皮を覆っている。

彼は植木鉢一つ一つを巡り、生き物に手を触れ、匂いを嗅ぎ、葉音に耳を傾ける。それらが元々生えていたのは暑い島、乾燥した内陸部、最近になってようやく人が入った中央アジアの僻地の谷間だ。ダビディア、ジャカランダ、デザート・スプーン、クスノキ、ゴウシュウアオギリ、キリ、マルバゴウシュウアオギリ、アカミグワ（順に、中国原産の落葉高木、熱帯アメリカ原産の樹木、中米原産の常緑小低木、東アジア原産の常緑高木、オーストラリア原産の半常緑樹、中国原産の落葉高木、オーストラリア原産の高木、北米原産の落葉樹）。彼がよその惑星で捜索をしている間、この中庭で待ち伏せをしていた異世界の生物たち。樹皮に手を触れると、そのすぐ下で、一つの惑星に栄えるいくつもの文明みたいに脈打ち、低くうなる豊かな細胞の集合が感じられる。

日本人旅行者たちはガルベス通りに停められたバスに消える。ニーレイは猛禽を避けるウサギのように、人気《ひとけ》のなくなった空間にじっと身を潜める。彼が一人きりになるのはわずかに数秒だ。しかしその間に、異星からの侵入者たちは彼の大脳辺縁系に、一つの思考を直接挿入する。世界中にいる無数の人々が同時にプレーできる、今までに作られたどんなものよりも十億倍豊かなゲーム。ニーレイがそのゲームを生み出さなければならない。彼は数十年をかけて、進化の段階をいくつも経ながら、それを作り上げるだろう。ゲームはプレーヤーたちを、数百万の異なった種《しゅ》に満たされた生きた世界――息をし、生命と魂にあふれる世界――のただ中に置く。その世界は絶望的と言っていいほど、プレーヤーの助力を必要としている。プレーヤーは、絶望的な状況にある新しい世界に対して自分が何をできるかを考えなければならない。

幻影《ビジョン》が消え、彼は再びスタンフォード大学の中庭に連れ戻される。宗教的で深緑色をした幻影《ビジョン》はプラトン的な影――森――の中に消える。ニーレイはじっと身動きせず、今、目にしたもの――彼の脳が曲がりなりにも把握した、ムーアの法則が描く曲線の果てに潜むもの――に必死にしがみつく。大学は辞めなければならない。今後、授業に出ている時間はない。長期的な計画に向けて備えなければならない。彼は今取り組んでいる風変わりな宇宙もののロールプレイングゲームを仕上げて、有料で売るだろう。本当のお金、地上で通用するドル。ファンたちは大きな声で文句を言うだろう。彼は最悪の裏切り者として、ダイヤルアップの掲示板に悪口を書かれるだろう。しかし、三十パーセク（約九七・八光年）の旅がたった十五ドルでできるのだから、破格の安値だとも言える。異星の生命への最初の探索から得られる利益が続編——もくろみにおいて第一作を何倍も凌駕するゲーム——の資金となる。そして、そうした段階を踏むことで、先ほど見た世界へと至るのだ。

　光が山脈の向こうに消えると、彼は回廊を出る。山の影が重なり、打ち身のような青色が、忘却を誘う黒に変わる。彼の目に見えない高い場所では、岩の露頭の上を這うツツジがねじれた紅色の樹皮を脱ぐ。木こりが作った緑草地帯を月桂樹が囲む。影の深まる渓谷では、マドロナのオレンジ色の樹皮がめくれてクリーム色がかった緑色を見せる。ごつごつした岩の上には、彼から脚の自由を奪った木に似たカリフォルニアライブオークが集う。涼しい水辺の一帯には沈泥と腐った針葉の匂いが漂い、レッドウッドは現実のものとなるまで千年がかかる計画を進める——その計画は彼を利用しているのだが、彼は逆にそれを自分の計画だと思い込んでいる。

パトリシア・ウェスターフォード

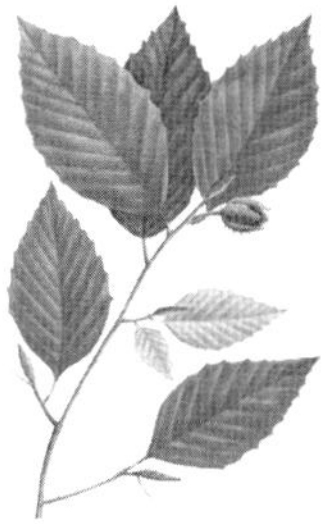

一九五〇年。幼いパトリシア・ウェスターフォード――パティー――は、間もなく知る少年キュパリッソス（ギリシア神話に登場する美少年で、金色に輝く角を持った鹿と仲良くなる。後出）と同様に、鹿と恋に落ちる。彼女が愛する鹿は木の枝で作られたものだが、隅々まで命が宿っている。それ以外にも、クルミの殻を二つくっつけて作ったリス、モミジバフウの実で作った熊、アメリカサイカチの鞘《さや》を使ったドラゴン、ドングリの殻斗を身にまとった妖精、胴体を松ぼっくり、翼をアメリカヒイラギの葉二枚で作った天使がいる。

彼女はそれらのために家を作り、砂利敷きの手の込んだ進入路とキノコで作った家具をしつらえる。そして木蓮の花びらを毛布にして、動物たちをベッドに寝かせる。木々の節瘤《ふしこぶ》の奥に作った導きの精霊たちの王国を見守る一方で、そこに扉を備え付けて、彼らの町を隠す。節穴から中を覗くと、木製の材料でできた住人たち――失われた人類の友――の魅力的な部屋が見える。彼女は被造物たちと一緒に、想像力で作られたミニ建築の中に暮らす。それは、原寸大の世界がもたらすものよりはるかに充実した生活だ。木製の小さな人形から頭が外れると、彼女はそれを庭に植える――またそこから新しい体が生え出ることを確信しながら。

小枝で作った人形たちはしゃべることができる。とはいえ彼らの大半は、パティーと同様に言葉を必要としない。彼女自身は三歳を過ぎても言葉を口にしなかった。二人の兄が両親のために彼女の秘密の言語を通訳していたが、やがて両親は彼女に知的な障碍があるのではないかと不安を抱き始めた。そしてチリコシー（オハイオ州南部にある町）にある病院にパティーを連れて行き、検査を受けさせると、内耳に奇形があることが判明した。病院はこぶし大の補聴器を彼女に合わせて作ったが、彼女はそれを嫌った。ようやく彼女がしゃべり始めても、出てくる言葉ははっきりせず、慣れない者には理解できなかった。横から見ると彼女の顔は中心部がせり出していて、熊のようだったのも残念だった。近所の子供たちは、かろうじて人間の範囲に収まっている彼女を見ると逃げ出した。ドングリでできた生き物たちはそれよりずっと寛大だった。

彼女が作った森の世界を理解するのはやはり、聞き取りにくい彼女の言葉をいつでも完璧に理解する彼女の父親だけだ。彼女は父のいちばんのお気に入りであり、二人の兄もそれを受け入れている。父は息子二人を相手にソフトボールを投げ合ったり、子供向けのジョークを教えたり、鬼ごっこをしたりした。しかしいつも、いちばんの贈り物は幼い植物娘パティーのために取ってあった。

母は、父娘があまりに親密なことに業を煮やした。「ちょっとお尋ねしますけど、あなたたちほど仲良しな二人って聞いたことある?」

農業改良普及事業に従事するビル・ウェスターフォードはパトリシアを連れ、オハイオ州南西部の農場を巡回する。内装に松《パイン》材を使ったおんぼろパッカードの助手席が彼女の定位置だ。戦争が終わり、病んだ世界が快方に向かい、アメリカが科学——よりよい生活の鍵——に酔う中、ビル・ウェスターフォードは世界を見せるために娘を連れ出す。

パティーの母は二人の遠出に異議を唱える。子供は学校に通わなければいけない、と。しかし父の権威が穏やかに説き伏せる。「この子はどこか別の場所にいるより、私と一緒にいた方がたくさんのことを学べる」

　農場に囲まれた道路をどこまでも走る車内で個人授業が行われる。父は娘が唇を読めるように顔を横に向ける。彼女は彼の話を聞いて笑い――ゆっくりとした太い笑い声――、父の質問の一つ一つに熱心に答える。天の川にある星とトウモロコシの葉一枚にある葉緑体、どちらの数が多いでしょうか？　葉が出るより先に花が咲く木と、葉が出てから花が咲く木を答えなさい。木の根に近い部分の葉よりもてっぺんに近い葉の方が小さいのはなぜでしょうか？　ブナの木の地面から四フィート（約一・二メートル）のところに自分の名前を刻んだら、五十年後、名前の位置はどうなるでしょうか？

　最後の質問に対する答えは彼女のお気に入りだ。四フィート。ブナがどれだけ大きく育とうと、常に四フィート。その答えは五十年後の彼女にとっても、やはりお気に入りだ。

　そんなふうにして、ドングリ的精霊崇拝《アニミズム》が徐々にその子孫、植物学に変化する。彼女は父にとってのスター、そしてただ一人の弟子になる。理由はただ、彼が知っていることの意味を理解するのは家族の中で彼女しかいないということ。植物は気まぐれでずる賢く、何かを求めている――人間と同じように。彼は植物が見せる遠回しの奇跡について車の中で娘に話す。人間は世界の不思議な働きの中で何も重要な役割を果たさない。人間ではない生き物――より大きく、より古く、よりゆっくりしていて、より耐久性のあるもの――が世界を支配し、天気を作り、食料を供給し、空気を作るのだ。

「木そのものが素晴らしいアイデアだ。あまりに素晴らしいから、進化の過程で何度も、木が生み出されている」

　彼はシャグバークヒッコリーとシェルバークヒッコリーの見分け方を娘に教える。彼女が通う学校では、誰もホップホーンビームとヒッコリーさえ見分けられない。彼女にとってその事実は不思議だ。

「私のクラスの子たちはブラックウォルナットとアメリカトネリコがそっくりだと思ってるの。みんな、目が見えないのかしら？」

「植物に対して見分けがきかないのさ。アダムの呪いだな。自分に似たものしか私たちの目に入らない。悲しいことだ、そう思わないか？」

　父もホモ・サピエンスに対してちょっとした悩みを抱えている。彼は大地の征服に苦労している善良な農家の人々と、彼らに完全支配をもたらす兵器を売りつけたがっている企業との間で板挟みだ。我慢できないほど不満が募った日には、彼はため息をつき、「ああ、私も、町から離れた山の斜面に農場が欲しいよ」という愚痴をパティーの不自由な耳だけにこぼす。

　二人はかつて鬱蒼としたブナの森に覆われていた土地を車で走る。「ブナは最高の木だ」。強くて、樹冠は大きく広がるが、気品がある。根元から堂々とした枝が伸び、しっかりした台座を築く。あらゆる来訪者に食料を与える堅果が豊かに実る。白灰色の滑らかな樹皮は木というより石を思わせる。羊皮紙色の葉は冬になって色が変わっても落ちず——そういうのを〝枯凋《こちょう》〟と言うのだと彼は娘に教える——裸になった周囲の広葉樹と鮮やかなコントラストを見せる。人間の腕みたいに優雅で屈強な枝の先は、何かを差し出すかのように少し上を向く。春にはもやがかかったような淡い色を見せるが、秋には平べったく広がった枝が周囲を金色に染める。

「ブナの森はどうなったの？」。悲しみに暮れるとき、少女の言葉は聞き取りづらくなる。

「私たちのせいだ」。父が道路から目を逸らすことはないが、彼がため息をつくのが聞こえたように彼女は感じる。「ブナは農家の人たちに、耕すべき土地を教えてくれた。ブナが生えている場所では、石灰岩の上を最高の黒土層《ローム》が覆っているからね」

　二人は前年の虫害と来る年の表土流出に悩む農場を次々に訪れる。彼は娘に驚くべきものを見せる。何十年も前に幹に立て掛ける格好で置き去りにされた自転車の上部パイプをのみ込んだ、生長するスズカケノキの形成層。互いに抱き合う格好で一体化したニレの木。

「私たちは木の生育についてよく知らない。木が花を咲かせ、枝分かれし、自分のけがを癒やす方法についてはほとんど何も分かっていない。個別に、わずか数種類の木について少し知っているだけ。しかし、樹木ほど他から孤立し、同時に社交的なものはない」

　娘にとって父は水であり空気であり、土であり太陽だ。彼は娘に木の見方を教える。樹皮一平方インチ（一インチは約二・五センチメートル）ごとにその下で生きた細胞の鞘《さや》が行っていることは、まだ誰にも知られていない。彼は底の見えないゆったりした川の流域にぽつんと残された木立に車を寄せる。「ここだ！　これを見ろ。これを見ろよ！」。大きな、しなだれた葉を付けた細い茎。木立を見張る番犬のような木。彼はスプーンみたいな形をした巨大な葉をつぶし、娘に匂いを嗅がせる。アスファルトのような刺激臭。彼は地面から太った黄色い実を拾い、彼女に差し出す。娘はこれほど興奮した父をめったに見たことがない。彼がアーミーナイフを取り出して果実を半分に切ると、バターのような果肉とつやのある黒い種子が見える。果肉をほおばった彼女は、歓喜の大声を上げたくなる。しかし、口の中はバタースコッチ風味のプディングでいっぱいだ。

「これがポーポーの実さ！　熱帯地域から脱出できた唯一の熱帯性果物。アメリカ大陸原産の果物で最大、最もおいしくて最も風変わりで最もワイルド。このオハイオ州で自生してるんだぞ。しかも誰にも知られずに！」

　二人は知っている。少女とその父だけが。彼女はこの場所のことを誰にも教えないだろう。大草原《プレーリー》のバナナに何度実りの季節が訪れようと、それは二人だけの秘密だ。

　言葉と耳が不自由なパティーは父の姿を見て学ぶ――人間の知恵など風にそよぐブナの木ほどの値打ちもないと知ることこそが本当の喜びだと。天気が西から変わるのが確かなように、人間の知識も時とともに変わる。何かを事実として知ることは不可能だ。頼りになるのは、謙虚さと観察。

　彼は裏庭で、カエデの翼果をペアにして鳥を作っている娘を見つける。彼の顔に妙な表情が浮かぶ。彼は種を手に取り、その実を落とした巨木を指し示す。「あの木は下向きの風が吹くときよりも、上向きの風が吹くときによりたくさんの種を飛ばす。なぜか分かるか?」

彼女はこの手の質問に目がない。彼女は考える。「種を遠くに飛ばすため?」

彼は自分の鼻を指で押さえる。「正解!」。彼は木に目をやり、昔ながらの難問に顔をしかめる。

「木の材料はどこから来るんだと思う? この小さな種があの大木になるための材料は?」

当てずっぽうの答え。「土の中?」

「どうすればそれが分かる?」

二人は一緒に実験を考案する。納屋の南側に木製の桶を置いて、そこに二百ポンド(約九〇キログラム)の土を入れる。そして、三角形のブナの実を殻斗から出し、重さを量り、土に植える。

「幹に文字がいっぱい書かれた木を見掛けたら、それはブナだ。あの滑らかな灰色の表面を見たら、誰でも文字を書かずにいられない。神に愛された木さ。ハートマークに添えられた文字が年々大きくなるのはうれしいものだ。恋に燃える残酷な男たちは、愛する女の名を木に刻む。哀れな彼らは知らないし、気づいてもいない、女よりも木のほうがずっと美しいことに!(アンドルー・マーヴェルの詩「庭」からの引用)」

彼は娘にブナ(beech)という語が本(book)という語に変化したと教える。他の多くの言語でも同様だ。共通祖語において、本はブナという根から枝分かれした。初期の梵字を記す際、ブナの樹皮が用いられた。パティーは二人が植えた小さな種から木が育ち、その樹皮が文字で覆われる未来を思い描く。しかし、その巨大な本の質量はどこから来るのか?

「これから六年間、ちゃんと桶に水やりをして、雑草を生やさないようにするんだ。おまえが花の十六《スイート・シックスティーン》歳になったら、もう一度、土と木の重さを量る」

彼女は父の言葉を聞き、理解する。これは科学だ。この実験には、人が神に誓って言うどんな言葉よりも百万倍の価値がある。

娘はやがて、作物を弱らせたり、かじったりしているものについて、父に引けを取らないほど詳しくなる。父は娘にクイズを出題することをやめ、相談するようになる。もちろん、農場経営者の目の前で娘の意見を訊くわけではなく、後で、車の中で二人きりになったときに、チームとして病気の原因をじっくりと検討する場面での話だ。

娘の十四歳の誕生日に、彼は、不穏当な箇所を削除して翻訳したオウィディウスの『変身物語』を贈る。そこには父の言葉が記されている。**本当の家系図《ファミリー・ツリー》がいかに大きな広がりを持つかを知る愛しい娘に捧ぐ。**パトリシアは最初のページを開き、第一文を読む。

あなたに歌って聞かせよう、人が他のものに変身する物語を。

こうした言葉を目にした彼女は、ドングリが動物の顔になり、松ぼっくりが天使の体を形作っていた時代に戻る。彼女はその本を読む。物語は奇妙かつ流麗で、人間と同じだけ古い。そして、まるで生まれたときから知っていたかのように、なぜかなじみがある。寓話はどれも、人間が他の生き物に変身しているというより、危機に瀕した生き物が、人間の中にしぶとく残っている野性を再び併合しているみたいに感じられる。その頃には、パトリシアの体は本人が決して望んでいないものに強制的に変わりつつある。胸と尻が新たに膨らみ、股間に毛が生え始めたことで、徐々に彼女もまた、古代から生きる獣に姿を変える。

彼女がいちばん好きなのは、人が樹木に変わる物語だ。アポロンに捕まって傷付けられる直前に、月桂樹に変えられるダフネ。オルフェウスを殺した後、自分の足が地面から動かなくなり、足の指が根に、脚が木の幹に変わっていくのをただ見ている女たち。仲良しの鹿を殺したことを永遠に嘆くことができるよう、アポロンが糸杉《サイプレス》に変えてやったキュパリッソス。父親と通じたためにギンバイカ《マートル》に変えられたミュラの物語を読んで、少女はビートのように、サクランボのように、リンゴのように顔を赤らめる。神々とは知らずに見知らぬ旅人を歓待した褒美として、オークとシナノキに変えられて何世紀も一緒に暮らすバウキスとピレーモーンの夫婦愛に彼女は涙を流す。

十五歳の秋が来る。徐々に日が短くなる。早い時間に日が暮れるのをきっかけとして、木々は糖の生産をやめ、弱い部分をすべて切り捨て、守りを固める。活力が低下する。細胞が透過性を増す。幹から水分が抜けて、不凍液に変わる。樹皮直下で休眠する細胞を満たす水は純度が非常に高いので、結晶化を助長するような物質は中に残されていない。

彼女の父がその巧妙な手口を説明する。「考えてごらん！　一つの場所から動くことができず、また他に身を守る手立てを持たない木々は、氷点下三十度という環境を生き延びるすべを自分で考え出したんだ」

その冬、ビル・ウェスターフォードが日没後に出先から帰宅する途中で、パッカードが路面の透明な氷《ブラック・アイス》を踏む。車は道路を外れて溝に落ち、彼は車から投げ出される。体は二十五フィート（約七・五メートル）宙を飛んでから、農夫たちが一世紀半前に生垣として植えたアメリカハリグワの列に突っ込む。

パティーは父の葬儀で、オウィディウスの一節を読む。バウキスとピレーモーンが樹木に昇格される物語。兄たちは彼女が悲しみのせいで正気を失ったのだと思う。

彼女は母に何も捨てさせない。そして祭壇のようなものを作って父の杖とソフト帽をそこに飾る。彼女は父の貴重な蔵書を保管する——アルド・レオポルド、ジョン・ミューア（それぞれアメリカの生態学者・環境保護活動家（一八八七—一九四八）とアメリカの博物学者（一八三八—一九一四））、植物学の教科書、そして父が執筆を手伝った農業改良普及事業のパンフレット。彼女は父が持っていた大人向けの『変身物語』を見つける。そこには、人がブナに落書きをするように、いたるところに書き込みがある。下線——しかも三重——は最初の行から始まっている。あなたに歌って聞かせよう、人が他のものに変身する物語を。

高校は彼女を殺そうとする。オーケストラ部ではビオラを担当。彼女の顎の下で、昔の山腹の思い出を抱えたカエデが吠える。写真部とバレーボール部（アメリカの高校で複数の部活動を掛け持ちすることは珍しくない）。植物までとはいわないまでも、少なくとも動物の生態を理解してくれる、友人に近い存在を二人見つける。アクセサリーは一切身に着けず、服装はいつもフランネルのシャツとデニム。スイス製のアーミーナイフを携帯し、長い髪は三つ編みにして頭に巻き付ける。

継父が現れる。彼女を変えようとするほど愚かではない男だ。卒業記念のダンスパーティーに彼女を誘うことを二年前から夢見ていたおとなしい青年をめぐる心の傷。白いオークの杭を心臓に突き立てられて、青年の夢は死ななければならない。

十八歳の夏、植物学を研究するためにイースタンケンタッキー大学に行く用意をしているとき、彼女は納屋のそばに置かれた桶で生長しているブナのことを思い出す。恥辱の念が背骨に走る。あの実験を忘れるなんて、私は一体どうしていたのだろう？ 父と約束した十六歳を二年過ぎている。花の十六歳《スイート・シックスティーン》はいつの間にか通り過ぎてしまった。

彼女は七月の午後を丸々使って木を鉢から出し、根から土を取り除く。その後、植物と、それを植えていた鉢の中の土と、その両方の重さを量る。わずかな重さしか持たなかったブナの実が今では彼女の体よりも重くなっている。しかし土の重さはほとんど変わらず、数十グラム減っている程度だ。他には説明のしようがない。木の質量はほとんどすべてが空気から得られたものだ。父はこのことを知っていた。そして今、彼女もそれを知る。

彼女は被験体を家の裏に植え戻す。そこは、彼女と父がしばしば夏の夜に腰を下ろし、他の人々には静寂にしか感じられない音に二人で耳を傾けた場所だ。彼女はブナについて父が話していたことを覚えている。哀れなことに、人はブナの樹皮に落書きをせずにいられない。しかし一部の人間――一部の父親――は逆に、木によって文字を体中に書き込まれている。

彼女は進学のために家を出る前、本みたいに滑らかな灰色の樹皮の、地面から四フィートの場所にアーミーナイフで小さな刻み目を付ける。

イースタンケンタッキー大学は彼女を別の存在に変える。パトリシアは南に向いた植物のように花開く。キャンパスを歩くと、六〇年代初期の空気がはじける。気候の変化、日が長くなる季節の風の匂い、古くさい考えの鋳型が破壊される可能性の香り、山から吹き下ろす澄んだ風の感触。

彼女が入った寮の部屋には鉢植えがあふれる。学生机とベッドの間を植物園に変える寮生は他にもいる。しかし、テラコッタ製の植木鉢にデータを記したテープが貼られているのはパトリシアの植物だけだ。友人たちが育てているのがカスミソウやハゴロモギクなのに対して、彼女はハルシャギクやアメリカセンナ（前者はひっつき虫のような種子ができ、後者はオジギソウのように接触に反応する特徴がある）や他の実験向きの植物を育てる。とはいえ、樹齢が千年を超えていそうなビャクシンの盆栽――科学的な目的とはまったく無縁の、俳句のような針葉植物――も大切にしている。

上階の女子学生たちが夜に時々、彼女の様子を見に来る。彼女がいじりやすい相手だからだ。植物《プラント》パティーを酔わせてみようよ。植物《プラント》パティーを経済学部の例のビートニク野郎とくっつけてやろう。皆は彼女をガリ勉だとあざけり、その行動を笑う。そしてプレスリーを無理やり聴かせる。袖無しのワンピースを着させ、髪をブッファン（全体にふっくらとするように逆毛を立てたスタイル）にさせる。あだ名は〝葉緑素の女王〟。彼女は他の学生とは毛色が違う。周囲が言っていることは必ずしも彼女に聞こえておらず、聞こえているときでも、正しく意味が通じているとは限らない。しかし、にぎやかな哺乳類仲間たちを見ていると、彼女は時々ほほえましい気持ちになる。周りには奇跡があふれているというのに、この人たちは誰かにお世辞を言ってもらわないと幸せでいられないのだ。

パティーは大学二年生のとき、キャンパス内の温室で仕事を得る――毎朝、授業の前に二時間のアルバイト。そこから夕方まで、遺伝学、植物生理学、有機化学を学ぶ。夜は毎日、閉館時刻まで図書館で勉強。その後は眠くなるまで、趣味の読書。彼女は友人たちが読んでいる本を試してみる。ヘッセの『シッダールタ』、バロウズの『裸のランチ』、ケルアックの『路上』。しかしどの本も、父の本棚から持ってきたドナルド・C・ピーティーの『樹木の博物学』シリーズほど彼女を感動させることはない。それは何度読んでも、彼女に新たな洞察を与える。表現の一つ一つが枝を伸ばし、太陽の光を受ける。

玉座が倒れ、新たな帝国が興《おこ》った。偉大な思想が生まれ、偉大な絵が描かれ、科学と発明によって世界は革命的に変わった。しかし、このオークが将来何世紀持ちこたえるのか、いくつの国家と信条を生き延びるのかは誰にも分からない……。

鹿の跳ねる場所、鱒が上る場所、あなたが首筋に暖かな日差しを受ける間、馬が立ち止まって氷のように冷たい水を飲む場所、あなたが何度息を吸っても毎回喜びを味わえる場所――ヤマナラシはそんな場所に育つ……。

そして父が大好きだった木についても――

世俗的な仕事は他の木にやらせておけばいい。ブナはただそこに立ち、じっと地面をつかんでいるだけでいい……。

彼女は必ずしも白鳥に化けるわけではない。しかし、一年生のときは醜いアヒルにすぎなかった彼女は四年生になったとき、自分が何を愛しているかを知り、自分が生涯やりたいことを見つけていた。そんな学生は珍しい存在だ。恐れを知らぬ者たちは、彼女――常に周囲に溶け込まなければならないという圧力を逃れてきた、熱心で、地味で、率直なこの女性――の様子をうかがうために近づいてくる。驚いたことに、言い寄ってくる男たちもいる。彼女にはどこか、男たちを興奮させるものがある。もちろん外見ではなく、はっきりとは分からないのだが、すれ違うときに男が振り返らずにはいられない何かの特質。独立したものの考え方――それ自体魅力的な力。

彼女は男たちに声を掛けられると、必ず一緒に、リッチモンド墓地でのピクニックランチに出掛ける。一八四八年から死者を葬るのに使われている墓地だ。時には逃げ出す男もいる。それはそれだ。もしも男が逃げ出したりせず、木の話をしたら、もう一度デートをする。欲望――進化が生んだ最も甘いトリック――には無限の形がある、と彼女は野外記録《フィールドノート》に記す。春、花粉が嵐のように舞う季節になると、そんな彼女でさえ、立派な花になる。

何か月が経っても、一人の男は彼女から離れようとしない。英語専攻のアンディー。彼女と一緒にオーケストラに参加し、理由は本人にも分からないが、ハート・クレインとユージン・オニールと『白鯨』を愛する男。彼は鳥を肩に止まらせることができる。そして何かが目の前に現れて、無目的な自分の人生を救ってくれるのを待っている。ある夜、彼はトランプ《クリベッジ》をやりながら、僕が待っていたのは君なのかもしれないと言う。十分後、彼女はその手を取って、狭苦しいベッドに導く。うぶな二人は不器用に服という覆いを脱ぐ。彼女は周囲より少しだけ遅れて、木に変えられる。

本物の人生は大学院で始まる。パトリシア・ウェスタープフォードはウェストラファイエット（インディアナ州の町で、パデュー大学の所在地）で朝を迎えるとき、たまに自らの幸運が怖くなることがある。森林科学大学院。自分にはそれだけの値打ちがないのではないかと彼女は思う。何年も前から取りたかった授業の受講料はパデュー大学が負担してくれる。学部生に植物学を教えること――お金を払ってでもやりたい仕事――と引き換えに、食事と宿舎が与えられる。インディアナの森では日がな研究に没頭。精霊信者にとってそこは天国だ。

しかし二年目には、罠が見えてくる。森の健康を改善するためには、立ち枯れた木や風倒木を林床から取り除かなければならないと、森林管理のゼミで教授が断言する。それはおかしいと彼女は思う。健康な森には死んだ木が必要だ。大昔からずっと、森には枯れ木があったのだから。鳥たちはそれを利用する。小さな哺乳類も。そして、これまで科学的に確認されてきた以上に多様な昆虫がそこをすみかにし、食料にする。彼女はそこで手を挙げて、オウィディウスのように、生物はすべて別のものに姿を変えていると言いたい。しかし、手元にはデータがない。彼女が持っているのは、小さな頃から落葉や枯れ枝で遊んで育った少女の勘でしかない。

間もなく彼女は気付く。パデュー大学に限らず全国的に、森林科学という研究領域にはどこかおかしな部分がある。アメリカの森林科学を背負っている男たちは、真っ直ぐに整った均質な木目を最大の速度で生産することを夢見ている。彼らは、元気《スリフティ》（人間について言うときは「お金の使い方がうまい」の意だが、植物については「繁茂する」を意味する語）な若い森、年老いた自堕落な森、年間平均生長量、経済的成熟などという言い方をする。この分野を率いている男たち自身が、来年か再来年に倒木になってもらわなければならない、と彼女は思う。彼らの信念が切り倒されたところから、新しい豊かな下生えが現れてくる。私はそこで大きく生長するのだ、と。

彼女はこの密かな革命を学部生に説く。「皆さんは二十年後に振り返ったとき、昔はすべての優秀な森林学者がそんなことを自明の真実だと勘違いしていたのかと思うことになるでしょう。ちゃんとした科学はすべからくその繰り返しなのです。〝どうして当時は気が付かなかったんだろう〟って」

彼女は院生仲間とうまく付き合う。ささやかな独立は保ちつつ、バーベキューやパーティーには参加して、組織内の噂話を共有する。ある夜、植物遺伝学が専門の女性との間で、めまいのするような、熱烈な、途方もない誤解が生じる。パトリシアはその恥ずかしいへまを胸の引き出しにしまい、二度と取り出すことも、振り返ることもない。

彼女は密かにあることに感づいていて、その点で仲間との間に距離がある。彼女は、何の証拠もないけれども、木が社会的な生き物だと確信している。彼女の目には、それは明らかだ。雑多な大集団の中で動くことなく生長する生物であれば、他者と情報を交換する手段を発達させているはずだ。ぽつんと孤立して生えている木は、自然界にはほとんどない。しかし、彼女はそう信じているせいで孤立する。苦い皮肉。彼女の周囲にはようやく似たような人が集まったというのに、そんな彼らにさえ、当たり前のことが見えていないのだ。

パデュー大学は初期の四重極ガスクロマトグラフィー質量分析計のプロトタイプを一台手に入れる。どこかの異教の神が、志操堅固の褒美としてパトリシアにこの装置を届ける。これがあれば、あたりに生える古い巨木がどんな揮発性の有機化合物を空気中に放っているのか、そしてそうした気体が隣人にどう影響しているのかを測定できる。彼女は指導教員にそのアイデアをぶつける。木が作り出す物質についてはまだ何も知られていない。新たな発見を待つ、まったく新しい緑色の世界がそこにはある。

「それで、役に立つ成果が得られるかな?」

「無理かもしれません」

「それを森で実験しなければならない理由は? キャンパス内の演習林でやってもいいんじゃないか?」

「動物園に行って野生動物の研究をする人はいませんよね」

「人工林は自然の森に生えている木と振る舞いが違うと君は思うわけか?」

彼女はそう確信している。しかし、教員のため息が伝えるメッセージは、公共広告のようにはっきりとしている。「じゃあ、森の一角を君専用にしよう。その方が実験もしやすいし、時間の節約にもなる」

「私は全然急いでません」

「論文を書くのは君だからね。時間を無駄にしても、損をするのは君だ」

彼女はとても充実した形で、楽しく時間を浪費する。作業は地味だ。枝の先に番号を記したビニール袋をかぶせ、定期的にそれを回収する。彼女は延々と何時間も、同じことを黙って愚直に繰り返す。彼女は一日中、森で作業をする。背中にはツツガムシが這い、頭にはマダニが付き、口の中は落ち葉の腐植でいっぱいになり、目は花粉だらけ。顔の周りにはスカーフを巻いたみたいにクモの巣がまとわりつき、漆に触れた部分がブレスレットのようなみみず腫れになり、膝は石で傷つき、鼻の内側には胞子がこびりつき、太ももの裏側にはスズメバチに刺されて点字のような模様が浮かんでいても、森から気前の良いプレゼントを受け取る彼女の心は幸せだ。

彼女は集めたサンプルをラボに持ち帰り、何時間も単調な作業をして濃度や分子量を測定し、それぞれの木がどの気体を吐き出したかを探る。化合物は数千種類あるに違いない。いや、数万。作業の単調さが彼女の興奮を高める。彼女はそれを科学のパラドックスと呼ぶ。それは人間がやる中で最も精神的ストレスが大きな作業だが、それによって初めて見えてくるものがある。彼女はまだらな日の光や雨の中で働く。腐植土の麝香《ムスク》のような匂いが容赦なく鼻を刺す。森の中では、一日中、父が再びそばにいる気がする。彼女は父にいろいろなことを尋ねる。そうして疑問を口に出すことで、答えが見えてくる。幹の一定の高さにサルノコシカケが生えるのはなぜか？　一本の木は太陽光パネルに換算してどれだけ分の仕事をするのか？　ジューンベリーとスズカケノキで葉のサイズがあれほど大きく異なるのはなぜか？

光合成というのは一つの奇跡だ、と彼女は学生たちに言う。世界という大聖堂を土台から支える化学工学の偉業。地球上に生きるすべてのものは、その信じがたい魔法にただ乗り《フリーライド》している。生命の秘密。植物は光と空気と水を食べ、蓄えられたエネルギーがすべてのものを作り、すべてのことを行う。彼女は学生たちを奥なる神秘の聖域に案内する。葉緑素の分子が数百集まってアンテナ複合体を作る。無数のアンテナが並んで、扁平なチラコイドを形作り、それが重なって一つの葉緑体ができる。そのような太陽光発電工場が百近く集まって、一つの植物細胞にエネルギーを供給する。時には数百万の細胞が一枚の葉を形作る。そして一本のイチョウの大木には百万枚の葉が付く。

桁《けた》が大きすぎる。学生たちの目が曇る。彼女は学生たちを、無感覚と畏怖との間にある微細な境界線の手前まで連れ戻さなくてはならない。「何十億年も前、まぐれで生じた、自己複製能力を持つ一つの細胞が、有毒ガスと岩滓《がんさい》に覆われた不毛な惑星を、人の住む楽園に変える方法を学習したのです。おかげで、あなた方の望むもの、恐れるもの、愛するものが存在できるようになった」。先生は頭がおかしいのだ、と学生たちは思う。彼女はそれで構わない。遥かな未来――緑色をしたものたちの計り知れない気前の良さに左右される未来――に宛てて記憶という手紙を投函するだけで、彼女は満足する。

夜遅く、授業と研究で疲れ果てた彼女は、大好きなジョン・ミューアの著作を読む。『メキシコ湾まで歩く千マイル』と『はじめてのシエラの夏』を読んでいると、彼女の魂は天井まで舞い上がり、イスラム神秘主義者《スーフィー》のようにくるくると回る。彼女は気に入った一節を野外記録《フィールドノート》の表紙裏に書き写し、学科内の駆け引きやおびえた人間どもの残虐性に気が滅入ったときに盗み見する。丸一日ひどいことがあっても、その言葉はびくともしない。

私たち、木々と人間は皆、ともに銀河を旅する……。人は自然の中を歩くたび、求めていたよりははるかにたくさんのものを受け取る。未開の森を抜けるのが、宇宙に至る最もはっきりした道である。

植物《プラント》パティーはパット・ウェスターフォード博士《ドクター》になる。それは職業的なやり取りの中で性別を偽装する手段だ。彼女はユリノキに関する研究で博士号を取得する。あの直立する太く長いパイプが、実は想像以上に豊かな工場だということが明らかになったのだった。木が吐き出す揮発性の有機化合物はあらゆることを行う。詳しい仕組みはまだ分からない。ただそれが豊かで美しいシステムであることは確かだ。

彼女はウィスコンシン大学でポスドクになる。大学のあるマジソンの町で、彼女はアルド・レオポルド（既出の生態学者。ウィスコンシン大学に長く勤めた）の足跡をたどる。そして、いい匂いのする総状花序と種子の入ったさやを付けた巨大なハリエンジュを探す。ミューアに衝撃を与え、彼が博物学者になるきっかけとなった木だ。しかし、世界観をひっくり返す力を持ったハリエンジュの木は、十二年前に切り倒されていた。

ポスドクだった彼女が非常勤の職を得る。稼ぎはほとんどないが、生活していくのに金はほとんど要らない。娯楽と信望という二つの大きな出費は、ありがたいことに彼女と無縁だ。そして食料は、森が豊富に与えてくれる。

彼女は町の東にある森でサトウカエデの調査を始める。あるとき、飛躍的な発見が訪れる――飛躍的な発見はいつもそうだが、長い間、周到に用意された偶然によって。六月のさわやかなある日、パトリシアが森を訪れると、袋掛けをした木の一本に虫の大群がたかっている。最初は、直前数日間のデータが失われたように思われる。彼女は周囲のカエデから袋を集めるとともに、とりあえず、虫にやられた木のサンプルも回収する。ラボに戻った彼女は、チェックする化合物のリストを増やす。その後の数週間で、彼女は自分でも信じられないような事実を発見する。

近くにあった別の木が虫に襲われる。彼女は再び計測する。そして再び、証拠を疑う。秋が始まり、複雑な化学工場がシャッターを下ろし、葉が林床に落ちる。彼女は冬に備えてデータの収集を中断し、授業を行い、結果を再確認し、データが示す途方もない主張を受け入れる努力をする。そして森を歩きながら、論文を発表するべきか、あるいはもう一年実験を行うべきか悩む。森のオークはまだ緋色に光り、ブナは鮮やかなブロンズ色に輝いている。待った方が賢明に思える。

次の春、確証が得られる。さらに三度のテストを行って、彼女は確信する。攻撃を受けた木は、自分の身を守るため、殺虫成分を分泌するのだ。そこまでは疑いようのない事実。しかし、データの中の別の部分を目にしたとき、彼女は動揺する。少し離れたところに生えている木も、隣の木が虫に襲われると、自身が襲われているわけではないのに防御態勢を取る。何かが彼らに警告を与えているのだ。木は災厄の噂を聞きつけ、備えをする。彼女はあらゆる点について対照実験をするが、結果は常に同じだ。筋の通った説明は一つしかない。負傷した木は警告を発し、他の木がその匂いを嗅ぎ取っている。カエデは合図を送っている。木は空気を媒介としたネットワークで結ばれ、何エーカーにもわたる森全体が免疫システムを共有している。脳を持たず、動くこともない木々は互いを守り合っている。

彼女自身も完全には信じられない。しかし、上がってくるデータはどれも自説を裏付けるものばかりだ。ついに自らの測定結果を受け入れる夜、パトリシアの手足は熱くなり、涙が頬を伝う。おそらく彼女は、常に拡大する生命という冒険の中で、進化が生んだこのささやかだが確かな事実に初めて気付いた生物だ。生命が自身に語り掛けている、そして彼女はその声を聞いたのだ。

彼女はできるだけ冷静に結果を文章にする。報告に書かれているのは、化学物質、濃度、変化のこと。つまり、ガスクロマトグラフィー質量分析計が記録したことだけだ。しかし、論文の結論部では、その結果から帰結することを書かずにはいられない。


木が共同体《コミュニティー》を形成していると考える以外に、個々の木の生化学的振る舞いを合理的に説明する方法はないだろう。


パット・ウェスターフォード博士の論文は一流の学術雑誌に受理される。査読者たちは驚きの表情を見せるが、データはしっかりしており、内容は常識に反するが、それ以外に論文には何の問題もない。論文が公開される日、パトリシアはこれで世界に対する借りを返すことができたみたいに感じる。もしも明日死んでも、生命の自身に関する知識に少しでも寄与した事実は変わらない。

マスコミが彼女の新発見に食いつく。彼女はポピュラーサイエンスの雑誌でインタビューに答える。電話での質問を必死に聞き取り、言葉に詰まりながら答えを伝える。しかし、記事が出ると、今度は他の新聞が新発見を取り上げる。「木と木がおしゃべり」。彼女は全米各地の研究者から、詳細を問い合わせる手紙を何通か受け取る。そして、森林学会の中西部支部でスピーチをするよう招待される。

四か月後、論文を載せた雑誌が、三人の大物樹木学者から寄せられたコメントを掲載する。彼女の実験手法には欠陥があり、統計的処理にも問題がある、と男たちは言う。無傷の木の防御反応は、別のメカニズムで引き起こされた可能性がある。あるいは、彼女は気付いていなかったけれども、それらの木は既に虫による被害を受けていたのかもしれない。木が化学的な警告を発しているというアイデアを、コメントはあざける。

論文を読んで明らかなのは、パトリシア・ウェスターフォードが自然淘汰の単位を恥ずかしいレベルで誤解していることである……。仮にメッセージが何らかの意味で「受け取られて」いたとしても、それは決して何かのメッセージが「送られた」ことを含意するわけではない。

その短いコメント中で、パトリシアという名前は四度繰り返されているが、博士という称号に言及はない――締めくくりで、コメント執筆者の署名が記されている部分を除いては。イエール大学の教授が二人とノースウェスタン大学の寄付講座教授。対するはウィスコンシン大学の名もない非常勤女性教員。学会に属する研究者は誰一人として、パトリシア・ウェスターフォードの発見を追試しようとしない。詳しい情報を求めて連絡をよこしていた研究者たちも、彼女の手紙に返信しなくなる。驚きの第一報を載せた新聞は、容赦なくその虚偽を暴く続報を掲載する。

パトリシアは予定通り、オハイオ州コロンバスで開かれた森林学会中西部支部でスピーチをする。部屋は狭く、暑い。補聴器はハウリングでひどい音を立てる。スライドは回転式トレーの中で引っ掛かり、動かなくなる。質問は敵対的だ。パトリシアは演台の上で質問を捌きながら、傲慢になっていた自分を罰するために子供の頃の発話障碍が戻ってきたのだと感じる。学会が開催された苦悩の三日間、参加者たちはホテルで彼女とすれ違うたびに互いを小突き合う。あれが、木に知能があると思っている女だぞ。

ウィスコンシン大学は任期が切れる彼女との契約を更新しない。彼女は慌てて別の場所で職を探そうとするが、既に時期的に手遅れだ。別の研究者のためにガラス器具を洗う仕事さえ残されていない。ホモ・サピエンスほど結束力が強い動物は他にいない。ラボを使えない彼女には、反撃のすべもない。三十二歳の彼女は高校で代替教員を務める。同じ分野を研究する友人たちは同情を口にするが、表立って彼女を弁護することはない。秋にカエデの葉から緑が抜けるように、彼女の中から意味が抜け出る。一連の出来事を何週間も一人で振り返った後、彼女は葉を落とす頃合いだと腹を決める。

ほとんど毎晩、眠ろうとしているときに一つのシナリオが頭の中を巡るが、彼女はあまりに臆病で、それを実行に移すことができない。痛みが彼女の邪魔をする。自分の痛みではない。母や兄たち、そしてまだ残っている友人たちに課すことになる痛みだ。消えることのない恥辱から彼女を守ってくれるのは森だけ。彼女は冬の山を歩き、太くてねばねばするトチノキの冬芽に凍える指で触れる。森の下層には雪が積もり、いたるところにある動物の足跡は、筆記体で記した非難のように見える。彼女は森に耳を傾ける。ずっと彼女を支えてきた森のささやき。しかし、彼女に聞こえるのは耳を聾《ろう》するような群衆の英知だけだ。

井戸の底で半年が経つ。真夏、明るく晴れ渡った日曜の朝、トークンクリークの低地を訪れていたパトリシアはオークの木立の下で、笠が開く前のテングタケをいくつか見つける。キノコは美しいが、象形薬能論（特徴説などとも言い、「ある臓器の疾病にはそれに形が似た植物が効く」というもの）的な観点から言えば、赤面してしまいそうな卑猥な形だ。彼女はそれをキノコ専用の袋に詰め、家に持ち帰る。そして一人分のごちそうを調理する。鶏肉のテンダーロインをバターとオリーブオイルで炒め、ガーリックとエシャロットと白ワインを加える。さらに味を調えるため、彼女の腎臓と肝臓の機能を止める量に加減した死の使い《テングタケ》を足す。

彼女は皿を並べ、健康そのものみたいな匂いのする料理の前に座る。計画の肝は、誰にもそれが自殺だと分からないことだ。毎年、キノコ好きの素人がテングタケの幼菌をシロモリノカサやフクロタケと間違う。友達も家族も以前の同僚もきっと、「彼女は研究においても間違いを犯して議論を巻き起こしたし、夕食にするキノコの子実体も選び間違えたのだ」としか思わないだろう。彼女は湯気の出る料理を口元まで近づける。

何かがその手を止める。筋肉の中を、言葉よりも繊細な信号が走る。**それは違う。一緒に来なさい。**

何も恐れることはない。

　フォークが皿の上に落ちる。まるで今まで夢中歩行していたかのように、そこで目が覚める。フォーク、皿、キノコ料理。すべてが目の前で、高揚した狂気の発作に変わる。次の瞬間には、動物的恐怖が自分にやらせようとしていたことが信じられなくなる。他人の意見などというものが彼女を追い詰め、危うく、最も苦しい死に方を選ぶところだった。料理をすべてごみ箱に捨てた彼女は、空腹を覚える。それはどんな食事よりもすてきな空腹だ。

　彼女の本当の人生はその夜に始まる——一つの死の後に訪れた、長いおまけの人生。今後起きる出来事はどれも、彼女がこのとき自分にしようとしていたことほどひどくはない。人間からの評価はもはや気にならない。今後は自由に実験できる。何を発見しても許される。

　それから数年の空白。外から見る限りではそうだ。パトリシア・ウェスターフォードは学会から姿を消す。倉庫で箱の整理。床の掃除。中西部の北寄りから大平原《グレート・プレーンズ》を経てロッキー山脈に向かいながら、いくつもの半端仕事。彼女はどこの組織にも属していない。実験器具も使えない。以前の同僚たちに促されても、ラボでの仕事や非常勤の教職には応募しない。古くからの友人のほとんどは彼女を、科学界から落伍した顔ぶれに加える。実際にはその頃、彼女は必死に、ある異質な言語を学んでいる。

　時間を取られる用事はほとんどなく、精神的な重圧もまったくない彼女は再び外に出て、森に入る。緑の森はあらゆるキャリアを否定する。彼女はもはや思索にふけったり、理論化しようとしたりしない。ただ観察し、メモを取り、スケッチをして、ノートの山を築く。それは、服を除いて、彼女が手放さずにいる唯一の所有物だ。彼女の目は近くにあるものだけを見る。彼女はミューアの本とともに何夜も野営する——トウヒとモミの下で、完璧に森で迷子になって、内陸にある海のような香りに激しくもまれ、鬱蒼とした地衣をベッド代わりに、地面に落ちた長さ十六インチ（約四〇センチメートル）の針葉を枕にして。寝袋の下にある生ける地球の影響は、彼女の体と、周囲で彼女を見守る巨木の繊維に染み渡る。彼女の私的な〝自我〟という粒子が、長い間引き離されていた仲間のもとに——圧倒的な緑の中へと——戻る。私はちょっと散歩に出掛けただけ、でも結局、日暮れまで外にいることにした、というのも、私が外だと思っていた場所は実は、中だったから。

彼女は夜、焚き火の明かりでソローを読む。私は大地と知恵を交わさずにいられるだろうか？ そして私自身もある程度まで、木の葉であり、腐植土ではないだろうか？（ヘンリー・デイヴィッド・ソロー『森の生活』第五章「孤独」からの引用）そして、私に取り憑いたこの巨人《タイタン》は一体何者だ？ これこそまさに謎！——自然の中におけるわれわれの生活について考えてみよ——日々、目の前に示されるものと直接触れ合ってみるがいい——岩、木、頬をなでる風！ どっしりとした大地！ 本当の世界！ 共通感覚！ 触れ合え！ 触れ合え！ われわれは何者なのか？ われわれはどこにいるのか？

彼女はさらに西へ進む。いったん採集の方法を覚えると、わずかな軍資金でもずっとやっていけるのは驚きだ。この国には、無料で手に入る食料があふれている。どこを探すべきかを知っているだけでいい。彼女がまだそんな生活を始めたばかりの頃、国有林近くのサービスステーションのトイレで顔を洗っているとき、自分の顔を鏡で見る。驚くほど風雨にさらされて、年齢以上に老いた顔。みすぼらしい姿だ。もうすぐ、周囲の人がおびえるようにまでなるだろう。いや、彼女は昔から周囲をおびえさせていた。自然を憎む人々が彼女に腹を立て、彼女からキャリアを奪った。木は互いにメッセージをやり取りしていると言った彼女を、おびえた人々があざけった。彼女はそんな人々全員を許す。どうということはない。人々をおびえさせるものは、いつか驚異に変わる。そうなれば、人は四十億年の進化が形作った通りの反応をする——そこで立ち止まり、目の前にあるものに目を見張るだろう。

晩秋、ある日の午後、彼女はユタ州南部、コロラド高原の西端にあるフィッシュレーク景勝街道でおんぼろ車を路肩に停める。愚かな罪人たちの首都ラスベガスから、抜け目のない聖人たちの首都ソルトレークに向かう途上だ。彼女は車を降り、道の西側にある尾根の林に入る。午後の陽光の中、尾根に沿って見渡す限り、ヤマナラシの森が広がる。ポプルス・トレムロイデス。ごく淡い緑色をした細い幹の上で、雲のような黄金色の葉が光る。風もないのに、ヤマナラシは震えている。他の木が身じろぎ一つしないときでも、ヤマナラシだけが揺れる。長くて断面が扁平な葉柄《ようへい》はわずかな風でもねじれる。そして彼女の周囲では、抜けるような青空を背景に、百万枚の銀白色の鏡が裏と表を見せる。お告げの葉は風を音に変える。乾いた光をふるいにかけ、そこに期待を込める。幹は無防備に真っ直ぐに伸びている。根元は歳月とともにざらついているが、枝先に向かって滑らかになり、白みを増している。彼女はこの灰白色の部屋の中に立つ。そこはまるで、死後の世界の手前にある、柱の多いロビーのようだ。空気は黄金色に震え、地面には風倒木や枯れた分株体《ラメート》が散らばっている。尾根では、すがすがしい空気の中に枯れたものの匂いが混じっている。空気全体が、山から流れ出るせせらぎのように心地よい。

パトリシア・ウェスターフォードは感極まって泣きだす。ナバホ族が太陽の家の歌で歌っている木。ヘラクレスが花輪《リース》に変え、冥界から戻ってきた際に捧げ物にした木。先住民の狩人が葉を煎じて魔除けに使った木。三つの大陸に近縁種を持ち、北アメリカで最も広範囲に生育しているこの木が突然、耐えがたいほど希少なものに感じられる。彼女はヤマナラシの森の中をカナダまで歩いたことがある。針葉樹ばかりで単調な高緯度地方で、粘り強く孤独に生き延びている広葉樹。ニューイングランドや中西部の北寄りの地域で、淡い夏色の姿をスケッチしたこともある。ロッキー山脈でヤマナラシの森に入り、雪解け水が激しく流れる川岸の露頭にテントを張ったこともある。先住民がその樹皮に何かの知識を刻んでいるのを見つけたこともある。南西部の山中で林床に仰向けになって目をつぶり、やむことのない木のざわめきを記憶に刻もうとしたこともある。彼女は地面に落ちた枝を踏んで森の中を進みながら、再びそれを耳にする。そのような音を立てる木は他にない。

ヤマナラシが肌で感じられない風にそよぎ、隠れていたものが彼女の目に入り始める。幹の高いところ、彼女の頭よりも高い場所に、爪の痕がある。熊が刻んだ謎の文字。しかし、爪痕は古く、縁は黒ずんでいる。一帯に熊の姿がなくなってから、長い時間が経っている。もつれるような根が小川の土手からはみ出しているのを彼女は眺める。日の光にさらされた、地下でつながる導管のネットワークの末端。それは水とミネラルを何十エーカーという範囲で運び、水が見つかりにくい岩場に並ぶ他の仲間——見掛け上は孤立している——に送る。

斜面の高いところに、チェーンソーを用いた伐採で少し開けた場所がある。整備という名の下に誰かが行った伐採。彼女はキーチェーンにつながれたルーペを出し、切り株の年輪を数える。最も古い木で八十年。彼女はその滑稽な数を笑う。というのも、周囲に生えている五万本の赤ん坊樹木たちは皆、十万年以上前にさかのぼる根茎の塊から生え出たものだからだ。幹は八十歳でも、地下にある根茎は少なくとも十万歳。今ここで一つの森のように見えている、一つにつながった偉大なクローン生物が地上に現れてから十万年近くが経過しているとしても、彼女は驚かない。

彼女が車を停めたのはそのためだった——地上で最も古く、最も大きな生物を見るため。彼女の周囲に広がり、百エーカー（約〇・四平方キロメートル）以上の面積を覆っているのは、遺伝的には同一の、雄のヤマナラシの株だ。それはあまりに異国風《アウトランディッシュ》で、頭では理解できない。しかし同時に、ウェスターフォード博士が知っているように、異国《アウトランド》はいたるところにある。そして、男の子がカブトムシをおもちゃにするみたいに、木々はしばしば人間の思考をおもちゃにするのだ。

車を停めた場所から道の反対側へ移動すると、ヤマナラシが、盆地になっているフィッシュレークの町に向かって波打っているのが見える。それはその五年前に、イエローストーン国立公園に向かおうとする中国系難民の技師が三人の娘を連れてキャンプした町だ。プッチーニのオペラの主人公にちなんで名付けられた長女はそのうち、被害額五千万ドルの放火の容疑でＦＢＩに手配されることになる。
そこから二千マイル（約三二〇〇キロメートル）東では、アイオワの農家に生まれた学生彫刻家がメトロポリタン美術館への巡礼に向かう途中、セントラルパークに一本だけ生えているヤマナラシのすぐ脇を、何にも気付くことなく通り過ぎる。彼は三十年後にももう一度同じ木の脇を通り過ぎるが、プッチーニの主人公と同名の女との約束を守って、自殺を思いとどまる。

ロッキー山脈のくねくねした背骨に沿って北に行くと、ちょうどこの日の午後、アイダホフォールズ近くの農場で、空軍を除隊した男が、昔の部隊仲間のために馬小屋を建てている。それはお情けでもらった仕事だ。だが寝泊まりする場所と食事だけは与えてもらえる。復員兵はできる限り早く仕事を終わらせて、その土地を去るつもりだ。しかし今日は、ヤマナラシで囲い柵を作っている。ヤマナラシはあまり材木向きではないが、馬に蹴られても折れないのは利点だ。

レイクエルモからさほど遠くないセントポールの郊外に、知的財産権を専門とする弁護士の家がある。その南側の塀の近くに、ヤマナラシが二本生えている。弁護士は木の存在をほとんど意識していないが、自由奔放な恋人に木の種類を訊かれるとカバノキ《バーチ》だと答える。やがて、弁護士は二度の脳卒中によって寝たきりとなり、ヤマナラシ《アスペン》もカバノキも、松《パイン》もオークもカエデ《メープル》も、発音するのに三十秒を要する単語に変わる。

西海岸の、姿を現しつつあるシリコンバレーでは、グジャラート系のアメリカ人少年とその父親がずんぐりした白黒の画素《ピクセル》で原始的なヤマナラシを作り上げる。父子はゲームを書いているのだが、少年にとってそれは、原生林を歩く感覚に似ている。

植物《プラント》パティーはそうした人々のことをまったく知らない。しかし、彼らの生はずっと前から地下深くでつながっている。そこにある血縁関係は、物語が展開するように明らかになっていくだろう。過去は常に未来において、より鮮明になる。

今から何年も経った後、彼女は一冊の本を書くだろう。『森の秘密』。最初のページはこんなふうだ。

　裏庭にある木とあなたは共通の祖先を持っている。十五億年前、あなた方は袂《たもと》を分かった。しかし、別々の方向へはるばる旅してきた今でも、木とあなたは遺伝子の四分の一を共有している……。

　彼女は斜面の上の開けた場所に立ち、浅い雨溝を見下ろす。いたるところに生えているヤマナラシを見ていると、そのどれ一つとして種《たね》から生育したのでないことが彼女の頭を混乱させる。西部のこのあたり一帯では、ここ一万年の間、種から生えたヤマナラシはほとんど存在しない。大昔に気候変動があって、ヤマナラシの種はもはやこの土地で芽を出すことができなくなった。しかし、根によって増殖することはできるので、分布域は広がる。もっと北の、氷冠のあった場所にも、氷冠よりも古いヤマナラシの群生地《コロニー》がある。動くことのない樹木が移動している——ヤマナラシの不死の木立が最近の氷期には厚さ二マイルの氷河を前にして退却し、その後、再び氷河を追うように北に戻った。生命は理屈ではない。そして、まだ生まれたばかりでしかない意味には、生命を左右するような力はない。世界のドラマのすべては地下に集まっている——多数から成るその交響曲的なコーラスを、パトリシアは死ぬまでに聞きたいと思っている。

　彼女は雨溝を見下ろしながら、その男——この巨大なヤマナラシのクローン——がどこに向かおうとしているのかを考える。彼は受胎させる女を捜してこの一万年、山や谷をさまよってきた。隣の斜面にあるものが突然、彼女の胸を打つ。広がるクローンの真ん中に新興住宅地が出来て、周りを新しい道路が囲んでいる。地上で最も豊かなものの一つ、数エーカーの広がりを持つ根のネットワークをぶった切るように数日前に建てられた分譲アパート。ウェスターフォード博士は目を閉じる。彼女は西部のあちこちで立ち枯れ病を見てきた。弱ったヤマナラシ。爪を持ったあらゆる生き物に引っ掻かれたヤマナラシ。森を若返らせる山火事で枯れたヤマナラシ。今、森全体が消滅しようとしている。人類がアフリカを離れる前からこの山の向こうまで広がっていた森が別荘に負けそうになっているのを彼女は見る。大きな金色の光の中にその姿が浮かんでいる。土地と水と大気をめぐって戦争をしている樹木と人間。そして彼女の耳にはヤマナラシの葉擦れよりも大きな音で聞こえる——どちらの側が、勝つことによって負けようとしているのかが。

八〇年代の初頭、パトリシアは北西に向かう。カナダとの国境より南側にも、カリフォルニア州北部からワシントン州にかけて古い森が点々と残り、巨木が育っている。彼女は人間の手が入っていない森がどんなものかを、それがまだ残されているうちに見たいと思う。雨の多い九月のカスケード山脈西部。彼女がこれまでに経験してきたことは、そこでは役に立たない。サイズを推し量る手掛かりのないまま少し離れたところから眺めると、そこにある木々は東部で見掛けるスズカケノキやユリノキの大木と変わらないように見える。しかし近くで見ると幻は消え、彼女は理性の対極で迷子になる。そこでできるのは、目を見張り、笑い、もう一度よく見ることだけだ。

ツガ、アメリカオオモミ、アラスカヒノキ、ダグラスモミ。針葉樹は幹の根元が怪物のように広がり、先が頭上の霞の中に消えている。シトカトウヒの飛び出た瘤《こぶ》は、ミニバンほどの大きさがある——同じ重さならば鋼鉄よりも丈夫な材。一本を切り出すだけで、大型の木材運搬車が積載限度いっぱいになりそうだ。ここに生えている矮樹《わいじゅ》でさえ、東部の森にあれば巨木に数えられるだろう。そして同じ面積あたりでは、材の量が少なくとも五倍はある。そんな巨木の足元で低木層の中にいると、彼女自身の体は惨めなほど小さく見える——まるで彼女が子供の頃に作ったドングリ人間みたいに。

空中の二酸化炭素を固体化した柱。そこにある節穴は彼女が家として使ってもおかしくない。

大聖堂のような静寂をカチカチ、チッチッという音が掻き乱す。あたりの空気は薄緑色をしているので、まるで水中にいるかのようだ。雨にはさまざまな粒子が混ざる――胞子の雲、破れたクモの巣、獣の鱗屑《りんせつ》、干からびたダニ、昆虫の糞や鳥の羽毛のかけら……。あらゆるものがわずかな光を競い、他をしのごうと必死だ。もしもあまり長い間じっとしていれば、蔓《つる》に巻き付かれるだろう。沈黙の中、歩く彼女は、一歩ごとに一万の無脊椎動物を踏みつけている。彼女が道を探しているこの一帯では、「足跡」と「理解」に同じ単語を用いる言語が少なくとも一つ用いられている。地面はまるで、銃弾がマットレスにめり込むようにへこむ。

むき出しになった尾根が彼女をくぼ地に導く。彼女は体の前で枝を振り、断熱カーテンをくぐると急に温度が下がる。水切りボウルのような林冠が、昆虫だらけの林床に点描画のような陽光をまき散らしている。一本の大きな幹に対して、その足元には数百の幼木が群がる。タマシダ、ゼニゴケ、地衣、そして砂粒と同じくらい小さな葉が、倒木のじめじめした表面をぎっしりと覆っている。密生する苔自体が、森の縮小画像《サムネイル》のようだ。

彼女が樹皮の亀裂を指先で押すと、付け根まで指がめり込む。少し藪を刈ると、桁外れの腐食があらわになる。何世紀も前から腐敗が進み、生き物がたかり、ぼろぼろになった樹身。ゴシック風にねじれ、逆立ちしたつららのように銀色がかった立ち枯れ。彼女はこれほど肥沃な腐敗の匂いを嗅いだことがない。どの一部を切り取っても、常に死に向かっている生の塊が詰め込まれていて、それが菌糸と露の付いたクモの糸で編み合わされている。その様子に彼女はめまいを覚える。幹の側面にはキノコが梯子のような棚を作っている。死んだ鮭は木の栄養になる。冬の間ずっとかかっている霧でずくずくになった得体の知れない緑色のスポンジ状のものが、分厚いベーズのように、彼女の頭よりも高いところまであらゆる幹を覆っている。

死はいたるところにある。重苦しく美しい死。彼女は、学生時代に強く抵抗を覚えた林学の教義の源を見る。この神々しい腐敗を目の当たりにすれば誰でも、「古い」というのが「衰退」と同義だと思うのも無理はない。分厚い腐敗のマットが繊維素《セルロース》の墓場に見え、若返りのためには斧が必要だと思えるのかもしれない。彼女は人類がこうした息の詰まりそうな密生林——独り立ちしていた木が何か集団的な、気味の悪い、錯乱した存在に屈するさま——を本能的に恐れる理由を理解する。おとぎ話が暗転するとき、猟奇的な映画が原初的な恐怖を一気に高めるとき、不運な子供やわがままな若者は決まって森に迷い込む。森には狼や魔女よりも恐ろしいものがいる。人がどれほど文明化されても手なずけることのできない原初的な恐怖。

桁外れの森が彼女をさらに引き込み、巨大なベイスギの脇を通り過ぎる。彼女の手がラッパ状の幹からはがれた繊維質の樹皮をなでる。その幹の周囲は、東部のハナミズキの高さといい勝負だ。木からはお香の匂いがする。幹の先は折れ、枝付き燭台のような脇枝が出ている。心材が腐ったところにはぽっかりと洞穴ができている。哺乳類の一家族が中で暮らせそうな広さだ。しかし枝——彼女の頭上十数階分の高さで垂れている、鱗のようなものに覆われた枝——は、今から千年後も、相変わらずたくさんの球果を付けているだろう。

彼女はこの森に最初に入った人間の言語を使ってスギに声を掛ける。「長寿の木《ロング・ライフ・メーカー》よ。私はここにいる。あなたの足元に」。彼女は最初、自分が馬鹿なことをやっている気がする。しかし、言葉を一つ発するごとに、次の言葉が少し容易になる。

「籠《かご》や箱をありがとう。ケープや帽子やスカートをありがとう。揺り籠をありがとう。ベッドも。おむつも。カヌーも。パドル、銛《もり》、網も。竿、丸太、杭も。腐らない屋根板と下見板も。火の点きやすい焚き付けも」

新たな品目を一つ挙げるたびに、心が楽になり、気が安らぐ。彼女はそこで中断する理由が思い付かず、感謝の言葉が口からあふれるに任せる。「いろいろな道具をありがとう。収納箱。甲板。たんす。羽目板。他は忘れたけど……。ありがとう」と古《いにしえ》の形式にならって彼女は言う。「あなたが与えてくれたすべての贈り物に対して」。そして、止まらなくなった彼女はこう付け加える。「ごめんなさい。あなたが再び生長するのがどれほど大変か、私たちは知らなかったの」と。

彼女は土地管理局で仕事を得る。森林レンジャーとして。職務内容の説明は、巨木同様に見事だ。「人間が一時的な来訪者でしかない場所を、現在と未来の世代のために維持・保護すること」。野性の女は制服を身に着けなければならない。しかし、誰にも邪魔されることなく、ありがたい荷物を背負い、地形図を読み、必要なところに盛土をし、煙や火に目を配り、山で会った人にはゴミを持ち帰るように指示をして、大地のリズムに従い、一年のサイクルの中で自然に生きる——それで給料がもらえるのだ。確かに、人間の後始末はしなければならない。拾っても拾ってもゴミ、袋、ビール缶の結束リング、アルミホイル、空き缶、瓶のキャップなどが野の花の咲く草原や見晴らしのいい高台に散らばり、ノーブルモミの枝に絡まり、冷たい清流の底、滝の裏に沈んでいた。そうした仕事ができるのならお金を払ってでもやりたいと彼女は思う。

上司は彼女に割り当てられた山小屋の有様をわびる。小屋は古代から残るヒマラヤスギの森の端にある。そこに水道はなく、単位面積あたりの生物量で比べれば、新たにやって来た二足歩行動物より何倍も多くの害獣がいる。彼女は笑うことしかできない。「大丈夫です。大丈夫ですって。私にとってはアルハンブラ宮殿みたいなものですよ」

明日は二十五マイル（約四〇キロメートル）歩く予定だ。散策路沿いの木に取り付けられた看板のボルトを、形成層が生長を続けられるように緩める作業。尾根の反対側には、四〇年代に取り付けられた林野部のプレートをのみ込んだ大きなトウヒがある。今読めるのは、「に注意」という部分だけだ。

夜ごとに降る雨が、この日も降り始める。彼女は緩い木綿のシャツ一枚という格好で開けた場所に出て、土砂降りの中で地面に腰を下ろし、木が新たな細胞を生む音に耳を傾ける。彼女は屋内に戻る。キッチンで万能マッチを使って石油ランプに火を入れ、明かりを寝室に持ち込む。フサオウッドラットが何の値打ちもない彼女の所持品をあさっていることを、低い物音が知らせる。先週盗まれたのは髪留め《バレッタ》だった。今晩何がなくなったかは、空が明るくなるまで分からない。彼女は部屋の隅に置いたブリキのたらいの中に立ち、スポンジで体をぬぐい、ベッドに入る。かび臭い枕に耳を当てた途端、彼女は祖先が暮らす別荘へと体を運ばれる。そこではいまだに未来が、極めて美しい無限の姿を見せている（「極めて美しい無限の姿」というのはダーウィン『種の起源』からの引用）。

彼女はその仕事をしながら幸福な十一か月を過ごす。野生動物が彼女を脅かすことは一度もない。頭のおかしなキャンパーに怖い思いをさせられたのも二度だけだ。常に降る雨の中で、あらゆるものにかびが生える。怪物のような木が豪雨を吸い上げ、水蒸気に変えて空中に戻す。湿り気のある場所ならどこにでも胞子が広がる。彼女の足は左右とも、膝まで水虫にやられる。彼女が横になって目を閉じるとき、次に目を開けたときにはまぶたまで苔に覆われているのではないかと感じることが時折ある。一年が終わる頃には、下生えを刈って物置スペースにしていた場所が再び灌木と若木に覆われる。容赦のない緑色の攻撃に刃向かおうとする人間の努力は常にくじかれるのだと彼女は考えて、喜びを覚える。

彼女が山奥で焚き火後の地面を修復し、ビール缶とトイレットペーパーで汚された違法なキャンプ地を掃除している頃、彼女の知らないところで、一本の論文が発表される。掲載されたのは有名な雑誌、人間が生んだ中で最上級の学術誌だ。木々は空気中のエアロゾルで信号をやり取りしている、と論文は言う。木は薬を作る。木が発する芳香は、周囲に危険を告げ、注意を喚起する。木は外敵を察知し、空軍を応援に呼ぶ。論文執筆者たちは先行研究として、大いにあざけられた彼女の論文を挙げている。彼女自身もほとんど忘れかけていた言葉たちがフェロモンのように空中に放たれ、他の言葉に火を点ける。

パトリシアはある日、なじみのない水系に出掛け、辺鄙な山道を遮る風倒木をチェーンソーで切る。そのとき、下生えの中で何かが動くのが見える――最も危険な動物。近づいてみると、それは二人の研究者だ。毎年夏に、彼女の山小屋から何マイルか離れた場所に大量の機材を積んだ粗末なトレーラーとともにやって来る、比較的自由な団体に所属する、二人の気まぐれな科学者。彼女は過去に自分がその一員だった種族との邂逅を恐れる。そんなとき彼女はいつも、できるだけ口をきかない。今日も、その場で身を潜め、様子を見守る。森の中でこの距離から見ていると、二人の男は、木こりの格好でもたもたと立ち上がっているサーカスの熊のようだ。

二人は少し藪を漕ぎ、何か興味を惹くものに近づく。一人が控えめにフクロウのような声を上げる。彼女は声の主を見たことはないが、夜に同じ声を聞いたことがある。この鳴き真似なら、彼女はきっとだまされるだろう。男はもう一度鳴く。信じがたいことに、何かがそれに返事をする。続いてデュエット。明るく元気な人間の誘いに、木の中に隠れた、だるそうだが協力的な鳥が応える。空中を横切るようにフクロウが現れる。魔法使いと仲のいい、知恵の鳥。パトリシアがストリクス・オキシデンタリスを目にするのはこの日が初めてだ。ニシアメリカフクロウ。それが生息できる唯一の場所である原生林——数十億ドル分の森——を立ち入り禁止にして保護しようと科学者たちが呼び掛けている絶滅危惧種。フクロウは誘惑者から三ヤード（約二・七メートル）ほどのところにある枝に神話的な雰囲気をまとって止まる。鳥と人間が見つめ合う。一方が写真を撮る。他方は頭を回転させて、大きな目で瞬きをする。そしてフクロウが去る。その後、さらにメモを取る作業を済ませてから、人間が去る。残されたパトリシア・ウェスターフォードは、自分は今目覚めているのか、眠っているのか、分からなくなる。

　三週間後、彼女は外来種の植物を引き抜きながら、同じ場所に近づく。ニワウルシのひこばえから伸びる、毛の生えた太い枝は、彼女の指にコーヒーとピーナッツバターのような異臭を残す。彼女は早い歩調でジグザグな山道を登り、同じ二人の研究者たちに出会う。二人は斜面の数ヤード上方で、倒木の脇にしゃがんでいる。彼女が逃げ出す前に、二人が彼女を見つけ、手を振る。彼女は観念して手を振り返し、二人のそばまで行く。年上の方の男が地面に横になり、小さな生き物をサンプル瓶に落としている。

「キクイムシですか？」。二人の頭が驚いたように後ろを振り向く。枯れた丸太。かつて彼女が情熱を注いだ研究対象。彼女は思わず我を忘れる。「私が学生の頃には、倒れた木はただ邪魔になるだけで、山火事の危険もあるって先生に教えられました」

　地面に寝そべった男が彼女を見上げる。「僕の先生も同じことを言ってました」

「『倒木を片付けて、森を健康にする』ってね」

「『森をきれいで安全なものにするために倒木は燃やしなさい。とりわけ、倒木が小川を遮ったりしないよう注意すること』」

「『法律を作って、沈滞した森を再び元気にしよう！』」

三人とも、声を上げて笑う。しかし、その笑い声は古傷に染みる。森を元気にする。まるで、私たち新参者が治療法を持って現れるのを、森が四億年前から待ち続けていたみたいな言いぐさだ。科学という言葉の下に、都合よく真実から目をそむけているだけ。どうしてあれほど多くの頭のいい人たちがこれほど明白なことに気付かないのか？　必要なのはただ目を向けるだけ。枯れた木が生きた木よりもはるかに生命にあふれているのを見るだけでいい。しかし、教養の力を前にしたとき、分別が勝てる可能性はあまりない。

「いいさ」と地面の男が言う。「僕が御大に証拠を突きつけてやる」

パトリシアは笑顔を浮かべる。雨の中を抜ける風のように、痛みの中に希望が差す。「何の研究をしてるんですか？」

「菌類、節足動物、爬虫類、両生類、小型哺乳類、糞粒、クモの巣、動物の巣作り、土壌……。枯れた木にまつわることなら何でも」

「いつからその研究を？」

男たち二人が視線を交わす。若い方の男がもう一本サンプル瓶を手渡す。「六年になります」

ほとんどの研究が数か月で終わる分野で、六年。「そんな長期間の研究だと、資金はどうしてるんですか？」

「僕らはこの一本の木を、これが消えてなくなるまで研究するつもりです」

彼女は再び笑う。少しぶしつけなほどに。湿った林床の上に倒れたヒマラヤスギの幹。プロジェクトを完結させるのは、この大学院生たちの曾曾曾孫になるだろう。彼女がそうあるべきだと考えていたように、科学は彼女が離れている間に、狂った方向へ突っ走ったらしい。「木がなくなる前に、あなたたちがこの世からいなくなりますよ」

地面に寝ていた男が体を起こす。「それが林学のいちばんいいところです。当たり前のことを研究者が見逃したとしても、それがとがめられる頃にはもうこの世にはいないってね！」。男はまるでそれも研究に値する対象であるかのように、彼女の顔をじっと見る。「ウェスターフォード博士？」

彼女はフクロウのように当惑し、瞬きする。それから、自分が制服の胸にバッジを付けていて、誰にでも名前が読めることを思い出す。しかし、どうして「博士」？　その称号は、埋もれた過去から取ってきたとしか考えられない。「申し訳ないけど」と彼女は言う。「以前、あなたに会った記憶はありません」

「それはそうですよ！　僕は何年か前にあなたのスピーチを聞いたんです。コロンバスで開かれた森林学会。空気中を運ばれる信号。僕は感銘を覚えました。あなたの論文の抜き刷りも取り寄せました」

あれは私ではないと彼女は言いたい。あれは別人。その誰かさんはもう死んで、どこかで朽ちかけている。

「あの反応は厳しかったですね」

彼女は肩をすくめる。若い方の科学者が、スミソニアン博物館を訪れた子供のように目を見張っている。

「でも、いつかは再評価されると僕には分かってました」。当惑したような彼女の表情が、彼にすべてを語る。彼女が森林レンジャーの制服を着ている理由。「パトリシア。僕はヘンリーと言います。こいつはジェイソン。今度、基地《ステーション》に来てください」。その声は穏やかだが、熱がこもっている。まるで彼女の訪問に何かが懸かっているかのように。「僕らのグループがどんなことをしているか、ぜひ見てください。あなたがいない間に、あなたの研究がどんな形で引き継がれているかを見てもらいたいんです」

　八〇年代が終わる頃、ウェスターフォード博士は自分でも驚くような発見をする。仲間の男たちは嫌いになれない連中かもしれない、と。全員というわけではない。しかし、たくましさと、植物にひたすら感謝する態度という点で、少なくともカスケード山脈フランクリン演習林ドライアー研究所に彼女を迎え入れ、研究拠点を与えてくれた三十余名の顔なじみは嫌いになれない。彼女がその研究所で続けて過ごす数十か月は想像をはるかに超えて幸福で、生産的だ。グループを率いるベテラン科学者のヘンリー・ファローズは彼女に補助金を付ける。オレゴン州立大学から来た別の二つの研究チームは彼女を雇ってくれる。資金は潤沢ではないが、彼女はかびの生えたトレーラーを一台与えられ、湿地に作られた居住地《ゲットー》で暮らす。必要な試薬とピペットはすべて、移動式のラボで使うことができる。夜のポーチで冷水とスポンジを使っていた土地管理局の山小屋に比べれば、トイレと共同シャワーは罪深いほどの贅沢だ。その上、共同の食堂で、火を使った料理が食べられる——とはいえ、彼女が仕事に熱中しすぎて、再び食事の時間になったことを誰かが思い出させてやらなければならないことも何度かある。

　彼女に対する世間の評価は、デメテルの娘コレー（ギリシア神話のコレーは冥界の王ハデスにさらわれ、その后ペルセポネになった。その後、彼女は冬の期間を除き、冥界から解放される）のように、地下の世界から這い戻る。空気中を伝わる信号に関する彼女の独創的な研究が、さまざまな分野の科学論文で裏付けられる。若い研究者たちが次々といろいろな樹種で、説を支持する証拠を見つける。アカシアは仲間に、あたりをキリンがうろついていると警告する。柳、ヤマナラシ、ハンノキなどはどれも、昆虫による襲撃について空中に警報を発するのが確認された。彼女にとっては、再評価が進んだからといって特に違いはない。この森の外で何が起ころうが、彼女はあまり気に懸けない。彼女に必要なのは、この林冠の下にある世界だけだ——地上で最も密度の高い生物量。急な渓流が、鮭が産卵をするごつごつした岩場を鋼のように削る——その冷たさはすべての痛みを消し去るほどだ。苔で翡翠色に変わり、枯れ枝が溜まった尾根で、滝のような流れが光る。低木層では、あちこちの開けた場所で、サーモンベリー、ニワトコ《エルダーベリー》の実、ハックルベリー、スノーベリー、ハリブキ、オーシャンスプレー、クマコケモモ《キニキニック》が秘密の集会を開いている。十五階の高さまで真っ直ぐに伸びるモノリスのような針葉樹は、幹の太さが車一台分もあり、皆が雨宿りできる屋根を提供している。彼女の周囲の空気は、木と付き合っている生命が立てる音に満ちている。目に見えないミソサザイの「チービー」という声。勤勉なキツツキが繰り返しやかましく木をつつく音。ムシクイのさえずり。ツグミの羽ばたき。雷鳥が地鳴きをしながら林床を駆け回る。夜には、フクロウの冷たい鳴き声が彼女の血を凍らせる。そして四六時中、アマガエルが歌う永遠の歌。

このエデンの園で、同僚たちによる驚くべき発見が彼女のアイデアを確証する。長期にわたるゆっくりとした観察が、木に対する人の思い込みを笑いの種にする。要するにこういうことだ。茶色い豊かな粘土状のもの——それ自体がおそらく百万種にものぼる未知の微生物と無脊椎動物の塊だ——は腐敗したものをつなぎ、死の上に築かれている。彼女は今ようやく、それに感づき始めた段階だ。仲間と一緒に食事をし、笑いの輪に加わり、データを共有していると彼女は興奮に震える。発見した事実を交換するネットワークがめまいを誘う。グループの全員がひたすら観察をする。鳥類学者、地質学者、微生物学者、生態学者、進化動物学者、土壌の専門家、水の研究の第一人者。そのそれぞれが無数の細かな局所的真実を知っている。中には二百年以上かかる研究に取り組んでいる者もいる。オウィディウスの『変身物語』からそのまま出てきたような、緑色がかったものに変化しかけている人間もいる。彼らは全体で、一つの大きな共生的集合体を形作っている——研究対象と同じように。

穏やかなジャングルの目に見えないところで絡み合う百万のループが回路を維持するには、あらゆる種類の死の仲介人が必要だと判明する。そんなシステムをきれいに掃除してしまえば、涸れることのないはずの無数の井戸が干上がってしまう。林学におけるこの新たな福音が、驚くべき発見によって裏付けられる。空中高く、古木の上にしか生えない顎鬚《あごひげ》のような地衣が、生命に欠かすことのできない窒素をシステムの中に注入していること。トリュフを餌にしている地中のネズミが、テングタケの胞子を林床にまき散らしていること。木とその根に入り込んでいる菌類との共生関係はあまりに密接なので、どこまでが菌でどこからが木なのかは判別しがたいこと。林冠で偶発的に根を張った不格好な針葉樹が、自身の枝の股に溜まった腐葉土から再び栄養を得ていること。

パトリシアはダグラスモミの研究に専念する。幹は矢のように真っ直ぐで、先細りもせず、地面にいちばん近い枝までで も百フィート（約三〇メートル）はある。ダグラスモミ自体が一つの生態系を成していて、千種を超える無脊椎動物が棲み着いている。都市の枠を作る木、産業目的に使われる木の王様。もしもこの木がなければ、今のアメリカはまったく違うものになっていただろう。彼女のお気に入りの個体は基地《ステーション》の近くに散らばっている。彼女はそれをヘッドランプで見つけることができる。最大ののは樹齢六世紀を超えているに違いない。それはとても背が高く、重力に抗える限界に近いので、根から吸った水を六千五百万の針葉まで揚げるのに一日半かかる。枝の一本一本から救いの匂いが漂う。

研究を再開してからのこの数年、彼女はダグラスモミのさまざまな行動を発見するたびに喜びに満たされる。二本のダグラスモミの水平な根が地中で出会うとき、両者は融合する。仲間同士の瘤《こぶ》状の接ぎ木を通じて、二本の木は維管束系をつなぎ合わせ、一体化する。千マイル（約一六〇〇キロメートル）に及ぶ生きた糸によって地中で結ばれた彼女の木々は、互いに栄養をやり取りし、癒やし合い、子供を守り、病んだ仲間を支え、自分たちの資源と代謝産物を共同体のために蓄える……。全体像が浮かび上がるには数年がかかるだろう。さまざまな発見がなされるだろう。信じられないような真実が世界中——カナダ、ヨーロッパ、アジア——に広がりつつある研究者の網によって裏付けられる。より速く、よりよい経路を通じて、皆が喜んでデータを共有する。パトリシアの木は、最初に想像していたよりはるかに社交的だ。個体は存在しない。個々に区別される種《しゅ》さえ存在しない。森の中のものはすべて森だ。競争は、さまざまな形の、果てしない協力関係と区別できない。一本の木に付いた葉が互いに争わないように、木々は争わない。結局のところ、自然界はほとんどが、いわゆる〝血みどろの争い《レッド・イン・トゥース・アンド・クロー》〟とはほど遠い。そもそも、生態系ピラミッドの底辺にいる生き物たちには歯《トゥース》も鉤爪《クロー》もない。しかし、もしも木々が蓄えを共有するのなら、すべての血《レッド》の滴は、緑色の海の上に浮いているに違いない。


男たちは彼女がオレゴン州立大学で教壇に立つことを望む。

「私なんかまだ駄目よ。森について何も知らない」

「そんなのは理由にならない！」

しかし、ヘンリー・ファローズは彼女に、真剣に考えるように言う。「じゃあ、君の心の準備ができたら、また話をしようじゃないか」


研究基地の局長デニス・ウォードは、現地を訪れる際、いつもささやかな贈り物を持参する。スズメバチの巣。虫瘤。せせらぎに磨かれたきれいな小石。二人の現在の関係は、パトリシアが土地管理局の山小屋でウッドラットと結んでいた関係を思い起こさせる。定期的な訪問、意外さと内気さ、値打ちのないがらくたの交換。その後、姿を見せない数日間。そして彼女は、かつてなじみのウッドラットに心を開いたのと同じように、この優しくのんびりした男に親しみを覚える。

デニスはある夜、夕食を持参する。それは純粋に山で用意したものだ。キノコとハシバミの実の蒸《キャセロール》し焼きに、焚き火に釣り鐘形の覆いをかぶせて焼いたパン。今日の会話は特に何の変哲もない。普段も大体そうだが、彼女にとってはそれがありがたい。「木はどう?」と、いつものように彼が訊く。彼女はできるだけ丁寧に質問に答える——生化学的な説明は抜きで。

「歩かない?」。二人で皿洗いを終えた——雑排水は溜めてあるのだが——後、彼がそう訊く。お気に入りの質問だ。彼女はそれに対していつも「歩きましょう!」と応える。

彼の方がきっと十歳は年上だ。彼についてはは何も知らないし、尋ねもしない。話題はいつも仕事のこと——ダグラスモミの根に関する彼女の気長な研究と、科学者集団を束ねて最小限の規則に従わせるという、到底不可能な彼の仕事。彼女自身もすっかり初老《オータム》だ。四十六歳——亡くなったときの父の年齢を超えている。彼女の花はすべてとうに枯れている。にもかかわらず、そこに蜜蜂がやって来た。

散歩は遠くまでは行かない。遠くへ行くのは無理だ。開けた場所は狭く、山道は暗くて歩けないから。しかし、遠くまで足を伸ばさなくても、彼女が愛する茂みはすぐ近くにある。腐食、腐敗、立ち枯れ、きらびやかで豊かな死が二人を囲む。そこには恐ろしいほどの植物がそびえ、四方八方に変換コイルを伸ばしている。

「あなたは幸せな人だ」とデニスが言う。それは質問と叙述とに挟まれた広大な盆地のどこかに位置する言葉だ。

「今はね」

「君はここで働いているメンバー全員と仲がいい。それは驚くべきことだ」

「植物とまじめに付き合っている人と仲良くなるのは簡単です」

しかし彼女はデニスも好きだ。わずかな体の動きと豊かな沈黙の中で、彼は二つのよく似た分子——葉緑素とヘモグロビン——の境界を曖昧にする。

「君はしっかりしている。君の木と同じように」

「でも、実はそこが違うんです、デニス。木は自立をしているわけじゃない。森のすべては周りのみんなといろいろな取引をしている」

「私の思っていた通りだ」

彼女は彼の素朴な直感を笑う。

「でも、君には日課《ルーティーン》がある。仕事を抱えている。フルタイムで仕事をしているおかげで、君は生きていける」

彼女は急に怖くなり、何も言わない。満足した初老の入り口で、こんな奇襲を食らうとは。

彼女が身を固くするのを彼は感じる。フクロウが数度鳴く間、彼は新たな言葉を加えない。その後、

「私が言いたいのはこういうことだ。君のために食事を作るのは楽しい」

彼女は長いため息をつき、必要な方向へ舵を切る。「料理を作ってもらうのも楽しいですよ」

しかし、すべては彼女が予想していたほど恐ろしくない。意外に気楽だ。彼が言う。「このまま別々に暮らしていくというのはどうだろう？　そしてたまに……行き来して、互いに会うというのは？」

「それは……可能かも」

「それぞれに仕事を続ける。時々一緒に夕食をとる。今と同じように！」。突拍子もないプロポーズと既に実現している今の関係との間に結び付きを見つけて、彼は驚いているようだ。

「はい」。彼女は幸運がここまで続いていることが信じられずにいる。

「でも、書類のことはちゃんとしておきたい」。彼は太陽が間違いなく沈み始めたモミの木立の切れ目に目をやる。「それさえしておけば、私が死んだときに君が年金を受け取れるからね」

彼女は暗がりの中で彼の震える手を取る。心地よい感触だ——木の根が数世紀を経て、地中で仲間の根を見つけたときにはきっとこんなふうに感じるのだろう。性を持つ、愛の種《しゅ》は十万存在する。そ

して有性生殖はいくつもの場所で別々に編み出され、編み出されるたびに巧妙化し、今もすべての生物が新たなものを生み出そうとしている。

オリヴィア・ヴァンダーグリフ

雪は太ももの高さまで積もり、今も降り続いている。オリヴィア・ヴァンダーグリフは荷物を背負った動物のように、吹き溜まった雪の中に飛び込み、キャンパスの端にある寮に向かう。「線形回帰」と「時系列モデル」の最後の授業がついに終わった。中庭《クワッド》の鐘が五時を告げるが、冬至に近いこの時期、オリヴィアを囲む暗がりはまるで真夜中のようだ。上唇が息で固まる。息を吸うと、喉の表面を氷の結晶が覆う。鼻に冷気が入ると、金属製のフィラメントのような感触がある。冗談ではなく、彼女はここで死ぬかもしれない——寮まであと五街区《ブロック》という場所で。彼女はその斬新さに心を躍らせる。

最終学年の十二月。今学期もほぼ終わり。今、思い切りつまずいたとしても、あとは転がりながらでもゴールすることができそうだ。残る課題は？　「生存分析」の簡単な記述試験。「マクロ経済学中級」の学期末レポート。「世界美術の傑作たち」で示された百十枚のスライドの同定——朝飯前の選択科目。残り十日の今学期と次の一学期が終われば、すべてに切りが付く。

三年前、彼女は保険統計数理学が会計学と同じだと思っていた。保険統計数理学というのは不確定な出来事の代価と確率を扱う学問だと指導教員に聞いた彼女は、猟奇趣味と結び付いた厳密さに惹かれ、思わず「はい、やります」と答えていた。もしも一つの目的に隷従することを求めるのが人生だとすれば、死の価値を現金で計るという考えはましな方の選択肢だろう。同じコースに女性が三人だけというのも、少し彼女をわくわくさせた。逆境を克服することにはやりがいがある。

　しかし、やりがいはとうの昔に萎えていた。彼女は全米保険計理士協会予備試験を三回受験し、三回とも落ちていた。一つには適性の問題があった。他に、セックス、薬物《ドラッグ》、徹夜パーティーという問題もあった。学位は得られるだろう。それはまだどうにかなる。仮にそれが無理でも、惨事から得られる機会を一つのサンプルとして使うことができる。保険統計数理学によれば——そして大げさに心配してくれる友人たちを安心させるためにオリヴィアが使った言葉を借りるなら——惨事もしょせんは一つの数字にすぎないのだ。

　彼女は角を曲がって、薄暗がりの中をシーダー通りに入る。かなり的外れな予測に基づいて最初の学生が残した足跡を基準にして、それぞれのバックパックを背負った別の学生たちが雪の中に道を踏み固めている。降り積もったばかりの雪の下では、世界で最もゆっくりとした地震波を受けて木の根が持ち上がり、歩道にひびが入っている。彼女は顔を上げる。このろくでもない田舎町を離れるとき、彼女が何かを惜しむことはほとんどないだろう。しかし、街灯だけはお気に入りだった。金ぴか時代（南北戦争直後から三十年ほど続いたアメリカの好況時代）の名残を残すクリーム色の丸い明かりは、まるでろうそくをそのまま固めたかのようだ。学生寮の並ぶ一角で、そんな街灯がアメリカン・ゴシック様式のだだっ広い建物まで小道を優しく照らしている。そこは元々外科医の屋敷だったのだが、今はそれが個室に区切られて、五つの非常口と八つのメールボックスを備えた寮になっている。

　寮の前にある街灯は、かつて地球を覆っていた特異な樹木を照らしている——生きた化石、樹木の秘密を知った最も古く奇妙なもの。胚珠を受精させるため、精子が水滴中を泳がなければならない木（イチョウのこと）。その葉は人間の顔と同じように多様だ。枝は、街灯の下で見ると異様な姿をしている。不格好な短い横枝が並ぶその樹形は、冬でも決して見間違うことがない。しかし、彼女はその下で丸一学期間暮らしても、木の存在には気付かない。今夜の彼女も、木に一瞥もくれることなく、その脇を通り過ぎる。

彼女は雪の積もったステップを上がり、自転車がたくさん詰め込まれた暗い玄関に入る。玄関の扉を閉めても、隙間から冷気が入ってくるのは防げない。明かりのスイッチがホールの奥から彼女をじらす。暗い試練の通路を進んだ六歩目でオリヴィアの足首が変速機に当たり、切れる。彼女の罵声が反響しながら階段を上る。彼女は今学期に入ってからずっと、玄関の自転車が邪魔だと寮生会議の席で訴えてきた。しかし、投票結果にもかかわらず、自転車はそのまま。凍えた足首はけがを負い、自転車油で汚れ、正義の怒りが「くそ、くそ、くそ！」という言葉となってあふれる。

どうでもいい。五か月もすれば、本当の人生が始まる。冴えない安食堂でウェイトレスとして働いて、店の上にある、お湯も出ない汚いアパートで暮らすことになったとしても、その後の犯罪や非行はすべて、完璧に自分だけの責任だ。

誰かが階段の上でクスクスと笑う。「大丈夫？」。キッチンから忍び笑いが漏れてくる。いつものように彼女がかっとなるのを、寮生仲間は楽しんでいる。

「大丈夫」と彼女は明るい声で返す。わが家《ホーム》。一九八九年十二月十二日。ベルリンの壁の崩壊。バルト海からバルカン半島まで、抑圧されてきた数百万の人々が冬の街に出る。彼女の足首が切れて、玄関に血が滴る。それがどうしたというのか？　彼女はしゃがんで、傷口に乾いたクリネックスを当てて止血する。傷は猛烈に痛む。

二階では抱擁《ハグ》が彼女を待ち受けている。二人はお決まり、一人はあざけり、一人は冷淡、一人は半年ほど離れていたかのように申し訳なさそうな抱擁《ハグ》。寮生仲間がいちいち安っぽい抱擁《ハグ》をすることにはうんざりしているが、一応、同じ態度で抱擁《ハグ》を返す。このグループは春に、互いに気が合って集まったメンバーだった。でも九月の末には、仲良しパーティーが日々の不平に変わっていた。あたしの剃刀を使って、毛をそのままにしたのは誰？　冷凍庫にしまってたハッシッシを誰かに盗まれた。残ってた七面鳥を処分したのは誰？　しかし、ゴールが見えた今なら、何でもできる。

キッチンは天国の匂いがするが、誰も一緒に食べようとは誘ってくれない。彼女は冷凍庫をチェックする。見通しは真っ暗。十時間前から何も口にしていないが、もう少し辛抱を続けることにする。一人で密かなお祝いをした後に食事をすれば、半神と踊っているような気分が味わえるだろう。

「今日、離婚した」と彼女は発表する。

まばらな歓声と拍手。「ずいぶん手こずったね」。そう言ったのは、元親友の中でいちばん好感が持てない女だ。

「まあね。まともに結婚してた期間より、離婚に手間取ってた時間の方が長かったわ」

「名前は元に戻しちゃ駄目よ。今の方がずっといいから」

「そもそも何を考えてたわけ、結婚するなんて？」

「その足首、ひどいけが。とりあえず油はきれいに落とさないと」。再び全員の忍び笑い。

「みんな、いろいろ心配してくれてありがとう」。オリヴィアは誰かが冷やしていた赤褐色のビールを盗み――冷蔵庫の中で唯一、微生物の襲撃を受けていない品――屋根裏を改造した自室にこっそり持ち帰る。そしてベッドに座ったまま、頭をのけぞらすこともせず、器用に瓶の中身を一気に飲む。それは練習で身に付けた技だ。足首の油と血がシーツを汚す。

彼女とデイヴィーはその日の午後、「経済学」と「線形解析」との間に、裁判所で最後の面談をした。決着が付いた今、最終的な裁判所命令を耳にしても、彼女が特に悲しみを感じることはない。後悔はあった。他人の人生と結び付きを持つこと——大学二年生の春の気まぐれ——は当時、とても盛りだくさんで、圧倒的で、無邪気に感じられた。どちらの両親も二年間ずっと、二人の愚行に憤っていた。友人たちの理解も得られなかった。しかし二人は、皆の間違いを証明する決意だった。

彼女とデイヴィーは二人なりに愛し合っていた——たとえその意味するところが主に、一緒にハイになり、ルーミー（十三世紀のペルシアの詩人）を声に出して読み、その後、気を失うまでセックスすることだったとしても。しかし結婚は二人を暴力的にした。二人の部屋で三回目の大げんかをした末に彼女が第五中手骨を折った後は、誰かが正気に戻って電源を抜くしかなくなった。二人には取り立てて言うほどの財産はなかったし、本人たちを除いて、家に子供はいなかった。離婚の手続きは一日半で終わるはずだった。それが十か月以上もかかったのは主に、双方のノスタルジックな情熱が原因だった。

オリヴィアは空《から》にしたビール瓶を、ベッド脇に並べられた他の死んだ新兵や戦利品と一緒に暖房器《ラジエーター》の上に置き、CDプレーヤーを探す。離婚には、それを記念する儀式が必要だ。結婚は彼女にとって冒険だった。その終わりを祝わなければならない。ルーミーの詩集はデイヴィーのもとにある。しかし今日一日、後悔を笑いに変えられるだけの、お気に入りのトランス音楽《ミュージック》と大麻はまだ残されていた。もちろん、「線形解析」の学期末テストは気に懸かる。でも、それはまだ三日先の話だし、彼女は少しダレているときの方が勉強に身が入るタイプだ。

二年前、出会ったばかりの興奮の中でも、最初の二時間で三つの嘘をつくような関係が長続きするわけがないと気付くべきだった。二人はキャンパス内の植物園で、桜の花の下を歩いた。「花を付けるものが大好き」と言った彼女の言葉には、少なくともその当時は本当の部分もあった。そして、「父は人権派の弁護士だ」という言葉も完全な嘘ではなかったが、「母は作家」というのはまったくのでたらめだった――事実っぽいシナリオに基づいてはいたけれども。彼女は両親を恥じていたわけではない。事実、小学校に通っていた頃には、「あなたのお父さんはふぬけだ」と悪口を言った少女を殴って停学処分を受けたこともある。でも、満足いく物語の世界――彼女の好きな領域――では、オリヴィアの両親はとうてい理想には及ばなかった。だから彼女は少しだけ話を盛ったのだ――そのときには既に、残りの生涯をともにすると決めていた男のために。

嘘をついたのはデイヴィーも同じだった。彼は「俺は卒業しなくてもいい」と言った。公務員試験の成績が飛び抜けていたので、国務省から仕事のオファーがあったんだ、と。桁外れの嘘には一種の美しさがあった。彼女は空想に弱かった。その後、彼は桜吹雪の下で、口髭用ワックスの広告が印刷された古い小さなブリキ缶を取り出し、中に入った六本の長細い大麻たばこを見せた。彼女は高校のときに見せられた反薬物教育用の映画以外で、現物を目にするのは初めてだった。そして次に気が付いたときには、にぎやかな大地の上を滑らかに飛び回る快感の虜《とりこ》になっていた。こうして、薬物《ドラッグ》との果てなき情事――デイヴィーとの関係とは異なり、きっと死ぬまで続くであろうロマンス――が始まった。

彼女はトランスの曲を頭出しして、窓際のお気に入りの場所に腰を下ろし、窓を開けて冷えた夜の空気を入れ、危なっかしい避難ばしごに向かって煙を吐き出す。電話が鳴るが、彼女は出ない。それは三人の男友達のうちの誰かだ――もはや、誰がどんな役割だったか思い出すことができないけれども。電話が鳴り続ける。留守番電話の機能はない。折り返し電話をする責任を生む機械なんて、誰が好んで使うのだろう? 彼女は呼び出し音を数える。一種の瞑想だ。凍てつく外気に二度、大きな大麻の煙を吐き出す間に、十二回の呼び出し音。狂ったようなしつこさから発信者が絞り込まれる。残された可能性は元夫のみだ。最後にもう一度、情熱的な口げんかをふっかけようと電話をかけてきたに違いない。

幼かったオリヴィアの心理的・社会的・性的な目覚め。この町に来たときに考えていたのをはるかに上回る教育。彼女が三年前キャンパスに来たとき持っていたのは、テディーベア、ヘアドライヤー、ポップコーンメーカー、そして高校のバレーボール部で活躍したときの賞状だった。来春、卒業するときに持っているのは、穴だらけの成績証明書、二つの舌ピアス、肩甲骨のところにある派手な入れ墨、そしてかつて想像もしえなかったような精神的トリップを記録した一冊のスクラップブックだ。

彼女はある意味でまだ、善良な女子だ。計画では、あと数か月だけ半分不良少女を楽しむことになっている。その後はまた心を入れ替え、まっとうに生き、西に向かう。善良なる間抜けは皆、西に行くことになっているのだから。いったん向こうに行けば――〝向こう〟というのがどこであれ――無残な学位を救う方法を考える時間はたっぷりあるだろう。彼女は必要なときには器用に振る舞うことができる。それに、大した努力はしなくても、〝かわいい女の子〟以上の魅力も見せられる。世の中は動き、いろいろなことが起きようとしている。ベルリンを訪れてみるのもいいかもしれない――未来はそちらに向かっているようだから。あるいはリトアニアのビリニュス。あるいはワルシャワ。ルールがゼロから作り直されようとしているどこかの町。

音楽が彼女の三角筋を叩き、脳を怠惰な水泳に連れ出す。皮膚の下にクモがコロニーを作る。太ももの上に置いた手が思考の地平線まで滑らかに飛び始める。間もなく、頭の中に美しい嵐が生まれ、目の前で連鎖し合い、混沌たる人類の歴史を魅力的で自明なものに変える。宇宙は広い。彼女はしばらくの間、近くの銀河の中を飛び回り、ふざけていろいろなものを破壊することが許される――力を濫用したり、人を傷付けたりしない限りは。この宇宙旅行は大変な快感だ。

その後は別の、内なる音楽が始まる。彼女はＣＤプレーヤーを止め、海のように広大な部屋を横切って反対側まで行く方法を考えようとする。立ち上がると、頭はそのまま真っ直ぐに上昇を続け、新しい存在の層へと突き抜ける。笑い声に後押しされて、ふらふらの足取りで部屋を横切る。乳首は貴重な真珠のように輝く。しばらくして目標の場所にたどり着くと、少しの間じっと立ち尽くし、何をしにそこまで来たのかを思い出そうとする。自分で考えた魔法のメロディーばかりが頭の中で響いて、何も考えることができない。

　彼女は合板製の勉強机の前に座り、音楽ノートを取り出す。本物の音楽符号は彼女にとって秘密の暗号でしかないので、彼女はトリップ中に思い付いた曲を書き留めるために自己流の方法を編み出していた。線の色、太さ、位置のすべてが天賦のメロディーを符号化している。翌日、酔いが覚めた状態でその走り書きを見ていると、再び曲が頭によみがえる。接触陶酔（麻薬に酔った人との接触で引き起こされる陶酔感）みたいな、無料の快感。

　彼女は今夜の曲——神がすべての人間を家に呼び戻す決断をする日に天使たちが未知の楽器で奏でる音楽——を聞きながら再び椅子に深くもたれる。それは今までに彼女が作った中で最高の曲だ。ひょっとすると、彼女が今までにしたことの中で、いちばんの偉業かもしれない。涙が流れ始め、両親に電話をかけたくなる。彼女は居間に戻り、寮生仲間を抱擁《ハグ》したいと思う。今回は本心から。曲は言う。あなたは自分がいかに輝いているかを知らない、と。さらにこうも言う。あなたが子供の頃からずっと探し求めていた清潔で完璧なものが、あなたのことを待っている、と。その後、神聖な至福が滑稽に変わり、彼女は少し取り乱したように、疲弊した自分の魂を笑う。

　しかし、音楽と至福は体中にかゆみを残す。熱いシャワーを浴びることが宗教的な緊急性を帯びる。手作りのバスルーム——寝室と同じく、屋根裏を改造したもの——は、北向きの壁に薄い霜が降りている。服を脱ぐ前から熱い湯を出しっ放しにしておくのが、このシャワーを使うこつだ。シャワーに入る頃には、彼女は空腹で気が遠くなっている。バスルームの中では火と氷がペイズリー模様の渦を描いている。彼女は下を見る。足元には血に染まった泡が溜まっている。彼女は悲鳴を上げる。その後、足首のけがのことを思い出す。血のにじむ傷口を石鹸で洗っていると、再び忍び笑いがこみ上げる。人間はどう考えてもひ弱な存在だ。どうしてそんな人間が今まで生き延び、この惨状を生んでいるのだろう？

傷の洗浄は恐ろしく痛む。傷口はぎざぎざで醜い。もしも痕が残るようなら、また入れ墨をして隠すことにしよう——足首に巻き付いた鎖の模様とか。彼女は石鹸で、脚のさらに上の方も洗う。その滑らかな肌は、離婚で得られた最高の贈り物みたいに感じられる。手がそこに触れるたびに、電流が走るようだ。彼女の体が輝きを増し、欲求の充足を求める。

誰かが激しくドアをノックする。「ねえ、大丈夫？」

彼女は一瞬、うまく声が出ない。「いいから、ほっといて」

「悲鳴が聞こえたけど」

「悲鳴はもう上げない。ご心配おかけしました！」

彼女は部屋に戻る。タオルと湯気をまとった体は欲求に光り輝く。氷のような空気までが、彼女を性具のように愛撫する。世界が与えてくれるのは、せいぜい快感のピークだけ。彼女はタオルを床に落とし、ベッドの上で大の字になる。毛布の上に倒れた体は永遠に落下し続け、徐々に気分もよくなる。彼女はフロアランプの笠の内側に手を伸ばし、明かりを消して、甘美な闇に体を投げ出そうとする。しかし、濡れた手が安物ソケットの上でスイッチを探るとき、建物内の電流が彼女の腕を伝い、体に流れ込む。何かの科学実験をするときのように筋肉が刺激の周囲で収縮し、その手が、彼女を殺そうとしている電極をさらに強く握る。

彼女は手を宙に伸ばし、痙攣を起こしながら、体が濡れたまま、裸でそこに横たわっている。電流で動かなくなった口から精いっぱいに「助けて」と声を上げようとする。彼女は心臓が止まる前に何とか一言だけ、曖昧なうなり声を上げる。階下では、仲間の寮生たちがその悲鳴を聞く。この夜、二回目の悲鳴だ。そのなまめかしい声に皆、思わず赤面する。

「オリヴィアね」。にやりと笑みを浮かべて一人が言う。

「放っておきましょ」

彼女が死ぬ瞬間、建物の明かりが消える。

幹

中レベル警備の刑務所の独房で、一人の男が机に向かっている。彼をここに連れてきたのは木だ。木と、木を愛しすぎたことのせい。彼は自分がどれだけ間違っていたのか、あるいは、また同じ状況になったときやはり間違った選択をするのかどうか、よく分からない。その疑問に答えられる唯一の文章《テクスト》が――読むことはできないけれども――彼の手の下に広がっている。

彼の指が机の天板の木目をなぞる。その奇妙なループ模様が年輪のような単純なものからどうやって生じるのか、彼は理解しようとする。伐採するときにのこぎりを入れる角度の謎、内包された円柱内の曲面の位置。もしも彼の脳が少し違うものであれば、簡単に解ける問題なのかもしれない。もしも育ち方が違っていれば、理解できるのかも。

指の下で、木目が不均等な帯になって揺れる――明るい色の厚い層、濃い色の薄い層。木を見つめる生涯を送ってきた彼は、今さらのように気が付いてショックを受ける。今、自分が見ているのは、季節なのだ。振り子のような一年。春の爆発と秋の抱擁。曲自身が作った媒体《メディア》に、四分の二拍子で録音された曲。地形図上の尾根や谷のように、木目がうねる。淡い色の突進と、濃い色の躊躇。一瞬、断面から年輪の謎が消える。彼は地図を作り、歴史を材の面に投影することができる。しかし、メッセージを読み取ることはできない。いい年は年輪の幅が広い――それは間違いない――そして悪い年は幅が狭い。だが、それ以上は何も分からない。

もしも彼に読解力があれば、もしも翻訳することができれば……。もしも少し違う生き物であれば、すべてが分かるかもしれない——太陽の照り方がどうだったか、雨の降り方、風の向き、その強さ、長さまで。この木が生きてきたすべての季節における、土が組織した壮大な計画、殺人的な冷え込み、苦労と努力、不足と過剰、攻撃と反撃、恵まれた年、乗り切った嵐、四方八方から押し寄せる脅威と好機の総和を解読できるかも。

男は指先で監獄の机をなでながら、写字室の修道士のようにその異質《エイリアン》な文字を書き写し、学ぼうとする。木目をなぞり、この歴史ある判読不能な暦に刻まれたすべてのこと、記憶を持つ木が伝えてくれるすべての言葉に思いをはせる。彼が閉じ込められているこの場所——季節の変化もなく、天候も常に同じ場所——で。

彼女は一分と十秒の間、死ぬ。鼓動も息もない。その後、ヒューズが飛んだ瞬間にランプから離れたオリヴィアの体が、ベッドの端から落ち、床を打つ。そしてその衝撃で、止まっていた心臓が再び動きだす。

松材《パイン》の床に横たわる、意識のない裸の体。大げんかに続く償いのセックスを期待して寮を訪れた、元夫になりたての男は、そんな姿のオリヴィアを発見する。彼女はすぐに大学病院に運ばれ、息を吹き返す。意識はまだ混乱している。脇腹にはあざ、手にはやけど、足首には切り傷。医師の助手は詳しい話を聞き出そうとするが、オリヴィアには説明できない。

取り乱してふがいない元夫は、彼女を医師の手に任せて病院を去る。医師たちは神経学的評価をしようとする。そしてX線検査を望む。しかしオリヴィアは隙を見て脱走する。そこは大学病院。誰もが忙しい。彼女は健康そのものの姿でロビーを抜け、外へ出る。呼び止める者はいない。彼女は寮に戻り、バリケードを築いて自分の部屋にこもる。同じ寮の仲間が屋根裏部屋まで上がってきて様子を聞くが、彼女は扉を開けない。そしてそのまま丸二日、部屋から出ない。誰かが扉をノックするたびに、「あたしは大丈夫!」と中から声が返事をする。仲間は誰を呼べばいいのか分からない。扉の向こうから聞こえるのは、くぐもった物音だけだ。

オリヴィアは眠り、じっとしたまま打ち身のある脇腹を押さえ、何があったのかを思い出そうとする。彼女は死んでいた。鼓動が途絶えていたその間に、大きくて強力な、しかし絶望に陥った何ものかが、彼女を手招きしていた。彼女は何かを見せられ、哀願された。しかし息を吹き返した瞬間、すべてが消えた。

彼女は机の奥に押し込まれた歌のノートを見つける。カラフルな殴り書きが、感電死直前に頭の中にあった曲を再現する。その曲を通して、あの夜の惨事を徐々に再現する。彼女は自らの身体に中毒を起こした自分が、改装した屋根裏部屋をうろつくのを見る。その姿は、動物園で檻の中をぐるぐると回っている動物のようだ。「孤立した存在」というのが言辞矛盾だと、彼女は初めて気付く。一つの個体がひっそり身を隠しているときでさえ、別のものが横から入ってくる。彼女が死んでいる間に、何ものかが話し掛けてきた。そして、体を離れた思考を映し出すスクリーンとして、彼女の頭を使った。彼女はカラフルな光が明滅する三角形のトンネルを抜け、開けた場所に出た。そこにいた精霊たち——そうとしか呼びようがない——は彼女から目隠しを取り、その先にある世界を見せた。その後、彼女は牢獄のような体に戻り、信じがたい光景はぼやけて、無に戻った。

彼女は考える。あたしは脳に損傷を受けたのかもしれない。彼女は一時間に何度か目をつぶらずにいられない。そうしている間に、声のないつぶやきが唇から漏れる。何があったのか、あたしに教えて。あたしは今、何をしたらいいの？　しばらくしてから彼女は、それが一種の祈りであることに気が付く。

彼女は学期末試験をすべてさぼる。そして両親に電話をかけ、クリスマスは実家に戻らないと伝える。父は最初、当惑し、次に腹を立てる。いつもなら、彼女は声の大きさで父を負かしていた。しかし、一度死んだ経験を持つ女は、誰の怒りにもびくともしない。彼女は父にすべてを話す。一人でやった離婚パーティーのこと、電気で一度、死んだこと。今となっては、身を隠すことは無意味だ。何かが見ている——巨大な生き物が目を光らせて、彼女の正体を見抜いている。

父は途方に暮れた様子だ——ちょうど、死んでいる間に見せられたものを取り戻せないことが分かっていながら、夜、ベッドに横たわる彼女と同じように。死後の生を生きる彼女には、父の恐怖が聞こえる。弁護士である父の中に、そんな暗い淵があろうとは、今まで思いもしなかった。彼女は子供の頃以来初めて、父を慰めたいと思う。「お父さん、あたしはへまをやらかしたの。人生につまずいた。休憩が必要だわ」

「実家に帰ってきなさい。うちで休めばいい。長期休暇を一人で過ごすなんて駄目だ」

その声は弱々しい。彼女にとって父は昔から、よそよそしい存在だった。情熱を見せるべきところで、手続きの話をするタイプの男。ひょっとして、父も一度死んだことがあるのだろうか、と彼女は考える。

二人は数年ぶりに、電話で長話をする。彼女は父に、死ぬときどんな感じがするかを話す。森の開けた場所にいた精霊、彼女にいろいろなものを見せた存在のことも話そうとする——父を怖がらせないように言葉を選びながら。衝動。エネルギー。父は二度、娘を家に連れ戻すため、車に飛び乗って六百五十マイル（約一〇四〇キロメートル）の旅に出発しそうになる。娘が彼を落ち着かせる。七十秒の死で彼女は奇妙な力を手に入れていた。二人の関係はすっかり変わり、今では父の方が子供で、彼女が保護者になったかのようだ。

彼女は、今までに頼んだ経験のないことを口に出す。「少しの間、お母さんと電話を代わって。話がしたいから」。母の怒りさえ、今ではオリヴィアの手のひらの中だ。話が終わる頃には、二人とも涙を流しながら、わけの分からないことを互いに約束し合っている。

クリスマスから元日まで、彼女は寮で一人きりだ。手元にあったアルコールや薬物はすべてトイレに流す。成績が届く。二つはＦ、Ｄマイナスが一つとＣが一つ（成績は上から順にＡＢＣＤの四段階、Ｆは不可）。それらの数字は彼女が必死に思い出そうとしているものから少しだけ気を逸らしてくれる。ほとんど何も食べずに一日が過ぎることもある。着氷性暴風雨《アイス・ストーム》が町を宝石みたいな殻で覆う。オークやカエデから大きな枝が落ちる。オリヴィアはかつてその上で自分の心臓が止まったベッドに腰を下ろす。膝を立てて、太ももの上に歌のノートを置く。そして立ち上がり、歩く。あの夜、デイヴィーが床に倒れている彼女を見つけた場所は、裸足の下で熱く感じられる。彼女は生きている。しかし、なぜ生きているのかは分からない。

夜、目を覚ましたまま横になり、天井を見つめる。そして、この世でただ一つ大事なものを自分が発見しかけていたことを思い出す。生命が何らかの指示をささやいていたのに、彼女はそれを書き留め損なった。祈りのような儀式が徐々に板に付く。あたしはまだここにいる。耳を傾けている。あなたはあたしに何をしてほしいの？　大みそか、彼女は十時には眠っている。二時間後、銃声を聞いて目を覚まし、悲鳴を上げながら飛び起きる。すると時計が教えてくれる。新年の花火だ。九〇年代がやって来た。

年が変わって、同じ寮の学生たちが戻る。そして彼女を病人のように扱う。下品な部分がなくなった彼女を、皆、恐れている。彼女がキッチンに座っていても、皆はジョークを言ってふざけ合い、同席している幽霊を無視しようとする。同じ寮に住む仲間の悲しみや悩みを今まで一度も感じていなかったことが、彼女を驚かせる。信じがたいことに、皆、いまだに身の安全を信じている。その暮らしぶりはまるで、詰め木やビニールテープで補修を重ねれば問題なくやっていけると思っているかのようだ。彼女の目から見ると、皆、傷つきやすく、どこまでもいとおしい。

新学期の初日、オリヴィアは階段教室の隅に座っている。優れた講師が教壇で、保険会社と死者の双方が自分の勝ちだと感じるのに必要な掛け金と払い戻しの計算方法を説明している。「保険は」と講師が言う。「文明の背骨です。リスクをプールする仕組みがなければ、高層ビルも、大作映画も、大規模農業も、組織医療もありえない」

誰も座っていない隣の席で何かの気配がする。そこ——すぐ目の前——にいたのは、彼女がその出現をずっと待っていたものだ。電荷を帯びた風が頭の中に吹き込む。彼らが戻ってきて、手招きしている。今すぐ立ち上がり、教室を出ろと言っている。彼女は何でも彼らの指示に従う。冬のコートを羽織り、石のステップを下り、凍てついた中庭を横切る。教室のある建物、図書館、新入生用の寮を回り込み、何も考えず、ただ精霊に導かれるままに歩く。彼女は一瞬、目的地はキャンパスの南にある南北戦争犠牲者用墓地なのかと思う。その後、向かっている先が車を停めている駐車場であることが判明する。

車に乗った彼女は、今から遠くまで行くのだと理解する。そこで、いったん寮に立ち寄り、いくつかのものを掻き集める。部屋まで三往復すると、必要なものの積み込みが完了する。服は後部座席に山積み。そして出発。

車は州の幹線道路に入る。間もなく、町の北西にあるスゲの草原とオークの伐採地を通り過ぎる。雪に覆われた畑に、去年の秋の切り株が点々と見える。彼女は精霊の指示に従って、長い時間、運転を続ける。よその町から届いているラジオ放送のように、信号は途切れ途切れだ。彼女は自らを彼らの意志に捧げる。

モーミー川を渡って南西へ。ダッシュボードの小物入れにあったエナジーバーが昼食代わりだ。持っているのは財布の中にある数枚の紙幣と、二千ドル近い預金口座のデビットカード。ぼんやりした計画さえ、頭の中にはない。しかし、彼女はイエスが花を引き合いに出して、明日のことなど気に懸けなくてもいいと語ったことを覚えている（マタイによる福音書六の二八から三四。「野の花がどのように育つのか、注意して見なさい……明日のことまで思い悩むな。明日のことは明日自らが思い悩む」）。以前、尼僧が学生たちに聖書の言葉を暗唱させたことがあった。オリヴィアは、個人の責任をやけに強調する先生に対する嫌がらせとしてその一節を選んだ。イエスには、法律を守り、私的財産を持っているアメリカ人キリスト教信者をぞっとさせるような側面がある。彼女はそういうところが好きだった。共産主義者イエス。店を破壊する狂人。怠け者の味方。その日の苦労は、その日だけで充分である（マタイによる福音書六の三四）。車を運転していると、急に後悔の念が頭をよぎる。今頃は「統計的推論」をやっているはず。授業を聞き逃した。不思議な偶然。彼女は今まで、大事なことをすべて見逃してきた。今では推論が消え、もうすぐ知識が手に入る。

　夕暮れとインディアナ州が、思っていたよりも早く訪れる。冬至からまだあまり日が経っていないため、愚かしいほど早い宵闇。まともな食事に飢え、疲れも限界に達した彼女は、思わず、雪の積もった減速舗装《ランブル・ストリップ》を踏む。精霊が三十分ほど姿を消すと、彼女の自信が失われる。祈りと運転を同時にするのは困難だ。目の前には本物の中西部の光景、何もないトウモロコシ畑が広がる。彼女はなぜ自分がそこにいるのか分からない。そのとき、助手席に何かが現れ、彼女は再びさらに百六十キロを走る元気を取り戻す。

　かつてデイヴィーは、野宿するなら大型量販店の駐車場がいちばんだと教えてくれた。彼女はそんな店を簡単に見つけ、監視カメラの下の、駐車場の明るい一角に車を停める。店に入って手早くトイレを済ませ、軽食を買って車に戻り、後部座席で寝る準備をする。彼女は両腕いっぱいに三抱えほどの服の下で、祈り、待ち、耳を澄ましながら眠りに落ちる。

一九九〇年、インディアナ州。ここでは、五年が一世代、五十年は考古学、それより古いものはすべて伝説の領域だ。しかし土地は、人が忘れるものを覚えている。オリヴィアが寝ている駐車場はかつて果樹園だった。木を植えたのは、ある穏やかだが頭のおかしなスウェーデンボリ派の男だ。彼はぼろと粗末な帽子を身に着けて一帯を歩き、新しい天国を説き、虫たちを守るためにキャンプファイアを消して回っていた。自身は酒を飲まないこの狂気の聖人が四つの州に供給したリンゴは酒の醸造に使われて、辺境に暮らす九歳から九十歳までのアメリカ人全員を数十年にわたってほろ酔い加減にさせたのだった。

彼女はこの一日、ジョニー・アップルシード（米国の開拓者（一七七四—一八四五）。リンゴの種子や苗木を辺境に配って歩いたと伝えられる）の足跡をたどっていた。オリヴィアは以前、父にもらった漫画本でその男の話を読んだことがあった。男は漫画の中で、植物を芽生えさせる能力を持つスーパーヒーローとして描かれていた。この博愛家が財産について抜け目のない感覚を持っていた――この放浪者は死んだとき、一帯で最も豊かな土地を千二百エーカー（約四八〇ヘクタール）所有していた――ことは、漫画には描かれていなかった。彼女は昔から、ジョニー・アップルシードは単に神話の中の存在だと思っていた。神話というのは覚えやすい形に変えられた基本的な真実であり、過去から投函された指示、予言となる日を待つ記憶なのだということを、彼女はまだ学んでいなかった。

リンゴについての豆知識。リンゴは喉に詰まる（アダムが知恵の実（リンゴ）を喉に詰まらせたという伝説を受けて、喉仏のことを英語で「アダムのリンゴ」と言う）。リンゴでは二つの意味がセットになっている。欲望と理解。不死と死。甘い果肉とシアン化物入りの種子。リンゴが頭に当たって、いろいろな科学が生まれる。黄金色の甘美な不和。結婚式の祝宴に投げ込まれた贈り物のリンゴが、終わりのない戦争につながる。神々が生きていくのに不可欠な果実。最初の、最悪の犯罪。かつ思いがけない幸運。**そのリンゴが取られたその時よ、幸いなれ**（聖歌「アダムは囚われ横たわり」の一節）。

リンゴの種子に関する豆知識。リンゴの種子は予測不能。何が生まれてくるか分からない。きまじめな親が放縦な子供を生む。甘い親から酸っぱい子が生まれ、苦い親からまったりした子が生まれる。ある品種の味を維持するには、新たな台木に接ぎ木をするしかない。名前の付いたリンゴの木はすべて元をたどると同じ木に行き着くと知って、オリヴィア・ヴァンダーグリフは驚くことになる。紅玉《ジョナサン》、旭《マッキントッシュ》、エンパイア。リンゴ属の賭博において幸運を引き当てた種《しゅ》。

名前の付いたリンゴについては特許を取得することができる、とオリヴィアは父から何度も聞かされた。彼女はその理屈に反論したことがある。父が手を貸している多国籍企業は、ある農家を訴えていた――前年に収穫した大豆の一部を取っておいて、新たな特許料を支払わずにそれを次の年に種まきに使った農家を。オリヴィアは激怒した。「生き物を独占する権利を持つなんておかしいわ！」

「おかしくない。それでいいんだ。知的財産権を守ることで富が生まれる」

「大豆はどうなの？　知的財産の利用料金を、誰が大豆に払うわけ？」

彼は顔をしかめ、探るように娘を見た。おまえは誰の子なんだ？

彼女が寝ている駐車場を以前所有していた男――シルクハットをかぶった、さまよえるリンゴの伝道師――は接ぎ木をすると、木が痛みを感じると信じていた。彼はリンゴの絞りかすから種子を拾い出し、それを土に植えて、果樹園を少しずつ西へと広げた。すると彼が植えた種《たね》が、それぞれ勝手に、予測不能な実験を行った。男が手を振ると、神秘的な魔法を使ったみたいに、ペンシルベニアからイリノイまでの一帯が果樹園に変わった。オリヴィアがこの日一日車を走らせたのはそんな土地だった。彼女が今眠っている駐車場は、かつて予測不能なリンゴが一面に生えていた果樹園だった。果樹は姿を消し、町は過去を忘れた。しかし、土地は過去を忘れていない。

彼女は朝早く目を覚ます。一晩、服の山の下にあった体は、寒さでこわばっている。車内は光の精霊で満たされている。耐えがたいほど美しい精霊たちはいたるところにいる――その様子はまるで、彼女の心臓が止まった夜のようだ。精霊たちは自由に彼女の体を出入りしている。あのとき伝えたメッセージを忘れた彼女をとがめることはない。ただ再び、彼女の体に入るだけ。彼女は精霊が戻った喜びで胸がいっぱいになり、泣きだす。精霊は何の言葉も発しない。そんな下品なことはしない。彼らは彼らでさえない。むしろ、彼女の一部だ——まだ、よくは分からないが、何らかの形で血のつながった仲間。創造の使者。この世で彼女が見聞きしたこと、失われた経験、ないがしろにされてきた知識の断片。彼女が取り戻し、生き返らせなければならない、家系図《ファミリー・ツリー》から切り取られた枝。彼女は死によって新たな目を与えられていた。

あなたは無価値だった、と声が言う。でも、もはやそうではない。**あなたはとても大事な仕事のために、死を免れた。**

それはどんな仕事？と彼女は尋ねたい。でも、声を出してはならないし、動いてもいけない。

今が人生の決断の時だ。今までになかった試練の時。

彼女は凍てつく車の後部座席、服の山の下で永遠を生きる。あの世から来た、体を持たない存在が今、彼女の目の前に現れ、この大型量販店の駐車場で助けを求めている。太陽がじわりと地平線から昇る。二人の買い物客が店を出る。まだ夜明けの時刻だが、二人は彼女の乗る車と同じくらい大きな箱を載せたカートを押している。彼女の思考が一点にまで焦点を絞る。**とにかく話して。あなたの望みを教えてくれれば、あたしはその通りにするから。**荷物の積み卸しをする場所に向かうトレーラーが、ギヤをきしらせながら通り過ぎる。その騒音の中で、精霊が姿を消す。オリヴィアは慌てる。まだ任務をちゃんと聞き終わっていない。彼女はショルダーバッグを引っ掻き回して筆記用具を探す。咳止めドロップの箱の後ろに、**免れた**、**試練**とメモをする。しかし、言葉の意味は分からない。

すっかり空が明るくなる。膀胱が破裂しそうだ。さらに一分が経過すると、もはやトイレのことしか考えられない。彼女は車から降りて、駐車場を横切り、店に入る。中では、年配の男が彼女に、昔なじみの友人のように挨拶をする。店は健康と陽気の異装《ドラァグ》ショーだ。奥の壁際には、パン箱サイズからモノリス大まで、さまざまな大きさのテレビが並ぶ。画面に映っているのはすべて同じ、朝の情報番組だ。数百人のスカイダイバーが上空で同時に礼拝を行っている（実際には数人によるスカイダイビングだが、同じ映像がたくさんの画面に映し出されているということ）。彼女は左右に並ぶスクリーンの前を五十ヤード（約四五メートル）突っ切って、トイレに駆け込む。用を足し終わると、天国のような安堵。そして再び、悲しみ。ヒントだけでも、と彼女は手を乾かしながら嘆願する。あなたの望みを教えて。

テレビの前に戻ると、集団空中礼拝が、別の集会に変わる。壁沿いに並ぶ数十のテレビ画面の中で、人々が互いに体を鎖でつなぎ、塹壕の中に座り込んで、ブルドーザーと対峙している。字幕によるとそこは、カリフォルニア州ソラスという小さな町だ。画面が切り替わると今度は、十人ほどが巨木をかろうじて取り囲み、人間の輪を作っている。木の映像は加工してあるみたいに見える。少し離れた場所からの撮影にもかかわらず、フレーム内には根元しか入っていない。幹には青いペンキが塗られている。ナレーションが対決の図式を解説するが、オリヴィアは画面の数だけ複製された巨木の姿に圧倒されて、詳細を聞き逃す。カメラが五十歳くらいの女性に切り替わる。髪を束ね、格子縞のシャツを着たその女の目は標識灯《ビーコン》のようだ。女が言う。「ここにある木の一部は、イエスが生まれる前から生えていたものです。私たちは古い木の九十七パーセントを伐採してしまいました。残る三パーセントを生かしておく方法はないのでしょうか？」

オリヴィアは動けなくなる。車の中で彼女に不意打ちを食わせた光の精霊たちが再び周りに集い、これだ、これだ、これだ、と言う。しかし、話をよく聞かなくてはと思った瞬間に、そのカットは終わり、画面が変わる。彼女はそこに立ったまま、火炎放射器が憲法修正第二条によって所持を保障される銃器に該当するかどうかの議論を見つめる。光の精霊が姿を消す。啓示がただの、電化製品の光に変わる。

彼女は呆然としたまま、ふらふらと店を出る。空腹で死にそうだが、何も買わない。食べることさえ頭にない。車に乗った彼女は西へ向かわなければならないことを知っている。背後から太陽が昇り、バックミラーを満たす。野原の雪があかつきのピンク色に染まる。西の空では光の当たった雲が白目《ピューター》のように明るく輝く。その下のどこかで、人生の一大事が待ち受けている。

両親に電話をかけたい。しかし今、何が起きているのかを説明することはできない。彼女は車でさらに五十マイル（約八〇キロ）走りながら、先ほど見たものを頭の中で整理する。収穫の終わったインディアナの農地が地平線まで、黄色、茶色、黒の三色に輝く。道に雪はなく、車もまばらで、町と言えるほどの町もない。二日前なら同じ道を時速八十マイル（約一三〇キロ）で走っていただろう。しかし今日の彼女は、自分の命になにがしかの意味があるかもしれないと自覚した運転をしている。

イリノイ州との州境近くで、小高い丘にさしかかる。道の先では、踏切の光が点滅しているのが見える。長く、ゆっくりした貨車がゲーリーとシカゴという北の巨大ハブに向けて進む。ガタンゴトンという車輪の音が彼女の頭の中で、ＢＧＭを奏でる。列車はどこまでも続く。彼女はしばらく待つことを覚悟する。そのとき、そこに積まれているものに彼女は気付く。目の前を通り過ぎる貨車はすべて、一定寸法の材木を載せている。画一的に切りそろえられた材木が川のように、果てしなく流れていく。彼女は貨車を数え始めるが、六十数えたところでやめる。これほどたくさんの材木を彼女は見たことがない。頭の中に地図が浮かぶ。今この瞬間、こんな列車が国中のいたるところを縦横に走り、あらゆる大都市とその衛星都市に資源を供給している。彼女は考える。**彼らはわざとこれをあたしに見せたんだ**、と。その後、考え直す。いいや。**こんな列車は四六時中走っているのだ。**ただ、彼女の目が、今は見開かれたというだけのこと。

木を載せた最後の貨車が通り過ぎ、遮断機が上がって、信号の点滅が終わる。彼女は動かない。後ろの車がクラクションを鳴らす。それでも彼女は動かない。長いクラクションの音が響き、後ろの車が回り込むように彼女を追い抜く。運転者は窓を閉め切った車内で大声を上げ、まるでマッチの先に火を点けようとするみたいに中指を振る。彼女は目を閉じる。巨大な木の周りに輪を作る人々の姿が、まぶたの裏に浮かぶ。

四十億年の生命の歴史で、最も驚くべき存在が助けを求めている。

彼女は笑って目を開ける。その日に涙があふれる。確認完了。メッセージは聞こえた。答えはイエス。

彼女が左に顔を向けると、対向車が横に停まって窓ガラスを下ろしている。ラテン語で「恐れるこ《ノリ・》とはない《ティメレ》」と書かれたTシャツを着たアジア系の男が「大丈夫ですか？」と二度目の質問をしている。彼女はにこりとしてうなずき、申し訳なさそうに手を振る。それから、果てしない材木の川を見ている間に止まっていたエンジンをかけ直す。彼女は再び西に向かう。目的地がこれではっきりした。ソラスだ。周囲の空気に火花が散る。精霊が周りで光を放ち、新たな歌を歌う。ここから世界が始まる。これはまだ始まりにすぎない。生命には何でも可能だ。あなたにはまだ何も分かっていない。

それより何年も前、場所はそのずっと北西。レイ・ブリンクマンとドロシー・カザリー・ブリンクマンはセントポール劇団『ヴァージニア・ウルフなんかこわくない』初日夜のパーティーを終えて、真夜中過ぎに家に向かう。二人はニックとハニーの若夫婦を演じ終えたばかり。新しい友人たちと酒を飲みながら、人間にできることの限界を学ぶ役所《やくどころ》だ。

数か月前、リハーサルを始めたときには、四人の主役は劇の毒を存分に味わった。「私はそもそも頭がどうかしてる」とドロシーは他のキャストに向かって言った。「それは認める。でも、この人たち――この人たちは本当に狂ってる」。四人とも、初日までに互いに愛想を尽かし、本当に手を出しかねないほど関係は悪化していた。この芝居は素人劇団におあつらえ向きだ。ブリンクマン夫妻の演技としては飛び抜けた出来。レイが演じる陰険な男は観客全員を驚かせた。ドロシーは、わずか二時間で無垢から汚れへと急落する女を見事に演じた。スタニスラフスキーの方法論（外面的な誇張した演技を排して、内面から湧き上がる感情を表現するような演技を目標とした）を少し取り入れただけで、二人の内なる魔物たちが姿を現した。

　次の金曜はドロシー四十二歳の誕生日だ。二人はその数年前から、不妊治療に十五万ドルを費やしていたが、どれもうまくいっていなかった。舞台初日の三日前にはとどめのパンチを受けた。もう他に、試すべき方法は残されていない。

「私の人生よ、そうでしょ？」。舞台で大成功を収めたドロシーは家に向かう車の助手席で体を丸め、泣きべそをかいている。「丸々、私のもの。私の人生は私が所有しているはずじゃないの？」

　二人の間では、「所有」――昼間のレイが守っているもの――ということがいつもけんかの種になった。いいアイデアを盗んだ連中を訴追することが皆を豊かにする最善の方法だと、彼は説いたが、妻が完全に納得することは一度もなかった。酒が入っても、口論の激しさは変わることがない。「私の人生は私の個人的な持ち物よ。いっそのこと、ガレージセールで売りに出してしまいたい。さっさと……誰でもいいから持ってってほしい」

　ドロシーは、自分の仕事で病む――人が人を訴えて、互いにぶつけ合う中傷的な言葉の一つ一つを正確に、速記用タイプライターの狭苦しいキーボードで記録しなければならないという仕事。彼女の望みはただ、子供を産むこと。子供さえできれば、ようやく意味のある仕事が手に入る。それが無理なら、相手構わず誰でも訴えたい。

　レイはどんな攻撃を受けても、見事に動じない。「私は彼女から何も奪ったわけではない」――彼が自分にそう言い聞かせるのはこれが初めてではない。「もしも何かを奪ったのだとするなら……」と彼は考える。しかし、そこから先を考えることは拒否する。それは彼の権利だ――考えるべきことだけを考えるというのは。

彼はその先を考える必要がない。代わりに彼女がそれを考えている。彼がボタンを押すと、ガレージの扉が開き、車が中に入る。「私と別れて」と彼女が言う。

「ドロシー。頼むからやめてくれ。頭がおかしくなりそうだ」

「私は本気。別れて。どこかへ行って。誰かいい人を見つけて、子供を作って。男はそうするものよ。八十歳になっても女の子を妊娠させられる。私は何とも思わないわ、レイ。本当に。それでフェアだもの。あなたはフェアを重んじる男でしょ、忘れちゃったの？　あら。何も言わないの。言うことがないってわけね。ぐうの音も出ないって感じかしら」

彼には黙ることしかできない。それは最も強力な第一の武器であり、最終兵器だ。

二人は正面から家に入る。ひどい散らかりようと思うが、それは口に出す必要がない。二人は荷物をソファーの上に放り出して二階に上がり、別々のウォークインクローゼットで服を脱ぐ。そしてそれぞれの洗面台に立ち、歯を磨く。これまでの演技人生で最高の夜。ほどよい大きさの劇場は、熱心な観客の喝采で満たされた。アンコールの呼び掛けもあった。

ドロシーは片方の足を大げさに前に出す。まるで警察――夫――に命じられて直線上を歩かされているみたいに。彼女は歯ブラシを口元まで上げ、口の中で振り回し、突然、端を歯でくわえ、反対を強く握り締めたまま泣きだす。

この夜は運転を任されていたので望んでいたほど酔えなかったレイは、歯ブラシを置き、彼女のそばに行く。彼女は頭を彼の肩に預ける。彼女の口から垂れた歯磨き粉が、彼の格子縞のバスローブに落ちる。そこら中が唾と歯磨き粉まみれ。彼女の言葉には小石がたくさん詰まっている。「私は舞台の前にロビーに立って、入ってくるお客さんたち全員にこう言いたいの。私は赤ちゃんを産めませんって」

彼は彼女に唾を吐かせ、口元をタオルでぬぐう。それからベッドに連れて行く。二人にとってそこは二か月前から、松材《パイン》で作った二人分サイズの箱のようだった。彼は彼女の足をベッドに上げてやり、その後、自分の入る場所を空けさせなければならない。「ロシアに行けばいいさ」。鼻に付く男を何時間も演じた彼は、自分の声でしゃべってほっとする。今後はもう、芝居を演じたいとは思わない。二度とごめんだ。「それか中国でも。愛してくれる親を求めている赤ん坊はたくさんいる」

劇場関係の人間の間には、「明かりに笠をかぶせる」という言い回しがある。例えば、舞台奥の壁にパイプが飛び出していて、取り除くこともできず、見苦しいとしよう。そんなとき、そこに明かりの笠をかぶせて、舞台装置ということにするのだ。

彼女の言葉は湿った枕でぼやける。「それは私たちの赤ちゃんじゃない」

「いや、僕らの子供さ」

「私が欲しいのはレイレイ坊や。あなたの子。男の子。あなたの子供時代みたいな感じの」

「それは――」

「あなたみたいな女の子でもいい。それはどっちでも構わない」

「ダーリン。そんな言い方はよしてくれ。子供っていうのは育てた通りのものになるんだよ。遺伝子で決まるわけじゃ――」

「遺伝子が大事じゃないって言うの？」。彼女はマットレスを強く叩き、勢いよく起き上がろうとする。そして勢い余って、反対側に倒れる。「それこそ。唯一。あなたが。所有している。ものなのに」

「僕らは遺伝子を所有しているわけじゃない」と彼は言うが、時に、私企業が私たちの代わりに遺伝子を所有していると付け加えることはしない。「いいかい。どこか、赤ん坊が多く生まれすぎている場所に行こうじゃないか。そして、養子を二人取る。僕らは子供たちを愛して、善悪の区別を教える。子供たちは、僕たち家族の中で大きくなる。子供たちが誰の遺伝子を持っていようと、そんなことはどうでもいい」

彼女は顔に枕をかぶせる。「はいはい。この人は誰でも、何でも愛することができるのよね。それなら犬を飼えばいい。それよりもっといいのは野菜ね。庭に植えて、後は放っておいたらいい」。そのとき、彼女はこの二年忘れられていた結婚記念日の慣習を思い出す。彼女は急に起き上がり、口から出た言葉を撤回しようとする。しかし、ちょうど体を乗り出そうとしていた彼の顎に、彼女の肩が当たる。彼は奥歯で舌を嚙み、声を上げ、痛みに顔をゆがませて、頬に手を当てる。

「ああ、レイ。もう。私ったら本当に！　私……私はそんなつもりで言ったんじゃ……」

彼は手を振る。大丈夫だというしぐさ。あるいは、どうしちゃったんだ、君は？　あるいはひょっとして、ほっといてくれ。結婚してから十年、そして素人芝居に参加するようになってから十年が経つのに、彼女にはそのしぐさの意味が分からない。家を囲む庭では、過ぎ去った歳月に植えたものたちが存在感を放ち、意味を持ち始めている——無から、空気と太陽と雨から糖や木材を作るのと同じように。しかし、人間にはそれが何も聞こえない。

五本の州間高速道路が西に延びている。手袋に見立てると、イリノイ州を手首と手のひらの部分として、高速道路が五本の指だ。オリヴィアは真ん中の道を選ぶ。もう、ゴールははっきりしていた

――最も早いルートを通って、目指すは北カリフォルニア。ロケットほどもある最後の巨木が切り倒される前に。彼女はクワッドシティーズ（イリノイ州とアイオワ州の境に位置する五つの都市から成る地区）でミシシッピ川を渡り、アイオワ州で、州間高速道路八〇号線沿いにある「世界最大のサービスエリア」に立ち寄る。そこは小さな町になっている。ガソリンポンプは無数にあって、すべてを数える前に凍えそうなほどだ。彼女が車を停めた場所の周囲を数百台のトラックが群れを作って回遊する。餌に集まる巨大鮫のようだ。

　太陽の光はもうない。オリヴィアはシャワーを借り、再び人間の姿を取り戻す。コーン、コーンシロップ、コーンで太ったチキン、コーンで太った牛などから作られた数百の料理を食べられるレストランが屋内空間にずらりと並び、混み合っている。彼女はその間を歩く。歯医者もマッサージ屋もある。二階建ての巨大なショールームも。世界がどれだけトラックに依存しているかを見せつける博物館のようだ。ゲームセンター、娯楽コーナー、展示室、ラウンジ。暖炉の脇には、クッションの付いた椅子が置かれている。彼女はそこに腰掛け、うたた寝する。そして警備員に足首を蹴られて目を覚ます。「寝ないでください」

「ちょっとうとうとしてただけです」

「寝ないでください」

　彼女は車に戻り、明け方まで、また服の下で眠る。フードコートに戻ってマフィンを買い、四ドルを硬貨に両替して、公衆電話を見つけ、最悪に備える。しかし内心は、いつになく、妙に落ち着いている。いざとなれば言葉が勝手に口から出てくるだろう。

　オペレーターが彼女に、硬貨をたくさん投入するように指示する。彼女の父が電話に出る。「オリヴィアか？　朝の六時だぞ。どうした？」

「どうもしてない！　元気よ。今、アイオワにいる」

「ア、イ、オワ？　何が起きてるんだ？」

オリヴィアはほほ笑む。電話ではとても、何が起きているかを話すことはできない。「お父さん、大丈夫よ。悪いことはしてないから。むしろ、とてもいいこと」

「オリヴィア。もしもし？　オリヴィア？」

「聞いてるわ」

「何かのトラブルに巻き込まれたのか？」

「違うわ、お父さん。その正反対」

「オリヴィア。一体、何が起きてるんだ？」

「実は……新しい友達ができたの。ええと、ある団体の人。その人たちがあたしに仕事をくれることになった」

「どんな仕事だ？」

四十億年の生命の歴史が生み出した最も驚くべき生物が助けを必要としている。光の精霊が事を指摘した今、なすべき仕事は単純で明快だ。地球上で理性を持つ者なら誰でも、問題の所在が分かるはず。「一つのプロジェクトがあるの。西部の方で。大事なボランティアの仕事。あたしはそこに呼ばれた」

「〝呼ばれた〟ってどういうことだ？　大学の授業はどうする？」

「今学期では卒業しない。そのことを話そうと思って電話したの。あたしにはちょっと休憩が必要だから」

「〝休憩〟？　馬鹿を言うんじゃない。卒業まであと四か月というときに、〝休憩〟する人なんかいないだろ？」

一般的にはそうだが、聖人たちや、もうすぐ大金持ちになる人の間では、間々あること。

「おまえは疲れてるんだよ、オリー。もうあと数週間じゃないか。気づいたときには卒業してる」

オリヴィアは朝食のために混み始めたフードコートを眺める。言葉にできない、不思議な感覚。一つの人生では、感電死をした。そしてまた新たな人生では世界最大のサービスエリアにいて、地上で最も驚くべき生物を守るべく光の精霊によって選ばれたことを、電話で父親に説明している。電話の向こうの声が途方に暮れる。オリヴィアは笑顔にならずにいられない。父が彼女に戻れと諭している人生――ドラッグ、避妊具を使わないセックス、いかれたパーティー、命に関わる無茶な行動――が地獄そのものなのに対して、西に向かうこの旅は彼女を死者の国から連れ戻そうとしている。

「寮費は返ってこないぞ。授業料の払い戻しにも手遅れだ。とにかく卒業しろ。ボランティアの仕事は夏にやればいい。お母さんだってきっと――」

　電話の向こうでオリヴィアの母が大声を上げるのが聞こえる。「お母さんだってきっと、何だと言いたいわけ？」

　授業料は自分で払っているんだからという意味のことを母が叫ぶのが聞こえる。オリヴィアの周囲を人がうろつく。彼女は皆の不安を感じる――衣食が足りれば充分と考えていた人生のゴールラインが動く不安。彼女の人生は今まで、特権と自己愛とありえないほど引き延ばされた思春期の霞で目の前がぼやけ、冷笑的でたちの悪い流行と保身に満ちていた。そんな彼女が今では何ものかに召喚されたのだ。

「いいか」と父が電話に向かって声を潜める。「よく考えなさい。残りの一学期がどうにもやり過ごせないって言うのなら、実家に戻ってくればいい」

　子供の頃以来、感じたことのなかった愛情がオリヴィアの中に湧き上がる。「お父さん？　ありがとう。でも、あたしはこの仕事をやらないといけない」

「この仕事って何だ？　どこで？　なあ？　聞いてるのか？　おい？」

「聞いてるわ、お父さん」。戦え、戦えと、少し前までの人格の名残が彼女をけしかける。しかし今、戦いは現実のものと化し、別の場所で行われている。

「オリー、そこでじっとしてろ。私が迎えに行くから。そっちに着く時間は大体、そうだな……」

すべては明白で、この上なくはっきりしている。しかし両親にはそれが見えていない。喜びに満ちた、偉大な、欠かすことのできない仕事がある。しかしそれに取り掛かる前に、人は果てしない自己愛を卒業しなければならない。

「お父さん、あたしは大丈夫。もっといろいろ分かったら、また電話するわ」

録音された女の声が割り込み、「次の七十五セントを投入してください」と言う。オリヴィアの手元に、硬貨はもうない。彼女が持っているのは一つのメッセージだけだ。壁際に並ぶ格安テレビに映し出された女が口にしていたメッセージ。そして、今となってはまるで電話で話したかのようにはっきりと伝えられた、光の精霊たちのメッセージ。最も驚くべき生物がおまえを必要としている。

サービスエリア入り口のガラス扉越しに、数十台のガソリンポンプが見える。その向こうには、曙光の中に真っ直ぐ平らに続く州間高速道路八〇号線、雪をかぶった野原、人質のように果てしなく東西で交換される旅人たち。父は、ロースクールで教え込まれるすべての説得術を用いて話し続ける。空が驚くべき光景を見せる。西の自由な空が少し暗くなり、東の空がザクロのように裂ける。受話器からカチッという音が聞こえ、電話が切れる。オリヴィアは受話器を戻す。新たに生まれた孤児。それは太陽に手を伸ばし、何ものをも恐れない。

彼女は何の目的も持たない人類への愛を胸に抱きながらサービスエリアを出る。州間高速道路を走っていると、また、バックミラーの中で太陽が昇る。氷堆丘《ひょうたい》(氷河の流れで形成された堆積物でできた細長い丘)が上下に波を打つ。地平線までずっと続く道は、雪の積もる地面に刻まれた二本の塹壕のようだ。道沿いで目を惹くものは数少ないが、一つ一つを目にするのは楽しい。ハーバート・フーヴァー図書館・博物館。シャープレス・オークション場。アマナ会派の村（プロテスタントの一派で、アイオワ州に七つのコミュニティーを建設している）。高速出口の名前はまるで、現実離れした気まぐれな南部貴族を扱った小説の登場人物たちのようだ。ウィルトン・マスカティーン、ラドーラ・ミラーズバーグ、ニュートン・モンロー、アルトゥーナ・ボンデュラン……。

　何かが彼女を包み込む。奇妙で美しい勇気。彼女には何の手立てもない。あるのは目的地の名前だけ。そこでしなければならない仕事についても、何の手掛かりもない。外は荒涼として、凍てついている。世俗的な所有物はすべて寮の部屋に置いたまま。とはいえ、多少の軍資金を引き出せるキャッシュカードと、一応動く車と、どこまでも自分を導いてくれそうな運命の力がある。それに、おそらく山の中と推察される場所には仲間がいる。

もくもくした雲のように時間が経過する。彼女はデモインとカウンシルブラフスの間に広がる平坦な土地を走っている。どの方向に目をやっても、凍った切り藁がどこまでも続くばかりだ。そのとき、視野の端で何かが手招きする。彼女が振り向くと、高速道路右の路肩を越えた雪原に幻のヒッチハイカーが立っている。男はヴィシュヌ神より多くの手を振る。一本の手は何かの旗を持っているが、そこに何が書かれているのかは読めない。

　彼女はアクセルから足を離し、ブレーキを踏む。ヒッチハイカーが大きな木に姿を変える。インディアナ州で見掛けた死の材木列車を満杯にできそうなほどの巨木だ。樹皮の裂けた幹は地面から数十フィートの高さを越えたところでようやく、太い枝を横に伸ばしている。木は、高速から少し離れて立っている。数マイル四方で民家より背が高いのは、空にそびえるその柱だけだ。助手席で精霊たちが騒ぎだす。木がちょうど真横に見える場所まで行くと、巨大な枝からぶら下がる看板に書かれた文字が読める。「フリー・ツリー・アート」（「無料の木のアート」の意だが、「木を自由に」「自由な木」などの部分的な意も読み取れる）。精霊たちが彼女のうなじを枝でなでる。

彼女は次の出口で高速を下りる。側道が郡道と交わる一時停止標識の下には手書きのポスターがあって、先ほどと同じ蔓《つる》状の文字で「右折」と記されている。田舎道を半マイル（約八〇〇メートル）ほど進んだところにある二つ目の看板が、巨木への道順を示している。悪路の先にあるエデンが目に飛び込んでくる。まるで五月のように花を咲かせる広葉樹の林。それは、季節さえ忘れたこの凍てついた大地の脇に穴が開き、奥に隠されていた夏の風景が垣間見えたかのようだ。さらに百ヤード（約九〇メートル）ほど近づくと、その森が古い納屋の壁に描かれた大規模なだまし絵に変わる。彼女は砂利敷きの私道に入り、納屋横の駐車スペースに車を停め、外に出る。そしてそこに立ったまま、壁画を見つめる。そのだまし絵は近くで見ても圧倒的だ。

「看板を見て来たのかな？」

彼女はくるりと振り向く。青銅器時代の預言者みたいな髪をして、ジーンズとグレーの蜂巣織りのシャツを身に着けた男が彼女を見ている。その息は白い。手袋をしていない両方の手が、反対の肘をつかんでいる。男は彼女より少し年上。悲しげで風変わり。客を見ておびえている様子だ。彼の背後二十フィート（約六メートル）にある家の扉は開けっ放し。木は家の横に立っている。あたしの注意を惹くために遠い昔に誰かがこの木を植えたのだ、とオリヴィアは思う。「ええ、そうかも」

彼女は立ったまま震えている。車に置いてあるパーカーが欲しい。彼は逃げだそうかと考えているみたいに彼女を凝視する。その顎が二度うなずく。「実は、お客さんは君が初めてだ」。彼は壁に絵が描かれた納屋を長い指で差す。磔刑を描いたルネサンス期の絵に出てきそうな手だ。「ギャラリーを見ていきます？」

男は彼女の前に立ち、少し坂になった道を歩いて、頭を下げるようにして建物に入る。パチンと明かりをともすと、中はホームレスのすみかとファラオの墓を足して二で割ったようだ。いたるところに護符。架台の上に置いた合板に並べられた、トーテム、スケッチ、積荷信仰《カーゴ・カルト》。それらはまるで、考古学者が発掘した新石器時代の自閉症的汎神論者の遺物のようだ。

　オリヴィアは当惑したように部屋を見回す。「これを全部、無料で処分するの？」

「無理っぽい？」

「さあ、あたしには分からない」。これってどうかしてる、と彼女は言いたい。しかし精霊の声を聞くようになってからは、〝どうかしてる〟という言葉があまり役に立たなくなってきた。どう優しく見積もっても奇人としか呼びようのない男と一緒に、いずことも知れぬ土地の真ん中にいる今の状態は危ないのかもしれないと、ふと、彼女は思う。しかし、男の姿を一目見れば分かる——彼の最も風変わりな部分はその天真爛漫さだ、と。

　絵画はリアルだ。妙にゴシック的な雰囲気のある絵に彼女は顔を近づける。納屋の暗い光の中でも図柄ははっきりしている。狭いベッドに男が横たわり、窓から入って顔のすぐ前まで伸びている木の枝をじっと見ている。パネルの上に貼られた緑色のステッカーには〇《ゼロ》ドルと書かれている。彼女は隣の作品の前へ移動する。それは横倒しにしたドアのパネルに描かれた絵画だ。そのパネル自体が枝のもつれる深い森へとつながるドアに変えられて、その向こうには少し開けた場所が見える。

　彼女は同じような主題の作品が並ぶテーブルをざっと見る。すべて木。安全に思える部屋の窓や壁や天井から蛇のように侵入する枝は、赤外線感熱装置のように、標的となる人間を探し出す。一部の作品では、シュールな光景の上に文字が添えられている。**家系図**《ファミリー・ツリー》。**靴用木型**《シュー・ツリー》。**金のなる木**《マネー・ツリー》。**見当違いの木に向かって吠える**《バーキング・アップ・ザ・ロング・ツリー》。別のテーブルでは、黒い粘土でできた四つの彫刻が、最後の審判の日に地中から這いだしてくる死者の手のように見える。どの作品にも、〇《ゼロ》ドルという緑色の値札が添えられている。

「オーケー。じゃあ、まず……」

「一個分の値段で二つあげる。最初のお客さんだからね」

彼女は手に持っていたスケッチを置き、それを描いた男を見る。男の腕は胸を抱えるように反対の肩をつかんでいる。その様子はまるで、まだ実際には強制されていないのに早くも自ら拘束衣を身に着けているみたいだ。「どうしてこんなふうに無料で?」

彼は肩をすくめる。「時価で売るとなると、無料ってことになるみたいだから」

「ニューヨークで売ったらいいのに。シカゴでも」

「シカゴはもうごめんだな。俺はあのグラント公園で二年半、チョークで歩道にトリックアートを描いていたんだ。何回踏みつけられたことか」

彼女は口をすぼめ、導きの声に耳を傾ける。しかし光の精霊たちは、「フリー・ツリー・アート」という看板でここまで導いておきながら、急に彼女を見捨てる。「ここに立ち寄ったのは本当にあたしが初めて?」

「だろ! あの看板を見て立ち止まらないなんてどうかしてるよな? でもここからいちばん近い町でも十二マイル(約一九キロメートル)離れてる。しかもそこの住人はたった五十人。これだと逃亡中の極悪人しか来ないんじゃないかと思い始めてたところさ。まさか君、逃亡中の極悪人じゃないよな?」

彼女は考えなければならない——ここは、あたしが与えられた使命とどう関係があるのだろう、と。

彼女は順に隣のテーブルに移動する。木を使った複雑な細工を詰め込んだコーネルの箱(米国の造形作家ジョゼフ・コーネルは箱の中にオブジェや絵を配置した作品で知られる)は、シュールな密輸品のようだ。根と蔓《つる》に似せて、壊れた陶器、ビーズ、ゴムタイヤの切れ端を寄せ集めた作品。彼女をここへ導いた枝。「全部、あなたが作ったの? そして、主題はどれも……?」

「今は俺にとって〝木の時代〟。九年と二か月続いた」

彼女は彼の顔を見つめ、そこに隠されているはずの鍵を探す。ひょっとすると逆に、彼のための鍵を彼女が持っているのかも。しかし、その鍵に合う錠がどんなものなのかということさえ彼女は知らない。彼女が一歩前に踏み出すと、彼はよろけるように一歩下がり、手を差し出す。彼女はその手を取り、二人は名前を交換する。オリヴィア・ヴァンダーグリフはニック・ホーエルの手を一瞬握り、そこに説明を探る。それから手を離し、また作品に向き合う。「およそ十年ってこと？　でもって、どれも……木？」

彼はなぜか、その言葉を聞いて笑う。「あと五十年もすれば、俺は俺のおじいちゃんと同じような人間になるのかな」

彼女はその意味が分からず、男をじっと見る。彼は説明代わりに、展示品の脇に置かれたカードテーブルへと彼女を案内する。そして分厚い、手作りの本を手渡す。彼女が最初のページを開くと、そこには若い木がペンとインクで、狂気を感じさせるほど細密に描かれている。次のページも同じスケッチだ。

「ぱらぱらしてみて」。彼は実際に親指を使ってそのしぐさをする。

彼女は言われた通りにする。木が生き返り、螺旋を描いて生長する。「わあ！　家の前にあった木ね」。彼はそれも否定しない。彼女はもう一度ぱらぱらとめくる。そのシミュレーションはあまりに正確で、とても単なる想像の産物とは思えない。「これはどうやって作ったの？」

「写真を元にしたんだ。七十六年間、月に一枚撮り続けた写真。俺の家系には昔から、人一倍強迫的な血が流れているってこと」

彼女はさらにいくつか作品を見る。破産に直面した個人事業主は落ち着かない様子で、しかし熱心にそれを見守る。「もしも気に入ったものがあれば、ちゃんと包むよ」

「ここはあなたの農場？」

「持ち主は俺の親戚。でも、つい最近、悪魔とその手先どもに売った。俺は二か月以内にここから出て行かないといけない」

「あなたはどうやって稼いでいるの？」

男はにやりと笑って、首をかしげる。「〝稼いでる〟なんて言ったっけ？」

「収入はゼロ？」

「保険証券」

「保険のセールスをしてるってこと？」

「いや、保険金をもらってるってこと。今まではね」。彼は疑り深い競売人のように、作品が並ぶテーブルを眺める。「俺は今、三十五歳。ライフワークとして人に見せられるほどのものもない」

焚き火が発する熱のように、男の困惑がじわりと周囲に広がる。彼女は二ヤード（約一・八メートル）離れたところからそれを感じる。「どうして？」。その言葉は、思っていたより乱暴な口調になる。

「どうして作品をただで配ってるのかって？　さあね。そうするのも一つのアートという気がしたんだ。シリーズの締めくくりとして。だって、木はすべてを分け与える存在だろ？」

その等式は彼女にショックを与える。アートとドングリ。どちらも浪費が激しく、無駄が多い。

男は架台の上に置いた板に冷たいまなざしを向ける。「火事特売《ファイア・セール》（元は火事で焼け残った品の叩き売りを指した言い回しだが、現在では破産直前の捨て売りを指すことが多い）と呼んでもいい。いや——かび特売《ファンガス・セール》かな」

「それはどういう意味？」

「こっちに来て」。彼は納屋の扉の方へ向かう。「案内しよう」

二人は雪をかぶった野原を横切り、家の前を通り過ぎる。彼女は途中で車からパーカーを取る。男はジーンズと蜂巣織りのシャツだけで、上には何も着ていない。「寒くないの？」

「いつもこの格好さ。寒さは体にいいんだよ。人間は厚着しすぎ」

ニックは現場に彼女を案内する。そこでは陶器のような空を背景に巨木が大きくそびえている。奇妙で美しい数学が百の大枝、千の中枝、一万の小枝の分岐を支配している。納屋にあった作品たちのおかげで、彼女にもその美しさが見えるようになっていた。

「こんな木を見るのは生まれて初めて」

「ほとんどの人はそうだろうね」

高速道路から目にしたときには、先細りになるそのしっかりした幹の優美さには気づかなかった。最初の大きな枝が分かれるところまで、流れるように伸びる幹。それもあのぱらぱら本を見ていなければ気が付かなかっただろう。「何の木？」

「栗の木。東部のレッドウッド」

その一言で彼女の肌が粟立つ。これで確証が得られた。彼女にはほとんど必要ないけれども。二人は枝の下に入り、幹に近寄る。

「栗は全滅したんだ。だから見たことがないのは当たり前」

彼は説明する。曾曾曾祖父がこの木を植えたこと。二十世紀の初めに、祖父の祖父が写真を撮り始めたこと。胴枯病が数年で一気に広がり、アメリカ東部最高の木を絶滅に追いやったこと。汚染地から遠く離れたこの孤独な流れ者だけが生き延びたこと。

彼女は顔を上げ、網のような枝を見る。一本一本の大枝が、納屋にあった用済み彫刻の習作のようだ。この男の一家には何かの事件があった。まるでカンニングペーパーが目の前にあるみたいに、彼女にはそのことが分かる。それから十年、男は先祖の建てたこの家に暮らし、生き残った珍奇な巨木から芸術作品を作っている。彼女はひびの入った樹皮に手を置く。「それであなたは……この木を卒業したということ？　で、別の土地に行く？」

彼は恐れ多いと言うかのように、少しひるむ。「いや。そうじゃない。こっちが愛想を尽かされたのさ」。彼は大木の反対側に回り込む。細長い、ルネサンス風の指がまた、問題の場所を指し示す。樹皮のあちこちに、乾いたオレンジ色の輪が広がっている。彼がその斑《まだら》模様を指先で押すと、それだけで表面がくぼむ。

彼女はスポンジ状の幹に触れる。「え、何てこと。どうなってるの？」

「この木は死ぬんだ、残念だけど」。二人は瀕死の神から離れる。そしてゆっくりとした足取りで、家へと続く坂を上る。彼は裏口のステップを蹴って靴の雪を落とす。そしてギャラリー代わりの納屋の方を腕で示す。「一つか二つ、持って帰ってくれないかな？　そうしてもらえると、とてもいい気分で一日が終えられるんだけど」

「その前に、あたしがここへ来た理由を聞いてもらわないと」


彼はキッチンのコンロで紅茶を淹れる。それは十年前、オマハの美術館に向かう直前、両親と祖母に「行ってきます」と告げた場所だ。今日は女の客が、顔をしかめたり、笑みを浮かべたりしながら、これまでの経緯を話している。彼女はすべてが変わった夜のことを説明する——大麻、シャワーで濡れたまま裸でいたこと、そして命を奪ったランプのソケット。彼は椅子に腰を下ろして、顔を赤くしたり、説明の一つ一つに注意を払ったりしながら話を聞く。

「あたしは今、自分の頭がおかしいとは思わない。そこが妙なんだけれど。確かに、以前のあ、た、し、はどうかしてた。だから、頭がおかしくなった状態のことは分かってるつもり。今はそれと違って……何て言うんだろう。当たり前のことがやっと見えてきた感じ」。彼女は両手を温めるように、カップの上に置く。

枯れかけた栗の木のことで彼女がなぜ、そこまで興奮しているのか、彼には充分に理解できない。彼女は若くて、自由で、衝動的で、新たな正義に入れ込んでいる。そして、どうひいき目に見ても、少し常軌を逸している。しかし彼は、彼女にそのままでいてほしいと思いながら、キッチンで一晩中、おかしな話に耳を傾ける。家の中に、自分以外の人がいる。黄泉《よみ》の国から誰かが戻ってきたのだ。

「おかしな話だとは思わないよ」と彼は嘘を言う。いずれにせよ、〝危険〟ではない。

「おかしな話に聞こえるのは分かってるけど、信じてほしいの。死んでから生き返ったとか。偶然の一致だとか。ディスカウントストアのテレビからメッセージを受け取ったとか。目には見えない光の精霊とか」

「うん、そう言われると……」

「でも、説明は可能よ。それは確か。ひょっとすると、今までずっと無意識にあったことに、やっと注意が向いたということかもしれない。ひょっとすると、感電死する何週間も前に伐採に対する抗議のことをどこかで耳にしていて、今になってやっと、そこら中にその存在を感じているだけなのかも」

　幽霊の声が聞こえるというのがどういうことなのか、彼は知っている。死にかけた木をスケッチしながら長い間一人きりで過ごしてきた彼には、人の信条に反駁する気はまったくなかった。生き物が見せる神秘を超える不思議は存在しない。彼はペン先を噛みながらくすくすと笑う。「僕だってこの九年、魔法の小物ばかり作ってきたんだ。秘密の信号のことなら任せてくれ」

「そこがあたしにもよく分からないところなの」。彼女の目が彼に哀れみを乞う。彼女の紅茶、その顔にかかる湯気、雪の積もったアイオワの野原。あまりにも古くて大きな物語なので、彼女の頭では理解できない。「車を運転していたら、あなたの描いた看板が目に入ってきた。木に掛けられたあの看板は……」

「うん、まあ、離れたところから見たら……」

「本当に分からないの。何を信じればいいのか分からない。そもそも何かを信じるのは馬鹿げてる。あたしたちはいつも、いつだって間違いを犯すものだから」

彼は自分が先住民のように顔に出陣前のペインティングをする姿を思い浮かべる。

「呼び方は何でもいい。でも、何かがあたしの注意を惹き付けようとしている」

この十年、ホーエル家の栗の木を描いてきた作品に意味があると思ってくれる人がいる。彼にとってはそれだけで充分だ。彼は肩をすくめる。「同じものでもじっと見ているとだんだん狂気をはらんだものに感じられてくるのは、驚くべきことだね」

彼女の心はゼロ秒で、苦悩から確信に変わる。「まさにその通り！　どっちがおかしいかって問題よね？　あたしたちの知らないものがすぐ近くにいるって信じるのと、床や屋根を作るために古代から地球上にある最後のレッドウッドを切り倒すのと？」

彼は少し待っててというしぐさをして、二階に上がる。戻ってきたときには、一九六五年に祖父が地方周りのセールスマンから買った三巻ものの道路地図を持っている。カリフォルニアには確かに、巨木の森の中心部にソラスという場所がある。実際、建物にして三十階分の高さ、イエスと同じ頃に生まれたレッドウッドがある。頭がおかしいのは、脅かされていない方の種《しゅ》だ。彼は彼女を見る。その顔は目的意識に輝いている。彼は彼女のビジョンが導く場所ならどこにでも付いていきたいと思う。もしもそのビジョンがくじけたとしても、彼女が次に行く場所に付いていきたい。

「お腹は空いてない？」と彼女が訊く。

「いつも。空腹っていうのは体にいいんだ。人は常に腹を空かせておくべきだね」

彼は彼女のために、オートミールを用意し、溶けたチーズと唐辛子をかける。そして言う。「一晩、考えてみたい」

「あたしと同じね」

「どこが？」

「あたしは眠っているときがいちばん、ものを考えられるの」

彼は客を祖父母の部屋に泊まらせる。そこには、一九八〇年のクリスマス以来、掃除のためにしか入ったことがない。彼は階段下の、子供の頃に使っていた小部屋で眠る。そして一晩中、耳を傾ける。思考は光を求めてあらゆる方向に広がる。彼の人生において、大雑把にでも計画と呼べるものは他にないことが、改めて意識に上る。

彼が目を覚ますと、彼女はキッチンにいて、車に置いてあった別の服に着替え、彼がずっと虫に食わせていた小麦粉でパンケーキを焼いている。彼はフランネルのローブを羽織ったまま、中央のテーブルに腰を下ろす。彼が声を出そうとすると、少し言葉につかえる。「今月末までに、この家は引き払わないといけない」

彼女はパンケーキに向かってうなずく。「それならできる」

「それから、作品を処分しないといけない。それが終われば、今年の予定にはちょっとだけ空きがある」

彼はたくさんのガラスに区切られたキッチンの窓から外を見る。ホーエル家の栗の木越しに見える空は馬鹿馬鹿しいほどに青く、まるで、小学生が指で絵の具を塗りたくったようだ。

ミミ・マーに再び春が訪れる。父が亡くなってから、初めての春だ。クラブアップル、梨、ハナズオウ、ハナミズキがピンクや白に咲き誇る。心を持たないすべての花が彼女をあざける。特に桑を見ると、彼女はすべての花を腹立たしく感じる。父はもう二度と、この絶景を目にすることができない。

それなのに春の花はあふれる。人に無関心で残酷な、〝今〟の色彩。厳しい春がそれに続き、また厳しい春がそれに続く。仕事が徐々につらくなる。あるいは花の新鮮味が失われる。頻繁なフライトでミミのマイレージポイントは五月にはプラチナランクに達する。韓国への出張。ブラジルへの出張。ポルトガル語も覚える。人は人種、肌の色、信条にかかわらず、特別注文のセラミック型を無限に欲している。

彼女はランニング、ハイキング、サイクリングを始める。次に社交ダンス、ジャズダンス、サルサ。サルサを試した段階で、ダンスが自分に向いていないことがはっきりする。次はバードウォッチング。そして間もなく百三十種を見分けられるようになる。会社は彼女を部門主任に格上げする。彼女はルネサンス美術のコースをとり、夜学で現代詩を習う——それはどれも、マウントホールヨーク大学で学んでいたことで、技師になるために捨てたものだ。目標はほとんど愛国的といっていい。あらゆる遊び場を網羅すること。すべてを手に入れること。すべてになること。

同僚に誘われて、社会人リーグのホッケーを試す。しかしすぐに、それでは物足りなくなる。彼女は四つの大陸で男たちとポーカーをして、二つの大陸で男たちと寝る。驚くほど多様な欲求を持った若い女と一緒にサンディエゴで一週間過ごし、前もって合意があったにもかかわらず、相手の女は別れに納得しない。その後、別のホッケーチームに所属する男に夢中になる。男には妻がいるが、氷上で彼女にタックルするときにはいつも優しい。二人は一度、十二月のヘルシンキで落ち合い、真昼の闇の中で三日間、魔法のようなもう一つの人生を味わう。彼女はその後、二度と彼に会わない。

一度は結婚の目前まで行く。その直後でさえ、どうしてそこまで話が進んだのか、彼女には思い出せない。そして三十歳になる。さらに（頼れる技師として）三十一歳、三十二歳。眠っているときの彼女はいつも、人でごった返す大きな空港にいて、構内放送で自分の名前が呼ばれるのを耳にする。

会社は彼女を本社に異動させる。九千ドル昇給したからといって、彼女はほとんど変わらないが、再び気持ちはハングリーになる。工場の片隅にあった仕切り部屋は卒業して、松の木立を見下ろす窓が足元まであるオフィスが仕事場だ。彼女の頭の中でその場所は、家族一緒に車で出掛けた長距離旅行の目的地となる。世界で最も小さく、最も私的な代用の荒野。

彼女は母親に隠れて持ってきた物でオフィスを飾り付ける。ペナントで覆われたスーツケース――〝カーネギー工科大学〟、〝ジェネラル級輸送船メグズ号〟、〝南京大学〟。発音できない名前がステンシルで刷られた船旅用のトランク。デスクの上に置かれた額入りの写真には、直接会ったことのない三人の孫の写真を持つ祖父母が写っている。その隣にも、同様の写真内写真――そこでは人種のはっきりしない三人の少女が、生まれも育ちもホイートンと言いたげに、すました顔でソファーに座っている。いちばん年長の少女は勝気に見える。自分を見くびる者どもにパンチをくらわしそうな顔だ。

オフィスの四方の壁には、古典的建築の帯状装飾《フリーズ》のように、父の巻物が飾られている。床から天井まである窓から差す北西部の陽光にわずかでもその絵をさらすのは間違っている。これほど古く、珍しい美術品の裏に接着剤を塗るのは間違っている。夜警の誰かがさっと丸めてオーバーオールのポケットに入れて持ち去れる場所に、値が付けられないほど高価なものを放置するのは間違っている。視線を上げるたびに、父の自殺を思い起こさせるものをその位置に掲げるのは間違っている。

初めてこのオフィスに足を踏み入れる人々はしばしば、悟りの前室にいる阿羅漢《アラハット》のことを尋ねる。彼女には、初めて巻物を見せてくれた日の、父の声が聞こえる。この人たち？ 最終試験に合格した人。時々、職業的な大成功を収めた彼女が送り状や見積書の山から目を上げて巻物を見つめていると、父と同じレベルの試験に合格しそうな気がすることがある。そんな感覚がみぞおちあたりを締め付けるとき、彼女は大きな窓の外にある森に目をやる。するとそこでは、短い時間、野放図に振る舞うことを許された三人の少女が、古代からある湖の畔でお金代わりの松ぼっくりを集めている。それで気持ちが落ち着くこともある。時には、地面に腰を下ろし、キャンプサイトに関する詳細なメモを分厚いノートに書き込んでいる男の姿が見えそうになることもある。

同僚たちは彼女のオフィスをランチルームとして使っている——彼女が皮蛋《ピータン》を食べる日以外は。今日、彼女が持ってきたメニューはチキンサンドイッチなので、どの民族に属する人でも大丈夫だ。彼女以外に、三人の部長と派遣社員のパンク野郎が一人という顔ぶれが、小銭を賭けてトランプゲーム《アップ・アンド・ダウン・ザ・リバー》をやっている。ミミもゲームに加わっている。無意味なリスクと一時的忘却に関わるゲームなら、彼女はいつでも参加する。司令官の椅子《コマンダーズチェアー》に座るというのが唯一の条件だ。

「そこに座ると何が見える《コマンド》と言うんだい、隊長？」

彼女は窓の方を腕で指し示す。「この眺め」

カードを見ていた他のプレーヤーたちが顔を上げる。そして目を細め、肩をすくめる。へえ。狭い空き地の向こうにある小さな緑地帯。アメリカ北西部といえば木だ。標高にかかわらず、いたるところに木。互いに押し合いへし合いしながら、空を覆い尽くす木。

「松？」と販売部長が推量する。

ミミの跡を継ぎたがっている品質管理部長が「ポンデローサマツ」と断言する。

「ウィラメットバレーポンデローサマツ」と言ったのは、研究開発部長を務めている百科事典男だ。

オフィスのテーブルの上でカードが飛び交う。小銭の山が移動する。ミミは指先で翡翠の指輪に触れる。見た人が思わず彼女の指を切り落としてでも盗みたいと思うことのないよう、彫刻のある部分は手のひら側に回してある。彼女は指輪を回す。瘤のある扶桑の木——父の遺品を分配したとき、彼女が引き当てた木——が指を半周する。彼女はさりげないしぐさでディーラー役に手を差し出す。

「さあ、お願い。いい手をちょうだい」

またしてもどぼん。彼女は再び顔を上げる。青い光が自分だけの森から差し込んでいる。陽光は緑《ろく》青《しょう》色の針葉に星形模様を刻む。星状の光を千個集めた燭台。恐竜の肌のような樹皮の装甲がオレンジ色、煉瓦色、シナモン色に変わる。彼女の後釜を狙う品質管理男が言う。「樹皮の匂いを嗅いだことはある？」

「バニラの匂いがするんだ」と品質管理男が自分で答える。

「それはジェフリーマツ」と百科事典男。

「専門家がいらしたぞ。再登場だ！」

「バニラじゃない。テレビン油の匂いだ」

「いや、間違いない」と品質管理男が言う。「ポンデローサマツ。バニラの匂い。俺は授業で習ったんだから」

百科事典男は首を横に振る。「違う。テレビン油」

「誰か外に行って、あそこの匂いを嗅いできてくれ」。皆が忍び笑いをする。

品質管理男がテーブルを叩く。カードが滑り、小銭が落ちる。「十ドル賭ける」

「そうこなくちゃ」と派遣のパンクが言う。

皆が気づいたときには、ミミは既にドアに向かって歩きだしている。

「ちょっと！　このゲーム、まだ終わってないんだけど」

「何はともあれデータよ」と、技師になった技師の娘が答える。数歩歩くと、そこは外だ。木のそばに行く前から、匂いが体を包む――樹脂と西部の広大な大地の香り。手垢にまみれることなく、子供時代から残された清潔な匂い。風と調和した木の音楽。彼女は思い出す。煉瓦色の平らな装甲の間にある暗い割れ目に鼻が滑り込む。彼女はその匂いの中に沈む。大変な破壊力を持つ、二億年前の香り。その芳香にかつてどんな意味があったのか、彼女には想像もできない。しかしそれは今、彼女に影響を及ぼす。マインド・コントロール。バニラでもテレビン油でもないが、その両方のいいところが詰まった匂いだ。精神にとってのバタースコッチ（赤砂糖とバターで作った固い飴）。パイナップルのお香。刺激的で崇高なその匂いは、それ自身以外の何ものにも似ていない。彼女は目を閉じて、木の本当の名前を吸い込む。

　彼女は妙に親密な様子で樹皮に鼻を付けたまま、そこに立っている。長い時間そうしている彼女は、まるでモルヒネを自分で吸入している末期患者のようだ。化学物質が気管から流れ込み、血流を経て全身へと行き渡り、脳の障壁も突破して、思考に侵入する。匂いが脳幹をしっかりつかむと、彼女はいつの間にか、死んだ父と並んで再び釣りをしている。そこは魂の内奥にある国立公園、魚たちが潜む松の木陰だ。

　公園横の歩道を通りかかった女性が、木の匂いを嗅ぐ彼女を見て、緊急通報をすべきだろうかと不安になる。ミミは思い出と揮発性の有機物で引き起こされた幸福感の中で女と目を合わせ、表情で大丈夫だと伝える。オフィスでは、トランプ仲間たちが大窓の前に立ち、まるで彼女が危険人物に変わったかのように様子を見守っている。彼女はまた木に鼻を近づけ、最後にもう一度、あの名付けえぬ匂いに浸る。目を閉じ、松の木の下に描かれた阿羅漢《アラハット》を思い出す。生と死を完全に受け入れる直前の段階でかすかに唇に浮かぶ笑み。何かが彼女を包む。あたりが明るくなる。匂いの奥行きが深まる。子供時代が持つ浮力によって、精神が身体を離れ、宙に浮かぶ。彼女は深い幸福感に浸りながら幹に背を向ける。これがそうなの？　ここがその場所？　隣の木の幹に、手作りのポスターがテープで貼られている。

タウンホールで集会！　五月二十三日！

　彼女はふらふらとポスターに近寄り、詳細を読む。枯れ松葉と樹皮は地面に積もると火事の危険があり、松の木自体も年を取りすぎて、年々清掃費がかさんでいる、と町が判断を下したらしい。松を伐採して、もっと落ち葉の少ない、火事の危険のない種類の木を植える予定だという。松の伐採に反対する人々は公聴会を要求した。

一緒に意見をぶつけましょう！

町は彼女の木を切ろうとしている。彼女は振り返ってオフィスを見る。窓際に立った同僚たちが彼女を笑っている。彼らは手を振る。そして窓を叩く。一人が使い捨てカメラで彼女の写真を撮る。彼女の鼻は、とても言葉では言い表せない匂いで満たされている。記憶の匂い。予感の匂い。バニラ、パイナップル、バタースコッチ、テレビン油。

もうすぐ四十歳になろうとする男が奇しくもダマスカス（パウロがユダヤ教からキリスト教に宗旨替えするきっかけとなる出来事があったのは現シリアのダマスカス近辺だったと伝えられている）と名付けられた町の近く、二一二号線の外れにあるロードハウス（郊外の街道沿いにあって、酒や食事を提供するナイトクラブ）〝スパー〟で一ドル硬貨を他の客に配る。オレゴン州ダマスカス。「受け取れ、畜生、お祝いだ。ビール以外には使うなよ」

その条件をのんで金を受け取る客がいる。「ロックフェラー殿、何の祝いだ？」

「五万本植樹記念さ。およそ四年前から、木を植えられる季節はずっと、毎週五日半、晴れでも雨でも、毎日九時間働いた」

　まばらな拍手が起こり、一人はヒューヒューとはやし立てる。店の客は皆、祝杯にあずかると言う。

「年寄りには無理な仕事だ」

「また木を切れるようにしてくれてるわけだな？」

「何年かしたら、連中はまた木を切るんだぜ」

　ビールをおごってもらったロードハウスの見知らぬ客たちが寄せる感謝の言葉。ダグラス・パヴリチェクはにこりと笑ってそれを受け止める。さらに二十枚の硬貨をビリヤード台の角に積み、軸が硬いカエデ材《メープル》でできたキューを振り、さらにただ酒を提供する。間もなく二人の男が硬貨を取りに来る。トゥイードルダムとトゥイードルディー（ルイス・キャロル『鏡の国のアリス』に登場する瓜二つの男たち）だ。

　三人は交替で三つ球《スリー・ボール》（この「三つ球」はいわゆるキャロムビリヤードのものではなく、三つの的球をポケットに落とすもの）をやる。ダグラスの成績はさんざんだ。四年間、散乱した切り枝や火山岩滓や泥の中を這い回り、しゃがんで苗木を植えるという作業を続けてきたせいで彼の神経は混線し、不自由な方の脚はさらにひどくなり、湾岸地域の地震計にも記録されそうなほど体が震えている。ダムとディーは一ゲームごと、一イニングごと、一ポットごとに賭け金を受け取るとき、ダグラスのことがほとんど哀れに思えてくる。しかしダグラスはその時間を楽しんでいる。この大きな町で、泡の立つ犬の小便をぐいぐいと飲みながら、見知らぬ客たちと一緒に過ごす祝いの席を脳裏に刻む。今晩はベッドで眠る。熱いシャワーも浴びる。五万本の植樹記念だから。

　ダムが最初の一突きで三つのボールをすべて沈める。この夜、二度目の〝オン・ザ・スナップ〟だ。ひょっとすると手っ取り早く勝負を決めたがっているのかもしれない。ダグラス・パヴリチェクは気にしない。次はディーが四突きですべての球を沈める。

「なるほどな、五万本か」とダムが言って、ただでさえ必死に球を突いているダグラスに、同時に会話をするという負担を与える。

「そうだ。今なら死んでも本望だな」

「山の生活だと女に困るだろ？」

「木を植えに来てる女はたくさんいる。夏休みのバイトさ。だから選びたい放題」。幸福な思い出で注意が逸れた彼は、手玉をポケットに落としてしまう。だが、それも笑える出来事だ。

「どこの会社のために木を植えてるんだ？」

「給料を払ってくれる限りは、どこの会社だろうと関係ない」

「あんたのおかげで、山にはたっぷり酸素があるんだろうな。温室効果ガスもおかげでたくさん減ってるわけだ」

「みんな何も知らないのさ。シャンプーだって木から作るんだぞ？　強化ガラスも？　歯磨き粉も？」

「そりゃあ知らなかった」

「靴磨きも。アイスクリームの増粘剤も」

「建物もそうだよな？　本とか。ボートとか。家具も」

「みんな、そこまで考えたことないだろ？　いまだに世界は木材時代なんだ。木はこの世で最も安上がりでありがたい素材さ」

「ご愁傷様。もうひと勝負やるか？　二十ドル賭けて？」

勝負は何時間も続く。酒に強いダグラスは、崖っぷちから巻き返す。ダムとディーはゲームを抜け、一号と二号が加わる（一号、二号と訳したのは、アメリカで人気の絵本『キャット・イン・ザ・ハット』（ドクター・スース作・絵）に登場する双子のキャラクター）。ダグラスは深夜の客にもう一度祝杯の理由を説明して、全員に酒をおごる。

「五万本か。大したもんだ」

「まだこれからだけどな」とダグラスが言う。

この夜――いや、この週で――いちばん興ざめなことを言うのは二号だ。「楽しい気分を壊すようで悪いな、兄弟。けど、ブリティッシュコロンビア州だけで毎年トラック二百万台分の木材を切り出してる。あの州だけでだぞ！　その埋め合わせをするだけでも、四百年から五百年、木を植え続けないと――」

「分かった分かった。いいからビリヤードを続けろよ」

「それと、あんたがどこの会社のために木を植えてるかって話？　あれだって、あんたが苗木を植えるたびに、会社にとっては社会貢献のポイントを稼ぐことになってるんだぜ？　あんたが植えれば植えるほど、会社が一年間に伐採できる木の量が増えるって仕組みさ」

「でたらめ言うな」とダグラスは言う。「そんなはずはない」

「いや、これは本当の話だ。年寄りの木を切るために、赤ちゃんの木を植えてるってこと。そしてあんたの植えた木が大きくなる頃には、同じ木ばかりの森が出来上がって、いっぺんで病気にやられちまう。害虫の身になって考えれば、あたり一面がドライブスルーの食堂みたいなもんだしな」

「オーケー。頼むから黙ってくれ」。ダグラスはキューを立て、男を真っ直ぐに見据える。「おまえの勝ちだ。パーティーはおしまい」

ミミは翌日、昼のトランプゲームに加わらず、ランチは松の下で食べる。

「オフィスは使わせてもらっていいですか？」と派遣のパンクが訊く。

「ご自由に。好きなだけどうぞ」

ミミはオレンジ色の幹にもたれて座る。顔を上げると、針葉の隙を縫って陽光が見える。阿羅漢《アラハット》を真似て時を待ち、息をする。インドの王子、シッダールタも人生に見捨てられ、生きる喜びが失われたとき、こんなふうだった。彼は大きなインドボダイジュ――フィクス・レリギオーサ――の下に座り、人生の目的を理解するまで二度と立ち上がらないと誓った。ひと月が経ち、またひと月が経った。そのとき、彼は人類が見ている夢から目が覚めた。真理が頭の中で燃え上がった。とても単純で、隠されてはいないのに目に見えていない真理。その瞬間、覚醒した仏陀の頭上にあったボダイジュ――そこから切り分けた木は今でも世界中で育っている――は一気に花が咲き、花は紫色の大きなイチジクに変わった。

ミミはその百分の一の奇跡も望んでいない。実際、望んでいるのは無だ――じっくり身を浸せるだけの無。あの、えも言われぬ香り。望むのはそれだけ。この森。二億年前と同じ香り。彼女の家族が最も自由だった時代。家族だけの国。本当の彼女を知るただ一人の男と並んで、つい最近見た気がするあの川の流れの中で再び釣りを楽しむ。

双子を乗せた幅広のベビーカーを押してきた女性が近くのベンチに腰を下ろす。「気持ちのいい木陰ですね」とミミが言う。「町がこの木を切り倒す予定だって知ってました?」

政治的発言。アジテーション。彼女は扇動家が嫌いだ。決まってこちらとは何の関係もない話を訴えかけてくる人たち。ところが彼女は次の瞬間には、おびえる若い母親に向かって、二十三日にタウンホールで開かれる集会の話をしている。そして父の幽霊が、さほど離れていない場所――松の木陰――で、彼女にほほ笑みかけている。

ミミが最後に大きく息を吸ってエアコンの効いた場所に戻るのと同時に、ダグラス・パヴリチェクが目を覚ます。それから短い永遠の時を経て、自分がモーテルの一室にいることに気づく。二百ドル分のビールを見知らぬ客たちにおごって、それとは別に百ドルを三つ球《スリー・ボール》ですった後に見つけたモーテルだ。前夜の散財を思い出しても後悔はない。この日、昼を過ぎてから目を覚ましたときの恐怖の方がもっと大きい。不安の源は、一年間に伐採が許可された木材の量。この四年間、自分はうまくだまされて、無駄なこと、あるいはもっとひどいことをやらされていたのかという問題だ。

無料の簡単な朝食をとるには、四時間寝過ごしていた。しかし、フロント係はオレンジとチョコレートバーとコーヒーを一杯、売ってくれる。ダグラスは木が生んだ三つの貴重な宝物を腹に入れて、公共図書館に向かう。そして司書の手を借りて調べ物をする。司書が法律と条例の本を棚から出して、二人で中身を読む。答えは芳しくない。二号——声の大きなろくでなし——の言っていた通り。苗木を植える作業は、さらに大規模な伐採に許可を出すのと同じことだ。ダグラスが疑いの余地なくこの事実を受け入れる頃には、夕食の時刻になっている。木からの贈り物を三つ腹に入れてから一日、何も食べていない。しかし、もう一度——というか、そもそも——食事をすると考えただけで吐き気がする。

彼は歩かずにいられない。唯一残された正気の行動は歩くこと。彼が本当にしたいのは、はげ山へと駆けだしていって、未来を土の中に埋め戻すことだ。彼の筋肉はそれしか知らない。彼が持つ筋肉の中で最大のもの――魂――が特にそう言う。青くさい新兵（苗木のこと）の詰まったショルダーバッグとショベル。この日まで、希望だと信じていた道具。

彼はその晩、体が許す限り、ずっと歩き続ける。ハンバーガーを口にしても、何の味も感じない。夜の空気は穏やかで軽いので、彼は半マイル（約八〇〇メートル）の間、墜落するような恐怖を忘れる。しかし彼は問うことをやめられない。**この先四十年、俺はどうしたらいい？　どんなことをやれば、効率第一の人類によってただの肥やしに変えられずに済むんだ？**

彼は何時間も、何マイルも歩き、ポートランドの市街地を回り込み、えも言われぬ匂いに惹かれて、住宅や店舗が混じる静かな一角に入る。そして角の食料品店で緑色っぽいジュースを買って、それを飲みながら、店の出口近くに貼り出された掲示を読む。**猫を探しています。とても頭のいい猫です。東洋から来た気のセラピー。格安長距離電話。そして次に――**

タウンホールで集会！　五月二十三日！

人類の脳の中にある狂気の遺産はうまく働かず、他人と仲良くやっていくことができない。ダグラスが問題の公園の場所を尋ねると、レジの青年は鼻先を噛まれたネズミみたいな顔をする。「歩いて行くなら遠すぎますよ」

「それは俺が決める」。実はここへ来る途中、ダグラスはその公園の横を通っていた。彼は来た道を引き返す。小さな公園の存在は、目で見える前に匂いで分かる――三角に切った、神の誕生日ケーキのような公園。運命づけられた松はどれも、針葉が短枝に三本ずつつき、オレンジ色の樹皮は大きな塊に割れている。昔なじみの友人たち。彼は松の木の下にあるベンチにベースキャンプを構える。そして木が与えてくれる慰めに甘んじる。明かりはないが、あたりは危険そうではない。カンボジア上空を輸送機で飛ぶのに比べれば安全。今までに店内でうたた寝をした多くのバーと比べても安全だ。彼はこの公園で眠りたいと思う。実際的な問題や面倒な義務などくそ食らえ。雨のように種《たね》が降り注ぐ屋外で寝てやろうじゃないか。タウンミーティングの開かれる二十三日まで、たった四日だ、とふと彼は思う。

彼は数年ぶりに鮮やかな夢を見る。今回、飛行機が落ちるのはカンボジア《クメール》のジャングルだ。ストラウブ隊長の体に、ダグラスの位置からはよく見えない下生えの枝が突き刺さっている。レヴァインとブラッグは近くに着陸するが、ダグラスからは手が届かない。やがて、二人ともダグラスの呼び掛けに反応しなくなる。われに返るとそこはポートランドらしくないポートランド。彼はまた一人きりで、一本のベンガルボダイジュに完全にのみ込まれている。照明を投げ掛け、樹幹をかすめるように飛びながら彼を探しているヘリコプターの音で目が覚める。

ヘリコプターはこの夜、トラックに姿を変える。装備を抱えた男たちがトラックからぞろぞろと降りてくる。彼らはまだしばらくの間、ダグラスのいる村に最後の砲撃を浴びせに来た歩兵に見える。その後、すっかり目が覚めると、チェーンソーが見える。腕時計を確認すると真夜中少し過ぎだ。彼は最初、四日間眠り続けてしまったのかと思う。それから体を起こし、様子をうかがいに行く。

「やあ!」。彼は装備を持った集団に近づく。「こんばんは!」。ヘルメットをかぶった男たちは、気の触れた人物を見てひるむ。「こんな時間に作業の準備か?」

彼らは手を止めることなく、チェーンソーに燃料を入れ、周囲を立ち入り禁止のテープで囲う。恐竜のような移動クレーンが設置され、支柱が固定される。

「何かの勘違いじゃないかな。二、三日後に聴聞会がある。ポスターを読んでくれ」

責任者らしき男が彼に近づいてくる。必ずしも、威嚇的というわけではない。だが、権威的な雰囲気だ。「すみませんが、伐採を始めますので、ここから立ち退いてください」

「伐採？　真っ暗な中で？」と彼は言ったが、当然、そうではなかった。既に大きなアーク灯投光器が二台、設置されていたから。真っ暗というのはもはや存在しない。ようやく一般市民の頭脳が事態を理解する。「ちょっと待ってくれ」

「市の命令です」と親方が言う。「テープの外に出てください」

「市の命令？　どういう意味だ、それは一体？」

「ここから出てくださいという意味です。テープの外に」

ダグラスは運命づけられた木に向かって駆けだす。その行動を見て、皆が呆気《あっけ》にとられる。一瞬遅れて、ヘルメット集団が後を追い始める。彼は追いつかれる前に木に達し、数フィートよじ登る。集団が彼の足をつかむ。誰かが高枝切りばさみの柄で彼の尻を叩く。彼は不自由な方の脚から地面に落ちる。

「やめろ。これは何かの勘違いだ！」

警察が来るまで、二人の木こりが彼を地面に押さえつける。時刻は深夜一時。これもまた、街が眠っている間に公共物に加えられた犯罪だ。今回の罪状は迷惑行為。役所の仕事を妨害し、逮捕に抵抗した容疑。「何が面白い？」。警官が手錠を掛けながら彼にそう尋ねる。

「お巡りさん、あんたも事情が分かれば笑うだろうさ」

二番街にある警察署で、彼は名前を訊かれる。「囚人五七一号」。彼の本当の身元を知るためには、ジーンズのポケットから無理やり財布を取り出さなければならない。警察は、他の犯罪者を扇動して謀反を呼び掛けようとする彼を、独房に入れなければならない。

午前七時三十分、ミミは朝早くに出社する。アルゼンチンから入っていた遠心ポンプの回転翼の注文がトラブルになっていたからだ。彼女はコーヒーをデスクに置き、スタンドの明かりを点け、コンピュータの電源を入れて、社内ＬＡＮにつながるのを待つ。外を眺めようと椅子を回した彼女は、思わず吠える。木の緑が見えるはずの場所には、灰青色の大きな積乱雲しかない。

二分後、彼女ははげになった地面に立っている。窓の外に目をやるたびに、一瞬とはいえ、思い出と心の平安を与えてくれていた木々。彼女はまだスニーカーからバックベルトの靴に履き替えてもいなかった。整然とした空き地は、まるで何事もなかったかのように見える。幹も枝も、まったく残されていない。地面と同じ高さで水平に切られた幹の周囲におが屑と針葉が落ちているだけ。黄みがかったオレンジ色の断面が空気に触れ、外側の年輪からは樹液が出ている。何重にもなった年輪。彼女の年齢をはるかに超える年輪の数。

そしてその匂い。期待と喪失。切ったばかりの松の香り。彼女の脳に働きかけた薬物、あのメッセージが今、死の中でむき出しとなり、凝縮している。小雨が降り始める。彼女は目を閉じる。すると怒りがこみ上げる。人間のずるさ。彼女の全生涯よりも大きな不正。遠い昔からずっと続き、決して報われることのない喪失感。再び目が開くとき、真実がひらめく——悟りと同様に。しかし、そこに光は伴っていない。

発芽はあっという間に進む。ニーレイはスペースオペラを完成させる。未来風の車椅子に乗る長身のやせた青年の中にはまだ、ゲームを無料で配りたい気持ちがある。しかし、ゲームそのものの中でもそうだが、宇宙の僻地《へきち》を金儲けの手段に変えなければならない時期は必ず来るものだ。

ゲームの公開には会社——たとえ形だけのものであれ——が必要だ。会社の本部はレッドウッドシティー（サンフランシスコの南東にある都市）、エルカミーノ通り近くにあるバリアフリーの簡易アパートの一階。会社には名前が要る——たとえ社員がたった一人で、それが一頭立て二輪馬車に乗せた棒切れみたいな、脚の不自由な、二十歳過ぎのインド系アメリカ人だとしても。しかし、会社の名前を考えるのは、一つの惑星をコードで書くよりも難しいことが分かる。ニーレイは三日間、合成語と新語をひねくり回すが、どれももう一つぴんと来ないか、既に誰かに使われているかだ。彼がシナモン風味の爪楊枝を夕食代わりにしゃぶりながら、適当にでっち上げたレターヘッドを見つめていると、返信用の住所にある「レッドウッド」という単語が目に飛び込んでくる。まるで誰かが明らかな答えを耳元でささやいているかのように。お絵描きプログラムを使って、ロゴを作る——スタンフォード大学のキャンパスに生える巨木のぱくり。こうして、センペルヴァイレンズ社が誕生する（レッドウッドの学名がセコイア・センペルヴァイレンズ）。

彼は会社が最初にリリースするゲームを『森の予言』と名付ける。広告のデザインには最新のDTPソフトを用いる。広告のいちばん上には、中央寄せでこんな文章を据える。

その後、ニーレイは全国の漫画雑誌やコンピュータ雑誌の裏に広告を出す。メンローパーク（サンフランシスコの南東にある都市）にあるディスク複製会社が三千枚のフロッピーを製作する。そしてスタンフォードの卒業生を二人雇い、東海岸、西海岸両方の店にゲームを配送させる。『森の予言』はひと月で完売。ニーレイはディスクをさらに複製する。それもまた完売。彼は一般に出回っているパソコンの多くがゲームに対応する最低のスペックを満たしていることに驚く。口コミは広まり続ける。収益は増え続け、やがて、仕事を一人で切り盛りすることが不可能になる。

彼は元々歯科医のオフィス兼自宅として使われていた建物を五年のリースで借りる。そして秘書を一人雇い、業務部長と呼ぶ。ハッカーを一人雇い、主任プログラマと呼ぶ。会計の学位を持つ男は営業部長に変わる。チームを集める作業は、『森の予言』の中で拠点となる惑星を築き上げるのに似ている。彼は数十人の社員候補の中から、電動車椅子に乗る棒人間みたいな自分の姿を目にして最もひるまないメンバーを選ぶ。

驚いたことに、新入社員たちは、将来に期待する自社株よりも、現金を好む。想像力の完全な欠如だ。人類がどこへ向かっているか、彼らには分かっていない。彼は皆を説き伏せようとするが、全員が安全性と現金を選ぶ。

間もなく、営業部長がニーレイに打ち明ける。会社を作ったふりをするだけでは不充分で、本当に会社を法人化する必要がある、と。センペルヴァイレンズ社は法人になる。ニーレイは夜、支社の開設や業務拡張を夢見ながらベッドに入る。限りない成長カーブを描くまったく新しい産業。必要なのは、市場でヒット作を二つか三つ出すことだ。前の作品の成功を複利式に増幅させるだけでいい。彼は一回ごとに世界を作り直す——スタンフォード大学の中庭にある野生の飼育器《テラリウム》で、異質《エイリアン》な生命体が一瞬のうちに見せてくれたような形で。

ニーレイは昼間、会社経営法を勉強していない時間は、コードを書き続ける。いまだにプログラミングは驚きに満ちている。変数を宣言する。プロシージャを規定する。適格なルーチンに、より大きく、より器用で、より高度な能力を持つ構造の中で自らの役割を果たさせる――細胞小器官が細胞を作り上げていくように。すると、単純な指示の中から、自律的な行動をする全体が現れる。言葉から行動へ。それは地球が生んだ、〝次の新しい存在〟。彼はいまだに七歳の少年だ。生きた可能性から成る一つの世界を、父が両腕で抱えて階段を上がってくる。ニーレイはその世界を相手にコードを書いている。

最初のゲームが順調に売れている間に、センペルヴァイレンズ社は続編をリリースする。『新・森の予言』は驚異の二百五十六色で信じられないほどリアルな映像を採用する。パッケージにもプロによるイラストを使うが、ゲームそのものはより解像度の高い燦然たる宇宙で探検や貿易をする、昔ながらのものだ。大衆はそれが焼き直しの作品であることを何とも思っていない。貪欲な大衆は、このゲームには終わりがないことが気に入っている。ゲームに本当の意味で勝利する方法はない。大事なのは、企業の経営と同じく、できるだけ長く続けることだ。

『新・森の予言』は先代がトップ10から落ちる前にチャートの一位になる。プレーヤーたちはそれぞれが辺境で見つけた奇天烈な生物――予想を裏切る形で動物、植物、鉱物を組み合わせた奇妙な生き物――についてオンライン掲示板にメッセージを投稿する。多くの人が、銀河の中心にある宝を探すより、ゲーム内の植物相や動物相を探索することの方に興味を覚える。

二つのゲームは合計で、下手なハリウッド映画よりも多くの収益を叩き出す――しかも初期投資の額ははるかに少ない。ニーレイはその収益のすべてを第三作に投じる。それは既に前二作を合わせたよりも野心的だ。九か月後に現れた『森の啓示』には、法外にも五十ドルという値札が付いている。

しかしそれが、二年前までは存在することさえなかった変身の経験に払う金額としては安いものだと考える人はますます増えている。

ディジットアートという大きな会社がブランドの買い取りを申し出る。条件は悪くない。将来の作品はすべて、プロが販売、流通を行うので、センペルヴァイレンズ社は開発に専念できる。ニーレイは会社の経営が好きではない。彼がやりたいのは世界の創造だ。ディジットアート社からの申し出は彼に自由を保障し、永久に最新式の車椅子を与えてくれるだろう。

取引の基本的な部分で双方が合意した夜、ニーレイは眠れない。彼が横になっているベッドは、母が縁《へり》にキルトのポケットを縫い付けていて、クッション材でくるんだ鋼鉄製の握りが上部にアーチ状に備わっている。真夜中頃、普通に歩ける人のように、両脚が痙攣《けいれん》し始める。彼は起き上がらなければならない。それは介護士がいれば簡単なことだが、ジーナが来るまで、まだ数時間ある。ボタンを押すとベッドが傾いて、上半身が起きる。腕を右側にある柱に巻き付けて、水平なバーに左の手を伸ばす。筋肉の衰えた両腕は二本の流木のようだ。肘がこぶのように膨れる。全力を振り絞らないと、体が完全に起こせない。肩が震える。いつも仰向けに体が倒れそうになるこの瞬間をうまくやり過ごす。少しの間、体を前後に揺らして両腕を後ろに回し、上半身を起こす。これが第一段階。数え方にもよるが、全部で五十二段階ほどある。

スウェットパンツは膝のところまで下げられている。カテーテルが入っているときはいつもその状態だ。彼は体を二つに折るようにして頭と肩の重さを使いながらできるだけ両手を尻のそばに置く。右腕が左の太ももの下に入る。そこにはほとんど肉が残されていない——実質、ゼロといってもいい——が、脚があるおかげで体が安定して、ひょろひょろの上半身を真っ直ぐに立てることができる。

彼はスウェットと格闘し、左肘を下にして倒れる。脚が吊り上げ橋のように大きく跳ねる。尻を浮かせてパンツを上げる。それだけではまだ成功とは言えない。脚が下に落ち、彼は飛び出た肩甲骨を下にして倒れ込み、再び仰向けになる。再び水平なバーに手をかけて同じことを右側で繰り返し、スウェットパンツを腰まで上げる。その作業には時間がかかるが、真夜中のこの時刻においては、時間はたっぷりある。それから頭上の横棒をつかみ、体が再び安定すると、いろいろな道具を吊したたくさんあるフックの一つに手を伸ばし、U字形に垂れた帯布をつかみ、座った姿勢の体を包むように、少しずつそれをベッドの上で広げる。中央から出ているストラップで、左右の脚を固定する。

　彼は再び手を伸ばし、ウィンチの先をつかみ、水平バーを自分の真上まで引き寄せる。四本の紐を左右二本ずつに分けて、ウィンチに引っ掛ける。彼はリモコンを口にくわえ、ストラップを握り、電源ボタンを歯で押して、ウィンチに体を持ち上げさせる。次にリモコンをストラップに挟んで、カテーテルからつながる尿バッグをベッドの脇から外す。彼は管を歯でくわえて両手を自由にして、体をくるんでいる帯布にバッグを取り付ける。そして再びウィンチのボタンをしばらく押し続けて、横に移動する。

　ベッドから待ち受けている車椅子まで横移動する途中で、いつも決まって、不安定な装置が全体的にぐらつく瞬間がある。以前に一度、バランスを失って倒れ、金属製の支柱に体を打ち、床で小便と痛みにまみれたことがあった。しかし、今夜の移動は無事に完了する。車椅子のシートは調整しなければならないし、車輪の位置も変えなければならないが、着地には成功する。彼はそこに座った後、すべての手順を逆にたどる。ウィンチを外し、尿バッグを車椅子に取り付け、手品師フーディーニ（脱出マジックで一世を風靡した米国の奇術師（一八七四―一九二六））のようにするりと帯布から脱出する。服を身に着けるのは簡単だ。ピエロが履くような巨大でかかとのない靴はやや難しい。しかし、これで彼は動ける状態になった。フライトシミュレータで宙返りをするみたいに容易に、ジョイスティックとスロットルで動き回ることができる。この準備は、大変な試練とはいえ、かかった時間はわずか三十分超だ。

　そこからさらに十分。彼はバンの横まで行き、油圧昇降機のフロアが地面まで降りるのを待っている。車椅子が四角い鋼板に乗り、上昇する。開いたドアから中へ入ると、そこはシートを取り払った運転席だ。昇降機が折り畳まれて、ドアがスライドして閉まる。萎えた腕でも操作できるよう腰の高さにレバー式のアクセルとブレーキが備え付けられたコンソールの前に彼は車椅子を固定する。

自由へと向かうこのアルゴリズムで、さらに数十の手順を経て、彼はバンのエンジンをかけ、敷地を出て、スタンフォード大学の中庭へ向かう。そして六年前と同じように、再びこの世のものとは思えない生物たちに取り囲まれつつその姿を観察しながら、中庭を一周する。はるか遠い銀河からやって来た生き物たち。ダビディア、ジャカランダ、デザート・スプーン、クスノキ、ゴウシュウアオギリ、キリ、マルバゴウシュウアオギリ、アカミグワ。彼は自分が作る運命にあるゲームについて、これらの木がささやいたことを思い出す——世界中で無数の人々がプレーするゲーム、かろうじてぼんやりと想像することしかできない可能性に満ちた世界、生きて呼吸するジャングルの真ん中にプレーヤーが放り出されるゲーム。

今夜の木は寡黙で、彼に何も語り掛けようとはしない。彼は指先でやせ細った太ももをリズミカルに叩き、ここに来るのにかかった以上の時間、耳を澄まして待つ。あたりには誰もいない。明るく輝く月はまるで、地上で誰かが空を見上げるだけでそのまま声が彼につながる電話のようだ。彼は多種多様な木々に向かって、ヒントをくださいと念じる。地球外生命体たちは風変わりな枝を振る。木々は集団で空気を叩き、彼に合図を送る。樹液があふれるように、彼の中で記憶がよみがえる。それはまるで、木々が枝を揺らすことで、彼を外へ、中庭の向こうへ、エスコンディードへ、さらにパナマ通りへ、ローブルホールの先へと招いているかのようだ……。

彼は指し示された方向へ向かう。キャンパス内の建物の上にサンタクルーズ山脈が覗いている、南へ。すると彼は思い出す。これまで生きてきた人生を半分以上さかのぼったある日、父と一緒にあの尾根にある山道を歩いたこと。そして目を見張るようなレッドウッドの巨木に出会ったこと。たまたま材木業者の目を逃れた孤独な長老《メトセラ》。彼はこのときようやく気付く。彼が会社をセンペルヴァイレンズと名付けた根源にはあの木があったのだ、と。そして、再考の余地なく、自分はあの木と相談をしなければならないと思う。

　昼でも運転しづらいサンドヒル街道のつづら折りは、夜には命に関わる危険度だ。『森の予言』の技術レベル二十九で作ることができる小型宇宙船に乗って、細かく進路を変えているみたいな動き。この時刻、車は他に走っていない。だから、使えない脚を持つやせたエント（トールキン『指輪物語』に登場する、樹木に似た巨人の種族）が改造したバンを骨張った指で運転している姿を目撃する人はいない。尾根に出ると、十字路で右に折れて、スカイライン街道——サンフランシスコの町を築くために一帯をはげ山にするのに使われた空中ケーブル《スカイライン》にちなんで名付けられた道——に入る。記憶でたどれる道順はそこまでだ。もしも記憶が脳の経路を変えるのなら、山道はまだそこにあるに違いない。あとは、森の下層から野生の生き物たちが現れ出るのを待つだけだ。

　車はトンネルのようになった再生林の中を走る。百年を経た森は、この暗がりの中では、原生林のように見える。見覚えがある駐車スペースが右手に現れ、彼は車を停める。ダッシュボードの中に懐中電灯がある。バンの昇降機を使ってスポンジのように弾力がある地面に降り、様子をうかがう。目の前にある細い山道を車椅子で——しかもタイヤは溝が浅くて幅も細い——進む自信が彼にはない。しかし、冒険ゲームはこの試練をクリアすることを要求する。

　最初の百ヤード（約九〇メートル）は問題がない。しかし、そこで左のタイヤが湿ったくぼみにはまり、スリップする。彼は力で乗りきろうとして、ジョイスティックを乱暴に操作する。少し後ろに下がり、車椅子を回転させて、横方向に脱出を試みる。タイヤは泥を跳ねて、さらに深く沈む。彼が懐中電灯で前を照らすと、幽霊のように影が伸びる。枝が折れる音がするたびに、かつて生態系の頂点に立っていた捕食者が森に潜んでいるみたいに感じられる。車のエンジン音がスカイライン街道の方から聞こえてくる。ニーレイは弱々しい肺で精いっぱいの声を張り上げ、気が触れたように懐中電灯を振り回す。しかし車は速度を落とすことなく通り過ぎる。

彼は完全な闇の中、人類はどうやってこんな場所で生き延びてこられたのだろうかと考える。太陽が出れば、ハイカーがきっと僕を見つけてくれるだろう。明日が無理なら明後日にでも。そもそもこんな山道を、どれだけの車が通るというのか？　タイヤのきしむ音が背後から響く。彼は懐中電灯を振り回すが、体が途中までしか回らない。心拍が落ち着くまでしばらく時間がかかる。落ち着くと、彼はいっぱいになった尿バッグの中身を、できるだけ手を伸ばして車椅子から離れた場所にあける。

すると目の前、十ヤードほどの場所で他の影に紛れていたものの姿が見える。なぜさっきまでそれが見えなかったのか、彼には分かる。あまりにも大きいからだ。あまりに大きくてわけが分からなかった。あまりに巨大で生き物には見えない。それは夜の横腹に開いた、三枚分の幅を持つ闇の扉だ。果てしなく伸びる幹のほんの一部にしか懐中電灯の光は届かない。幹は真っ直ぐに、理解を超えて伸びている。死ぬことのない、集合的な生態系――レッドウッド《センペルヴァイレンズ》。

ちっぽけな人間と、さらにちっぽけなその息子が巨大な生命体を見上げている。二人の身長を合わせても、根元の幹の太さに及ばない。ニーレイは今から起こることを察知して、ただじっと見ている。記憶はまるで体の中に刻まれているかのように稠密《ちゅうみつ》だ。父は首を後ろに反らして、両手を挙げる。ヴィシュヌ神のイチジクの木だぞ、ニーレイ殿。さあ、また地上に戻って、私たちをのみ込んでくれ！

当時、そこに立っていた少年はその言葉を聞いて笑ったに違いない――今、車椅子の彼が思わず笑いそうになったのと同じように。

父さん《ピター》？　違うよ。これはレッドウッド！

父が説明する。世界にある木々はすべて元をたどれば同じ根から伸び、外へ、枝の先へと、何かを求めて生長しているのだ、と。

この大木を作ったコードがどんなものか、考えてみろ、ニーレイ。中に細胞はいくつある？ 中でいくつのプログラムを走らせている？ そのプログラムは何をやっている？ 木は一体、何を目指しているんだと思う？

ニーレイの頭蓋骨内に突然、煌々と明かりがともる。暗い森の中、小さな懐中電灯を振り回し、黒くそびえる柱からの声を肌で感じて、彼は答えを知る。枝はただ枝分かれすることを求めているだけなのだ、と。ゲームのポイントはプレーし続けること。会社を売ることなど、とうてい考えられない。古代から受け継いだ——彼と父が書いた初期のプログラムにも入っていた——コードには、まだ続きがある。彼は次のプロジェクトを悟る。それはごく簡単なことだ。それは進化《エボリューション》の過程と同じように、以前に成功したすべての古いパーツを再利用する。〝展開〟を意味する進化と同様に、畳まれていたものを広げるのだ。

彼はもう、誰かに発見されるのを朝まで待つことはできない。頭の中で、もっと小規模だがより切迫した嵐が起きている。彼はスウェットの上を脱いで、くぼみにはまったタイヤの前に落とす。ジョイスティックを前に押すと、タイヤがくぼみから脱出する。彼は山道を逆にたどり、車に戻る。そして千の段階とサブルーチンを経て車に乗り、上半身裸で運転してレッドウッドシティーに戻り、ワークステーションの前に座る。

翌日、彼はディジットアート社に電話をかけ、契約破棄を告げる。弁護士は怒鳴り、彼を脅す。しかし、買収によって本当に彼らが手に入れたがっていたのはニーレイだった。センペルヴァイレンズ社の資産で価値があるのは彼だけだ。本人にその気がないなら、取引には何の意味もない。

買収話が頓挫した後、彼はスタッフを会議室に集めて、次のプロジェクトを説明する。プレーヤーは、まったく新しく作られた地球の、誰もいない一角からゲームを始める。そして、鉱石を掘ったり、木を切ったり、大地を耕したり、家を建てたり、教会や市場や学校を作ったりすることができる。行ける場所ならどこにでも行けるし、望むものを何でも作れる。プレーヤーは石造建築から宇宙ステーションまで、どんな科学技術についてでも自分で調べることができて、どんな社会的規範に従っても構わないし、好きな社会で最先端の船を浮かべることができる。

しかし一つだけ、思いがけない仕掛けがある。他の人――モデムでつながった、現実に存在するその人々――がそれぞれに、この原世界の別の場所で独自の文化を築き、その領土を広げようとしている。そして、そうした現実の人々が皆、他のプレーヤーの領土を虎視《こし》眈々《たんたん》と狙うのだ。

九か月が経たないうちに、オフィス内でアルファ版が回されるようになると、センペルヴァイレンズ社の仕事が完全に停滞する。社員がいったんゲームを始めると、他のことが手に着かなくなるからだ。皆が寝るのを惜しむ。そして食べることを忘れる。友達付き合いも、ただの面倒に変わる。もう一ターン。あと一ターンだけ。

このゲームは、『支配《マスタリー》』と名付けられる。

車でやって来た訪問者とニックは、二週間かけてホーエル屋敷を片付ける。デモインに暮らすホーエル一族がニックの車を買いに来て、ついでに一族伝来の家財を引き取る。次に競売屋が来て、値の付きそうな家具や備品に緑色のステッカーを貼る。ごつい二頭筋を持つ大柄な男たちが動かせるものや錆びた農機具を長さ二十四フィート（約七・二メートル）のトラックに積んで二つ隣の郡まで運び、委託販売にかける。ニックは競値に下限を設定しない。何世代にもわたって蓄積された所有物たちが風に運ばれる花粉のように散らばる。すると、屋敷自体ももはや、ホーエル屋敷ではなくなる。

「俺の祖先は手ぶらでこの州まで来た。だから俺も同じく手ぶらで旅立つべきだ、そう思わない？」

オリヴィアは彼の肩に手を触れる。二人は一緒に家を片付けて、十四日と十三夜を過ごす。その様子はまるで、半世紀の間、作物を植え付け、気まぐれな雨風をしのいできた二人がようやく引退してスコッツデールの老人ホームに入ることになって、チェッカー盤の上で額を付き合わせるようにして死ぬ用意を整えたかのようだ。ニックは底なしに奇妙な状況を考えて、夜も寝られない。風変わりな看板を見て衝動的に州間高速道路を下りてきた女と一緒に自分はこれからカリフォルニアに行く。声なき声を聞く女。これこそ一つの芸術的なパフォーマンスだ、とニコラス・ホーエルは思う。

見知らぬ人とセックスをする人もいる。見知らぬ人と結婚をする人もいる。半世紀の間、同じベッドで寝ていながら、最後に気付いたら互いにまったく知らない人間だったという人たちもいる。ニコラスはそうしたことをすべて知っている。彼は両親と祖父母が亡くなった後、家をきれいに保つ中で、人が死んだときにしか分からないさまざまな恐ろしいことを発見していた。人を知るのにどれだけの時間が必要か？　五分だ。それで充分。何があっても、人の第一印象は変えられない。人生のドライブであなたの隣に乗っている人は？　それはいつだってただのヒッチハイカーにすぎない。先まで乗せて、またそこで降ろしてやるだけの存在だ。

ところが実際には、二人を突き動かしている情念はぴたりと嚙み合う。二人はそれぞれに、秘密のメッセージを半分ずつ手にしている。その二つを組み合わせる以外、彼に何ができるだろう？　そして仮に二人が勢い余ってコースアウトしてしまって、目が覚めてみたら無一文ということになったとしても、それで失うのは一人で何かを待ち続けるだけの生活ではないか？

ニックは真夜中過ぎに先祖伝来のがらんとした寝室に座り、ぼんやりしたランタンの明かりで読書をする。すると、この家に十年暮らしてきたにもかかわらず、まるで山間の荒れたキャビンに自分で手を加えて、居座っているような気分になる。彼は百科事典——それにも競売屋のステッカーが貼られている——の中の、レッドウッドに関する項目を何度も読む。それによると、レッドウッドの木の高さはフットボール競技場の縦の長さと同じだ。一本の切り株をそのままダンスフロアにして、二十四人が一度にコティヨンを踊ったこともあるらしい。

彼は同じ百科事典で、精神障碍に関する解説を読む。そこには統合失調症の診断について、こんな文章がある。ある信念が社会的規範と合致している場合、それは妄想と見なされるべきではない。

彼の同居人は、旅立ちの準備をしながら鼻歌を口ずさんでいる。彼女が顔をしかめると、彼は息ができなくなる。彼女は若く、無邪気で、恐れを知らず、忠誠の尼に劣らぬ使命感に駆られている。彼は夢をスケッチに変えることをやめられないのと同様に、彼女と一緒に旅に出ずにはいられない。今、彼の人生にはこれまでにない贅沢が与えられた。目的地。そして一緒にそこへ向かう仲間。

二人は真冬の中西部で二週間をともに過ごすが、彼は彼女に指一本触れようとしない。妄想じみているのはその点だけだ。彼が手を出そうとしないことを、彼女も知っている。彼と一緒にいるときの彼女の体は、緊張などといった生硬な反応に毒されていない。湖の水面が風を警戒することがないように、彼女も彼を警戒することがない。

競売屋のトラックがホーエル家の最後の家財を運び出した翌朝、二人は一緒に冷たい朝食をとる。夜は寝袋で眠ったのだった。彼女はニックの曾曾曾祖父が一世紀以上前に作ってからずっとそこに置かれているオーク材のテーブルのそばで、白い松《パイン》材の床に座っている。床板にできたくぼみは永遠に机を記憶するだろう。彼女が着ているのは、幸運にも、裾の長いオクスフォードシャツだ。穿いているパンティーはキャンディー棒の柄《がら》。

「寒くないの？」

「最近は体が熱を持つことが多いみたい。死んだときからずっと」

彼は視線を逸らし、何も穿いていない彼女の脚を指すジェスチャーをする。「どうにかそれを——何か穿くとかしたら？　男の目には毒だよ」

「え、そう？　別に初めて見てるわけじゃないでしょ」

「君の脚を見るのは初めてだ」

「女の脚なんてみんな同じよ」

「それは知らなかった」

「ははは。女の人が何人かここに暮らしていたでしょ。最近まで」

「外れ。俺は女に縁のない芸術家。女にもてないという特殊な才能がある」

「薬品棚に皺対策クリームがあった。マニキュアも」。彼女はそこではっと気付き、赤面する。「ひょっとして自分用……」

「違うよ。俺もそこまでユニークじゃない。最近まで女がいた。複数じゃなくて一人だけど」

「話を聞かせてくれる？」

「俺が栗の木の胴枯病を見つけてからしばらくして、彼女は出て行った。怖くなったんだって。時々は木以外のものも描いた方がいいと言ってた」

「それで思い出した。ギャラリーの方も収蔵《ハウズ》しないと」

「収蔵《ハウズ》？」。彼のほほ笑みが苦いものに変わる——二十代のときに作った傑作をしまっていたシカゴの貸倉庫屋の記憶。彼は結局、それをまとめて燃やすことで、一瞬だけの、大きな概念芸術作品に変えたのだった。

彼女は再び、違う世界の生き物の声を聞くときのように、遠くを見つめる。「裏に埋めるというのはどう？」

彼の頭に古代の技術が思い浮かぶ。年を経た色合いや陶磁器のひび。土に埋めるというのは、昔、美術学校で学んだ陶磁器制作の技法だ。そのアイデアは少なくとも、通りすがりのドライバーに作品を無料で配るのよりおかしくはない。「いいね。土の中で自然に分解させることにしよう」

「あたしの考えでは、プチプチで包んでから埋めるつもりだったんだけど」

「今は一月だよ。今年は多少、寒さがましだとはいってもね。ショベルカーを借りてこないと穴は掘れないな」。そのとき彼は思い出す。彼は笑わずにいられない。「服を着て。コートも。さあ行こう」

二人は家から見えない位置にある機械小屋の裏の斜面に並んで立ち、腰ほどの高さまで積まれた土砂の山と、その隣にある大きな穴を見つめる。

「俺は子供の頃、いとこたちと一緒にいつもここを掘ってた。目指すは、どろどろになった地球の核。面倒で誰も埋め戻さなかったから、そのまま穴が残ったってわけ」

彼女は穴を観察する。「なるほど。よくできてる。先見の明があったってことね」

二人は作品を埋める。写真の束も――一世紀に及ぶ栗の木の生長を記録したぱらぱら写真。地中の方が、地上のどこより安全だ。

その夜、二人は翌朝の出発の準備をしながら、再びキッチンにいる。彼女の格好は朝に比べると控えめで、上はスウェットシャツ、下はレギンスだ。彼の方は、見知らぬ土地へと旅立つ緊張で胃のあたりが落ち着かず、部屋の中をうろつき回っている。半分は恐怖、半分は興奮。すべてが宙に舞い散る感じ。われわれは生き、少し外に出掛け、その後、永遠に消え去る。しかもわれわれは、将来何が起きるかを知っている――だまされて口に入れた、あの禁断の実のせいで。どうしてあそこにあの木を植え、しかも実を食べるのを禁じたのか？　まるで確実に食べさせるためであるかのように。

「彼らは今、何て言ってる？　君を操る精霊たちは」

「そういうのとは違うわ、ニコラス」

彼は顎のところで両手を組む。「じゃあ、どういうの？」

「今、言ってるのはこういうこと。ガソリンを確認しろ。分かった？」

「それで、どうやって彼らを見つけるんだい？」

「精霊たちを見つける方法のこと？」

「違う。抗議している人たち。木を守っている人たちのこと」

彼女は笑い、彼の肩に手を触れる。彼女はそんなふうに時々彼の体に触れるようになっていたが、彼はそれをやめてほしいと思う。

「あの人たちは、新聞なんかに出たがっているのよ。見つけるのはきっと簡単。万一、近くまで行っても見つからないようなら、あたしたち二人で活動を始めればいい」

彼は笑って応えようとするが、彼女は本気らしい。

翌朝、二人は出発する。彼女の車は物であふれそうだ。五時間、西に走った段階で、二人は人が互いについて知りうるすべてのことを——悲劇的な事件の話は除いて——知る。彼はハンドルを握りながら、他の誰にも話したことのない話をする。オマハへ出掛けて、予定外に夜を明かすことになり、翌朝、家に戻ると両親と祖母がガス中毒で亡くなっていたこと。

彼女は彼の二の腕に触れる。「あたしは知っていたわ。大体、そんなことだろうと知っていた」


十時間経ったところで彼女が言う。「あなたは、ずっと黙っているのが苦痛じゃないのね」

「少し練習したからな」

「それっていいことだと思う。あたしもたくさん練習して、追いつくようにする」

「一つ訊きたかったんだけど……何て言うんだろう。君の雰囲気。君の……オーラ。まるで何かの償いをしているみたいに感じるんだけど」

彼女は十歳の子供のように笑う。「実際にそうなのかも」

「何の償い？」

オリヴィアは西の地平線に、遠い山並みとともにふつふつと湧き上がる答えを見つける。「昔、ろくでもないことばかりやっていた過去を償っているのかも。大事なことに気が付かなかった過去の償いかも」

「何も言わないでいるのは、気が楽なことも多いよ」

彼女は実際、試しに黙り込み、彼の言葉に同意するように見える。もしも俺が誰かと牢屋に入れられることがあったら、あるいは核シェルターに閉じ込められることがあったら、この人を相棒に選びたい、と彼は考える。

ソルトレークを通り過ぎたところで見つけたモーテルで、「ダブルベッドですか、それともシングルベッド二つのツイン？」とフロント係に訊かれる。

「ツインで」とニックが答えると、横でオリヴィアが子供のような笑い声を上げる。二人は気詰まりに思いながら、交替でバスルームを使う。そしてさらに一時間、目を開けて横になったまま、二つのベッドの間にある二フィート（約六〇センチメートル）の谷を隔てておしゃべりをする。車で千マイル（約一六〇〇キロメートル）を走った日中と比べて、饒舌な時間だ。

「人前で抗議の声を上げるなんてあたしはやったことがない」

彼は考えなければならない。美術学校時代には、確かに政治的な怒りを行動に移したことがある。彼は驚いたことに、「俺もない」と口にしている。

「今回の抗議に加わらない人がいるなんて、あたしには想像できない」

「木こり。自由論者《リバタリアン》。人間の運命を信じる人たち。ウッドデッキや屋根板を必要としている人たち」。

間もなく目が自然に閉じて、彼は眠りの中へ――夜ごとに訪れる、植物的な救済の場所へ――運ばれる。

ネバダ州はあらゆる人間どもの駆け引きをあざ笑うように広く、荒涼としている。冬の砂漠。彼はハンドルを握る彼女を横目で見つめる。彼女は畏怖の海で船酔いしている。次はシエラネバダ山脈で、吹雪に遭う。ニックは道路脇の店で高いチェーンを買わされる。ドナー峠ではセミトレーラーの後ろを走らされる。二本の車線はどちらも、踏み固められた雪の上を高密度の金属の塊が時速六十マイル（約九六キロメートル）で走っている。彼は念動力《テレパシー》で車を操り、追い抜きのために左車線に移る。そこで突然、ホワイトアウト。フロントガラスの全面をガーゼの包帯が覆う。

「オリヴィア？　くそ。全然見えない！」

車が路肩に突っ込み、前後が入れ替わる。彼は何とか車を車線に戻し、アクセルを踏んで加速し、わずか数インチの差で死を逃れる。

数マイル走った後でも、彼はまだ震えている。「まったく。もう少しで君を死なせるところだった」

「いいえ」と彼女は言う。まるで誰かから、今後の展開を知らされているみたいな口調だ。「そんなことにはならない」

車は西側の斜面を下り、理想郷《シャングリラ》に入る。一時間も経たないうちに、車外の世界が数フィートの雪に覆われた針葉樹林から、広々とした緑のセントラルバレーに変わり、ハイウェイの両脇では多年草が花を咲かせている。

「カリフォルニア」と彼女は言う。

彼は自然にあふれる笑みを抑えようともしない。「そうみたいだね」

ダグラスは裁判を受ける。

「あなたには、公務の執行を妨害した容疑がかけられています」と判事が言う。「容疑を認めますか？」

「裁判長殿。その公務とやらは、道端に放り出された誰かの飼い犬みたいなとんでもない悪臭を放っていたんです」

判事は眼鏡を外して鼻筋をもむ。そして法学の深奥を覗き込む。「残念ながら、それは本件と何の関係もありません」

「どうして関係ないんですか、裁判長殿、お教え願えますか？」

判事は二分で法律の仕組みを説明する。財産。市政。以上。

「でも、お役人たちは民主主義を踏みにじろうとしたんですよ？」

「市がとった行動について疑いを持つ市民がいれば、法廷はいつでも耳を傾ける用意があります」

「裁判長殿。私は退役軍人で、勲章ももらっています。名誉戦傷章《パープル・ハート》と空軍十字章と。過去四年間には、五万本の木を植えました」

法廷中の目が彼に集まる。

「何千マイルという距離を歩いて、地面に苗木を植えて、少しでも森を取り戻す努力を続けてきたんです。ところが、自分が今までやってきたことは、ろくでもない連中にもっとたくさん古い木を切る許可を出す手助けにしかなっていないと知りました。申し訳ありませんが、あの公園では、愚かな行為をすぐ目の前で見せつけられて、いてもたってもいられなかった。単純な話です」

「以前、刑務所に入ったことはありますか？」

「難しい質問ですね。イエスでもありますし、ノーでもあります」

　法廷は思案する。被告は深夜、市が依頼した伐採業者の仕事を邪魔した。作業員に対して暴力は振るっていない。何かの器物を損壊したわけでもない。判事は刑の執行を七日間猶予して、罰金二百ドル、または三日間の労働——市の樹木管理士と一緒にオレゴントネリコを植える作業——を命じる。ダグラスは植樹を選ぶ。彼は法廷を出ると、モーテルに駆けつけるが、トラックは既によそにレッカー移動されている。引き取るには三百ドルが必要だ。彼はその金を掻き集めるまで、車を保管するよう係員に頼む。彼には一ドル硬貨に両替してあちこちに埋めたへそくりがある。

　彼は一週間——業務として命じられたのは三日間だが、それより長く——市の奉仕活動として、木を植える作業をする。「どうしてだ？」と樹木管理士が訊く。「もうやらなくてもいいのに」

「トネリコは高貴な木だから」。最大級の弾力。さまざまな道具の握りや野球のバットの芯材。ダグラスは羽状複葉を愛する。光を和らげ、世界の肌触りを実際よりもやさしく変えてくれる木。先細りになった、ヨットみたいな種子も好きだ。やらなくてもいいとか、やらなければならないとか以前に、彼はトネリコを植えていると考えることが楽しい。

　ダグラスが一生懸命に働けば働くほど、樹木管理士は罪悪感を覚える。「市があの公園でやった行為は、ほめられたことじゃない」。それはささやかな譲歩だ。しかし市から給料をもらっている人間の言葉としては、かなり過激だともいえる。

「そんなレベルの話じゃないだろ。夜陰に乗じて、しかもタウンホールで市民の意見を聞く直前にだぞ」

「人生なんてのは血なまぐさいものさ」と樹木管理士が言う。「自然と同じこと」

「人間に自然の何が分かるっていうんだ。民主主義だって分かっちゃいない。頭のおかしな連中の方が正しいのかもって、考えたことあるか？」

「それはどの連中か次第だな。頭のおかしな連中って誰のことだ？」

「森林保護を訴えているやつらさ。サイユスロウ川のあたりでは植樹に参加してるやつもたくさんいた。アンプクア川の方では抗議活動をしている連中にも会った。活動家はオレゴン州のいたるところから現れてる」

「それは子供とか、ドラッグをやっている連中とかだろ。なぜか知らんが、みんなラスプーチンみたいな顔をしてるんだよな」

「おい！」とダグラスが言う。「ラスプーチンは二枚目だっただろ？」。樹木管理士が俺を扇動の容疑で警察に突き出したりしませんように、と彼は願う。

彼はすぐにはポートランドを離れず、図書館に戻って、森で行われているゲリラ的な活動について調べる。前に知り合った司書は、引き続き積極的に手伝ってくれる。どうやらダグラスに気があるようだ——ひどい体臭にもかかわらず。あるいは体臭がプラスに働いたのかもしれない。世の中には、実際に森で活動をする人たちがいる。サーモン＝ハックルベリー野生生物保護区近くでの活動を伝えるニュース記事が彼の目を惹く。林道を封鎖する方法を人に教えている団体に関するものだ。そうと決まれば、ダグラスがやらなければならないのは、トラックを取り戻すこと。しかしその前に、自分なりのささやかなゲリラ活動をせずにはいられない。犯行現場に戻ることが合法か違法か、彼は知らない。再び法令に違反すれば、おそらく刑務所送りだろう。ダグラスの中には、搭載管理官を務めていた頃のように高い場所から地上を見下ろすのが好きな部分があって、そこはむしろ刑務所送りを望んでいる。

公園に近づくにつれて、怒りがこみ上げてくる。時刻はまだ昼前。彼の肩、首、不自由な脚が再びそれを感じる――ごろつきの手で地面に投げ出され、見せしめにされた屈辱。しかし怒りが彼を興奮させることはない。その逆だ。彼は怒りに脳天を殴られたようにうなだれ、公園に着く頃には足をひきずって歩いている。

最初に目に留まった新しい切り株は、断面からまだ樹脂を出している。彼はそのすぐ横にひざまずき、細字のマジックペンと、定規代わりの運転免許証を取り出す。そして手術をするような手つきでその両方を断面に当て、外側から順に年輪を数える。彼の指の下で歳月が逆戻りする――幅が太かったり細かったりする輪の中に、洪水と干魃《かんばつ》、寒波と猛暑、そのすべてが刻まれている。一九七五年まで数えたところに細いペン先で×印を付け、一九七五と記す。そこからさらに二十五年さかのぼって、最初の×印から反時計回りに少しだけずらしたところにまた×印を付け、一九五〇と記す。

二十五年刻みで作業が続き、やがて不動の中心に達する。彼はこの町がいつできたのか知らないが、この木は明らかに、周辺に白人が来る前には既に若木になっていた。ダグラスは正確に数えられる限界の部分に推定年を記して、再び、つい最近まで生長途中だった外縁へと歳月をたどり直し、円周の半分を使ってブロック体の文字で「あなたが眠っている間に切り倒された」と書き込む。

彼がまだそこで切り株に書き込みをしているところに、ミミが昼食をとりにやって来る。彼女にとっては怒りが、昼休憩の新たなトランプゲームだ。突然、枯山水に変えられた公園のベンチで、卵とチリのサンドイッチを食べながら一人でプレーするゲーム。夜襲があった日以来、彼女は方々に電話をかけ、まったく無力な集会に参加した。二人の弁護士にも相談したが、二人とも「正義なんて幻想だ」という助言をくれただけだった。彼女にできるのは、外で昼食をとりながら、生々しい切り株を見つめ、怒りを咀嚼することだけ。彼女は四つん這いになって切り株に何かを書き込んでいる男を見て、怒りを爆発させる。「今度は何をやってるの？」

ダグラスは顔を上げ、かつて息をすることよりも愛したパッポンの売春婦ラリーダとうり二つの女を見る。お近づきになるためなら道路に穴をいくつでも掘りたいと思える女。彼女はサンドイッチを槍代わりに構えて、彼を脅すように近づいてくる。

「木を殺すだけじゃ物足りないってわけ？　さらに侮辱を重ねないと気が済まない？」

彼は両手を広げ、その後、断面に記した象形文字を指差す。彼女は足を止め、見る——円の中心に向かって時をさかのぼる年輪に添えられたラベル。父が裏庭に脳をぶちまけた年。彼女が大学を卒業し、このつまらない会社に入った年。マー一族が熊から逃げた年。父に巻物を見せられた年。彼女が生まれた年。父が名門カーネギー工科大学に留学した年。そしていちばん外側の輪に添えられた、「あなたが眠っている間に切り倒された」という言葉。

彼女は振り向いて、まだひざまずいている男を見る。「ああ、まったく。ごめんなさい。私はてっきり……もう少しであなたの顔を蹴飛ばすところだった」

「伐採作業を目の当たりにしたらそんな気にもなるさ」

「え。あなたは現場にいたの？」。彼女は顔をしかめて、自分のストレス耐性を計算する。「私が現場にいたら、誰かをけがさせていたかもしれない」

「あちこちで大きな木が切り倒されてる」

「ええ。でも、ここは私の公園だった。日々の糧《かて》だったの」

「山を見てると、こんなふうに思うことがあるだろ。文明はいつか滅ぶけど、山は永遠に残るんだとか。ところが実際は、文明は成長ホルモンを射った牛みたいに鼻息荒くぐんぐん成長して、山の方は死にかけてる」

「私は二人の弁護士に相談してみた。市の側に法令違反はないらしいわ」

「だろうな。間違った連中が権力を握ってるってことさ」

「あなたには何ができる？」

気の触れた男の目が踊る。十二人目の阿羅漢《アラハット》みたいなその男は、愚かな人間の野望を面白がっているかのようだ。彼は少しためらう。「あんたのことを信用してもいいのかな？　ていうか、まさか俺の腎臓を狙ってるとか、そんなことはない？」

彼女が笑うと、彼はその笑い声だけで彼女を信頼する。

「なら聞いてくれ。ひょっとして、三百ドル持ってないか？　それか、ちゃんと動く車を？」


ブリンクマン夫妻は、二人きりの時間には、読書をするようになる。そして、二人が一緒にいるときは大体いつも、他に人はいない。素人芝居は終わり。存在しない赤ん坊をめぐる劇を演じて以来、夫妻は芝居に参加していない。二人は、もう芝居は卒業だと口に出しては言わない。言葉を交わす必要はない。

その後は、子供の代わりに本。本の好みにおいては、二人とも若い頃の夢に忠実であり続ける。レイは壮大な文明のプロジェクトがいまだにはっきりしない運命の階段を上っていく姿を覗き見したがる。彼は夜遅くまでただひたすら読書を続けようとする――生活が向上し、数々の発明が人々を着実に束縛から解放し、ついには知識が人類を救うという物語を。ドロシーにはもっと放縦な教えが必要だ。思想を離れて、一人一人の人生に密着した物語、彼女の救いはすぐそばにあって、熱く、個人的だ。それは人が「にもかかわらず」と言う能力、自分には無理と思える小さなことをやって、一瞬、時間の束縛を逃れる能力にかかっている。

レイの本棚は内容別に分類されている。ドロシーの本棚は著者名のアルファベット順。レイは最新情報の盛り込まれた新刊が好み。ドロシーは自分とできるだけ異なる著者、大昔に亡くなった人、よその土地の人と意思の疎通をしたい。レイはいったん本を読みだすと、途中がどれだけ難しかろうと、結論に至る道のりを強行軍で進む。ドロシーは著者の思弁を読み飛ばすことに何の抵抗も覚えない。そして、ある登場人物――しばしば最も意外な人物――が自分の内面を探り、柄《がら》にもない行動をとる瞬間を追い求める。

二人はともに四十歳代。一度、この家に来た本は、二度と出ていくことがない。レイにとっての目標は、備えだ。どの本も、予見できない将来のあらゆる事態に備えるためにある。ドロシーはどこの系列でもない地元の書店に金を注ぎ込み、読まれざる傑作を断裁から救おうとする。五年前に買ったあの大きな本を読まなければならない日がいつか来るかもしれないとレイは思う。いつかあのぼろぼろの本をまた手に取って、最後から十ページ目を開いて、右の見開きの下の方にある文章を読み返して、邪悪で甘美な痛みを味わいたいと思う日が来るかもしれないとドロシーは思う。

二人が気付かないうちに、家はゆっくりと図書館に変わっていく。彼女は棚に並べきれなくなった本を、並んだ本の上に水平に置く。それをすると表紙が曲がるので、彼は怒る。しばらくの間は、家具を増やすことで問題が解決する。一階にある彼のオフィスの窓と窓の間に桜材の本棚が置かれる。リビングの、元々テレビが祭壇のように設置されていた場所にも、クルミ材の大きな本棚。客間にはカエデ材の本棚。「これで当分は足りるだろう」と彼は言う。これまでに読んだすべての小説で、当分というのがいかに短いかを知る彼女は、それを聞いて笑う。

ドロシーの母が亡くなる。二人は亡母が所有していた本をどれ一つとして手放すことができない。結局それは、王たちもうらやみそうなコレクションの一部に加えられる。ドロシーは街中にある古書店でウォルター・スコットの『完本ウェイヴァリー小説全集』（スコットの小説群は、最初に好評を博した歴史小説以後、「『ウェイヴァリー』の著者によって」と巻頭に記されたことからこう呼ばれる）が信じられない価格で売りに出されているのを見つける。「たった千八百八十二ドルよ！　見返しの紙質も最高。大理石でできた滝みたい」

「いいことを考えたよ」。レイはレジに向かって歩きながら一つの提案をする。彼はスコットの全集に、『知的な機械の時代』を一冊紛れ込ませる。「二階の小さな寝室の冴えない壁。あそこに造り付けの本棚をこしらえてもらおうよ」

二人がかつてその部屋の使い道として考えていたことはもはや、棚に並べられたどの本よりも古く感じられる。彼女はうなずき、笑顔を作ろうとしながら、心の奥で言葉を探る。彼女はそれが何という言葉なのか知らない。自分がその言葉を探っていることにも気付いていない。にもかかわらず。彼女が探しているのは、にもかかわらずという言葉だ。

二人の間には、クリスマスに交わすお決まりのジョークがある。常にその場でジョークではなくなる可能性のあるジョーク。互いに与える贈り物の一つは、相手の考え方を変えさせるものでなければならない。今年、彼が妻に渡すのは『世界を変えた五十のアイデア』だ。

「まあ、ダーリン！　ありがとう！」

「僕はその本で考え方が変わったんだ」

この人は決して変わらない、と彼女は思いながら、唇のそばにキスをする。その後、自分からの贈り物を渡す。注釈の付いた新刊『ジェイン・オースティン傑作四選』だ。

「ドロシー、ダーリン。僕の心が見事に読まれたみたいだ」

「とにかく試しに読んでみてよ、何年か後になってもいいから」

彼は数年前にオースティンを読んだことがあったが、閉鎖的な雰囲気のせいで窒息死しそうな息苦しさを覚えたのだった。

二人は互いに贈り合った本を読み、ローブ姿でクリスマス休暇を過ごす。大みそかには、真夜中まで奮闘する。二人は並んでベッドに横になる。脚はぴったりくっついているが、手はそれぞれの本をしっかり持っている。彼はうとうとして、同じ段落を十回近く読む。単語がねじれて、翼の付いた種子のように宙に舞う。

ようやく時刻が真夜中を回ると、彼は「あけましておめでとう」と言う。「また一年生き延びたね?」

二人はベッド脇に用意してあったシャンパンを氷の上に注ぐ。彼女はグラスを合わせ、一口飲んでから言う。「今年は冒険をしましょうよ」

本棚には、試そうとしてそれきりになった決意がずらりと並んでいる。『超簡単インド料理』。『イエローストーン国立公園を歩く百のコース』。『鳴き声のきれいな東部の鳥たち』。『ワイルドフラワーガイド東部編』。『みんなの行かないヨーロッパ』。『知られざるタイ』。ビール醸造やワイン造りのマニュアル。手つかずのままになった外国語の入門書。拾い読みだけで終わった探検旅行記。二人は気まぐれで忘れっぽい神のように生きてきた。

「生死をかけた大冒険」と彼女が言い足す。

「僕もまさに同じことを考えてたんだ」

「マラソンに参加するっていうのはどうかしら」

「僕は……君のトレーナーならできるかな。何か手伝いなら」

「一緒にできることがいい。パイロットの免許を取るとか?」

「そうだね」と彼は、疲労で気を失いそうになりながら言う。「うーん」。彼はグラスを置いて、自分のももを叩く。

「よし。消灯の前に、あと一ページだけ読もうか?」

眠りに就こうとする彼女は、空想の生き物たちにひどくさいなまれる。そして、すすり泣く声で彼が目を覚まさないよう、じっとしたまま横になっている。何か意味があるみたいに、私の心臓をぎゅっとつかんでいるものの正体は何？ どうして私の心は、この空想の場所に支配されるの？ 本来は目に見えるはずではないものが見える人の姿が彼女には見える。避けることのできない陰謀に巻き込まれ、自分が何ものかに創られた存在だということにさえ気付いていない誰か。

結婚記念日が巡ってきても、ブリンクマン夫妻はなぜかまたしても、木を植えるのを忘れる。

レッドウッドを目にした二人は言葉を失う。ニックは黙って運転を続ける。若木の幹でさえ、天使のようだ。二、三マイル走ったところで、地上から四十フィート（約一二メートル）で初めて上向きに枝——その太さは、東部で見掛ける普通の木の幹ほどある——を出している怪物の脇を通り過ぎたとき、彼は悟る。「木」という言葉は生長し、リアルなものに変わらなければならない、と。彼を仰天させるのは、木の大きさではない。あるいは、大きさだけではない。地面から肩の高さまで覆う地衣と苔から上へと真っ直ぐに伸びる幹は、溝が刻まれた赤茶色のドリス式円柱のように完璧だ——先細りになることなく真っ直ぐにそびえ、赤みがかった皮を持つ神聖なる存在。樹冠を形作っている場所は柱の基部からあまりにも遠く離れているので、まるでそこに、より永遠に近い第二の世界があるかのようだ。

オリヴィアの中で旅の興奮がすっかり落ち着く。彼女はセントルイスのシックスフラッグス遊園地より西を訪れたことがないにもかかわらず、まるでこの場所のことを知っているかのようだ。海岸線の森を抜ける細い道を走っているとき、彼女は「車を停めて」と言う。

彼は針葉が数フィート積もった路肩に車を停める。車のドアが開くと、空気は甘く、美味だ。彼女は助手席から外に出て、巨木の森に足を進める。彼がそばまで行ってみると、彼女の顔には涙の筋ができて、その目は熱く、喜びの涙があふれている。彼女は「信じられない」と言いたげに首を横に振る。「ここよ。これが彼ら。あたしたちは目的地に着いた」

森の守護者たちは容易に見つかる。ロスト海岸（カリフォルニア州北部にある海岸で、ほとんど未開発の地域）沿いのあちこちに多様な集団ができている。地元紙ではほとんど毎日、何らかの活動が報じられている。ニックとオリヴィアは二、三日の間、車で寝泊まりしながら、一時的な寄せ集め集団、そして、ひいき目に見ても場当たり的に作られたとしか思えない組織の様子をうかがう。

ソラスの町からさほど遠くない場所——活動に共感を持っている元漁師が所有する湿地——でボランティアたちがキャンプを張っていることを二人は知る。その野営地は、単に人が集まっているだけではなく、活動が盛んだ。熱意にあふれ、フットワークの軽い若者たちが点々とテントが張られた草地に向かって大声で呼び掛けている。彼らの鼻、耳、眉では金属が光っている。カラフルな衣服の繊維と絡み合うドレッドヘアー。周囲には土、汗、理想主義、パチョリ油、そしてこの森のいたるところで栽培されている種なしマリファナの匂いが漂っている。ここには二日ほどしか滞在しない者もいる。テントの周囲の植物相から見て、半年以上このベースキャンプに暮らしている者もいる。

　このキャンプは、生物防衛隊《LDF》と称する活動——指導者のいない、混沌とした団体——の、いくつもある中枢の一つだ。ニックとオリヴィアは会う人皆に声を掛け、状況を探る。そしてモーゼと名乗る年配の男と、卵と豆の夕食をともにする。モーゼの方もいろいろな質問をして、二人がウェアーハウザー社やボイシ・カスケード社（ともに林業、木材加工、販売などを手がける大企業）、あるいはもっと身近なフンボルト木材社のスパイでないことを確かめる。

「ここの仕事は……誰がどう割り振ってるんだ？」とニックが訊く。

〝割り振る〟という言葉を聞いてモーゼが笑う。「仕事の割り振りなんてここには存在しない。でも、やるべき仕事ならいくらでもある」

　二人は数十人の仲間のために料理をし、片付けを手伝う。翌日はデモ行進がある。ニックはポスターを作り、オリヴィアは合唱に加わる。炎のような髪で格子縞の服を着て、鷹のようなシルエットの女性が手編みのショールを肩に掛けて、野営地を通り抜ける。オリヴィアがニックの腕をつかむ。

「あの人よ。インディアナで見たテレビニュースに出てた人」。光の精霊たちが彼女に探せと命じた人物。

　モーゼがうなずく。「あれはマザーN。彼女の手にかかれば、メガホンがストラディヴァリウスに変わる」

　日が暮れると、マザーNがモーゼのテントの隣でオリエンテーションの談話会を開く。彼女は車座になった顔ぶれを確認して、ベテランにうなずき、新人を歓迎する。「この季節になってもたくさんの人が残ってくれて、とてもうれしいわ。以前は、冬になるとキャンプを離れる人が多かった。冬は雨が多くて、春になるまで業者が伐採を休んでいたから。でも、フンボルト木材は一年を通して伐採をするようになった」

　集まった人の間から、ブーイングの声が漏れる。

「会社側は法律で規制される前に伐採を進めようと必死になってる。でも、向こうはまだ、あなたたちの存在を計算に入れていない！」

　ニックの頭上で歓声が白波のように砕ける。彼はオリヴィアの方を向き、彼女の手を握る。まるで彼がうれしさのあまり手を握るのが初めてではないかのように、彼女はさりげなくその手を握り返す。彼女がほほ笑むと、ニックは再び、自信たっぷりなその態度に驚く。彼女は手探りの感触と、彼女にしか聞こえない精霊のささやき声――もっと暖かい場所、こっちへ、もっと暖かい場所へ――だけに導かれてきた。そして二人は、まるで最初から目的地が分かっていたかのようにここにたどり着いた。

「しばらく前から活動している人もここにはたくさんいる」とマザーNは続ける。「どれも、とても有意義な活動だった！　ピケ。街頭演劇《ゲリラ・シアター》。平和的なデモ行進」

　モーゼは剃った頭をなでながら、大きな声を上げる。「そろそろやつらに恐怖を叩き込んでやろうぜ！」

　歓声がまた二倍になる。マザーNの顔にも笑顔が浮かぶ。「ええ、そうね！　でも、生物防衛隊《LDF》にとっては非暴力ということがとても大事なの。最近、ここに来たばかりの人たちにはぜひ、直接的な活動に加わる前に、消極的抵抗の訓練を受けた上で、非暴力の誓いを立ててもらいたい。私たちとしては、器物損壊みたいな行為は許しませんし……」

　モーゼが叫ぶ。「だけど、前輪と後輪の間に速乾性のセメントを少し流すだけでも驚くほどの効果があるぞ」
マザーNの唇の端がねじれる。「私たちは今、世界中で起きているとても長期的な、とても広範囲にわたる動きの一部なの。インドでチプコ運動（森林伐採に反対する村の女性たちが木に体を縛るなどして抵抗した運動）に参加する美しい女性たちが脅しや暴力に耐えられるなら、そしてブラジルのカヤポ族（アマゾン川流域に暮らし、ダム建設に反対するなど、闘う先住民として知られる）に政治闘争ができるのなら、私たちにだってできるはず」

　小雨が降っている。ニックとオリヴィアはそれに気が付かない。

「皆さんの多くは、フンボルト木材のことをよく知っていると思う。知らない人のために説明すると、フンボルト木材はおよそ一世紀前からずっと、家族経営でやってきた会社だった。フンボルトはカリフォルニア州で最後の進歩的な企業城下町だったし、給料も信じられないほど高額だった。年金基金は潤沢。社員の面倒はちゃんと見て、日雇いを使うこともめったになかった。それより何より、伐採を選択的に進めていた。しかも、永遠に持続可能なペースで。

「あそこは古木を切るペースはゆっくりだったから、同じ西海岸にあるよその会社が木を切り尽くした後もずっと、地上で最良の軟木を何十億ボードフィート（板材の測定単位で、一平方フィートで厚さ一インチの板の体積）も持ち続けていた。二十万エーカー（約八〇〇平方キロメートル）――一帯に残る原生林の四十パーセント。ところが、フンボルト木材の株価が、収益率を最大化しているよその会社に比べて下がってしまった。すると、資本主義のルールに従って、誰かが時代遅れの人間たちにビジネスの基本を教えなければならなくなる。〝ジャンクボンドの帝王〟と呼ばれたヘンリー・ハンソンのことを覚えてる？　不正腐敗防止法違反で去年、刑務所に行った男。彼が取引をお膳立てした。仲間の乗っ取り屋がウォールストリートから一歩も動くことなしに会社を奪った。巧妙なやり方。ジャンクボンドで借り入れた現金を敵対的買収に注ぎ込んで、負債を貯蓄貸付組合に売って、最後は一般市民が救済せざるをえない仕組み。そして会社を抵当にして買収資金を完済して、年金基金を略奪して、準備金を使い果たして、価値のあるものはすべて売り払って、会社の残骸も売れる金額で売る。まさに魔法！　略奪した分だけお金がもうかるってわけ。「フンボルト社は今、最後から二番目の段階。資産目録にある売却可能な材木をすべて現金に換えているところ。それがつまり、森にたくさん残っている樹齢七、八百年の古木ということ。想像を絶する太さの木々がウェアーハウザー社のB製材所で板材に変えられている。フンボルト社は普通の四倍の速さで伐採を進めてる。しかも今は、法律で規制されたくないものだから、そのスピードを上げている」

ニックはオリヴィアの方を振り返る。オリヴィアは自分より若いけれども、彼は分からないことがあれば彼女に説明を頼るようになっていた。彼女の顔に力が入り、苦しそうに目が閉じる。そしてその頬骨を涙が伝う。

「私たちはもちろん、法律ができるのを待っていられない。効率を上げた今のフンボルト木材は、法律ができる前に大きな木をすべて切り倒してしまうでしょう。だから私は皆さん一人一人にこう問い掛けたい。あなたは私たちの活動に対してどんな貢献ができますか？　私たちは皆さんの貢献を、どんなものでも受け取る。時間。労力。お金。お金というのは驚くほどありがたい！」

彼女の話の後は、喝采と歓声が響く。集まっていたメンバーは解散して、焚き火で作ったレンズ豆のスープを食べる。オリヴィアは——以前は、ラーメンを作るわずかなお湯を沸かす手間さえ惜しんで、同じ寮に住む学生が冷蔵庫に入れていた料理を盗んでいた彼女が——調理を手伝う。食事を給仕する彼女は、まるでこの野原に舞い降りた木の精《ニンフ》のようだ。数週間も風呂に入っていない者も混じる森の男たちが彼女に動じないふりを装っているのをニックは感じ取る。

黒髭《ブラックビアード》という名の男に率いられた一団が、停車されたキャタピラーD8ブルドーザーのエンジンをコーンシロップで固める工作から帰還する。大仕事をやり遂げたその姿が焚き火の明かりに輝く。彼らは日が落ちてから再び出掛けて、さらに山の上の方にある重機の監視状態を確かめる予定だ。

「器物破損はまずいと思う」とマザーNは言う。「本当に、やめた方がいい」

モーゼはその言葉を笑い飛ばす。「破損の被害に遭っているのは機械じゃなくて、森林だ。今やっているのは消耗戦。こっちは数時間使ってシロップ攻撃を仕掛ける。向こうはその後、機械を修理しなくちゃならない。けど、その間、向こうは時間と金を失うってわけさ」

黒髭《ブラックビアード》が炎をにらむ。「フンボルトのやってることこそが器物破損だ。なのに、どうしてこっちが遠慮しなけりゃならない？」

二十人ほどのボランティアたちが声を張り上げて議論を始める。アイオワの田舎で何年も過ごしてきたニックはこの場では子供同然で、まるで小さなラジオを聞いて育った少年が、初めて生で交響曲を聴いているかのようだ。彼はホーエル家の百科事典で冬の夜に読んだような、樹木をあがめるドルイド教（古代ケルト人の宗教）を信じる人々の土地に迷い込んでしまった。ドドナの神託所におけるオーク崇拝（古代ギリシアのエーペイロス地方の都市ドドナにあったゼウスの神託所ではオークの葉擦れの音で託宣が与えられた）、イギリスとガリアにおけるドルイドの森、日本の神道における榊の崇拝、宝石で飾り立てられたインドの願いの木、マヤのカポック、エジプトのイチジク、中国で神聖とされるイチョウ。いずれも世界最初の宗教の一分枝だ。彼はこの宗派《セクト》が必要としている技に磨きをかけるために、この十年、憑かれたように樹木を描いてきたのだ。

オリヴィアがニックの方へ体を傾ける。「大丈夫？」。彼の返事が、糞便でも口にしたみたいな笑顔に張り付く。

襲撃隊は再び出発する用意をする。黒髭《ブラックビアード》、針葉《ニードルズ》、苔食い《モスイーター》、啓示者《レベレーター》。勝利の証としてのシュロの葉、月桂冠、オリーブの葉を競い合う戦士たちだ。

「ちょっと待ってくれ」とニックが言う。「やってみたいことがある」。彼は男たちを焚き火の陰に置かれたキャンプ用の椅子に座らせて、それぞれの顔に絵を描く。ティンカーベルという名の女性が横断幕に字を書くのに使っている、缶に入った緑の塗料が絵の具代わりだ。彼は頭蓋骨の輪郭をなぞる。

額の曲線、盛り上がった頬。次々に描かれる渦のような模様は、下書きなしにマオリ族の入れ墨《ター・モコ》をシユールに再現しているかのようだ。絞り染めのTシャツに、ペイズリー模様の顔。インパクトは大きい。夜の奇襲隊は互いの顔を見て、ほめ合う。何かが彼らの中に入ってくる。彼らは別の生き物に変わる――古代の印を刻まれることで何かが変わり、力が満ちあふれてくる。

「すごいぜ！　この顔を見たら、やつらは絶対びびる」

モーゼは新入りの腕前に感心し、首を横に振る。「大したもんだ。これでやつらにも、俺たちが危険な存在だと思わせることができる」

オリヴィアは誇らしげに、ニックのすぐ後ろに立つ。彼女は彼の二の腕に手を添える。何日も一緒に分厚い寝袋に入って隣同士で眠り、車でアメリカを横断してきた後で、そのしぐさが彼をどんな気持ちにさせるか、彼女には分かっていない。あるいは、分かっているけれども気に掛けていないのかもしれない。「素晴らしい出来だわ」と彼女がささやく。

彼は肩をすくめる。「あまり役には立たないけどな」

「すごく役に立つ。あたしが保証する」

二人はその夜、レッドウッドのこぬか雨の中、毛布代わりの針葉の上に腰を下ろし、自分たちの〝森林名《フォレスト・ネーム》〟を考える。最初それは子供っぽいお遊びに思える。しかし、あらゆる芸術は子供っぽいものだ。物語も、人間が抱く希望も恐怖もすべてそうだ。この新しい芸術的取り組みのために新しい名前を用いることに何の不都合があるだろう？　木はしばしば十個近い名前を持っている。テキサスバックアイ、スパニッシュバックアイ、ニセバックアイ、モニッロ――これらはすべて同じ植物の別名だ。カエデの種子のように多くの名前を持つ木々。スズカケノキ、別名プラタナス、またの名はボタンノキ――まるで引き出しに偽造パスポートをいくつも隠している男のように。ある土地ではボダイジュ、別の土地ではリンデン、広くはシナノキ、しかし材木や蜂蜜に変えられるときにはバスウッド。ダイオウマツだけでも二十八の名前を持つ。

オリヴィアは焚き火から離れた場所でニックをしげしげと見る。彼女は目を細めてそうしながら、彼を何と呼ぶべきか、手掛かりになる要素を探す。そして彼の髪を耳にかけ、冷たい手でその顎を傾ける。「見張り人《ウォッチマン》。それでいい？ あなたはあたしの見張り人《ウォッチマン》」

観察者、傍観者。将来の保護者。彼は正体を見透かされてにやりとする。

「今度はあなたがあたしを名付ける順番！」

彼は手を伸ばし、あっという間に泥みたいに変わる小麦のような花粉を指先に取る。粉は彼の指先で扇状に広がる。「イチョウ《メイデンヘアー》」

「そんな名前の植物があるの？」

ある、と彼は言う。生きた化石の別名。花が咲く木よりも古く、最も古い針葉樹と同じくらい昔からある木。こういう山の中にしばらく自生していたものが数百万年の間、姿を消して、その後、栽培種として復活を遂げた。樹木の始まりの頃からある木。


彼女は小型テントの中で彼に寄り添うようにして眠る。周りにボランティアがたくさんいるおかげで、ぬくもりよりも親密な行為が試みられる危険はない。彼は横になったまま彼女の背中を見つめる。少しずつ上下する肋骨。彼女がパジャマ代わりにしているTシャツが肩からずれて、肩甲骨のところに派手な文字で刻まれた入れ墨の言葉が覗く。いつか変化が訪れる。

彼はできるだけ身動きせずにいる。興奮した修道士。彼は耳にまで届く自分の鼓動を数え、やがてその波音が静まるとともに、眠りに就く。遠のく意識の中で、一つの思考がクモの巣のように張り巡らされる。よその惑星から来た人々は、地球にあるものの名前はどうしてこんなにややこしいのか、一つのものにどうしてこれほどたくさんの名前が付いているのか、と困惑するだろう。ともあれ、彼が今寝ているのは、数週間前に知り合ったばかりの友人——いくつもの転生を経て再会した友人——の横だ。ニックとオリヴィア、見張り人《ウォッチマン》とイチョウ《メイデンヘアー》という完璧な四人組は、この一月の夜、てっぺんの見えないレッドウッドの柱、死なないセンペルヴァイレンズの下、野天で眠っている。

パトリシア・ウェスターフォードはペンを手に、背もたれが梯子のようになった椅子に座り、田舎家の松材《パイン》のテーブルに向かって、虫の声に耳を傾ける。時刻は十一時に近づくが筆は止まったままだ——今までに書いた文を一つ一つ、徹底的に書き換えるばかり。窓から吹き込んだ風が、堆肥とスギの匂いを運ぶ。その匂いは、何の目的も持たないように思われる古くて深い切望を不意に掻き立てる。森が呼んでいる。彼女は外に出て行かなければならない。

彼女は冬の間ずっと、自分のライフワークの楽しさと、この数年で確かめられた発見を文章にまとめようと奮闘していた。木と木が空気を通して、そして地下でおしゃべりをしていること。互いを気に掛け、栄養を分け合い、ネットワーク化された土を通じて行動を伝え合っていること。時には森という大きな単位で免疫システムを作り上げていること。彼女は一章を費やして、一本の朽ち木が他の無数の種《しゅ》に生命を与えていることを詳述する。立ち枯れの木を取り除くと、キツツキが死に、他の木を枯らすゾウムシが際限なく増えてしまう。彼女は人が生涯で何度その横を通り過ぎても決して気が付かないような石果（サクランボ、梅など）、総状花序、円錐花序、総苞《そうほう》について説明する。グリーンアルダーが土の中から金を採取すること。一インチ（約二・五センチメートル）の丈まで伸びたペカンの幼木には六フィート（約一・八メートル）の根があること。カバノキの内樹皮は飢饉の際、食料になること。ホップホーンビームの花《か》穂《すい》には数百万の花粉があること。先住民はクルミの木の葉をすりつぶして川に流し、刺激で気を失った魚を捕らえること。柳の木はダイオキシン、ポリ塩化ビフェニル《PCB》、重金属を浄化する作用があること。

菌糸――スプーン一杯の土の中に、伸ばすと何マイルにもなる菌糸が畳まれている――が木の根に入り込み、菌類はそこから必要なものを得ていること。木とつながった菌類が木にミネラル分を与えていること。木はそれと引き換えに、菌類が作ることのできない糖を与えていること。

地中では驚くべきことが起きている。私たちはその仕組みをようやく理解し始めたばかりだ。数百エーカーの範囲まで広がる巨大な知的共同体《コミュニティー》と木とをつなぐケーブルのような菌根共生体。それは、物質、サービス、情報などを交換する巨大なネットワークを形作っている……。

森に個体というものは存在せず、個別に取り出すことのできる出来事というものもない。鳥とそれが止まっている枝とは、合体した一つのものだ。一本の大きな木が作る栄養の三分の一かそれ以上は、他の生物の食料になる。異なる種類の木々でさえ、協力関係を結ぶことがある。カバノキを一本切り倒すと、近くにあるダグラスモミが苦しむことになるかもしれない……。

東部の大きな森林においては、オークとヒッコリーは同じタイミングに堅果を作り、それを食べる動物を戸惑わせる。どこかで何かの合図が出されると、ある種類の木は――日なたにあろうと日陰にあろうと、湿地にあろうと乾地にあろうと――一つの共同体としてともに、種子をたわわに実らせる、あるいはまったく実らせない……。

森は地下の接合部《シナプス》を通じて自らを修復し、成長する。そして森が成長するとき、その内側で森を形作る他の数万の生物をも成長させる。森とは、常に枝や根を広げ続ける巨大な超樹木《スーパーツリー》だと考えるのがよいのかもしれない。

彼女はニレがアメリカ独立戦争のきっかけになったと書く（アメリカ独立戦争を主導した〝自由の息子たち〟はしばしば〝自由の樹〟と名付けられたニレの木の下に集った）。地球で最も乾燥した砂漠の真ん中に、樹齢五百年の巨大なメスキートが生えていること。窓から見えるトチノキ《マロニエ》が、絶望的な状況で隠れ暮らしていたアンネ・フランクに希望を与えたこと。月まで旅した種子が地球のあちこちで芽吹いたこと。地球にはまだ誰も知らない素晴らしい生き物が存在していること。人々が失った樹木についての知識を取り戻すにはまだ数世紀がかかりそうなこと。

夫は彼女から十四マイル（約二二キロメートル）離れて、町に暮らしている。二人は一日に一度会い、デニスが旬のもので作る昼食をともにする。それ以外は昼も夜もずっと、彼女の連れは樹木だけだ。彼女は言葉――緑色の生物が作り出すエネルギーに寄生する新参動物が手に入れた道具――によって木の代弁をする。

学術論文を書くのは、彼女にとっては以前から大変なことだ。論文を書くたびに――たとえそれが十人あまりいる共著者の一人としてであっても――追われた者として過ごした歳月が頭によみがえる。むしろ他人と責任を分かち合っているときに感じる不安の方が大きい。かつて自分が経験した思いを愛する同僚たちに味わわせるくらいなら、再び隠遁生活に入った方がいい。だが、そんな学術論文でさえ、一般向けに書く本に比べれば森の散歩程度の苦労でしかない。科学論文は記録として残るだけで、ほとんど誰にとっても関心の対象ではない。しかし、この厄介な著作はどうだろう。彼女はきっとマスコミに誤解され、あざけられる。そして本の売り上げはきっと、彼女が出版社から既にもらっている前払い印税にも追いつかないだろう。

彼女は冬の間ずっと、自分の知識をどうやって見知らぬ人に伝えたらよいのかと悩んでいた。それは地獄のような期間であると同時に、天国でもあった。もうすぐ、その地獄みたいな天国が終わる。八月には野外実験室を閉じて荷物をまとめ、こまごましたサンプルを大学に持っていき――とても考えられないことだが――再び教壇に立つ。

今晩は、適切な言葉がどうしても思い浮かばない。こんなときはさっさと寝て、夢の意見を伺うのが正解かもしれない。しかし彼女はそうする代わりに、キッチンの古びた冷蔵庫の上に置かれた時計を、首を伸ばして見る。真夜中だが、池の方まで足を伸ばす時間はまだある。

十五夜に近い月の下、山小屋近くのトウヒが枝を振り、不気味な予言をする。トウヒが一直線に並んでいるのは、かつてイスカが好んで一本の枝に止まり、種《たね》の混じる糞を落としていた名残だ。木は夜の間も、月明かりによる光合成に忙しい。間もなく森は花の季節になる。ハックルベリーとスグリ、派手なトウワタ、背の高いヒイラギメギ、ノコギリソウとチェッカーマロー。彼女は再び、人間が花の意味を理解するずっと以前に、地上で究極の知性が積分と万有引力の法則を見いだしたことに驚嘆する。

今晩の木立には、言葉で満たされた彼女の頭と同様に、小雨と霧がかかっている。彼女は愛しのベイマツの下で道を見つけ、頭をかがめる。晩冬の月に照らされた円錐の下に道は続く。ほとんど毎晩彼女がたどるその道は、古くからあるあの回文《パリンドローム》のようだ。道は自然に次の一歩を定めた（La ruta nos aportó otro paso natural）。夜に針葉から吐き出される、いまだに分類されていない無数の揮発性物質が彼女の心拍を緩め、呼吸を和らげ、もしも彼女の印象が正しいなら、気分と考え方さえ変える。森の薬局に並ぶ多くの物質たちは、いまだに誰にも特定されていない。樹皮、髄、葉の中にある強力な分子の効能はまだ分かっていない。彼女の木々が使うストレス耐性ホルモンの一種――ジャスモン酸――は、謎と興味を高める重要な成分として女性向けの香水に入っている。私の匂いを嗅いで、私を愛して、私は困っているの。実際、樹木は今、困難な状況にある。世界の森はすべてそうだ――「保全林」という奇妙な名の森も。彼女のささやかな著書では読者に伝えきれないほどたくさんの困難を、森は抱えている。困難は人間の予想や制御の及ばないところまで広がり、まるで大気のようにあらゆる場所を覆っている。

彼女は突然、池の周りの開けた場所に出る。満天の星が頭上にはじける。人類が遠い昔からずっと森に対して戦いを仕掛けてきた理由を理解するには、その光景だけで充分だ。デニスは木こりたちがよく使う言い回しを彼女に教えたことがある。あの湿地にちょっと光を入れようぜ。森は人をパニックに陥らせる。森の中ではあまりにも多くのことが起こりすぎている。人間には空が必要なのだ。

いつもの席が空いたまま、彼女を待っている――水縁にある、苔のむした倒木。彼女が水面に目をやった途端、頭がすっきりと冴え、探していた道が見つかる。彼女は人の手が入っていない森の古い大木に付ける名前を探していた。炭素と代謝産物の取引を仕切っている木々。彼女はついにその答えを見つけた。

菌類は樹木にミネラル分を与えるため、岩を掘る。菌類はトビムシを狩り、養分を宿主に与える。木は逆に、菌類の接合部《シナプス》に余分な糖を蓄え、病気の木、陰になった木、傷ついた木にそれを分け与える。森は自らを支え、自分が生き延びるのに必要な気候を局地的に作り上げることさえ行う。

ダグラスモミは樹齢五百歳ほどで枯死する前に、蓄えてあった化学物質を、根と共生菌を通じて送り出し、遺産をすべて共同体の共有資産にする。私たちは恩恵をもたらすこうした古い木のことを〝恵みの木《ギビング・ツリー》〟と呼ぶことができるだろう。

一般読者に奇跡を少しでも鮮明に見せるには、こうしたキャッチフレーズが必要だ。彼女はそのことを大昔に父から学んだ。人は自分に似たものの方が理解しやすい。〝恵みの木《ギビング・ツリー》〟は、気前のよい人なら誰でも理解できて、愛することができるイメージだ。パトリシア・ウェスターフォードはこの二つの単語で自らの運命を封印し、未来を変える。木々の未来さえも。

朝、彼女は冷たい水で顔を洗い、亜麻仁《あまに》とベリーをミキサーで混ぜて、前の日の新聞を読みながらそれを飲む。その後、昼食時にデニスに見せられる段落を一つ書くまでは席を立たないと決めて、松材《パイン》のテーブルに向かう。鉛筆の素材であるビャクシンの匂いが彼女を興奮させる。紙の上をゆっくりと滑る黒鉛は、高さが数百フィートある巨大なダグラスモミの幹に何百ガロンもの水を吸い上げる日々の蒸散作用を思い起こさせる。一人で紙に向かい、手が動くのを待つという行為は、植物にとっての悟りに最も近い状態なのかもしれない。

彼女はどうしても最終章を書くことができない。三つの要素のありえない組み合わせが彼女には必要だ。希望に満ち、有用で、しかも真実であるようなネタ。スウェーデンの中央部に生えているヨーロッパトウヒの〝シッコおじいちゃん〟を取り上げることにしようか。その木の地上部分はわずか数百歳にすぎない。ところが微生物だらけの地中にある部分は、九千歳かそれ以上の樹齢だ――つまりその木は、彼女が今、それを説明するために用いている文字の歴史より何千年も古い。

彼女は午前中ずっと、九千年の物語を十のセンテンスに要約しようと頑張る。同じ根から伸びては枯れる歴代の幹。そこには彼女が求める〝希望〟がある。〝真実〟はもっと野蛮だ。彼女は昼前には現在に追いつく——いつもなら雪で生長を妨げられて大きくならないはずの幹が歴史上初めて、人間の影響による気候変動でめいっぱいの大きさにまで伸びている、最新の〝シッコおじいちゃん〟。

しかし〝希望〟も〝真実〟も、〝有用性〟なしには人間にとって意味を持たない。彼女は不格好で不器用な言葉を用いて、不毛の峰にそびえる〝シッコおじいちゃん〟——気候が変わるたびに、枯死と再生を果てしなく繰り返す木——の有用性を手探りする。世界は人間が便利に使うために作られているわけではないということを示しているのが〝シッコおじいちゃん〟の有用性だ。翻って、私たちは木にとって、何の役に立っているのか？　彼女は仏陀の言葉を思い出す——木は、あらゆる生き物に住居と食料と安心を与える素晴らしいものだ。木は自分を切り倒す木こりにさえ、木陰を与えるのだ。彼女はこの言葉で本を締めくくる。

夕立のように規則正しいデニスは正午に姿を見せる。今日持参したのは、最新の傑作料理、ブロッコリーとアーモンドのラザニアだ。生活の大半を一人で過ごさせてくれる地上でただ一人の男とこうして数年の結婚生活を送ってきた自分は何て運がいいのだろう、と彼女は思う。実際、彼女は週に何度もそう感じる。元気で、忍耐強くて、気立てのよいデニス。いつも彼女の仕事を守り、ほとんど何も要求しない。彼は器用な男らしく、ほとんどのことは人間の尺度で測れないことを既に知っている。そして雑草のように寛大で熱心だ。

彼女はデニスのごちそうを口に運びながら、今日、〝シッコおじいちゃん〟について書いた部分を読み上げる。彼はギリシア神話をうれしそうに聞く子供のように、驚きながら耳を傾ける。彼女が読み終えると、彼は拍手をする。「ああ、ベイビー《ベイビー》。素晴らしいじゃないか」。彼女の未熟な魂の中にある何かが、世界でいちばん年を食った赤ん坊になれたことを喜ぶ。「こういうことは本当は言いたくないんだが、どうやら本は出来上がったみたいだね」

それは恐ろしいことだが、彼の言う通りだ。彼女がため息をついて、キッチンの窓から外を見ると、そこでは三羽のカラスが堆肥入れに侵入する方法を念入りに計画している。「さあ、これからどうしよう？」

まるで彼女が冗談を言ったみたいに、彼があっけらかんと笑う。「原稿をタイプで清書して、出版社に送るのさ。四か月遅れだけどね」

「それはできない」

「どうして？」

「問題だらけ。タイトルからして駄目だわ」

「『樹木はいかにして世界を救うか？』の何がまずい？　樹木には世界が救えないってことかい？」

「いいえ、樹木はきっと世界を救うと思う。私たちがいなくなった後で」

彼は笑って、汚れた皿を片付ける。皿は深い流し台《シンク》と濾過器とお湯がある家に持ち帰る。彼はキッチンの向こう側から彼女を見る。「じゃあ、『森の救い』というタイトルにしたら？　そうすれば、誰が何を救うのかをぼやかすことができる」

「私は本当にあなたを愛してるわ」

「それは分かってるよ。ねえ。ベイビー。純粋にうれしいことだと思わないかい？　自分の人生で最大の喜びを人に伝えるっていうのは」

「だってね、デニス。私が前回、人前に出たときには、物事はあまりうまくいかなかったのよ」

彼は空中で手を大きく払うしぐさをする。「それは大昔の話だ」

「狼の群れみたいな人たち。みんなは私の論文に反論しようとしたわけじゃない。ただ血を見たがっていただけ！」

「でも、君の主張は既に裏付けられたじゃないか。何度も何度も」

彼女は今まで話したことのない事実を彼に言いたくなる——当時、心の傷が大きかったせいで、キノコを使った自殺用の晩餐まで用意したことを。しかし、言えない。彼女は大昔に死んだあの娘のことをあまりにも恥じている。彼女の中には、自分がかつてそのような手立てを考えたことをもはや信じられない部分がある。否定可能なお芝居。ゲーム。だから彼女は、今まで彼には言わなかった唯一のことを隠し続ける——毒キノコを口に入れる一歩手前までいったことを。

「ベイビー。最近の君は、もう預言者と呼んでもいいくらいだと思うよ」

「私がのけ者《パリア》として過ごした歳月も長かった。預言者の方がのけ者よりずっと楽しいのは間違いないけど」

彼女は汚れた皿を車まで運ぶのを手伝う。「愛してるわ、デニス」

「何回もそう言うのはよしてくれよ。何だか気味が悪いから」


彼女は原稿をタイプで清書する。単語を数個刈り込み、いくつかのフレーズをばっさりと切り落とす。新たに生まれた「恵みの木《ギビング・ツリー》」という章で扱われるのは、彼女が愛するダグラスモミが地中に作る福祉国家のことだ。彼女は著書の中で全米の森を扱う——十年後には高さ百フィート(約三〇メートル)に達するヤマナラシの森から、五千年かけてゆっくりと枯れているブリスルコーンパインまで。そして郵便局。彼女が切手代を支払い、原稿を東海岸の出版社に送った途端、不安はすっかり消え去る。

六週間後、オフィスの電話が鳴る。彼女は電話が嫌いだ。手のひらサイズの統合失調症。目に見えない声が遠くからあなたに向かってささやく。彼女に電話がかかってくるのは、決まって、面倒な用事ばかりだ。今回の電話はニューヨークの編集者から。彼女はその人物に会ったこともなければ、ニューヨークに行ったこともない。「パトリシア？　あなたの書いた本。今、読み終わりましたよ！」

　パトリシアは振り下ろされるであろう斧に備えて顔をしかめる。

「信じられない。樹木がこれほどいろいろなことをやっているなんてすごいじゃありませんか？」

「まあね。数億年にわたって進化が起これば、それなりにレパートリーも増えるってことです」

「しかも描写が生き生きとしています」

「というか、木は元々生き生きしているんです」。しかし、彼女は今、十四歳のときに父にもらった本のことを思い出している。この本は父に捧げなければならない、と彼女は悟る。そして、夫に。それに加え、いつか、さまざまなものへと変身するすべての人たちに。

「パティー、この本のおかげで、地下鉄の駅からこのオフィスに来るまでの風景がいつもとは全然違って見えました。それに、〝恵みの木《ギビング・ツリー》〟に関する一節？　あれにはたまげました。はっきり言って、前払いの原稿料は少なすぎましたね」

「過去五年間の合計所得よりたくさんの金額をもらいましたよ」

「二か月後にはもう、元が取れます」

　パトリシア・ウェスターフォードがこの後、取り戻したいと思うのは、一人の生活と匿名性だ。自分がそれらを手にすることは二度とないだろう、と彼女は感じ始めている――まだ遠く離れている虫や病気の侵入を樹木が感知するように。

『支配《マスタリー》』が完成する。もはや後戻りはできない。ゲームが北米でリリースされた二か月後、センペルヴァイレンズ社社長兼CEOで、過半数株主でもある男が、ページミル通りの坂下にあるぴかぴかの新社屋最上階の私宅に置かれた主力マシンでゲームをプレーする。建物のいたるところにレッドウッドとガラスが使われている——子供の遊び場のような、気まぐれな瞑想用のスペース。大きなイタリアカサマツが植えられた露天アトリウムの設計は幾何学的ではない。社員たちはそれぞれ自分の席にいながら、国立公園でキャンプしている気分を味わえる。

ニーレイの住居は会社の喧噪を離れた、高い場所にある。非常階段の裏に隠された専用エレベーターを使わなければそこへは行けない。秘密の部屋の中央に鎮座しているのは病院用の高機能ベッド。ニーレイがそれを使うことは、もはやめったにない。そこに寝るにも、そこから起き上がるにも四十分かかる上に、最近では、横になるだけで死んでいるみたいな気分になる。時間もない。寝るときはいつも車椅子のままで、一度に四十分以上続けて眠ることもほとんどない。さまざまなアイデアが復讐の女神のように彼をさいなむ。生まれつつある世界の計画と飛躍的進歩が容赦なく、彼を銀河の果てまで追い回す。

彼は、車椅子が下に入るように高く作られた作業台に向かい、巨大なモニターを眺める。モニターの後ろにある窓ガラスの向こうには、モンテベロ自然保護区がパノラマのように広がっている。ニーレイが外に出掛けるというのはほぼ、その風景と、天窓越しに見える夜の星空に目をやるときに限られている。今日の外出もいつもと同じだ――彼の目は霧に包まれた海岸をたどり、新たな発見の地へと赴く。彼はゲームの基礎を設計し、多くのコードを書き、何か月も費やして可能な道をたどってきた。『支配《マスタリー》』にはもはや彼が驚くような部分はないはずなのに、このゲームはいつも彼の胸を高鳴らせる。マウスを一度クリックし、キーを数回叩くだけで、また目の前に次の処女大陸が現れる。

ゲームは実際にはお粗末だ。世界は二次元で、匂いもなく、手で触れることもできず、味も感触もない。画面は小さくて、粒子は粗く、世界の単純さも創世記レベル。それなのに、このゲームは起動するたびに、彼の脳幹に歯を食い込ませてくる。ログインのたびに毎回、地図、気候、資源のありかが新たなものに変わる。立ち向かう相手は時に〈征服者《コンキスタドール》〉、〈建築者《ビルダー》〉、〈技術官僚《テクノクラート》〉、〈自然崇拝者《ネーチャー・ワーシッパー》〉、〈守銭奴〉、〈博愛家〉、〈過激な空想主義者〉だ。これに似た場所が地球上に存在したことはかつてない。だが、そこに行くと、まるで故郷に戻ったような気持ちになる。彼は裏切りの木から落ちるずっと前から、そんな遊び場が現れるのを待っていた。

彼は今日、〈賢人〉になることを選ぶ。世界中のダイヤルアップ式掲示板で、〝悟り〟と呼ばれる強力な必勝戦略に関する噂が飛び交っている。トップレベルのプレーヤーたちがその戦略自体を禁止すべきだと訴えている。しかし、〈賢人〉となった彼も、人口の成長を支えるために石炭、金、鉱石、石、木材、食料、尊敬、名誉を充分に集めなければならない。未知の土地を探索し、貿易ルートを作り、周囲の村を襲って、文化、工芸、経済、科学技術を進化させなければならない。ゲームは本物の人生《リアル・ライフ》――スタッフの間では、少し馬鹿にしたみたいにRLと呼ばれる――とほぼ同じだけたくさんの、意味のある選択肢を提供する。今朝はグラフィックスが、既に開発中の『支配《マスタリー》２』と比べて少し粗く見える。しかしニーレイにとって、グラフィックスは今まであまり重要な意味を持たなかった。視覚的な要素はもっぱら本物の欲望と関わるものだ。彼をはじめとする五十万人の『支配《マスタリー》』プレーヤーたちが必要としているのは、成長を続ける王国における簡単かつ無限の変身だ。

体の中で何かがねじれる。それが空腹感だと認識するのに数分がかかる。彼は食べなければならない。しかし、食事は面倒だ。彼は小型冷蔵庫の前まで行って、中からエナジードリンクと何かを――よく見るとそれはチキンパフ（鶏肉の入ったパイのようなスナック）だった――取り出し、電子レンジで温めることさえせずに喉に押し込む。今夜はちゃんとした料理を作ろう。今夜が無理なら明日。彼が腕のいい木こりのチームから買ったイトスギの板で大きな箱船を作っていると、電話が鳴る。あるジャーナリストから、生まれたばかりの産業における若きスター――まだ二十代なのに、家のない子供たちが暮らせる施設を作った青年実業家――にインタビューをしたいという申し出があって、午前中に電話で話す約束をしていたのだ。

記者はインタビュー相手とほとんど年が変わらないらしく、声がひどく緊張している。「ミスター・メータでいらっしゃいますか？」

ミスター・メータと呼ばれていたのは父だ。その父は今、クパチーノ（サンフランシスコ近郊の町）郊外でのんびり暮らしている。その小さな家にはプールとホームシアターがある。母は毎週、庭の池の横にあるローズウッド製の祠《ほこら》にお供えをして、「息子が幸せになりますように」、そして「ありのままの息子を受け入れてくれる若い結婚相手が現れますように」と神々に祈っている。

窓ガラスに映った影が顔を上げ、彼に挑む。茶色い肌の、がりがりにやせたカマキリ。関節のところだけが膨らみ、肉のない大きな頭を持った男。「ニーレイと呼んでください」

「え、いいんですか。分かりました。わお！　ニーレイ。私はクリスと言います。インタビューを受けてくださってありがとうございます。では、まずお尋ねしたいのですが、『支配《マスタリー》』がここまでヒットすると思っていましたか？」

ニーレイはゲームがリリースされるずっと前から知っていた。スカイライン街道沿いで夜、鼓動し四方に枝を伸ばすあの巨木の下でアイデアを思い付いた瞬間から、彼には分かっていた。「まあ、そうですね、はい。ベータ版ができたときには、社員がまったく仕事をしなくなりましたから。プロジェクトマネージャーの命令でゲームを禁止しなくてはならなかったんです」

「それはすごい。ゲームはどのくらい売れているんでしょうか？」

「とても好調です。十四の国で売られています」

「どうしてそれほど売れているのだと思いますか？」

成功した理由は単純だ。このゲームはニーレイが七歳のときに――父が大きな段ボール箱を抱えてアパートの階段を上ってきたあの日――夢見た世界をかなり正確に再現している。さあ、ニーレイ殿。こいつに何をさせようか？　少年がそのブラック・ボックスにやらせたかったことは単純至極――自分を神話と世界創世の時代に連れ戻すこと。人がどこへでも行けて、融通が利き、どんなことでも可能な世界。

「分かりません。ルールがシンプルで、プレーヤーの行動に対して世界が反応することでしょうか。ゲームの世界では現実よりも速いスピードで物事が起こります。自分の帝国が大きくなっていくのを見届けることができる」

「私は、その……正直に言いましょう。実は私はこのゲームに夢中なんです！　昨日の夜もゲームをやっていて、終わりにしたのは朝の四時でした。次の動きで何が起こるのか、どうしても見てみたいんですよね。モニターの前から立ち上がったときには、寝室全体が揺れているみたいな感覚でした」

「おっしゃることは分かります」。実際、ニーレイも同じことを感じている。モニターの前から〝立ち上がる〟という部分を除いては。

「ゲームによってプレーヤーの脳に変化が起きていると思いますか？」

「ええ、クリス。とはいえ、人間の脳は何をやっても変化すると思いますけど」

「ゲーム中毒に関する先週の『ニューヨーク・タイムズ』の記事はご覧になりましたか？　テレビゲ

ームを週に五十時間やる人はゲーム中毒だという記事？」

「『支配《マスタリー》』はテレビゲームではありません。思考ゲームです」

「なるほど。でも、ゲームによって、たくさんの生産的な時間が浪費されることはお認めになりますよね」

「確かにあのゲームは時間消尽的ですね」。電話の向こうで吹き出しの中に小さなはてなマークが浮かぶのが彼の耳に聞こえた。「時間を食うことは間違いありません」

「ご自分が世界から生産性を奪っていることについて、何かお考えは？」

ニーレイは半世紀前にはげ山に変えられた風景に目をやる。「どうでしょうね……多少、生産性を奪われる程度なら、そんなに悪いことじゃないかもしれませんよ」

「ほぉ。なるほど。いずれにせよ、あのゲームによって、私のささやかな人生は時間を奪われていますよ。ゲームの中では常に、百二十八ページある説明書には載っていないことが起きますね」

「ええ。それも皆さんがゲームをプレーする理由の一つです」

「ゲームをやっているときには、ゴールがあると感じる。常に何かやることがあるんですよ」

そう、うん、その通り。安全で理解可能。曖昧な沼地にのみ込まれることもなく、人間対人間の闇も存在せず、意志さえあれば正当な土地が得られる。それを意味と呼んでもいい。「ゲームの中の方がくつろげるという人はたくさんいると思いますよ。現実の世界よりもね」

「ですよね！　私くらいの年齢の人は特にそうだと思います」

「ええ。しかし、私たちは次回作のために新しいことをいろいろと考えています。新しい遊び方とか。あらゆる人が楽しむことができるように。誰にとってもすてきな場所にしたいんです」

「わお。なるほど。すごいですね。では、会社としては次はどうするんですか？」

会社はニーレイの手に負えなくなり始めている。組織内にチームやマネージャーが増えすぎて、彼はすべてを把握しきれない。シリコンバレーでトップクラスの開発者が日々、会社にやって来ては、仲間に加わりたいと言う。ボストンの一二八号線沿いに集まっていたソフトウェアエンジニア、ジョージア工科大学やカーネギーメロン大学の卒業生――以前、ニーレイが無料で配っていたゲームで育った頭脳たち――が、既に始まっている技術者の大移動に手を貸してほしいと彼に請う。

「残念ながら、それはお話しできません」

　クリスは悲しそうな声を出す。「どうしても無理ですか？」

　その声には、二本の脚で歩くことができる健康的な男性の自信があふれている。おそらく白人で二枚目なのだろう。恐怖や痛みや必要に迫られたときに人が他人や他の生き物にどれほどひどいことをするかをいまだに知らない、かわいらしくてのんきな男。

「ヒントだけでも？」

「そうですね。簡単な話です。まずはすべてを増やすということ。驚きを増やす。可能性を広げる。場所を増やして、そこにすむ生き物の種類も増やす。『支配《マスタリー》』の豊かさを二倍にして、複雑さを四十倍にしたものを想像してみてください。それがどんな世界になるか、私たちにもまだ分かっていないんです」。すべてはこんなちっぽけな種から。

「へえ。それはすごい。とても……すてきです」

　何かがニーレイの心に刺さる。彼は言いたい。もう一度訊いてください、それだけじゃないんです、と。

「ご自身のことをお尋ねしても構いませんか？」

　吊り輪で体を持ち上げようとしているときのようにニーレイの鼓動が急に激しくなる。駄目です、やめてください。お願いですから、それは勘弁してください。「もちろんです」

「あなたに関するお話はいろいろなところで読んだことがあります。社員の皆さんはあなたのことを、

〝世捨て人〟と呼んでいるとか」

「私は世捨て人じゃありません。ただ——脚が動かないだけで」

「その話も読みました。どんなふうに会社の切り盛りをなさっているんですか?」

「電話。Eメール。オンライン・メッセージ」

「写真が一枚も公開されていないのはどうしてでしょう?」

「見栄えがよくないから」

クリスはその答えに面食らう。ニーレイは言いたい。いいんですよ、RL《リアル》だけの問題ですから。

「ご自身では、移民の子供として育ったことについて——」

「ああ、そんなことはありません。おそらく、ないと思います」

「ないって、何がです?」

「特にその影響はなかったと思うということです」

「しかし……インド系アメリカ人ということについては? 何か——」

「私はこんなふうに思っています。私はガンディーであり、ヒトラーであり、ジョセフ酋長だった。刃渡り六フィート超の大きな刀を振り回してはいるけれども、身にまとっているのは鎖帷子風の紐ビキニで、あまり体を守る足しにはならなかったってね!」

クリスは笑う。自信にあふれた美しい笑い声だ。男の姿形がどんなふうであろうと、ニーレイは気にしない。体重が四百ポンド(約一八〇キログラム)あって、顔中に吹き出物があろうと構わない。彼は衝動に駆られる。いつか、一緒にどこかに出掛けないか? しかし、出掛けるというのは、どこかの建物に入るという意味でなければならない。何も起こる必要がない。実際、何も起こりえない。すべては過去のこと。僕らはただ……一緒にどこかに腰を下ろして、いろいろな話をするだけ。何かを恐れることも、傷つくことも、何かの結果を引き受けることもない。ただ座って、人が何をしているのか、話をするだけ。

　ありえない。ニーレイのグロテスクな四肢を一目見ただけで、自信たっぷりに笑っているこのジャーナリストもぞっとするだろう。しかし、このクリスという男はニーレイのゲームを愛している。一晩中、そして朝方までゲームをやっている。ニーレイが書いたコードがこの男の脳を変化させているのだ。

「こういうことです。私はいろいろな経験をした。何度も生まれ変わった。石器時代のアフリカに暮らし、よその銀河の外縁にも行った。やがて——すぐではないですが、遠からず——もしもソフトウェアの進化が続いて、私たちに力が与えられたら、私たちはきっと何でも望むものになれるでしょう」

「それは……少し危ない気もしますが」

「ええ。そうかもしれません」

「ゲームはそういうものではなくて……人はいつまでもお金を欲しがるでしょう。名声とか社会的地位も欲しがるでしょう。政治という部分は永遠に変わりませんよ」

「ええ。でも、永遠にですか？　どうでしょうね」。ニーレイはモニターを見つめる。そこにあるのは、社会的地位がもっぱら、即時的で世界的、匿名的で仮想的、そして無慈悲な空間における投票によってもたらされる世界だ。

「人間にはいつまで経っても体があります。そして本当の力《パワー》を欲しがる。友達や恋人もいる。報酬も成功もある」

「そうですね。でも、もうすぐ、私たちはそうしたものをポケットに入れて持ち運ぶようになるでしょう。私たちは完全に記号の世界の中で生活をし、取引をし、恋愛をするでしょう。世界はゲームと化して、スコアが画面に表示されるようになる。じゃあ、これはどうなるんだって？」。彼はクリスの目には見えないことが分かっていながら、人がしばしば電話口でやるように手を振って周りのものを指し示す。「人が本当に欲しがっているものはどうなるのかって？　本物の世界？　私たちはもうすぐ、それがどんな世界だったかということさえ忘れてしまいますよ」

一台の車が高速三六号線を北に向かう。制限速度を十マイル（約一六キロメートル）上回るシボレー・インパラが坂を上り切る。長い下り坂に一ダースの黒い箱が並び、前進を阻む。箱に見えたのは棺桶だ。運転者がブレーキを踏み、集団葬式の数フィート手前で車を停める。棺桶から目を上げると、道路の両側に立つ灯台のように丈夫そうな二本の木の間にケーブルが渡されていて、雌のクーガーが木に登ろうとしている。黄褐色のウエストに回されたハーネスが、カラビナで命綱につながれている。クーガーは引き締まった尻の間でしっぽを振り、ヒゲの生えた高貴な頭部を左右に向けながら、途中で引っ掛かった横断幕を確認する。

二台目の車が南から来る。ラビット（フォルクスワーゲン「ゴルフ」の米国名）が棺桶の手前で急ブレーキをかけ、停まる。運転者はクラクションを二度鳴らした後、クーガーに気付く。このマリファナ王国にあってもこのような光景は珍しいので、運転者は少しの間、うれしそうに見とれる。クーガーは若く、動きはしなやかで、身に着けているものは全身タイツだけだ。肩の部分に記された〝いつか変化が訪れる〟という言葉がタイツの下から透けて見える。クーガーは横断幕と格闘する。運転者たちは好奇心を持って待つ。さらに一台の車が、北向きの車の後ろに停まる。さらにもう一台。

道路脇に用意された足場の上で、熊が張り綱を引っ張り、横断幕に使われているシーツを広げようとする。熊の顔は張り子細工で、派手な色が塗られている。目の部分の穴が小さすぎるせいで、何かを見ようとすれば、いちいちそちらに顔を向けなければならない。数分後には、南北どちらに向かう車線も渋滞し始める。男が二人、車から降りる。二人はいらついているが、二頭の大型動物の姿を見て笑わずにはいられない。クーガーが大きく手を引くと、ようやくシーツが広がり、風を受けて、高速道路の上で帆のようにはためく。

処女をいけにえにするのはやめろ

横断幕の縁にはぎっしりと、中世の写本の縁と同じ葉や花の模様が描かれている。通勤を邪魔された運転者たちは一瞬、ぽかんと見ほれる。思わず手を叩く者も何人かいる。窓ガラスを下ろして、「処女を捨てたいなら俺がお手伝いするぜ、お嬢さん！」と呼び掛ける男もいる。クーガーが道路の上から手を振る。人質に取られた運転者たちは親指、あるいは中指を立てて、それに応える。上から見下ろすクーガーの仮面は、見る者の中に古代からの不安を掻き立てる。

運転者の一人が棺桶の方へ突進する。「おまえらが生活保護で食っていけるのは、俺が材木屋に勤めて税金を払っているおかげだぞ。こんなもの、さっさとどかせ！」。彼は黒い箱を蹴るが、箱はびくともしない。クーガーは首に巻いたチョーカーに付けられた笛を三度吹く。すると箱が一斉に開き、最後の審判の日のように死体がよみがえる。熊が発煙弾を投げて混乱に拍車をかける。七色にけばけばしく彩られたいろいろな生き物が棺桶から現れる。天使の翼のように大きな角《つの》を持つワピチ。長い箸を前歯にしているソノマシマリス。ホットピンクとメタリックブロンズを全身に塗ったアンナハチドリ。ダリの絵か悪夢に出てきそうなオオトラフサンショウウオ。鮮やかな黄色のバナナナメクジ。

よみがえった動物たちを見て、足止めを食らった運転者たちが笑う。さらなる拍手と罵声。動物たちは奇天烈なダンスを始める。それは見物人たちの心をざわつかせる。彼らはこのどんちゃん騒ぎ——狂ったように踊り回る動物たち——を見たことがある。あらゆることが可能でリアルだった頃に、初めて指先でなぞった絵本で見た光景の記憶だ。動物たちが踊って皆の目を逸らしている間に、熊とクーガーが命綱を外し、足場から駆け下りる。渋滞した車の後ろからパトカーのサイレンが近づいてきても、最初はまた、新たな余興が始まる合図みたいに思える。パトカーが路肩を徐行してくる間に、動物たちは三々五々森の下層へ逃げ込む。やや年配の男女がその様子をハンディービデオで撮影し、皆に続いて森に姿を消す。

二日後、全国ニュースでそのビデオが流される。そしていろいろな場所でさまざまな反応を引き起こす。横断幕を掲げたクーガーと熊はヒーローだ。目立ちたがり屋の犯罪者は刑務所にぶち込むべきだ。あいつらは動物だ。動物——その通りだ。大きな脳を持つ、利他的な動物。州の高速道路を一時通行止めにして、野生生物が力を握ったみたいな演出を考えたペテン師。

フォーチュナ大学での四年間はある日の午後に頂点を迎える。アダムはダニエルズ記念講堂でいつもと同じ前方の席に座っている。教壇にいるのはルービン・ラビノフスキ教授——情動と認知。最終試験前の最後の講義だ。ラビノフスキは今、心理学を教えることは時間の無駄だという実験的な証拠——教室いっぱいの受講生たちにとっては愉快な事実——をまとめて紹介している。

「さて次に、自己評価アンケートの結果を紹介しよう。アンカリング、基準率軽視、授かり効果、利用可能性ヒューリスティック、信念固執、確証バイアス、錯誤相関、手掛かり効果《キューイング》――この授業で君たちが学んだあらゆるバイアスに関連して、自分はどれだけそれらに陥りやすいと思いますか、という質問に対する答えだ。こちらが対照群のスコア。そしてこちらが以前、授業を受けた学生たちのスコア」

多数の笑い声。どちらの数もほぼ変わらない。どちらの集団も、自分の確固たる意志、明断な判断力、自立した思考に自信を持っている。

「これは質問の意図を隠して行った、別の評価の結果だ。実験群に質問を行ったのは、この授業を受けてから半年も経たない時期だった」

笑いがうなり声に変わる。蔓延する盲目と不合理。元受講生でもやはり、五ドルを保持するのに、同じ金額を稼ぐ労力の二倍を費やす。酒を飲んだ運転者よりも、熊や鮫、雷やテロリストを怖がる。自分は平均よりも賢いと考えている学生が八割。まったく馬鹿げた他人の推測のみを根拠として、瓶の中のゼリービーンズの数を大幅に多く見積もる元受講生。

「私たちは何者なのか、私たちは何を考えているか、いかなる状況においてどう振る舞うか――そんなことを何も知らないままでいる幸福を私たちに与えるのが精神《プシケ》の任務なのです。私たちは反応を相互に強化し合って、深い霧の中で活動している。われわれの思考は基本的に、他の皆が正しいに違いないと想定するように進化した脳――先祖から受け継いだハードウェア――によって形作られています。しかし、そこには霧がかかっているのだと誰かが指摘しても、私たちが霧の中を進まなければならないこと自体には何も変わりがない。

「では、なぜこうして心理学の講義をやっているのか？　皆さんはそう尋ねたいかもしれない。どうして毎年、大学のお金を使ってこの講義を続けているのか？」

笑い声が今度は、すっかり同情に変わる。アダムはその鮮やかな教え方に感服する。今後数年間、少なくともこの講義だけは忘れない、と彼は心に誓う。たとえ今までの実験結果がどうであろうと、僕は教えられた分だけ賢くなる、と。少なくとも僕は、愚かな有象無象とは違う。

「今学期の最初に皆さんに記入してもらった簡単なアンケートの回答結果をお見せしましょう。皆さんはおそらくもう、そんなアンケートがあったことも覚えていないでしょうけどね」。教授は平均的な回答を見て、顔をしかめる。その唇が苦痛にゆがむ。「その中に、こんな質問があったのを覚えている人もいるかもしれませんが……」。ラビノフスキ教授がネクタイを緩める。左腕を大きく振り回し、再び顔をしかめる。「ちょっと失礼」。彼はふらつきながら教壇から降りて、扉から出る。講義室の中がざわつく。廊下の先からドスンという鈍い音が聞こえる――積み上げた箱が倒れたような音だ。五十四人の学生が席に着いたまま、ジョークの落ちを待つ。はっきりしないかすかな音が廊下に響いている。しかし、誰も席を立たない。

アダムは右の後ろを向き、他の学生の様子を見る。学生たちは黙ったまま顔を見合わせたり、忙しそうにメモを取ったりしている。彼は反対側に顔を向け、二つ左の席にいつも座っている美女を見る。栗毛色の髪をした医学部進学課程の彼女には、美人の自覚がない。ノートは手書きのきれいな文字でぎっしりと埋まっている。バッキーの店で彼女と一緒にビールを飲みながら、今日の驚きの講義について話すことができたらどれほどどすてきだろう、と彼は再び考える。しかし今学期もあと二日で終わり。そんな可能性はもはや、ほぼゼロだ。

彼女が当惑した顔で、彼の方を見る。彼は首を横に振るが、思わずにやりとせずにはいられない。彼が小声で話すためにそちらに体を乗り出すと、彼女も体を寄せてくる。ひょっとするとまだ可能性はゼロではないのかもしれない。「キティ・ジェノヴィーズ。傍観者効果。一九六八年のダーリーとラタネの論文」

「でも、先生は大丈夫かしら?」。彼女の息はシナモンのようだ。「誰かが発作を起こしたときに、助けるかどうかを答えるアンケートの項目があったのを覚えてる……?」

一人の女が「救急車を呼んで」と下から叫ぶ。しかし、救急車が大学の中庭に到着する頃には、ラビノフスキ教授は既に心筋梗塞で死亡している。

「私には分からない」。バッキーの店のブース席で、医学部進学課程の美人がそう言う。「あなたは先生が傍観者効果を実演していると思っていたんでしょ? それならどうしてそのまま、じっとしてたの?」

彼女が三杯目のアイスコーヒーを飲んでいることにアダムはいらつく。「それは的外れだよ。問題は、君も含めた五十三人の学生は先生が心臓発作を起こしていると思っていたのに、どうして何もしなかったのかってこと。僕は先生が実演のために、ふざけていると思っていた」

「それならあなたは立ち上がって、先生のはったりに挑むべきだった!」

「僕はせっかくのショーを台無しにしたくなかったんだ」

「じゃあ、五秒後に立ち上がればよかった」

彼はテーブルを平手で叩く。「そんなことをしたって、結果は何も変わらなかっただろうさ!」

彼女は平手打ちを食らわされそうになったかのように、身をすくませる。彼が両手を上に向け、謝ろうとして身を乗り出すと、彼女は再びぎくりとする。彼は両手を上げたまま凍り付き、小さく縮こまった女性の出方を見つめる。

「ごめんなさい。あなたの言う通りね」。ラビノフスキ教授の最後の教え。心理学を学ぶのはほぼ無駄というのは本当だ。彼は飲み物の代金を払い、店を出る。そして彼女に会うことは二度とない――翌週、代理の教員が実施した学期末試験の際に、四席離れた場所から二時間見たのを除いては。

彼はカリフォルニア大学サンタクルーズ校にできたばかりの社会心理学の大学院プログラムに進学することを認められる。キャンパスはモンテレー湾を見下ろす山腹にある魔法の庭だ。どう考えてもそこは博士論文を仕上げるには向かない――どんなことであれ、腰を据えて何かに取り組むには向かない――場所だ。他方で、埠頭でアシカと仲良くなったり、夜にマリファナを吸って裸で夕日の木《サンセット・ツリー》に登ったり、グレートメドウの草地に横たわり、雲のような星々の中に論文のテーマを探ったりして、他の種《しゅ》と親しくなるには完璧な土地。二年後、他の院生たちは彼を偏見《バイアス》ボーイと呼ぶようになる。科学修士アダム・アピチは社会形成の心理学を論じる席にはいつも加わり、人間は生物学的遺産としての認知的盲目のせいでいちばん自分たちのためになる行動を決してとれないことを示すいくつもの研究を提示するのがお決まりのパターンとなっている。

彼は指導教員と相談する。子音の歯切れがよく、母音の発音は柔らかで、髪を上品なおかっぱ《ダッチ・ボブ》にしたミーケ・ヴァン・デイク教授。実際、教授は二週に一度、第十学寮《カレッジ》にある研究室に彼を呼んで面談をしている。面談を強制することで、研究に拍車をかけようとしているのだ。

「あなたは、何の障碍もないのにわざと足を引きずって、のろのろ歩きを続けているわね」

彼の足は実際には宙に浮いている――彼は教授の机と向かい合うビクトリア朝風の長椅子に腰掛け、精神分析を受けているみたいにゆったりと後ろにもたれているからだ。二人とも、その言葉と現在の状況とのちぐはぐさを面白がる。

「足を引きずっている、ですか……？　そんなことはありません。足はまったく動かない状態ですよ」

「でも、どうして？　あまりにも大事《おおごと》だと考えすぎているんじゃないの。論文《thesis》なんて……」――彼女にはthの発音ができない――「長めのゼミレポートだと思えばいい。世界を救う必要はありません」

「そうなんですか？　せめて一つか二つの国を救うくらいのことはできるんじゃありません？」

教授は笑う。上の前歯が下の前歯の外で噛み合っているその口元を見ると、彼の鼓動が早まる。

「いいですか、アダム。これはあなたのキャリアとは無関係だと考えてみて。プロとして認められる研究かどうかとは切り離して考えるの。あなたは個人的に、何を研究したい？　二年ほど研究できたら愉快《エンジョイメント》だろうと思えるものは何？」

彼はその美しい口元から言葉がこぼれるのを見る。セミナーのときには交えがちな社会科学的な専門用語の入らないおしゃべり。「先生がおっしゃる享楽《エンジョイメント》というのは……」

「そうじゃなくて。知りたいことが何かあるでしょ」

先生は一度でも僕のことを性的な相手として考えたことがありますか、という質問に対する答えを彼は知りたい。考えられないことではない。年の差はわずか十歳ほどだ。それに先生は〝血気盛んだ〟と彼は言いたい。彼はなぜか知らず、自分がこうして論文のテーマを求めて研究室を訪れるに至った経緯を語りたくなる。自分の知的な来歴――アリの腹部にマニキュアを塗ったところから、学部生時代に敬愛する教授が死ぬのを見たところまで――を一本の直線にして先生に見せて、それがどこへと続くのかを訊きたい。

「僕が興味を持っている問題は……盲目性からの解放です」。彼は教授の顔を盗み見る。人間も無脊椎動物のように、目の前のものに惹き付けられたときに体色が紫に変わればいいのに。そうすれば、人類が神経症に悩むことも減るだろう。

教授は唇をすぼめる。彼女はそれが魅力的な表情だと知っているに違いない。「盲目性からの解放？　面白そうなテーマじゃない？」

「仲間の信念に反する道徳的決断を個人が下すことができるか？」

「集団内の強力な規範指向に対する変化の可能性を研究したいということね」

彼はうなずくが、その専門用語がさらに彼から次の戯言を引き出す。「つまり、こういうことです。僕は自分を善良な男だと思っている。善良な市民だとね。でも、もしも僕が初期ローマの善良な市民だったとしたら、子供を殺す権力と、時にはその義務を持っていたはずです」

「なるほど。それであなたは、善良な市民だから、美徳とされる習慣に従って……」

「僕らは罠にとらえられている。社会的なアイデンティティーという罠に。仮に大きな、巨大な真理が目の前にあったとしても……」。彼の耳には同級生たちが〝偏見《バイアス》ボーイ〟とあざける声が聞こえる。

「でも、それは違う。明らかに違う。そうでなければ、集団内再編成は起こらないことになってしまう。社会的アイデンティティーも変化するのよ」

「そうですか？」

「当然よ！　ここアメリカでも、かつて女性は選挙権も持たなかったけど、今では大政党の副大統領候補にまでなった――一人の人間が生まれてから死ぬまでの間に。ドレッド・スコット判決から奴隷解放までもわずか数年（ドレッド・スコット判決は、奴隷は市民ではないので訴訟を起こせないとする最高裁判決（一八五七）。奴隷解放宣言は一八六三年）。子供、外国人、囚人、女性、黒人、身体障碍者、精神障碍者。そうした人たちはみんな、最初は物扱いだったけど、人格が認められるようになった。私が生まれたときには、チンパンジーが法廷で証言するなんてまったく馬鹿げていると考えられていた。でもあなたが今の私の年になる頃には、どうして昔はそうした知的な生き物たちに訴訟の機会を与えなかったのか不思議に思っているでしょうね」

「ちなみに先生は何歳なんですか?」

ヴァン・デイク教授は笑う。高い頬骨が美しいピンクに変わる。彼の見間違いではない。色の白い彼女が顔色を隠すのは難しい。「今話しているのは論文のテーマ」

「みんなが完全に勘違いしていることに一部の個人が気付くのには、どんな人格的要素が関わっているのかを知りたい……」

「……他のみんなは忠誠によって集団を安定化させようとしているのに、ということね。少し分かってきたわね。これは論文のテーマに使える。ただし、もっとテーマを絞り込んで、問題を明確化しないと。さっき話した歴史的な意識の変化の、次の段階を考えてみるといいかも。私たちの社会の中で、普通の人から頭がおかしいと思われている立場を支持する人たちを研究するの」

「例えば?」

「私たちが生きているこの時代には、人間以外の存在にも道徳的な権威を認める主張をしている人たちもいる」

腹部の筋肉が静かに収縮し、彼の上半身が起きる。「どういう意味ですか?」

「ニュースを見たことあるでしょ? 西海岸のあちこちに、植物のために命を懸けている人がいる。私も先週、記事を読んだ――鎖で自分の体を製材機にくくりつけようとした人がいて、両脚が切り落とされたという話」

アダムも記事を読んだことがある。しかし今までは目をつぶっていた。今ではその理由が分かる。

「植物の権利ですか? 植物の人格」。彼の知っている少年はかつて穴の中に飛び込み、まだ生まれていない弟の苗木を守るために生き埋めになることを覚悟したのだった。あの少年は死んだ。「活動家って嫌いなんです」

「へえ? どうして?」

「正統性にうるさくて、やたらにスローガンを使う。退屈。道端でグリーンピースの連中に捕まったりするとうんざりします。正義面する連中は……何も分かってない」

「分かってないって何が？」

「私たちがみんなどうしようもなく弱くて、間違った存在だってことが。あらゆることについてそうだ」

ヴァン・デイク教授が顔をしかめる。「なるほど。今はあなたの心理を研究しているのじゃなくてよかった」

「彼らは本当に、人間以外の新しい道徳的秩序に訴えているんですか？　そうじゃなくて、きれいな植物を相手に感傷的になっているだけじゃないんですか？」

「だからこそ、ちゃんとした心理学的計測が必要なの」

彼は内心で少しにやりとする。しかし、何か大きなものが彼の中に湧き出してくる。動くとそれが消えてしまいそうで、彼は身動きすることができない。新たな一歩。〝植物の権利を訴える活動家たちにおけるアイデンティティーの形成と五大人格要素〟。

副題は、〝樹木保護家《ツリー・ハガー》が木《ツリー》を抱擁《ハグ》するとき、本当は何を抱擁《ハグ》しているのか？〟。


ミミとダグラスが車だらけの林野部道路（国有林の管理を行う農務省林野部が設置した道路のこと）に入るとき、西部カスケード山脈を太陽が照らしている。森の中の少し開けた場所には人があふれている。これは抗議集会ではない。カーニバルだ。「この人たちは一体誰なの？」とセラミック型製造部長が傷痍軍人に訊く。

ダグラスはいつもと同じ間の抜けた笑顔を浮かべて車を降りる。池から助け出した犬がキャンキャン吠える声を誰でもうれしがるように、ミミは空気や日光を食べて生きているみたいなダグラスの笑顔を愉快に思う。彼は力仕事で節くれ立った手を振って、カウボーイみたいにいかれた群衆を指し示す。「ホモ・サピエンスさ、人間だよ。常に何かを企んでいる生き物！」

ミミは早足でダグラスに追いつく。集まった人たちの様子を見て、彼女はめまいを覚える。「みんな何する？」

ダグラスは聞こえがいい方の耳を彼女に向ける。「何だって？」。自分たちの大義に興奮した群衆は声が大きく、ダグラスは輸送機任務で聴力がかなり衰えてもいた。

彼女はいまだに人の話を聞こうとする人がいることに驚く。「父がよく言っていた言葉なの。〝みんな何する？〟って」

「みんな何する？」

「うん、そう。意味は、〝みんな一体、何をしようとしてるんだ？〟ってこと」

「お父さんは変人？」

「中国人。英語はもっと効率的な言語になるべきだって父は信じてた」

ダグラスは額をぴしゃりと叩く。「君は中国系なのか」

「中国の血が半分。意外？」

「さあね。もっと色の黒い人種とか」

〝私何する？〟というのが真の問題だと彼女は知っている。彼女は自分が彼と一緒にこの抗議集会に来たことに驚いている。これまでに行った政治的な活動といえば、小学校の頃に毛沢東に復讐を誓ったことだけ。彼女が腹を立てている相手は、愛する松に夜襲を仕掛けた市だ。今いる森は町のずっと外。しかも、彼女は技師だ。木は人間に利用されたがっている。

しかし、この不器用なお人好しと一緒に二度の講演を聴き、一度集会に参加しただけで、彼女の考えは変わった。山、渓流——それらは実際目にすると、自分のもののように感じられる。だから彼女は今ここで、抗議活動に参加している。もしも移民である父がその姿を見たら、強制送還、拷問、あるいはもっとひどい刑罰を恐れて彼女を家に連れ戻っていただろう。「いろんな人がいる！」

ギターを抱えた老女、宇宙っぽいデザインの水鉄砲を手にしたよちよち歩きの子供。互いに自分の値打ちを証明しようと躍起になっている大学生たち。小人用《ホビット》の全地形対応型軍用車《ハムヴィー》みたいなベビーカーを押している生存主義者《サバイバリスト》（シェルターや食料を用意して、戦争や大災害を生き抜くことを主張・実践する人）。〝年長者を敬いましょう〟〝私たちには肺が必要です〟などと書かれた、まじめなプラカードを掲げた小学生たち。さまざまな靴を履いた虹色の連帯が幹線道路から林道へと進む——ローファー、汎用運動靴《クロストレーナー》、かかとの高いサンダル、靴底のめくれたコンバース、そしてもちろん、ロガーブーツ。服装の方はさらにバラエティーが豊富だ。ボタンダウンシャツに新しそうなジーンズ。絞り染めにフランネル。作業服。ダグラスが十五年前に数ドルで質入れしたものによく似た米国空軍のフライトジャケット。道化服《ピエロスーツ》、水着《スイムスーツ》、落下傘降下服《ジャンプスーツ》——スリーピース以外のあらゆるスーツ。

大半の人は、四つの大きく異なる環境保護団体——目の前に敵がいなければ、互いに反目しがちな団体——が手配したバスでここまで来ていた。バックパッカーの一団は移動に二日かけて、このお祭りに参加している。皆の目的は、海のように大量に溜まった資本主義のあかをドングリの殻斗《キャップ》で汲み出すことだ。地元の人間も、わずかだが見物に訪れている。この山間では、半径百マイル（約一六〇キロメートル）以内にいる人の大半が材木業で生活している。彼らも手書きのプラカードを手にしている。〝木こり＝本当の絶滅危惧種〟。〝地球第一《アース・ファースト》。他の惑星の木はその後で〟。

胸まで伸びる顎鬚《あごひげ》を生やした二人の男が肩にビデオカメラを載せて、周りをうろついている。レオタードにフェルト帽、袖無しのベストという格好をしたグレーの髪の女が手当たり次第に相手を捕まえてインタビューをし、それをビデオ撮影している。さらに森に入った場所では、メガホンを持った男女がムード作りに貢献している。「皆さん！　いい感じですよ。たくさんのご参加、ありがとうございます！　森を歩く準備はできていますか？」

　歓声が沸き、パレードが砂利道に入って、できたばかりの丸太《ころ》道に向かう。ダグラスはミミと並んで皆の歩調に合わせる。二人は、七色の旗を振り、激しい言葉を叫ぶカラフルな人混みに混じる。青空の下、お祭りムードの中で見知らぬ人たちと腕を組んで緩い坂を上っているとき、ミミは気付く。彼女は今までずっと無意識のうちに、両親が最優先にしていた原則に従って生きてきた――決して世間で波風を立てないこと。マー家の娘、ミミ、カーメン、アミーリアは三人とも。目立ってはいけない。そんな権利はないのだから。こちらの言うことを聞いてくれる人はいない。常に小さくなって生きろ。主流に投票しろ。よく分からなくてもとにかくうなずけ。ところが、今の彼女は自分からトラブルを招いている。まるで自分のしていることが多少なりとも影響力を持つかのように。

　十人ほどが横並びになり、無数の列を作って丸太道を進む。ミミがイリノイ州北部のサマーキャンプで――にぎやかな子供時代に――最後に歌った歌を皆が歌う。「この土地は私の土地」（ウディ・ガスリー作詞作曲「わが祖国」の歌詞）。「もしも私がハンマーを持っていたら」（ピート・シーガーとリー・ヘイズ作詞作曲の「天使のハンマー」の歌詞）。ダグラスはほほ笑み、平板な低音でハミングをする。メガホンを握って列を率いているチアリーダーが歌の合間に、コール・アンド・レスポンスの掛け声を入れる。**皆伐のコストは高すぎる！　最後の木立を助けよう！**

　ミミは正義と聞くとぞっとする。彼女は昔から、信念を持った人々が苦手だ。しかし、信念が嫌いな以上に、権力を持った人間たちの卑怯なやり方が大嫌いだ。彼女はこの山で行われていることを知り、気分が悪くなった。産業界の後押しを受けた裕福な木材会社が、大きな裁判の決定が出る前の空白期間を利用して、針葉樹林――この一帯に所有という概念がもたらされる何世紀も前から生えていた木々——の違法な伐採を強引に進めようとしている。彼女はその窃盗行為を阻むためなら何でもする覚悟だ。たとえそれが正義の行いであろうとも。

彼らは鬱蒼としたトウヒの森を歩きながら、歌を三番まで歌う。木の幹が陽光を小さな断片に切り刻む。ミミの姉妹は斜めに差し込むそんな光を〝神様の指〟と呼んだ。周りには彼女が名前を知らない木々がそびえ、蔓《つる》に包まれ、バリケードのように地を這っている。あまりに多様な生命があまりに多く満ちあふれる様子を見ていると、彼女は服を脱いで跳ね回りたい気分になる。低木層には片手で幹を握れそうな若木が生えている。百年前から機会を探っているのかもしれない箒《ほうき》たち。だが、林冠を形作っているのはデモ隊が何人かで腕を組んでも周りを囲めない幹たちだ。

緑色の銃眼から徐々に視野が開ける。ミミがダグラスの袖を引いて、先を指差す。北西の方角、歩いては越えられない急峻な谷の向こう側にある丘が剣山のような森で覆われている。モミのてっぺんは、最初のヨーロッパの船がこの海岸に近づいた日と同じように、霧に包まれている。でも南の方に目をやると、山肌全体が月のような荒れ地だ。散乱する枝はディーゼル油で燃やされて菌類も死に、さらに除草剤までまかれている。やがてそこに会社が単一栽培の樹木を整然と植える。短い周期での植樹と伐採は、土が死ぬまで、せいぜい数回しかできない、と彼女は講演で知った。高い所から見下ろすと、斜面に広がる木々も戦っているように感じられる。青々とした緑の塊が地平線の向こうまで、泥のような反吐《へど》に挑みかかっている。そしてここに集まった人々。最も熱心な人でもよく分からない理由で、互いに永遠に対立し合っている無知な軍団。いつになったら満足するのだろう。今だ。車輪の轍の先にいる整地作業員を説得しに向かっている、この陽気に歌を歌う人々を信じるなら。今だ。二番目にいい時期。

道が細くなり、エメラルド色の森が密度を増す。怪物のような幹がミミを圧倒し、方向感覚を失わせる。苔が厚い毛布となってすべてを覆っている。地衣でも彼女の胸まである。隣にいる男は木の名前を知っているが、ミミはプライドが高いのでいちいち訊かない。この州に住んで十年になるけれども、そして、図鑑に従って見分ける方法を何度も覚えようと努力してきたけれども、彼女はロッキーマツとサトウマツが区別できない。まして、ローソンヒノキとオニヒバを見分けるのは無理。ヨーロッパモミ、ホワイトモミ、ロッキーモミ、アメリカオオモミは全部、フリルの付いた同じ木に見える。低木層の藪はまったくお手上げ。ツツジ科のサラルだけはなぜか知っている。カタバミとエンレイソウ。でも他はわけの分からない葉っぱを混ぜたサラダ。山道の脇から足首をつかもうと忍び寄ってきた緑にすぎない。

　ダグラスは道の左側を指差す。「見ろ！」。青と緑が混沌と入り交じる中で、七本の太い木が、ユークリッドの白昼夢のように一直線に並んでいる。

「これは一体どうなってるの？　誰かがわざわざこんなふうに……？」

　ダグラスが笑い、彼女の肩を叩く。その感触で心が落ち着く。「時間をさかのぼるんだよ。大昔に戻って考えるんだ」

　彼女は言われた通りにするが、何も分からない。ダグラスは答えを教える前に、さらに少し彼女をじらす。

「何百年か前、最初の西洋人が〝とりあえず、海を渡ってみようぜ〟って言っていた頃に怪物みたいな大木が倒れた。倒木は苗床として最適なんだ。その結果、まるで神様が畝《うね》に沿って種を植えたみたいに、一列に苗木が育ったってこと」

　露でクモの巣の存在が分かるように、まだらな光によって彼女の目の前で何かが光る。何万もの生物種が、人の目ではたどれないほど細かな網を張り巡らしている。ここにどんな薬が隠されているか、誰にも分からない。次のアスピリン、次のキニーネ（マラリアの特効薬）、次の抗癌剤《タキソール》。最後のこの小さな森をもう少しの間、手つかずで残しておく理由はそれだけでも充分だ。

「すごいな」

「すごいわ、ダグラス」

この男は私の松を守ろうとした。のこぎりと木の間に自分の体を投げ出した。彼がいなければ、彼女がここ――危機に瀕した楽園――に来ることもなかった。彼の方も、彼女がお金を提供していなければ、ただの変人。彼の無鉄砲な勇気は時に彼女をおびえさせる。彼が前方の森に向けるまなざしは、まだ完全に飼い慣らされていない野性を感じさせる。彼はきょろきょろとあたりを見回し、まるで家に戻った子犬のようにうれしそうに、周囲の人に驚いている。

「聞こえた?」とダグラスが尋ねる。

しかし彼女には、朝からずっとその音が聞こえていた。さらに四分の一マイルほど進むと、鈍い機械音がよりはっきりと聞こえる。キイチゴの藪を抜けた道の先で、黄色とオレンジ色の重機が地球に爪を立てている――地ならし機と削土機がこの道の先を新しい領土に変えつつある。

「ああ、くそ、ミミ。この美しい土地でやつらは何をやろうっていうんだ。みんな何する?」

デモ隊は道を遮る鉄柵のゲートにたどり着く。前衛部隊がゲートの前で立ち止まり、横断幕がその周囲に集まる。メガホンを持った女が言う。「私たちは今から、伐採地に入ります。この先は、私たちが抗議を行っている相手の木材会社の土地への不法侵入になります。逮捕されたくない人は、この場に残ってください。ここで声を上げることにも大事な意味があります。マスコミは皆さんの気持ちに耳を傾けてくれるはずです!」

雷鳥の羽ばたきのような拍手。

「一緒に進んでくれる皆さん、ありがとうございます。今から敷地に入ります。秩序を守ってください。冷静でいてください。挑発に乗ってはいけません。これは平和的な抗議活動です」

集団の一部がゲートに向かう。ミミはダグラスと目を合わせる。「本気?」

「当然さ。ここに来たのはそのためだろ？」

　彼が言う〝ここ〟というのが最高の値を付けた買い手に売られようとしている国有林のことを指しているのか、それとも、資源を生む唯一の存在である地球そのものを指しているのか、彼女には分からない。彼女はあれこれ考えるのをやめる。「行きましょう」

　十ヤード（約九メートル）進んだところで、彼らは犯罪者に変わる。胸が悪くなるほどの轟音が聞こえてくる。半マイル（約八〇〇メートル）先で、彼らは人間の生んだ最高の創意と向き合う。彼女は木の種類よりも、金属製の獣の名前の方をよく知っている。伐採地には伐採枝払い機があって、小さな幹を倒し、枝を取り除き、一定の長さに切り、人間なら数人がかりで一週間かかる仕事を一日でこなしている。材木自動積載トレーラーが自動的に材木を荷台に積む。さらに手前では、ホイールローダーが道路を広げ、ロードローラーを使う前の地ならしを削土機《スクレーパー》が行っている。フードプロセッサーがニンジンを切り刻むより早く、高さ五十フィート（約一五メートル）の木々を顎でくわえて地面に倒すことのできる機械について、彼女は学んだ。機械が丸太をまるで爪楊枝みたいに積み上げて製材機に放り込むと、二十フィート（約六メートル）の幹があっという間にローラーの上を転がり、角度の付いた刃が軽く触れただけで次々に合板用の薄板《ベニヤ》が生み出される。

　ヘルメットをかぶった男たちが前方で道を遮っている。親方が言う。「不法侵入だぞ」

　メガホンの女——ミミは彼女に女子高生的な好意を感じ始めていた——が言う。「ここは公共の土地です」

　メガホンを持った別の人物が命令を下すと、デモ隊は横に広がる。彼らは道路を遮るように、肩を並べて座り込む。ミミとダグラスは腕を組み、列に加わる。ミミは両手を体の前で組んで身を固める。翡翠の指輪の手のひら側に回した桑が反対の腕の手首に食い込む。木こりたちが気付いたときには、座り込みの列が完成している。人間の鎖の両端は、自転車用のワイヤーロックで道の両側の木に体を固定する。

二人の木こりが、腕を絡ませた列に近寄る。鋼鉄で補強したブーツの上端は、ミミの目とほぼ同じ高さだ。「くそ」とブロンドの木こりが言う。男は本当にうんざりした様子だ。「おまえらは、いつになったら大人になって、現実を理解するんだ？　自分のことだけ考えてればいいだろ、俺たちのことは放っておいてくれないか？」

「これはみんなの問題だ」とダグラスが答える。ミミは彼の腕を引っ張る。

「いいや、本当の問題がどこにあるか教えてやろうか？　ブラジル。中国。むちゃくちゃな伐採をやっているのはそういう場所だ。そっちに行って抗議すればいいだろ。彼らに向かって、〝あなたたちには私たちみたいなお金持ちになる権利はありません〟って言ってみろ。やつらはどう思うかな」

「あんたたちはアメリカ最後の原生林を伐採しようとしている」

「原生林が何だか知りもしないくせに。俺たちは何十年も前からこの山で伐採をやってるし、植林もやってる。一本切るごとに十本植えてるんだぞ」

「違うね。あんたたちは植林したことないだろ、俺はある。それに正確には、さまざまな種類の古い木を一本倒すごとに、紙パルプ用の小さな苗木を十本植えているだけだ」

ミミは親方が費用対効果に思いをめぐらせるのを見る。資本主義のおかしなところは、作業が遅れることで失う金が常に、既に稼いだ金よりも重要と見なされることだ。木こりの一人がブーツを大きく振ると、泥の塊が飛んでダグラスの顔に当たる。ミミは泥を拭こうとして腕の力を緩めるが、ダグラスはその二の腕をしっかりつかむ。

泥の塊がもう一つ飛ぶ。「ああ！　すまんな。わざとじゃないんだ」

ミミが切れる。「役立たずのチンピラ！」

「言いたいことがあるならあの連中に言ってくれ。文句があったら刑務所の中から裁判を起こせばいい」

　木こりは抗議の列の背後を指差す。そこでは、道路の先から警官隊が大挙して押し寄せていた。警官たちはまるでタンポポの花を摘むように簡単に、人の鎖を引きちぎる。そして分断された者に手錠を掛け、再び一つにつなぐ。ミミとダグラスの間には二人の見知らぬ人が、そして二人の外側にも同じく二人の人がつながれる。警官たちが混乱を収拾する間、彼らは泥道に座ったままの格好で放り出される。

「おしっこがしたい」と、二時頃にミミが警官に言う。三十分後、彼女はまた同じ警官に言う。「本当に、本当におしっこする必要があるんだけど」

「いいや、必要なんてない。本当にそんな必要はない」

　小便が脚の間から漏れる。彼女はすすり泣きを始める。手錠で隣につながれた女が、気持ち悪そうに顔をしかめる。

「ごめんなさい。ごめんなさい。我慢できなかったの」

「しーっ、大丈夫だ」と二人挟んだところにつながれたダグラスが言う。「気にするな」。彼女のすすり泣きが激しくなる。「大丈夫だ」とダグラスが繰り返し言う。「俺の頭の中では今、君は俺の腕の中にいる」

　泣き声がやむ。その後数年間、彼女が再び泣くことはない。ミミは動物にマーキングをされた切り株のような臭いを放ちながら逮捕に応じ、調書を取られる。彼女は警察署で女性警官に指紋を採られながら、父が亡くなってから初めて、一日を精いっぱい生きたと感じる。

書斎の椅子に座っているレイの頭頂に、背後からキスがやって来る。最近では、有線誘導の小型ミサイルのように正確でパンチの利いたキスがドロシーの習慣だ。彼はキスされるたびに、血が凍る思いをする。

「歌を歌いに行ってくるわ」

彼は首を回して妻を見る。年は四十四歳だが、彼の目には、二十八歳のときと変わっていないように見える。子供を産んでいないせいだろう、と彼は思う。若いと言える年齢はとうに過ぎているのだが、まるで馬鹿げたかわいらしさにまだ任務が残されているかのように、彼女からは若さ、純粋な魅力があふれている。白いコットンのブラウスはジーンズの細いウエストに押し込まれて、さみしい肋骨に張り付いている。唯一見た目に年齢を感じさせると本人が思っている首には、ぞんざいに巻いた藤色のショール。ショールにかかっているつややかな栗色の完璧な髪は、初めてのデートでマクベス夫人を演じたときと長さが変わっていない。

「きれいだね」

「ははは！　あなたの視力が衰え始めてるみたいでうれしいわ」。彼女は先ほどキスをしたところに指を触れる。「薄くなってるわ、ここのところ」

「有翼の〝時〟の戦車（アンドルー・マーヴェルの詩「恥ずかしがり屋の恋人に」の一節）のせいさ」

「その戦車って、どんな形をしてるのかしらね。具体的にはどんなものだと思う？」

彼はさらに首を回す。彼女は運動選手のような太ももの脇で、大きな黒い文字で次のように記された淡い緑色の楽譜を持っている。

ブラ　ムス
ドイ　　レクイエム

作曲家の名前を真ん中で区切っているのは完璧な前腕だ。さらにその下には、

コンサートが開かれるのは六月の末。彼女は他の百人と一緒に舞台に立ち、白髪でない少数派であることを除いては目立たない一人の女性参加者として歌を歌う予定だ。

ジーエ、アイン・アッカーマン・ヴァルテット
アウフ・ディー・ケストリッヒェ・フルヒト・デア・エルデ
ウント・イスト・ゲドゥルディッヒ・ダリューバー、
ビス・エア・エンプファーエ・デン・モルゲンレーゲン・ウント・アーベントレーゲン。

ご覧なさい、農夫は朝の雨と夕べの雨が降るまで忍耐しながら、大地の尊い実りを待つのです（ここは先のドイツ語歌詞の訳。ヤコブの手紙五の七の引用で、『ドイツ・レクイエム』第二曲の歌詞）。

今は歌がすべてだ。それは、一週間をできるだけ有意義に過ごすという目的でドロシーが次々に入れ込んできた趣味の一つとなった。スイミング。ライフセービング。木炭とパステルを使った人物画《ライフ・ドローイング》。その間、レイは書斎という要塞に引きこもった。彼は今の家よりもっと美しい場所――たとえ本物の自然と言わないまでも、自然の記憶に囲まれた場所――に別荘を買うという漠然とした

希望を抱いて、以前にも増して仕事に打ち込んでいた。

「リハーサルが多いね」。毎週二回、二時間のリハーサル。彼女はそれを一度も欠かしたことがなかった。

「楽しいのよ」。彼女は何週間も前から練習に練習を重ねていた。本当のことを言うと、彼女は家で必死に練習をしたので、今晩歌えと言われたとしても、最初から最後までどのパートでも歌うことができる。「あなたは本当に来る気がない？　バスは人数が足りないんだけど」

彼女は自分の態度に、これまで以上に驚く。もしも彼がイエスと返事をしたらどうするのか？

「秋には参加しようかな。モーツァルトをやるときに」

「自分の仕事で忙しい？」

よくあるパターンの話だ――他人の人生の中で自分の問題を解決する日々。彼は笑う。「今は、うん、忙しい。この問題と取り組んでいるところなんだ」。彼は彼女に書類を見せる。「樹木に当事者適格はあるのか？」（法学者クリストファー・ストーンが一九七二年に発表した論文。「樹木の当事者適格」というタイトルで『現代思想』一九九〇年十一、十二月号に邦訳あり）。彼女はタイトルを読んで顔をしかめる。レイも同じようにタイトルを読み、困惑した表情を浮かべる。「この学者はどうやら、人間しか犠牲者として認めていないのは法律の欠陥だと主張しているみたいなんだ」

「それが問題なわけ？」

「この人は、人間以外の自然物に権利を拡張したいらしい。樹木にも知的財産権を与えようという考え方さ」

彼女はにやりと笑う。「それじゃあ、あなたの商売はあがったりね？」

「こんな論文は部屋の反対側に放り投げて笑っていればいいのか、それとも、これは火にくべて、僕は自殺した方がいいのか、どっちが正しいのか分からない」

「どっちにするか決めたら教えて。十時から十一時の間には帰る。眠かったら先に寝てて」

「既に眠いよ」。彼はまるで自分が今冗談を言ったかのように笑う。「暖かくした？　今晩は冷えるよ。コートのボタンは留めた方がいい」

彼女は玄関で立ち止まる。いつもと同じ、気まずい瞬間だ。突然、怒りがこみ上げて、二人ともが敗北を味わう。「私はあなたのものじゃないのよ、レイ。約束したでしょ」

「何のことだい？　君を自分のものみたいに言ったつもりはないよ」

「いいえ、言ったわ」と彼女は言い、家を出る。扉がバタンと閉まったとき、初めて彼は気付く。コート。ボタン。吹きすさぶ風。**体を大事にしなさい。君は私のものなのだから。**

彼女はオレンジ色の街路樹の下、バーチ通りを西に進む。彼はわざわざ車のテールランプを目で追うこともせず、車がどこでUターンするかを見たりもしない。そんなことをするのは、彼女にも彼自身にも不名誉だ。彼女は用心深いので、リハーサルの行われる講堂を一度は通り過ぎる。それだけではない。彼は既に以前、窓際に立って、テールランプを目で追ったことがあった。そしてやけになり、胸の悪さを覚えながら、あらゆる手を尽くしていた。電話の通話記録にあった見知らぬ番号を調べ、彼女が前の夜に身に着けていた服のポケットを確かめ、メモでも入っていないかとハンドバッグの中を探っていた。メモはなかった。彼の恥ずべき行いの証拠がいくつも出そろっただけ。

疑いの日々はずいぶん前から、若い頃にやったスカイダイビングの何倍も恐ろしい自由落下に変わっていた。証拠を見つけたパニックはやがて、悲しみへと凝縮した——母が亡くなったときに感じたのと同じ種類の悲しみ。その後、悲しみは美徳に変質した。それを何週間も密かに胸に抱えているうちに、爆発的に成長した美徳が自身の重みでつぶれて、不動の苦い思いとなった。何を問い掛けても、狂気を招くことにしかならない。誰？　なぜ？　いつから？　どのくらい頻繁に？

答えを聞いてどうしようというのか？　コートのボタンを留める必要なんてない。彼は今、平穏を求めているだけ、彼女のそばにもう少しの間、できるだけ長くいたいだけだ——証拠を見つけた彼への罰として、彼女がすべてを壊してしまうまでの間。

彼女は講堂裏の駐車場に車を停める。さらにいったんは講堂の中に入ることさえする——それはアリバイ作りというよりは、消失マジックをより劇的にするための行動だ。百人の歌い手がぞろぞろと壇に上がるとき、彼女はまるで車に何かの忘れ物を取りに戻るかのようにそっと裏口から抜け出す。そして一分後には冷えた体で、しかし生き生きと、狂ったように胸を高鳴らせて、雨に濡れた歩道に立っている。彼女は今から素性の分からぬ男を相手に、何の貸し借りもない肉体関係を持つ——時間をかけ、愛情を込めて、何の目的もなしに、いろいろなスタイルを試しながら。そう考えただけで、まるで何かの薬物を注射したかのように、全身に興奮が行き渡る。

彼女は悪い女になる。再び、悪い女に。愚かな悪女。自分がするとは想像もしなかったようなことまでする。新しいこと。もっと自分について知る——喜びとともに、すごい速さで、恐ろしいほど多くのことを。上品ぶっておとなしく横になっている偽りのドロシーと、それとは違う彼女が好きなこと好きでないこと。ここ三十年の人生を灼熱の炎に放り込む。その考えに彼女は圧倒される——魔法。成長。路肩に停められた黒のＢＭＷに乗り込む頃には、彼女は十六歳の青臭い少女のように濡れ、足元からくずおれそうになっている。

四十八分間の狂った実験。直後には、もう記憶をたどるのも難しい。男がふざけて彼女に何かの薬を飲ませたかのように。仲間の襲撃を受けた人気女子学生みたいにけらけらと笑いながら、大きく股を広げて巨大なベッドに膝をついていたことは覚えている。巨大に、詩的に、女王のように、神のようになって、ブラームスみたいな勢いにのまれたことは覚えている。その後、脚と肺に痛みを覚えながら、長距離ランナーのように倒れたことも。男が指先で愛撫を続けながら、耳元で何か――ぼんやりした、脅すような、あがめるような、ぞくぞくする音節――をささやき、よく理解できないままにそれを喜んでいたことも覚えている。

その前の週と同じように、この夜も激しい波にもまれる彼女の頭の中で、お気に入りの姦通小説の細部が恐ろしいほどの具体性をもってよみがえった。彼女は自分がこう考えたのを覚えている。**私は今、悲劇のヒロインだ**。その後、講堂から三ブロック離れた路肩に停めた暗い車の中で、長く優しいさよならのキス。それから濡れた歩道を十歩進む間に、その冒険そのものを想像の世界――本の中でしか起きない出来事――に引き渡す。

彼女は講堂に戻り、壇に上る。そしてコーラスが再び盛り上がり、バリトンが〝わたしはあなたがたに神秘を告げます。わたしたちは皆、眠りにつくわけではありません。わたしたちは皆、今とは異なる状態に変えられます。たちまち、一瞬のうちにです〟（コリントの信徒への手紙一、一五の五一から五二の引用で、『ドイツ・レクイエム』第六曲の歌詞）と歌うのを待つ。

レイは夕食をちびちび口に運ぶ――ピスタチオとリンゴ。論文を読む作業ははかどらず、あらゆることが気を散らす。彼はリンゴの芯を見つめながら、萼《がく》――彼が生涯、覚えることのない単語――が、しおれた花の残骸でしかないことに気付く。彼は一分間に三回、言葉の藪から目を上げて、倒れてきたオークが屋根を破るように真実が頭を打つのを待つ。何も彼にとどめを刺しに来ない。何一つ起きないと同時に、強烈な威力と忍耐力でそれは起こり続ける。あまりにも完璧に何事も起きないので、ドロシーがまだ帰宅しないのはどうしてだろうと思って腕時計に目をやったとき、三十分も経っていないことに気付いて唖然とする。

彼は頭を下げて、論文を見つめる。その論文は彼の苦悩をあおる。樹木は当事者適格を有するべきか？ 先月の今頃なら、この気の利いた議論をちょっとした頭の体操として楽しめたかもしれない。何が所有されうるのか、誰がそれを所有することができるのか？ 権利の源は何なのか？ そしてどうして地球上で人間だけが、権利を持つことになっているのか？

しかし今夜は目が滑る。八時三十七分。かつて自分のものだった存在が消え去りつつある。しかも、何がこの災厄をもたらしたのかを彼は知らない。論文の恐ろしいロジックが彼を消耗させる。子供、女性、奴隷、先住民、病人、狂人、障碍者。驚いたことにそのすべてが、この数世紀の間に、法律上の人格を持つ存在へと変わった。それならば、樹木や鷲《わし》、山や川が、自分たちに果てしない危害を加えて窃盗を働いた人間を相手に訴訟を起こしてはならない理由があるだろうか？ そのアイデアそのものが神聖なる悪夢だ。彼が今、なかなか進もうとしない秒針を見ながら経験しているのと同じ、死にかけた正義の最後の踊り。今までの彼のすべてのキャリア――権利者の所有権を保護する仕事――が長きにわたる戦争犯罪のように思えてくる。まるで、革命が起きれば、彼も刑務所に放り込まれる運命であるかのように。

このような提言は奇妙で、人を驚かせ、あるいは馬鹿馬鹿しく思われるだろう。そんなふうに感じられる理由の一つは、権利なき者が権利を手にするまで、私たちにはそれが〝私たち〟――現時点で権利を持っている者たち――の道具にしか見えないからである。（論文「樹木に当事者適格はあるのか？」からの引用）

八時四十二分。彼は必死だ。彼女を欺くためなら――何も感づいていないと思わせるためなら――彼は何でもするだろう。狂気の発作はいつか治まる。彼女を彼の知らない人間に変えた熱病はやがて去り、彼女は元の健康を取り戻すだろう。恥辱が彼女を正気に引き戻し、彼女はすべてを思い出すだろう。あの歳月を。イタリアへ行ったときのこと。飛行機からスカイダイビングをしたときのこと。

彼が記念日に書いた手紙を運転中に読んでいたせいで、木に車を衝突させた日のこと。素人芝居。二人で作った裏庭に、一緒に植えた木々。

川や森は話すことができないので当事者適格が認められない、と断じるのは理由になっていない。法人も話すことができないし、国家、財産、幼児、制限行為能力者、地方自治体、大学も口をきくことができない。弁護士がその代弁をするのである。

ポイントは、彼が知っていることを決して彼女に悟られてはならないということだ。彼は陽気で、知的で、愉快でなければならない。彼女が疑いを抱いた瞬間に、二人は破滅してしまう。彼女には、夫に許されて生きていくというのは考えられない。

しかし、隠すことは苦しい。彼にはまじめなマクダフ以外の役はどうしても演じられない。八時四十八分。彼は集中しようとする。夜はまるで、終身刑を二度続けて受けているように長く感じられる。その間、唯一相手をしてくれるのは——そして彼を苦しめるのは——この論文だけだ。

人間は基本的な生物学的欲求を満たすのみならず、自らの意志を物に及ぼし、物を客体化し、自分のものとし、それを操り、それを精神の中で一定の距離に置くが、われわれにそうさせるものは何なのか？

論文が彼の指の下で明滅する。彼は議論についていけない。冴えた論考なのか、くずなのかも分からない。彼自身が崩壊しつつある。権利も特権も、彼が持っているものはすべて。彼が生まれたときからずっと持っていた偉大な才能が奪われていく。大きな、贅沢な自己欺瞞。カントが主張した、あのあからさまな嘘。人間でないものに関しては、われわれは何一つ直接的な義務を負わない。すべては目的のためのみに存在する。目的とはすなわち人間である。

車で家に向かうドロシーを自己嫌悪が襲う。しかし、自己嫌悪にさえ解放感が感じられる。もしも人が自分の中にある最悪の部分に目を向けることができるなら……もしも人が真正直でいられて、本当の自分を完全に知ることができるなら……。満足し切った今の彼女は、再び純粋さを求める。スネリング通りの交差点で、ルームミラーを覗くと、その視線を逃れようとする自分の目が見える。彼女は思う。**もうやめよう。自分の人生を取り戻そう。品性。このままいけば最後は火の玉だけど、今ならまだそれを避けられる。**有り余ったエネルギーは、来たるべきコンサートで歌を歌うことに費やせばいい。その後はまた、何か夢中になれるものを見つけよう。穏やか、かつ、正気でいるために。

ところが、十ブロック進んでレキシントン通りを越える頃には、もう一度と思い始めている。この大きな大陸をスキーで滑る感覚を心に刻むために、あと一度だけ。感傷には浸らない。彼女は依存症に冒されて、哀れな決意さえしなくなるだろう。依存症に陥っているのは体なのか、心なのか、彼女には分からない。自分が最後まで自分の気持ちに正直に従って、行き着くところまで行くことだけは分かっている。葉の多い街路樹が並ぶ自宅前の通りに入る頃、彼女は再び落ち着いている。

彼女は頬をバラ色に染めて、家に入る。玄関扉を押しながら閉めるとき、スカーフが後ろになびく。『レクイエム』の楽譜が手から落ちる。彼女がしゃがんでそれを拾い、立ち上がったとき、二人の目が合い、すべての気持ちがそこで伝わる。恐怖、大胆さ、哀願、悪辣。昔からの友人がいる家に帰る安心感。

「ねえ！　その椅子から一歩も動いてないんじゃないの」

「リハーサルはうまくいった？」

「絶好調！」

「よかったね。今日はどの部分を練習したんだい？」

彼女は椅子のそばまで歩み寄る。昔からのリズミカルな習慣。彼女は彼を抱擁《ハグ》する。かなり緩やかに《ツィームリッヒ・ラングザーム》そして表情をもって《・ウント・ミット・アウスドルック》（『ドイツ・レクイエム』第一曲などにおける指示の言葉）。彼が立ち上がる前に、彼女はその横をすり抜け、塩と漂白剤の混じる自分の体臭を嗅ぎながらキッチンに入る。「寝る前にシャワーだけ、さっと浴びるわ」

彼女は頭がいい。しかし、見え見えの証拠はどうしても放っておくことができない。そして、夫に普通の観察力が備わっていると考えることもない。彼女は二十分間シャワーを浴びてから、彼にブラームスを歌って聞かせる。


熱い水しぶきで消毒し、リフレッシュした後、ゆったりしたパジャマを着てベッドに入った彼女が訊く。「論文は読めた？」

彼が今晩ずっと読もうと努力していた論文の内容を思い出すのには少し時間がかかる。必要なのは神話である……。

「難しかった。なかなか内容が頭に入ってこない」

「ふうん」。彼女は目をつぶって横になったまま彼の方を向く。「教えて」

既に一部の人たちが論じているように、地球を一つの生物と見なし、人類はその機能の一部分——ひょっとすると頭脳——だと考えるのは突飛なアイデアではない。

「すべての生き物に権利を与えようというのが著者の考えだ。創意あふれる発明に関して樹木に対価を支払うことで世界全体がより豊かになる、と彼は主張している。もしそれが正しければ、今の社会システムは完全に……私が尽くしてきたすべてのものは……」

しかし彼女は既に寝息を立て始め、世界発見の最初の一日を終えた新生児のように眠っている。

彼はベッド脇の明かりを消し、反対側を向く。それでも、彼女は寝言を言いながら、ぬくもりを求めて彼の背中にしがみつく。彼の体に回された腕。彼が恋に落ちた女。彼が結婚した女。滑稽で、熱狂的で、風変わりで、御しがたいマクベス夫人。まとまりのない小説の愛読者。スカイダイバー。彼が知る最高の素人女優。

見張り人《ウォッチマン》とイチョウ《メイデンヘアー》はレッドウッドの深い森にいる。彼は食料を重そうに運んでいる。彼女は片手に団体《キャンプ》のビデオカメラを持ち、反対の手は救命ボートにしがみつく英仏海峡横断スイマーのように、彼の腕を握っている。彼女は時々、彼の手首を握って、二人の理解を超える変わった物やすばしこい生き物に注意を向けさせる。

二人は前の夜、屋外の冷たい地面で眠った。シダに縁取られた島の周りを、泥の海が堀のように取り囲んでいた。彼は小便の染みの付いた一九五〇年代製の寝袋に、彼女は別の寝袋に入った。二人の上では、大量の生き物が穏やかに休んでいた。「寒くない？」と彼が訊いた。

彼女はいいえと答えた。そして彼はその言葉を信じた。

「体は痛くない？」

「特に」

「怖くない？」

彼女の目は〝なぜ〟と訊き返した。そして口は「普通なら怖いはずってこと？」

「だって、相手は巨大だ。フンボルト木材社は何百人も人を雇ってる。重機も数千台。親会社は何十億ドルの多国籍企業。法律はどれもあっちの味方で、アメリカ国民の支持も取り付けてる。それに対してこっちは、森でキャンプをしている野蛮な失業者の群れ」

彼女はほほ笑んだ。中国人が地球の反対側からトンネルを掘ってアメリカを侵略しに来るんじゃないかと幼い子供に訊かれたときのような笑みだ。彼女の手が蛇のように寝袋から這い出して、彼の寝袋に潜り込んだ。「あたしを信じて。これは間違いのない情報よ。今から大きなことが起きようとしている」

彼女が眠りに落ちるとき、その手はそのまま二人をつないでいた。

二人がジグザグになった山道をたどり、キャンプから遠く離れた谷に入ると、道が泥の細流に変わる。さらに二マイル（約三・二キロメートル）進むとそれも消え、二人とも藪漕ぎしなければ前へ進めない。林冠でふるいにかけられた光が差し込む。ツマトリソウがカタバミとともにカーペットのように生え広がる林床を歩きながら、彼は少し離れて彼女を見る。本人の言葉によれば、わずか数か月前まで彼女は薬物中毒の問題を抱えた、放埒でたちの悪い、自己中心的なあばずれで、大学も落第しそうになっていた。ところが今の彼女は――何だろう？　自分が人間であることと折り合いを付けて、しかも、人間とはまったく違う何ものかと連帯している。

レッドウッドは不思議なことをする。レッドウッドはハミングをする。波動のような形で力を放つ。節は不思議な形に膨れる。彼女は彼の肩をつかむ。「あれを見て！」。幼いニックが何十年も前の雨の日曜日に分度器で描いた円のように、完璧な妖精の輪に沿って生えた十二本の使徒の木。先祖が枯れて数百年が経ち、何もなくなった中心を囲んで十二のひこばえが伸びたのだ――羅針盤の目盛りのように。化学物質がニックの脳に信号を送る。誰かがこの場所でいずれかの木に彫刻を施したらどうか。それだけで、人間のアートとして画期的な作品になるだろう。

二人は小石の混じる小川に沿って歩き、巨大な倒木を見つける。その木は、倒れていても、オリヴィアの身長より高さがある。「着いたわ。マザーNはこのすぐ右だと言ってた。こっちよ」

彼の方が先にそれを見つける。六百年前からそこにある木立。どこまで上に伸びているのか、下からは見えない。大聖堂の身廊《ネーブ》を支える赤褐色の柱。活版用の活字よりも古い樹木。しかし、樹皮には白いスプレー塗料で数字が記されている――下にある肉の部位を説明する目的で、誰かが生きた牛に暗号の入れ墨を施したかのように。虐殺の命令。

オリヴィアはハンディカムを顔の前に構えて撮影する。ニックはバックパックを下ろし、軽い足取りであたりを歩く。荷物からカラフルなスプレー缶が現れる。彼はそれを若いスギナの上に広げる。色とりどりの六色。彼は片手にサクランボ色、反対の手にレモン色を持ち、印が付けられた木に向かう。そしてそこに既に記された記号をじっと眺めてから、スプレー缶を構える。

その後、彼女のビデオは編集され、ナレーションが添えられ、生物防衛隊《LDF》の住所録にあるすべての共感的なジャーナリストのもとに送られる。今、ビデオのサウンドトラックになっているのは、さまざまな森の叫び声と、マイクのすぐそばで聞こえる畏怖の声――それって一体、どうやってるの？――がところどころに入るだけだ。ニックは林床に並べたパレットに戻り、新しい色を二つ手に取る。彼は色を塗り、数歩下がって仕上がりを確認する。そこに描かれた生き物は、博物館の棚に置かれたどんなものよりも奇天烈だ。彼は数字で汚された隣の木に近づき、同じことを始める。間もなく数字は塗りつぶされて、蝶に変わる。

彼はそちらの作業を終えて、青い単純なチェック印が付けられた幹に向かう。そんな木はそこら中にある。単純な一筆で下された死刑判決。それも終わると、彼は何も印が付けられていない木にスプレーで絵を描き始める。やがて、どれが元々伐採の印を付けられていた木で、どれがそうでない木だったかが分からなくなる。午後はあっという間に過ぎる。二人はしばらく前から森の時間に慣れているので、もはや数時間の経過を何とも思わなくなっている。作業は一度瞬きする間に——ほんの一瞬で——終わる。

オリヴィアはカメラをパンして、姿の変わった森を写す。計測と測量、厳正なる数字に基づく計画が先ほどまで存在していた場所に、今ではセセリチョウ、アゲハチョウ、モルフォチョウ、シジミチョウ、ジャノメチョウが舞っている。ティファニーのアクセサリーみたいな昆虫たちが何世代にもわたって渡りを繰り返す、メキシコの山奥にある聖なるモミの木立のようだ。こうして、鑑定人と測量士のチームが一週間かけてやった仕事を、二人の人間が半日でゼロに戻す。

未編集のビデオに入っている声が「あいつらはまた戻ってくる」と言う。それはつまり、また同じ数字人間たちがそこに来て、今度はもっと消されにくい形でマークを記すだろうという意味だ。

「でも、これはきれいだわ。消すだけ損することになると思う」

「さあな。それか、手っ取り早く、材木屋がここまで来て全部の木を切り倒すかも。マーリットグローブと同じやり口で」

「さあ、撮影は終わったわ」

ビデオに収められた彼女の声には、自由の問題は愛情で解決することができるとまだ信じている様子が感じられる。ビデオはそこで黒い画面に切り替わる。シダとアマドコロに囲まれた林床で二人の人間が次に何をしたか、誰も見ていない。土の中にいる目に見えない無数の生き物たち、樹皮の下を這う生き物たち、枝の中に潜む生き物たち、林冠に登り、飛び跳ね、並んでいる生き物たちを除いては、誰も。巨大な樹木たちも、二人が空中に吐き出した数十億の分子のうちの、ほんの一部しか吸い込むことはない。

パトリシアの耳には、四分の一マイル（約四〇〇メートル）離れたところからその音が聞こえる。デニスのトラックが洗濯板のような砂利道を近づいてくる音。彼女はそれを聞いて喜ぶ——自分でも気付かないうちに、そんな気持ちになっている。砂利を踏むタイヤとエンジンの音は、開拓地の縁を飛ぶタウンゼンドアメリカムシクイのさえずりに劣らず、彼女の心を浮き立たせる。トラックはある意味で珍しい野生動物だ。ただしそれは毎日、夕立のように同じ時刻に姿を見せるけれども。

彼女はこの二十分、自分がいかにそわそわしていたかを感じながら道まで出る。彼は、そう、昼食と郵便——彼女を外界とつなぐ、ごた混ぜな荷物——を運んでくる。オレゴン州立大学のラボからの新しいデータも。しかし、彼女の魂が今求めているのは、デニスその人だ。彼、そして彼が話を聞いてくれることが彼女の支えだ。夫の顔を見ていない二十二時間という間隔は長すぎるのではないかと彼女は思い、新たな喜びと恐怖を感じる。彼女は停まったトラックのすぐそばまで近づくので、扉が開くときには後ろに下がらなければならない。彼は長い腕を彼女の体に回し、首元に顔を寄せる。

「デニス。私の大好きな哺乳類」

「ベイビー。それより先に、まずはお届け物だ」。彼は彼女に郵便物を手渡し、クーラーボックスを持つ。二人は気の置けない沈黙の中、肩を並べて、小屋に向かう坂を上る。

彼女はポーチに腰を下ろして郵便物に目を通し、彼は昼食をテーブルに広げる。テーブルはケーブルドラムを転用したものだ。巧妙ないかさま——〝あなたの保険に関する重要な情報です。今すぐお読みください！〟――はどうしてこんな場所にまで届くのだろう？　数十年前から世間との交渉を断って暮らしてきた彼女が小屋でソローを読んでいる間にも、彼女の名前は絶えず売り買いされている。情報の買い手があまりたくさんの金額を払っていなければいいのだけど、と彼女は願う。いや、逆だ。ぼったくられていればいい、と彼女は思う。

大学からの郵便はない。しかし、代理人《エージェント》からの小包が一つ。彼女はそれをテーブルの上の、皿の隣に置く。型は小さいが、中にいろいろなものを詰めたおいしそうな二匹のニジマスをデニスがクーラーボックスから取り出したときにも、小包はまだそこにある。

「何も問題ない？」

彼女はうなずくと同時に、首を横に振る。

「悪い知らせじゃないだろうね？」

「ええ。分からないけど。私にはとても開けられないわ」

彼はニジマスを盛り付け、小包を手に取る。「差出人はジャ、、、ッキーだよ。何も心配する必要ないんじゃないかな？」

いや、分からない。裁判とか。叱責とか。公用。至急開封のこと。彼は彼女の前に小包を差し出して、勇気を奮い起こさせる。

「ありがとう、デニス」。彼女が小包のとじ代の下で指を滑らせると、中からたくさんのものが出てくる。書評。読者から届いたファンレター。ジャッキーからの手紙には、一緒に小切手がクリップで留められている。彼女は小切手を見て、小さく声を上げる。小切手は表を下にして、いつも湿っている地面に落ちる。

デニスが小切手を拾い、汚れを拭き取る。そして口笛を吹く。「こりゃすごい！」。彼は眉を上げて妻を見る。「出版社は小数点の位置を一桁間違えたんじゃないのかい？」

「二桁よ！」

彼は肩を揺らして笑う——彼の乗るぼろトラックが、氷点下まで気温が下がった朝にエンジンをかけると大きく震えるのと同じように。「売れ行きは好調だと、ジャッキーは言ってたね」

「何かの間違いよ。返金しないといけない」

「君はいい本を書いたんだ、パティー。みんないい本が好きなのさ」

「でも、これはありえない……」

「興奮しなくていい。それほど大した金額じゃないよ」

いや、それは大した金額だ。彼女の生涯で、それだけの額を銀行に預けていたことは一度もない。

「これは私のお金じゃない」

「どういう意味だい、自分のお金じゃないっていうのは？　君が七年かけて書いた本じゃないか！」

彼女は彼の話を聞いていない。彼女が聞いているのは、ハンノキの森を抜けてきた風の音だ。

「どこかに寄付したいなら、それはいつだってできる。アメリカ森林協会に小切手を書いてもいいし、栗の木再生プログラムに寄付してもいい。研究団体に投資することだってできる。さあ。今はまず、ニジマスを食べようじゃないか。これを捕まえるのに二時間かかったんだから」


昼食後、彼は妻に書評を読んで聞かせる。ラジオの音声みたいなデニスのバリトンボイスで読み上げる書評は、なぜかどれも高評価に聞こえる。〝私は今まで気が付かなかった〟と人々は言う。〝新たな視野が開けた〟と人々は言う。その後、彼はファンレターを読む。感謝の気持ちを伝えたいという手紙。パトリシアをすべての樹木の母だと勘違いした手紙。新聞連載の人生相談に寄せられたみたいな手紙もある。〝裏庭に、樹齢二百年にはなろうかという大きなオークの木があります。去年の春、幹の片側が弱ってきました。スローモーションで枯れていく木を黙って見ているのはつらすぎます。私はどうしたらいいのでしょうか？〟

〝恵みの木《ギビング・ツリー》〟――最後の大仕事として、副次的な代謝物のすべてを共同体に捧げる、古いダグラスモミ――に触れている手紙が多い。

「聞いたかい、ベイビー？　〝あなたのおかげで、世界が今までと違って見えてきました〟だってさ。これは一応、賞賛の言葉なのかな」

彼女は笑う。しかし、それは罠にかかった猫が上げる悲鳴のようだ。

「おや。ほら、これなんかどうだ。全米で最も聴取率の高い公共ラジオ番組に出演してほしいという依頼だよ。地球の未来について論じるシリーズ企画だそうだ。君には樹木についてしゃべってほしいらしい」

　彼女は激しい嵐にもまれるダグラスモミの樹上で彼の言葉を聞いている。熱心な人々。人々は彼女に要求をする。皆、彼女を他の誰かと勘違いしているのだ。皆が強引に彼女をあちらへ引き戻そうとしている――人々はそこを〝世界〟と呼んでいるが、それは間違いだ。

　モーゼが疲れ切った様子でベースキャンプに現れる。あちこちで活動が行われた結果、先週の後半だけで、十三人が逮捕、勾留されてしまったという。「俺たちが代々樹上占拠《ツリー・シッティング》で守ってきた大木があるが、そこに行ってくれる人間がいない。誰か、短期間でいいから樹上生活をしてもいいってやつはいないか？」

見張り人《ウォッチマン》が要請の意味を理解する前に、イチョウ《メイデンヘアー》の手がさっと挙がる。〝そう。これだ。やっと〟という表情がその顔に浮かんでいる。

「本当に？」。先ほど自分が口にした言葉が光の精霊の予言をかなえることになったとは知らないモーゼが、そう訊き返す。「少なくとも二、三日は、木の上で生活してもらうことになるぞ」

彼女は荷造りをしながらニックに念を押す。「あなたは地上にいた方がみんなの役に立てると思うのなら……あたしは一人でも大丈夫だから。向こうもあえてあたしに手を出したりはしないでしょ。マスコミの目があるんだし！」

彼は、彼女と一緒でなければ、とても大丈夫ではない。事態はそれほど簡単で、それほど馬鹿げている。彼はそれを口には出さない。さりげなく彼女の言葉にうなずくしぐさの中にも、彼の気持ちははっきり現れている。彼女も当然、気が付いている。彼女の耳には、目の前にいない精霊の声が聞こえる。絶え間のない雨が降りしきる中でも、彼の頭の中で激しく音を立てている思考、耳の奥で高鳴る血流の音が彼女には聞こえる。

荷物を先に持ち上げ、ゲートの向こうに落とす。その後、彼らが続く――イチョウ《メイデンヘアー》、見張り人《ウォッチマン》、そして案内をするのは、数週間前からこの木の地上サポート役として地上を駆け回ってきたロキ。彼らは再び、フンボルト木材社の縄張りに足を踏み入れる。犯罪的意図を伴う不法侵入。荷物は重く、道は急峻だ。何週間も続いている雨が山道をトルコ風コーヒーに変えている。数週間前なら、二人はこの山道を三マイル（約四・八キロメートル）も歩くことはできなかっただろう。今でも、五マイル（約八キロメートル）歩いたところで、見張り人《ウォッチマン》はすっかり息が上がる。彼は恥じ入り、わざと少し遅れを取って、荒い息をする。道はぬかるんだ急斜面の上へと続く。荷物の重みと足を吸い込む泥とのせいで、彼の踏み出す一歩一歩が棒高跳びに変わる。彼が立ち止まって息を整えると、みぞれ混じりの空気が体にしみ込む。前を行くイチョウ《メイデンヘアー》の姿は、神話に出てくる獣のようだ。針葉が敷き詰められた地面から彼女の足を通して、森のエネルギーが補給されている。泥にまみれた足を先へ踏み出すたびに、新たな元気が湧いている。彼女は踊っている。

臆病さが、ニックの荷物にさらなる重みを付け加える。彼は逮捕されたくない。高い場所も好きではない。ただ、愛する人を追って斜面を登っているだけ。彼女は生きとし生けるものを救いたいという欲望に突き動かされている。

ロキは手のひらで二人を制止する。「あの光が見える？　コンドル《バザード》とスパークスだ。こっちの足音が聞こえたらしい」。彼は口を囲うように手を当てて、フクロウの鳴き真似をする。じれったそうに、森の上で再び光が点滅する。その様子を見て、ロキがまた笑う。「あいつら、早く地上に降りたくてしょうがないんだ。君らにも分かる？」

まだ地上を離れてもいないニックも、気持ちは同じだ。三人は最後の数百ヤードをのろのろと進む。茂みの奥から木の姿が現れる。何かを見間違えているとしか思えないほど巨大な樹木。

「あれがそうだ」とロキがあっさり言う。「名前はミマス（ギリシア神話でオリンポスの神々と戦った巨人族の一人）」

ニックの口から思わず声が漏れる。おおよそ、〝ああ、たまげた〟という意味の音節。彼はこの数週間で怪物みたいな大木を何本も目にしていたが、これほどのものは見たことがなかった。ミマス。幹の太さは曾曾曾祖父の古い家よりも幅がある。日没が彼らを包み込むと、あたりには、まるで神聖なものと向き合っているような、原初的な精神的高揚《ダルシャン》が漂う。木は煙突岩《チムニー・ビュート》のように真っ直ぐ上に、どこまでも伸びている。それは下から見上げると、イグドラシル（北欧神話で、天界・地界・冥界につながる三本の根を持ち、全宇宙を貫くトネリコの大樹）――地下の世界に根を下ろし、天界に樹冠を持つ世界樹――だといってもおかしくない。地面から二十五フィート（約七・五メートル）のところで、第二の幹が横に伸びている。その枝でも、ホーエル家の栗の木よりも大きい。主幹のさらに高いところで、二本の幹が横に出ている。木そのものが、分岐論（系統発生的に生物を分類する理論）の練習問題――進化論的な系統樹――のようだ。長い年月を経てずっと高い場所で分岐して、新たな〝家系樹〟を生む偉大なアイデア。

見張り人《ウォッチマン》は今ならまだ引き返せるかもしれないと思いながら、イチヨウ《メイデンヘアー》が木を見つめたまま立ち尽くしている横に歩み寄る。しかし、その沈みかけた太陽の光の中でも、大義を背負った彼女の顔は輝いている。アイオワにある彼の家の前の砂利道に車を停めたときに彼女を駆り立てていた興奮みたいなものはすっかり消え、彼女の中には今、孤独に鳴くフクロウのように純粋で痛ましい確信があった。彼女は溝の走る幹に両腕を回す。その姿はまるで、犬に抱きつこうとする蚤《のみ》のようだ。彼女は上を向き、巨大な幹を真っ直ぐに見上げる。「信じられない。あたしたちが体を投げ出す以外に、これを守る手段がないなんて信じられない」

ロキが言う。「誰かが金を奪われたり、体を傷付けられたりしない限り、法律はこっちを向いてくれないのさ」

二つの巨大なこぶに挟まれた木の根元は、煤《すす》けた鵞ペンの先のように二つに割れている――ただしその割れ目は、今晩、この三人が寝られそうなほど大きい。黒い煤は上の方まで幹を黒く染めている。アメリカという国ができるずっと前に起きた山火事の跡だ。樹冠の下にある裂け目は、まだ樹液がにじむくらい新しい落雷の名残。そしてはるか上のもつれた枝葉の中、消え去りそうなほど高い場所から、普段と違う環境に疲れ果てた人間たち――今夜、数時間だけでも再び、ぬくもりと安心のある乾いた場所に戻りたいと思っている二人――の歓声が聞こえる。

上から何かが落ちてくる。見張り人《ウォッチマン》が叫び声を上げ、イチョウ《メイデンヘアー》の腕を引っ張る。林床に落ちてきたのは蛇だ。見張り人《ウォッチマン》の視界よりも横幅のある幹の手前に、人差し指ほどの太さの縄が下りてくる。

「これでどうしろっていうんだ？　荷物をくくりつければいいのか？」

ロキが声を上げて笑う。「その縄で上まで上がるのさ」。彼はハーネスと、いくつか結び目のある縄とカラビナを取り出す。そしてハーネスのベルトを見張り人《ウォッチマン》の腰に回す。

「待ってくれ。これは何だ？　これでもかすがい《ステープル》か？」

「かなり古いものだからな。でも心配無用。そのかすがい《ステープル》やダクトテープにあんたの体重がかかるわけじゃない」

「そりゃそうだろう。でも、この靴紐みたいな縄には俺の体重がかかるだろ」

「あんたよりはるかに重い荷物でも、その縄で大丈夫だった」

オリヴィアは口げんかをする二人の間に割って入り、ハーネスを手に取り、それを自分の腰に回す。ロキはカラビナでハーネスを留める。そして彼女の体をプルージック・ノット二つで木登りロープに固定する――結び目《ノット》の一つはハーネスの胸につなぎ、もう一つの結び目は足を掛けるためだ。

「分かるか？　この結び目は体重がかかると、小さな拳を握るみたいな格好でロープを締め付ける。でも、体重がかからないときには……」。彼は緩くなった結び目をロープの上部に移動させる。「下の結び目に足を掛けて立つ。胸の結び目をできるだけ高く押し上げる。そこに体重がかかるように体を反らす。ハーネスに座る格好になる。足を掛けていた結び目を滑らせて、できるだけ高くまで上げる。そしてそこに足を掛けて立つ。後はその繰り返し」

イチョウ《メイデンヘアー》が笑う。「シャクトリムシみたいに？」

まさにその通り。彼女はシャクトリムシのようにロープを登る。まず立ち上がる。体を反らしてから腰を下ろす。立ち上がり、また少し上がる。地面を離れ、足を掛ける結び目と一緒に体を持ち上げ、空気の梯子を登る。地上には見張り人《ウォッチマン》が立ち、ただのズボンの尻と化した彼女が空に登っていくのを見ている。真上で身もだえしている体を見ていると、彼の魂はその親密さに赤面する。彼女はリスだ。イグドラシルを走り回って、地獄と天界と地上世界の間でメッセージを運ぶラタトスク（北欧神話で世界樹とされるイグドラシルの幹を上下に行き来するリス）。

「彼女は体の使い方がうまいな」とロキが言う。「速い。二十分で上まで行くだろう」

　実際、そうなる――ただし、上に着いたときにはいたるところの筋肉が震えているけれども。上では、歓声が彼女を出迎える。地上では、ニックが嫉妬に襲われる。そしてハーネスが再び下りてくると、急いでそれを身に着ける。彼は約百フィート（約三〇メートル）よじ登ったところで、恐ろしくなる。俺の体重にこのロープが耐えられるわけがない。ロープはねじれて、ナイロン製独特の妙な音を立ててきしんでいる。彼は残りの距離がどれだけあるか確かめようと首を伸ばす。永遠。その後、下を見るという過ちを犯す。ロキが下でゆっくりと円を描いている。上に向けられた彼の顔は、足元で踏みつぶされようとしているツマトリソウの、小さな星の形をした花のようだ。見張り人《ウォッチマン》の筋肉がパニックに屈する。彼は目を閉じてささやく。「無理だ。俺は死んだ」。ズームアップする地面と、果てしない落下とに対する恐怖が彼の脚を貫く。小さな吐き気が二度こみ上げて、ウィンドブレーカーを汚す。

　しかし彼の耳元で、オリヴィアが語り掛けている。ニック。どれもやったことのある動きばかりよ。この数週間、あなたが同じ動作をするのをあたしは見てきた。まずは手、と彼女は言う。次は足。座る。結び目を上にスライドさせる。立つ。彼は目を開けて、ミマスの幹を見る。今までに見た中で、最も大きく、最も強く、最も太く、最も古く、最も信頼ができる、最も正気の生き物。五十万の昼と夜を生きた存在が、彼を林冠に欲している。

　てっぺんで歓声が彼を迎える。上にいる者たち《バザード》が二つの金具で彼を木に結び付ける。オリヴィアは縄梯子で結ばれた足場を跳ね回る。コンドルとスパークスはしばらく前に、この賃貸物件についての注意事項を細かく彼女に説明し終えている。二人は今、暗くなる前に地上に降りたくてそわそわしている。彼らはロープを伝って下に降り、ロキと合流する。あたりを包む闇の中からロキが呼び掛ける。「二、三日したら誰かがここに交代要員を連れてくる。それまで上を守ってくれたらそれでいい」

ニックはこうして、自分の人生を徴用した女性と二人きりになる。彼女は彼の手を取る。その手はまだ縄を握ったままの状態で、緊張が解けていない。「ニック。ついに着いたわよ。ミマスの樹冠に」彼女は木の名前を、まるで古くからの友達みたいに言う。ずいぶん前から対話をしてきた相手のように。二人は針葉が肌をこする闇の中、並んで腰を下ろす。地上二百フィート（約六〇メートル）。コンドル《バザード》とスパークスが大舞踏室と呼んだその場所は、三枚の扉をボルトで留めただけの、七×九フィート（約二・一×二・七メートル）のデッキだ。三方はスライド式の防水シート《タープ》の壁が覆っている。

「私の大学時代の部屋より大きい」とオリヴィアが言う。「それに、こっちの方が快適」

縄梯子で行けるすぐ下の枝には、小さな合板が置かれている。雨水を溜める天水桶、広口瓶、蓋付きバケツの三点から成るバスルームだ。反対に、二人の六フィート（約一・八メートル）上に伸びる枝には、食品庫兼キッチン兼私室となる別のデッキがある。そこには水、食料、防水シート《タープ》、生活必需品が所狭しと置かれている。二つの枝に渡されたハンモックには、過去の住人が置いていった蔵書がかなりたくさん並べられている。三層から成る樹上基地は、何世紀も前に幹に落ちた雷でできた巨大な二股の上に位置している。樹上基地はわずかの風にも揺れる。

灯油ランプが彼女の顔を照らす。彼はこれほど自信に満ちた彼女の顔を見たことがない。「こっちへ来て」。彼女は彼の手首を握り、引き寄せる。「ほら。もっとこっちへ」。まるで、その場所でもっと離れることが可能であるかのように。そして彼女は、人生における自分の役割を確信した人間のように、彼を抱き締める。

夜、何か柔らかくて温かいものが彼の顔をなでる。彼女の手だ、と彼は思う。あるいは、寝返りを打った彼女の髪か。寝袋での睡眠は、舟歌のリズムでゆっくりと揺れてはいても至福だ――窮屈な愛の巣。尖った爪が彼の頰に食い込み、夢魔が高い声でわけの分からないことを叫ぶ。見張り人《ウォッチマン》が飛び起きて悲鳴を上げる。「畜生!」。彼はよろけてデッキから落ちそうになるが、命綱で体が止まる。彼は必死に手のひらで防水シート《タープ》の壁を叩く。生き物たちは鳴きながら枝の中へ逃げていく。

彼女は素早く立ち上がって、彼の腕を押さえる。「ニック。やめて。ニック! 大丈夫だから」。危険は散り、小さな破片に変わる。キーキーというにぎやかな鳴き声の中で、彼女が繰り返している言葉がようやく彼にも聞こえる。「モモンガよ。十分ほど前からこの周りで遊んでいたの」

「え! どうして?」

彼女は笑い、彼をなだめ、再び横にならせる。「それはモモンガに訊かないと分からない。また戻ってくれれば、だけど」

彼女は彼の背後に寄り添い、顔を近づける。眠りは訪れない。人間から遠く離れた高いところで生きているせいで、恐れることを学んでいない生き物たちがいる。そして、細胞内に染みついている愚かしさのせいで、ニックはこの夜――初めての樹上占拠生活の最初の夜――彼らに人間の恐さを教えたのだった。

まだらな光が拳大に集まって、顔を照らす。彼はほとんど眠っていないも同然だが、普通なら勤勉な働き者にだけ許されるような新鮮な気分で目を覚ます。彼は体を横に起こし、防水シート《タープ》を少し持ち上げる。青から茶色、緑からまばゆい黄金色に至るまで、あらゆる色を含んだ光が差し込む。「見てくれ、あの朝日！」

「どうかした？」。寝ぼけてはいるが無関心ではない彼女の声が耳元で言う。「うわ、すごい」

二人は一緒にその光景を見る。張り綱の上から新世界を測量する二人組。その光景は彼の胸を二つに砕く。雲、山、世界樹、霞──最初に言葉を生むきっかけとなった、豊かにもつれ合いながら永続する森羅万象──を目にした彼は呆然として、言葉を失う。ミマスの幹からは太い枝が無数に伸び、そこからさらに、仏陀の指のような枝が平行に上に出て、生得的な形を何度も反復するように、母なる木をより小さなスケールで再現している。互いに絡み合う枝はあまりにも入り組んでいて、とても目でたどることはできない。

霧が林冠を包む。ミマスの枝の隙間から見える近くの木々の先端には霞がかかり、まるで中国の水墨画のようだ。灰色の霞には、そこから飛び出している緑や茶色の尖頭よりも実体があるみたいに感じられる。周囲に広がるのは、変幻きわまりないオルドビス紀のおとぎ話の世界。乾いた陸地に初めて生物が現れた日の朝のようだ。

見張り人《ウォッチマン》が別のロープから吊られた防水シート《タープ》の壁をカーテンのように開き、見上げる。ミマスの先端がさらに上へ、数十フィートそびえている──雷に刈り込まれた跡を継いだ幹。もつれた枝のてっぺんは、低く垂れ込めた雲の中に消えている。天上のペンキ缶から滴が飛び散ったように、菌類と地衣とがそこら中に張り付いている。見張り人《ウォッチマン》とイチョウ《メイデンヘアー》がいる場所は、フラットアイアンビル（一九〇二年に完成したニューヨーク市最古の高層ビルの一つで、高さは八七メートル）とほぼ同じ高さだ。彼は下を見る。林床は、幼い女の子がドングリと苔で作った人形用の庭のようだ。

彼はそこから落ちることを想像して怖じ気づき、防水シート《タープ》を下ろす。彼女は彼をじっと見ている。

はしばみ色の目に宿る狂気は、甲高い笑い声になってあふれ出す。「ついに来た。私たちはたどり着いたのよ。精霊は私たちをここへと招いていたんだわ」。彼女には、四十億年の生命の歴史が生んだ最も驚嘆すべきものを助けるために招かれるにふさわしい雰囲気がある。

巨木のコーラスの中にところどころ、一段飛び抜けたソロ歌手が立っている。それらは緑色の入道雲かロケット雲に見える。地面の高さで見ると、最も高い隣の木は、中サイズのオニヒバに見える。ところが今、地上七十ヤード（約六三メートル）の高さから見ると、数少ない大木の真のサイズがニコラスには分かる——世界最大の鯨の五倍。昨夜、三人が登った渓谷に、三本の巨木が立っている。森は少し離れたところで、より密度の濃い、深い青に変わっている。彼はレッドウッドとその森に漂う霧に関する文章を読んだことがある。レッドウッドは低く湿った空——自分が生んでいる雲——から水分を摂っているのだ。空中でもつれる針葉は地面近くで生えている滑らかで真っ直ぐなものとは違い、こぶがあってねじれていて、それが水蒸気を凝結させて霧から水を吸い、枝に流す。ニックは上のキッチンに目をやる。そこでは彼らの集水装置が水滴を瓶に集めている。ただで水を得るという仕掛けは昨夜の彼には巧妙に思えたが、今、木の工夫に比べると、ずいぶん雑に見える。

ニコラスはまるで無限のぱらぱら漫画をめくるようにそのドラマを見る。大地は峰の向こうにまた別の峰と、どこまでも続いている。彼の目が徐々に、そのバロック的豊饒に適応する。霧の海に浸る五種類の色合いの森はそれぞれが、いまだ発見されていない生物たちの生息圏を作り上げている。そして彼が見ている木はすべてテキサス州の投資家のものだ——レッドウッドを実際に目にしたことのないその男は、この材木を買うために借金をし、その返済のためにこの森を皆伐しようとしている。

隣にいた温かな存在が動いたことで、見張り人《ウォッチマン》は思い出す——この巣にいる大型脊椎動物が自分だけではないことを。

「このまま風景に夢中になってたら、膀胱が破裂しちゃう」

彼はオリヴィアが縄梯子を伝って一階層下に降りるのを見る。そして思う。**俺は目を逸らさないといけない。**しかし、今いるのは地面から二百フィートの木の上だ。モモンガに監視される生活。揺籃期の世界の霧が何十億年も時間を巻き戻し、彼は自分が別の生き物になったように感じる。

　彼女は広口瓶の上にしゃがみ、用を足す。俺は今まで女が小便するのを見たことがない——大昔から、人類の雄の多くが死ぬときに抱いてきたであろう感想を彼は持つ。その儀式の隠蔽は突然、ＢＢＣの野生動物ドキュメンタリーで取り上げられるべき奇妙な動物の行動みたいに感じられる——必要に応じて性転換する魚、交尾後にパートナーを食べてしまうクモなどのように。彼の耳にはあの格調高い英国風発音のナレーションが聞こえる。**ヒトは仲間から離れた環境に置かれると、驚くほど行動が変化します。**

　彼女は見られていることに気付いている。彼女が気付いていることを彼も知っている。今いる、未開の場所。この場所にふさわしい文化。彼女は用を足し終わると、デッキの縁で瓶を傾けて中身を捨てる。液体は風に乗り、散らばる。排泄物は二十フィート（約六メートル）下で霧の粒子に変わる。針葉はそれを再び何か生命あるものに変えるだろう。彼女が戻ってくると、「次は俺の番」と彼が言う。そして彼女が上から見守る中、彼は縁にクッションの付いたバケツの上にしゃがむ。それは、次にロキが姿を見せたときに、地上に降ろし、肥料に変えられることになる。

　二人は戸外で朝食をとる。かじかんだ指が、風景に圧倒されてぽかんと開いた口にヘーゼルナッツとドライアプリコットを運ぶ。じっと座って風景を眺めること——これが、二人の新たな職務の内容だ。しかし、やがて人間の目はそれに慣れる。「探検しよう」と彼女が言う。大舞踏室から伸びる大きな通路には二股ロープやループ状のロープや縄梯子、カラビナを掛けられる場所が用意されている。彼女は彼にハーネスを渡し、三本のナイロン製ロープで自分用のものを作る。「裸足になってね。その方が滑りにくいから」

彼はおぼつかない足取りで、揺れる枝に踏み出す。風が吹いてミマスの樹冠全体が傾き、また戻る。俺は死ぬ。二十階分の高さから、シダのベッドの上に落ちる。しかし彼はそのイメージに慣れ始めている。もっとひどい死に様は他にもある。

二人は違う方角へ向かう。互いを探そうとしても無駄だ。彼は命綱を付けた状態で樽ほどの太さがある枝を股で挟み、じわじわと前へ進む。こすれた枝からはレモンのような匂いが漂う。途中から伸びた小枝には、おはじきより小さな球果がまとまって付いている。彼は球果を一つ手に取り、それを手のひらの上で叩く。すると粗挽きこしょうのような種がぱらぱらと落ちる。そして一つが生命線の皺に引っ掛かる。これほど小さな粒から生まれた木が、地上二百フィートでびくともせずに彼を支えている。一つの村の人間を樹上で眠らせても、まだ貸部屋が余るほどの要塞塔。

上から彼女が呼び掛ける。「こんなところにハックルベリーが生えてる！　しかも一株だけじゃないわ」

色とりどり、あるいは虹色の昆虫の群れは、極小サイズに縮めた恐怖映画の怪物のようだ。彼は決して下を見ないように気を付けながら、奇妙な交差点まで進む。二本の大きな梁が数世紀をかけて、粘土細工のように一体化している。彼が小山のような幹の先まで行くと、中は空洞になっていて、内側には小さな池がある。池の縁には植物が育ち、小さな甲殻類もいる。浅瀬で何かが動く。全身が栗色、茶色、黒、黄色の斑点に覆われた生き物だ。数秒後に、その名前がニックの頭に浮かぶ。サンショウウオ。水辺が好きで、手足の長さが一インチ（約二・五センチメートル）しかない生き物が、フットボール競技場縦の三分の二ほどもある高さ——しかも、繊維質の乾いた樹皮——をどうやって登ったのだろう？　ひょっとすると鳥が、くわえてきたごちそうを樹冠で落としてしまったのか。いや、それはなさそうだ。サンショウウオのすべすべした胸部が呼吸とともに上下する。唯一説得力がありそうなのは、サンショウウオの先祖が千年前にこの緩慢なエレベーターに乗り、五百世代を経て、この高さまでやって来たという可能性だ。

　ニックは元の方へじわじわと戻る。イチョウ《メイデンヘアー》が戻ってきたとき、彼は大舞踏室の縁にもたれて休んでいる。彼女は命綱を外している。「信じられないものを見たわ。このくらいの深さの土から高さ六フィート（約一・八メートル）のツガが生えてた！」

「何てこった。オリヴィア。ずっと命綱を外してたのか？」

「心配要らない。子供の頃、よく木に登ってたから」。彼女は彼にキスをする。素早い先制攻撃だ。

「それだけじゃない。私たちを下に落としたりしないってミマスが言ってたの」


　オリヴィアが今朝の発見を螺旋綴じノートにメモする姿を、ニックはスケッチに収める。彼の方が彼女より、孤独をやり過ごすのに慣れている。アイオワの畑の中の一軒家で何年間も暮らした後では、この巨大な旗竿の先で過ごす一日はちょっとした外出程度に思える。ところが彼女の方は、芯ではまだ一人の女子大学生で、一秒あたりの刺激が少ないとどうしても物足りなさを感じずにはいられない。霧が晴れる。どこまでも開けた昼の風景の中で、「今一体何時だと思う？」と彼女が尋ねる。そう訊く口調は、いらついているというより、本当に戸惑っているようだ。太陽はまだ頭の上を通ってはいないが、二人とも、前日の同じ時間よりもずっと年を取っている。迷宮のように入り組んだミマスの枝をスケッチしていた彼が顔を上げて、首を横に振る。彼女はけらけらと笑う。「分かったわ。じゃあ、今日は何月何日？」

　とはいえ、間もなく時刻は午後になる。半時間も一分も、一文《センテンス》の半分も単語の半分も、すべて同じサイズに感じられる。すべてはまったくリズムのないリズムの中に消える。九フィートのデッキを端から端まで移動するだけで国家的大事件だ。さらに時間が経過する。永遠の十分の一。十分の二。

彼女が再び口を開くと、その穏やかさに彼の心が砕ける。「自分以外の人間がこれほど強力な薬物《ドラッグ》だとは知らなかった」

「最強の薬物《ドラッグ》さ。少なくとも、最も広く濫用されている薬物であることは確かだ」

「どのくらい時間がかかるのかしら……他人依存症から抜け出すのに？」

彼は考える。「まったく誰にも依存しない人間なんていない」


昼食を作る彼女を彼はスケッチする。昼寝する彼女。鳥と話す彼女。あるいは地上二百フィートでネズミと戯れる彼女。生活のペースをゆっくりにしようとする彼女の努力は、彼の目には、人間の歴史を簡潔に——レッドウッドの種子の中に——要約したものに見える。彼はレッドウッドが茂る峡谷をスケッチする。そして背の低い兄弟を見下ろすように、まばらに立つ巨木たちを。その後、彼はスケッチブックを脇に置いて、変化する光をじっくりと味わう。


「聞こえる？」と彼は訊く。力強く、秩序正しく、遠くから響く機械音。チェーンソーとエンジンの音だ。

「うん。あいつらは森のあちこちにいる」。彼らは巨木を一本一本倒しながら、こちらへ近づいてくる。樹齢九百年、直径十フィート（約三メートル）の木が二十分で倒され、さらに一時間で、一定の長さに切り刻まれる。大きな木が倒れる音を遠くで聞いていると、大砲が大聖堂を壊しているみたいに感じられる。地面が液状化する。ミマスの地上二百フィートにある二人の足場が震える。世界が生んだ最大の木々が丸ごと、ついに伐採されようとしている。

ハンモックに置かれた蔵書の中から、彼女は一冊の本を見つける。『森の秘密』。表紙には有史以前のイチイの姿が、地上部分と地下部分を含めて描かれている。裏表紙には、彗星のごとく現れた今年のベストセラー――二十三言語に翻訳という宣伝文句。「少し読んであげようか?」

彼女はまるで、ホイットマンの『草の葉』を暗記するという課題を出された高校生が教室の前に出て、貨物列車のように延々と続く詩行を読み上げているかのようだ。

裏庭にある木とあなたは共通の祖先を持っている。

彼女はそこで一息ついて、樹上基地の透明な壁の外を見る。

十五億年前、あなたた方は袂《たもと》を分かった。

彼女は暗算をしているみたいに、再び間《ま》を置く。

しかし、別々の方向へはるばる旅してきた今でも、木とあなたは遺伝子の四分の一を共有している。

そんなふうに著者の思考の流れをたどるようにして四ページ読み終わる頃には、空は暗くなり始めている。二人はろうそくの光の下で再び食事をとる――小さな携帯用コンロで沸かした湯で溶いた即席スープのもと。食事を終えたときには、あたりは真っ暗だ。伐採チームのエンジンが止まった後に聞こえるのは、二人が聞き分けられない、正体不明の無数の声。

「ろうそくは節約しないとね」と彼女が言う。

「そうだな」

就寝時刻まではまだ数時間ある。二人は細長い揺れるデッキに横になり、暗闇の中でおしゃべりをする。その場所には、最も古い種類以外の危険は存在しない。風が吹くと、手作りの筏《いかだ》で太平洋を渡っているような状態になる。風がやむと、二人は二つの永遠の間で――〝ここ〟と〝今〟のなすがままに——宙吊りになる。

闇の中で彼女が訊く。「今、何を考えてる？」

彼が考えているのは、今日この一日が人生の頂点だということだ。俺は自分の人生の中で見たいと思うものすべてを目にした。幸福な自分の姿も見た。「今夜はまた寒くなりそうだなって考えてた。寝袋二つをくっつけた方がいいかもしれない」

「あたしも賛成」

銀河に存在するすべての星がこぼれたミルクの川となって頭上を巡るのが、青黒い針葉の隙間から見える。夜空——人がもっと強力な薬物《ドラッグ》を見つける以前の、最高の薬物。

二人は寝袋を一つにする。「言っておくけど」と彼女が言う。「これで一人が落ちたら、もう一人も道連れだからね」

「俺は君と一緒ならどこへでも行く」


二人はすっかり明るくなる前に、はるか下で響き始めたエンジンの音に目を覚ます。

違法な集会に参加した罪で、ミミは三百ドルの罰金を科される。悪い取引ではない。彼女はその二倍の金額を冬のコートに払ったことがあるが、そのときの満足度は今回の半分程度だった。職場で逮捕の噂が流れる。しかし、彼女の上司は皆、技師だ。彼女のチームが鋳型のプロジェクトを予定通りに進めることさえできれば、当人が連邦刑務所から指示を出していようとも、会社が意に介することはない。プラカードを手にした千人のデモ隊がセーラムにあるオレゴン州政府森林省の本部に押しかけて、森林伐採計画の認可プロセスを改善するよう要求するとき、ミミとダグラスはそこに加わる。

四月初めのとある土曜日、二人は車で、太平洋岸山脈《コースト・レンジ》での活動に向かう。工具店で仕事を見つけていたダグラスは休暇を取る。朝は快晴というのを超えたすがすがしさだ。二人は南へ向かいながら、ラジオでグランジとニュースを聞く。空は薄暗い薔薇色から涼しげな空色に変わる。後部座席に置かれたリュックサックには、安物の水泳用ゴーグルが二つ、鼻と口を覆うためのTシャツ、そして改造したペットボトルが入っている。それに加え、警察仕様の二重ロック式鋼鉄製手錠と鎖と自転車用のU字ロックが二つ。警察と抗議団体の間では軍拡競争が進行中だ。抗議する側は装備にかける金額で警察に勝てるかもしれないと思い始めている。というのも警察の資金源となっているのは、税金そのものが国民からお金を奪う窃盗行為だと考えている一般の人々だからだ――たとえ同じ人たちが、公共の材木を売り飛ばすことを窃盗だと考えていなくても。

車は抗議の場所につながる細い道に入る。ダグラスはそこに停められた車をチェックする。「テレビ局のトラックがない。一台もないぞ」

ミミが悪態をつく。「オーケー、慌てなくていいわ。新聞や雑誌の記者が来ているはずよ。カメラマンを連れて」

「テレビ局が来なけりゃ、ここで何も起きてないのと同じだ」

「まだ時間が早い。この後、来るのかもしれない」

フィールドゴールが決まったときのようなどよめきが道路の先から聞こえてくる。森の中で、対立する二つの陣営がにらみ合う。大きな声が上がり、もみ合いが起こる。そして、一人の上着をつかんで綱引きが行われる。遅れて加わった者たちが視線を交わし、少し早足になる。彼らが森を抜けて、皆伐された開けたところに出ると、そこが対決の場所。イタリアのサーカスのような雰囲気だ。デモ隊が二重の輪になって、C7ディーゼルエンジンを搭載したキャタピラー社の重機――彼らの上に伸びるクレーンは恐竜の首のよう――を取り囲んでいる。伐採人《フェラー》と造材人《バッカー》（木を切り倒す人が伐採人、運搬しやすいサイズに切るのが造材人）が混沌を外から囲んでいる。森が町から遠く離れているせいで、特殊な怒りがあたりには漂っている。

　ミミとダグラスは小走りで坂を上る。チェーンソーの轟音に彼女は驚き、彼の腕をつかむ。チェーンソーのエンジンが次々にかけられる。間もなく、ガソリンエンジンのコーラスが森中に響き渡る。木こり《ロガー》たちがだるそうに、そしてぶっきらぼうにチェーンソーを振り回す。大鎌を手にした死に神。

　ダグラスが立ち止まる。「あいつらどうなってるんだ、狂ってるのか？」

「芝居よ。丸腰の人間をチェーンソーで襲う人なんていない」。しかし、ミミがそう言っている間に、運転手が積載機《ローダー》を動かし始めると、そこに手錠で腕をつないでいた二人が引きずられる。抗議者たちは目を疑い、悲鳴を上げる。

　人質に取られている重機に目を向けていた木こりたちが、別のことを始める。彼らはアメリカオオモミの木立を伐採する作業に取り掛かる。手錠で人間の輪を作っている怠け者たちの上に木を倒そうという算段だ。ダグラスは何かをつぶやいて駆けだす。ミミが反応する前に、彼はリュックを引きずりながら、ほどけ始めた輪の方へ走る。そして渚に向かう犬のように混乱に飛び込み、抗議者の肩を次々につかんで、チェーンソーでモミを倒そうとしている男たちの方を指差す。「できるだけたくさん、木に登れ」

　誰かが叫ぶ。「警察はどこだ？　俺たちが優勢になるといつも割り込んでくるくせに、今日はどこにいるんだ」

「オーケー」とダグラスが言う。「ぐずぐずしてる間に木が倒されるぞ。さっさと動け！」

彼はミミに追いつかれる前に、地面から跳びつける低い場所に枝が伸びているモミに向かう。いったん地面を離れれば、枝が真っ直ぐ八十フィート（約二四メートル）の高さまで梯子のように連なっている。少し勢いを失いかけていた抗議者たちが二十人ほど元気を取り戻し、ダグラスに続く。木こりたちは横で起きていることに気付く。彼らは滑り止めにスパイクが付いたロガーブーツで、もたもたと抗議者を追いかける。

最初の数人が木立にたどり着き、葉の中へよじ登る。ミミは、小柄な彼女でも手が届きそうな枝のあるモミを見つける。だが、幹まであと二十フィート（約六メートル）というところで、たちの悪いものが脚をつかむ。彼女は勢いよく、ハリブキの薮に倒れ込む。そして地衣に覆われた岩に肩がぶつかり、体が跳ねる。何か重いものが背後から太ももに乗る。彼女を襲った男に向かって、ダグラスが三十フィート（約九メートル）の高さから叫ぶ。「殺すぞ、この野郎。空っぽの頭を首からもぎ取ってやる」

ミミの膝裏に座り込んだ男が気取って言う。「そうしたけりゃ、木から下りてこい」

ミミが口から泥を吐く。男がさらに力を入れて太ももを押さえつけると、彼女は思わず悲鳴を上げる。ダグラスは枝を一段下りる。「駄目！」と彼女が叫ぶ。「下りないで！」

タックルで倒された抗議者が数人、地面に倒れている。しかし、別の数人は木にたどり着き、枝に登る。彼らは追跡者を寄せ付けない。靴は、伸ばされた指に勝つ。

ミミがうなる。「どいてよ」

彼女を押さえている木こりがためらう。彼の側は数的に不利だ。そして彼は、灌木より大きなものには登れそうもない小柄なアジア人女性にかかりきりになっている。「おとなしくしてると約束しろ」

その意外な態度に彼女は驚く。「おたくの会社がそっちの約束を守っていれば、こんなことにはならなかった」

「約束しろ」

ただの薄っぺらな誓いが、すべての生き物を縛っている。彼女は約束する。木こりは跳び上がり、追い込まれた仲間に加わる。木こりたちは状況を打開しようと、次の作戦を練る。モミの木を切れば誰かが死ぬことになるので、さすがにそれはできない。

ミミは樹上にいるダグラスに目をやる。彼女はその木を以前にも見たことがある。そう気が付くまでに長い時間がかかる。それは、父から受け継いだ巻物の、三人目の阿羅漢《アラハット》の後ろに生えているのと同じ木だ。木こりたちが再びチェーンソーのエンジンをかける。彼らはそれを空中で振り回し、灌木を刈って、モミの手前の、木を倒すスペースに枝葉を敷く。伐採人の一人が大きな木に受け口《アンダーカット》（伐採木の倒れる側につける切り込み）をつける。ミミは唖然として、声も上げずにそれを見ている。彼らは抗議者が登っている木をかすめるように木を倒して、脅そうとしているのだ。モミの大木がばりばりと音を立て、ミミが悲鳴を上げる。大きな音に、彼女は目を閉じる。目を開くと、大木が森を切り裂いている。木の上にいた男は恐怖にうめきながら、マストにしがみついている。

ダグラスは木こりたちに罵声を浴びせる。「気が狂ったのか？　そいつは今、死んでたかもしれないんだぞ」

「おまえらは敷地に不法侵入してる」と作業員のボスが叫ぶ。木こりたちは新しく木を倒すスペースを準備する。誰かがボルトカッターを取り出して、重機を取り囲むように人間の輪をつないでいる手錠を、まるでハナミズキを刈り込むように裁断し始める。開拓地のあちこちで小競り合いが起こる。非暴力の贅沢は終わりだ。モミの木立で、伐採人が次の木に滑らかにチェーンソーを入れる。今度の狙いは、別の抗議者が登っている木から三フィート（約九〇センチメートル）の位置だ。標的になった男の悲鳴はチェーンソーの音に掻き消され、防音用のイヤーマフを付けている木こりには聞こえない。しかし、彼らは男が狂ったように腕を振り回すのを見ると手を止めて、おびえた獲物が木から下りるのを待つ。双方ともに総力戦だ。動きを阻まれていた重機が動きだす。木の上にいた九人も地面に下りる。木こりたちは勝ち誇ってチェーンソーを振り回す。山火事を恐れる鹿のように、抗議者たちは後ろに下がる。

ミミは先ほど約束した場所にじっと腰を下ろしている。背後で風を切る音がする。彼女が後ろを振り向くと点滅する光が見えて、救いの騎士だと思う。完全武装した警官が二十人ほど、装甲車から降りてくる。ポリカーボネート製の黒いヘルメットと透明防護マスク。高強度繊維《ケブラー》製のジャケット。耐衝撃性・防弾仕様の暴徒鎮圧用シールド。警官が侵入者を一掃しようと開拓地に広がり、時には既にちぎれた手錠が掛かっている手首に新たな手錠をする。

ミミが立ち上がる。するとその肩に乱暴に手がかかり、彼女を地面に押さえつける。振り返るとそこには、まだ二十歳くらいの警官のおびえた顔がある。「座れ！　動くな」

「何もしてないでしょ」

「今度何か言ったら後悔するぞ」。週末だけこうして戦っている三人の男が車に戻ろうと、早足で目の前を通り過ぎる。幼い警官が叫ぶ。「そこで止まって、地面に座れ。今すぐ、早くしろ、ほら！」

彼らはひるみ、振り向き、その場に腰を下ろす。近くの木こりたちが歓声を上げる。子供っぽい警官が反対側に向き直り、逃げようとしている別の抗議者グループを追う。警官隊が木々の下に展開する。最後まで樹上に残った抗議者たちの下に警官が二人ずつ立ち、警棒で彼らの足を叩く。最後の五人が降伏して、ただ一人残されたダグラス・パヴリチェクはさらに上へ登る。彼はリュックサックから手錠を出して、片方の手に掛ける。それから幹を抱くように腕を回して、反対の手にも手錠を掛ける。

ミミが頭を抱える。「ダグラス。下りてきて。もうおしまいよ」

「無理だ！」。彼は幹を抱き込んで掛けた手錠をガチャガチャと鳴らす。「テレビ局が来るまで粘らないと駄目だ」

一人取り残された頭のおかしな男は、警官がモミの木に立て掛けた梯子を蹴る。彼が一度、運動選手顔負けの身のこなしで攻撃をかわしたときには、木こりたちでさえ声援を送る。しかし間もなく、四人の警官が彼の足元にひしめく。ダグラスは手錠を掛けているので身動きできない。警官が手錠を切ろうとボルトカッターの先を伸ばしてくる。彼は手錠の鎖と幹の間に隙間を作らないよう、腕を縮める。すると木こりたちが斧を警官に手渡す。しかし、ダグラスは鎖を手で隠す。警官は彼の腰より上には手が届かない。警官たちは少しの間、相談をした後、作業用のはさみで彼のズボンを切り始める。二人の警官が脚を押さえる。別の一人がぼろぼろのジーンズを股のところまで切る。

ミミは目を見張る。彼女はダグラスの裸の太ももをずっと見たことがなかった。今後も見ないかもしれない、と思ったこともある。彼の欲情は、冷たいファッジシェイクを二人で回し飲みするときに見せる驚嘆の表情と同じくらい、分かりやすい。その手が彼女のうなじに添えられるとき、それ以上破滅的なことをしようとしないのはなぜか、ということだけが謎だ。原因はきっと戦争の傷だ、と彼女は数週間前に結論していた。その男が今、公衆の面前、啞然とする群衆の前で裸にされかかっている。片方の脚がむき出しになる。白くやせ細り、ほとんど毛もないので、しわだらけの年寄りの太ももみたいだ。さらに反対の足がむき出しになると、ジーンズが破れた旗のように腰からぶら下がる。

次に登場するのは携帯用のペッパースプレー——カプサイシンに催涙ガスを混ぜたもの——だ。

見物人が声を上げる。「あいつは手錠してる。動けないんだぞ!」

「そいつをいじめて何をさせたいんだ?」

警官は缶をダグラスの股間に向けて噴射する。焼け付くような液体が彼の陰茎と陰囊に広がる——辛さを計測する単位でいえば、数百万スコヴィルにもなるカクテル。ダグラスが手錠で木からぶら下がる。あえぐような息は速く、浅い。「くそ、くそ、くそ……」

「やめろよ。相手は動けないんだ。放っておいてやれ!」

ミミは後ろを振り返って、その声の主を見る。それは木こりだ。鬚《ひげ》を生やした小柄な男が怒っている様子はまるで、グリム童話から抜け出してきた小人《ドワーフ》のようだ。

「手錠を外せ」と警官の一人が命令する。ダグラスは何か言おうとするが、言葉にならない。空襲の最初の〇・五秒みたいな低い声以外は何も出てこない。彼らは再びスプレーを浴びせる。連行されるのをおとなしく座って待っていた抗議者たちが反乱を始める。ミミは怒って立ち上がる。彼女は一時間後にも覚えていないような悪罵を吐く。周囲の者たちも立ち上がる。そしてとらわれの木を取り囲む。警察が彼らを下がらせる。樹上の警官が裸の股間にもう一缶、スプレーを浴びせる。ダグラスの口から漏れる低い小さな声が、つらそうにゆっくりと高まる。

「手錠を外せ。そうすれば木から下りられる。簡単な話だ」

彼は何かを言おうとする。下の誰かが叫ぶ。「そいつの話を聞いてやれよ、けだものどもめ」

警官が耳を近づけ、ささやくようなその声を聞き取る。「鍵は下に落とした」

警察は手錠を切って、まるでイエスを十字架から下ろすように、ダグラスを木から下ろす。彼らはミミをそのそばには近づけない。

調書の試練が終わると、彼女は彼を車で家に送る。そしてできるだけやさしい手つきで彼の体を洗おうとする。しかし、股間がピンク色に腫れ上がっている彼は、その恥ずかしい有様を彼女に見せない。

「すぐに治る」。彼はベッドに横たわり、天井を見ながら言う。「すぐに治る」

彼女は毎晩、様子を見に立ち寄る。皮膚の赤みは一週間、引かない。

『支配《マスタリー》2』は州の歳入に匹敵する金額を稼ぐ。『支配《マスタリー》3』は、一代前の勢いがなくなり始めた頃にリリースされる。アップグレードされた空間に六つの大陸の人々が押し寄せる——開拓者、巡礼者、農民、鉱夫、兵士、司祭。彼らは、プログラマが予想もしなかった家屋を建て、商品を作る。『支配《マスタリー》4』は3D作品だ。一代前の二倍のプログラマとアーティストを必要とするその記録的な大事業のために、会社が傾きそうになる。その代わりに、解決法は四倍、ゲームエリアは十倍、探求《クエスト》は十二倍になる。新しい技法は三十六種類。新しい資源は六。新しい文化が三。数年かけても一人では探索しきれない数の驚異と不思議。プロセッサの処理速度がコンスタントに倍加したとしても、数か月は、最高性能のパソコンを限界まで酷使する。

ニーレイが数年前に予見したことがすべて現実になる。ブラウザの出現——これもまた、時空に刺されたとどめの一撃だ。マウスを一回クリックしただけでそこは欧州原子核共同研究所《CERN》。もう一度クリックすると、サンタクルーズのアングラミュージックが聞こえてくる。さらに一回クリックすると、マサチューセッツ工科大学《MIT》で新聞が読める。会社創立二年目の初めには五十台だった大型サーバーが、同じ年の終わりには五百台。サイト、検索エンジン、ゲートウェイ。工業化された惑星の、混雑し、疲弊した都市が、ぎりぎりのタイミングにこれ——果てしない成長という福音をもたらす救世主——を生んだ。ウェブは十八か月で世界を編み、〝想像を超えたもの〟から〝欠かせないもの〟に変わる。『支配《マスタリー》』もオンライン化してそこに加わり、新たに百万の孤独な少年たちが新しく改良された〝ネバーランド〟に移民する。

定住奨励の日々は終わり。ゲームは成長し、地球上のエリート商品と肩を並べる。『支配《マスタリー》5』はコードの長さと複雑さでOS全体をしのぐ。ゲームに組み込まれた人工知能は、前年に打ち上げられた惑星間探査機より賢い。〝プレー〟ボタンは人間の成長を促すエンジンとなる。

しかし、本社ビルの上にあるアパートに暮らすニーレイは、そうしたこととほとんど無関係だ。部屋のあちこちに置かれたモニターとモデムの光が、クリスマスのように点滅する。マッチ箱くらいのモジュールから、人間よりも大きなラックマウントサーバーに至るまで、大小さまざまな電子機器。そのどれもが、かの予言者の言葉を借りるなら、〝魔法と区別が付かない〟（アーサー・C・クラークの言葉「充分に発達した科学技術は魔法と区別が付かない」を踏まえている）。ニーレイが子供の頃に読んだ、どれほどとっぴなSF小説でも、こんな未来は予言していなかった。それでもなお、すべての性能《スペック》が倍加するたびに、彼の中で二倍の焦燥が募る。彼は以前にも増して飢餓を感じる――もう一段階、飛躍的進歩が欲しい、次の壁を乗り越えたい、シンプルでエレガントな革新によってすべてを変えたい、と。彼は火星の植物園にある神託の木を訪れ、次にどんな変化が起きるのかを尋ねる。しかし木々は何も語らない。

床ずれが彼を苦しめる。骨はますます弱り、外出が危険になる。二か月前にはバンに乗る際に一方の足を激しくぶつけた――足の先がどこまであるかを感じられないせいで。ベッドに出入りするときに何度も手すりにぶつけることが原因で、腕には青あざができている。食事も仕事も睡眠も、車椅子に座ったままで済ませるようになった。彼が今、何より望むのは、シエラネバダ山脈に行って、山道を十マイル（約一六キロメートル）進んだ先にある湖の畔に座り、妙な形のくちばしでトウヒの球果から種をついばみながら枝から枝へと飛び回るイスカを眺めること。それは無理な望みだ。絶対に。彼に許された外出は、『支配《マスタリー》6』だけ。

『支配《マスタリー》6』では、プレーヤーがゲームを離れているときも、植民地の活動は続く。他のプレーヤーと共有されたダイナミックな経済活動。都市には本物の人々があふれ、商品を売り買いし、法律を作っている。法外な浪費にまみれた世界。人々はそこで暮らすために日々の家賃を払う。それは大胆なステップだ。しかし、世界というゲームの中には、死に結び付く大胆さは存在しない。死ぬのは飛躍をし損なったときだけだ。

ニーレイはもはや、冷静と必死との区別が付かない。彼は見晴らし窓のそばに何時間もじっと座っていたかと思うと突然、開発チームに見せるためのメモを走り書きし始める。内容は何年も前から繰り返してきたのと同じことだ。

ゲームにはさらなるリアリティーが必要だ……。さらなる生命も！　動物は本物同様に、動いたかと思うと立ち止まり、ぶらぶら歩いては何かを見つめる……。狼が何かに飛びかかろうと身構える姿、内側に光源があるみたいなその緑色の目を見たい。蟻塚を前足で壊す熊を見たい……。

外にある素材を使って、こまごました部分まで世界を作り込もう。本物のサバンナ、本物の温帯林、本物の湿地。ファン・アイク兄弟はヘントの祭壇画に、七十五種類の植物を区別の付く形で描いた。『支配《マスタリー》7』では七百五十種の植物をそれぞれ独自の生態とともにシミュレーションしたい……。

彼がメモを書いている間に、社員が扉をノックして部屋に入り、書類にサインを求めたり、微妙な問題の判断を仰いだりする。車椅子に真っ直ぐに腰掛けた、杖のような巨人に対して、嫌悪や哀れみの目を向ける者はいない。電脳青年《サイバーノート》たちはその姿を見慣れているからだ。車椅子の枠に吊られたバッグへとつながるカテーテルさえ、彼らの目に留まることはない。皆、彼の本当の価値を知っている。

センペルヴァイレンズ社の普通株は昨日の終値が四十一ドル二十五セント。前年に株式を初めて上場したときと比べて三倍だ。車椅子に座った棒人間は会社の株を二十三パーセント握っている。彼は全社員を裕福にした。そして自身も、ゲーム内の最も偉大な皇帝並に金持ちになった。

彼はパンフレット大の最新のメモを配る。そしてその直後、また影に覆われる。すると、落ち込んだときのいつもの習慣で、両親に電話をかける。母が電話を取る。「まあ、ニーレイ。うれしいわ、電話をくれて！」

「僕もうれしいよ、母さん《モティ》。元気？」。母が何の話をするかは問題ではない。父さん《ピター》はしょっちゅう昼寝をしている。アーメダバードへ旅行しようと思っている。ガレージにテントウムシがたくさん入ってきて、とても臭くて困っている。近いうちに思い切ってバサッと髪を切るかもしれない。とりとめのない母の話を彼は喜んで聞く。いかなるシミュレーションにも当てはまることのない、哀れな些事に囲まれた人生。

しかしそこに、今回は早い段階で、痛い質問が来る。「ニーレイ、また最近改めて思ったんだけど、まだ相手が見つかる可能性はあるんじゃないかしら、仲間内で」

母子は何年も前から、この件に関してあらゆる方向から話をしてきた。しかし女性から見れば、僕と結婚させられるなんて、社会的に強いられた加虐行為《サディズム》でしかないだろう。「いいや、母さん《モティ》。その話はもう終わったじゃないか」

「でもね、ニーレイ」。彼にはその口調に秘められた言葉が聞こえる。あなたには百万ドルの価値がある。いえ、一千万ドルか、それ以上かも――あなたは母さんにさえ、詳しいことを教えてくれないけど。女の人の苦労がどれだけあるって言うの？　誰だって時間とともに愛情が湧いてくるものでしょう？

「母さん？　前に話しておくべきだったね。実はこっちに親しい女の人がいるんだ。介護をしてくれている中の一人なんだけど」。かなりもっともらしい話だ。電話の向こう側が黙り込むと、彼は嘘を悔やみながら希望にすがる。こうなると、説得力のある、無難な名前をでっち上げて、自分でもそれを覚えておかなければならない。ルピ。ルトゥ。「名前はルパールさん」

母が息をのみ、泣きだす。「ああ、ニーレイ。よかった、本当にうれしいわ！」

「僕もだよ、母さん」

「これであなたにも本当の喜びってものが分かる！　いつその人を私たちに紹介してくれるのかしら？」

彼は嘘をついたときに、どうしてこの分かり切った展開を予見できなかったのだろうと思う。「近いうちに。彼女が怖がって逃げ出したりしたら困るから、もう少し時間が経ってから紹介する！」

「家族に会うのが怖いですって？　それって一体どういう人？」

「例えば来月とか？　来月の終わり頃？」。これはもちろん、その頃には世界は終わっているだろうと考えての発言だ。だが、数日前に交際は破局したと説明する場面を想像して、彼は既に、悲しみに暮れる母の気持ちを察していた。しかし、数秒間の幅を持つ〝今〟という窓の中――人々が現実に生きている唯一の空間の中――では母を喜ばせることができた。それは悪いことではない。そして電話が終わる頃には、グジャラートとラージャスターンの知人たちに十四か月後の結婚式に備えて予定を空け、飛行機のチケットを買い、サリーを新調しておいてほしいと彼は約束していた。

「まったくもう。そういうことには時間がかかるのよ、ニーレイ」

電話を切るとき、彼は片方の手を上げ、机の手前を思い切り叩く。妙な音がして、鋭い痛みが走り、少なくとも骨が一本折れたことが分かる。

目のくらむ痛みを覚えながら、彼は専用エレベーターで絢爛たるロビーに下りる。ここ以外の場所に暮らしたいという数百万の人が払った金で買った美しいレッドウッドの内装。彼の目から涙と怒りが流れ出る。しかし彼は、おびえた様子の受付係の前まで優雅に静かに進み、骨が折れて腫れ上がった手を見せながら言う。「僕は病院に行かなきゃならない」

　彼は治療を終えた後、何が自分を待ち受けているかを知っている。自分は医者に叱られる。点滴を与えられて、まともな食事をするよう約束させられる。受付係が慌てて電話をかける間に、ニーレイはボルヘスの言葉が掲げられた壁を見上げる。それはいまだに、彼の若い人生を導く原理だ。


　すべての人はすべての思想を持つことが可能でなくてはならない。将来は必ずそうなると私は信じる。


　ポートランドという町の名前を聞くと、パトリシアは毒を感じる。〝専門家証人〟という立場にはさらなる毒がある。ウェスターフォード博士は予備審問の朝、まるで卒中を起こしたかのような気分で、ベッドに横たわったままでいる。「私には無理だわ、デニス」

「無理なんて言ってられないよ、ベイビー」

「それは道徳的に？　それとも法律的に出廷の義務があるってこと？」

「君のライフワークじゃないか。今さら引き下がることはできない」

「これは私のライフワークじゃない。私のライフワークは木の言葉に耳を傾けること！」

「いいや、違う。それはどちらかというと余技《プレー》。ライフワークは、木々の言葉をみんなに伝えることだ」

「微妙な問題をはらんだ連邦所有地での森林伐採の差し止め命令。これは法律家が考えるべきこと。私に法律の何が分かるっていうの？」

「法廷が君から聞きたいと考えているのは木のことだよ」

「専門家証人？　具合が悪くなりそうだわ」

「君が知っていることを話すだけでいい」

「問題はそこよ。私は何も知らないから」

「教室で講義するのと同じことさ」

「ただ違うのは、そこにいるのが、知識に飢えた理想主義的な若者たちじゃなくて、数百万ドルを奪い合う法律家たちだってこと」

「彼らが奪い合っているのはお金じゃないよ、パティー。それと正反対のものだ」

そうだ、と彼女は認め、冷たい床に足を下ろす。この裁判が争っているのはお金ではない。その正反対のものだ。それは、得られる限りあらゆる証言を必要としている。

デニスは朽ちかけたトラックで、彼女を百マイル（約一六〇キロメートル）先のポートランドまで送る。裁判所に着く頃には緊張が高まり、耳の奥で鼓動が聞こえるほどになっている。予備審問の間、子供の頃から続く彼女の発話障碍が五月の木蓮のように花開く。判事は何度も彼女に証言を繰り返すように言う。パトリシアは質問を聞き取るのに必死だ。それでも彼女は、木々の神秘について語る。冬を越した樹液のように、彼女の中で言葉が湧き上がる。個別に生きている木は存在しない。どの木も他の木に依存している。

彼女は個人的な印象を排して、科学者集団の意見が一致していることだけを語る。しかし証言をしているうちに、科学そのものが、高校の人気者コンテストみたいに気まぐれに思えてくる。不運なことに、敵の弁護士も同じ点を突いてくる。弁護士は、彼女の最初の本格的な学術論文が出た後に、学術雑誌の編集部が受け取ったコメントを紹介する。かつて彼女を踏みつぶした手紙、三人の大物樹木学者が署名を添えた手紙だ。欠陥のある実験手法。問題のある統計処理。**論文を読んで明らかなのは、パトリシア・ウェスターフォードが自然淘汰の単位を恥ずかしいレベルで誤解していることである**……。彼女は全身が紅潮する。穴があったら入りたい、ここへ来なければよかった。今朝、デニスに裁判所まで連れてきてもらう前に、朝食のオムレツに毒キノコを混ぜておけばよかった、と彼女は思う。

「論文に書いてあることはすべて、その後の研究で確かめられています」

そう答えた時点で、彼女は自分が罠にはめられたことに気付いていない。「あなたは以前の通説を覆したんですよね」と敵の弁護士が言う。「では、あなたの説が将来の研究で覆されることはないと、保証できますか?」

それはできない。科学にも旬がある。しかし、それは裁判所で争うには微妙すぎる問題だ。多数による観察は、一人一人の観察者の願望や恐れとは無関係に、反復可能な結果に収束する。しかし、森林学がついに〝新たな森林学〟――彼女とその仲間たちが唱道している学説――に収束したと法廷で証言することは彼女にはできない。森林学はまだ科学として成熟しているとさえ言えない。

判事は、相手側の専門家証人が先だって主張した内容――管理された、生長の早い、均一で若い木々の方が、無秩序で古い森よりもよい――は本当ですかとパトリシアに尋ねる。彼女はその判事を見て、別の人物を思い出す。新しく開墾された農地に車で向かう長い旅。ブナの木の地面から四フィートのところに自分の名前を刻んだら、五十年後、名前の位置はどうなるでしょうか?

「それは私の恩師たちが二十年前に信じていたことです」

「二十年というのは、この問題に関して言うと長い時間ですか？」

「木にとってはあっという間です」

法廷で戦っている人間たちが皆、笑う。しかし人間――器用で、勤勉で、容赦のない人間――にとっては、二十年もあれば生態系を丸ごと破壊するのに充分だ。森林破壊が気候変動に及ぼす影響は、あらゆる交通手段による影響を合計したものより大きい。伐採の進む森にある炭素の量は、全大気中にある炭素の二倍。しかし、それはまた別の裁判で争われるべき事実だ。

判事が尋ねる。「若くて真っ直ぐな、生長の早い木は、腐りかけた古い木よりもいいのではないですか？」

「私たちにとってはその方がいいでしょう。しかし、森にとってはそうではありません。実際、管理された均質な若い木々は森と呼べるようなものではありません」。そう言った途端、ダムが決壊したように、彼女から続けて言葉があふれ出す。本物の森があるおかげで、幸福な暮らしや研究ができる。彼女は〝他の存在〟について自分が発見したことを思い出す以外には何の理由もなく、感謝の気持ちを覚える。判事に向かって説明することはできないが、彼女はそうした〝他の存在〟を愛している。子供の頃からずっと彼女が耳を傾けてきた、複雑かつ互恵的な絆で結び付いた生き物たちの集団。彼女は自分と同じ人間という種族――目隠しされた体に閉じ込められて、周囲の知的存在に気付いていない、狡猾で自己中心的な生き物――も愛しているが、たまたま生まれつき〝他の存在〟を知るように運命づけられていたのだ。

判事は彼女に、詳しく説明するように求める。デニスが言っていた通り。学生に向かって話すのと同じことだ。彼女は朽ち木が宿す生命の数は、生きた木が養うものとまったく桁が異なると説明する。

「私は時々思うのです。木が地上で果たす本当の役割は、生きている間に精いっぱい肥え太って、できるだけ長い間、林床で倒れていることにあるのではないか、と」

どのような生き物が朽ち木を必要とするのか、と判事が尋ねる。

「あらゆる科、目《もく》の生き物がそうです。鳥類、哺乳類、いろいろな植物。数万の無脊椎動物。同じ土地にいる両生類の四分の三は朽ち木を必要とします。爬虫類はほとんどすべて。他の木々を枯らす害虫を食べる動物も。枯れた木は無限に部屋があるホテルみたいなものです」

彼女はキクイムシの話をする。木が腐食するときにできるアルコールがキクイムシを呼ぶ。キクイムシは丸太の中に入り、穴を掘る。キクイムシの頭部には特殊な器官があって、それに付いてきた菌がトンネルのあちこちに植えられる。菌は丸太を食べ、キクイムシは菌を食べる。

「虫が丸太を、畑みたいに耕しているというのですか？」

「その通りです。木を使う以外、何の手助けも借りることなく」

「それで、朽ち木や倒木に依存している生き物たちの中に、絶滅の危機に瀕しているものはいますか？」

すべての生き物は他のすべての生き物に依存している、と彼女は言う。ある種のハタネズミは古い森を必要とする。朽ち木に生えるキノコを食べ、別の場所で胞子を排泄する。朽ち木がなければキノコが生えない。キノコがなければハタネズミは生きていけない。ハタネズミがいなければ、菌が広がらない。菌が広がらなければ、新しい木は生えない。

「古い森をところどころ、手つかずで置いておけば、そうした生物種を救うことができると思いますか？」

彼女は少し考えてから答える。「いいえ。ところどころでは駄目です。大きな森は生きて、呼吸をしています。森の振る舞いは複雑です。小さな森には、あまり柔軟性や豊かさがありません。森は大きくなくてはいけません。大型の生き物が中で暮らせる大きさでなければ」

少し大きな森を残そうとすれば会社が数百万ドルの損害を被ることになりますが、森の保護にはそれだけの価値がありますか、と相手方の弁護士が訊く。判事は具体的な数字を要求する。相手方は機会損失の総額——伐採をやめたときの損害額——を示す。

判事はウェスターフォード博士に返事を求める。彼女は顔をしかめる。「腐食は森の価値を増します。この一帯の森は、他のどこよりも豊かな生物量を抱えています。原生林を流れる川には、他の五倍から十倍の魚がいる。五、六十年に一度皆伐を行うより、毎年、キノコや魚、その他の食料を収穫した方がより多くのお金を得られます」

「それは本当ですか？　それともただの比喩？」

「ちゃんとしたデータがあります」

「では、どうして市場はそれに反応しないのでしょう？」

それは、生態系が多様性に向かうのに対して、市場は逆の傾向を持つからだ。しかし彼女は、それを口にするほど愚かではない。現地の人々があがめる神々の悪口を言ってはならない。「私は経済学者ではありません。心理学者でもない」

相手側の弁護士は、皆伐は森を救うのだと断言する。「もしも人間が伐採しなければ、数百万エーカーの森の木々が風で倒れたり、樹冠火（樹冠伝いに燃え広がる山火事）で燃えたりということになりますよ」

それはパトリシアの専門外の話だが、見過ごすことはできない。「皆伐は風による倒木を増やします。それに、樹冠火が起きるのは、あまりにも長期間、山火事が抑制されたときだけです」。彼女は詳しい説明を加える。火事は森を再生する。炎で焼かれなければ開かないタイプの球果がある。ロッジポールパインは何十年も球果を抱え、火事でそれが開くのを待つ。「以前は山火事を防ぐことが合理的な森林管理だと考えられていました。しかし実は、管理で救われるよりはるかに多くの損害が生まれているのです」。相手方の弁護士が顔をしかめる。しかし彼女は既に、駆け引きを超えたところまで踏み込んでいる。

「あなたがお書きになった本は拝読しました」と判事が言う。「知りませんでしたよ！　木が動物を呼んで、何かをやらせたりするなんて。木には記憶力もあるんですって？　互いに栄養をやり取りしたり、互いの世話をしたりするんですよね？」

黒っぽい内装の法廷の中で、どこかに潜んでいた彼女の言葉が突然、姿を見せる。木に対する愛が彼女からあふれ出す――木々が持つ品格、柔軟な実験、安定した種類と奇矯な種類。念入りな語彙を持つゆっくりとした慎重な生き物。その明瞭な言葉の一つ一つが互いを形作り、鳥をはぐくみ、炭素を吸収し、水を浄化し、地面の毒を濾過し、局地的気候を安定させる。空気や土を通じてたくさんのものが結び付いたその様子を、〝意図〟と呼ぶことができるかもしれない。森林という、絶滅の危機に瀕した生物の意図。

判事が顔をしかめる。「皆伐の後にできるものは、森とは言えないということですか？」

いらいらが募り、彼女の口からあふれる。「森を人工林に換えることならできます。同じように、ベートーヴェンの第九をカズー（滑稽な音を出すおもちゃの笛）のソロ演奏にアレンジすることもできる」。判事を除いて、皆が笑う。「郊外の家の裏庭の方が、営林地よりも多様性が豊かです！」

「原生林というのはどのくらい残されているのですか？」

「多くはありません」

「アメリカができたときと比べて四分の一以下？」

「いいえ、とんでもない！　それよりはずっと少ないですよ。おそらくは当時の二パーセントか三パーセント。ひょっとすると、東海岸と西海岸にそれぞれ五十マイル四方が残されているだけかも」。慎重に意見を述べるという誓いは既に完全にどこかに飛んでいた。「この大陸には以前、四つの大きな森がありました。そのどれもが永遠に残ると考えられていました。ところが、数十年のうちにどれも失われてしまった。私たちがロマンチックな思いにふける間もなかったんです！　ここに残されたのは最後の砦。それさえ今、姿を消そうとしている――一日にフットボール競技場百面分ですよ。オレゴン州を流れる川では、六マイル（約九・六キロメートル）にわたって丸太が渋滞を起こしたこともある。

「もしも現在の所有者のために現在の森の価値を最大限にして、最短時間で最大量の木材を加工したいと思うのなら、答えはイエスです。原生林を切って、その代わりに整然とした人工林を作れば、この先まだ数回は樹木を伐採できるでしょう。でも、次の世紀の土が欲しい、きれいな水が飲みたい、多様性と健康が欲しい、人間には計測することさえできない安定性と柔軟性が欲しいなら、私たちは辛抱しなければならない。そして森がゆっくりとしたペースで与えてくれるのを待つ必要がある」

　彼女は話を終えると、頬を紅潮させたまま一歩下がり、黙る。しかし、差し止め命令を求めている弁護士はほほ笑みを浮かべている。「では、原生林は……人工林が知らないことを知っていると思いますか？」と判事が言う。

　彼女は目を細めて父を見る。声は違うが、縁なしの眼鏡、驚いたみたいに吊り上がった眉、絶え間のない好奇心は同じだ。半世紀前に受けた最初の教えがよみがえる。おんぼろパッカードでオハイオ州南西部の田舎道を回る日々。彼女にとってはそれが移動式の教室だった。彼女は、自分が大人になって抱くようになった信念の萌芽が、バックミラーの中で遠ざかるハイランド郡の大豆畑を眺めながら、金曜の午後に窓を開けて走る車の中で交わされたさりげない言葉にあったことに改めて気付いて驚く。

　覚えているか？　人類は自分たちが万物の霊長だと思っているが、それは間違いだ。他の生き物――もっと大きな生物、もっと小さな生物、もっと速い、もっと年老いた、もっと若い、もっと力強い生物――が采配を振り、空気を作り、日光を食べる。彼らがいなければ、人間なんて無だ。

　しかし、車の中にいたのは判事ではない。判事はあの人とは違う。

「森がこれまでに得た知識を人間が学ぼうと思えば、それだけでも永遠に続くプロジェクトになるでしょう」

判事は彼女の証言を噛み締める——冬の間中、緑色のままの、ルートビアみたいな匂いがするサッサフラスの枝を彼女の父親がしばしば噛んでいたように。

休憩を挟んだ後、判決を聞くために皆が法廷に戻る。判事は問題の伐採に停止を命じ、さらに、絶滅危惧種に対する皆伐の影響評価が出るまで、オレゴン州西部公有地の新規木材販売に対して差し止め命令を下す。人々がパティーの周囲に集まり、祝福の言葉を掛けるが、彼女には聞こえない。小槌が机を叩いた瞬間に、彼女の耳は閉じている。

彼女は少し朦朧《もうろう》とした状態で法廷を去る。デニスが隣に立ち、廊下を進み、外に出る。そこでは横断幕を掲げた二つのデモ集団が、左右に分かれて対峙している。

森を皆伐しても天国への道は造れない

わが州は林業の味方。林業はわが州の味方。

勝利と敗北でそれぞれに興奮した敵同士が、通路を挟んで大声を張り上げる。皆、きちんとした人々なのだが、たまたま土地を愛する形が相容れないために対立している。その声はパトリシアの耳には、鳥のけんかのように聞こえる。後ろから誰かが右の肩を叩き、彼女が振り返ると、そこには相手方の専門家証人がいる。「さっきのあなたの証言で、材木が値上がりしましたよ」

彼女はそう非難されても、それがどうして悪いことなのか分からず、ぽかんとした表情を見せる。

「既に伐採権や私有林を持っている木材会社は、今から大急ぎで伐採を進めるでしょうね」


寝返りも打てない狭い空間で、二人の手はかじかみ、脚は凍える。夜の寒さは厳しく、樹液に覆われた二人の足指が霜焼けになる。絶え間なく吹く風とはためく防水シート《タープ》のせいで、二人の会話はいつも切れ切れになる。時折、上から大きな枝が落ちてくる。静寂は時に、それよりもっと恐ろしい。運動はもっぱら木登りだ。しかし、変化する光と移ろう日々の中で、地上では不可能に思えることが、樹上では日常に変わる。

朝の日課は、猫とネズミ《キャット・アンド・マウス》みたいな追いかけっこ。あるいは、フクロウとハタネズミの追いかけっこ。見張り人《ウォッチマン》とイチョウ《メイデンヘアー》は冷たく湿った高巣から、はるか下の林床を駆け回る小さな哺乳動物を見下ろす。霧が晴れる前に作業員たちが姿を見せる。ある日の作業員は三人。翌日には二十人がやって来て、重機の操縦席から大声を上げる。木こりたちはたまに、甘い言葉で誘いを掛ける。「頼むから、十分間だけ下りてきてくれ」

「悪いけど、忙しいんだ。今、樹上占拠《ツリー・シッティング》をやっているところだから！」

「大声を張り上げないと話もできない。君らの姿も見えない。上を向いていると、首が痛いんだよ」

「じゃあ、登ってこいよ。ここのスペースにはまだ空きがあるぞ！」

完全な手詰まり。別の日には別の男たちが現れ、事態を打開しようとする。作業員のボス。親方。

彼らはしわがれた声で脅したり、穏当な約束をしたりする。木材会社の副社長までもが、わざわざ顔を見せにやって来る。白いヘルメット姿の彼は、まるで上院で演説をしているみたいにミマスの下に立つ。

「私たちは君らを、不法侵入ってことで三年間、刑務所に放り込むことができるんだぞ」

「だから、木から下りるわけにはいかないんだよな」

「会社は多大な損害を被っている。罰金も巨額だ」

「この木にはそれだけの価値がある」

翌日、白ヘルメットの副社長が再び現れる。「今日の夕方五時までに下りてくれれば、君たちに対する告訴は取り下げてやろう。もしも下りてこなければ、後はどうなっても私たちは関知しない。下りてきなさい。今なら刑務所に行かなくてもいい。前科は付かない」

イチヨウ《メイデンヘアー》が大舞踏室の縁から身を乗り出す。「あたしたちの前科は別にどうでもいい。あなた方の前科が心配なのよ」

翌朝、彼女がまた作業員たちと議論をしていると、一人が途中で急に話を変える。

「おい！　ちょっとだけ帽子を脱いでみてくれよ」。彼女は言われた通りにする。フットボール競技場の三分の二の距離を隔てていても、彼が驚いていることは見て取れる。「おいおい！　美人さんじゃないか」

「近くで見たらもっと美人！　今は凍えてて、一、二か月お風呂にも入ってないけどね」

「そんなところに登って一体何をやってるんだ？　あんたなら、男なんて選び放題だろ」

「ミマスと一緒にいられるなら、男なんてどうでもいい」

「ミマス？」

男にその名前を言わせたことは、ささやかながら彼女の勝利だった。

見張り人《ウォッチマン》は丸めた紙で下の木こりたちを爆撃する。紙を広げると、そこには地上二百フィートの暮らしが描かれている。木こりたちは感銘を受ける。「これはおまえが描いたのか？」

「その罪状を認めます」

「本当に？　そんなところにハックルベリーが生えているって？」

「生い茂ってるんだ！」

「池もあって、中に魚がいるって？」

「それだけじゃないぞ」


凍てつくような湿った日々が、徐々に惨めさを増しながら過ぎる。見張り人《ウォッチマン》とイチョウ《メイデンヘアー》の二人と交代するはずのメンバーはいつまで経っても現れない。膠着状態は二週目に入る。ミマスの足元を囲む作業員たちが怒り始める。

「ここは人里離れた山の中。いちばん近くでも四マイル（約六・四キロメートル）先に人間がいるだけ。何が起きるか分からないぞ。何が起きても誰にも本当のことは分からない」

イチョウ《メイデンヘアー》が下を向いて至福の笑みを見せる。「あなたたちはいい人すぎる。言葉では脅迫してても怖さを感じない！」

「あんたらは俺たちの食い扶持を奪ってる」

「あなたたちの食い扶持を奪っているのは、会社のお偉いさんたちよ」

「でたらめ言うな！」

「ここ十五年で、森の仕事の三分の一は機械任せになった。木を切れば切るほど、森で働く人間は減る」

困り果てた木こりたちは別の戦略に訴える。「頼むよ。木なんて作物と同じだ。また生えてくる！ここより南にある森を見たことあるか？」

「この木は、一回限りの大当たり《ジャックポット》」と見張り人《ウォッチマン》が叫ぶ。「生態系が元に戻るには千年かかる」

「おまえたち二人はどうしてそうなんだ？　どうしてそこまで人間を嫌うんだ？」

「何の話かさっぱり分からないな。俺たちがこんなことをしてるのは人間のためだぞ！」

「こういう木はいつか枯れて、倒れる。無駄にならないように、元気なうちに収穫した方がいいじゃないか」

「そりゃあ素晴らしい。じゃあ、おまえのお祖父《じい》さんも、まだ肉が残っているうちに晩飯にして食っちまおうぜ」

「おまえ、頭がどうかしてるよ。話すだけ無駄なのかもな」

「俺たちはこの場所を愛することを学ばなければならない。大地に根ざした生活をする必要があるんだ」

　木こりの一人がチェーンソーにエンジンをかけ、ミマスの根元から生え出た枝を切り落とす。男は一歩下がって上を見上げ、帆船のマストのようにその枝を振る。「俺たちは仕事をして家族を養ってる。おまえらは何をやってるっていうんだ？」

　男たちはタッグを組んで、イチョウ《メイデンヘアー》に呼び掛ける。「俺たちはこの森のことを知ってる。木に対する敬意も持ってる。この森の木が、俺たちの仲間を何人も殺したんだからな」

イチョウ《メイデンヘアー》は身動きもしない。木が人を殺したというのは衝撃的すぎて、とても彼女には考えられない。

下の男たちはこのチャンスに乗じる。「成長は止められない！　人には木が必要なんだ」見張り人《ウォッチマン》は具体的な数字を目にしたことがある。年間一人あたり、数百ボードフィートの材木、〇・五トンの紙と段ボール。「俺たちは何が必要で、何が必要でないか、ちゃんと考え直さないといけない」

「俺は子供たちに飯を食わせなきゃならない。おまえはどうなんだ？」

見張り人《ウォッチマン》は、後で悔やむことになる言葉を口にしそうになる。イチョウ《メイデンヘアー》がその腕をつかんで、思いとどまらせる。彼女は男たちの話を聞こうと下を向く。彼らも、会社に指示されたことをやろうとして反撃に遭っている立場。命に関わる危険な作業に携わりながらも、それに熟達し、そのせいで矢面に立たされているのだ。

「あたしたちはどの木も切ったら駄目だと言っているわけじゃない」。彼女は二百フィート下の男たちに片方の腕を差し出しながらそう言う。「あたしたちが言ってるのは、まるで当然の権利みたいに木を切るんじゃなくて、贈り物を受け取るみたいな態度でそうしてほしいってこと。必要以上に奪い取るなんて、それは贈り物とは言えない。この木はどうかって？　この木はあまりにも大きな贈り物。地上に遣わされたイエス様みたいなものだから……」

見張り人《ウォッチマン》もその瞬間、彼女と同じ思考の続きをたどる。彼も地上に遣わされた。そしてやはり、人々に倒された。

みぞれ混じりの沈みがちな日々。湿度が高く、冷え込む午後。それでもまだ交代要員は現れない。

見張り人《ウォッチマン》は集雨装置を改良する。イチヨウ《メイデンヘアー》は女性用の小便器を作る。三週目の後半に、木こりたちは近くで伐採の準備を始める。しかし、二時間ほどで作業は止まる。チェーンソーの跳ね返り、そしてわずかな風の加減で人を殺しかねない状況で、高層ビルほどの大きさがある木を倒すのは難しい。

その夜、ようやくロキとスパークスがやって来る。ロキはミマスの樹上基地まで登り、スパークスは見張りとして下に残る。「ずいぶん長い時間、待たせて申し訳ない。キャンプの方でちょっとした……いざこざがあってな。それに、フンボルト社と警備会社が一帯を立ち入り禁止にしてしまって。一昨日の晩、俺たちはやつらに追われて、コンドル《バザード》が捕まった。あいつは今、留置場にいる」

「やつらは夜まで監視を?」

「やっと隙ができたと思って忍び込んだんだが」

ロキが貴重な補給品を手渡す——袋入りの即席スープ、桃、リンゴ、十穀のシリアル、クスクス・ミックス。お湯を加えるだけで食べられるものだ。見張り人《ウォッチマン》は渡されたものを見る。「つまり、まだ任期満了じゃないってことか?」

「今はまだそこまで手が回らない。苔食い《モスイーター》と灰色狼《グレー・ウルフ》は脅しに負けて、家に帰った。地上にいる生物防衛隊《LDF》全体が手薄になってる。内部のコミュニケーションもうまくいっていない。正直言って、かなり苦しい。あと一週間、君たち二人で粘ってくれないか?」

「お安いご用!」とイチヨウ《メイデンヘアー》が言う。「あたしたちはいつまででもいられる」

俺にも光の精霊の声が聞こえれば気楽にそう言えるのかもしれない、と見張り人《ウォッチマン》は思う。ロキはろうそくの明かりの中で震える。「なあ、ここは結構寒いな。湿った風が吹き抜けてるせいか」

イチヨウ《メイデンヘアー》が言う。「そんなの、あたしたちはもう感じない」

「あまり感じない」と見張り人《ウォッチマン》が言葉を足す。

ロキがハーネスを綱につなぐ。「スパークスも俺も、捕まる前に姿を消さなきゃならない。クライマー・カルには気を付けろ。やばいやつだ。フンボルト社に雇われた男で、命綱なしに、スパイクとケーブルだけで幹を登ってくる。よその樹上占拠《ツリー・シッティング》では、何度も痛い目に遭わされた」
「森の伝説みたいな話だな」と見張り人《ウォッチマン》が言う。
「やつは実在の人物だ」
「そいつは力尽くで木から人を下ろすのか?」
「こっちは二人」とイチョウ《メイデンヘアー》が言う。「それに、揺れる家にもすっかり慣れた」

木こりたちは姿を見せなくなる。議論するネタは尽きた。生物防衛隊《LDF》からの再補給も尽きる。「やつらはまだ包囲を続けてるんだろう」と見張り人《ウォッチマン》が言う。しかし彼らには、地上のバリケードは見えない。化石として遺っているものを除いて、全人類が地上から消えていてもおかしくなかった。樹冠から見える最も大きな動物は、夜になるとぬくもりを求めて肌を寄せてくるモモンガだ。

二人とも、何日が経過したのか分からなくなる。ニックは毎朝、手書きのカレンダーにチェック印を付けるが、小用を足して、顔を洗って朝食をとり、森にふさわしい次の芸術作品群を夢想している間に、既に印を付けたのかまだなのか、しばしば思い出せなくなる。

「どうでもいいじゃない?」とイチョウ《メイデンヘアー》が言う。「嵐はおおよそ過ぎ去った。気温はだんだん暖かくなっている。日も長くなってきた。カレンダーはそれだけで充分」

見張り人《ウォッチマン》がスケッチをしている間に午後が過ぎる。彼はあらゆる隙間から生える苔を描く。サルオガセをはじめとする地衣が木を覆っておとぎ話の世界に変貌させる様も。彼の手が動き、一つの思考が形を取る。食料以外に何かを必要とするものがいるのだろうか? ミマスのように自分で必要な食料を作る存在は、あらゆるものの中で最も自由だ。

口をあんぐりと開けた山腹では、いまだに機械の音がしている。近くではチェーンソー、より遠くでは集材機。二人の樹上占拠者は、機械仕掛けの生き物を耳だけで識別できるようになる。神のようにそびえる壁に自由主義経済システムが迫り続けているのを知る手掛かりは音だけしかない、と感じられる朝もある。

「やつらはきっと、兵糧攻めで俺たちを追い詰めようとしているんだ」。しかし長い間、食料が届かなくても、二人にはクスクスと想像力がある。

「少しの辛抱よ」とイチョウ《メイデンヘアー》が言う。「ハックルベリーがまた、すぐに実る」。彼女は乾燥ひよこ豆を、哲学の授業のように少しずつ味わう。「以前のあたしは、食べ物の味わい方を知らなかったみたい」

それは彼も同じだ。自分の体臭や、排泄したばかりの大便が堆肥に変化していくのを実感したことはなかった。枝越しに沈んでいく光を何時間も見つめている間に、思考が変化するのも。日没後の一時間、空が落ちた後に何が起こるのかを見極めようと生きとし生けるものが息を潜める間、耳の奥で聞こえる血流の音も。

少し風が吹くたびに、世界の垂直軸が傾く。風の強い午後は二人が何かのスポーツをやっていて、その試合が白熱しているかのようだ。風が強くなると、もはや風以外のことは考えられない。二人は凶暴になる——防水シート《タープ》は狂ったようにはためき、針葉が二人を感覚がなくなるまでむち打つ。風が吹くと脳が他のことを考える余地はまったくない——スケッチも、詩も、本も、大義も、天命も。考えるのはただ風のこと。ひたすら叩きのめされる狂った思い込み。勢い余って系統樹から転げ落ちそうになっている人類の思い上がり。

光がなくなると、周囲には音だけが残される。ろうそくと灯油は貴重なので、読書という贅沢には使えない。次の配給が非常線を突破していつ届くのか、そもそもまだ非常線が張られているのか、生物防衛隊《LDF》であれ別組織であれ、樹齢千年の木の上で補給を待っている自分たち二人のことを覚えてくれている人がまだいるのかさえ分からない。

イチョウ《メイデンヘアー》は闇の中で見張り人《ウォッチマン》の手を取る。彼にとってはそれだけで、メッセージとしては充分だ。

二人は毎晩、暗がりで体を寄せ合う。「みんなはどこ?」

彼女の言う〝みんな〟が指す集団には二つの可能性しかない。光の精霊たちを加えれば、可能性は三つ。〝みんな〟がそのどれであれ、答えは同じだ。「分からない」

「みんな、この基地のことを忘れちゃったのかも」

「それはない」と彼は言う。「忘れてはいないと思う」

背後の月光が彼女の表情にフードをかぶせる。「あの人たちに勝ち目はない。自然を相手にして勝つことはできない」

「でも、信じられないほど長い間、自然を引っ掻き回すことならできる」

しかし、森が百万のパートから成る交響曲を奏で、明るく丸い月がミマスの枝によって引き裂かれるこんな夜には、ニックにも、森が何かの計画を持っているように思えてくる——その長大なビジョンの中では、哺乳類の時代がちょっとした回り道のように感じられる。

「シーッ」と彼女が言う。その前から既に、彼は黙っていたけれども。「あれは何?」

彼は知っている。と同時に知らない。また何ものかが、地上での受肉を試し、存在を周りに知らせ、闇を嗅ぎ回り、巨大な樹木で自分の居場所を探している。しかし彼のまぶたは重くなり、彼女の質問は象形文字に変わってしまう。暗闇を手なずけることもできず、少しも闇を利用できない彼は、もうこの時間には用がない。だが、眠りに落ちる前にこう考えるだけの意識はまだ残っている。これだけ長い間、ふさぎの虫に取り憑かれないでいるのは生まれて初めてだ。

二人は眠る。もう命綱を付けて眠ることはない。しかし、ほとんどの夜はしっかり抱き合っているので、デッキから落ちるときはやはり一緒だ。

再び明るくなると、彼は手作りカレンダーに無意味な印を付ける。顔を洗い、排泄、食事をしてから、既に伝統となった昼間の姿勢を取る——互いに顔が見られるよう、彼女と向き合って座る。自分はどうして地上二十階の屋外で暮らそうと考えたのだろうという疑問がふと、ニックの頭をよぎる。でも、人はそもそもどうして別の場所に行くのか？　それに、樹冠での生活を目にした今、どうして地上にとどまっていられるだろう？　夏の空を太陽がじわじわと進む間、彼はスケッチを続ける。何もない真っ白な場所にあるいくつかの小さな点がどうして世界にあるものを変えられるのか、彼には分かり始める。

彼女は防水シート《タープ》を上げてデッキの縁に座り、波打つ森を見渡す。少し離れたところに点在するはげ山の部分が徐々にこちらに近づいてくる。彼女は体を持たないものたちの声に耳を傾ける。それは常に彼女を支えているが、毎日聞こえるというわけではない。彼女は自分のノートを取り出し、レッドウッドの種より小さな詩を書き付ける。

裸の彼女が防水シート《タープ》で集めた雨水とスポンジで体を洗うのを彼は見る。「親御さんは君がここに来てることを知ってるのかい？　つまりその、何かが……起きた場合に備えての話だけど」

彼女は裸で震えながら振り向き、非線形力学上級の問題を訊かれたかのように顔をしかめる。「アイオワを出てからは一度も連絡してない」

太陽の仰角が七度下がり、きれいになった体に服をまとった彼女がこう付け加える。「それに、そうはならない」

「そうはならないって？」

「何も起こらないってこと。この物語はいい終わり方をするってちゃんと教えてもらったから」。彼女はミマスをぽんぽんと叩く。熟年期にある巨木はこの日、大気中の炭素を四ポンド（約一・八キログラム）食べて、それだけ自分の体重を増やしていた。

二人は果てしない時間を、寝袋の中で、読書に費やす。読むのは、ハンモック図書室に前任者が残していったすべての本だ。双子のように並べた腹に分厚いハードカバーを広げ、シェイクスピアを読む。毎日午後は戯曲を一本、すべての役を分担して読む。『真夏の夜の夢』『リア王』『マクベス』。傑作小説が二冊。片方は三年前、他方は百二十三年前の出版だ。古い方の小説が結末に近づくにつれて、彼女は声の抑えが利かなくなる。

「あなたはこんな人たちのことが好き？」。物語は彼を虜にしている。彼はそこで起きていることに興味を持つ。しかし彼女は――彼女は大きなショックを受けている。

「愛？　へえ。うん。ひょっとするとそうかもしれない。でも、みんな、靴箱みたいに小さな世界に閉じ込められて、それに気付いてない。この人たちの胸ぐらをつかんで、こう言ってやりたいわ、いつまで殻に閉じこもってるの！　周りを見なさいってね。でも無理なの、ニック。本当に生きているものの世界は彼らの視野の外にある」

彼女の顔が紅潮し、再び目が潤む。彼女はたとえそれが小説の中の人物であっても、大事なものが見えていない人々に共感して涙を流す。

二人はまた『森の秘密』を読む。この本はイチイの木のようだ。再読したときの方が、より示唆に富む。木は枝を出すタイミングを知っているという話。いかにして根が水を――密閉したパイプの中の水でも——見つけるかという話。オークが持つ五億の根端は他との競争を避けているという話。樹冠以外の葉は、隣の葉や隣の木の葉との間にわざと少し隙間を作っているという話。木は色を見分けているという話。地上や地下で手作りの品を取引している野生の市場の話を読む。複雑だが限定された他の生物との協力関係。何百マイルも離れた場所まで種を飛ばす巧妙な仕掛け。動物にただ飯を与えて、うまく使い立てする戦略。

　三千五百年前、エジプト東部カルナクのレリーフに描かれた、ミルラの木を移植するための遠征。渡り鳥のように大移動をする木。過去を記憶し、未来を予言する木。果実や種子のできる時期をコーラスのように周囲と調和させる木。自分の種《しゅ》しか育たないよう、地面を爆撃する木。身に危険が迫ると、昆虫から成る空軍を呼び寄せる木。小さな村に暮らす人が全員入れそうなほど大きなうろのある木。裏に毛が生えている葉。風をうまく逃がす細い葉柄《ようへい》。死んだ歴史の円柱を囲む生命の輪（幹の大部分を占める死んだ木部と、その外側の、細胞分裂を続ける形成層のこと）。新しいコーティングの一層一層の厚さは、その季節の寛大さに比例する。

「感じる？」。ある日の夕方、あるいはその翌日の夕方、西の空の夕焼けの下、彼女がそう尋ねる。それ以上の説明がなくても、彼にはその意味が分かる。今では、彼女の考えていることが手に取るように分かる。二人はそれだけ多くの時間を、肘と膝を並べ、膝と肘を並べて、目的のない沈思に費やしてきた。

　それが高まって、また消えたのを感じる？　常時響く雑音の定常波。あまりにもいたるところに存在しているせいで、自分がそれに包まれていることにさえ気付かなかった。人間の思い込み。今、目の前にあるものを見えなくさせる力——それが消える。彼はそれを感じる——感じることができる。木は巨大な信号標識のようだ。二人はさらに数十フィート上に伸びるミマスの枝越しに差すまだらな陽光からエネルギーを得て、何かに変化する。

「先まで行きましょう」と彼女が言う。異を唱える間もなく、彼は幹の先を見上げる——雷で折れた先端は、泥に覆われた怪獣像《カーゴイル》のようだ。彼女は地上まで伸びるパイプに脚を絡め、両手を大きく広げて空を受け止める。

ある夜、ニックが深い眠りの中で緑色の夢を見ていると突然、ミマスが揺れて、ニックはデッキの端まで転がる。彼は腕を伸ばして細い枝をつかむ。そして二十階下を見下ろしながら、必死にしがみつく。背後ではオリヴィアが叫んでいる。防水シート《タープ》がさらに強い風を受けて基地全体が宙に浮く中、彼は這うようにしてデッキの中央まで戻る。風は空気を液体に変え、針葉の間から雹《ひょう》が打ち付ける。バリバリッという大きな音に、ニックが顔を上げる。頭上三十フィート(約九メートル)で彼の太ももより太い枝が折れ、途中で他の枝を巻き込みながらスローモーションで落ちてくる。

猛烈な風がオリヴィアをミマスの枝へと押し付ける。彼女は慌ててデッキをつかむ。幹は垂直軸から数フィートずれ、その後、同じだけ反対側に揺り戻す。ニックは世界最大のメトロノームの針に取り付けられた重りのように左右に揺れる。自分が死ぬ確率は他の何が起きる確率よりも高い、と彼は思う。彼は精いっぱい体に力を込め、残された生命にしがみつく。力を抜いた途端、一巻の終わりだ。

降りしきる雹の向こうから何かが叫ぶ。オリヴィアだ。「抵抗したら。駄目。抵抗したら駄目!」

彼ははっとする。そして再び頭が回り始める。彼女の言う通りだ。力で踏ん張っていては、あと三分ももたない。

「リラックスして。揺れに身を任せるの!」

彼は再び彼女の目を見る。気のふれた、青磁の緑。彼女は嵐など何でもないかのように、激しい揺れにしなやかに身を任せる。それから数秒して、嵐など実際に何でもないと彼にも分かる。レッドウッドにとっては何でもない。同じような嵐がこの樹冠を今までに何千回、何万回も揺らしてきたが、ミマスは何の抵抗もせずにしのいできた。

彼は千年の大嵐に耐えてきた木にならって、嵐に身を任せる。レッドウッド《センペルヴァイレンズ》が一億八千万年前からそうしてきたように。何世紀か前に、この木の先端が嵐で折れたのはその通りだ。この大きさの木をいつか嵐が倒すことになるのも確かだ。でもそれは今日ではない。おそらく。今夜、この風の中では、レッドウッドの上にいても、他のどこにいても、危険の大きさは変わらない。ただ揺れに身を任せるだけ。

雹が激しさを増し、風が吠える。彼は吠え返す。二人の叫び声は精神病棟の笑い声に変わる。二人が声を合わせて叫ぶうちに、世界中のときの声や野性の呼び声は感謝祭のにぎわいになる。力でしがみついていたら限界に達していた頃合いはとうに過ぎて、二人は嵐に向かって高声部《デスカント》を歌う。

翌日の昼前、三人の木こりがミマスの根元に姿を見せる。「二人とも大丈夫か？　昨日の夜は風でたくさん木が倒れたぞ。大きな木も。みんな、あんたたちのことを心配してたんだ」

信じられないことに、ビデオを撮影しているのは警察の側だ。一年前なら、手ぶれとピンボケの多いこんなビデオは警察によって破壊されていただろう。しかし、無法者たちの戦術は変わりつつある。それに対抗する警察は、新しい実験を必要としている。様々な手法を記録して、評価して、洗練しなければならない。

カメラが群衆の上をパンする。通りを歩いていた人々が、ピカピカに磨かれた会社の看板を通り過ぎる。そして、ロッジのようにトウヒとモミの中に鎮座する本社を取り囲む。不安混じりに向けられるカメラの映像を通して見ても、それはアメリカにおける民主主義の姿そのもの——平和的に集会をする権利——にしか見えない。群衆は敷地には立ち入らず、歌を歌い、シーツで作った旗を振る。**違法な伐採はやめろ。公有地での殺戮はもうたくさんだ。**しかし、警察がカメラのフレームに出入りする。馬に乗った警官と徒歩の警官。兵隊の移送車に似た乗り物で待機する男たち。

ミミは驚いて首を横に振る。「この町にこんなにたくさんの警官がいたなんて知らなかった」。ダグラスは足を引きずりながらがに股で、彼女の横を歩く。「私たちは別に参加しなくてもいいのよ。少なくとも五、六人は会社の前に立って抗議するだけで満足しているんだし」

彼は転びそうになりながら彼女の方へ向き直る。「何が言いたいんだ?」。彼は、せっかく今気分よく飼い主のために新聞を取ってきたのに、いきなりそれで頭を叩かれたゴールデンレトリバーみたいな表情を浮かべる。「待てよ」。彼は当惑して、彼女の肩をつかむ。「怖くなったのか、ミミ? あんたこそ、嫌ならこんなことはしなくても——」

彼女には耐えられない——彼の人のよさが。「いいの。ただ、今日はヒーローになろうとして頑張らなくてもいいって言いたかっただけ」

「前回の俺なんて全然ヒーローじゃないぜ。まさか自分のお宝を溶かされるなんて思ってもなかった」

　彼のデニムが切り裂かれた日、彼女は見た。お宝が風に揺れ、化学物質に焼かれるのを。彼はそれ以来、何度もそれを見せたがった。奇跡的な回復——生き返ったといってもいいかもしれない。しかし、彼女はその気になれなかった。彼のことは、妹たちやその子供たちより大事に思い、愛している。彼が四十歳になるまでこれほど無邪気でいられたという事実は、いつも彼女を驚かす。彼女は彼から目が離せない。でも、二人は何から何までまったく違う。たまたま二人が身を捧げている大義——何の罪もない、動くこともないものを守る気持ち、果てしない自殺衝動よりもましなものを求める戦い——が同じだというだけだ。

　二人は機動展開用車両に向かう。そこではデモ隊の新兵器、鋼鉄製の黒いパイプが皆に配られている。「俺たちがこんなことをやるなんてすごいな、お嬢さん。そう思わないか？　俺はあの名誉戦傷章《パープル・ハート》をもらう前にも、それに値することはやってた。戦争以後だってそうだ。しまいには、勲章がミミズみたいに数珠つなぎになるかもな」

「ダグラス。けがするようなことはしないで。今日はそんなことがあったら耐えられそうもない」

　彼は何かが起きるのを待っている警官隊の方を顎で指し示す。「それはやつらに言ってくれ」。そして、太陽以外のことは何も記憶に残らない生物のように彼が言う。「おお！　見ろよ、この人出。昔の学生運動か何かみたいじゃないか？」

　最初の犯罪——会社の敷地への侵入——はカメラが見ていないところで起こる。しかし間もなく、レンズがその動きをとらえる。オートフォーカスがもたついた後、平和的集会の参加者が数人、通りを渡って、きれいに整えられた芝地に入る。彼らはそこに立ち、メガホンの声を合図に、コール・アンド・レスポンスをする。


　　連帯した！　人民は！　何にも！　負けない！

　　切られた！　森は！　元には！　戻らない！


　二人の警官が侵入者に近づき、下がるように言う。ビデオでは、音声ははっきりしないが、態度は充分に丁寧だ。しかし間もなく、その群れは丸まってベイト・ボール（捕食されそうな小魚が身を守るために作る球形の群れ）になる。デモ隊の側が警官を挑発し、あざける――警察としてはまさに避けたかった展開だ。腰の曲がった白髪の女性が叫ぶ。「会社が私たちの権利を尊重してくれれば、こっちも会社の権利を尊重するわ」

　カメラが左に振れる。そこでは九人のグループが駆けだし、芝生を横切っている。最初の口論は警察の目を正面入り口から逸らすための巧妙な陽動作戦だ。真っ直ぐに走る者たちは皆、長さ三フィート（約九〇センチメートル）の鋼鉄製の管を持っている。管はV字形に曲がり、腕が中に入るだけの太さがある。

　ここでカット。場面が屋内に変わる。活動家たちは手錠で体をつなぎ、ロビーにある円柱を取り囲んでいる。物見高い社員たちが周囲に集まる。カメラの背後から警察が現れ、崩壊へ向かいつつある状況を収拾しようとする。

　抗議者たちはできるだけ早く配置につく訓練を重ねていた。しかし、社員がぞろぞろ歩き、警官たちが後を追ってくる実際のロビーでは、すんなりと位置につくことはできない。もみ合いの中でミミとダグラスははぐれる。そして結局、輪の中で真反対になる。そこから体を固定するまでが三秒。ダグラスは左腕を黒いパイプに入れ、手首につないだケーブルの先のカラビナをパイプ内側の中心に溶接した金具に固定する。仲間たちも同じことをする。数秒後、ダイヤモンド鋼ののこぎり以外では切断不可能な、九個の結節点から成る輪が完成する。

彼らは太い円柱を囲んで、床にあぐらをかく。ダグラスは体を傾けるが、ミミの姿は見えない。彼が「ミミ」と大声で呼ぶと、世界中の善良さを集めたような茶色い丸顔が向こう側から覗き、ほほ笑む。彼は合図を送ろうと親指を立ててから、自分の手が円筒の中にあることを思い出す。

長回しのトラッキング・ショットが一人一人のクローズアップを記録する。前歯に隙間があって、ぼさぼさに伸びた長い髪をポニーテールにした、長身で動きのぎこちない男が歌を歌い始める。**勝利をわれらに**《ウィ・シャル・オーバーカム》。**勝利をわれらに**《ウィ・シャル・オーバーカム》（一九六〇年代に公民権運動の集会などでよく歌われた歌）。最初は嘲笑が聞こえる。しかし第三小節に達する頃には、グループの全員が一緒に歌っている。五人の警官が抗議者たちを引き離そうとする。しかし輪は容易にばらばらにはならない。制服を身に着けた男が、まるでプロンプターの文字を読み上げるように言葉を発する。「私はサンダース保安官です。あなた方が今ここにいることは、刑法に反する行為です。具体的な条項としては……」。その声は、輪が発する叫び声に掻き消される。彼は一息ついて目を閉じ、再開する。「ここは私有地です。私はオレゴン州を代表して、皆さんに解散を命じます。おとなしく退去しなければ、違法な集会および不法侵入の罪で逮捕します。逮捕に抵抗した場合は公務執行妨害として――」

歯に隙間のある長身の男がそれより大きな声で叫ぶ。「本当ならあんたらも俺たちと一緒に輪に加わるべきなんだ」

警官がひるむ。カメラのフレームの外にいる誰かが言う。「おまえらはみんな犯罪者だ。他の人に迷惑をかけて喜んでるだけだろ！」

輪が再び歌いだす。さらに多くの警官が輪を囲む群衆に加わる。保安官が再び一歩前に出る。その口調は、小学校の教員のようにゆっくりで、明瞭で、声も大きい。「その拘束具……管の中から手を出しなさい。五分以内に拘束を解かない場合、指示に従わせるためにペッパースプレーを用います」

輪の中の誰かが言う。「そんなの、できっこない」。カメラは小柄なアジア系女性をアップで撮る。丸顔で、ボブカットの黒い髪の女だ。フレームの外で保安官が言う。「いいや、できる。実際、そうする」。輪から叫び声が上がる。カメラは何を撮るべきか迷う。丸顔の女がこう言うのが聞こえる。「公務員は自らが危険にさらされているのでない限り、ペッパースプレーを用いることが禁じられてる。見なさいよ！　私たちは今、身動きもできない！」

保安官は時計を見る。「あと三分」

皆が一斉に口を開く。混乱したロビーをパンしたカメラが、おびえた顔のアップに替わる。小競り合いが起きる。輪の中の若い男が背後から腎臓のあたりを蹴られる。カメラが横に振られて、隙っ歯の男に止まる。彼のポニーテールが左右に揺れる。「彼女は喘息だ。かなりひどい。喘息を持ってる人間にペッパースプレーを使うことはできない。死につながるかもしれないぞ」

フレーム外の声が言う。「警官の指示に従え」

隙っ歯の男が、まるで首の骨が折れたかのようにうなずく。「そうしろ、ミミ。鍵を外せ。早く」

灰色の髪の女が彼を黙らせる。「私たちはみんな、最後まで輪を崩さないって約束したじゃないの」

保安官が呼び掛ける。「あなた方は法律に違反しており、その行為が社会に損害を与えています。直ちに建物から出なさい。残る時間は六十秒です」

同じ混乱の中で六十秒が経過する。「再び警告します。直ちに管の中の手を拘束から解いて、平和的に退去しなさい」

「俺はこの国を守るために撃墜されて、空軍十字章をもらってる」

「私は五分以上前に、あなた方に解散を命じました。従わないとどうなるかについても警告を与えましたので、あなた方はそれを了承したものと見なします」
「俺は了承してないぞ！」
「皆さんに金属パイプの拘束を解いてもらうために、われわれは今からペッパースプレーなどの薬剤を用います。拘束を解くことに同意するまで、順番に薬剤を与え続けます。拘束を解き、薬剤塗布を避ける決心ができた人はいますか？」

ダグラスは左右に体を傾ける。しかし彼女は見えない。間に柱があって、輪も混乱に陥っている。名前を呼ぶと、彼女も体を傾け、そのおびえたまなざしが見える。彼が叫ぶ言葉はすべて、周囲の騒ぎに掻き消され、彼女には届かない。一瞬という永遠の中で二人は視線を合わせる。彼はその狭い回線を使って、十個ほどの緊急メッセージを送る。あんたはこんなことをしなくてもいい。あんたは俺にとって、この会社が伐採できる木を全部合わせたよりも価値がある。

彼女のまなざしには、さらに多くのメッセージが詰まっている。そのすべては、突き詰めると一つになる。ダグラス。ダグラス。みんな何する？

最初の犠牲者は、保安官が立っている場所から最も近い女性だ――四十代、肥満、毛先がブロンドの髪、去年流行したタイプの眼鏡。片手に紙コップ、反対の手に綿棒を持った一人の警官が背後から近づく。保安官の声は落ち着いている。「抵抗をしてはいけません。われわれを脅《おびや》かすようなことがあれば、それは警官に対する暴行と見なされ、重罪となります」

「俺たちは動けない！　俺たちは動けない！」

綿棒と紙コップを手にした警官の横に、もう一人の警官が立つ。そして片方の手を伸ばして女を押さえ、反対の手で顔を上に向けさせる。女が出し抜けに言う。「私はジェファーソン中学校の教員です。この二十年間、私が子供たちに教えてきたのは――」

フレームの外で誰かが叫ぶ。「あんたも今から一つ勉強するんだよ！」

保安官が言う。「パイプの拘束を解きなさい」

教員が息をのむ。周囲は大声で叫ぶ。警官が綿棒の先を女の右目に持っていく。彼は女の左目にもう少し多く液体を入れようとする。まぶたの下に溜まった化学物質が、仰向けにされた女の両頬を伝う。女は人間離れしたうめき声を上げる。一回ごとにピッチが上がり、しまいにそれは悲鳴に変わる。

誰かが叫ぶ。「やめろ！　今すぐ！」

「目を洗うための水は用意してあります。拘束を解けば水を与えます。拘束を解く気になりましたか？」。補助役の警官が再び女の顔を上に向けさせて、綿棒を持った警官が薬剤を目と鼻に広げる。

「拘束を解けば、薬剤を洗い流すための冷たい水を与えます」

誰かが叫ぶ。「人殺し。彼女を医者に診せろ」

綿棒の警官が補助役に手を振る。「次はメース（催涙ガスに使う神経麻痺剤）を使うぞ、さらに強力なやつだ」

女の悲鳴が震える泣き声に変わる。痛みのダメージが大きすぎて、拘束を解けない。その手は、外すべきカラビナを見つけることができない。二人の聖餐式執行人は輪を時計回りにたどり、隣へ移動する。三十代前半の筋肉質な男は、フクロウを愛するタイプというより、むしろ木こりに見える。男は精いっぱい首を縮め、閉じたまぶたに力を込める。

「次はあなただ。拘束を解くか？」

男は屈強そうな肩を丸めようとするが、両腕はパイプの中なので自由に使えない。補助の警官が強引に顔を上に向けさせようとする。体勢は警官に有利だ。そして三人目の警官が手を貸すと、すぐに首は曲げられる。しかし目を開かせるのはそれほど容易ではない。警官たちは大きな頭をしっかり押さえながら、上下のまぶたの隙間に綿棒を入れる。ペッパー濃縮液がそこら中に塗られる。指ぬき一杯分ほどが鼻に入ると、男の息が詰まり始める。カメラがさっと動いて、部屋の別の場所へ向かう。そしてしばらくの間、窓の外を写す。そこでは別のデモ隊が、中で何が起きているのか知らずに歌を歌っている。むせび泣く声の合間に、警官の声が入る。「拘束を解くか？　え？　おい。聞こえるか？　解く用意はできたか？」

誰かが叫ぶ。「おまえには良心ってものがないのか？」

誰かが叫ぶ。「瓶ごといけ。目をこじ開けろ」

「これは拷問じゃないか。ここはアメリカだぞ！」

カメラがめまいを起こす。そして酔っ払いのように上下に揺れる。

警官たちが柱の陰に消えると、ダグラスの口から言葉があふれ出る。「彼女はぜんそくだ。ペッパースプレーを使っちゃ駄目だ。頼む。彼女が死んでしまう」

彼はパイプの拘束に逆らって、精いっぱい右に体を傾ける。すると、警官二人が彼女の両脇に立つのが見える。制服の男が背後にしゃがみ、愛情たっぷりに彼女の頭を抱きかかえる。目を標的にした、三人による輪姦。保安官が言う。「さあ、拘束を解きなさい。そうすればここから出て行ける。痛い思いをする必要はない」。ミミの隣の女が吐く。

ダグラスはミミの名を叫ぶ。綿棒を手にした警官が片手で彼女の首を押さえる。「お嬢さん？　拘束を解くか？」

「痛いことはしないで。痛い思いはしたくない」

「それなら拘束を解け」

ダグラスは体を二つに折る。「解け！」。彼はミミと視線が合う。彼女の目は狂ったように光り輝き、罠にかかった兎のように鼻の穴が震えている。彼にはその表情の意味が分からない。何かの予言。彼女の目が言う。今から何が起ころうと、私がやろうとしたことを忘れないで。警官がその美しい頭部を上に向けさせる。まるでがらがらうがいをするときのように、喉があらわになり……

そのとき彼は思い出す。俺は動ける。簡単なことだ。黒いパイプの中央部に手首をつないでいるカラビナを慌てて外すと、彼は自由になる。そして立ち上がり、吠える。「やめろ！」

それは時間の経過がゆっくりになったのではない。彼の脳が、男たちの動きよりも速くなったのだ。彼にはゆっくりと何度も考える時間がある。警官に対する暴行。重罪。懲役十年から十二年。警官たちは彼が腕を挙げる前に、その手に手錠を掛け、床に這いつくばらせる。そして誰かの「やった！（原文では“timber”。木こりが「木が倒れるぞ」と警告するときの言葉であると同時に、勝利・達成の叫びでもある）」という声。

その夜、カメラ係は震えながらビデオテープをダビングし、コピーをマスコミにリークする。


デニスはパトリシアの山小屋に、昼食としてカボチャのスープを持ってくる。「パティー？　ちょっと君には話しづらいことがあるんだが」

彼女は彼の肩を額で小突く。「そこまで話したなら全部聞かせて」

「差し止め命令は無効になる。既にその結果が出た」

彼女は姿勢を改め、真顔になる。「どういうこと？」

「昨日、夜のテレビでそう言ってた。控訴審判決だ。林野部はもう、君の証言によって下されていた一時差し止め命令に拘束されない」

「拘束されないって？」

「すぐに新たな伐採計画の未処理分も承認するらしい。州のあちこちで騒ぎが起きてる。木材会社の本部でも抗議活動が行われた。警察が化学物質を人の目の中に入れてたよ」

「何それ？　デニス、それはまともじゃないわ」

「ビデオ映像が流れてた。正視できるものじゃなかったよ」

「本当に？　この国で？」

「この目で見た」

「でも、さっきは正視できなかったって言った」

「たしかに見た」

その口調に彼女ははっとする。二人は今、口げんかをしている――しかし二人とも、そのやり方を知らない。デニスも恥じ入り、首をすくめる。しつけの悪いわんこ。次はちゃんとしなさい。彼女は彼の手を取る。二人は空《から》のスープ鉢を前にして、ツガの木立の奥を覗く。裁判で判事が尋ねた質問がよみがえる。原野が何の役に立つんですか？　無制限に繁栄する権利のために森がすべて単なる幾何学模様に変えられたとして、何が問題なのですか？　風が吹き、手を振るようにツガの細枝を揺らす。上品な姿、優雅な木。人間に当惑する木。効率、差し止め命令に困惑する木。樹皮は灰色、枝は若々しい緑。若枝に張り付くような針葉と、外に広がる針葉。じっと静かで、さらには思索にふけっているような態度。下向きに付いた小さな球果は、音を立てずにいることに満足している橇《そり》の鈴のようだ。

やっと面白くなり始めたその静寂を破るのは彼女だ。「目の中に？」

「ペッパースプレーを。綿棒でね。見ているとまるで……よその国での出来事みたいだった」

「人間はとても美しい」

彼はぎょっとして彼女の方を向く。しかし彼は彼女を信頼して、何らかの説明が加えられるのを待つ。実際、彼女は本気でそう思っている。おかげで彼女は頑固だ。そう、人間は美しい。そして滅びる運命にある。だから彼女は皆と一緒に暮らすことができない。

「絶望しているから決意も固い。それより美しいものはないわ」

「私たちに希望はないと思うのかい？」

「デニス。伐採なんてどうやったら止められると思う？　速度を抑えるのさえ不可能。私たちは成長することしか知らない。より強くなる、より速くなる。去年よりもっと。崖の向こうまで進んで、最後は落ちるだけ。他に選択肢はない」

「なるほど」

彼は明らかに納得していない。しかし彼が進んで嘘をついていることで、彼女はさらに心を痛める。彼が納得しなければ、彼女は説明するだろう――地球の生態系に強烈で素早いキックが加えられたために、大型生物から成る巨大なピラミッドが既にゆっくりと崩れ始めていることを。大気と水の大きな循環が壊れかけている。生命の木は再び倒れるだろう。そして切り株の周囲に、無脊椎動物、丈夫な地被植物、細菌だけが残る。もしも人間が……もしも人間が。

人々は自ら、その矢面に立っている。この国、ダメージが加えられるようになってから長い年月が経つ国――はるか南の国に比べれば、今年の損失は大きくないが……国民が打たれ、虐げられている国。人々がペッパースプレーを綿棒で目に入れられているというのに、彼女は――日々、一兆の葉が代替もなしに失われているのを知っている彼女は――何もしていない。

「私は穏やかなタイプの人間だと思うかい？」

「まあ、デニス。あなたは植物並に穏やかよ」

「しかし気分は最悪だ。あの警官どもを殴ってやりたいと思う」

彼女は揺れるツガと同じ周期で彼の手を握る。「人間。とても痛ましい」


二人は汚れた皿を町に持ち帰るためにトラックに積む。彼が車に乗り込もうとすると、彼女がその腕をつかむ。

「私って、結構お金を持ってるわよね？」

「選挙に立候補するつもりなら、そこまでのお金はないと思うよ」

彼女はその冗談に度を超して大笑いし、あまりにも素早く真顔になる。「現状では、環境保護はうまくいってない。それは今後も変わらないと思う」。彼は彼女をじっと見つめ、待つ。彼女は考える。**もしも他の種《しゅ》にこの人と同じようにじっと見つめて待つだけの辛抱があれば、まだ私たちにも救いがあるかもしれない。**「私は種子バンクを始めようと思う。人間が登場してから、世界の木は半分まで減ってしまったわ」

「われわれのせいで？」

「十年ごとに世界の森の一パーセント。毎年、コネチカット州より広い面積の森がなくなってる」

彼はうなずく。まるで、ちゃんと気を配っていたなら気付かないはずはないと言うかのように。

「私がいなくなる頃には、今存在している種《しゅ》の三分の一から半分が絶滅するかもしれない」

彼は〝いなくなる〟という言葉に困惑する。彼女はどこかへ行くつもりなのだろうか。

「私たちがまったく知らない木が何万もある。ろくに分類もできていない種《しゅ》が。今の状態は、図書館、美術館、薬局、記録の殿堂、それを全部含めたものを丸ごと燃やしているようなものよ」

「だから箱船を作ろうってわけか」

彼女はその言葉に笑顔を見せる一方で、肩をすくめる。しかしまんざら、外れてもいない。「私は箱船を作りたい」

「そこにしまっておくわけだね、その……」。彼がようやく、そのアイデアの奇妙さを理解する。数億年にわたる生命の営みを貯蔵する金庫。「で、それを……どうするんだい？ 中の種《たね》をいつ……？」

「デニス、それは分からない。でも、種子は何千年もの間、休眠することができる」


二人は夕方、海を見下ろす山腹で出会う。父と子。久しぶりだ。まったく新しいこの場所でしばらくともに過ごした後は、また長い間があきそうだ。

ニーレイ殿。そこにいるのはおまえか？

父《ピター》さん。うまく会えたね！

老いた物乞いが手を振りながら、青い肌の神（ヴィシュヌ神の化身であるクリシュナのこと）に歩み寄る。神はじっとしている。

音声の調子が悪いみたいだな、ニーレイ。

ちゃんと聞こえるよ、父さん。心配要らない。父さんと僕と二人きりだ。

信じられないな、びっくりだ！

大したことないよ。少し待って。

青い神が歩こうとすると脚がもつれる。その格好は何なんだ！　この私を見ろ！

父《ピター》さんを笑わせようと思ったのさ。

二人は並んで、頼りない足取りで、波の寄せる崖に沿って歩く。父が遠いミネソタの病院に入るずっと前から、こんなふうに一緒に散歩することは無理になっていた。少年がまだ幼い頃から、こうして二人で出掛け、歩調に負けない勢いでおしゃべりをしたことはない。

大きいなあ、ニーレイ。

これだけじゃないよ。もっといろいろある。

しかも細かい！　どうやったんだ？

父《ピター》さん、言っとくけど、これはまだ序の口だからね。

青い神は千鳥足で崖の縁まで進む。驚いたな。あそこを見ろ。波だ！

二人は下の海に注ぐ滝の上に立つ。砂浜に点在する、波に削られた岩は、おとぎの国の城のようだ。

水際では、潮溜まりがきらきらと光っている。

ニーレイ。きれいだなあ。隅から隅まで見たいよ！　二人はしばらく海岸沿いに歩いてから、山の方へ入る。ここはどこだ？　どういう場所なんだ？

すべて架空の場所だよ、父《ピター》さん。

ああ、でも、見覚えがある気がする。

じゃあ、よくできてるってことさ！

父は後で、少年の母に説明する。自分がどうやって生まれたての世界の真ん中まで連れて行かれたか。人間が台頭する前の世界。霧のかかった空気と、斜めに差す熱帯の太陽が彼を混乱させる。二人を囲む黄褐色の砂、紺碧の海、乾燥した山。彼は目を細めて、繁茂する植物を見る。今まで植物に目を向けたことはなかった。植物のことを学ぶ時間など、今までの人生にはなかった。今後の人生にもないだろう。

二人は、上部が日傘のように広がっている巨木が並ぶ道を歩く。何だこれは、ニーレイ？　おまえの好きなＳＦ小説に出てくる木か？　まるで、少年の集めた安物雑誌がいまだにベッドの下で埃を集めているかのような口調だ。

違うよ、父さん《ピター》。地球。竜血樹っていう木さ。

本物だって？　あんな木が実在するのか？

物乞いはほほ笑みながら周りを指差す。すべて、実際にあるものに基づいているんだ！

青い肌の神はようやく理解する。海にいる魚、空の鳥、地を這うものたち、そのすべてはまだ作りかけの、未来の避難所の始まりにすぎない。彼は巨大な毒キノコに近寄る。プレーヤーはこの世界で何ができるんだ？

すると、物乞いの口から次の言葉が自然に出てくる。父さんなら何をさせたい？

おや、ニーレイ。私もその言葉を覚えてるぞ。なかなかいい答えじゃないか！

物乞いはこの砂場の大きさを説明する。人は何でもできる——ハーブを集めたり、動物を狩りしたり、作物を植えたり、木を切ったり、板を組んだり、地面を掘って鉱物や鉱床を探したり、貿易したり、交渉したり、小屋、ホール、教会、世界七不思議を建てたり……。

二人はまた歩きだす。気候が変わり、緑がより豊かになる。下生えの中を獣がうろつく。頭上では鳥の群れが輪を描く。ここにみんながやって来るのはいつ？

来月の終わり。

そうか。もうすぐだな！

父さんもまた来られるよ。

そうだな、ニーレイ。さっきも訊いたが、どうやってうなずくんだったかな？　青い神がうなずき方を学ぶ。新たに学ぶべきことは多い。そのときには、どうなる？

そのときには人がここに殺到する。既に五十万人が予約をしてる。月々二十ドル。数百万人を集める予定さ。

人より先に、ここを見せてくれてうれしいよ。

うん。今はまだ、僕たち二人きりだ！

ヴィシュヌ神になりたての新参者が頼りない足取りで道を歩く。ここからは山道が続く。蔓《つる》に覆われた峡谷。神は眺めに圧倒されて一瞬、立ち尽くす。そして再び森の中を歩く。

例の「こんにちは、世界」のプログラムを一緒に書いたときから数えて、たった四半世紀だよ、父さん。しかもその進歩はまだ真っ直ぐに右肩上がり。

二千マイル（約三二〇〇キロメートル）を隔て、プロセッサ――青い肌の神が開発を手伝ったプロセッサの子孫――のクロックにして数兆サイクルの間、父と子は一緒に山並みに目をやり、未来を見つめる。活性化した願望から成るこの世界は際限なく拡張する。それは、現実より豊かで、より奔放で、より驚くべき生物でいっぱいになるだろう。その地図は、それが表現する世界を超えて充実したものになるだろう。それでも人間は飢え、孤独なままだろう。

父子《おやこ》は壮大な尾根に沿って歩く。はるか下方では、幅の広い古い川が、多様な緑があふれるジャングルの中をくねくねと流れている。青い神が足を止め、眺める。彼は生涯、ホームシックに悩まされていた。あこがれの気持ちがグジャラートの村にいた彼を黄金の州《カリフォルニア》へと駆り立てた。彼には仕事と家族以外に故郷《ホーム》がない。そしてずっと、私には何もないと思い続けてきた。そんな彼が今、蛇行する川を見下ろす。何百万もの人が月々の家賃を払ってここへ来る。そして彼はもうすぐいなくなる。

ここはどこだい、ニーレイ殿？

この世界はそういう作りじゃないんだよ、父さん。全部、まっさらなんだ。

ああ。うん。分かってる。でも、植物や動物はどうなんだ。まるでアフリカからアジアまで歩いて移動したみたいじゃないか？

ついてきて。いいものを見せてあげる。物乞いが先に立ってつづら折りを下り、深いジャングルに入る。そこはどれもそっくりな蔓が無数にもつれ、迷路のようだ。下生えの中を生き物が走り回っている。

ニームの木だ、ニーレイ。魔法のようだな！

まだまだ。もっとすごいものがあるよ。

ジャングルが密度を増し、道が細くなる。さまざまな形のものが葉や蔓の間で戯れている。そのとき父は、疑似植物の葉叢《はむら》の中に隠されていたものを見つける。一本のイチジクにのみ込まれた廃寺だ。

おお、殿下。おまえは本当にすごいものを作ったじゃないか。

僕一人じゃないよ。何百人。いや、何千人で作ったものさ。名前さえ知らない人。父さんも貢献している。父さんがやった仕事もこの世界の一部……。物乞いが振り向く。そして、根が水を吸える割れ目を探して古《いにしえ》の石の上を這う姿を腕で示す。彼はこぶのようになった小指の先を立てる。ね、父《ピター》さん？　すべてはこんなちっぽけな種から……。

ヴィシュヌ神は訊きたい。どうすれば涙を流すことができる？と。その代わりに彼は言う。ありがとう、ニーレイ。私はそろそろ帰らないと。

そうだね、父さん。また近いうちに会おうね。それは無害な嘘だ。この世界で物乞いは今、大陸一つを半分ほど踏破した。しかしもう一つの世界では、体はすっかり弱り、飛行機に乗ることさえできない。そしてたった今、険しい山を裸足で登った青い肌の神も、上の世界ではならず者プログラムと構文エラーにさいなまれ、この世界の公開日まで生き延びることができそうもない。

父が操る体がうなずき、両手を合わせる。ここを散歩させてくれてありがとう、ニーレイ。私たちももうすぐ故郷《ホーム》に行けるだろう。

レイ・ブリンクマンの脳の中では、幻想が砕ける瞬間からダムの決壊まで、時間が十三秒かかる。寝室のテレビが大音量で夜のニュースを伝える。イスラエルの軍隊がパレスチナのオリーブ畑を荒らす。レイはキルトの下でリモコンを操作し、何も考えられなくなるところまでさらに音量を上げる。ドロシーはバスルームで、寝る支度をしている。彼女は夜ごとの儀式を順にこなす。ヘアドライヤーの次には歯を磨く音、そして洗面台を流れる水の音。その一つ一つが彼に夜を告げる――かつて狼の声、あるいはアビの鳴き声が夜を告げていたように。

彼女の支度には永遠の時間がかかる――それはなぜか？　今夜の破局の後では……あらゆる準備をしてきたとはいえ、明日の朝、もっといい形でやり直すことはできないか、と彼女は思わずにいられない。彼女は今、身仕舞いをして、夜に備える。どんな悪夢を見たとしても、先ほど既に起きた出来事ほどひどいことはありえない。

彼には意味が分からない。今夜から先、彼女がこの十二年寝てきたベッドに入ることは考えられない。しかし、廊下の先にある部屋――大昔、子供部屋に改装することを夢見た部屋――で眠ることはもっと考えられない。彼はこのベッドを壊すだろう。彫刻の施されたオーク製のヘッドボードを割って薪にしてしまおう。テレビではニュースキャスターがこう言っている。「一方で、カナダの学校の校庭にある木は、子供の安全のために伐採が進んでいて……」

レイは画面を見るが、そこに映っているものを理解することができない。一秒から三秒が経過する間にそれは起こる。彼はまだ筋道が通っている思考の中で考える。私はずっと、ただの合意を事実だとのんきに勘違いしていた。人生には意味のある未来が必ずあるものだと思い込んでいた。そんな幻想がついに砕けた。

この思考には四分の一秒もかからない。彼の目が一瞬閉じると、オーディションの場面が思い浮かぶ。一回目のデートだ。魔女たちが彼に、明日を恐れるなと言う。森が立ち上がり、何マイルも歩きだすまで、はるか遠くの山を木々が登るまで、何ものも彼を傷付けることはない。彼は安全だ。今後は安全。なぜなら、地に根を張った木を圧力や命令で動かすことは誰にもできないから。この王座にあるマクベスは天寿をまっとうするだろう（『マクベス』第四幕第一場）。しかし、彼が与えられたのは別の役だった。女から生まれたのでない男。森を動かす男の役。

レイのまぶたが〇・五秒の間、閉じる。生きたスクリーンの内側に、二人が一緒に寝る姿が映し出される——初めて素人芝居に挑戦した夜のこと。何度も何度も繰り返す、すべての昨日たち。せいぜい二十四歳、大人の入り口でいら立つ、幼きマクベス夫人。暗がりの中で入社面接のような質問を次々にぶつけてきたハイテンションな友人。ご両親のことはどう考えてるの？　あなたは人種差別的な偏見を持ったことがない？　万引きをしたことは？　あの第一日でも、老いた二人が互いの世話をする様子が彼の頭には思い浮かんだ。かなり前に考えられた計画——時間とともに意図が明らかになると約束された計画——に従って生きる人生。永遠に。いつまでも。限りなく。

予言はまやかしだった。彼は再び立ち上がり、生きていかなければならない。でも、どうやって？　なぜ？　ニュースがむちゃくちゃな場面に切り替わる。レイは霧の中で観る。人々が体を固定し、警察がそれを間引いている。バスルームの水音が止まる。これが六秒目から七秒目。

すべての所有は盗みと化す。それはつい一時間前に妻が口にした言葉だ。あなたはいつか私が大やけどをして、正気に返るとでも思ってるの？　あなたのかわいいドロシーちゃんに戻るとでも？

私は何か月も前から気付いていたんだ、と彼は言おうとする。一年以上前から。それでも、こうして暮らしてきた。それでも夫だ。出会いがあれば、別れもある。誰とでも付き合えばいい。好きなことをすればいい。ただそばにいてほしい。

盗みよりひどい。殺人だ。あなたは私を殺そうとしてるのよ、レイ。

彼は彼女に思い起こさせようとする。私たち二人の間には、まだこれから起こるべきことがある。だから、一緒にいないと駄目なんだ。彼は既にそれを目にしていた。そしてその予感によって突き動かされていた。この何か月にもわたる我慢もそうだ。二人の結び付きには、何かの目的が常に既に存在していた。私は君のもの、君は私のものなんだ。

誰も他人を所有することはできないのよ、レイ。私を自由にして。

バスルームで何かが起きている。あらゆることが起きているのだが、音を聞く限りは何事でもないかのようだ。二秒間の静寂に彼はおびえる。何も意味を成さない。彼がどうにかできることは何もない。再び彼はテレビに目をやる。人々が目に何かをされている。拷問に耐えても、彼らには何の得もない。何の利益にもならないのに。

九秒目と十秒目、彼の脳が巡回裁判所に変わる。何か月も前のある夜、法律上の妻が夫にはばれていないと思って存分に浮気を楽しむ間に読んだ論文の記憶が頭を満たす。誰かが著作権を持っている本から盗んだ考え方。彼は今、その付けを払わなければならない。何が所有できる物なのか、誰がそれを所有できるか——その定義は時代とともに変わる。人間は隣に生きるものについて大きな勘違いをしているのに、誰もそれに気付いていない。私たちは世界に対して、すべての思い込みの償いを、今までに盗んできたすべての物に対する弁済をしなければならない。

画面上の人々が悲鳴を上げ始める。あるいは、叫び声は自分から漏れているのかもしれない。彼は自分の体が茶色になり、倒れるのが見える。彼女はバスルームの入り口から彼の名を叫んでいる。彼の唇は動くが、声は出ない。

それはまるで、以前から言葉としてしか知らなかった〝本〟の現物を、君が与えてくれたような感じ。

彼はベッドから松材《パイン》の床まで滑り落ちる。彼の目は渦のような木目と向き合う。脳の中の何かが壊れ、かつては家のように安全だったすべてのものが、掘りすぎた坑道のように崩れ落ちる。血液が皮質にあふれ出し、彼が所有するものは何もなくなる——これ以外には何も。

月曜の朝、七時半にミミが出社すると、灰褐色のサージのスーツを着た男が彼女のデスクの脇に立っている。見知らぬ男が何者なのかは一目で分かる。「マーさん?」

畳まれた段ボールがデスクにもたれかかるように置かれている。男は少し前からここで待っていたらしい。彼の任務は、彼女より先に来て、事を荒立てずに処理すること。コンピュータは既に電源が抜かれていて、ケーブルもすべてきれいに丸めて本体の上に置かれている。彼女が一マイル(約一・六キロメートル)先でコーヒーとベーグルの朝食をとっている間に、ファイルは片付けられ、回収されている。

「ブレンダン・スミスです。あなたが荷物を片付けるのをお手伝いするために、ここに来ました」

何日も前から、こうなることは分かっていた。彼女はあちこちのニュースで不法侵入の犯罪者として紹介されていた。同僚の技師たちは過ち自体には目をつぶってくれる——技師には無数の設計ミスが付き物だから――かもしれないが、彼女が戦っている相手は進歩、自由、富だ。つまり技師が自分たちの当然の権利だと思っているものを敵に回してしまったのだ。それはとうてい許されることではなかった。

彼女は追い出し屋が目を逸らすまで、じっとその顔を見る。「ギャレスは私が会社を引っ掻き回すと思っているの？　セラミック鋳型の国際秘密が盗まれるとでも？」

男が段ボール箱を一つ組み立てる。「二十分で片付けてください。持ち出せるのは私物のみ。品目は私がリストにして、会社から出て行く前に上司の許可をもらいます」

「出て行く？　出て行く？」。怒りが喉までこみ上げる。この追い出し屋は、それに対処するために雇われたのだ。彼女はきびすを返し、ドアの方を向く。灰褐色の男が実力行使の一歩手前で、彼女の前に立ちはだかる。

「いったんオフィスを出たら、二度と入れませんよ」

彼女はためらい、椅子に腰を下ろす。そこはもう彼女の席ではない。まるで脳に催涙剤をかけられたかのようだ。どうして会社はそんなことをするのか？　どうして人間にそんなことができるのか？　**訴えてやる。**公正な慣行に基づく権利や特権は百パーセント彼らの味方だ。人間は盗賊。法律はごろつきだ。同僚たちはドアの前を通るとき、少し歩を緩めて中を覗いてから、困惑したようにこそこそと立ち去る。

彼女は自分の本を、付き添いが組み立てた段ボール箱に収める。次にノート。

「ノートは駄目です。それは会社のものなので」

彼女はホチキスを投げたくなる衝動と戦う。そして、付き添いに渡された紙に写真を包んで箱に入れる。カーメンとケンタッキーマウンテンサドルホース。トゥーソンのプールで泳ぐアミーリアと子供たち。イエローストーン国立公園の川の中に立つ父。一張羅を着て、決して会うことのないアメリカの孫たちの写真を手に持つ上海《シャンハイ》の祖父母。

曲げた釘で作った知恵の輪。額入りの、ふざけた諺。反応は言葉よりも正直。コップに半分水があるという人もいれば、コップは半分空《から》だという人もいる。技師は器の容積を、必要量の二倍に見積もる。

「済みましたか?」と、彼女一人を標的とするリストラ係が言う。

ステッカーがべたべた貼られたスーツケース。外国人の名前がステンシルで刷られた船旅用のトランク。

「鍵を」。彼女はかぶりを振り、会社の鍵を手渡す。男は鍵の項にチェックを入れたリストを差し出し、彼女に署名をさせる。「こちらへどうぞ」。彼が箱を持つ。彼女はスーツケースとトランクを手に取る。廊下に出ると、さっきまで様子をうかがっていた同僚たちがさっと身を隠す。男は箱を床に下ろし、扉に鍵を掛ける。鍵がカチャリといった瞬間に、彼女は思い出す。

「しまった。もう一回開けて」

「もう閉めました」

「いいから開けて」

男が扉を開ける。彼女は再び部屋に入り、壁のそばまで行って椅子の上に立つ。そして、千二百年前に描かれた、悟りの入り口にいる阿羅漢《アラハット》の巻物をゆっくりと外す。その後、エスコートの後ろについて玄関まで行き、何年も前からずっと温かい挨拶を交わしてきたスタッフ——今は脇目も振らずに急ぎの用事を片付けている——の前を通る。彼女が長年の間にオフィスに集めていた品々を駐車場まで運ぶ間、男は玄関の前に立っている。その姿はさながら、エデンの東門に立つ天使のようだ。禁じられた木の実を盗んだ人間たちが再び楽園に侵入して、すべての問題を解決するであろうもう一つの実を食べたりしないように見張る天使。

自分の運命を知っている唯一の動物。それなんだ。真夜中近く、仕事帰りの民兵《ミリシア》、他にも、武器を携帯する愛国者が多く集まるロードハウスで、大音量の激しいロックに負けない声でダグラスは何度も繰り返している。それがあらゆる問題の根源なんだ。

「ていうか、自分が死ぬと知ってるからって、それでどうして他の生き物よりも上だってことになる？　自分はしょせん、腐りかけの肉を巻き付けた小さな下水管だと知ってるってだけなのに？　しかもそれが、そうだな、せいぜいあと二、三千回日の出を見られるってだけのことなのに？」

　インドシュスボク材のカウンターで隣に座って物思いにふけっていた男が返事をする。「いいから少しの間黙っててくれないか？」

「例えば、木を見ろ。木は、俺たちには想像もできないようなスケールと時間の広がりの中で――」

　拳が飛び、彼の頬骨に当たる。あっという間の出来事に、ダグラスは身動き一つできない。彼はモミ材の床に頭から倒れ、そのまま気を失うので、横に立つ男の捨て台詞は耳に届かない。「悪いな。でも、警告はしたはずだ」

　気が付いたときには、隣にいたスピノザはもういない。彼は恐る恐る指先で頭と顔を触る。何もなくなってはいないが、妙な感触の腫れがある。星と光、黒い雲と痛み――彼はもっとひどい目に遭ったこともあるけれども。立ち上がるところまでは、心配そうなウェイトレスの手を借りるが、そこで手を離す。「人間なんて、自分が思っているような存在じゃないんだ」。今回は誰も反論を口にしない。

彼はロードハウスの駐車場で運転席に座って、予定になかった次の行動を考える。彼が助けと慰めを求められる人間はいない――ただ一人、一緒に世界を救おうとしているパートナーを除いては。単なる個人的信念よりも立派な大義に誘い入れてくれた女。彼を受け入れ、この人生における目的を与えられるのは彼女しかいない。この時刻にミミの家を訪ねるのは甘えすぎだ。夜に訪ねてくるのはやめてほしいとはっきり言われたことはないが、きっと彼女はぎょっとするだろう。でも彼女なら、けがの手当てができるだろう。

彼はかつて、林道――結局、木材会社はそこにあまり興味がないことが判明したのだが――を封鎖するために長い間体をつないでいたとき、彼女から若い頃の大恋愛について話を聞いたことがある。しかも相手は男女両方。彼はその打ち明け話だけでほとんど卒倒しそうだった。彼女が望むお相手に比べれば、彼など取るに足りない。世界は無数の異なる種《しゅ》に依存していて、いたるところでわけの分からない実験が行われている。彼はただ、いつか彼女が自分を奥の部屋に招き入れてくれることだけを願う。信頼して話をする相手でも、従僕でも、何でも。彼女と、彼女がその時点で人生の解答として選んだ相手との二人を見守る役でいい。二人の見守り役。邪悪な世界に対する偵察役。

イグニションに鍵を差し込むのに手間取る。彼は大きな機械を扱うのに向いていないのかもしれない。だが、頰には力が入らず、目の端からは何かがしみ出している。他に頼れる場所はない。車は駐車場を出て、谷沿いのハイウェイに乗り、街へ、愛する人のいる場所へと向かう。

バーの外で路肩にトラックが停まっていたことに、彼は気付いていなかった。彼の車の後ろで、そのトラックが動きだしたのも見ていなかった。気が付いたときには、ルームミラーの中で二つの白い目が背後に迫っていた。そして猛獣が後部バンパーに衝突する。彼は体を前に投げ出されて、車は尻を振る。トラックがまた近づき、再び追突する。彼はブレーキを踏むことも、考えることもできない。道が下り坂になる。彼はアクセルを踏み込むが、トラックはしつこく付いてくる。坂を下り切ったところに踏切があって、車が一瞬、宙に浮く。

前方の交差点が目に入る。彼は普通に曲がるときの二倍の速度で交差点に入り、右に急ハンドルを切る。車の後部がスローモーションで時計回りに二七〇度回転し、そこで交差点の方を向いて停車する。空《から》の木材積載トラックが別れのクラクションを長々と響かせながら目の前のハイウェイを走り去る。

ダグラスはすっかりおびえて、その交差点から動けない。トラックの襲撃は、今までに警察がやってきたどんなことよりもひどく彼を叩きのめす。輸送機が墜落したときよりもひどい。あのときは、神様がいつもと同じ運命のルーレットを回しただけのことだった。でも今回は、頭のおかしな人間の計画的な行動だ。

彼は街へ向かう長い道のりをのろのろと走りだす。ルームミラーから目を離すことができない。いつ何時、二つの白いヘッドライトが後ろから迫ってくるか分からないから。しかしそれ以上は何事もなく、車はミミのマンションに着く。部屋にはまだ明かりが点いている。玄関の扉を開ける彼女が、直前まで酒を飲んでいたことは明らかだ。部屋の中は散らかっている。リビングの床に巻物が放り出されている。

彼女は彼を見て動揺し、酒に酔った口調で言う。「どうしたの？」

彼は驚いて自分の顔に手をやる。そのことはすっかり忘れていた。彼女は返事を聞くより先に、彼を部屋に引き入れる。こうして木々のもくろみによって、二人はようやく居場所を見つける。

アダム・アピチは想像上のくぼみに右足を入れ、一段上がる。ロープの引き結びをずらし、今度は左足で一段上がる。そして足を掛けては結び目をほどくやり方でここまでに一体何段登ってきたかを忘れようとする。彼は自分に言い聞かせる。私は昔、よく木に登っていたんだ、と。しかしアダムは今、木に登っているわけではない。右と左の縁を同時に見ることができないほど太い幹からぶら下がった状態で、鉛筆ほどの太さしかないロープを頼りに、空気の中を登っているのだ。厚さ一フィート(約三〇センチメートル)もある樹皮には、彼の手よりも深い溝が刻まれている。頭上では、茶色の長い道が雲の中へと続いている。ロープが回転し始める。

上からの声が「待て。動きに逆らっちゃ駄目だ」と言う。

「僕には無理だ」

「無理じゃない。大丈夫さ」

胃から逆流したものと恐怖が喉にこみ上げる。彼は一歩また一歩と不可能な間隙を埋めていく。てっぺん近くでようやく上を見る勇気を得る。二頭の樹上生物が優しい励ましの声を掛けるが、彼はそれを聞かず、信じることもしない。しかし何とか生きたままで、ぐらぐらしない場所にたどり着く。元気とはいえないが、命を落とすことなしに。

「ね?」。彼は神々しい女の顔を見て、自分は実は途中で死んだのではないかと疑う。男——垢だらけの肌と旧約聖書みたいな鬚《ひげ》——が彼に水を一杯手渡す。アダムはそれを飲む。そして少し時間をかけて、自分が無事であることを実感する。彼が乗っているデッキは風で傾く。樹上の男女は身軽に動き回り、彼にベリーを差し出す。

「僕もなかなかやるな」。そして次に、「五分前に同じことを言っていたら、もっと説得力があったかもしれない」

イチョウ《メイデンヘアー》と呼ばれる女は枝を伝って仮の食料貯蔵室へ行き、めまいに効くというお茶を探す。二十階分の高さがある場所なのに、命綱は付けておらず、裸足だ。彼は針葉を詰めた枕に顔を埋める。

アダムは少し立ち直ると、下を見下ろす。森は木の生えている場所と泥とがパッチワークのような模様を作っている。彼はロキの案内で、伐採地のすぐそばを通ってここまで来たのだった。しかし鳥の視点で森を見下ろすと、事態はさらにひどい。一帯で最も断固として長く占拠が続けられてきたこの木――勘違いした理想主義を研究しようとするアダムの理想的対象が二人居座っている木――は、伐採を逃れた最後の大木だ。はげ山のところどころに残る木立は、髭を剃り慣れない少年の剃り残しのようだ。いたるところに新鮮な切り株が見え、岩滓《がんさい》、焼けた切り枝、おが屑混じりのゴミが見える。谷間に少しだけ残る木は、斜面が急すぎるために放っておかれたものだ。あとは、二人の樹上占拠者が名前で呼ぶ巨木とそれを囲む林が残るだけ。

見張り人《ウォッチマン》が指差しながら地形を説明する。「この一帯は表土が緩んでイール川に流れ込んでいる。おかげで海に至るまで、イール川の魚は全滅。今ではもう思い出すのも難しいけど、俺たちが十か月前にここに来たときには、見渡す限り緑が広がっていた。事態を少しでも食い止めようとしてきたが、もう限界かな」

アダムは臨床研究者ではないし、ロスト海岸沿いで二百五十人の活動家にインタビューを行った結果、診断を下すことには慎重になっていたが、見張り人《ウォッチマン》はおそらく、重度の鬱病か、極端な現実主義者か、そのいずれかだ。

はるか下でパーティーが始まる。スズメバチの羽音のような重機の音。見張り人《ウォッチマン》が下を覗き込む。「あそこだ」。バナナナメクジよりも鮮やかな黄色が、消えつつある森の中、半マイル（約八〇〇メートル）ほど離れた場所を行き来している。

「今日動いているのはどんな機械？」とイチョウ《メイデンヘアー》が訊く。

「架空線《スカイライン》用の集材機《ヤーダー》。把持機《グラップラー》が二台。明日には決着が付くかもな」。彼はアダムを見る。「訊きたいことがあったら早速何でも訊いて、今夜には立ち去った方がいい」

「もちろん、仲間になってもいいのよ」とイチョウ《メイデンヘアー》が言う。「寝るのは客間で」

アダムは返事ができない。いまだに頭は何も考えられず、息をするだけでも吐き気がこみ上げる。彼はひたすらサンタクルーズに帰りたいと思う。大学に戻って、アンケートで得たデータを分析して、反駁を許さない統計から怪しげな結論を引き出しているのが幸せだと思う。

「むしろ大歓迎」と女は言う。「だって、あたしたちも二、三日ならと思ってここに来ただけなのに、もう一年近くになるんだから」

見張り人《ウォッチマン》がほほ笑む。「ミューアの日記にこんな美しい言葉がある。〝私はちょっと散歩に出ただけのつもりだったのに……〟」

アダムの胃の中身が空中にばらまかれ、二百フィート下の地面へと降っていく。

観察対象の二人はデッキに座り、アダムが渡した質問用紙と鉛筆を見る。二人の手は茶色と緑に染まり、爪の下には腐植《ダフ》が詰まっている。体臭はレッドウッドと同様に、かびて腐ったような匂いだ。調査員はすぐ上のハンモックに何とか体を収めたものの、ハンモックの揺れは止まらない。彼は既にインタビューした活動家たちの多くに見られた、世界を救わなければならないという強迫的な兆候を二人の顔に探る。男には包容力があって、運命を受け入れた顔。女はひどい目に遭っているにもかかわらず冷静。

イチョウ《メイデンヘアー》が尋ねる。「これは博士論文のための調査？」

「ええ」

「あなたの仮説はどんな内容？」

アダムはずっとインタビューばかりをしてきたので、〝仮説〟という言葉が異質に聞こえる。「僕が何かを言うとあなたたちの返答に影響を与えてしまう」

「あなたが何かの理論で扱おうとしているのは、どういう人たち……？」

「いや。まだ理論というほどのものは何も。ただデータを集めているだけです」

見張り人《ウォッチマン》が鋭く一音節で笑う。「そりゃあ妙だな」

「何が妙なんです？」

「科学的手法としては、てことさ。科学をやるなら、ある理論に沿ってデータを集めるはずだ」

「さっきも言いましたけど、環境保護活動家の人格特性を研究しているんです」

「病的な思い込みとか？」と見張り人《ウォッチマン》が訊く。

「そうじゃなくて。僕は……僕が知りたいのは、ただ……ある信念を持った人たちのことが……」

「植物にも人格があると信じる人間のこと？」

アダムは思わず笑うが、直後に笑わなければよかったと思う。高さのせいで頭が鈍っているらしい。

「そうです」

「こういうスコアを集めて足し算して回帰分析すれば何かが分かると思ってるわけね――」

女はパートナーの足首を指先で触っている。彼が穏やかにそれをやめさせる様子は、アダムが質問項目にこっそり入れたかった二つの質問のうちの一つに対する答えになっている。もう一つ訊きたかったのは、地上七十ヤードで、どうやって互いの目の前で大便をするのかということだ。

イチヨウ《メイデンヘアー》が笑顔を見せると、アダムは自分が嘘をついているように感じる。彼女はアダムより何歳も年下だが、腹の据わり具合は何十年分も上だ。「他のみんなが別の人間のことだけを気に懸けている中で、生きている世界について一部の人が真剣に考えようとしているのはなぜだろうって、あなたは研究している。でも本当は、人間だけが大事だと思っている人たちの方を研究すべきなのよ」

見張り人《ウォッチマン》が笑う。「病気なのはむしろそっちの連中だな」

彼らの上で一瞬、太陽が立ち止まる。その後、太陽は西で待ち受ける海に向かってゆっくりと落ちていく。正午の光があたりを金箔と水彩で満たす。アメリカのエデン、カリフォルニア。最後に残されたジュラ紀の森。地上に似たものがない世界。先の質問項目を見ないようにアダムに言われていたにもかかわらず、イチヨウ《メイデンヘアー》は質問冊子をぱらぱらとめくる。そして三ページ目にあるナイーブな質問を見てあきれたように首を横に振る。「これじゃあ何も大事なことは分からない。あたしたちのことを知りたかったらまず話をしないと」

「ええ」。ハンモックのせいでアダムは乗り物酔いになりかけている。彼はすぐ下にある四十九平方フィート（約四・六平方メートル）の国以外に目をやることはできない。「ただ、問題は――」

「この人にはデータが必要なんだ。単純な数量がね」。見張り人《ウォッチマン》はのこぎりが進歩の歌を歌う南西の方角を指し示す。「次の式でXに何が入るかを解きなさい。質問票対複雑な人格、イコール、架空線《スカイライン》用の集材機《ヤーダー》対X」

そのまま縁から落ちるのではないかとアダムが心配になるほど勢いよく女が立ち上がる。彼女がデッキの縁から下を覗くと、見張り人《ウォッチマン》はバランスを取るように後ろにもたれる。二人ともミックスダブルスのように滑らかなその動きを意識していない。イチヨウ《メイデンヘアー》がアダムの方を向く。彼女がイカロスのようにそこから飛ぶのを彼は待つ。「あたしは、あと三単位取ってれば保険数理学の学位がもらえた。

保険数理学ってどういうものか知ってる？」

「それは……これって引っ掛け問題ですか？」

「保険数理学っていうのは、人間の命を丸ごと現金の価値で置き換える科学なの」

アダムは息を吐く。「お願いだから、その、こっちに座ってもらえませんか？」

「今日は全然風がないよね！　でも了解。ただし一つだけ訊かせてくれる？」

「オーケー。でも、とりあえずほら……」

「あたしたちに面と向かって尋ねても聞き出せないけど、質問票でなら分かることって一体何？」

「それは……」。それを言えば質問票の項目が台無しになる。何かを口にすればそれが手掛かり《キュー》を与えることになって、彼らが記す答えが無効になってしまう。しかしなぜか、樹齢千年の〝豆の木〟の上にいると、そんなことはどうでもよくなる。彼は話をしたい。しばらく前からそんな気分になったことはなかった。「集団に対する忠誠が理性の邪魔をするという証拠がたくさんあるんです」

イチヨウ《メイデンヘアー》と見張り人《ウォッチマン》はにやりと笑みを交わす。それはまるで彼が、大気の成分はほとんどが空気だと科学的に証明されたと言ったかのようだ。

「人は現実を作ります。水力発電用のダム。海底トンネル。超音速輸送機。それに反論するのは難しい」

見張り人《ウォッチマン》は疲れた笑みを見せる。「いや、俺たちは現実を作っていない。現実から逃げているだけ。今まではそうだ。自然という資本を略奪して、そのコストを隠している。でもついに、その付けが回ってきた。しかも、俺たちには支払えないほどの金額だ」

アダムはほほ笑むべきか、うなずくべきか迷う。この人たち――合意的現実に対する免疫を持った少数派――は何かの秘密を抱えていて、自分はそれを理解しなければならないと彼は思っている。

イチヨウ《メイデンヘアー》はまるで実験室のマジックミラーを間に挟んでいるかのように、アダムをじっと見つめる。

「さあ、分からない」

「別の質問をしてもいい？」

「どうぞ何でも」

「簡単な質問。あたしたちにはあとどれだけ時間があると思う？」

彼には意味が分からない。彼は見張り人《ウォッチマン》を見るが、見張り人《ウォッチマン》も同じように答えを待っている。「さあ、分からない」

「本心を聞かせて。あたしたちが地球を完全に破壊するまで、残された時間はどれだけだと思う？」

アダムは困惑する。それは学部生が寮で論じるような質問だ。あるいは土曜の夜にバーで交わされる会話。彼はなるようになると思って事態の流れ——私有地への侵入、木登り、よく分からない会話——に身を任せていたが、新たなデータ二つ分にはそれだけのことをやった値打ちはなさそうだ。彼は目を逸らし、荒らされたレッドウッドの森を見やる。「さあ。分かりません」

「人間は、自然に回復するよりも速いペースで資源を消費していると思う？」

その質問は計算をはるかに超えているので意味がない。そのせいか、彼の中にあった小さなつっかえが外れて、目の前が少し見えるようになる。「はい」

「ありがとう！」。彼女は瞳孔を大きく広げて喜ぶ。彼は笑みを返す。イチョウ《メイデンヘアー》が眉を上げて、前に身を乗り出す。「じゃあ、そのペースは速まっている？　それとも遅くなってる？」

彼はグラフを目にしたことがある。彼だけではなく、誰でも。エンジンはまだかかったばかりだ。「簡単な話」と彼女は言う。「誰の目にも明らか。有限なシステム内での幾何級数的な成長は、最後に破局を招く。でも、みんなにはそれが見えていない。つまり、人間の権威は失墜したってこと」。イチョウ《メイデンヘアー》は興味と哀れみとが入り交じったような目で彼を見る。アダムはひたすら、ハンモックの揺れが収まることを願う。「家にはもう火が点いている？」

彼は肩をすくめ、唇を横に引く。「はい」

「それであなたは、のんきに火事を見物しているたくさんの人の方じゃなくて、〝火を消せ〟って叫んでいる少数派の方を観察したいというわけ」

　一分前、この女はアダムの観察対象だった。ところが今、彼の方が彼女にとある秘密を打ち明けたくなっている。「そういう現象には名前が付けられています。それは傍観者効果と呼ばれるものです。私は恩師をみすみす死なせたことがあります。それも、講堂にいた他の学生が誰も立ち上がらなかったからです。集団が大きければ大きいほど……」

「……〝火事だ〟って叫びにくい？」

「そう。だって、もしも本当に問題が起きているのなら、きっと誰かが――」

「――きっとたくさんの人が既に――」

「――六十億の人々とともに――」

「六十億？　七十億かも。何年か経てば百五十億。もうすぐ、地球が生み出すすべてのものの三分の二を人類が食べることになる。あたしたちが生まれてから、木材の需要は三倍になった」

「壁に衝突しようとしているときにブレーキを加減するなんてことはできない」

「見ないふりをする方が簡単」

　遠くのうなり声が沈黙の中で再び聞こえ、急にやむ。アダムには自分の研究そのものが気晴らしのように思え始める。彼は想像を超える規模の病を研究しなければならない。あらゆる傍観者の目を逃れている病を。

　イチヨウ《メイデンヘアー》が沈黙を破る。「あたしたちは孤立してはいない。他の存在たちもあたしたちと連絡を取ろうとしている。あたしには彼らの声が聞こえる」

　アダムのうなじから腰のあたりまで体毛が逆立つ。彼が獣のように毛深ければその瞬間、体が大きく見えたはず。しかしその信号は進化の過程で失われて、目に見えない。「誰の声が？」

「分からない。樹木かな。生命の理力《フォース》（映画『スター・ウォーズ』を踏まえた言葉らしいので、訳語もそれに合わせた）」

「それはつまり、言葉でってこと？　声が耳で聞こえる？」

彼女はペットをあやすように枝をなでる。「そういう声とは違う。頭の中でギリシア劇のコロスが響くみたいな感じ」。彼女はアダムを見る。その表情はまるで今、ついでに晩ご飯も食べていくように誘ったところのようだ。「あたしは死んだことがある。ベッドの中で感電死して、心臓が止まった。息を吹き返した後、彼らの声が聞こえるようになった」

アダムは正気の度合いを確認するために見張り人《ウォッチマン》の方を向く。しかし、鬚《ひげ》の生えた預言者はただ眉を上げるだけだ。

イチヨウ《メイデンヘアー》が質問票をとんとんと叩く。「これで答えは見つかったんじゃないかしら。世界を救おうとする人間たちの心理について」

見張り人《ウォッチマン》が彼女の肩に手を触れる。「どっちがよりクレージーかな――しゃべる植物か、その声が聞こえる人間か？」

アダムにその話は聞こえていない。彼はずっと前から目に見える場所に隠されていたものに注意を向けている。彼は誰にともなく言う。「僕は時々話し掛けることがある。姉に。姉は僕が子供の頃に行方不明になったきりなのだけれど」

「へえ。オーケー。じゃあ、今度はあたしたちにあなたの研究をさせてもらえる？」

真実――彼が専門とする心理学が決して見いだすことのないもの――が彼のそばでかしずく。緑色の世界の思考と対比すれば、意識自体が一種の狂気だ。めまいを覚えたアダムが体を支えようと差し出した手に触れるのは揺れる小枝だけ。彼をこの高い場所で支えているのは、おそらく彼の死を望んでいるであろう生物だ。頭がくらくらする。まるで木に何かの薬を飲まされたかのようだ。再び蔓《つる》ほどの太さのロープの先で体が回り始める。必死に人格分析をやれば自分の身が守れると思っているかのように、彼は女の顔をじっと見る。「何て……？　彼らは何て言ってるんですか？　木々は？」

　彼女は説明を始める。

　彼らが話をしている間に、最も近い集水域（山の尾根などの分水界で区切られて、特定の河川に水が流れ込む範囲のこと）から戦争が近づいてくる。新たな木が一本倒れるたびに、残る巨木たちの間に道ができ、その衝撃がアダムを打ち砕く。高層ビルの崩壊に似たその暴力を、彼はこれまで想像したことがなかった。煙のように宙に舞う、微粉化した木材と針葉。「木を倒すための整地が曲者なの」とイチョウ《メイデンヘアー》が言う。「倒れたときに木が傷まないようにブルドーザーで一帯をならすんだけど、それが土壌にとって致命的」

　アダムの背丈と同じくらい幹の直径がある木が下の方の斜面で倒れる。その衝撃で地面は液状化する。


　午後遅く、彼らは基地から少し離れた場所にロキの姿を見つける。彼ははらわたをえぐられた森を抜け、フンボルト木材社の封鎖をかいくぐって心理学者を連れ戻すため、この時間に迎えに来ることになっていた。しかし、焦りの感じられるその足取りは、予定が変わったことを物語っている。彼はミマスの根元まで来ると、上に向かって、ロープとハーネスを下ろしてくれと呼び掛ける。

「どうした？」と見張り人《ウォッチマン》が尋ねる。

「上で話す」

　三人は混み合ったデッキでロキのためにスペースを空ける。彼は顔色が悪く、息も乱れていたが、それは木登りのせいではなかった。「マザーNとモーゼのことだ」

「また誰かに襲われた？」

「殺された」

イチョウ《メイデンヘアー》が悲鳴を上げる。

「誰かが事務所に爆弾を仕掛けた。二人は中で、州の森林委員会に対する活動を呼び掛ける演説の原稿を書いてた。警察は、俺たちが事務所に隠していた爆発物が暴発したんだろうと言ってる。生物防衛隊《LDF》が国内テロを企てていたんだとさ」

「そんな」とイチョウ《メイデンヘアー》が言う。「そんな。あんまりだわ」

長い沈黙――静かではない沈黙――がある。見張り人《ウォッチマン》が言う。「マザーNがテロリストだって！　俺が木に釘を仕掛けるって言ったらそれさえ許さなかった人だぞ（伐採に抗議する人が木に釘のような金属を埋め込み、伐採者の作業を妨害する手法がある）。彼女は俺に言ったんだ。『チェーンソーを使っている人がけがをするかもしれない』ってな」


彼らは死者について話す。マザーNに教えてもらったこと。ミマスの樹上占拠《ツリー・シッティング》を始めたのはモーゼの誘いがきっかけだったこと。地上二百フィートでの追悼。アダムは大学院で学んだことを思い出す――記憶は常に進行中の共同作業だ。

ロキは地上の仲間と喪に服すため、下に降りる。「俺たちにできることは何もない。でも、少なくとも一緒に弔うことはできる。一緒に降りるか？」と彼はアダムに訊く。

「残るなら残るで大歓迎」とイチョウ《メイデンヘアー》が言う。

研究者は指一本を動かすのさえ怖くて、ハンモックで横になったままだ。「夜の闇をここから眺めてみたい」

その夜の闇は深く、眺める価値が充分にある。匂いも。胞子と腐った植物、あらゆるものを覆う苔、大地から何十階分も上にあるこの場所で生まれつつある土の匂い。イチョウ《メイデンヘアー》はコンロで白インゲンを調理する。それはアダムが野外調査を始めてからいちばんおいしい料理だ。暗いと地面が見えないせいで、高さはさほど苦にならない。

モモンガが新参者を偵察するために現れる。モモンガは柱の上に住む修行者のように夜空のてっぺんで落ち着いている。見張り人《ウォッチマン》がその姿をろうそくの明かりで手帳にスケッチする。そして時々、絵をイチョウ《メイデンヘアー》に見せる。「ああ、うん。そっくり、よく描けてる！」

あちこちからいろいろな音が聞こえる。穏やかな音量からかすかな音まで。アダムには名前の分からない鳥が闇で羽ばたく。目に見えない哺乳類の鋭い叱責。この樹上家屋がきしむ音。枝が一本、地面に落ちる音。さらに一本。耳の産毛の上を歩く蠅。襟の中で反響する自分の息。雲の上の村で馬鹿みたいに狭苦しく暮らす男女が静かに葬儀を行う、その息遣い。こぢんまりした居心地のよさと恐怖とが隣り合わせであることにアダムは驚く。女は芸術家に体を寄せる。男はろうそくの明かりをぎりぎりまで利用しようとしている。むき出しになった美しい肩に光が当たる。なぜかそこには薄い羽毛か毛が生えているように見える。その後そこに、墨で綴られた九つの文字がくっきりと浮かび上がる。

三人は近づいてくるうなりに目を覚ます。男たちが地面をうろつき、倒れたままの丸太の間を抜けて、トランシーバーで誰かと連絡を取っている。

「ねえ」とイチョウ《メイデンヘアー》が下に向かって叫ぶ。「何やってるの？」

一人の木こりが顔を上げる。「さっさと逃げた方がいい。大変なことになるぞ！」

「大変なことって?」

トランシーバーから大きなノイズが聞こえる。あたりの空気に緊張が走り、ブーンという音が聞こえる。やがて、太陽の光まで震え始める。腹に響く音が地平線から昇る。「冗談だろ」と見張り人《ウォッチマン》が言う。「あ、り、え、な、い」

一機のヘリコプターが近くの丘を越えてくる。最初はおもちゃにしか見えないが、三十秒ほど経つと樹木全体が太鼓のように脈打つ。獣が体を傾ける。アダムは揺れるハンモックにしがみつく。怒り狂ったスズメバチが迫り、攻撃を仕掛けると、思わず漏れた罵声が突風に叩き返される。

風が木を打つ。激しい上昇風の次は下降風。レッドウッドの先がゴムに変わり、樹冠の中で枝が踊る。見張り人《ウォッチマン》が貯蔵庫に駆け上がってビデオカメラを手に取り、イチョウ《メイデンヘアー》は野球のバットほどの大きさの折れた枝を握る。彼女はヘリに最も近い枝に登る。「戻れ!」とアダムが叫ぶ。彼の言葉はローターで粉微塵に砕かれる。

彼女は裸足で踏ん張っている。その足元の太い枝は、このひっくり返った台風の中でゴムのようになる。ヘリが機体を傾け、向きを変えて、彼女と正面からにらみ合う。ヘリが彼女に鼻をすりつける。彼女は枝を大きく振り回す。見張り人《ウォッチマン》がその背後まで行って、撮影を始める。

ヘリは巨大で、操縦室は山小屋ほどの大きさがある。アメリカという国よりも古い木を吊り下げて地平線の向こうまで運べそうなほど巨大だ。ローターの刃《ブレード》は、木にしがみつく女の周囲の空気を泡立てる。ファイバーグラスに囲まれたコックピットにはバイザーとヘルメットを装着した人間が二人いて、口元のマイクで遠くにある司令部と通信している。

アダムは、背景を合成したハリウッド映画のような光景をじっと見ている。彼は今までに、これほど巨大で悪意に満ちたものを至近距離で目にしたことがない。目の前にある百万のパーツ——シャフト、カム、刃《ブレード》、プレート、彼が名前さえ知らない無数の部品——は、人間が設計するどころか、組み立てることさえ不可能に見える。だが、同じようなヘリは何千機も、どの大陸の産業界でも使われているに違いない。さらに別の、武器と装甲を備えた何万機もが多くの地上の火薬庫にある。世界で最もありふれた猛禽《もうきん》。

枝が折れ、あたりに木切れが舞う。獣は燃えた化石燃料の蒸気を吐き、燃える油田掘削装置のような臭いを放つ。アダムはその臭気で息ができなくなる。鼓膜を貫く轟音で何も考えられない。女は枝の上で旗のように揺れ、武器を落とし、枝にしがみつく。撮影役のパートナーは人工的な強風の中で手を滑らせて、カメラは二百フィート下でばらばらになる。アンプを通した金属的な声がヘリから聞こえる。**直ちに木から降りなさい。**

女の体が揺れ始める。もう長くはもちそうもない。ミマスが震える。アダムは愚かにも下を見る。胆汁の色をしたブルドーザーが木の根元を踏み固めている。男たち、チェーンソー、重機などがミマスのこぶの縁まで地面をならし、伐採の準備を整えている。彼が振り返ると、見張り人《ウォッチマン》が二百フィート先にあるレッドウッドの根元で作業をしている別のグループを指し示す。彼らはその木をミマスの隣に倒すつもりだ。イチョウ《メイデンヘアー》が枝から振り落とされそうになって、片方の脚が宙をさまよう。ヘリが吠える。**今すぐ降りろ！**

アダムが両腕を振って叫ぶ。狂騒の中では、何を言っているのか自分の耳にも聞こえない。「やめろ。下がりやがれ！」。今回は人の死を傍観しない。

ヘリはしばらくホバリングしてから機体を傾け、少し離れる。スピーカーから声が聞こえる。**降参か？**

「そうだ」。アダムが叫ぶ。

その一言が見張り人《ウォッチマン》をトランス状態から引き戻す。彼がイチョウ《メイデンヘアー》を見ると、彼女はすすり泣きながら枝にしがみついている。正気を選ぶ以外に道は残されていない。見張り人《ウォッチマン》が頭《こうべ》を垂れて、占拠は終わる。地上では、整地係がトランシーバーで見えない仲間と連絡を取る。ヘリコプターから再び大きな声が聞こえる。降りるとの確認が取れた。帰還する。ヘリが機首を上げ、Uターンして去る。風が収まる。耳を聾する音が消え、平穏と敗北だけが残される。

彼らはハーネスで降下する。おびえた心理学者。禁欲的な芸術家。そして最後に女預言者。その表情は二百フィートのロープを降りる間、すっかり混乱している。彼らはそのまま身柄を拘束されて、傷だらけの斜面から林道――いつの間にかミマスの根元から数百ヤードの場所まで道がついていた――へと連れて行かれる。三人は泥の中に腰を下ろし、警察が来るまで数時間待つ。その後、無愛想な警官が三人をパトカーの後部座席に押し込む。

林道は鋭角に曲がりながら谷間を縫っている。三人は裸になった尾根を振り返り、巨木を見る。キリスト教の半分ほどの歴史を持つ古木。空気を叩くヘリコプターの音よりも低い声が何かを言うが、それは誰にも聞こえない。イチヨウ《メイデンヘアー》の耳にも。

囚人が拘束されているのと同じ頃、パトリシア・ウェスターフォードは四つの大学と交渉し、世界苗床生殖質貯蔵室《GSGV》を設立する。いくつかの書類がファイルにまとめられて、GSGVは法人になる。

「今こそその時です」。ハイテク貯蔵室を作って空調システムを整備し、専門スタッフを雇うための寄付金を集める集会で、ウェスターフォード博士がさまざまな聴衆に向けてそう言う。「今でも遅すぎるくらいですが、私たちは、間もなく失われそうな数万の樹木の種《しゅ》を保存しなくてはなりません」。すっかりこのような話に慣れた彼女の口からは、滑らかに言葉が続く。彼女は二か月後には南へ向かう。アマゾン流域での探索は初めてだ。その二か月の間にも、また新たに千平方マイルの森が消えているだろう。帰国したときにはきっと、デニスが手作りのランチで迎えてくれる。

三人の囚人が眠れない夜を過ごしている頃、ニーレイ・メータは最も幸福な創造の時間を楽しんでいる。彼はオフィスのベッドから『支配《マスタリー》8』に関してセンペルヴァイレンズ社の幹部《エルフ》（トールキン『指輪物語』におけるエルフ族は知恵と美しさをあわせ持つ不死の存在）たちに指令を出す。

数百万のプレーヤーたちがゲームをやめられないのはなぜか？　ゲームの世界は、オフラインの生活、ゲームが終われば戻っていかなければならない普段の生活よりもずっと充実した、希望に満ちたものでなければ駄目だ……。数百万のユーザーたちがその一つ一つの行動で世界を豊かにしていく様子を想像してくれ。彼らが美しい文化を築き上げるのを私たちが手伝う。絶対に失いたくないと思えるような文化をユーザーに作らせるんだ。

国を半分ほど隔てた場所で、別の女がごく個人的な刑期を務め始める。夫の脳にあふれた血は彼女にも襲いかかる。彼女は９１１（米国での緊急通報用電話番号）に電話をする。暖かい夜の空気の中、彼女は救急車に同乗する。病院で、情報提供に基づく同意書《インフォームド・コンセント》に署名をするが、後で振り返ると充分な説明を受けた記憶はない。一度目の手術後、彼女は面会に入る。レイ・ブリンクマンの残骸は、力なく可動式ベッドに横たわっている。頭蓋骨の半分は外されて、脳の表面には頭皮がかぶせられている。体につながれたたくさんの管。顔は恐怖の表情のまま、凍り付いている。

この状態がいつまで続くのか、誰もドロシー・カザリー・ブリンクマンに教えてくれない。一週間なのか。五十年なのか。救急救命室《ER》で付き添う最初の数日間、夜になるとさまざまな思いが彼女の頭をよぎる。恐ろしいことの数々。彼女は夫の容態が安定するまでは病院にいるだろう。だがその後は、わが身の処し方を決めなければならない。

彼女の耳には、大声で彼に投げつけた言葉が繰り返し聞こえる。もう終わりよ、レイ。もうおしまい。私たち二人の関係は終わり。あなたは私と無関係。私はあなたのものじゃないし、あなたも私のものじゃない。最初からずっとそうだったのよ。


留置場にあるベッドの上段。アダムは浅い眠りの中で、巨大なレッドウッドの木々が発射台に据えられたロケットのように爆発する夢を見る。研究そのもの——何か月もかけて集めた貴重なアンケートデータ——は無傷だが、彼自身はそうではない。彼の目には、法律と信念に関して、常識の背後に隠されたものが見え始める。罪状認否手続きのない勾留によって視力が研ぎ澄まされる。

「やつらの手口が分かっただろ」と見張り人《ウォッチマン》が言う。「連中は、コストもかかるし世間の注目も集めてしまう裁判はしたくないんだ。法律を最大限に利用して俺たちにダメージを与えようって寸法さ」

「でも、彼らの無茶を許さない法律が……？」

「それはある。でも、やつらは法律を破ってる。やつらには起訴前に被疑者を七十二時間拘束する権利がある。昨日でその七十二時間は過ぎた」

アダムは〝急進的《ラディカル》〟という語の起源を思い出す。ラテン語のラディクス。印欧祖語のウラード。

根《ルート》。植物の脳、地球の脳。

四日目の夜、留置場で、ニックはホーエル家の栗の木の夢を見る。三千二百万倍速で見る木は、再び、見えざる計画を明らかにする。薄いマットレスの上で眠る彼の記憶の中で、タイムラプスの木が手を振るように枝――徐々に太る枝――を振る。たくさんの腕が試し、探り、光の中で整列し、空中にメッセージを綴る。夢の中で木々が彼を笑う。私たちを救うだって？　いかにも人間が考えそうなことだ。木は何年もかけて笑う。

ニックが夢を見る間に森の木も夢を見る――人間が同定した九百種のすべてが。亜寒帯から熱帯に至る、四十億ヘクタールの森。地球上の生物の主流。そして世界の森が夢を見ている間に、人々が北隣の州の公有林に集まる。四か月前、ディープクリークと呼ばれる場所で放火魔が一万エーカーを黒焦げにした――その年に起きたたくさんの都合のよい火事の一つ。火事のせいで林野部は、被害が比較的小さかった立木を救《サルベージ》済名目で売る。放火犯は捕まらない。誰も犯人を見つけようとはしていない。森の所有者である数百の市民を除いては。彼らはプラカードを持って、売り払われた森に集まる。ミミの持つプラカードには〝一本も渡さない〟と書かれている。ダグラスの持つものには〝こんなのありか、スモーキー・ベア〟。

アダム、ニック、オリヴィアは法が許す期間より二日長く、罪状認否手続きなしに勾留される。十余りの罪状で脅された挙げ句、すべての容疑は一晩で晴れる。男二人が釈放されたイチョウ《メイデンヘアー》を出迎える。二人が金網の入った窓越しに見ていると、放浪者並みに少ない荷物を手にした彼女が女性専用棟の廊下を歩いてくる。次の瞬間、彼女は二人の上に乗って抱き合っている。それから一歩下がり、炎のような緑色の目を細める。「あたしは見たい」

三人はアダムの車に乗る。今のアダムにはそれが他人のもののように感じられる。作業員たちはもういない。切るものは何も残されていない。作業員たちはとっくに別の新たな森に向かっている。人《ひと》気《け》のなさは半マイル（約八〇〇メートル）手前から感じられる。かつて一日中眺めていられる緑の織物があった場所には今、青色しかない。誰も傷つくことはないと彼女に約束してくれた木も、もうない。

さあ、とアダムは思う。次は代償不全の段階だ（挫折などで失った心理的バランスを他の行動によって取り戻すのを「代償」、またその平衡を失うことを「代償不全」という）。彼女は怒り始めるだろう。

彼女は切り株のところで驚いたように手を広げ、残された最後の痕跡に触れる。「見て！　切り株でもあたしより背が高い」

彼女は切り株の縁を触りながらすすり泣きし始める。ニックはそこに歩み寄ろうとするが、彼女が手で制止する。アダムはひとしきりその愁嘆場を見なければならない。最も強い人間の愛でも与えられない慰めがある。

「あなたたちはどこへ行くんですか？」。ロードハウスで卵を食べながら、アダムがそう尋ねる。

イチョウ《メイデンヘアー》は窓ガラスの外に目をやり、歩道沿いに植えられたカリフォルニアスズカケノキを見つめる。見張り人《ウォッチマン》がその視線を追う。あの木々も指先で宙を引っ掻いている。ゴスペル合唱団のように、腕を振り、体を揺らしている。

「あたしたちは北に向かう」と彼女は言う。「オレゴンで何かをやっているみたいだから」

「あちこちで抗議活動が行われている」と見張り人《ウォッチマン》が言う。「向こうなら俺たちも役に立てるかもしれない」

アダムがうなずく。記述民族学は終わりだ。「それは……彼らの指示ですか？　例の……声の？」

彼女は突然、狂ったように笑う。「いいえ。保安官補が貸してくれた携帯用のラジオで聞いた情報よ。その女《ひと》、どうやらあたしに気があったみたい。あなたも一緒に来て」

「ああ。僕は研究を仕上げないと。博士論文を」

「現地でやればいい。向こうには、あなたが研究したいタイプの人たちがたくさんいるはず」

「理想主義者たちがな」と見張り人《ウォッチマン》が言う。

アダムは男の真意が読めない。木の上か留置場の中のどちらかで、皮肉とそうでない言葉とを見分ける能力を失ったようだ。「それはできません」

「ふうん。そうなの。無理って言うのなら無理ね」。ひょっとすると彼女は同情しているのかもしれない。ひょっとすると見限っているのかも。「じゃあ、また向こうで。気が向いたらまた会いましょう」

アダムはその呪いをサンタクルーズまで持ち帰る。彼は数週間、データの処理に没頭する。ＮＥＯ－ＰＩ－Ｒ人格検査（神経症傾向、外向性、開放性、調和性、誠実性の五因子で測るもので最も広く用いられている人格検査の一つ）の二百四十の質問に約二百人が答えてくれた。それに加えて、彼が独自にカスタマイズしたアンケートでは、人間が天然資源を利用する権利、人格を認める対象の範囲、植物の権利についての考え方を含めたさまざまな信条についても尋ねたので、それに対する回答もある。結果をデジタル化するのは簡単だ。彼はそのデータをさまざまな解析ソフトに放り込む。

ヴァン・デイク教授がその途中経過を見る。「いい感じね。少し時間がかかったみたいだけど。野外調査中《フィールドワーク》に何か面白いことがあった？」

大学を離れている間に彼の性的力動《リビドー》に変化が起きている。ヴァン・デイク教授は相変わらずセクシーだ。しかしその姿は、アダムの目には別の種《しゅ》として映る。

「留置場で五日過ごすというのも〝面白い〟経験に入りますかね？」

彼女はそれを冗談と受け止める。彼はその勘違いをあえて修正しない。

データから、急進的な環境保護活動家の気性についてある種の傾向が明らかになる。核となる価値観とアイデンティティー観。ＮＥＯ人格検査が測る三十の特性のうちわずか四つのスコアで、その人物が〝森は人間に対する価値とは無関係に保護する価値を持っている〟と信じるかどうかを、驚くほどの精度で予想することができる。彼は自分にそれが当てはまるかどうかを試してみたいと思うが、きっと今さら驚くような結果は出ないだろう。

アダムはコンピュータラボで十時間過ごした後、自分のアパートに戻り、テレビのスイッチを入れる。石油をめぐる戦争と宗派間の暴力。眠りたいのは山々だが、それには時刻がまだ早すぎる。彼はもはや存在しない木に支えられて、まだ地上二十階の場所で、基地がきしむ音を聞き、名前を知りたい鳥たちのさえずりに耳を傾けている。異国の土地で他人と付き合うことに苦労する特権的な人々を描いた小説を読もうと努力して、結局、それを壁に投げつける。彼の中で何かが壊れてしまった。人間の自尊心に対する関心がまったくなくなっている。

彼は大学院生たちがよく集まるバーに行き、ビールを五杯飲み、九十六デシベルの轟音に包まれ、その場限りの二十人の友人と一緒に、壁一面を占めるスクリーンでバスケットボールの試合を百分間観る。歓楽の繭から出ると、駐車場で再び気を取り直す。彼は自分が運転できる状態だと勘違いするほど酔っ払ってはいない。しかし、アパートに戻る手段は車しかない。

ごつい車の列がカブリヨ通りを走り、にぎわいを装う音の波が建物から漏れる。街灯の下で女が、誰にともなく、「あなたのことを理解しようとして損した」と叫ぶ。通りの向かい側では、招待客限定の深夜イベントに入ろうと、裏口に人垣ができている。人が集まっているのを見ると、アダムもそこに加わりたくなる。これも人間が持つ不合理な衝動だが、今は酒が回っていて、その名前（いわゆる「バンドワゴン効果」のことか）が思い出せない。彼は勢いよく後ろにゴミを吐き出して進む大きな波に乗って半街区《ブロック》歩く。——バブル経済、集団殺戮《ジェノサイド》、十字軍、ピラミッド好きから愛玩石《ペット・ロック》愛好家まで。文化という名の絶望的な幻想。彼は一晩の間だけ、木の上でその悪夢から目覚めたのだった。

彼は交差点で街灯にもたれる。長い間うすうす感じてはいたものの、はっきり意識することのなかった一つの事実が彼から逃げ出そうとする。必要性というものはほとんどすべて、幻のような反射によって生み出される。世論のような意志によって、あるとき必要と思われたものが次の季節には不要品セールで売られるものに変わる。彼は興奮と夜を取引する人の集まる公園を見つける。あたりにはウェットティッシュと大麻とセックスの匂いが漂っている。誰もが飢餓を感じているが、唯一体に必要なのは塩だけ。

何か硬い物が彼の頭に当たり、地面に落ち、数フィート先まで転がる。彼は暗闇の中でしゃがみ、落ちたものを探す。犯人は草の中で見つかる。工業製品レベルの仕上がりで、丸い平らな面にXという文字を正確に刻んだ謎のボタン。大きなプラスドライバーでねじを開けるようにデザインされたみたいなその物体は、スチームパンク（十九世紀の蒸気動力とハイテクが合体したSF）的な様相を帯びている——ビクトリア朝の雰囲気を感じさせる精巧な機械。しかし、木材でできている。

それは言葉では表現できない、奇妙な物体だ。彼は丸一分間、それをじっと見つめ、またしても自分の無知を——人間以外のことに関する無知を——思い知らされる。彼は顔を上げて、柳に似たユーカリの枝を見上げる。謎の物体はそこから落ちてきた。その太い幹は、ユーカリ独特のストリップを始めている。茶色くて薄い樹皮が根元に散らばり、幹の方は白くなまめかしい姿を見せている。

「何だ？」と彼は木に問い掛ける。「何が言いたいんだ？」。木は彼に答える必要性を感じていない。

七マイル続く林道のあまりの神々しさに、彼はおののく。アダムは見張り役の針葉樹——トウヒ、ツガ、ダグラスモミ、イチイ、ビャクシン、そして彼にはただの松にしか見えない三種のモミ——に沿って山道を登る。

一年間の博士論文執筆奨学金——神々からの贈り物——を彼はこうして使う。荷物の重みが腰にかかる。青空に浮かぶ太陽は、二度と沈む気がないかのように照りつける。しかし、ひんやりした空気と、つづら折りで早くも伸び始めた影が、やがて訪れるものを感じさせる。あと数週で論文は仕上がる。でも、まずはこれ。最後にもう少しだけ、抵抗者の現地調査。

アメリカ北西部にある林道の長さを合計すると、ハイウェイの総延長をもしのいでいる。それは近隣の川の長さの合計をもしのぐ。アメリカ全土の林道を一つにつなぐと、地球を数十周する長さがある。林道を切り開く費用は税控除が適用され、まるでバネが弾けたように次々と支線が延びている。道の先がようやく広がり、目の前に人が住んでいる場所が見える。キャンプ地の縁には派手な服を着た人々がいる。若者を中心とした百人ほどがここに最後の砦を築いている。アダムはそこに近づく。彼らがやっている作業が徐々にはっきり見えてくる。塹壕掘り。にわか作りの跳ね橋。山火事で傷んだ木材で作った矢来《やらい》と防御柵。林道から壕を渡ったところにある入り口には、横断幕が掲げられている。

カスカディア
自由生物区

その綴り字からは若枝や蔓《つる》が伸び、植物のような文字に鳥が止まっている。見覚えがあるスタイルだ。アダムはそれを描いた芸術家を知っている。彼は掘削中の塹壕を跳ね橋で渡り、リンカーンログ砦に入る。隘路《あいろ》を抜けた道の真ん中に、迷彩服姿で、髪の生え際が後退したポニーテールの男が横たわっている。その右腕は涅槃仏のように体の横に添えられている。左腕は地面に掘られた穴の中に消えている。

「よう、二足歩行動物さん！　ここへは俺たちの手伝いに来たのかな、それとも邪魔しに？」

「大丈夫ですか？」

「俺はダグラスモミ《ダグファー》。新式のロックダウン戦法（何らかの方法で地面に体を固定する抵抗戦術）を試してるところだ。地下六フィート（約一・八メートル）にコンクリートの詰まったドラム缶が埋めてある。やつらが俺を排除するには、腕を引きちぎらないと無理」

道路には材木で組まれた三脚櫓《やぐら》が立っていて、その上から、小柄で髪の黒い、人種不明の女が呼び掛ける。「問題ない？」

「あれは桑の木《マルベリー》。彼女はあんたがフレディーじゃないかと疑ってる」

「フレディーって？」

「念のため」と桑の木《マルベリー》が言う。

「フレディーってのは連邦捜査官《フェデラル》のこと」

「別にその人がフレディーだと疑ってたわけじゃない。ただちょっと……」

「たぶんそのボタンダウンのシャツとチノパンのせいだ」

アダムは女の三脚櫓を見上げる。彼女は言う。「ここを通って重機を山に持ち込もうとすれば、まずこの三脚を倒して私を殺さないといけない」

地中に腕を入れた男が舌打ちをする。「フレディーはそんなことはしない。命は神聖だとやつらは思っているからな。少なくとも人間の命は。万物の霊長とか何とか。おセンチな信念さ。それがただ一つの、やつらの弱点」

「で、フレディーじゃないのなら」と桑の木《マルベリー》が訊く。「あなたは誰？」

何十年も思い浮かべたことのなかった出来事が突然よみがえる。「僕はカエデ《メープル》」

桑の木《マルベリー》が彼の心の中を覗けるかのように、少し口を曲げてほほ笑む。「了解。カエデ《メープル》という名前はまだここでは使われてない」

アダムは、その後、あの木——裏庭に植えられた彼の分身——はどうなったのだろうと思いながら目を逸らす。「あなたたち、見張り人《ウォッチマン》という男か、イチョウ《メイデンヘアー》という女か、どちらかを知りませんか？」

「知ってるも何もないさ」と地面につながれた男が言う。

三脚の女がにやりと笑う。「ここにリーダーはいない。でも、あの二人はそれに近いかもね」

懐かしい共犯者たちがアダムを出迎える。その様子はまるで、彼が来ることを知っていたかのようだ。見張り人《ウォッチマン》は彼の両肩をつかむ。イチョウ《メイデンヘアー》は彼をしっかり抱擁《ハグ》する。「来てくれてうれしいわ。やってもらいたい仕事もあるし」

二人は、どんな人格テストでも数値化できない微妙な変化を遂げている。より厳しく、より決然とした態度。ミマスの死が二人に圧力を加え、泥板岩を粘板岩に変えるような変化が起きていた。アダムはその様子を見て、自分は別のテーマを研究すればよかったと思う。回復力、主観、想像力――いずれも彼が今研究している心理学が苦手とする性質だ。

彼女は彼の手首をつかむ。「新人さんが来たときにはちょっとした儀式があるんだけど」

見張り人《ウォッチマン》はアダムの荷物を見る。「仲間になってくれるんだろ?」

「儀式って?」

「簡単なものよ。楽しめると思う」

彼女の言葉は半分は正しい。儀式は簡単だ。それはその夜、壁の向こうにある広場で行われる。カスカディア自由生物区の住人が盛装で集まる。格子縞やグランジ風の格好が数十人。ゆったりしたヒッピー風の花柄スカートにウールのベスト。全員が若いわけではない。カーディガンとスウェットを着た、太めのヒスパニック系の年配女性《アブエラ》が二人。元メソジスト派の牧師が儀式を行う。八十代の牧師の首の周りにあるネックレスのような傷は、以前、木材運搬トラックに体をくくりつけたときにできたものだ。

儀式は歌で始まる。アダムは高潔ぶった歌に対する嫌悪を抑える。だらしない格好の自然愛好家とその陳腐さは彼をいら立たせる。彼は自分の子供時代を思い出したときと同じような気恥ずかしさを覚える。参加者は順番に、今日の苦労を語り、対応を提案する。そこには派手な彩りの、手作りの民主主義がある。ひょっとしたらこれでいいのかもしれない。大量絶滅が起こる前なら少しくらいの脱線はあってもいい。暑苦しい活動も、多少は、傷ついた人類の助けになるのかも。彼に何が分かるというのか？

元牧師が言う。「われわれはあなたを歓迎するよ、カエデ《メープル》。できる限り長くここにいてくれることを期待している。もしもよければ、私の後に言葉を繰り返してもらえるかな。〝私は今日この日より……〟」

「〝私は今日この日より……〟」。これほど大人数に見守られていては、繰り返さないわけにはいかない。

「〝……すべての生物に共通する大義を……〟」

「〝……すべての生物に共通する大義を……〟」

「〝……尊重し、守ることを誓います〟」

彼は今までにも、これに劣らぬ非建設的な言葉や、くだらない言葉を口にしたことがある。彼の頭の中で何かがこだまする――かつてノートに書き写した言葉が。……するような行動は正しい……を維持するような行動は正しい（既出の環境保護活動家アルド・レオポルドの有名な言葉に、「生物の共同体の完全性、安定性、そして美を維持するような行動は正しい。それと逆の行動は間違っている」というものがある）。しかし彼はためらう。ようやく彼が最後の言葉を復唱すると、歓声が沸く。皆がキャンプファイアの用意を始める。炎は高く、広く、オレンジ色で、炭化する木からは子供時代と同じ匂いが漂う。

「あなたは心理学者なのよね」とミミが新入りに言う。「あたしたちの言ってることが正しいとみんなを納得させるにはどうしたらいいの？」

いちばん新しいカスカディア市民が餌に食いつく。「議論がどれほどうまくても、人の心は変えられない。それが可能なのは、よくできた物語だけだ」

イチョウ《メイデンヘアー》は、キャンプファイアを囲む全員が知る物語を語る。まず、彼女が死んで、何も存在しなくなったこと。次に生き返ったときにはすべてが存在していたこと。そして光の精霊が彼女に、四十億年かけて生み出された最も素晴らしいものが助けを必要としていると教えてくれたこと。

灰色の長髪にクラーク・ケント風の眼鏡といういでたちの年老いたクラマス族の男がうなずく。彼は祈りを捧げるために立ち上がる。そして昔の歌を歌い、皆にクラマス＝モードック語の単語をいくつか教える。「今ここで起きていることは昔から知られていた。われわれの部族はいつかこの日が来ると大昔から言っていた。言い伝えによれば、森が死にそうになったとき、人間は突然、自分にもっとたくさんの家族がいたことを思い出すんだ」。彼らはそれから夜中まで炎を囲んだまま、笑い、話に耳を傾け、ささやき、トウヒの梢《こずえ》の先に浮かぶ月に向かって吠える。

翌日は朝から晩まで作業。塹壕を広げ、さらに深く掘り、壁を補強する。アダムは何時間もハンマーを振るう。夕方にはへとへとで立ち上がることもできない。彼はユング心理学の元型的家族のような四人と一緒に食事をとる。母なる司祭としてのイチョウ《メイデンヘアー》。父なる保護者としての見張り人《ウォッチマン》。子なる職人としての桑の木《マルベリー》。子なる道化としてのダグラスモミ《ダグファー》。イチョウ《メイデンヘアー》はキャンプの皆に魔法をかけ、糊《のり》のように全員をまとめている。アダムは、あれだけひどい目に遭った後なのに彼女の楽観主義が動じていないことに驚く。彼女の口調はまるで、既に高い場所から未来を見て来たかのようだ。

彼らはその夜、彼を受け入れる。五番目の四角い歯車。絶望の中で生まれたこの集団において自分がどんな役割を持つのか、彼には分からない。ダグラスモミ《ダグファー》が彼をカエデ《メープル》教授と呼び、その呼び名が定着する。彼はその夜、深く眠り、ボランティア仕事の疲れを忘れる。

アダムは二日後の夜、球果の焚き火で温めたベイクドビーンズを食べながら、心配事を打ち明ける。

「これって連邦所有の財産を破壊していることになるよね。かなり深刻なことだ」

「ああ、あんたも重罪人だ」とダグラスモミ《ダグファー》が言う。

「重大な犯罪ね」

ダグラスは彼を軽くあしらう。「俺は重大な犯罪を犯したことがある。それは国の命令でやったことだけどな」

桑の木《マルベリー》はダグラスの手をつかむ。「昨日の政治犯は今日の切手の顔！」

イチヨウ《メイデンヘアー》はどこか遠く、別の国にいる。ようやく彼女が口を開く。「こんなの全然、過激じゃない。私は本当に過激なものを見たことがある」

すると、アダムにも再びその光景が見える。呼吸をする生きた山が丸裸にされた姿が。


補給が届く。代金はシンパの寄付だ。このキャンプは州のいたるところに広がるネットワークのごく一部でしかない。州都セーラムの街中でデモが行われ、大勢が腕を組んで歩いたという噂が流れる。別の噂では、ユージーンにある連邦裁判所前の階段で、四十日間のハンガーストライキが決行されたという話。ハイウェイ五八号線では、緑色の布切れをつぎはぎした衣装を身に着け、竹馬に乗った〝森の精〟が百マイル（約一六〇キロメートル）行進したらしい。

その夜、アダムは地面に直接敷いた寝袋の中で、サンタクルーズに戻って論文を仕上げたいと思う。塹壕を掘ったり、土塁を積んだり、地面に腕を固定したりすることなら誰でもできる。でも、どうして人々が森の生死にこだわるのかについて、正確な事実に基づいて研究を仕上げ、論文を書くことは自分にしかできない。しかし彼はまた次の日も同じ場所にいて、別の新しいもの――自身の研究対象――に生まれ変わる。

占拠が長引くにつれて、ジャーナリストたちがより遠くから取材にやって来る。林野部のバンに乗って男どもがキャンプ前に現れ、立ち去るように要求する。カスカディア自由生物区の住人たちがそこに立ちはだかり、彼らを追い返す。スーツを着た連邦議会議員秘書が二人、話を聞きに訪れる。彼らは苦情をワシントンに届けることを約束する。彼らの来訪に桑の木《マルベリー》は興奮する。「政治家が顔を見せるってことは、きっと動きがあるんだわ」

アダム――カエデ《メープル》――は同意する。「政治家は勝つ側にいたがるものだからね。風に流されるやつらばかりさ」

「地球は常に勝つ」とイチョウ《メイデンヘアー》がぼそりと言う。

ある夜、ヘッドライトが道を進んできて、銃声が響く。三日後、バリケードのすぐ外側に、鹿の内臓が捨てられている。

馬鹿でかいフォード・スーパーデューティーF350が道路の先から現れ、跳ね橋から百ヤード（約九〇メートル）の場所で停まる。オリーブ色のハイネックのハンタージャケットを着た二人の男。運転してきたのは山羊《やぎ》鬚《ひげ》をきれいに整えた若い男で、人気のカントリー・アンド・ウェスタン歌手であってもおかしくない二枚目だ。「何やってんだ？　樹木保護家《ツリー・ハガー》さんたちよぉ！　おい――聞いてっか！」

トリリウムという名の若い女が叫ぶ。「大事なものを守ろうとしてるだけよ」

「どうせなら自分のものを守ればいいだろ。俺たちには俺たちの仕事と家族と山と生活を守らせてくれ」

「木は誰のものでもない」とダグラスモミ《ダグファー》が言う。「木は森のもの」

助手席のドアが開き、年配の男が現れる。男は車の前に回る。アダムは大昔、別の人生を生きていたときに、危機と対決の心理学を演習で学んだことがある。しかし、今は何も思い出せない。男は長身だが猫背で、灰色の髪が顔にかかっている。その姿はまるで、後ろ足で立った大きな灰色熊《グリズリー》のようだ。男の手元で何かが光る。アダムは考える。銃。ナイフ。逃げろ。

年配の男がフロントバンパーの前に立って、武器を掲げる。しかし、途方に暮れたような男の脅迫はおとなしめで思索的だ。武器に見えていたものは金属製の義手にすぎなかった。「俺は木を切るときに肘から先をなくしてしまった」

二枚目が車の中から叫ぶ。「俺は仕事のせいで白蠟《はくろう》病になった。〝仕事〟って聞いたことあるか？他の人が求めていることをするって意味なんだけど？」

年配の男が義手でない方の手をボンネットに置いて首を横に振る。「おまえらは一体何がやりたいんだ？ 人間が木を使うのをやめることは不可能だ」

跳ね橋を通ってイチヨウ《メイデンヘアー》が男たちの前に現れる。立ち上がった灰色熊《グリズリー》が一歩下がる。彼女は言う。「人間に何が可能で何が不可能かは分からない。まだ何も試してない段階なんだから！」

彼女の容姿を見て、山羊鬚の男が急に警戒心を高める。「人間より木を優先するのはなしだろ」。男は彼女に見とれ、欲情している。百ヤード離れた場所にいるアダムにもそれは分かる。

「そうね」と彼女は言う。「あたしたちも木を人間より優先してるわけじゃない。人間と木は対等だと思う」

「そりゃどういう意味だ？」

「木が大きくなるのにどれだけの労力が費やされているかを人間が知れば、その犠牲に対してもっと、もっと感謝をするはず。感謝の心があれば、今みたいに欲を掻くことはない」。彼女は少しの間、男たちに語り掛ける。彼女は言う。「あたしたちは地球上で、いつまでもお客さん気分でいちゃいけない。ここで生きていかないと。もう一度、地に足をつけないといけない」

熊男が手を伸ばし、彼女と握手をする。彼は助手席の方へ戻って再び車に乗る。大型車がバックし、跳ね橋の先にいる人々に向かって運転手が叫ぶ。「好きなだけ木《ツリー》を抱擁《ハグ》するがいい、樹木保護家《ツリー・ハガー》さんたちよ！　おまえらみんな、痛い目に遭えばいいんだ」。車は小石を跳ね飛ばしながら去っていく。

そうだ、とアダムは思う。きっとそうなる。そしてその次は、人を痛い目に遭わせたやつらが、地球に痛めつけられる番だ。


抗議は二か月目に入る。アダムが見る限りでは、抗議は効いていないようだ。理想主義者は概して何もできないので、この場所はとうの昔につぶれていて当然だ。しかし、自由生物区は順調に続いている。ここの抗議のことが合衆国の大統領の耳に入って、方針を見直すまでの間、連邦所有地の救済伐採《サルベージ》——特に放火によるもの——を停止するという噂がキャンプ内に広まっていた。

よく晴れて少しひんやりした午後。太陽が南中を過ぎてから二時間。夜には焚き火を囲んで物語をすることになっているので、見張り人《ウォッチマン》が人々の顔に絵を描いている。麓の方で誰かがアルペンホルンを吹く。古代、日没の時に響いていた大型動物の咆哮のような音。テン《マーテン》という名の伝令が尾根に登り、キャンプに駆け込んでくる。「やつらが来る」

「誰が？」と見張り人《ウォッチマン》が訊く。

「フレディーたち」

こうしてその日が訪れる。彼らはそろって、完成した塹壕と砦のある斜堤に向かう。大昔にアダムが歩いてきた林道を、ゆっくりと車両部隊が上がってくる。それに乗った男たちは、色と形の違う四種類の制服を着ている。先頭を走る林野部のバンの後ろには、攻撃用に改造された掘削機。その後ろにはさらに別の装備、さらに数台のバン。

顔にペインティングをしたカスカディア自由生物区の住人たちが並び、様子をうかがう。そして首にネックレス風の傷痕のある八十歳の元牧師が言う。「さあ、みんな。配置につこうか」。それぞれが位置につく。ロックダウンする者、跳ね橋を上げる者、柵沿いに並ぶ者、防御できるポイントまで下がる者。間もなく車列がゲート前に着く。林野部の男二人が先頭のバンから現れ、柵の前に立つ。

「今から十分以内に、平和的に立ち去ってください。それ以後は、身柄を留置施設に送ることになります」

塁壁にいる全員が一斉に叫ぶ。リーダーはいない。全員が全員の声を聞かなければならない。この集団はその原理に基づいて活動し、同じ原理に従って死んでいく。アダムは皆の叫び声が一段落するのを待って声を上げる。

「あと三日待ってくれ。そうすれば万事丸く収まるから」。車列のリーダーたちが彼の方を向く。「連邦議会議員の秘書が視察に来た。大統領も今、大統領令を用意してる」

彼が一瞬で集めた注目は、一瞬で失われる。「時間は十分だ」と責任者が繰り返し、アダムの政治的無垢は潰える。ワシントンの行動はこの対決の答えではない。逆に、ワシントンが動きそうだからこの状況になっているのだ。

九分四十秒の時点で、首長竜のような掘削機が塹壕を越えて破城槌を振り、柵の上部を壊す。崩れた塁壁から悲鳴が上がる。出陣用の化粧をした守備兵たちが転がりながら逃げる。アダムも駆けだし、転ぶ。機械の爪《クロー》が再び柵を叩く。爪《クロー》が手首のように伸びて、跳ね橋を打つ。爪《クロー》がもう一度突くと、跳ね橋がちぎれる。爪《クロー》が支柱に二度当たると、柵の全体が地面に倒れる。数か月にわたる作業――自由生物区が築くことのできた最も丈夫なバリケード――が、子供がキャンディーバーの棒で作った工作のように壊れる。

獣が塹壕に近づき、反対側にある残骸を掻き寄せる。掘削機が壊れた柵の木材で塹壕を埋めるのには一分しかかからない。埋められた塹壕の上をキャタピラーが進み、崩れた塁壁も越える。フェイスペイントが流れ始めたカスカディア人たちが、塚を壊されたシロアリのようにあふれ出す。一部は道路へ。数人は議論と嘆願で侵入者どもに立ち向かう。イチョウ《メイデンヘアー》は呪文を唱え始める。「自分が何をしてるか考えなさい！　もっといいやり方があるでしょ！」。輸送車両から現れた警官たちはいたるところに散らばり、人々に手錠を掛けたり、地面に押さえつけたりしている。

呪文は叫びに変わる。「暴力反対！　暴力反対！」

アダムは倒れたまま動けない。彼の上に乗っている大柄な警官はひどい酒皶《しゅさ》（顔に生じる慢性の炎症で、赤い膿疱が特徴）を患っているので、その顔はフェイスペイントをしているエコ戦士のようだ。五十ヤード（約四五メートル）先では、見張り人《ウォッチマン》が背後から警棒で膝を叩かれ、小石の散らばる地面に、青い色を塗った顔から倒れ込む。残るはロックダウンしている者たちのみ。掘削機は路上で速度を緩める。それは最初の三脚櫓に迫り、爪《クロー》で基部をつつく。三脚が揺れる。警官たちが掃討の手を止めて、そちらに注目する。巣の上にいる桑の木《マルベリー》は、揺れる三脚の上部に腕を回して体を支える。爪《クロー》が基部をつつくたびに、彼女は衝撃実験用の人形みたいに手足をばたつかせる。

アダムが叫ぶ。「畜生。やめろ！」

他の者たちがそれに続いて叫び声を上げる。声はどちらの陣営からも上がる。地面に寝転がったままのダグラスからも。「ミミ。おしまいだ。降りてこい」
爪《クロー》が三脚の基部を叩く。枠となっている三本の木がうなり、曲がる。そのうちの一本が不気味にきしみ、途中にひびが入る。ひびは、そこに刻まれた百の年輪の内側から始まり、外に広がる。モミの木が割れ、柱のてっぺんが鋭い槍に変わる。

ミミが悲鳴を上げ、巣が落ちる。割れた柱が頬骨に刺さる。彼女の体は杭のような柱に弾かれ、柱に沿って落ち、固い地面で跳ねる。ダグラスは上に乗っていた男をはねのけて、彼女のもとに駆け寄る。掘削機を運転していた男はぎょっとして、無罪を主張するように爪《クロー》を逸らす。ところが、その爪《クロー》が今度は〝子なる道化〟に当たり、道化はその衝撃を一身に受けて、糸の切れた操り人形のようにくずおれる。

地球をめぐる戦争が止まる。両陣営が負傷者に駆け寄る。ミミは絶叫しながら顔を押さえる。ダグラスは意識を失ったまま動かない。警官が車両に戻り、負傷者が出たと報告をする。気力をなくした自由生物区の住人たちは恐怖による放心状態でうずくまっている。ミミは体を横に倒して胎児のように丸くなり、目を開ける。翡翠色から藍玉《アクアマリン》色までさまざまな色合いの木々が空に突き刺さっている。色、見て！と彼女は思う。そして気を失う。

アダムはひしめく群衆の中で、味方の損失を見積もっているイチョウ《メイデンヘアー》と見張り人《ウォッチマン》を見つける。イチョウ《メイデンヘアー》は、先で道を遮るように地面にロックダウンしている四人の女反乱兵を指差す。「まだ負けが決まったわけじゃない」

アダムが言う。「もう決まった」

「彼らだってこんなことが起きた後で森を伐採することはできない。マスコミが事件を嗅ぎ付ければ」

「やつらは粛々と伐採を進めるさ」。ここの森も、他に残された原生林も――すべての森が住宅地か農場に変わるまで。

イチョウ《メイデンヘアー》は汚れた長い髪を振る。「あの人たちはワシントンが動くまでロックダウンを続ける」

アダムは見張り人《ウォッチマン》と目が合う。真実はあまりに残酷で、彼でさえそれを口にすることはできない。


ヘリは負傷者をベンド（オレゴン州の中央部にある町）にあるレベル2外傷センターへ空中搬送する。ダグラスはルフォーⅢ型上顎骨骨折の緊急手術を受ける。ミミの脱臼した足首は元に戻され、目の周りの破れた皮膚は縫合される。救急救命室《ER》の医師は頬にできた溝をとりあえず縫うことしかできない。それはいつか、形成外科医が修復するまでの間に合わせでしかないけれども。

フレディーは占拠者たちを告訴しない。拘置されるのも、最後まで三十六時間粘った四人だけだ。以後、カスカディア自由生物区の残党は山を離れ、富の搾取が再開する。

しかし、それでも《still》、二十八日後、ウィラメット国有林内にある重機置き場が火事になる。


それは現実ではない。単なるお芝居、シミュレーションだ――実際に成果を目にするまでは。

新聞に写真が載る。消防署員と二人の森林レンジャーが、黒焦げになった掘削機を調べている。ミミ・マーの家のダイニングテーブルで、五人が写真を回覧する。一つの思考が五人を地下で結び付ける――まるで今ではそんなことが頻繁にあるかのように。すごい。俺たち、私たちがこれをやったんだ。

長い間、言葉の要らない時間が続く。共有された気分が、不安定な株価のように乱高下する。しかし、それは最後に、受動的だが挑戦的な態度に収束する。「自業自得ね」とミミが言う。二十二針の縫い跡のせいで、一言一言にその頬が引きつる。「これで借りは返した」

アダムは彼女とも、そして同じように顔に包帯を巻いているダグラスとも、目を合わせることができない。アダムもこの掘削機――一人の視力を大きく奪い、もう一人の姿を醜く変えた機械――に対する復讐を望んでいた。男どもの嗜虐趣味への仕返し。しかし今ではもう、自分が何を望んでいるかも、それをどうすれば手に入れられるかも分からなくなっていた。

「とんでもない」とニックが言う。「まだまだ借りは残ってる」

それは自暴自棄になった者たちが単発で仕掛けた行動だ。しかし、正義に対する欲求は所有欲や愛情と似ている。それは餌を与えられると、さらに成長する。重機倉庫事件の二週間後、彼らはカリフォルニア州ソラス近郊にある製材所を標的にする。そこは、免許が取り消されてから二か月が経つのに操業を続け、罰金を科されても、一週間分の売り上げでそれを払ってごまかしている。精霊の声が聞こえる女が襲撃の方法を決める。訓練された偵察者が下見をする。技師が二ダースのプラスチック製ミルクピッチャーを爆弾に変える。心理学者が全体を統括する。破壊的な機械は彼らが思っていた以上によく燃える。彼らは今回、近くの倉庫――それを燃やさなかったのは、何のとがもない材木が中にたくさん置かれていたからだ――の壁にメッセージを残す。文字は芸術的で、華麗と言ってもいいほど装飾が施されている。

自殺的な経済にノーを 本物の生長にイエスを

彼らはまるでトランプゲームを始めようとしているかのように、桑の木《マルベリー》の家でテーブルを囲んでいる。哲学などの微妙な問題にかかずらっている余裕はもうない。彼らは一線を越え、一つの行為がなされた。もはや言葉に意味はない。それでも《still》、話をやめることはできない——文は常に短いけれども。議論の結論がとうの昔に配達用バンのルームミラーの中に消えてからも、まだ《still》論戦は止まらない。

アダムは放火仲間を見ながら、話し合いの様子を無意識に脳裏に刻む。桑の木《マルベリー》は手を刀のように構えてゆっくりと空気を切る。その刃は反対の手のひらに正確に着地する。「この二年、私は絶え間なく葬儀に参列している気分だった」

「目隠しが取れてから、ずっとそうだ」と〝子なる道化〟がうなずく。

「抗議活動。請願の手紙。警察による暴行。精いっぱい叫び声を上げても、誰も耳を傾けてくれない」

「俺たちはこの二晩で、何年も積み重ねてきた努力よりも大きな成果を上げたんだ」

その〝成果〟というものの測り方がアダムにはもう分からない。彼らがやっている——彼がやってきた——のは、ただ耐えがたい痛みを少しの間、和らげているだけだ。

ミミが言う。「でも、もう葬式は終わり」

「難しい選択じゃない」とニックが言う。彼は不意に思い浮かんだ常識に驚いて、声を落とす。「俺たちはわずかばかりの機械を壊す。そうしなければ、その機械が大量の命を奪うんだ」

心理学者は話を聞いている。人間の心の奥にはもっと別の、さらに深い欺瞞が存在する。彼は救えるものを救おうとする道を自ら選んだ。未来に迫る破局から、少しでも時間を稼がなければならない。他にそれ以上、大事な問題はない。それこそ彼の論文が導き出した答えだ。

オリヴィアが少し顎を引くだけで、他の皆が黙る。犯罪を一つ実行するたびに、皆に対する彼女の呪縛力が強まる。礼拝堂ほどの大きさがある切り株に手を置いた人物。そして、人類よりも古くからある森が死ぬのも目撃した人物。彼女は人間よりも大きなものから助言を得ている。「もしあたしたちが間違っていれば、報いを受けるだけのこと。彼らが奪えるのはせいぜいあたしたちの命で、それ以上ではない。でも逆に、あたしたちが正しかったら？」。彼女は思いにふけるように視線を下げている。「そして、あたしたちが正しいとすべての生き物が言ってくれているのなら……」

誰も、彼女が最後まで言葉を続けることを必要としていない。四十億年の生命の歴史が生んだ最高のものを救うためなら、誰が行動をためらうだろう？　アダムはそう考えながら、同時に別のことにも気付く。この五人はもう一度行動に出るのだ、と。もう一度。これを最後にしなければならない。人類を自殺から救うためにささやかながらもできる限りのことをやって、それが終われば、皆がそれぞれの道を行くことになるだろう。

記事を見つけるのはアダムだ。「林野部が多用途《マルチユース》プロジェクトを募集」。ワシントン州、アイダホ州、ユタ州、コロラド州にある数千エーカーの公有地が投資家と土地開発業者に貸与《リース》される。森林は伐採して売却。皆が黙って詳細に耳を傾ける。多数決を取る必要さえない。

手紙やEメールのやり取りはしない。電話もほとんどかけない。面と向かって話すか、何も話さないかのどちらか。支払いはいつも現金。記録は残さない。桑《マルベリー》の木は工作の腕を上げる。彼女は手作りの地下文書――『放火の四原則』『電子タイマーを利用した点火方法』――を基にして最高傑作に取り掛かる。新しい設計は信頼性が高い。カエデ《メープル》とダグラスモミ《ダグファー》は必要なものを買うために車で五十マイル（約八〇キロメートル）先まで行く。

見張り人《ウォッチマン》とイチョウ《メイデンヘアー》は新しく賃貸される土地を下見する――モンタナとの州境に近い、ビタールート山脈中にあるストームキャッスルの町。またしても、健康な公有林の一部が売り飛ばされ、通年のリゾートに作り変えられようとしている。彼らは人気《ひとけ》がなくなる夜、現地に赴く。芸術家がすべてをスケッチする――新しくできた路盤、重機倉庫と建設用トレーラー、出来立てのリゾートの基礎。完璧なスケッチには熱意がこもっていると同時に、謙虚さも秘められている。彼がスケッチをしている間に、保険統計数理学の落第生が開墾地を歩き、測量杭の間隔を歩幅で測る。彼女は首を傾げ、何かを聴く。

五人全員が作業用のつなぎと手袋を身に着けて、換気装置の付いた桑の木宅《マルベリー》のガレージで作業をする。五ガロン（約一九リットル）の燃料をタッパーに入れ、タイマーを取り付ける作業。装置を仕掛けるのはいちばん火が消えにくい場所に決めて、見張り人《ウォッチマン》の地図に目印を付ける。これを最後のメッセージにして、任務は完了。国中の注目を集めて、メンバーは解散し、人目に立たない日常に戻る。数百万人の良心に訴え、種《たね》をまいて、あとは火事によってそれが芽吹くのを待つのだ。

すべての装備がバンの後ろに積み込まれる。桑の木宅《マルベリー》のガレージの扉が上がり、車が出る頃には、一行はすっかり山にキャンプに出掛けるような雰囲気に見える。警察無線盗聴器も用意。全員分の手袋と目出し帽。皆、着ているのは黒い服だ。彼らはオレゴン州西部を早朝に発つ。州間高速道路で事故でも起こせば、車は巨大な火の玉になる。

バンの車内で、彼らはおしゃべりをし、風景を眺める。奥行きが数フィートしかない、映画撮影セットのような目隠し用の森が長く続く。ダグラスはトリビアの本を取り出して、独立戦争と南北戦争に関するクイズを出題する。優勝するのはアダム。彼らは鳥も観察する――高速道路に転がる小さな哺乳動物の死骸をあさる猛禽たち。二時間後、ミミは翼長七フィート（約二・一メートル）のハクトウワシを見つける。その姿に皆が息をのむ。

彼らはカセットテープに吹き込まれたオーディオブックを聴く。北西部の先住民の間に伝わる神話と伝説。太古の老人ケムシュが極光《オーロラ》の灰の中から生まれ、万物を造る。コヨーテと怪物ビーバーが大げんかをした結果、山や湖ができる。動物たちが結束して松の木から火を奪う。木の葉のように無数の、形の定まらない暗闇の精霊たちは形を変える。

ビタールート山脈に日が落ちる。最後の数マイルが最も厳しい。のろのろとして曲がりくねった、遠い道のり。車はようやく現場に着く。州の幹線道路から二マイル（約三・二キロメートル）外れた地点。そこは見張り人《ウォッチマン》がスケッチした通りの場所だ。傷のある顔をスカーフで覆ったミミはバンに残り、いろいろな周波数で警察無線を探る。他の仲間は無言で作業に取り掛かる。手順はすべて数十回、口頭でおさらいしている。全員が一つの生き物のように動いて、五ガロンの燃料容器をあらかじめ決めた場所に置き、それを推進剤に浸したタオルとシーツの切れ端でつなぐ。そしてタッパーに仕込んだタイマーをそこに取り付ける。

見張り人《ウォッチマン》が与えられた仕事に取り掛かる。数百万人の目に触れる媒体《メディア》で仕事をするのは今夜が最後だ。彼は未来のリゾートとして建設が始まっているメインロッジ――他のメンバーが装置を取り付けている場所――から離れる。彼は整地された区画を横切って、二台のトレーラーが停められたところへ行く。そこまでは火の手が届かない。彼にとってそのトレーラーの壁は、この上ないキャンバスだ。彼はスプレー塗料を二缶、ポケットから出し、比較的きれいなトレーラーの壁に登る。そしてフリーハンドで可能な限り丁寧な文字でこう書く。

コントロールは殺す
絆は癒やす

彼は一歩下がって、自分が唯一確かに知る胚種をしげしげと見る。さらに太いフェルトペンで活字体の文字に茎や枝を描き加えると、世界の終わりから再び文字が芽生えているように見える。それはエジプトの神聖文字《ヒエログリフ》のよう。あるいは、オプティカルアート（錯視を利用するタイプの芸術作品）の技法で描かれた動物たちが踊っているかのようだ。彼は先の二行の下に、かすかな希望を付け加える。

故郷に帰れ、さもなくば死ね

点火地点では、燃料容器を設置しているアダムとダグラスの息が合わず、燃料がアダムの上着の縁と黒いジーンズにかかる。アダムが石油の匂いをさせながら拳を強く握ると、手袋から燃料がしたたる。重いものを持ったせいで手に痛みが走る。彼は顔を上げて、現場事務所の尖った屋根を見つめ、**僕は一体何をやってるんだ？**と考える。ここ数週間の明晰な思考、夢遊状態からの突然の覚醒、世界が収奪され、目先の利益のために大気が不用品扱いされているという確信、生きている世界で最も素晴らしい生き物のために自分も戦わなければならないという責任感。そのすべてにいきなり見放されたアダムは、人間存在の基盤を否定する狂気——重要なのは所有と支配だけ——の中に取り残される。

地球は金に換えられて、最後には、すべての木が真っ直ぐに植えられ、三人の人間が七つの大陸を所有し、大型生物はすべて人間に捧げられるために育てられるのだ。

もう一台のトレーラーに野性的で鮮やかなアルファベットで見張り人《ウォッチマン》が言葉を記す。湧き出す詩句が、何も描かれていない白い壁にあふれる。

天国には五本の木がある。
　それらは夏も冬も
　変わることがない
　葉が落ちることもない。
　　それを知る者が
死を味わうことはないだろう。

　彼は緊張気味に息をしながら一歩下がり、自分が記した文字を目にして少し驚く。彼がひどく欲しているこの祈りの言葉は、それを理解する人には決して届かない。そのとき彼の背中をバンという衝撃波が打つ。爆発みたいなことが起きるにはまだ早すぎるのに、熱が空中を伝わってくる。見張り人《ウォッチマン》が振り向くと、朝日を模したようなオレンジ色の火の玉が膨れ上がるのが見える。次の瞬間には、脚が前に出て、彼は炎に向かって駆けだしている。
　別の人影が彼の視界に入る。ダグラスだ。片脚が悪いので、駆け足のリズムが偏っている。二人は同時に火災現場に着く。すると、ダグラスが叫びながらささやくような声で、「畜生、何てこった。

畜生、何てこった！」と言う。彼は地面にひざまずき、泣きながら惨状に目をやる。二人の人間が地面に倒れている。ニックが近づくと一人が動き始めるが、それはニックが動いてほしいと思う方の人影ではない。

アダムが地面から肩を浮かせる。その頭が潜望鏡のようにきょろきょろと周囲を見渡す。顔を覆うように血が滴っている。「ああ」と彼が言う。「ああ！」

ダグラスが彼を正気に戻す。ニックがオリヴィアを抱き上げようと、その脇にしゃがむ。彼女は星を眺めるように仰向けに倒れている。目は見開いたままだ。炎が燃え上がり、周囲の空気がオレンジ色に変わる。「オリヴィア？」。ぞっとする声。舌が回らない不明瞭な声は、彼女にとって爆発よりも恐ろしい。「俺の声が聞こえるか？」

唇に泡ができる。それに次いで「んんん」という言葉。

彼女の脇腹から何かがしみ出す。黒いシャツの前側が闇の中で光る。彼はシャツをめくって思わず声を上げ、すぐに元に戻す。抑えた悲鳴が喉の奥から漏れる。それから、彼は怪物的な能力で再び立ち直る。けがをした女が恐怖の表情で彼を見る。彼は感情を押し殺し、冷静な表情を浮かべる。そしてあらゆる救助の可能性を頭の中で探る。周囲に火の手が広がり始めている。二つの人影がニックとオリヴィアの上で身をかがめる。ダグラスとアダムだ。「彼女は……？」

その言葉の何かがオリヴィアにショックを与える。彼女は頭を上げようとする。ニックが優しく彼女を落ち着かせる。「あたしが何」と彼女は言う。そして再び目を閉じる。

あたりは猛烈な熱さだ。ダグラスは手で頭をかばうようにしてくるりと後ろを向く。短い言葉がその口から漏れる。「くそ、くそ、くそ、くそ……」

「彼女をここから動かさないと」とアダムが言う。

前に出ようとする彼をニックが遮る。「駄目だ！」

「動かさないわけにはいかない。火がすごいから」

ぎこちない言い争いは、始まる前に終わる。アダムがオリヴィアの脇を抱えて、体を引きずる。彼女の喉からこぼこぽと苦しそうな音が聞こえる。ニックが再びその横にかがみ込むが、何もできない。そしてこの後二十年、その光景を見ることになる。彼は立ち上がり、よろよろと歩いて、地面に反吐を吐く。

その後、ミミが駆けつけて、暗闇の中、彼らの隣に立つ。ニックはほっとする。もう一人の女。どうしたらみんなが助かるかを女なら知っているだろう。技師は一目ですべてを悟る。彼女はバンの鍵をアダムの手に握らせる。「行って。さっき通ってきた最後の町まで戻って。十マイル（約一六キロメートル）。警察を呼ぶの」

「駄目」と地面に横たわる女が言って、皆を驚かせる。「駄目よ。このまま……」

アダムが炎を指差す。「そんなことはいいから」とミミが言う。「行って。彼女には助けが必要」

アダムは立ち上がるが動かない。体が言うことを聞かない。助けを呼びに行っても彼女は助からない。それどころか、皆が死ぬことになる。

「最後までやり遂げて」と横たわる女がつぶやく。声があまりにも小さいので、ニックにさえはっきりとは聞こえない。

アダムは手の中の鍵を見つめる。そしてゆっくりと体を前に傾け、バンに向かって走りだす。

「ダグラス」とミミが鋭く言う。「やめて」。退役軍人はわれに返ってうめくのをやめる。ミミは地面に膝をつき、オリヴィアの体に手を添え、襟を開き、獣のようにおびえる彼女を落ち着かせる。「助けが来るわ。じっとしてて」

言葉はけが人を興奮させるだけだ。「駄目。最後までやり遂げて。このまま――」

ミミがその頬をなでて黙らせる。ニックが後ろに下がる。そして少し離れたところから状況を見る。

すべては本当に起きている。永遠に取り消すことのできないことが。しかしそれは、別の惑星での出来事。別の人に起きていることだ。

オリヴィアの腹部からいろいろなものがしみ出す。唇が動く。ミミがオリヴィアの口元に耳を近づける。「水を少し?」

ミミが振り向いてニックを見る。「水!」。彼の体は凍り付いて動けない。

「俺が探す」とダグラスが叫ぶ。彼は炎の向こうにくぼ地を見つける。「あそこに谷がある。川が流れているはずだ」

男たちは水を入れる容器を探す。手元にある容器はすべて、推進剤まみれだ。ニックのポケットにビニール袋が入っている。彼がそこからひまわりの種を出し、ダグラスに渡すと、ダグラスは建設現場の向こうにある森に向かって走りだす。

川は簡単に見つかる。しかし、ダグラスが袋を水の中に入れるとき、習慣的な嫌悪がよぎる。**生水を飲んではいけない**。人がその水を飲んでも安全な湖、池、川などはアメリカのどこにも存在しない。彼は歯を食いしばって袋を水で満たす。水にどれほどの毒が含まれていようと、彼女は口を湿す澄んだ冷たい液体をほんの少し欲しがっているだけなのだ。ダグラスは袋の口を押さえ、走って戻る。そして彼女の口に水を少し注ぐ。

「ありがとう」。感謝の気持ちのこもった熱っぽい目。「おいしい」。彼女はさらに少し飲む。そしてその目が閉じる。

ダグラスは袋を手にしたまま、何もできない。ミミは指を水に浸して、オリヴィアの汚れた顔を拭く。そして頭を抱えたまま、栗色の髪をなでる。緑色の目が再び開く。目は今、しっかりとして力があり、看護している男たちの目を見据えている。待ち伏せを食らった雌馬のように、オリヴィアの顔が恐怖にゆがむ。彼女はミミに、まるで実際にその言葉を口にしたかのように、ある考えを伝える。

何かおかしい。あたしは前に未来を見せてもらったけど、こんなのじゃなかった。

ミミは目を合わせ、受け止められる限りの痛みを吸収する。慰めは不可能だ。二人は見つめ合ったまま、目を逸らすことができない。内臓をえぐられた女の思考が、徐々に広がる経路を通じてミミの中に流れ込んでくる――あまりにも大きな思考、ゆっくりとしか理解できない思考が。

ニックはじっと立ったまま目を閉じる。ダグラスはビニール袋を地面に放り投げ、よろよろとした足取りでその場を離れる。空はそこで起きていることを否定するかのように明るく光る。新たに二度の爆発が起き、空気を引き裂く。オリヴィアが悲鳴を上げ、再びミミの目を探す。そのまなざしは必死で、しかも暴力的で、まるで一瞬でも目を逸らすのは死よりもひどい仕打ちであるかのようだ。

三人目の男が地獄の縁に姿を見せる。あまりにも早いその帰りに、ニックは驚く。「助けは呼んだのか？」

アダムはピエタ像のようにけが人を抱く女を見る。ドラマがまだ続いていることに少し驚いた様子だ。

「助けが来るのか？」とニックが大きな声を出す。

アダムは何も言わない。彼は全力で、狂気を押し返す。

「腰抜けめ……鍵をよこせ。鍵をよこすんだ」

芸術家が心理学者につかみかかる。オリヴィアの口から漏れた彼の名前が、手を上げそうなニックをぎりぎりのところで止める。彼は一瞬後には、彼女の隣にひざまずいている。彼女は息遣いが荒い。その顔は苦痛にゆがんでいる。最初はショックが麻酔代わりになっていたものの、徐々にその効果が薄れて、今では顔も息も苦しそうだ。

「ニック？」。息が止まる。目が大きく見開かれる。彼女が目にしている恐怖の対象を探ろうと、ニックも思わず後ろを振り返りそうになる。

「俺はここだ。俺はここにいる」

「ニック？」。もはや悲鳴に近い。彼女が体を起こそうとすると、柔らかいものがシャツの下からこぼれる。「ニック！」

「うん。俺はここだ。ここにいる。一緒にいるぞ」

再び荒い息が始まる。彼女の口から何かに対する抗議が漏れる。ふんん。ふんん。ふんん。その手がニックの指を強く握る。彼女のうめき声があたりに響く。それよりも大きいのは、三方を囲む炎の音だけだ。彼女がぎゅっと目をつむる。それから狂ったように目を開ける。何が見えているのか分からない様子で、じっと何かを見つめている。

「いつまで続くの？」

「もうすぐだ」と彼は約束する。

彼女は高い場所から落ちそうになっている獣のように、彼に爪を立てる。それから再び静かになる。

「でも、これは大丈夫ね？　これは決して終わらない――あたしたちが持っているものは。そうでしょ？」

彼がそこで長い間を置きすぎるせいで、彼の代わりに時が返事をすることになる。彼女は数秒間、答えを聞こうと必死にもがいてから、体の力を抜いて、次に起こることに備える。

樹冠

北方針葉樹林帯で夜が明ける頃、一人の男が冷たい地面で仰向けに寝ている。一人用のテントから頭だけを出して、空を仰ぐ男。五本の細いカナダトウヒが揺れて、風が吹いていることが分かる。重力を感じさせるものはない。常緑樹の梢《こずえ》が、朝の空にスケッチを描き、落書きをする。彼は一本の木が毎日一時間ごとに、じわじわとした動きでどれだけの距離を旅するか考えたことがなかった。じっとしたまま、永遠に動き続ける物。

テントから頭だけを出した男は考える。あの梢はどういうものだろう？　梢は、あの歯車のついた子供のお絵描き道具（いわゆる「スパイログラフ」のこと）のように、ごく単純な繰り込み周期で驚くべきパターンを生む。向こう側にある世界からのメッセージを書き取るプランシェット（こっくりさんに似た西洋の占い「ウィジャ」で、参加者が指を添えて盤の上を動かすハート形の道具）のようだ。でも実際には、梢はそれ自身以外の何にも似ていない。それはたくさんの球果を付けた五本のカナダトウヒの樹冠で、この世に存在し始めてからずっとそうしてきたように、ただ風に揺れている。〝類似〟を問題にするのは人間だけだ。

しかしトウヒは、自分たちで考案した媒体《メディア》でメッセージを送り出している。彼らは針葉、幹、根を通じて語る。そして、経験した危機の歴史を一つ一つ、自分の体に記録する。テントの中にいる男が持つ粗雑な感覚よりも数十億年古い歴史を持つ信号が周囲を満たしている。とはいえ、男にはそれを読み取ることができる。

五本のカナダトウヒが青い空に記す。それはこんなメッセージだ。光と水と砕かれたわずかな岩は、長い答えを必要とする。

近くのロッジポールパインとバンクスマツが異議を唱える。長い答えには長い時間が必要だ。そして今、失われつつあるのはまさにその長い時間なのだ、と。

丘の先にあるクロトウヒがもっと露骨な言い方をする。温暖化はさらなる温暖化を招く。永久凍土はガスを吐いている。このサイクルは加速するばかりだ。

もっと南の方で、広葉樹がその意見に同意する。騒がしいヤマナラシとカバノキ、ハコヤナギとポプラの森がコーラスを引き継ぐ。世界は新しいものに変わろうとしている。

男が再び背中を地面に付けて、朝の空と向き合う。さまざまなメッセージが彼を取り囲む。家を持たず、この森にいる彼は思う。これから先の世界は今までと同じではない。

トウヒが答える。これまでも、世界はずっと変わってきた。

俺たちは皆、死ぬ運命だ、と男は思う。

私たちは皆、昔からずっと、死ぬ運命だ。

でも、今回は事情が違う。

そうだ。今回はあなたがここにいる。

木々が既に始めているように、男も起きて、仕事に取り掛からなければならない。テントを畳むのは明日にしよう。それか、明後日。しかしこの朝、この瞬間の彼は思う。太陽が太陽であるために、緑が緑であるために、俺が別人になる必要はない。喜びと退屈、苦悩と恐怖、そして死の恐ろしい正体を今以上に突き詰める必要はない。今の俺にはこれ——光と水と石で太るこの年輪——だけで手いっぱい。俺に必要な言葉はこれだけだ。

人は他のものに変身する。真実がすべて記憶次第となった二十年後、その夜の出来事はとうに心材に変わっているだろう。彼らは彼女の亡骸《なきがら》をうつぶせにして火にくべる。三人はそれを覚えているだろう。ニックは何も覚えていない。彼女に最も必要とされた瞬間に何もできなかった彼は、その後も役に立たない。燃えていく遺骸と同じように何も感じることなく、ただ眉を焦がしそうなほど炎の近くで地面に腰を下ろしている。

他の三人が、用意した火葬用の薪に彼女を横たえる。夜と同じほど昔からある儀式。最初に服、その後、肌が燃える。肩甲骨のところに刻まれた花のような文字――いつか変化が訪れる――が黒くなり、蒸気と化す。炎が、炭化した魂のかけらを空に運ぶ。当然、死体は見つかるだろう。歯の詰め物、燃え残りの骨。発見された手掛かりはすべて精査されるだろう。彼らは死体を処分しているのではない。永遠へと送り出しているのだ。

ニックをバンに押し込まなければならなかったことだけが、現場を離れるときの記憶として残る。針葉樹林の上に覗くオレンジ色の明かりは、オーロラのようにゆらゆらと揺れる。その後は、数十マイルにわたって延々と暗闇が続く。三十分後に初めて他の車とすれ違う。乗っているのはイリノイ州エルムハーストから来た老夫婦。今夜の宿までまだ五時間運転しなければならない。火事に気付く頃には、対向車線を走ってきた白いバンのことは覚えていないだろう。

放火犯たちは長い沈黙の合間で時々、大声を上げる。アダムとニックは互いを脅す。ミミは耳を閉ざして運転を続ける。ポートランドまで二百マイル（約三二〇キロメートル）の場所で、ダグラスは自首しようと言いだす。何かが彼らを思いとどまらせる。オリヴィア。それだけは全員の記憶に残るだろう。

「目撃者は一人もいない」とアダムが何度も繰り返す。

「終わりだ」とニックが言う。「彼女は死んだ。俺たちは終わりだ」

「黙れ」とアダムが命じる。「僕たちにつながる手掛かりは何もない。ただおとなしくしていればいい」

彼らは結局、何も守ることができなかった。せめて互いを守ろう、ということで意見が一致する。

「何があろうと、何も言うな。時間は僕たちの味方だ」

しかし人間には、時間の正体が分かっていない。人間は、時間は一本の直線だと思い、直前の三秒と目前の三秒だけを見ている。本当の時間は年輪のように外側を覆う形で広がっているのだということを人は知らない。〝今〟という薄い皮膜が存在しているのは、既に死んだすべてのものから成る巨大な塊のおかげだ。

彼らはポートランドでばらばらになる。

ニコラスはミマスの幽霊の上で野宿をする。テントなし。寝袋もなし。夜になると彼は横を向いて寝そべる。カール大帝が死んだ年に刻まれた年輪のすぐそばに丸めて置かれた上着が枕代わりだ。尾骨の下にコロンブス。足首の先でホーエル家の初代がノルウェーを去り、ブルックリンへ、そしてアイオワの大草原へ向かう。彼の背丈を超えて、切り株の縁に近い、年輪の混み合ったところには、彼が生まれた年、家族が死んだ年、そしてハイウェイ脇の家に一人の女がやって来た年が刻まれている。その女が彼の正体を見抜き、粘り強く生きる方法を教えてくれた。

切り株の縁に近い部分から樹液がしみ出している。画家でも名前を知らない色の樹液だ。彼は仰向けになり、真っ直ぐ二十階上に目をやって、自分とオリヴィアが一年間暮らした場所を正確に特定しようとする。彼は死を望んでいるわけではない。ただ、あの声と戯れたいだけ。熱のこもったあのあけすけな声をもう少し聞きたいだけ。命の精霊の声を聞ける女が火の中からよみがえって、今後彼がすべきことを教えてくれるのを望んでいるだけだ。声は聞こえない。彼女の声も、精霊の声も。二人で過ごしたあの一年に歌を聴かせてくれたモモンガやウミスズメやフクロウなどの声も。彼の心は、彼女と初めて会った頃のサイズにまで縮んでいた。沈黙は嘘よりもましだ、と彼は思う。

硬い寝床では、ぐっすりと眠ることはできない。彼はそれから二十年の間、あまり落ち着いて眠ることがない。しかし二十年という歳月も、年輪にすると彼の薬指ほどの幅しかない。

ミミとダグラスはバンを裸にし、敷物、ホース、ゴムバンドを処分する。数種類の溶剤を使って床を磨き、捨て値で売り飛ばし、現金で小型のホンダ車を買う。エドガー・アラン・ポーの物語みたいに、車から足がつくと彼女は思っている。バンを買った人物がきっと決定的な証拠を見つけるだろう。

彼女はアパートの部屋を売りに出す。「どうして?」とダグラスが訊く。

「私たちは一緒にいちゃいけない。ばらばらになった方が安全よ」

「どうしてばらばらの方が安全なんだ?」

「一緒にいたら、仲間を売ってしまう。ダグラス。聞いて。ちゃんと聞いて。私たちは仲間を売ったりしたくないの」

そのニュースは三面に載る程度の値打ちしかなかったかもしれない。放火魔がリゾート建設予定地に火を放った。おかげで工事は遅れるが、すぐにまた作業が始まる。しかし、灰の中から骨が見つかる。被害に遭った人間がいる。西部にある九つの州ですべての地方局がこのニュースを取り上げ、数日間、報道する。

捜査が進んでも、遺体の身元は判明しない。若い女性。身長は五フィート七インチ（約一六七・五センチメートル）。外傷などがあったかどうかは分からない。唯一の手掛かりは、放火現場近くで見つかった謎のメッセージ。

コントロールは殺す
**　絆は癒やす**
故郷に帰れ、さもなくば死ね
天国には五本の木がある……

集合知は最もありそうな説明に落ち着く。これは狂った殺人鬼の仕業だ、と。

アダムは密かにサンタクルーズに戻る。あれだけのことがあった後ではとても考えられないことだ。しかし、博士論文完成間近にしてドロップアウトすれば、かえって人目を惹くことになる。一年分の博士論文執筆奨学金はもうほとんど残っていない。彼は転借したアパートに引きこもり、カーテンを引いたまま何日も過ごす。彼の魂は頭上二フィート（約六〇センチメートル）の場所に漂い、自分の体を見下ろしている。妙な時間に突然、興奮を覚えたかと思うと、すぐにまた恐ろしいほどの不安に押しつぶされる。近くのコンビニまで歩く十分間でさえ、命が脅かされているように感じられる。

金曜の夜遅くに、彼は郵便を受け取るため大学を訪れる。最後にその建物に入ったのがいつだったかも思い出せない。鍵を開けようとして数字の組み合わせを二つ試し、三つ目でようやく鍵が開く。メールボックスにはチラシが大量に詰め込まれているので、中身を出すのが大変だ。数か月間放置されていたゴミが堰を切ったようにあふれ出し、郵便室の床に散らばる。「こんばんは、見掛けない顔ね」と背後から誰かの声が聞こえる。

「やあ！」。彼は後ろを振り返る前から、生き生きとそう応える。

メアリー・アリス・マートン。博士論文未了学生。農家の子供みたいなかわいらしい顔と、歯科医のパンフレットに用いられそうな笑顔。「あなたは死んだのだとみんな思ってたわ」

その瞬間、のんきに生きていることが最悪に感じられる。死んではいない。でも、人を殺す手助けをした。「いや。奨学金で生活してただけ」

「何があったの？　今までどこに？」

学部生時代の亡き恩師がマーク・トウェインを引用する声が彼には聞こえる。自分のついた嘘を覚えておくのは大変だが、本当のことを言えば、何も覚えておく必要がない。「フィールドに出掛けてた。少し道に迷っただけさ」

彼女は指の先で彼の二の腕を軽く弾く。「よくあることね、うん」

「データはそろってるんだ。ただ、一貫した形で整理できないだけ」

「完成不安ってやつかな。論文の提出なんて何も難しいことないんじゃない？　うまくまとまらなくたって、とにかく出してしまえばいいのよ」

彼は高まる興奮を静めて、普段の声の調子を取り戻そうとする。故殺（計画性のない殺人で、過失致死も含む）の共犯者で放火魔というのではない自分を表に出そうとする。心理学者は地球上で最も偉大なうそつきのはずだ。人がどうやって自分や他人を欺くのかについて何年間も学んでいるのだから。そこで学んだことが頭によみがえる。凶悪な衝動が自分に命じるのと逆のことをしろ。そして法廷に呼び出されたら、誤誘導《ミスディレクション》で皆を煙に巻け。

「お腹は空いてない？」。彼はそう言うとき、眉をほんの少しだけ上げることを忘れない。

彼女の中で警報が鳴りだすのが彼には見える。何、この人？　三年間ずっと研究一筋。自閉症の境界例のくせして、人間ぶるつもり？　しかし、確証バイアスは必ず常識に打ち勝つ。あらゆるデータがそれを裏付けている。「お腹はぺこぺこ」

彼は数か月分の郵便物をバックパックに詰め込み、二人で深夜の中東料理《フェラフェル》に向かう。五年後、彼の業績には、内集団の理想主義に関する一流雑誌掲載論文が並び、若くしてオハイオ州立大学での終身在職権を得る。さらにその十五年後——あっという間だ——彼はその分野の第一人者となっている。

地表世界で七日過ごすのに比べれば、レッドウッドの樹冠で数か月暮らす方が楽だ。ここではすべてが所有されている。それは一歳児でも知っている事実だ。ニュートンの運動法則に劣らない決まりと言ってもいい。現金を持たずに外を出歩くのは犯罪であり、それ以外の現実がありうるとは誰一人想像もしない。ニックは絶対に警察に目を付けられてはならない——浮浪であれ、許可のないキャンプであれ、州立公園でツツジの実をつまみ食いするのであれ。彼は伐採が終わった山の麓にある寂れた小さな町で週ぎめの山小屋を見つける。裏庭は真っ直ぐに整った若いレッドウッドの木立につながっている。幹は一フィート半（約四五センチメートル）ほどの太さしかないが、彼にとっては知り合いだ。いわば最も親類に近い存在。
正気を保つためとは言わないまでも、普通に安心して暮らすためには、ここを去り、できるだけ遠くに行かなければならない。しかし彼は、待たずにはいられない。あの惨劇のダメージから少しでも自分を救ってくれるメッセージが届く可能性をあきらめきれない。彼は彼女と一緒にここで暮らした。そしておよそ一年、目的を持って人生を生きた。物忘れの激しいこの地球上で、彼女が戻ってくる場所はここしかない。

彼は誰とも話さない。どこにも行かない。再び雨の季節が――終わったばかりの季節が――やって来る。彼はしとしとという雨音を聞きながら眠りに就き、土砂降りの音で目を覚ます。集中砲火のような雨で屋根が活気づく。彼は体を起こし、必死に耳を澄ます。そして、また眠ったかと思うと慌てて目を覚ます。外は日の光が差し、雨は休戦状態だ。

彼は排水路をチェックするために外に出る。水路から水があふれて、ポーチに小川ができている。ニックはTシャツにスウェットといういでたちでそこに立ち、山肌に朝日が差すのを眺める。空気中には湿気と壌土《ローム》の匂いが漂い、裸足で触れた地面からハミングが聞こえる。彼の中で二つの思考が戦う。子供時代より昔にさかのぼる思考は、**朝は喜びの訪れる時間だと言う**。もう一つの新しい思考は、**俺は人殺しだと言う**。

大きな音が宙を裂く。ニックが顔を上げると、山肌が液状化するのが目に入る。前夜の雨が土を緩め、十万年間土をそこにとどめていた地表の木々を奪われた山が轟音とともに崩れる。灯台よりも背の高い木が小枝のように折れ、互いに重なり合い、大きな波となって山肌を流れ落ちていく。ニックはきびすを返して走りだす。岩と木から成る高さ二十フィート（約六メートル）の壁が迫る。彼は山道を下る。後ろを振り返ると、土石流が山小屋に襲い掛かるのが見える。彼のリビングが切り株と岩でいっぱいになる。そして小屋全体が基礎から浮き上がり、流れに乗って漂い始める。

彼は「逃げろ！　早く！」と叫びながら隣人たちのいる方へ向かう。次にはその隣人たちが二人の小さな子供を連れて、家族の所有するトラックに向かって駆けだす。しかし土砂が先にそこにたどり着き、トラックをのみ込む。木々が溶岩のように家に押し寄せる。

「こっちだ」とニックが叫び、一家が後に続く。彼は先頭に立って、斜度のゆるい別の道へ案内する。すると、一列に並んだレッドウッドの背後で土石流が止まる。泥と小石が最後の障壁からこぼれているが、木は持ちこたえる。母親がしゃがみ込み、すすり泣きしながら子供たちを抱き締める。父親とニックは裸になった山肌を見上げる。乱暴にえぐられた尾根。男が「何てこった《ジーザス》」とささやく。ニックはその言葉にたじろぐ。彼は隣人が指さしているところを見る。たった今、彼らの命を救った木々の幹には、鮮やかな青のペンキで×印が付けられている。それは来週伐採予定の木であることを示す記号だ。


ダグラスは犬のように忠実にミミのもとへ戻る。ただしそれは必ずしも都合のいい時刻ではない。最初はただ様子を訊くため。元気かどうかの確認。その後は、夜に見た不思議な夢の話をするため。彼女は留守番電話の電源を抜く。すると彼が部屋まで訪ねてくるので、彼女は少しいら立つ。

夢の中で、ダグラスとミミは向かい合って座っている。美しい湾のほとりにある美しい町の公園。イチヨウ《メイデンヘアー》が現れる。彼女は微笑んで、こう言う。待って！　いつか彼らが説明してくれる。今に分かる。ダグラスは夢を思い出しながら興奮して、じっとしていられない。「彼女はまるですべてを見てきたみたいな様子だった。そして俺たちに何かを教えようとしてた。目が覚めたときははっきりしてたんだ。何もかも大丈夫だって」

話を聞いているミミは気もそぞろだ。〝大丈夫〟という言葉を聞くだけで、彼女は大声を上げそうになる。だから彼は少しの間、彼女と距離を置く。しかし彼はまた夢を見る。そこにはまた新たな細部が加わっているので、きっと彼女も話を聞きたがるだろうと彼は思う。激しいノックをしばらく続けていると、ミミがドアを開け、ダグラスを中に入れる。彼女は彼をダイニングテーブルの前に座らせる。そこは以前、二人が抗議の手紙を何千通も書いた場所だ。「ダグラス。私たちは建物を燃やした。どうかしてた。狂ってた。ばれたら大変。分かってる？　残りの人生を刑務所で過ごすことになるの」

彼は何も言わない。〝刑務所〟という言葉によって、彼の人生の一場面がよみがえる――この紆余曲折の始まりとなった出来事が。「オーケー、分かった。でも夢の中では、彼女はあんたの肩を抱いて、何かを言おうと――」

「ダグラス！」と彼女は壁越しに聞こえそうなほど声を張り上げる。そして声を抑えて先を続ける。「もうここへは来ないで。このアパートは引き払うわ。私はここを出る」

彼の目が大きく瞬きをする――何かをのみ込むときのカエルのように。「ここを出る？」

「よく聞いてね。あなたも。ここを離れないと。新しい人生を始めないと駄目。名前も変えて。放火罪よ。そして故殺」

「誰が放火したかなんて分かるもんか。俺たちにつながる手掛かりはないんだから」

「私たちには逮捕歴がある。私たちは過激な環境保護活動家。警察はリストを調べる。あらゆる記録をたどって――」

「どの記録？　買い物は全部、現金でやったじゃないか。何百マイルも離れた町の店で。リストにはたくさんの名前がある。そんなものは証拠にならない」

「ダグラス。姿を消して。地下に潜って。戻ってきたら駄目。私を探すこともしないで」

「分かったよ」。彼の目は燃えている。もう彼女には手が届かない。彼は扉に片方の手をかけて、後ろを振り返る。「俺は今だって、半分は地下にいるみたいな生活だけどな」

彼は再び同じ夢を見る。彼らは未来の街を見下ろす高台に座っている。イチョウ《メイデンヘアー》が彼らに待って！今に分かる！と言っている。そして実際、周りに木が生え、森になる。不可思議を超えたこの夢についてはぜひミミにも話さなければならない。しかし彼がミミのアパートを訪れると、「売却済み」という大きな赤い看板が掲げられている。

彼には行く場所がない。海しかない西を除けば、残りの三方のうちでは東が最善に思われる。そこで彼は運べる荷物をトラックに積み、コロンビア川渓谷をさかのぼる。勤め先の工具店の上司にも何も言わない。最後の二週間の給料も受け取らないままだ。

アイダホ州との境を越えたところで、現場を見たいという気持ちが急に高まる。アメリカ西部の感覚で言えば、現場はそこからすぐだ。特に深い意味はなくとも、ちゃんとした別れの挨拶をするチャンスだ。どうかしてるわ、とミミが耳元で叫ぶ。理性のある人間なら皆、同じことを言うだろう。しかし、理性のせいで、すべての森が四角く区切られた世界に変えられつつあるのだ。

彼は州の幹線道路を進む。心臓が肋骨を激しく打つ。一列に並ぶトウヒの間を通って一本道を走る。夕闇の中に立つ木々の姿は裁判官のように厳かだ。彼の筋肉は記憶している。それはまるで、悲劇の余韻の中で、生き延びた四人が再びバンに集まったかのようだ。しかし現場が近づくと、鋭く白い、コントロールされた別の炎——夜間工事のアーク灯の光——が目に入る。ヘルメットをかぶった人影がそこら中を動き回り、損傷箇所を修理している。スケジュールの遅れに対する資本家の答えは、また新たに勤務シフトを加えるだけのことだ。

たくさんの梁を積んだ重機。赤い旗を持った合図係。ダグラスは様子を見るため、車の速度を落とす。そこで火事があった痕跡は皆無。木の幹に取り付けられた監視カメラがナンバープレートを読み取る前にさっさと逃げて、とミミが叫ぶ。誰か別の声も彼に、ここじゃないと呼び掛ける。イチョウ《メイデンヘアー》の声だ。

彼は無人の幹線道路で加速し、工事現場を走り去る。そして次のインターチェンジで再び東へ向かう。車は真夜中過ぎに、手探りするようにモンタナ州に入る。彼は国有林の入り口に車を寄せ、シートを倒して数時間眠る。

朝の光が空をマーブル模様に変える。彼はまったく方角も分からないままに裏道を走る。食事は、ガソリンスタンドで買ったビーフジャーキーと刺激性キャンディー《アトミック・ファイアボール》だけ。あたりは急峻な山に囲まれた広く平らな盆地で、乾燥しすぎて他に用途のない荒れた放牧地だ。しかし、生命はそんな場所にも無数の使い道を見いだす。彼は野原で動くものに気付く――針金の柵と格闘するエダヅノカモシカ《プロングホーン》。五頭のうち一頭が傷を負っている。ダグラスはその数秘学――数に秘められたメッセージ――に気付き、震え始める。彼は車を路肩に寄せる。誰もいない大きな空間が彼を包む。広大な空。彼は少しだけ窓を開けたまま眠る。まるでいまだに世界は自分たちのものと思っているかのようにコヨーテたちが吠える。

二日目の午前、彼はでたらめに車を走らせる。おおよその方角は朝日で見当が付く。数マイルが過ぎ、数時間が経過する。道は必ずしも直線ではない。道の左側にある奇妙なものが視野に入る。彼が視線を向ける前から、その奇妙さは明らかだ。金色と灰色の広大な土地の中にある、失われた緑のオアシス。元は川岸の入植地だったのだろうが、川はもうない。彼は急ハンドルを切って次の高速出口を降りる。道路のマカダム舗装は、数十年にわたって攻撃をやめない冬の雪と草の根ですっかりぼろぼろになっている。トラックは速度を落とし、這うように走るが、それでも道路は車軸を折って車台をはがそうとする。その後、車はヤマナラシの森に入る。十代の不良集団のように不作法な木々。

彼は車を降りて歩きだす。数ヤード先で、雀の群れが草むらから飛び立つ。木立がそこにある意味が分からない。木々は噴水のように真っ直ぐ上に伸びている。途中から七フィート（約二・一メートル）ほどの枝をブーケのように広げているものもある。ヒロハヤマナラシ。周囲数マイルに人が住んでいる様子はないのに、ここの木はすべて子供向けの論理パズルのように格子状に生えている。緑のアーケードの下で、一つの考えが頭に思い浮かぶ。俺が今いるのは、目に見えない町の通りなんだ、と。歩道、空き地、庭、基礎、店、教会、民家。すべてが一掃され、消えても、この数ブロック分の防風林だけは残ったのだ。彼はかつてどこかの一家の自慢の見晴らし窓があった場所に腰を下ろす。大きな木の陰には今、誰もいない。

見えない場所で小川が流れているような音が聞こえる。あるいは熱のこもった喝采が百年を隔てた昔から響いているみたい。彼はヤマナラシの並木を見る。風に歌う四角い木陰が、ゴーストタウンに驚嘆する客の来訪を喜んでいる。その葉音は、教会から漏れ聞こえる賛美歌のようだ——もう存在しない大通り沿いにあった教会で、もういない参列者たちに向けて歌われる賛美歌。今、その賛美歌を聞いているのは、川が流れるようにさざめくヤマナラシの合唱隊だけ。それで何も不都合はない。その合唱隊も記憶に留めておくに値する。**野原とそこにあるすべてのものは存分に喜びを味わうがいい。その後は、すべての森の木々が喜びを味わうだろう。**

ミミは細身の黒のドレスを着て、グラント通りにあるフォーアーツギャラリーの受付にいる。彼女は落ち着かない様子で革の椅子に座り、数秒ごとにスカートの裾を直して、年を感じさせる膝を隠す。今朝は、画廊に行くならこの格好がいい——交渉相手が男なら二百ドルは得をする——と思われた。顔に傷がある分を埋め合わせできるかもしれない、と。しかし今となっては逆に、猿芝居みたいに思えた。

ショートヘアー《ピクシー・カット》のアシスタントが再び現れ、ミミの傷を見ないように努めながら、コーヒーのお代わりはいかがですかと尋ね、店主はもうすぐこちらに来ますと言う。シャン氏は既に十七分の遅刻だ。巻物は数週間前から預けてあった。そしてこの商談は二度延期されていた。きっと裏で何かが行われているに違いない。ミミはもてあそばれているのだ。しかし、彼女には何がどうなっているのか見当が付かない。

ギャラリーには他の宝物がたくさん並んでいる。漆器の船。墨で細密に描かれた、雲間に浮かぶ山。数層になった象牙の球体に彫り込まれた千の人物像。離れた壁に掛かる絵が彼女の目に留まる。青い空を背景に、虹色の枝を伸ばす巨大な黒い木。彼女は立ち上がり、スカートの膝元を直し、部屋の反対側まで歩く。小さな葉が無数に描き込まれているように見えていたのが、瞑想にふける数百の人物像であったことが判明する。彼女はタグを読む。『福田《ふくでん》』。またの名を、『隠れ家の木』。十七世紀中葉のチベットの絵画。大きく広がる樹冠では、人間から成る葉が風に揺られているように見える。

背後から誰かが彼女を呼ぶ。「マーさん？」

青みがかった灰色のスーツと真っ赤な縁の眼鏡をまとったシャン氏が彼女を奥の部屋へ手招きする。彼は彼女の顔の傷を見ても瞬き一つしない。そして横柄なしぐさで、今は売買が法律で制限されたマホガニー材の会議室用テーブルの前に彼女を座らせる。二人の間には巻物を入れた箱が置かれている。彼は窓の方を向きながら言う。「あなたがお持ちになった作品は大変美しい。傑出した画法で阿羅漢《アラハット》が見事に描かれています。ただ残念なのは、由来を示す書類がないことです」

「ええ。それは……最初からなかったので」

「あなたのお話では、お父様がこれをアメリカに持ってこられたとか。元は上海《シャンハイ》のご一族が所有するコレクションの一部だったのですね？」

彼女はテーブルの下でスカートの裾をいじる。「そうです」

シャン氏は窓から向き直り、真剣な表情を浮かべて彼女の向かい側に座る。その左手は右の肘をつかみ、右手は人差し指と中指の二本を突き出して、幻のたばこを持つ。「正確な制作年代は分かりませんでした。描いた画家についてもはっきりしません」

彼女のガードが上がる。「歴代所有者の印はどうなんです?」

「時代順にたどってみました。あなたのお父様の一族が入手した経路がよく分かりません」

彼女は数週間前からうすうす感じていた通りだったと思う。巻物を鑑定してもらったのは間違いだった。彼女はさっさと巻物を持って店を出たい。

「書の文字も難しい。唐の時代の書体で、狂草と呼ばれるものの一種です。具体的には懐素の書。ひょっとすると、後の時代に書き加えられたのかもしれません」

「何て書いてあるんですか?」

彼は彼女の無礼に対応するために姿勢を変え、少し頭を後ろに引く。「詩です。作者の名は分かりません」。彼はテーブルの上で巻物を広げる。指先が縦書きの詩句をなぞる。

この天気の中、この山の上
なぜここにこれ以上とどまるのか?
三本の木が私に向かって必死に手を振る。
私は耳を傾ける。しかし彼らにとっての緊急事態は
私には風の音としか聞こえない。
新しい芽は冬のさなかも、枝を試している。

詩が終わる前に彼女の肌が粟立つ。サンフランシスコ国際空港の構内放送で呼び出しをされた記憶。

彼女は父が遺書代わりに残した詩を読んでいる。君 窮通《きゅうつう》の理《り》を問う。彼女は冷え込む闇の中で山腹

に緊急の火を放つ。それで一人の女が死ぬ。

「三本の木？」

シャン氏は申し訳なさそうに両手を広げる。「詩ですよ」

彼女の顔は熱さと冷たさに輝く。頭はまったく働かない。遠く離れた場所から何かが彼女に話し掛けている。なぜここにこれ以上とどまるのか？　体の二倍もあるスノースーツで着ぶくれた十二歳の頃の妹アミーリアが泣きながら裏口から家に入ってくる。朝食の木の新芽が出るのが早すぎる。雪で枯れちゃう。すると父は笑顔を浮かべた。新しい葉っぱはいつだってそこにあるんだ。冬になる前からあったんだよ。それは十六年目の冬を経験していたミミも知らなかった事実だ。

「その詩は読めるものなんですか……普通の人でも？」

「学者なら、ひょっとして。書道を専門に学んでいる人とか」

彼女は父が何を専門に学んでいたのか分からない。小型電子機器。キャンプ場。熊との会話。「この指輪」。彼女は拳を突き出して、テーブルの向かい側にいる美術商にそれを見せる。彼は首をかしげる。その笑みには、二人の当惑が反映している。

「はい？　木の彫刻をした翡翠ですね。明《みん》朝のもの。いい仕事をしています。そちらも鑑定しましょうか？」

彼女は手を引っ込める。「いいえ、結構です。巻物の話を続けましょう」

「阿羅漢《アラハット》の描き方は大変優れています。歴史的な希少性と優れた画法という点にかんがみて、価格はおおよそ……」。彼がそこで上限と下限の金額を挙げると、思わずミミの喉から猿のように甲高い忍び笑いが漏れる。「私どもとしては、その中間あたりの金額を喜んでお支払いしようかと思っております」

彼女は冷静さを装って、背もたれに寄りかかる。彼女は貧窮から少しの間解放されることを望んでいた。二年。できれば三年。しかし、示された価格は大金だ。自由。まったく新しい人生に踏み出すに充分なお金。シャン氏は傷のある彼女の顔をしげしげと見る。真っ赤な眼鏡フレームの中で、彼の目はまったく表情を見せない。彼女はそれを見つめ返し、最後の対決に臨む。彼女はこの上なく激しい命の炎が消えていくのを見たことがある。オリヴィアを見送った後では、どんな視線にも気圧《けお》されることはない。

巻物はテーブルの上に広げられている。狂い、酒に酔った書体。謎めいた詩。古《いにしえ》の森にぽつねんと座り、ほとんど変身しかけた、万物の一部になりかけた人たち。彼女は今、そのすべてを処分できる立場にある。しかし突然、それを手放すことに罪悪感を覚える。三本の木は彼女に何かを求めている。でも彼女にはそれが何か分からない。

視線対決でシャン氏に勝つのは、息をするより易しい。三秒後、彼は目を逸らす。そのとき、彼女は美術商の心の中を見透かす。彼は何かの記録でこの巻物が言及されているのを見つけたのだ。その事実は、彼のまぶたの痙攣と同様に明白だ。巻物には、彼が申し出た価格の何倍もの値打ちがある。長らく行方が分からなくなっていた国宝級の逸品。

彼女は息を吸うとき、笑みを抑えることができない。「アジア美術館の学芸員なら、もっと正確な鑑定ができるかもしれませんね」

フォーアーツギャラリーはすぐに新たな買い取り希望価格を示す。ミミも二人の妹たちも、その子供たちも当分の間、金の心配をする必要がないだろう。彼女にとってそれは一つの逃げ道になる。再訓練。新しいアイデンティティー。なぜここにこれ以上とどまるのか?

彼女はカーメンとアミーリアに、一年ぶりに電話をする。まずはカーメン。ミミは顔の傷のことは言わない。職を失ったことも。アパートを売ったことも。三つの州で指名手配されていることも。彼女は無沙汰を詫びる。「ごめんね。ちょっと波乱があって」

カーメンは笑う。「波乱のない人生なんてあるのかしら？」

ミミは美術商との交渉について話す。

「分からないわ、ミミ。だって、家宝なのよ。父さんの形見と呼べるものは他にないでしょ？」

三本の翡翠の木がとミミは言いたい。必死に手を振る。「私はただ、父さんが生きてたらするのと同じことをしたいだけ」

「じゃあ、生きてたときの父さんがしたのと同じことをすればいい。父さんが死ぬまで大事にしたのはあの巻物くらいしかないんだから」

次に電話するのはアミーリア。アミーリア――健康的で控えめな聖人――は、野蛮で陽気な子供たちを背後でなだめつつ、頭のおかしな姉の話を聞いてくれる。ミミは危うく口に出しそうになる。**私は逃亡者なの。友達が死んだ。私はある建物に放火した。**彼女はその代わりに、英語に訳された詩を読み上げる。

「いい詩ね、ミミ。それはきっと、リラックスしなさいっていう意味よ。リラックスして、人を愛しなさいってこと。巻物は好きにすればいい」

「あれは父さんの唯一の形見だってカーメンは言うの」

「はいはい。感傷的にならなくてもいいと思う。父さんも感傷とは無縁なタイプだったし」

「そしてお金の使い方も慎重だった」

「慎重？　あれはケチって言うのよ！　地下室なんか捨て売り品でいっぱいだったじゃない？　ケースで買ったコーラとか、ダウンジャケットとか、半額のソケットレンチとか？」

「それに、父さんが死ぬまで大事にしたのはあの巻物くらいしかないってカーメンは言ってた」

「よく言うわ。きっと骨董品市場の値動きを見計らってただけよ」

決定票《キャスティング・ボート》を投じる責任は再び、小柄なミミの肩にのしかかる。その夜、いつもと同じ笑顔を浮かべた技師、キャンプ場の記録をまめにノートに記す男、穏やかな自殺者がミミにささやく。彼は答えをその耳に直接聞かせる。過去はロートスの木。刈り込んでも、また伸びてくる。

　ドロシー・カザリー・ブリンクマンは明るすぎる笑みを浮かべながら、朝食のパンがゆを載せたローズウッド製のトレーをキッチンから夫の部屋へ運ぶ。電動ベッドから、必死な目が彼女を見上げる。恐怖にこわばり、ゆがんだ口はギリシア悲劇の仮面のように見える。彼女は戸口から引き下がりたいという衝動と戦う。「おはよう、レイレイ。よく眠れた？」

　彼女はトレーをナイトテーブルに置く。恐ろしい目が彼女を追う。永遠に。生き埋め。彼女は足を前に踏み出す。グラスに差したスズランもナイトテーブルに置く。彼女はよだれで湿ったベッドカバーを折り返す。そして温かい朝食の載ったトレーを半身が麻痺した体の上に置き直す。

　新しい朝が来るたび、彼女の演技に磨きがかかる。今日と同じような日がこれからどれだけあるのか、あとどれだけ辛抱できるのか、誰も知らない。彼が何かを言う。彼女は唇に触れるところまで耳を寄せる。聞こえるのは「だだた」という音だけだ。

「分かったわ、レイ。大丈夫よ。いい？」。彼女は大げさに袖をまくり上げて笑いを誘う。仮面の口が少し動き、彼女はそれを読み取らなければならない。半身の麻痺よりも、言葉の乱れよりも、ゆがんだ口元のせいで彼は別ものに変わっている。「これは昔から伝わる穀物。アフリカ産。細胞の修復にいいんだって」

　彼は動く方の手を一インチ（約二・五センチメートル）上げる。それはおそらくドロシーを止めるためだが、彼女は無視する。彼女は彼の意見を無視することに上達していた。間もなく、古代の穀物が顎からよだれかけに伝う。彼女はそれを柔らかい布で拭く。卒中で凍った顔の皮膚は硬く感じられる。しかし目は違う。その目ははっきりとこう語っている。死を除いて、私が耐えられる存在はもう君しかない。

スプーンが口に出入りする。彼女の中の何かが子供返りして、飛行機みたいな効果音を添えたい衝動に駆られる。「昨日の夜、フクロウの鳴き声を聞いた？　呼び掛け合うみたいな声？」。彼女は彼の口元をぬぐい、もう一度スプーンを口に運ぶ。そしてあの二週間後、彼がまだ病院に入っていたときのことを思い出す。彼の口には酸素マスクが付けられていた。腕には点滴。彼は動く方の手でそれらをいじるのをやめなかった。彼女が仕方なく看護師を呼ぶと、腕が包帯で固定された。彼の目が酸素マスクの上から覗き、彼女をとがめた。終わりにさせてくれ。君の手間を省こうとしているだけだというのが分からないのか？

その後数週間、彼女が考えたのは、私には無理だということだけだった。しかし、実践は不可能を可能にする。彼女は実践の中で、医師たちの事務的な見方と友人たちの憐憫を乗り越えた。彼女は練習のおかげで、体が硬くなった彼に、喉を詰まらせずに姿勢を変えさせられるようになった。氷山のような彼の言葉を聞き取れるようになったのも練習のおかげだ。もう少し練習を積めば、死も手なずけることができるだろう。

朝食の後、おむつ替えが必要かどうかを確認する。必要だ。彼は初めてのとき――病院で、ベテラン看護師が行ったのだが――恥ずかしさでうめき続けた。今でも、ゴム手袋、スポンジ、ホース、そして彼女がバスルームへと運んでいく生ぬるい塊を見ると、怪獣像《ガーゴイル》の目に涙が浮かぶ。

彼女はおむつ替えを終えて、ベッドの中で姿勢を変えさせて、床ずれがないかを確認する。今日は一日、彼女一人だ。出張介護サービスのカーロスとリーバが来てくれるのは週に四回。レイはその半分でいいと考えていて、ドロシーはその二倍来てほしいと思っている。彼女は石のような肩に手を置く。疲労を表に出す代わりに優しくしようと努める。「テレビ？　それとも読書？」

彼女は彼が読書と答えたように思う。そして『ニューヨーク・タイムズ』紙を読み始める。しかし、彼は見出しにひどく興奮する。「私もよ、レイ」。彼女は新聞を脇に置く。「ニュースなんて読まなくてもどうってことないわ、ね？」

彼が何かを言う。彼女は体を寄せる。「クルスス」

「怒《クロス》ってるですって？　怒ってないわよ、レイ。つまらないことを言わないで」。彼が再び言う。「あ、、、なたが怒《クロス》ってる？　どうして？」。彼が腹を立てるもっともな理由は無数にあるが、彼女は真剣にそう尋ねる。

硬い唇からもう一つの音節が絞り出される。「ワルド」

彼女はぞっとする。二人が一緒に暮らした年月、彼がずっと続けていた朝の儀式。今ではできなくなった遊び。最悪なことに今日は土曜。難問の日だ。彼が以前クロスワードパズルを解きながら悪罵を吐くのを彼女が耳にしたのは土曜日だった。

二人は午前中ずっとパズルに取り組む。彼女がカギを読み上げ、レイはじっと北極を見上げる。**被害を受ける。哺乳瓶みたいな。少し距離を置く。**地質学的な間隔を置きながら、彼がうなるように単語らしき音を発する。驚いたことに、彼女としては、彼をテレビの前に座らせるよりも楽だ。彼女は気が付くと、毎日クロスワードをやっていれば——そのふりをするだけで——彼の脳の修復にも役立つのではないかという幻想にふけっている。

「早春の星座。五文字。最初の文字はA」

彼は二音節の言葉を言うが、彼女には聞き取れない。もう一度言ってと頼むと、うなるようにまた何かを言うが、鉱滓《こうさい》のように融け合って一体化した音が聞こえるだけだ。

「そうかもね。鉛筆でメモしておくわ。後でまた考えましょう」（正解は「牡羊座（Aries）」で二音節なのでおそらくレイには分かっているのだが、ドロシーはそれに気付かないまま適当にごまかしている）。ぼろ人形で遊ぶのと同じ感覚。「これはどう？　**再び木の芽が吹くこと。**六文字。最初の文字はR、四文字目はE、五文字目はA」

彼は閉じ込められた目の奥からじっと彼女を見つめる。その閉ざされた空間の中に何が残されているかは分からない。彼の頭がうなだれ、前足で冬の雪を掻く獣のように、動く方の手がベッドカバーを探る。

正午まではまだかなり時間があるが、朝の気合いは既に息切れし始めている。彼女はクロスワードを脇に置く。書き直したり、消したりしたせいでごちゃごちゃになった格子状の枠。もう昼食を考えなければならない時間だ。彼が喉に詰まらせたりしないような食事。今週、何度も出したのとは違うメニュー。

昼食は大西洋を手漕ぎボートで横断するような労苦だ。午後、彼女は『戦争と平和』を彼に読む。戦役は長く困難で、何週間にもわたるが、彼は聞きたいらしい。彼女は彼を小説《フィクション》の側に改宗させようと長年努力してきたが、今ようやく、とらわれの身の聞き手が目の前にいる。

物語は彼女の手にも負えない。あまりに多くの人物があまりに多くの感情を抱くので、全部の話を追うことができない。主要登場人物である公爵が大きな戦いのさなかで倒れる。周囲で混乱が続く中、彼は身動きできないまま仰向けに冷たい地面に横たわる。兵士の上にあるのは空だけ。高く広がる空。彼は動けない。見上げることしかできない。どうして俺は今まで存在の中心的真実に気が付かなかったのだろう、と公爵は空を見ながら思う。世界のすべても人間の心もこの無限の青の下では無意味だ、と。

「ごめんなさい、レイ。こんな描写があることを忘れてた。ここは飛ばしましょう」

彼の目が再び激しく吠える。しかし、彼を戸惑わせているのは小説ではないかもしれない。ひょっとすると、なぜ妻が泣いているのかが分からないのかも。

夕食はまた、長い戦に変わる。今度はアジアでの地上戦。彼女は彼をテレビの前に座らせる。それから二度目の夕食のために出掛ける。これは自分の夕食だ。アランは作業場の前で彼女を出迎える。その髪はおが屑まみれだ。彼の目も少し吠えている。彼女は目を逸らす。彼の腕に抱かれると、恐ろしいことに、まるで家に戻ったような気分になる。彼女の未来の婚約者《フィアンセ》。夫と同じ弁護士たちが〝神の業《わざ》〟と呼びたがるものによって離婚が保留されている間に婚約者を持つことは可能なのだろうか？

「今日はどうだった？」。いつもならそれは単なる挨拶ではない。彼は本当に返事を期待している。しかし今夜のそれは、食事の合間で大きく息を吸うついでに発せられた言葉にすぎない。二人が持ち帰りの左宗棠鶏《さそうとうどり》（甘辛いたれをかけた中華風の鶏料理）を食べている周囲には、解体されたバイオリンとビオラとチェロ、ネックのないボディ、一列にワイヤに吊られた白い表板、つなぎ合わせる前の二枚のカエデ材の裏板、トウヒと柳のにおい、指板に使う黒檀の塊、部品に使うツゲとリサイクルされたマホガニーのかけらなどがある。

彼女は使い捨ての箸でパチンと音を立てる。「私たち、もっと若い頃に会えたらよかったのにね。昔の私を見せたかったわ」

「え、いいや。年季の入った木の方が若い木よりずっといい。山の高いところで、北斜面に生える木がいいんだ」

「お褒めの言葉をありがとう」

「問題はむしろ私の年だ。もっとこれがうまくできるといいんだが」。彼は梁からぶら下がる、形を整えられたボディの板を指し示す。「この年になってようやく、木の癖ってものが分かり始めた」

二時間後、彼女は帰宅する。レイにはきっと聞こえたはずだ。車が車寄せに入る音。ガレージのドアが開く音。彼女の鍵が裏口を開ける音。しかし、彼女が部屋に入ると、彼の目は閉じていて、ゆがんだ口元は力なく緩んでいる。テレビでは、出演者たちが互いのジョークに妖精《バンシー》（家族に死者が出ることを恐ろしい泣き声で予告すると言われている）のように笑い叫んでいる。彼女はテレビを消し、ベッドを回りこんで、汚れたベッドカバーをこわばった体に掛け直す。彼の使える方の手が彼女の手首をつかむ。その目が叫ぶように大きく見開く。地獄と殺人の表情。彼女は跳び上がり、悲鳴を上げる。その後、平静に戻り、彼を落ち着かせる。

常に世界でいちばん優しい男。彼女が浮気をしている間も、聖人のようにじっと堪え忍んだ。彼女が終わりを告げたときには少し声を上げ、自分は君にとってのベストを望んでいるだけだと言った。このままここにいて好きなことをすればいい、と。何か困ったことがあったらいつでも私がいるから、と。今、彼女は困っている。そして、そう。彼がいる。彼は彼女のもの。いつでも。

「レイ！ やめてよ。眠っているのかと思ったわ」。彼は何かはっきりしないことを言う。サンスクリット語の歌みたいな一言。「何それ？」。彼女は身を乗り出して、ジェスチャーを使わない難問言葉当てゲームに挑む。二音節。どちらも不明瞭。「もう一度言って、レイ」

死の前の生でそうだったように、彼の忍耐は彼女を上回る。彼の凍っていない半身の筋肉が暴れる。あらゆる種類の妖怪が彼女の肌を掻きむしり、髪を掻き乱す。「レイレイ。ごめんなさい。何を言っているのか分からないわ」

半分だけ動いている唇からさらに音が漏れる。彼女はまた身を乗り出して、耳を傾ける。ようやく彼女には聞こえる。右《ライト》。それは本当の要求とは思えないので、理解するのに時間がかかる。書く《ライト》。

彼女はためらうことなくペンと紙を探す。そして頼りない手にペンを握らせて、指が地震計の針のように動くのを見る。ひどい金釘流を綴るのに数分がかかる。

彼女はもつれた震えを見つめるが、何も見えてこない。ナンセンス。でも、いまだに残骸の中に閉じ込められている男にそうは言えない。そのとき、一つの単語が現れ、意味があふれ出す。彼女はすすり泣きをし始め、こわばった腕をぐいと引き寄せ、当人は既に知っていることを聞かせる。「正解よ。それ、正解！」。六文字。最初の文字はR。再び木の芽が吹くこと。releaf（同音異綴で「安堵」の意をもつ単語もある）。

あっという間に二十回の春がめぐる。史上最も暑い年が訪れ、去る。そしてまた一年。それがさらに十年続き、ほとんど毎年、史上最も暑い年と言われる。海面が上昇する。一年の時計が狂う。二十回の春が来て、最後の春は最初の春より二週間早く始まる。

多くの生物種《しゅ》が消える。パトリシアはそれについて書く。数え切れないほど多くの種《しゅ》。珊瑚が白化し、湿地が乾燥する。人間に見つからないまま消えていくものもある。基本的な絶滅速度の千倍でさまざまな生物が消えていく。たいていの国よりも大きな森が農地に変わる。周囲の世界を見渡してみてください。そこに見える風景から、半分を取り除いたらどうなるかを考えてください。

この二十年間に生まれた人の数は、ダグラスが生まれた年に地上にいた人間よりも多い。

ニックは人目を忍んで働く。木よりもゆっくりとした労働にとって、二十年などすぐだ。われわれは生来、派手で鮮やかなことが目の前で起きているときには、背景のゆっくりした変化には気付くことができない、ということをアダムが書いた論文の一つは示している。

　時計の短針をじっと半日見つめていても、それが動いているのに気付かないこともある、とミミは知る。

『支配《マスタリー》8』の中で、ニーレイは体重百四十五ポンド（約六五キログラム）で肌は白っぽく、アインシュタインのような髪型をしている。顔は光の加減と今いる場所次第で、さまざまな人種的相貌を帯びる。身長はわずかに四フィート八インチ（約一四〇センチメートル）だが、しなやかなふくらはぎと筋肉質な太もものおかげでどこにでも行ける。名前はスポア。だが何者でもない。彼は十一の大陸に暮らす他のすべての入植者と同じく、いくつかのメダルを獲得し、記念碑を建て、いくらかの現金を貯めた。そして今では小さな町の町長を務め、別の町につづれ織りの工房を持っている。しばらくの間、司祭として働いた修道院は活動が停滞している。普段するのは主に散歩。見ず知らずの人の家を訪問すること。イトスギの枝が揺れるのを眺め、風向きを確認すること。

　彼は他の数億人とともに、並行世界《パラレル・ワールド》――それぞれが選んだゲーム――に移住していた。ウェブがこの世に存在しなかった時代を彼は思い出せない。〝今〟を〝常時〟に変え、今あるものを必然と取り違えるのが意識の仕事だ。彼を含む心の喜びの谷《サンタクララ・バレー》の住人たちは、ネットとつながる生活を発明したわけではなく、その一角を開拓したにすぎない、と感じられるときもある。進化の第三段階。

　彼はとある水曜の午後、3Dモデリング制作会社の買収に同意する重役会をすっぽかして、旅に出ている。彼がゲームの中でやっているのは、私的な研究開発作業だ。彼は何日も前から巡礼に出て、極地から赤道までを歩き回り、あらゆる地域の市民と会話してきた。無作為に選ばれた消費者反応《フォーカス》調査集団《グループ》。満足度調査とちょっとした運動を兼ねた作業。

初めて訪れた県のにぎやかな町。今日はその役所の前で市場が開かれる日だ。組み鐘《カリヨン》に呼び寄せられた人々があらゆる品物とサービスに群がっている。荷車、ろうそく、エンジン、レンズ、貴金属、土地、果樹園。手織りの衣類、手作りの家具、本当に音が出るリュート。前の年には、取引は物々交換のみで、人々は珍しいものを互いに交換し合っていた。しかし最近では、本当のお金——ドル、円、ポンド、ユーロ——が流通し始め、それに応じて上の世界でも数百万ドル規模の電子取引が行われていた。

「馬鹿みたい」と、町の市場のチャンネルで誰かが言う。ニーレイはそう言った人物を探そうと周囲を見回す。人混みの中、鹿革をまとった男が隣に立っている。ニーレイは一瞬、これはボット——プレーヤーではない、よくできた人工知能——かもしれないと思う。しかし、その人物の歩き方には何かを感じさせるものがある。何かに飢えた、人間的な雰囲気。

「馬鹿みたいって誰のこと？」

「こんなことは上の世界だけでもうたくさんじゃないか？」

「上の世界？」

「元の世界。タイムカードを押して、ベーコンを買って帰って、くだらないものを家に集める。ここは今、生身の世界《ボディーランド》と同じで救いようがない」

「ここでは、他にもすることがたくさんある」

「昔はそう思ってた」と鹿革の男が言う。「あなたは神？」

「いいや」とニーレイは嘘をつく。「どうして？」

「いろいろな魔法《バフ》を持ってるみたいだからさ」

彼は次回のゲームでは目立たない程度に抑えようと思う。「かなり前からやってるからね」

「神々がたむろしている場所を知らないか？」

「知らない。変えてもらいたいことがあるのか？」

「この世界全体」

ニーレイは腹を立てる。売り上げはこれまでで最高に達した。韓国では、ゲームをやめさせようとした母親を子供が殺した。少年は母の遺体が横たわる隣の部屋で、母のクレジットカードを使ってゲーム内での勝利を重ねた。しかし、不満を言う資格は誰にでもある。

「何が問題なんだい？」

「もう一度この場所を愛したいだけさ。初めてプレーするようになったとき、ここは天国だと思った。勝つ方法だって無数にある。〝勝つ〟ということの意味さえ、ここでは曖昧だ」。鹿革の探検家の動きが一瞬、止まる。ひょっとするとそのアバターの〝魂〟が、ゴミ出しに行かないといけなかったか、電話に出なければならなかったか、生まれたての赤ん坊をあやさなければならなかったのかもしれない。その後、アバターが小さく奇妙なツーステップを踏んで生き返る。「ところが今では、どこもかしこも同じくだらないことばかり。山を掘って鉱石を探したり、森の木を伐採したり、野原を金属で覆ったり、馬鹿みたいな城や倉庫を建てたり。自分が望むような町が出来上がったと思ったら、傭兵を連れた馬鹿野郎がわざわざそれを壊しに来る。現実世界よりもひどいね」

「報告したいプレーヤーがいる？」

「い、い、「やっぱりあなたは神なんだろ？」

ニーレイは何も言わない。何十年も歩いたことのない神。

「何がまずいか、分かってないのか？　手に触れるものすべてが黄金に変わったミダス王と同じ問題さ。人はすべての空間を埋め尽くすまでくだらないものを建て続ける。すると、神であるあなた方はただ、別の大陸を作るか、新しい武器を導入するかだ」

「他にも遊び方はある」

「俺もそう思った。山の向こうや海の向こうにいる謎の生き物とか。でも、そうじゃない」

「ひょっとすると君は別の場所に行くのがいいのかもしれない」

鹿革の男は腕を振る。「僕はここが、その別の場所だと思ってたんだ」

大昔に死んだ父のためにデジタル版の胍を踊らせたいといまだに思っている少年は、この田舎者が言っていることは正しいと思う。『支配《マスタリー》』にはミダス王問題がある。すべてが金箔で覆われた死に向かっている。


アダム・アピチは准教授に昇任する。それは息抜きというより、ただ負担の増加を意味している。常に二つのことを同時にこなさなくてはならない。会議、文献渉猟、野外調査《フィールドワーク》、授業準備、オフィスアワー、採点待ちのレポートの山、委員会、昇進のための書類、五百三十六マイル（約八六〇キロメートル）離れた出版社にいる女性との長距離恋愛。

彼はオハイオ州コロンバスに初めて購入した家でニュースを観ながら、出版に向けて論文を推敲しつつ、レンジで温めた〝テリヤキ〟を食べている。今起きている出来事を追ったり、本物の食事をとったりする時間はないので、仕事をしながらその両方を簡単に済ませることで満足しようとしている。あるニュースが始まって十秒後、彼はそこに映し出されているものをようやく理解する。損傷した建物、黒く焦げた梁。自身の記憶ではもう鮮明に呼び起こせない事件現場。ヤマナラシのゲノムを改変しようとしていたワシントン州にある研究所を誰かが爆破した。すすけた壁にカメラがとどまる。そのコンクリート壁には、かつて彼が作文を手伝った言葉がスプレー塗料で記されている。

コントロールは殺す
絆は癒やす

かつて自分たちが使ったスローガン。意味が分からない。ニュースキャスターが彼をさらに混乱させる。「当局によりますと、七百万ドルの損害を与えた今回の事件は、数年前からオレゴン州、カリフォルニア州、アイダホ州北部で続いている同様のテロ事件と結び付きがあるとのことです」

世界は分裂し、倍加し、アダムは自分によく似た別人に変わる。そのとき、もっとシンプルな説明が頭に浮かぶ。仲間の一人か数人が単独で活動を続けているのだ。可能性が最も高いのは、恋人を失ったニック。あるいは退役軍人だが子供じみているダグラス。あるいはその二人が、新たな信者仲間を引き連れて放火を続けている。今回、火を点けた犯人は、それが誰であれ、まるで著作権を持っているかのようにあのスローガンを使っている。

カメラが上へパンして破壊された研究所の焦げた小梁を映す。アダムは自分が装置をセットしたわけではないのに、その残骸に見覚えがある。五年前ではなく、昨夜のことのよう。まるで今、帰宅したばかりで、煙の匂いのする服をすぐに焼却処分しなければならないかのようだ。カメラは廊下の突き当たりにスプレーで残されたメッセージの前で止まる。

自殺的な経済にノーを

准教授に昇任した六週間後、彼は再び放火犯に戻る。

三か月後、オリンピック半島近くの材木置き場の重機倉庫が爆発する。ミミは事件について『サンフランシスコ・クロニクル』紙で知る。彼女はゴールデンゲートパークの〝花の温室〟脇にある芝生に座っている。サンフランシスコ大学ヒルトップキャンパスから歩いて十分。彼女はその大学でリハビリテーション科学と心理カウンセリングの修士課程を間もなく終えようとしている。現場に残されたスローガンには見覚えがある。かつて自分たちのものだったスローガンだから。ニュースには「エコテロリズムの歴史　一九八〇―一九九九年」という補足記事が付随している。

　きっと逮捕は単に時間の問題だ。来月、来年、扉をノックする音が聞こえて、光るバッジを見せられる……。彼女が新聞を読む横を人々が通り過ぎていく。この世での所有物すべてを汚れたバックパックに詰めて歩いているホームレス。日本の国旗を振る女性を先頭に、黄色い帽子をかぶって歩く日本人旅行者たち。キリンのぬいぐるみを投げつけ合ってじゃれている恋人たち。ミミは自分が実行したように思われる犯罪に関する記事を読みながら、芝生に座っている。十フィート（約三メートル）の誤差で彼女の居場所を特定できる人工衛星が、見えないところで無数に上空を飛んでいる。彼女の目の前にある見出しは、宇宙にあるカメラから読み取ることができる。「エコテロリズムの歴史」。彼女は顔を上げ、未来が空から舞い降りて自分を逮捕するのを待つ。それから、新聞を昼食のゴミと一緒にまとめて、ローンマウンテンへと続くカリフォルニアライブオークの並木をくぐり、午後の「セラピーにおける倫理的・職業的問題」の講義に向かう。

　新しい放火事件の噂はニックには届かない。彼がニュースを仕入れるのは、西海岸北部のバス停や喫茶店で隣に座った人、電話での売り込み、国政調査員、小さな町の物乞いなど、どこの評論家もアナリストも知らないような秘密をしばしば無料で教えてくれるタイプの人たちからだ。

ワシントン州ベルビューで、彼はこの上ない仕事を見つける。巨大な配送センターで小さなフォークリフトを乗りこなす作業員。山のような木枠の梱包から本を出し、バーコードを読み取り、巨大な3D保管スペースにおける正確な指定位置に運ぶ。君なら速度記録を出せると言われ、実際に記録を打ち立てる。それは一種のパフォーマンス・アートだ。ただしそれを目にすることができるのは選び抜かれた者だけ。すなわちゼロ人《にん》だ。

この場所で扱われている商品は本というより、一万年に及ぶ歴史の目標物だ。それはつまり、人間の脳が何より希求し、自然が与えるのを拒み続けているもの。利便性。安楽は病気であり、ニックはその媒介者だ。彼の雇い主であるウィルスたちはいつか、一人一人の内側に共生者として棲み着くことになるだろう。一度パジャマを着たまま小説を買ってしまうと、もう後戻りができなくなる。

ニックは次の梱包をほどく。今日はこれで三十三個目。彼は調子のいい日には百の梱包を開け、スキャンし、棚に運ぶことができる。四分に一個だ。手早くやればやるほど、ロボットに取って代わられる日――避けることのできない日――を先延ばしにできる。効率の手によって自分が殺されるまで、まだ二年はあるだろうと彼は当て込む。仕事に一生懸命になればなるほど、何も考えないで済む。

彼はペーパーバックの梱包箱を鋼鉄製の棚に載せて一息つく。通路の両側にはうずたかく本が積まれ、本の谷は果てしなく続いている。この受注発送《フルフィルメント》センターだけでそんな通路が数十本。そして毎月、あちこちの大陸に新たな受注発送《フルフィルメント》センターができている。すべての人が満足《フルフィルメント》するまで会社はやめないだろう。ニックは本の谷を眺めることで貴重な五秒の作業時間を使ってしまう。その光景を目にした彼の心は恐怖でいっぱいになるが、その恐怖は希望と切り離すことができない。印刷された紙でできたこの渓谷、どこまでも伸び、膨れ上がっていくこの谷のどこかに、満足《フルフィルメント》というまじないを解き、危険と窮乏と死を再び取り戻す真実の言葉、ページ、段落があるに違いない。数百万トン分の沼みたいな松の繊維のどこかにそれが刻まれているはずだ。

夜になると、彼は自分の壁画に取り組む。アパートで型紙《ステンシル》を切り、それを持って、散歩のときに町で見つけた裸の壁を訪れる。警察の目を惹くようなことをするのが危険なのは承知の上だ。しかし、目に見える形で声を上げたいという衝動は抑えられない。中くらいの大きさの型紙をテープで貼り、また剝がすまでの作業は、彼なら二、三十分で終えられる。午前二時から四時の間、この作業をしていなければ目を覚ましたままベッドで悶々としている時刻に、近所の数箇所に絵を残すことができる。防弾チョッキを着た牛。カエデの翼果みたいな手榴弾を投げるデモ隊。まるで受粉しようとするかのように、トレリスに這う薔薇の花に群がる小さな戦闘機やヘリコプター。

今夜の作品は大きい。十六枚の型紙を重ねて、弁護士事務所の壁に描く絵。ニックは脚立に乗って、番号を振ったステンシル版を順に貼り、上と下が広がる大きな花瓶の形を作る。ステンシル版は建物正面の石炭殻ブロック製の壁を覆い、九〇度折れて、歩道に続いている。次にスプレー缶を取り出し、切り抜かれた版の内側に塗料を吹き付けると、マスキングペーパーの上にも色が流れる。あっという間に絵が乾き、彼が型紙を剝がすと、そこに一本の栗の木が現れる。枝の先は事務所の二階にまで伸びている。幹は下へ伸びて、大きな根の塊へとつながり、それは歩道を這って通りの下水溝まで続いている。樹皮に模様のように走る裂け目は、胸あたりの高さ——目よりも少し低い位置——で幅二フィート（約六〇センチメートル）のバーコードに変わっている。

ニックは指ほどの太さのラクダの毛の筆と黒のエナメル塗料の缶をバックパックから取り出して、バーコードの隣にルーミー（ペルシアの神秘詩人一二〇七—一二七三）の詩をフリーハンドで記す。

愛は木だ
枝は

永久
根は
永劫
なのに幹は
どこにもない

かつて、ある人が彼にこの詩を読んで聞かせてくれた——木の上、枝の先、生長する宇宙の縁にある家で。これで一人が落ちたらとその人が言うのが聞こえる。もう一人も道連れだからね。彼は後ろに下がって出来映えを確認する。彼はその迫力に気圧され、それが自分の好み通りに仕上がっているかどうか分からない。しかし、好みに合っているかいないか——消費文化では当たり前となっている尺度——は、彼にとってほとんど意味がない。彼の望みはただ、壁で囲うことのできない何かを、できるだけ多くの壁に描くことだ。

彼は型紙とスプレー缶を集め、バックパックに詰め込み、急いで家に帰る。そして、ずっとシーツを換えていないベッドで朝の出勤まで五時間ほどうとうとする。オリヴィアは何度も彼の夢に現れ、死の間際に、慌てたようにまたこう呼び掛ける。これは決して終わらない——あたしたちが持っているものは。そうでしょ?

「私のことはほっといてくれ」。レイ・ブリンクマンは毎週何度か、妻にそう言う。しかし彼女は、彼の口から漏れ聞こえるもごもごした音の塊を理解できない。あるいは理解できないふりをする。彼女が夜に長時間どこかへ出掛けると、彼は満足する。彼女が今頃、友達のところにいて、どこかの暗い部屋ですっかり違う人格になっておしゃべりし、手の届かないものを必死に求め、大声を上げていればいいな、と彼は思う。しかし朝になって、部屋に入ってきた彼女におはよう、レイレイ。よく眠れた？と訊かれると、彼はその麻痺した体でまた別の喜びを感じずにはいられない。

　彼女は彼に食事をさせてから、テレビの前に移動させる。画面に映るのはニュース、旅行、たくさんの他者たちだ——ずっとそれを手にしていたのに、気付いていなかった幸運を思い起こさせるもの。今朝のシアトルは戦争状態だ（一九九九年末にシアトルで開催された世界貿易機関の閣僚会議は、反グローバリズムを掲げる市民団体による反対運動などのために大混乱した）。世界の未来と、富と財産をめぐる争い。朝の情報番組の司会者たちも困惑した様子だ。数十の国の代表団が会議場に集まろうとしている。数千人の興奮したデモ隊が彼らが集まるのを阻止している。迷彩のズボンとポンチョという格好の若者たちが火の点いた装甲車の屋根でジャンプしている。別の者たちは地面に固定された郵便ポストを引き剝がし、大声で叫ぶ女の制止を聞かず、銀行の窓ガラスに向かって投げつけている。クリスマス向けの白い明かりが点々とともる木々の下で、黒服にヘルメットを着用した隊列が群衆に向かってピンク色の催涙ガス弾を発射する。知的財産を守る塹壕で二十年を過ごしたレイ・ブリンクマンは、警察隊が無政府主義者を鎮圧するたびに歓声を上げる。しかし同時に、返す手《バックハンド》で神に制止されたレイ・ブリンクマンは、ガラスを割る側にいる。

　群衆が押し寄せ、二手に分かれ、襲いかかり、再集結する。暴徒鎮圧用シールドの密集方陣が彼らを押し返す。無法が息を合わせてバリケードを越え、装甲車を取り囲む。カメラはその中で、驚くべきものに注目する。野生動物の群れだ。パーカやボンバージャケットを着た若者が頭に、角《つの》やヒゲ、牙やぱたぱたする耳を付け、手の込んだ仮面などをかぶっている。動物たちは死に、道路に倒れ、また立ち上がる。それはまるで環境保護団体《シエラ・クラブ》が作った猟奇映画《スナッフ・フィルム》のようだ。

　変成したレイの頭にある記憶がよみがえる。彼はその苦痛に目を閉じる。動物の仮面、柄《がら》の付いたレオタードには見覚えがある。なじみのある光景だ。写真のような形で見た記憶。そんなはずはないと彼は思うが、気味の悪いその感覚を事実が打ち消すことはできない。彼はドロシーを呼んで、テレビを消すように言う。

「読書にする？」。そんな必要はないのに、彼女はいつもそう尋ねる。彼も決してノーとは言わない。今では朗読を聞くのが生きる目的となっている。二人は『古今傑作小説百選』を読み進めていた。今の彼には、以前の自分が虚構《フィクション》に我慢できなかった理由が思い出せない。昼食までの時間を過ごすのに、読書ほど魅力的なことはない。彼はまるでそこに人類の未来がかかっているかのように、つまらないプロットの細部にこだわる。

本は、孤島に生きるフィンチのように容易に変化し、広がりと多様性を持っている。しかしそこには共通する中核部分があり、それはあまりにも見え透いているので当然の前提と思われている。最後に重要となるのは、恐れと怒り、暴力と欲望、驚くべき〝許し〟の能力と結び付いた憤怒――品性――だと、誰もが思っている。もちろん、それは子供っぽい思い込みだ。創造主が、連邦裁判所の判事のようにいつか一人一人に裁きを下すと信じる段階から一歩進んだだけのこと。満足のいく物語と意味のある物語を取り違え、生命を大きな二本足の生き物と思い込むのが人間だ。だが違う。生命ははるかに大きな規模で動員されるもの。そして世界が今行き詰まろうとしているのはまさに、小説が世界をめぐる戦いを魅力的に――失われた少数の人々の間の争いと同じように――描くことができていないからだ。しかしレイは今、誰よりも虚構《フィクション》を欲している。英雄、悪人、そして今朝、妻が語り聞かせてくれている端役たちの話は真実よりも優れている。彼らは言う。私はにせものだ。私が何をやっても世界は変わらない。でも、私は遠いところからこの電動ベッドの枕元までやって来て、あなたの話し相手となり、あなたの心を変える。

二人は数万ページを経た後、トルストイへと舞い戻り、『アンナ・カレーニナ』を厚さにして一インチ半（約三・八センチ）ほど読み進めている。ドロシーは自意識や羞恥心をまったく感じさせることなく、芸術と実人生が同じ美術教室に参加していることはおくびにも出さずに、物語を再開する。レイにとってはそれこそが、虚構《フィクション》の与えてくれる最大の慈悲だ――二人が互いにした最悪の仕打ちもまた、すべてが終わってみれば、一緒に読んで味わえる物語の一つにすぎない、ということの証左。

彼女が本を読む間、彼はまぶたを閉じる。彼はすぐに物語に入り込み、主要登場人物たちには影響を与えることのないエキストラとして余白に身を潜める。彼は読み聞かせの声を聞きながら三分の一世紀の間眠った後、声の変化で目を覚ます。それは彼女のいびきだ。その後は一人、生まれ変わってから毎日ずっと、五、六時間やり続けていることをする。窓の外の裏庭をじっと見るのだ。

殻斗に堅果を詰めながら真っ赤に染まっているオークの枝の間をキツツキが飛び回る。二匹のリスが狂ったように、葉のないシナノキの幹を螺旋状に駆け上がる。草の葉先には、来たるべき冬を恐れない小さな黒い虫が雲のように群れている。何年も前に彼とドロシーが植えたに違いない灌木は、かなり前に葉がすべて落ちたにもかかわらず、今はふさふさした黄色の花がたくさん付いている。体が不自由な人間にとっては愉快な光景だ。風が噂話を運ぶ。ブリンクマン夫妻が毎年結婚記念日に植えた木の枝が、それに憤慨して揺れる。いたるところに危険がある。準備、陰謀、ゆっくりとした蜂起。かつてはその遅さのために気付かなかった変化が、今では、のみ込む間もないほど素早く目の前を通り過ぎていく。

ドロシーが自分のいびきで目を覚ます。「あら！　ごめんなさい、レイ。あなたを放っておくつもりはなかったのよ」

彼には説明できない。いつであれ、どこであれ、誰も人を放っておくことはできない。二人の周囲では猛烈な勢いで、交響曲のように大規模な火事が起きている。彼女にはそれが分かっていないし、それを彼女に知らせるすべもない。文明化された庭はどれも似ている。しかし自然の庭はどれも、独自の野性を秘めている。

相互に接続された数億のコンピュータの時計が、設計段階で想定されていなかった時刻を告げる用意をする。人々は情報時代の終焉に備えて物資を蓄える。ダグラスはいつ千年紀が終わったのか、正確には知らない。彼が今いる場所では、週より大きな時間単位はあまり問題にならない。ここのところ、太陽が出ているのは一日のうちわずかに数時間。雪の深さは六フィート（約一・八メートル）。昼間でも、腕の毛が凍る気温だ。世界中のコンピュータが既に悲鳴を上げ、地上すべてのインフラを道連れにしていたとしても、ダグラスは気付かなかっただろう。モンタナ州の山奥にある土地管理局の山小屋にいる彼は、きっと最後にそれを知ることになる。

火が消えたことで彼は目を覚ます。もう一度火をおこすか、凍死するか、いずれかを選ばなくてはならない。彼はももひき姿で寝袋から飛び出す。その様子はまるで、まだ成虫になりきっていないのに繭から出てきた虫のようだ。彼はパーカを羽織るが、指先が凍えているので、凍死の危険におびえながら松の薪に火を点けるのに十五分かかる。その後、指がまともに動くようになるまで、火の上でマシュマロを焼くように手をあぶる。朝食は二個の卵と三枚の焼きベーコン、そして薪ストーブの上で焼いた古いパン。

彼はポーチに出て、町を眺める。眼下には雪に覆われた斜面が広がり、ところどころに灰茶色の木造建物がある。壊れかけの三階建てホテル、中身は空《から》の雑貨屋、診療所と床屋、売春宿といくつかの酒場。すべては彼一人のものだ。その先の尾根にはアメリカシロゴヨウが生えている。雪の上に残された訪問者――ワピチ、鹿、ジャックウサギ――の足跡に凝縮されたドラマを彼は徐々に読めるようになってきた。猛禽が空から舞い降り、獲物を捕らえ、いずことも知れぬ場所へ飛び去ったという詩が、雪の中にクレーターとして残されているのが見える。

〝西部で最も手軽に行けるゴーストタウン〟の冬期管理人。彼は今までにも意味のない仕事をいくつかしてきたが、これほど無意味な仕事は初めてだ。山の両側から町に近づく道——穴ぼこだらけの険しい未舗装道路で二十マイル（約三二キロメートル）——はいずれも雪で閉ざされている。五月下旬まで、誰もここへ来るはずがない。いや。何かが起こる可能性はある。ひょっとすると地震とか、隕石の落下とか。あるいはエイリアンの来襲。だがその場合、彼には対処できないだろう。除雪用ブレードを備えた土地管理局のトラックも当分動けそうにない。

山は高く、斜面は急で、土は薄い。木はあまりにも頻繁に伐採され、貴重な金属はすべて掘り尽くされている。この場所で売れるものは郷愁《ノスタルジア》しか残されていない。明日になれば人が望みうるものはすべて手に入ると考えられていた昨日の世界。夏が来れば彼は鉱山労働者のいでたちで観光客——洗濯板のような道を通って、人里から離れているというだけの理由で攻略リストの一項目となっている場所に来た勇敢な旅人——相手に昔話をする。若者たちは彼を百五十歳の老人だと思うだろう。家族連れなら、あっという間に二、三枚写真を撮ってすぐに、イエローストーン国立公園かグレイシャー国立公園、あるいはもっと面白い場所へと出発するだろう。

彼はがたつくキッチンテーブルに向かい、出の悪い塩入れの隣に置いた宝物を手に取る。鉱山の巻き上げ櫓《やぐら》のそばで半分土に埋もれていた濃茶色のその瓶を見つけたのは去年の秋だった。色褪せたラベルにはいくつかの漢字——地球の海に大昔にすんでいた生き物のようだ——が見て取れる。瓶は一つの謎だ。何と書いてあるのか。元々何が入っていたのか。昔、鉱山で働き、洗濯も任されていたたくさんの中国人労働者の一人が持っていたものだろう。彼は目を細めてその文字を見つめ、「みんな何する？」とささやく。友人に教わったフレーズだ——いつ、どこで聞いたのかは思い出せないが。その人の父親か中国と関係のあるフレーズ。彼がそれを口にすると、彼女はいつも笑ったのだった。彼は機会があるごとにそれを言うようにしていた。

彼は瓶をテーブルに戻し、朝の儀式を始める。絶望的な自己批判に捧げられた新たな個人的信仰の聖典を書く作業。彼は十一月半ばから〝失敗のマニフェスト〟の執筆に取り組んでいる。ボールペンで文字の書かれた黄色い法律用箋《リーガルパッド》の束が、テーブルの壁寄りに積まれている。そこには彼が人類に背いた経緯が綴られている。森林名《フォレスト・ネーム》以外の名前は書かれていない。しかし、そこにはすべてが書かれている。いかにして目からうろこが落ちたか。意識が怒りに変わったのはなぜか。どうやって、同じような考えを持つ人々と出会い、木々の声を聴いたか。自分は何がしたかったか、そしてそれを目指してどう努力したかを書く。いかにして彼らが道を誤ったか、その原因は何だったかを説明する。文章には情熱がたぎり、細部が膨れ上がっているが、書き方はかなり奔放だ。彼の言葉はひたすら分岐を続ける。彼は時間さえあれば手記を書く。そうしている間は閉所性発熱を起こさない——いつも有効というわけではないけれども。

　彼は今日、昨日書いた部分を読み返す——ミミの目に綿棒で火が注がれるのを見たときのことを綴る二ページ。それからボールペンを手に取り、畝に分け入る。それはまるで、苗木を背負って山を登り下りした日々のようだ。問題は、漠然と〝失敗〟について書いているとどうしても、〝人間どもはどこで道を誤ったか〟という、それと密接に関連した話題に触れざるを得ないことだ。

　まるで霊魂に操られているかのようにペンが走り、考えがまとまる。そして何かが光を放ち、あまりにも明白な真実が勝手に語りだす。地球が何十億年かけて蓄えた貯蓄債権をわれわれは現金に換え、あれこれの贅沢品に浪費している。そしてダグラス・パヴリチェクが知りたいのは、山小屋に一人で暮らしていると簡単に分かるこのことがどうして、現状のまま突き進む数十億の人と一緒にいると信じられなくなるのかということだ。

　彼はいったん手を止めて、火に薪を足す。そしてまた食べるものをあさる——ピーナッツバターを載せたクラッカー、松の薪の上で程よく焼いたジャガイモ。それが終わると、幽霊たちがおとなしくしていかどうかを確かめるために町まで出掛ける時間だ。彼は上着を羽織り、中古のかんじき《スノーシューズ》を靴に取り付ける。大きな水掻きのようなそれ――冬への適応――は彼を、人間と巨大ウサギを掛け合わせた雑種の生物に変える。とはいえ、白いシーツのような山を町の残骸につなぎ留めている吹き溜まりを歩けば、十数回は足が深く雪に埋もれる。

メインストリートでは特に何も起きていない。彼は傾きかけた建物やショーケース、展示物などに目をやり、招かれざる客が巣をこしらえていないか、爪痕がついていないか、勝手に棲み着いていないかを確認する。これはしなくてもいい仕事だ。クロウ族の族長が冬の間、彼に山小屋を使わせているのは、実は土地管理局の金銭的な負担はまったくないからだ。ダグラスは町を見回るのと引き換えに、無料でここに寝泊まりできる。彼はホテル上階のバルコニーから、「この町は死んでる《デッド》」と叫ぶ。「ッド」という語尾がガーネット峰《レンジ》に二、三度こだましてから消える。彼は運動のため、尾根伝いに半マイル遠回りをして谷を眺める。今日みたいに晴れた日だと、何マイルも先のカラマツの木立を拝むことができる。冬に葉を落とす針葉樹だ。

彼は道があるはずの場所をかんじき《スノーシューズ》で探りながら先へ進む。最初のカーブのそばまで来ると、下に谷の風景が開ける。険しい断崖の下では木々が絨毯のように密集しているので、実は世界が限界寸前まで疲弊しているとはとても信じられない。山のように雪が載った枝は、スカートみたいに地面を擦っている。垂直に立つ紫色のモミの球果は種に変わり、ばらばらになっている。しかしトウヒの先からぶら下がる球果の塊は落ちることを忘れたまま、白い帽子をかぶった卵に変わっている。ビャクシンはごつごつした岩から直接生え、ニワトコはダグラスを品定めするように、上から見下ろしている。

彼がもっとよく見ようと数歩先まで進むと、雪の下に大地があると思っていた足元が崩れる。彼の体は垂直な崖の途中ですぐに、雪に覆われた岩に当たって空中に放り出される。そこから転がれば、千フィート（約三〇〇メートル）先まで落ち続けるしかない。彼は盛り上がった雪の手前で片方の足を振ってトウヒの幹に引っ掛ける。目の前は二百フィート（約六〇メートル）の岩屑《がんせつ》斜面。彼は悲鳴を上げ、何とか救いの木をつかむ。木に命を救われるのはこれが二度目。

擦り傷を負った顔の血が凍る。空気のあまりの冷たさに鼻が感電死する。腕は肩から先が妙な形で投げ出されている。雪が毛布のように彼を包む。彼はじっと横たわる。頭に浮かぶのは、枝が雪でスカートのように垂れたトウヒのことだけ。空が暗くなる。ただ寒いと思われていたのが徐々に、本格的な氷点下に変化する。脳が点滅を始める。目を開くと、彼を殺そうとする白いものが見える。彼は尾根を振り返り、岩に打たれた頭で考える。**ここで少しだけ休ませてくれ。**やがて、目の前に死んだ女が現れ、彼の横にひざまずき、顔をなでて、彼を正気に戻す。**あなたは一人じゃない。**

彼は自分の声――「俺は一人じゃない？」――でわれに返る。彼をなでる死んだ女の指は、彼を崖の際で受け止めたトウヒの枝に変わる。鼻の骨は折れ、肩は脱臼している。昔、悪くした方の脚は使い物にならない。夜と寒気が急に迫る。彼の目の前に、八十フィート（約二四メートル）の険しい断崖がそびえている。しかし、事実に意味はない。彼女は彼に、四つの文節でそう言う。**あなたの／仕事は／まだ／終わっていない。**

パトリシアは定年を過ぎたというのに、明日がないみたいに――あるいは、まだ多くの人がその気で努力しさえすれば、明日が来る可能性があるかのように――必死に働く。彼女は仕事を二つ持っている。二つの仕事は対極的だ。嫌っている方の仕事では、演壇に立ち、松をつつくセグロミユビゲラのように吃音しながら寄付を懇願する。少ない引き出しから派手な引用を探して、得意げにそれを演説にちりばめる。ウィリアム・ブレークいわく。**愚か者が見ているのは、賢者が見ているのと同じ木ではない。**W・H・オーデンいわく。**ある土地の文化がそこの森を越えることはない。**これで聴衆の一割が彼女の種子銀行《シード・バンク》に二十ドルを寄付する。

スタッフは数字を挙げるのをやめさせようとするが、彼女は聞かない。統計に動かされるのが真の知性だと述べたジョージ・バーナード・ショーは正しい。十七種類の立ち枯れ病はすべて、温暖化によって悪化した。一年で数千平方マイルの森が「開発」の名の下に造成地に変えられている。毎年正味一千億本の木が失われている。地球上にある樹木種の半分は、この新世紀の終わりまでになくなる。聴衆の一割が彼女の種子銀行《シード・バンク》に二十ドルを寄付する。

彼女は経済、商売、美学、道徳、精神を論じる。そしてドラマ、希望、怒り、悪、愛すべき登場人物を含む物語を語る。シコ・メンデス（ブラジルの環境保護活動家（一九四四―一九八八））の話。ワンガリ・マータイ（ケニア出身の環境保護活動家（一九四〇―二〇一一））の話。十人に一人が二十ドルを寄付。一人の天使が百万ドルを寄付。それだけあれば、彼女が好きな仕事を続けられる。法外な量の温室効果ガスを排出する飛行機で世界中を飛び回って地球の寿命を縮めながら、すぐにも失われそうな種子と幼木を集める仕事。

ホンジュラスのローズウッド。メキシコのヒントンズオーク。セントヘレナ島のゴムの木。喜望峰の杉。幹の太さは十フィート（約三メートル）で、地面から百フィート以上も枝をまったく出していない、二十種の巨大なカウリマツ。聖書よりも古いのに、いまだに種子をつけ続けているチリ南部のチリショウナンボク。オーストラリア、中国南部、アフリカ中央部に存する種《しゅ》の半分。地球上でマダガスカル以外には自生しない、エイリアンのような生物種。海岸に生えるマングローブ――海岸を守り、海の生き物をはぐくむ存在――は百の国で消えつつある。ボルネオ、パプアニューギニア、モルッカ諸島、スマトラ。地上で最も豊かな生産性を持つ生態系がアブラヤシのプランテーションに変えられつつある。

彼女は日本で、伐採後にきれいに整えられた森の、荒涼とした残骸の中を歩く。インド北東部の山奥では、生きた葛《かずら》橋――山に暮らすカーシ族が代々、インドゴムノキ《フィクス・エラスティカ》を絡めて橋にしたもの――を渡り、自生種が生長の速い松に取って代わられた森に入る。タイでは、以前は広大なチークの森だった場所にひょろっとしたユーカリが植えられて、三年ごとに伐採されている。昔は何エーカーにもわたって広がっていたアメリカ南西部の松の森は今、ほとんどが小麦畑に変わっているが、そこに残されたわずかな森を彼女は調べに行く。調査もされていない多様な野生の森は、急速に消えつつある。地元の人間は決まって同じことを彼女に言う。「私たちだって金の卵を産む鵞鳥を殺したくはない。でも、こうしないと卵が手に入らないんだ」と。

マスコミは彼女のプロジェクトを気に入る。運命の定められた絶望的な戦い。「種子を救う女」。「ノアの妻」。「将来のために木を銀行《バンク》に預ける」。彼女は十五分間、世界の注目を浴びる（アメリカの芸術家アンディー・ウォーホルの有名な言葉「将来、誰でも十五分間は世界で有名になれるだろう」を受けた表現）。もしも極地の地下深くの要塞に種子を蓄えれば、三十分間注目を浴びることができたかもしれない。しかし、フロント山脈の麓にある箱のような掩蔽壕《えんぺいごう》には、動画で取材する値打ちもない。

種子銀行《シード・バンク》の内部は、ハイテク図書館と礼拝堂を掛け合わせたような雰囲気だ。日付、種《しゅ》、場所を記された数千の容器《キャニスター》が、ガラスと鋼鉄で封をされ、ラベルを貼った引き出しに並ぶ様子はまるで、本物の銀行の貸金庫のよう。ただし庫内温度は氷点下二十度だ。パトリシアは庫内に立っていると妙な感覚に襲われる。今彼女がいるのは、地球上で最も生物多様性が豊かな場所だ。休眠状態にある数千の種《たね》が彼女を囲む。洗浄され、乾燥され、選別され、X線にかけられた種《たね》。そのすべてが待っている——雪解けと水のわずかな気配を感じ取ってDNAが目を覚まし、空気を樹木に変え始めるのを。種子はハミングしている。種子は、人間にはぎりぎり聞こえない声で何かを歌っている——彼女は誓ってそう言える。

記者たちは彼女に質問をする。どうしてあなたの仲間は、他のNGOの種子銀行《シード・バンク》と違って、破局に備えるための、人間に役立ちそうな植物に注力しないのですか？　彼女は言いたい。〝役に立つ〟という考え方が破局的なのだと。しかし彼女は言う。「私たちは用途がまだ見つかっていない木を蓄えているのです」。森林衰退の注目地帯《ホット・スポット》――主な原因はそれぞれに、酸性雨、銹《さび》病、胴枯れ、根腐れ、干魃、外来種、農耕、穿孔性昆虫、ならず者菌類、砂漠化など――のことを話すと、記者たちは盛り上がる。しかし、これらの脅威を致命的なものにしている一つの決定的要因を彼女が挙げると、彼らの目が曇る。それはつまり、かつて緑だったものを人が燃やすことで生じている大気の変化だ。月刊誌、週刊誌、日刊新聞、一時間ごとの報道、一分ごとのニュースは彼女に関する記事をまとめ、次の新たな話題に移る。数人がそれを読んで、二十ドルを彼女に送る。おかげでまた、彼女は次の消えかけた森に出掛け、失われそうな木を探すことができる。

ブラジル西部、マシャジーニョ・ドエステでパトリシアは森の力を思い知る。陽光の矢が蔓《つる》に覆われた幹――地球上で最も放縦な生命の原動力――に差し込む。さまざまな生物があらゆるものの表面を覆い、〝当惑させる《ビウィルダメント》〟という語の中核にある、〝荒野で道に迷わせる〟という死んだ比喩をよみがえらせる。あらゆる場所に縁、組紐、襞、鱗、骨がある。彼女はそこで蔓植物、蘭《らん》、苔、アナナス、巨大シダ、藻類がもつれた中から、必死に木を見分ける。

幹から直接花が咲き、実を付ける木がある。同じ幹から棘のある枝、つやのある枝、滑らかな枝などが伸び、幹の周囲が四十フィート（約一二メートル）にもなる風変わりなカポック。森のあちこちで同じ日に花開くギンバイカ。ナッツの詰まった砲弾みたいなくすだま《ピニャータ》を実らせるブラジルナッツの木。雨を降らせる木、時刻を告げる木、天気を予報する木。卑猥な形と色をした種子。短剣や偃月《えんげつ》刀みたいな形の莢《さや》。竹馬のような根、蛇のような根、彫刻作品のような板根、空気を吸って吐く気根。突拍子もない解決策《ソリューション》。途方もない生物量。捕虫網を一振りするだけで、二十数種の昆虫が捕れる。下手に樹皮に手を触れると、そこで食料を得て、巣を作っていたアリが厚いマットとなって襲いかかる。

ここで一週間毎日、朝から晩まで延々と行われているのは個体数調査だ。ウェスターフォード博士のチームは夜明けから日没まで生物を数える。六十代女性なら一日で音を上げるような作業。しかし彼女はこれのために生きている。昨日は、四ヘクタールあまりの土地で二百十三種の樹木を数えた。その一つ一つが、地球の独り言、その声の産物だ。生物密度の高いこの場所で、風みたいに気まぐれなものに依存するのは危うい。ほとんどの木は独自の花粉媒介者を持っている。この途方もない多様性の裏には分散がある。最も近い受粉相手がいる場所まで、一マイル（約一・六キロメートル）以上の距離があるかもしれない。一日おきに、メンバーの誰一人同定できない種《しゅ》に出会う。未知の新種。また見つけたぞ、**よく分からないものを。**分岐する河川流域に広がる数千種の独創的な木々。消え去りつつあるこの化学工場のどれが、次の抗ＨＩＶ薬、次の超抗生物質、最新の癌特効薬を生み出すか分からない。

湿度が高いので、パトリシアの全身は下着からずぶ濡れになる。足元は蔓に覆われているので、歩くのも大変だ。あらゆる場所が隅々まで、土と太陽を数千の揮発性物質――化学者たちがその一つ一つを調べる機会は決して訪れないかもしれない――に変えるのに忙しい。ゴム採取作業員みたいなチームは彼女を中心にして扇状に捜査の網を広げ、八千のアマゾン固有種を絶滅前に探し出し、コロラド州にある室温調整された金庫に届ける。

一世紀以上前に、一人のイギリス人がゴムの木の種《たね》を密かにブラジルから持ち出し、おかげでブラジルは大きな打撃を受けた。今では、世界の天然ゴムはほとんどすべてが南アジアの、誰もろくに調査をしたことがない他の木々をすべて伐採した土地で育てられている。だからブラジルの人々はパトリシアに対しても警戒心を抱いていた――またしてもイギリス系の収集家が種《たね》を盗みにブラジルに来たのではないか、と。しかし、ある日の午後、ばらばらに切り刻まれたマホガニーとトコンをチームが見つけたとき、彼らは考えを変える。彼らは自分たち以外で、木のために涙を流す人を見たことがなかった。

チームの男たちは皆、武装している——十九世紀に彼らの曾祖父が持っていたようなライフルにすぎないとはいえ。夜になると、無法者《ピストレイロ》たちが川沿いや道沿いをうろついている。密猟者は、獲物と自分の間に現れたものは何でも殺す。シコ・メンデスの百分の一の英雄でも、木のために命を落とすことがありうる。夜、皆で焚き火を囲んでいるとき、最も頼りにしている案内人のエリゼウが通訳のホジェーリオを介して彼女に話を聞かせる。「子供の頃からゴムの樹液を集めていた俺の友達は——ビュッ！　罠の針金で首をはねられた。小さな自分の森を守っていただけなのに」

エルビス・アントニオが火を見つめながらうなずく。「俺たちは三か月前に、別の男の遺体も見つけた。遺体は、大きな木の根元にある動物のねぐらに押し込まれていた」

「アメリカ人の仕業だ」とエリゼウが彼女に言う。

「アメリカ人が？　この土地に？」。馬鹿、馬鹿。彼女は訊き返すと同時に、その意味を理解する。

「市場を成り立たせているのはアメリカ人。あなたたちアメリカ人が密輸品を買う。金に糸目は付けない！　ここらの警察は話にならない。やつらは分け前を受け取っているから。やつらにとっては木の命なんてどうでもいい。俺たちがみんな不法伐採をしてないのが不思議なくらいだ。ゴムの樹液採取と比べてどれだけ割がいいかって？　そんなの比べものにならない」

「じゃあ、どうしてあなたは不法伐採をしないの？」

エリゼウは笑顔でその問いを許す。「ゴムの樹液採取は何代でも続けることができる。でも、不法伐採は、木一本について一度しかできない」

彼女は蚊帳の中で、デニスのことを思いながら眠る。失われた世界を描く少年向けの本によく似たこの場所を彼にも見せたいと彼女は思う。彼はコロラド州の種子銀行《シード・バンク》で待っている。彼があの州に住み慣れることはないだろう。あそこはあまりに陽気で、寒く、乾燥している——荒涼としたオズの国。

ヤマナラシと太陽の世界は彼にとって不自然な場所だ。この土地には、**私の田舎に生えるツガの成木より高い木が一本もない。**

施設内の温度と湿度が変化しないように管理する仕事を彼は喜んでやっている。しかし、彼のいちばんの楽しみは、種子《シード》ハンターが容器――間もなくエアコンの効いた墓場以外には存在しなくなる種《しゅ》を詰め込んだ容器――を持って帰ってくるのを待つことだ。彼は決して文句を言わないが、プロジェクトについてはまだ完全に納得したわけではない。**ベイビー、種子はこの中でいつまでもつと思う？**

彼女は、イスラエルのマサダにあるヘロデ大王の宮殿で見つかった二千年前のナツメヤシの種《たね》について彼に話す。イエス本人が味見したかもしれないナツメヤシ。アダムと同じ材料で作られたとムハンマドが言った種類のナツメヤシ。それが数年前に芽を出したのだ。彼女はシベリアの永久凍土で地下数ヤードから見つかったマンテマの種子について彼に話す。それは三万年を経て今、育っている。彼はただ口笛を吹き、首を横に振る。しかし彼は、本当に訊きたいこと、彼が当然訊くはずだと彼女にも分かっていることを訊かない。**未来に種を植えるのは誰？**

彼女が夜明けとともに目を覚ますと、あたりは隙間なく緑で覆われている。異教に先祖返りしつつある教会のパンフレットに掲載された絵のように、蔓に囲まれた腐食を何層もくぐった光が差し込んでいる。デニスが口にしたことのない問いが頭の中で繰り返される。テントの外にある生命の横溢を見ていると、今そこで木に居場所を与えている着生植物、菌類、花粉媒介者などの共生者を抜きにして一つの生物種を救うことにどれだけ意味があるのかを考えずにはいられない。でも、他にどんな選択肢があるのか？　彼女は寝袋に入ったまま、今の野営地を牧草地だと想像してみる――一日あたり、新たに百二十平方マイル（約三一〇平方キロメートル）の耕作地。その分縮小した森の影響で、世界は温暖化し、食料が不足する。

朝食後、彼らがまた森を歩きだすと、新たに切られた丸太が積まれているのが見つかる。偵察隊が左右に展開する。数分後、ライフルの発砲音に続いて、下生えの中をバイクが逃げ去る音が聞こえる。エルビス・アントニオが藪の中を戻ってきて、〝もう大丈夫〟と手を振る。パトリシアが彼の後に続いて、急ごしらえの道を歩くとその先に、無法者《ピストレイロ》たちが慌てて出て行った野営地がある。わずかに残された物の中には、油まみれの衣服、かびの生えたキャッサバ粉の袋、粉石鹸、何度も回し読みされたポルトガル語のポルノ雑誌などがある。彼らはそこに火を点ける。オレンジ色の火は小気味よく進歩を逆転させていく。

一隊は川筋をたどって平地に出る。ここなら間違いなく、珍しい種子を探すパトリシアを満足させられると、ガイドは約束する。彼女は道の途中で立ち止まり、奇妙な果実を調べる。バンレイシの仲間――トゲバンレイシ、ギュウシンリ。それぞれに何かを企んでいる野生種と雑種のチェリモヤだ。信じられないパラダイスナットノキが狂った匂いで彼女を圧倒する。棘で完全武装したカポックの幹。採集用の容器が取り出される。これまで調査されたものとは似ていないキワタが開花しているのも見つかる。

エルビス・アントニオが隣に現れて、笑いながら彼女の袖を引っ張る。「ちょっと見に来て！」

「はい。ちょっと待って、何？」

「今すぐ！」

彼女はため息をついて彼の後に続き、枝と狂った蔓の木陰に分け入る。四人の男が驚いた様子で大きな木を見ている。根元は上から布を掛けたみたいに見える。何科なのか見当も付かない。まして属や種《しゅ》は皆目分からない。だが、皆の興味を引いているのは樹木の種類ではない。彼女は騒いでいる男たちの背後に近づき、息をのむ。誰も彼女に説明しないが、そこに何を見るべきかは子供でも分かる。

近視の隻眼《せきがん》でも。滑らかな幹から、筋肉のようなこぶと渦形が浮き上がっている。それは人間だ。一人の女。体をねじり、両腕を少し広げている。指先は細い枝。驚いた表情の丸顔はあまりにも情熱的にこちらを見ているので、パトリシアは思わず目を逸らす。

彼女は彫刻の痕跡を調べようと数歩近寄る。誰にも見つからないかもしれない森の奥で、作品にこれほどの技と労力を注ぐのはどんな彫刻家だろう？　しかしそれは彫刻ではない。木を削ったり、やすりを掛けたりした跡はまったくない。ただ、木の形がそうなっているだけ。男たちは三つの言語を使って、早口で熱のこもったやり取りをする。樹木学者の一人がやたらにジェスチャーを交えながら、この木は枝をうまく刈り込むことで女の形になったのだと主張する。樹液採取人たちがあざける。これは聖母マリアだ、死にかけた世界を恐怖の表情で見守っているのだ、と。

「幻想的錯覚《パレイドリア》」とパトリシアが言う。

通訳はその語を知らない。パトリシアが説明する。人間は、進化における適応で、人の姿を見つけやすいようにできているのだ、と。節穴が二つと傷が一つあればそこに人の顔が見える。ポルトガル語にそんな単語はない、と通訳は言う。

パトリシアはさらにじっと見る。人の姿は確かにそこにある。生涯の大詰《コーダ》めにある女。恐怖が知に変わる直前、天を見つめ、両手を挙げるその姿。顔を形作ったのは、たまたまその部分を癌腫病が侵したからかもしれないし、昆虫が形成外科医の役割をしたのかもしれない。しかし、腕と手と指はどうだろう。家族的類似。パトリシアが木の周りを歩いて角度を変えて見ると、インパクトはますます強まる。体をよじるこの体を見れば、犬は吠えるだろう。赤ん坊なら泣きだすだろう。

この熱帯の森の中で、彼女が子供の頃に読んだ神話――世界が子供だった頃の物語――がよみがえる。父にもらった、子供向けのオウィディウスの『変身物語』。**あなたに歌って聞かせよう、人が他のものに変身する物語を。**彼女は種子を集めながら、いたるところで同じ物語に出会った――フィリピン、新疆《しんきょう》、ニュージーランド、東アフリカ、スリランカ。一瞬で地に根を張り、肌が樹皮に変わる人。少しの間、言葉をしゃべり、大地から根を抜いて歩くことのできる木々。

神話《ミス》という言葉が、頭の中で奇妙に外国語のように響く。神話《ミス》。発音の間違い。言葉の誤用。他の生きとし生けるものから人間が袂を分かったときに未来へ投函された記憶。脱走計画に懐疑的な人たちが別れ際に書いた電報にはこう綴られている。今から何千年も経って、あなたがどこに目を向けても自分しか見えなくなったとき、このことを思い出せ。

その少し上流では、アチュアル族——ヤシの木の人々——が庭や森に向かって歌を歌う習慣があるが、それは彼らの頭にある秘密の言語で、その意味が分かるのは植物の魂のみだ。樹木は彼らの肉親で、木にも希望や恐れ、社会的な決まり事がある。部族の目標は常に、植物を誘惑し魅了すること、そして象徴的な結婚に至ることだ。それはまさに、パトリシアの種子銀行《シード・バンク》に必要な結婚の歌。そんな文化なら地球を救えるかもしれない。それができる文化は、他にはほとんど思い浮かばない。

荷物からカメラが取り出される。植物学者もガイドも写真を撮りまくる。彼らは顔の意味について議論を交わす。彼らは知能を持たない木から偶然にこの形——人間そっくりの形——ができる確率を考え、あきれたように笑う。パトリシアは頭でその確率を見積もる。それは、宇宙が最初に振った二つのさいころに比べれば、驚くようなことではない。不活性な物体に命を与えた最初の一振りと、単純な細菌からその百倍大きくて複雑な多細胞へと導いた次の一振り。この最初の二つの隔たりに比べれば、樹木と人間との間にあるギャップなどものの数ではない。どんな木でも生み出しうる風変わりなくじ引きの存在を考えれば、聖母マリアに似た木など奇跡のうちには入らない。

パトリシアも幹に刻まれた人影を写真に撮る。彼女のチームは種《しゅ》の同定のためサンプルを採取する。種子はない。彼らはさらに採集を続ける。しかし今では、どの幹を見ても本物に限りなく似た彫刻に見える。どれもあまりに複雑で、生命以外のどんな彫刻家にも作りえないものだ。

各地での採集を終え、ボールダー郊外の世界苗床生殖質貯蔵室《GSGV》に戻ったパトリシアは、施設の誰にも写真を見せない。スタッフにも、科学者にも、理事たちにも。彼らは〝神話〟とは無縁だ。神話は昔の人々の勘違い、大昔に寝床に追いやられた子供の空想にすぎない。財団の設立趣意書に神話が入る余地はない。

だが彼女は、デニスには写真を見せる。デニスには何でも見せる。彼はにやりと笑って首をかしげる。デニスは頼れる人だ。七十二歳。幼い子供に劣らず、物事に驚く能力がある。「おや、見ろ！ 何だ、こりゃ！」

「直に見たら、その人はもっと不気味だった」

「その人か。確かにな」。彼は写真から目が離せない。そして笑っている。「いいことを考えたぞ、ベイビー。これは使える」

「どういう意味？」

「この写真をポスターにするんだ。そして下に大きな文字でキャプションを添える。〝彼らは私たちに訴えています〟ってね」

彼女はその夜、闇の中で目を覚ます。彼の優しい大きな手が、だらりと彼女の腰に回されている。「デニス？」。彼女はその手首をつかむ。「デニス？」。彼女は一瞬で体を回して力のない腕の下から抜け出し、立ち上がる。部屋に光があふれる。彼女は両手を開き、両腕を広げる。恐怖に凍り付いたその表情からは、死体でも顔をそむけずにいられない。

いつも頭からおが屑をかぶってバイオリンを作っている男。ドロシーが攻撃用ライフルを買いたいと言うといつも彼女を落ち着かせ、笑わせてくれる男。もしも私を見失ったらこんな場所を探してほしいという詩を彼女に書き送った男。その男が今、彼女に求婚している。しかし法律は、一度に二人の夫を持つことはできないと定めている。

「ドリー。私にはもう耐えられない。そろそろメッキが剝がれそうだ。聖人にも限界がある」

「うん。悪人にもね」

「私が休暇でどこかへ行くときも、君は一緒に行けない。ここに一晩泊まることもできない。君がここにいる四十五分間は、私の一日の中でいちばん幸せな時間だ。でも、もう限界。いつまでもナンバー2《ツー》でいることはできない」

「アラン、あなたはナンバー2《ツー》じゃない。同時に二つの音《ダブルストップ》が鳴っているだけ。前にも言ったでしょ?」

「二つの音《ダブルストップ》はもうごめんだ。曲が終わるまでに、ソロで長くメロディーを奏でたい」

「オーケー」

「オーケーって?」

「オーケー。これでおしまい」

「ドリー。まったく。どうして自分を苦しめるんだ? 誰もそんなことを求めてない。あの人でさえ、そんなことは求めてない」

あの人が何を望んでいるかは誰にも分からない。「私は書類にサインをした。約束をしたの」

「何の約束を? 君は二年前に離婚の直前まで行ったじゃないか。その段階で既に二人は資産も半分に分けていたんだし」

「ええ。でもそれは、あの人がまだ歩いていたときの話。当時は話もできた。同意書にサインも」

「彼には保険がある。障碍者保険。介護人も二人いる。フルタイムで誰かを雇うお金もある。何なら君は、介護を続けてもいい。私はただ君とここで暮らしたいだけなんだ。毎晩、この家に帰ってきてほしい。妻として」

出来のいい小説なら当然理解していることだが、愛は称号と証文と所有の問題だ。彼女とその恋人は以前にも繰り返しこの壁にぶつかってきた。新しい千年紀に入った今、これまで彼女を正気でいさせてくれた男、もしも彼女の魂の形が違っていればぴったりと気性が合っていたかもしれない男は最後にもう一度壁に衝突し、その下にくずおれる。

「ドリー？　もう潮時だよ。あの人と君をシェアするのはもうたくさんだ」

「アラン、シェアするか、ゼロか、そのどちらかしかない」

彼はゼロを選ぶ。そして彼女はその後ずっと、自分もゼロを選べたらいいのにと夢に見る。

秋、空が青く澄み渡った朝のこと、もう一つの部屋からうめき声が聞こえる。彼女のニックネームを静止状態にまで引き延ばし、最後の子音を省いたもの。ダァ……。思わずぞっとする。ベッドを汚して、おむつを交換してほしいというときのうなり声より切迫している。まるで今まで肩すかしを食らったことが一度もなかったかのように、彼女はこのときもまた部屋に駆けつける。部屋では誰かが夫に話し掛け、彼がうなっている。彼女は扉を開け放ったままにする。「来たわよ、レイ」

最初、彼女の目に入るのは、恐怖に凍り付いた表情の男一人だけだ——ようやくその姿を見慣れてきた男。その後、彼女は振り向いて、状況を理解する。そしてベッドの上、彼の隣に腰を下ろす。テレビがこう言っている。「ああ、何てことでしょう。ああ、何てこと」。さらにこう言う。「あれは二つ目のタワーです。たった今、起きた出来事です。生中継。カメラの目の前で起きました」

落ち着きのない動物の硬い体が彼女の手首に当たる。彼女はぎょっとして声を上げる。彼女の手に当たっているのは、夫の動く方の手だ。

「これは事故ではありません」とテレビが言う。「おそらく故意による衝突です」

彼女は曲がったままこわばった彼の指を握る。二人は画面をじっと見ているが、何も理解できない。

オレンジ色、白、灰色。雲のない青空を背景に黒い煙が広がる。地球の地殻にひびが入ったかのように、二つのタワーが煙を吐く。そしてぐらつき、崩れ落ちる。画面が揺れる。通りの人々が叫び、駆け回る。タワーの一つが、クローゼットに吊す布製収納ラックみたいにくしゃっとつぶれる。動物のような悲鳴は止まらない。レイの口からは、目に映るものを拒む声が漏れる。「ンオ、ンオ、ンオ……」

　彼女はその光景を見たことがある。大きすぎて切り倒せそうもない巨大な柱のような木が倒れる姿。彼女は思う。自分たちだけは安全だ、他とは違うのだという奇妙な夢が、ついに消える。しかし彼女の予言は今まで、いつも外れるというより、もっとひどい結果を伴っていた。

　サンフランシスコ市ノブヒル、ハイド通り。幹が迷彩柄になっているカリフォルニアスズカケノキの街路樹と、春になると三週間クリーム色の花を派手に咲かせる曲がった梅の木が一本植えられた街角。ミミ・マーはカーテンを引いた一階のオフィスに座り、この日二人目で最後の客を受け入れる準備をしている。一人目の客には三時間がかかった。契約上、必要なだけここにいるのは客の権利だ。しかし、そのセッションで彼女は疲れ切っていた。二人目を相手にしたら、今日の分の生命力はすべて使い果たすことになるだろう。その後はカストロ通りのアパートに帰り、テレビで大自然ドキュメンタリーを観て、トランスミュージックを聴くだけ。それから眠り、また明日、目を覚ましたら、新たな客を二人迎える。

　この街には風変わりなセラピストがあふれている——カウンセラー、精神分析家、霊的ガイド、自己実現アシスタント、個人コンサルタント、ペテン師まがい。多くはミミと同様、いつの間にかその業界に入っていたというタイプだ。しかし、ミミは評判がよく、その噂が口コミで広まっていたので、一日に二人を相手にするだけでオフィスの法外な家賃を払うことができた。本当の問題は、セッションを行うたびに魂を吸い取られる彼女が、いつまで正気でいられるかということだ。

彼女のところに通いたいという客の多くは、お金を持て余しているということ以上の悩みを抱えていない。隔週金曜日に初めての客を選抜する際、彼女は相手にそう説明する。本当に苦しんでいる人以外は受け入れない。そして、何もないセッションルームで袖付きの安楽椅子に座る客と向き合っていると、その人がどれだけ苦しんでいるかは二十秒以内で分かる。彼女は申込者と数分間話す。話題は心のことではなく、天気、スポーツ、子供の頃に飼っていたペットのことだ。それから、セッションの予定を立てるか、あるいはこう言ってその人を家に送り返す。「あなたに私は必要ありません。必要なのは、ご自分が既に幸福だと気付くことです」と。その助言については料金を請求しない。しかし本当のセッションには、いくらかの犠牲を払ってもらわなければならない。そんな犠牲を一日に二度受け取れば、彼女が生活していくには充分だ。

彼女は煉瓦造りの暖炉の右側に座り、気力の回復を待っている。もうすぐ五十歳になる彼女は、長距離走を始めたおかげでいまだに細身だ――黒かった髪は一部が赤茶け始めているけれども。頰の傷はまだ残っている。彼女の手が鉄灰色のジーンズをなで、青緑色のブラウス――これを着ると少し吟遊詩人《トルバドゥール》の気分になる――の皺をなぞる。オフィスの受付係は既に次の客に電話をかけて、「セラピストの用意ができました」と伝えていた。恐れと悲しみ、希望と変貌を見知らぬ他人と共有した午前の大釜から這い出して、また別の人の釜に飛び込む。短い時間で、かろうじてその心構えをする。

彼女は禅の要領で心を無に浸す。マントルピースの上から、額に入れた写真を一つ手に取る――三人の幼い少女の写真を持つ老いた中国人夫婦の写真。写真スタジオの背景幕の前で撮ったものだ。男は高価なリネンのスーツを着て、女は戦前の上海《シャンハイ》で仕立てた絹のドレスをまとっている。夫妻は悲しそうな目で、よく分からない名前を持ったアメリカ人孫娘たちの写真を見ている。二人が、外国で生まれたその孫娘たちに会うことはない。バージニア生まれのその母親にも会うことはない――彼女は結局、自分がどの生物種に属するのかも分からなくなった後、施設で亡くなったのだが。夫妻は、親元を離れていった息子にもその後、会うことはなかった。まるで写真の中の二人は、カメラのシャッターが下りた瞬間――恐ろしい犯行の何年も前に――すべてを知っていたかのようだ。君　窮通《きゅうつう》の理《り》を問う　漁歌《ぎょか》　浦《ほ》に入って深し。

かつて幼い少女がいた。怒りっぽい子供。乱暴と言ってもいい。その子供は大きな境界をまたいで自分を守ろうとしていた。黄色でもなく、白でもない。ホイートンの町が見たことのないタイプ。あの釣り人だけが彼女のことを知っていた。自然の中、一緒に同じ川を見つめ、毛針を投げ、彼女の隣でゆったりした長い一日をじっと過ごした男。彼女の中に再び、一人で旅立った彼に対する怒りがよみがえる――考えられない時間と距離を隔てているせいで、それは余計痛切に感じられる。次に感じるのは、父の亡霊が好きでよく歩いていた森を伐採した世間に対する怒り。彼女がよくそこに腰を下ろし、〝どうしてなの？〟と問い掛け、一度は答えが聞こえそうな気がしたあの森。

チャイムの音がミミの妄想を打ち砕く。午後の客、ステファニー・Nが受付に現れたという合図だ。ミミは写真を元に戻し、マントルピースの下のボタンを押して、準備ができたことをキャサリンに伝える。扉を軽くノックする音が聞こえると、ミミは立ち上がり、大柄な女性を出迎える。彼女は鼈甲縁の眼鏡を掛け、髪はごわごわした赤毛だ。ひわもえぎ色《ハンター・グリーン》のチュニックと肩掛けは、太鼓腹を隠しきれていない。彼女の壊れたぜんまいを感じ取るのに超自然的な能力は要らない。

ミミは笑顔を浮かべ、ステファニーの肩に手を触れる。「リラックスしてください。何も心配は要りません」

ステファニーの目が見開く。本当に？

「そのままじっとしてください。この状態で少し確認させてもらいます。トイレには行かれました？

食事もお済みですか？　携帯電話、時計などの機器はキャサリンに預けてありますね？　ポケットは空《から》ですか？　メークも宝石も身に着けていませんか？」。ステファニーはすべての点で準備ができている。「結構です。では、お座りください」

客はすすめられた椅子に座る。彼女はそのことが、「大人になってから初めての、最も過酷で深遠な経験」と義理の兄が言っていた魔法とどうつながるのか怪訝そうだ。「私のことを少しお話しした方がよくはないですか？」

ミミは少し首をかしげ、ほほ笑む。誰もが死ぬほど恐れているものにはたくさんの名前がある。そして誰もが自分の知っている名前のことを語りたがる。「ステファニー？　セッションが終わる頃には、私たちは互いのことを、言葉で説明できる以上に知ることになります」

ステファニーは目をこすり、うなずき、フフと笑って、指先についた目やにを落とす。準備完了。開始から四分後、ミミがセッションを止める。そして前に身を乗り出してステファニーの膝に手を触れる。「いいですか。私のことをじっと見てください。必要なのはそれだけです」

ステファニーは申し訳なさそうに上げた手を、そのまま唇に当てる。「分かってるんですけど。すみません」

「もしも恥ずかしいとか……不安だとかいうことでしたら、心配は要りません。それは関係ありませんから。ただ私の目を見続けてください」

ステファニーはうなだれる。それから姿勢を正して、再びセッションに取り掛かる。最初、うまくいかないのはよくあることだ。三秒以上、人と目を見つめ合うのがどれほど難しいか誰も知らない。十五秒もするとそれは苦痛に変わる――内向的な人、外向的な人、支配的な人、服従的な人、誰もがそうだ。皆、視線恐怖症――見る恐怖と見られる恐怖――に襲われる。犬も、こちらが凝視しすぎると嚙みついてくる。人なら銃口を向けてくるだろう。ミミは数百人の目を何時間も見てきたし、まなざしに耐える技も極めていたが、それでもまだ不安のようなものを感じることがある。ステファニーは少し顔を赤らめ、恥ずかしさで動き回る目を気力で落ち着かせる。

ステファニーが、むき出しでぎこちない視線を固定する。その口元が神経質に痙攣するのを見て、ミミはほほ笑む。

シーッ、と客の目が言う。

そうですね、とセラピストが同意する。とてもきまりが悪い。

そのぎこちなさが心地よいものに変わる。人好きのするステファニー、〝いい人〟キャラのステファニー、しっかり者のステファニー。私はちゃんとした人間ですよね？

それは関係ありません。

ステファニーの下まぶたに力が入り、眼輪筋がぴくりと動く。私はこれで大丈夫でしょうか？　他の人と変わりはありませんか？　どうして私だけ、社会の善意の隙間から落ちていきそうな気がするのでしょう？

ミミはまつ毛の太さ二本分ほど目を細める。微視的な叱責。ただ見て。じっと。見て。

五分経過。ステファニーの呼吸が変わり、息が浅くなる。オーケー。なるほど。要領が分かってきた。

まだ始まってもいない。

ミミに女性の姿が見えてくる。母親。子供は二人以上。セラピー通いをやめられない。結婚して十数年経つ夫は礼儀正しく、よそよそしい。冬眠中の熊のように。セックスは、あってもおざなり。いえ、それは間違いと思索にふけっていたセラピストは自分に言い聞かせる。あなたは何も知らない。

そして、その思考が顔の筋肉に現れる。ただ見て。視線は必ずすべての思考を修正し、癒す。

十分経過。ステファニーがもじもじする。いつになったら魔法が始まるの？　ミミの目が威圧する。

この退屈な時間の中でも、ステファニーの脈拍が上昇する。彼女は身を乗り出す。鼻孔が膨らむ。そして頭から足首まで全身の力が抜ける。さあ、これでどう。あなたの目の前にあるのがありのままの私。

あなたは私に見せる姿をコントロールできない。

この部屋は変。外とは違う。

ラスベガスよりは安全。

私はここで何をしているのかしら。

私もここで何をしているのかしら。

私はパーティーで会っていたら、あなたのことが好きになれそうにない。

私は必ずしも自分が好きじゃない。特にパーティーの席での自分は。

このセラピーって、とても大金を払う価値があるとは思えない。たとえ午後の時間を目いっぱい使ったとしても。

何の品定めもされることなしに、必要なだけ見詰められることにはどれだけの価値があるんでしょう？

冗談ですよ。どうせ夫が稼いだお金です。

私は父が残した遺産で生活しています。元々は盗品だったかもしれないもので得たお金。

私が何者かを決めるのはいつだって男たち。

私は本当は技師。セラピストのふりをしているだけ。

私を助けて。夜中の三時に何か黒いものが私の胸に爪を立てて、そのせいで目を覚ますことがある。

私の名前は、本当はジュディス・ハンソンじゃない。本名はミミ・マー。

日曜日、日が暮れた後には、死にたくなる。

私は日曜の夜になるとほっとする。あと何時間かすればまた仕事に打ち込めると思えるから。ツインタワーのせいかしら？　タワーが原因かもしれない。私はあれ以来、自分が凍ったガラスみたいにもろくなった気がして――

タワーは常に倒れている。

十五分経過。人間による、容赦のない精査。ステファニーはこれほど妙なトリップを経験したことがない。果てしのない十五分間、見ず知らずの女を見つめていると、さまざまなことが頭に浮かぶ――何十年も考えたことのなかったことが。彼女はミミを見る。そこにいる、目尻に小皺の寄った、顔に傷のあるアジア系の女が、高校時代の親友と重なる。十九歳のとき、ありもしない中傷をめぐってけんか別れをした親友。今、それを謝ることができる相手は、じっとこちらを見つめ続けるこの見知らぬ人しかいない。

傷の残る見知らぬ人の顔以外に何も見るもののない部屋で、時間が経つ。一生分の時間。あるいは数秒。ステファニーの周りで罠が閉じる。憎しみに近い怒りで彼女の目が曇る。ミミの唇が震えたのをきっかけに、ステファニーは三年前のあの日に引き戻される――ついに母親と対峙し、〝売女《ばいた》〟という言葉をぶつけた日に。その瞬間、母の口から……ステファニーはぎゅっと目を閉じる――セッションの決まりなんてくそ食らえ――そして再び目を開くと母が見える。それはパニックから八か月後の病院。呼吸器につながれて、慢性閉塞性肺疾患《COPD》で死の床に就いている母は、今、冷たい額に口づけしようとしている娘からあの日ぶつけられた言葉を必死に忘れようとしている。

ステファニーが受付に預けた腕時計は、誰にも見られない、誰にも音の聞こえない場所で時を刻み続ける。来訪者はそこから離れ、あらゆる日常から切り離された場所で、突然、六歳の頃の自分を思い出す。看護師になるのを夢見る、静かで悲しい子供。医療用具のおもちゃ――注射器、血圧計用の腕帯、白い帽子。絵本と人形。三年間、その夢に取り憑かれていたが、以後、三十五年間、それをすっかり忘れていた。他人の目を凝視することでウサギの穴に転がり込み、おかげでよみがえった記憶。この視線のきずなの他には何も存在しない。瞳は固定して、よそを見ることはできない。ステファニーの頭の中で歳月が巡る――幼少期、子供時代、思春期、恐れるもののない若い頃から、常におびえ続ける中年期まで。今日を最後に二度と会わないという契約の人の前で彼女は今、裸になっている。

　ミミはマジックミラー越しに見る。あなたのその苦しみ。ここにも同じものがある。不思議だけれど。二人の間にある日だまりの光を受けて、緑色の感触が開く。ミミは光のいたずらをそのまま受け入れる。セラピー。あなたを見ていると、妹たちのことを思い出す。彼女は朝食の木にこの女性を招く。そこはイリノイ州ホイートンにある家の裏庭だ。ミミとカーメンとアミーリアは既に椀に入れたシリアルを持って木に登り、ミルクに浮いた輪で互いの未来を占うのに忙しい。キッチンの窓辺に立つ、バージニアの宣教師の娘は後に痴呆症にかかり、〇・五秒以上娘たちと目を合わせることなく老人ホームで亡くなる。回《ホイ》族の末裔が娘たちを呼びに家から出てくる。私の絹畑！　おまえたち何する？　枝を広げ、甘い香りのする、ねじれた桑の木。丸みを帯びたその木は穏やかな影を落とし、未来に待ち受けるすべてのものをあたりにまき散らす。

　姉妹の間にあるような衝動がステファニーの中に湧いてくる。彼女は四フィート（約一・二メートル）先にいる小柄なアジア系呪術師《シャーマン》に手を伸ばそうとする。ミミの皺眉《しゅうび》筋が素早く収縮して警告を与える。まだ先がある。まだまだこれから。

　三十分が経過して、ステファニーは体の力が抜ける。腹は減り、筋肉は凝り、肌はむずがゆく、自分のことにもうんざりして、永遠に眠りたいと思う。真実が体からにじみ出る――肉体的な排泄のように。私を信じてはいけません。私にはこんなセラピーを受ける資格はありません。分かりますか？私が今までにどんなひどいことをやってきたか、子供たちもまったく知りません。私は兄のお金を盗みました。私は事故の現場からこそこそ逃げました。私は名前も知らない男たちと肉体関係を持ちました。何度も。最近も。

はい。静かに。私は三つの州で指名手配をされています。

二人の顔は互いに無慈悲を注ぎ合う。筋肉が動く。世界で最も緩慢なぱらぱら漫画。恐怖、羞恥、絶望、希望。それぞれが三秒の寿命を生きる。一時間後、感情の島々が広い海原に埋もれる。二つの顔が大きくなる。口と鼻と眉がラシュモア山の彫刻並みに膨れ上がる。真実は二人の間でホバリングする。体が邪魔となって、そのぼんやりとした大きなものには手が届かない。

さらに一時間。無限の退屈という砂漠に、気まぐれな激情が点在する。抹殺された記憶がさらにいくつも湧き上がる。このまなざしのループの中で取り戻され、また失われるいくつもの瞬間。ヒュドラ（九つの頭を持った水蛇）のように増殖する記憶は、それを生んだ出来事よりも長く続く。ステファニーは理解する。すべては今、明らかだ。私は動物、単なる化身《アバター》にすぎない。もう一人の女もそうだ――肉襦袢《にくじゅばん》に閉じ込められた魂が、自分は周囲から独立した存在だと勘違いしているだけ。しかし二人――この地に生き、あらゆることを感じてきた二体の神――は今、こうして互いに結び付けられている。一人はある思考を持ち、それがすぐにもう一人に伝わる。啓蒙は一人で行うものではない。それは誰か別の人の声を必要とする。あなたは間違っていない……。

リアルタイムでこれを思い出せたらいいのに！　そうすれば癒やされるはず。

癒やしなんてない。

これで終わり？　それともまだ先がある？　私はもう帰った方がいいかも。

駄目です。

三時間目に入ると、恐ろしい真実がとめどなく流れだす。表に出たら爪はじきにされそうなので片隅に隠れていた事柄が姿を見せる。

親友にも嘘をついた。

ええ。私は母を、誰にも看取られることなく死なせてしまった。

私は夫の行動をひそかに探って、個人的な手紙も読んだ。

ええ、私は裏庭の敷石についた父の脳の断片をきれいにぬぐい取った。

息子は私と口をきいてくれない。私のせいで人生が台無しになったと言うんです。

ええ。私は友達の死に手を貸した。

どうしてあなたは私の視線に耐えられるの？

これよりももっと耐えがたいことがある。

陽光が変化する。細く差し込んだ光が壁を這い上がる。ステファニーはふと、これはまだ今日の出来事なのか、それとも少し前のことなのか、分からなくなる。その瞳はしばらく前から拡大と縮小を繰り返し始め、部屋が明るく感じられたり、暗く思えたりする。もう、立ち上がって部屋を出ていく気力もない。これ以上続けられないという状況になれば、きっとこれも終わる。そうなれば、私たちが再び会うことはない――ただし、常に会っているとも言えるのだが。

目が燃える。彼女は瞬きをする。感覚はなくなり、頭はぼうっとし、腹が減り、みじめで、ひどくおしっこをしたい。なぜか息が苦しい――この弱々しく、顔に傷のある女が目を逸らさないからだ。その目で見つめられると、彼女は別のものになる。風に揺れ、雨に打たれる、根の生えた巨大な生き物。差し迫った欲求のすべて――今まで人生と呼んでいたもの――が縮み、葉の裏側にある気孔に変わる。風にたわむ枝の先、地面からはとても全体像が分からないほど大きな共同体のはるか上部の樹冠にある葉。そしてはるか下、地下の腐植土の中、謙虚な根の中を贈り物が流れている。

頬に力が入る。彼女は叫びたい。あなたは誰？　どうしていつまでもこうしているの？　今まで私のことをこんなふうにじっと見つめた人はいない――品定めをしたり、金品を奪ったり、レイプをしたりする目的がなければ。生まれてから一度も、そんな経験はない……。彼女の顔が紅潮する。信じられないと言いたげに、ゆっくりと重そうに頭を揺らしながら、彼女は泣きだす。涙は拭かれることなく流れる。すすり泣き。セラピストも泣いている。

どうして？　どうして私は病んでいるの？　何が問題なの？

孤独。人に対して感じるのとは違う孤独。あなたは無意識に、あるものの喪に服している。

あるものって？

巨大で途方もなく、放射状に手を伸ばし、互いに編み合わされた、取り換えのきかない場所。自分のものだとさえ知らなかったので、失ったことにも気付かなかったもの。

それはどこへ行ったの？

それが失われたのと引き換えに、今の私たちがある。でも、それはまだ何かを望んでいる。

ステファニーは椅子から立ち上がり、見知らぬ他人にしがみつく。その両肩をつかみ、うなずき、泣き、うなずく。見知らぬ女はそれを妨げない。もちろん、それは悲しみだ。あまりに大きくて見ることができないものに対する悲しみ。ミミは少し後ろに下がって、大丈夫かとステファニーに訊く。今の状態でオフィスを出ていけますか？　車の運転ができますか？　しかしステファニーはセラピストの口に指を当て、永遠に黙らせる。

すっかり人が変わった女がハイド通りに歩み出る。建物の正面を塗り替えている作業員二人が、ラジオを大音量で流しながら大声で会話している。六軒先で、男たちがいくつもの箱を配送用トラックから下ろし、台車に積んでいる。汚れたスーツの上着と短パンを身に着け、髪をゴムバンドで束ねた男が何かをしゃべりながら背後から現れ、すぐ後ろをついてくる。幻聴か、携帯電話か——どちらにしても一種の統合失調症だ。ステファニーが車道にはみ出ると、車が大声を上げてその横を通り過ぎる。クラクションがドップラー効果を伴いつつ一ブロック先まで鳴り続ける。彼女は必死に、さっき目にしたばかりのものにしがみつこうとする。しかし車の往来、人の上げる大声、ビジネスなど、野蛮な街角が彼女を包囲する。パニックを起こしそうになった彼女は先を急ぐ。さっき手に入れたばかりのあらゆるものが、他人という抗しがたい力の中で色褪せ始める。

何か鋭いものが顔をこする。彼女は立ち止まり、それが当たった頬を触る。犯人は目の前にいる。五歳の子供が乱暴にスケッチしたような、淡いピンク色。彼女の身長の二倍の背丈、広げた腕の一・五倍の枝を伸ばした木が歩道の隅に金属製のケージで囲われている。太い幹が途中でより細い数本の幹に分かれ、それがさらに細い数千本の枝に分かれている。傷だらけの枝の一本一本が探るように分岐し、歴史に曲げられ、その先に狂った花を付けている。その光景が枝分かれして、彼女の中に根を下ろす。そしてさらにもう少しの間、彼女に思い出させる。彼女の人生は春の梅の木と同じように奔放だったということを。

そこから二千マイル（約三二〇〇キロメートル）東で、ニコラス・ホーエルは車で六月のアイオワに入る。土地の凸凹の一つ一つ、州間高速道路から見えるサイロの一つ一つが、まるで死の間際に見る光景のように、彼の内臓をぎゅっとつかむ。まるで故郷に戻るような感慨。

彼はそこを離れていた歳月の短さを計算してぞっとする。多くのものは変わらずそこにある。農場、道路脇の倉庫、絶望的な公共サービスの看板。〝神に愛されし世界は……〟。果てしなく深い子供時代から残るたくさんの痕跡。大草原《プレーリー》と自分の中に残された永遠の傷。しかしすべてのランドマークは、まるで安物の双眼鏡を通して見ているかのようにゆがみ、遠く感じられる。ここにあるものは、彼がいた場所では生き延びられなかっただろう。

高速道路出口手前の最後の丘を越えると、急に鼓動が速くなる。彼は地平線上に屹立するマストを探す。しかし、ホーエル家の栗の木があるはずの場所には、すべてを覆う六月の青しかない。彼は高速道路を下り、大回りして農場へ向かう。だが、そこはもう農場ではない。それは工場だ。オーナーは木を伐採してしまった。彼は砂利敷きの車寄せに途中まで車を入れ、もうそこが自分の土地ではないことを忘れて野原を歩き、切り株まで行く。

百五十歩進んだところで緑が目に入る。新しい栗の木の枝が、死んだ切り株から伸びている。真っ直ぐに葉脈が走り、鋸歯のある、尖った葉が見える。子供の頃の彼にとって〝葉っぱ〟といえばこの葉だった。二拍か三拍の間、栗の木が生き返ったのかと思う。しかし彼は思い出す。この新しい枝ももうすぐ胴枯病にかかる。木は何度も死んではまたよみがえる――胴枯病が死ぬことなく、活動を続けられる頻度で。

彼は先祖の家の方を向く。居間から見ているかもしれない住人を安心させるために両手を挙げる。しかし、生きることをやめたのは実は木ではなく、家の方だ。壁から剝がれた羽目板。北側では、雨樋が途中から外れている。彼は時計を見る。六時五分――中西部では夕食の時間と決まっている。彼は草の伸びた芝生を横切り、東の窓に近づく、窓は埃まみれで曇り、中は暗い。階段、手すり、脇柱、上げ下げ窓の木枠はペンキが剝がれ、腐って柔らかくなっている。ニコラスは目の周りを手で囲んで中を覗く。祖父母のリビングには金だらいと金属製の容器が並んでいる。家の中ですべてのドアを囲っていたオーク材は剝がされている。

彼は玄関ポーチに回り込む。足元で板がたわむ。ノッカーを五回鳴らすが反応はない。彼は家の裏の坂を上り、古い離れへ行く。離れの一つは取り壊されている。一つは中が空《から》。もう一つは鍵が掛かっている。彼が昔描いただまし絵の壁画――壁のように続くトウモロコシ畑の途中にひびが入り、その先に隠された広葉樹林が見える――はガンメタルのようなグレーに変色している。

彼は再びポーチに戻って玄関側の窓に背を向け、以前、揺り椅子《ロッキングチェアー》があった場所に腰を下ろす。次に何をすべきか、彼にはよく分からない。鍵を壊して家に入ろうか、という考えが頭をよぎる。ここ三日は続けて野宿だった。ワイオミング州のビッグホーン山脈の中で明け方に、牛に寝袋をつつかれて目を覚ましたときにはぞっとした。ネブラスカ州の国有林では、近くのテントで耐久記録に挑戦する二人のキャンパーのせいで眠れなかった。ベッドで眠れればありがたい。シャワーも。でも、この家にはもうどちらもなさそうだ。

彼は中西部らしい黄昏《たそがれ》が落ち着くのを待つが、本当に暗闇に身を隠す必要があるわけではない。遠くでは、人工衛星に導かれた自動操縦のモンスター農機が畑の中を進んでいる。近くを通りかかった人が、彼の行動を見とがめることはないだろう。彼としては、必要なことを済ませて立ち去るだけだ。しかし彼は待つ。彼にとっては待つことが宗教のようなものになってきている。あたり数マイルに広がるトウモロコシ畑を渡る風の音。背を伸ばす豆、地平線に点在する小屋とサイロ、州間高速道路、マグリットの絵のように陰画《ネガ》の空に浮かぶ巨大な木の眺め。家に背を向けて座っていると、農場が再びよみがえってくる気がする――まるで、山道の途中で長い間じっとしていると、道の脇から野生動物が顔を出すように。雲の赤みが薄れると彼は車に戻って、キャンプファイア用の折り畳みショベルを持ち出す。作業も違法だが、道具もそれにふさわしくないものだ。しかし、手元にある道具で我慢するしかない。一分後、彼は機械小屋の裏の斜面に立ち、地面の柔らかそうなところを探す。感触が違う気がする。目印との距離も違う。機械小屋自体がもはや取り壊されている。

緑の草に覆われた岩屑が見つかる。彼がキャンプファイア用のショベルで地面を掘ると、やがて過去に突き当たる。抑圧されたものの回帰。彼は箱を取り出し、中を開ける。パネルと紙の作品。いちばん上にあった絵画に、最後の日の光を当てる。ベッドに横たわる男が、窓から入ってきた大きな枝の先を見つめている絵だ。

そういえばこんなふうだった。彼が眠っているところに、彼女が飛び込んできたのだった。彼は一つの予言の半分を、彼女は残り半分を持っていた。二人はそれぞれの予言を持ち寄り、メッセージを読み取った。そして二人で果たすべき天命を知った。すべてはうまくいく、と精霊たちが保証してくれた。しかし今、彼女は死に、彼は再び夢遊病の状態、そして二人が救おうとしていたものたちはすべて倒れつつある。

彼は段ボール箱を穴の横に置き、再び掘り始める。二つ目の箱が現れる。中は、自分が制作したことも覚えていない絵画でいっぱいだ。家系図《ファミリー・ツリー》。靴用木型《シュー・ツリー》。金のなる木《マネー・ツリー》。見当違いの木に向かって《バーキング・アップ・ザ・ロング・》吠える《ツリー》。それはすべて、彼女が家の前に車で現れ、救済の物語と精霊の声の話を聞かされる前に描いたものだ。二人は一緒に旅立つ運命にあるのだと、絵は証明していた。しかし、それは間違いだった。

彼は二つ目の箱を一つ目の上に積み、さらに掘り続ける。ショベルの先が何か尖ったものに当たり、彫刻の鉱脈が見つかる。彼とオリヴィアは生きた土が陶器の表面にどんな影響を及ぼすかを確かめるため、四つの彫刻を何にも包まずに土に埋めたのだった。土。これもまた彼女に正しい見方を教わったものの一つだ。数世紀ごとに新たに積もる一インチ（約二・五センチメートル）か二インチの土。微視的な森。アイオワなら数グラムの土の中に十万種の生物がいる。彼は膝をついて、手で直接、作品を掘り、唾で湿したハンカチで土をぬぐう。モノクロームの表面が今、ブリューゲルのように豊かな色合いで輝く。バクテリア、菌類、無脊椎動物――地下の生ける作業場――が与えた艶《つや》で、彫刻に傑作の風格が備わる。

彼は救出した箱の上に、変貌した立像を並べ、本当の狙いを探しに戻る。そして再び考える――あれをここへ置いていくなんて一体俺は何を考えていたのだろう。旅は身軽に、と彼は思った。美術作品は土に埋める。いつかそれを掘り出したら、またそれで新たな作品としてよみがえる。しかし、今まだ土に埋もれたままになっているのは、彼の命より大切なものだ。目の届かない場所に置いていくべきではなかった。さらにショベルで六杯の土を掻き出すと、それが再び彼のものになる。彼は箱を開き、袋のジッパーを開け、百年分の写真の束を手に取る。暗くてよく見えず、ぱらぱらと確認することもできない。しかし、そんな必要はない。彼はその束を手に持つだけで、木が螺旋を描いて上に伸び、代々のホーエル家の人間がそれを見守るのが感じられる。

彼は発見したものの半分を抱え、車まで運ぶ。そして収穫をトランクに詰め込み、残りを取りに戻る。埋葬場所まで戻る途中で、真っ暗な道路から近づいてきた二つの白い光が車寄せを引き裂く。警察だ。

なすべきは、両手を広げてパトカーまで歩くこと。説明がすべて調書に残っても構わない。証拠は彼の説明を裏付けるだろう。不法侵入は間違いない。しかし、取りに来たのは彼のものだ。彼は裏から姿を見せる。ヘッドライトが彼の方を向く。土に埋めた問題の宝は、実際にはもう自分のものではないかもしれない、と彼はふと思う。彼はそこに根を張っているものもすべて含めて土地を売った。土地の売買など、自分の芸術作品を取り戻そうとして逮捕されるのと同じくらいばかげたことだ。

パトカーが車寄せに入り、タイヤが砂利をはねる。回転する赤色灯がニコラスの足を止める。車が弧を描いて停まり、車体がそのままバリケードになる。サイレンがやんで拡声器から声が聞こえる。

「動くな！　地面に腹ばいになれ！」

両方の指示に従うのは不可能だ。彼は両手を挙げ、膝をつく。意識は四十年さかのぼり、小学校でやった寸劇を思い出す。ちっちゃなクモ／雨樋を登っていく／雨が降ってきて／流し出された（「イッツィ・ビッツィ・スパイダー」という有名な童謡の歌詞）。彼は一瞬で、二人の警官に押さえつけられる。ようやくそのとき、彼は自分が本当のトラブルに巻き込まれたことに気付く。もしも指紋を採られたら、もしも記録を調べられたら……

「手を出せ」。警官の一人がニックの背中を押さえつけて、左右の手首を束ねる。警官は彼に手錠を掛け終わると、地面に座らせて、懐中電灯で顔を照らし、特徴を見る。

「ガラクタですよ」と彼は言う。「何の値打ちもない」

彼が作品を見せると、警官たちが顔をしかめる。まして、警官たちが顔をしかめる。こんなものを作るなんてどういうつもりだ？　ましてしてやそれをこっそり取り戻しに来るなんて？　説明の中で警官が納得できるのは、作品を土に埋めたという部分だけ。しかし、年配の方の警官がニックの運転免許証にある姓を知っている。それは郷土史の一部となっている。一帯で通用するランドマークだ。このまま真っ直ぐ、ホーエル家の栗を通り過ぎてから一マイルか一マイル半ほど。

警官は土地を管理する会社の責任者に電話をかける。責任者は土から掘り出されたガラクタにはまったく興味がない。ここはアイオワの田舎。警察は逮捕者の身元を全米データベースと照合したりしない。この男もまた没落した農家出身の、半分頭のおかしな半ホームレスで、おんぼろ車に乗って、今はなき過去のかけらにしがみつこうとしているだけ。「もう行っていいぞ」と警官が言う。「二度と他人の土地を掘り返したりするなよ」

「あれ、いいですか……？」。ニックは掘り出された宝を手で指し示す。警官たちが肩をすくめる。さっさとやれ。二人はニックが最後の箱を車まで運ぶのを見守る。ニックは警官の方を向く。「樹木が十秒で八十歳になるのを見たことがありますか？」

「今後は気を付けろ」とニックを地面に押さえつけた警官が言う。その後、二人の警官は、三度の放火を行った犯人を見送る。

ニーレイは会社のトップ五名のプロジェクトマネージャーと向かい合うように楕円テーブルの上座に座る。そして骨と皮だけの指をテーブルの上で広げる。何から話し始めればいいのか、彼には分からない。ゲームの呼び方でさえ、最近では難しい。もはやバージョンを表す数字も添えられていない。バージョンの代わりに連続的なアップグレードがあるだけだ。『支配《マスタリー》オンライン』は今、常に拡大し、常に進化する巨大事業となっている。でも、その中核が腐っている。

「私たちが抱えているのはミダス王問題だ。このゲームは詰むということがない。万事が漫然と拡大するだけ。それは果てしなく、意味もない繁栄だ」

　チームは耳を傾け、顔をしかめる。全員、六桁以上の収入を得ている。多くは百万ドル超。いちばん若いのが二十八歳、最年長が四十二歳。しかし、ジーンズとスケートボードTシャツをまとい、モップのような髪に野球帽を斜めにかぶっていると、皆、十代もどきに見える。ベームとロビンソンはくつろいで、エナジードリンクをすすり、トレイルバーをかじっている。グエンはテーブルに足を上げ、まるでVRのヘッドセットを覗くように窓の外を見ている。五人ともかつてのSFが夢にも思わなかったほどの電子機器を体に装着しているせいで体中からブー、チン、ピーと音がし、バイブレーションが響く。

「どうやったら勝てる？　ていうか逆に、どうやったら負けられる？　結局、もう少したくわえを増やすことだけが大事になる。ゲームが一定のレベルに達すると、そこから先は何かむなしい。残念。だいたい同じことの繰り返しだ」

　上座にいる車椅子の男はうなだれ、自分の墓穴を覗き込む。シーク教徒風の長い髪は今でも腰のあたりまで伸びているが、ところどころには白いものが混じっている。顎の鬚《ひげ》はスーパーマン柄のトレーナーまで、涎掛《よだれか》けのように伸びている。ベッドに出入りするときに体を持ち上げることが何十年も続いているので、腕にはまだいくらか肉が残っている。しかしカーゴパンツに隠された脚にはほとんど肉がない。

　彼の前、テーブルの上には一冊の本が置かれている。幹部《エルフ》たちはその意味を知っている。ボスはまた本を読んでいた。そしてまた、途方もないアイデアに取り憑かれたんだ。今の事態――それが問題だと思っているのは彼だけなのに――に対する解決法を考えるために全員がこの本を読んでくれと、もうすぐ面倒なことを言いだすに違いない。

カルトフ、ラシャ、ロビンソン、グエン、ベーム。燦然と輝く五人の成績優秀学生が超最新の作戦司令室に集まっている。部屋にはモニターがずらりと並び、明日必要になるかもしれない遠隔会議用のおもちゃがそろっている。しかし今日の彼らは、口をあんぐりと開けてボスを見つめるしかない。ボスは『支配《マスタリー》』には欠陥があると言っている。魔法のように金を生むフランチャイズとなっているあのゲームに抜本的練り直しが必要だ、と。

いら立ちが募ったカルトフの髭には今にも火が点きそうだ。「言っときますけどあれは神ゲーですよ。ユーザーは神の問題を楽しむために金を払ってるわけで」

「ゲーム参加者は七百万人」とラシャが言う。「その四分の一は十年前からずっとプレーしてくれてる。中には、自分が寝ている間にキャラクターのレベルを上げるために、ネットが使える中国の囚人をお金で雇っているプレーヤーもいる」

ボスは〝ほらな?〟と言いたげに眉を上げる。「もしもレベルを上げることが今でも楽しいのなら、人にやらせるなんて考えられないだろ?」

「問題はあるかもしれません」とロビンソンが言う。「けど、それは『支配《マスタリー》』が始まったときからずっと取り組んできたのと同じ問題ですよ」

ニーレイの頭が上下に動くが、うなずいているわけではない。「〝取り組んできた〟というのは違うな。どちらかというと〝先延ばしにしてきた〟問題だ」。すっかりやせた彼の姿は聖人に近づいている。スーパーマン柄のトレーナーの伸びた襟元から、浮き出た鎖骨が覗いている。彼はまるで、苦行僧を彫ったインドの彫像のようだ。ボダイジュかニームの木の下で座禅を組む、皮に覆われた骸骨。

ベームが映像を持ち出す。「今、こんなことを考えているんです。経験レベルの上限をまた上げます。そしてがばっと新しいテクノロジーを導入します。名前は、『未来テクノロジー1』『未来テクノロジー2』って感じで……それぞれで違う種類のやり込み要素《プレステージ》が生まれます。その後は、西の海の真ん中でまた火山を噴火させて、新しい大陸を作る予定です」

「私にはそれも〝先延ばし〟に思えるな」

カルトフが〝お手上げ〟というしぐさをする。「人は成長したいんです。帝国を拡大したい。そのためにみんな、月々の料金を払ってくれる。ゲームの世界が混み合ってきたら、俺たちがそこを少し広くする。それ以外にやりようがないでしょう」

「なるほど。石鹸を付けて水で流して、延々とその繰り返し。いつか目的を果たして死ぬ日まで」

カルトフはテーブルを叩く。ロビンソンが軽薄に笑う。ラシャは思う。さすが社長だ。週に百万のメモを書く男。ゼロから会社を立ち上げた男。天才には間違ったことをする権利もある。

「じゃあ、どっちがより面白いと思う?」とニーレイが訊く。「二億平方マイルの面積に百の生物群系《バイオーム》、九百万種の生物がいるのが面白いか？　それとも、二次元の画面上で色のついた画素《ピクセル》がいくつか点滅しているのが面白い？」

神経質な笑い声がテーブルを囲む。すみかとしてどちらがいいかは分かる。しかし今、実際の喜びを得ている場所がそれとは違うことも皆が知っている。

「人類が今、あっちに移住し始めているのは明らかじゃないですか、ボス」

「どうして？　どうして、無限に豊かな場所を捨てて、漫画みたいな地図の中に暮らそうとしてるんだ？」

幼い百万長者たちにとって、それは少し難しすぎる哲学的問題だ。しかし皆、雇い主の機嫌を損なうようなことはしない。彼らは出された問題を受け止め、記号空間の素晴らしさをリストアップする。清潔さ、速度、即時に得られる反応、力とコントロール、つながり、溜められる量の多さ、魔法《バフ》と実績《バッジ》。大脳皮質全体を刺激する分かりやすい快感。彼らはゲームの純粋さについて語る。常に映像としてはっきり目に見える手応え。進化の過程が見える。努力すれば何らかの見返りがある。

ニーレイは再びうなずくことで否定する。「それも限界に達するまで。ゲームが退屈になるまではそうだってこと」

皆が黙る。厳粛なムードが部屋を支配する。グエンがテーブルから足を下ろす。「人は現実以上にいい物語を求めている」

ワイルドな髪型の遊行者が車椅子から落ちそうな勢いで身を乗り出す。「そうだ！　じゃあ、いい物語とはどういうものだ？」。誰もこの問いを引き受けない。ニーレイは両手を変な格好に高く上げる。一瞬後には指先から葉が生えてきそうだ。鳥がやって来て、そこに巣を作るだろう。「いい物語は人を少し殺す。人を前とは違ったものに変える」

事態の認識が五人の間に広がる——死のようにゆっくりと着実に。ボスは今、新たなゲームをやっているのだ。彼らのゲームを容易にその燃料に変えてしまうゲームを。ベームが尋ねる。「どうしろってことですか？」

ニーレイが、まるで神の言葉を書き取った書物のようにその本を掲げる。彼らは表紙のタイトルを読むことができる。もつれた葉叢の下に『森の秘密』と記されている。ロビンソンがうなる。「もう植物は要りませんよ、ボス。植物をネタにしたゲームなんて作れません。まあ、植物がバズーカ砲になってるゲームはありますけど」

「モデルに大気を入れてみよう。水の質も。栄養の循環。物質的資源は有限にする。現実世界の豊かさと複雑さをとらえるために、大草原《プレーリー》と湿原《ウェットランド》と森を作ろう」

「で、その後はどうするんです？　サンゴの白化、海面の上昇、干魃による野火の頻発ですか？」

「プレーヤーがそういう方向に持っていくのならな」

「でも、どうしてそんなことを？　プレーヤーはみんな、そういうくだらないことから逃れたくてゲームをやってるんですよ」

「ゲームがプレーヤーを欲してる。それこそが大いなる謎だ」

「で、そのゲーム、どうやったら勝てるんですか？」とカルトフが脅すように言う。

「うまくいく方法を見つけることによって。真実の力に逆らわないことによって」

「つまり、新しい大陸は要らないってことですね」

「新しい大陸は要らない。新しい鉱脈が突然誕生するのもなし。生物や環境の再生は現実と同じ速度で。墓から生き返るのもなし。ゲーム内で選択を間違えたら永遠の死が待っている」

幹部《エルフ》たちは互いに視線を交わす。このボスは手に負えない。社長はフランチャイズをごみ箱に放り込む気だ。行きすぎた自己満足の問題を解決するだけのために、俺たちに永遠の贅沢を保証してくれている無限のドル箱を捨てようとしている。

「でもそれって……？」とグエンが言う。「でも、限界とか物資の不足とか永遠の死とか、そんなの面白いですか？」

一瞬、沈んでいた顔がほぐれ、ボスが再び子供——勉強中のコードがあらゆる方向に分岐する——に戻る。「七百万のユーザーは新たにできた危険な場所のルールを手探りで見つけていく必要がある。世界がどれだけの負荷に耐えられるか、生命が本当はどうつながり合っているか、ゲームを続けるのと引き換えにプレーヤーに何が求められるか。な？　それがゲームだ。まったく新しい探検の時代。これ以上の冒険があるか？」

カルトフが言う。「じゃあ、センペルヴァイレンズ社の株は早く売った方がいいですね。だって今、うちのゲームをプレーしてる人たちは、それだときっとやめちゃいますよ。出て行きますって！」

「出て行くって、どこへ？　うちのゲームのプレーヤーは多くが何年も前からのお得意様だ。ゲーム内での財産もそれなりに築いてる。世界を再生させる方法を考えることだってできるさ。今までもそうだが、プレーヤーたちは常に、こっちが驚くようなことを考え出すものだ」
幹部《エルフ》たちは座ったまま黙り込み、目の前で消えていく財産を頭の中で計算している。しかしボスは、子供の頃に木から落ちて以来の輝きを放っている。彼は本を掲げ、開き、声に出して読む。「地中では驚くべきことが起きている。私たちはその仕組みをようやく理解し始めたばかりだ」。彼は芝居がかったしぐさでパタンと本を閉じる。「世の中には、いくらかでもこれに似たゲームは存在していない。僕らが最初にそれをやる。考えてみてくれ。自分じゃなくて、世界を育てるゲームだぞ」

狂気の提案に沈黙が濃度を増す。カルトフが言う。「それは気乗りしませんね、ボス。売れませんよ。俺は反対《ノー》です」

がりがりの聖人がテーブルを囲む男たちに一人ずつ問い掛ける。ラシャ？ グエン？ ロビンソン？ ベーム？ 反対《ノー》、反対《ノー》、反対《ノー》、反対《ノー》。側近によるクーデター。ニーレイは何も感じない。驚きさえも。五つの部門と無数の社員を抱え、有料会員とメディアから毎年巨額の利益を得ているセンペルヴァイレンズ社はしばらく前から、特定の人の支配を離れていた。ゲームが次に向かう方向性については、上層部の誰よりも、ネット上の掲示板に意見を書き込む数万の愛好家の方が実権を握っている。複雑適応系。神の手をも逃れた神ゲー。

今、彼にははっきりと分かる。巨大な並列型オンラインゲームは、現実を逃れたふりを続けたまま、現実世界の専制に従って今後も続いていくだろう。そしてサンタクララ郡で六十三番目の金持ち——センペルヴァイレンズ社の創業者、『森の予言』のクリエーター、一人息子、遠い世界の愛好家、ヒンディー語の漫画の愛読者、掟破りの物語の熱心なファン、デジタル版の凧揚げ名人、臆病なくせに先生をののしった子供、カリフォルニアライブオークから落ちた男——は今、強欲な子孫に体を内側から食われる生物の気持ちを知る。

それはもう昔話に変わっている。今はゴーストタウンの観光案内所《ビジターセンター》となっている元娼館に迷い込んだ、疑うことを知らない夏の観光客に語って聞かせようと、ダグラス・パヴリチェクはとっておきのネタを十年前の出来事のように大事に温める。誰であれ、少し足を止めて話を聞いてくれる客がいれば、彼は話を披露する。

「その後が大変。使える方の足で木を蹴って、尻をついたまま横向きに這うようにして、崖を登らなきゃならなかった。雪に覆われた斜面を八十フィート（約二四メートル）。脱臼した肩はもう、天使が俺に焼けた火掻き棒を押し付けているみたいな激痛。何度も気を失いながら、ここから百ヤード（約九〇メートル）もない古い銀鉱山入り口まで這ってきた。半死半生でそこにどれだけの時間、倒れていたのか分からない。幻覚を見て、森が言葉を話すのを聞いた。イタチかなんかにも顔をなめられた。きっと塩を欲しがってたんだろう。俺は奇跡的にオフィスまで戻って救急隊に電話をかけて、ヘリでミズーラの町まで搬送された。ベトナム時代に戻ったような気がしたよ。またパラシュートを背負ってあの輸送機から飛び降りるところから人生を丸ごとやり直すのかってね」

　彼はその話を頻繁に語り、多くの観光客も辛抱して耳を傾ける。ある日の夕方、退勤時刻を十分過ぎているにもかかわらず、彼はまた展示品を挟んで、物分かりのいい一人の女に話を聞かせる。女はやや若めで、頭にバンダナを巻き、バックパックを背負っている。東ヨーロッパ風のかわいい訛りがあって、少し汗臭いものの、枝を持ち帰ったレトリバーのように人なつこい。彼女は体を乗り出すようにして、彼が最終的に生き延びることができたのかどうかを聞き届けようとする。彼はクライマックスが近づくと、少し話を盛る。よく考えてみろ。俺の話は大筋が決まっている。でも、彼女はそれを興味深そうに聞いている——まるで俺が、てんかんを抱えたロシアの小説家（おそらくドストエフスキーのこと）であるかのように。しょせん、彼女が聞きたがっているのは、次に何が起こり、その次に何が起きるのかということだけだ。

物語が終わると彼女は、彼が店じまいするのを見ている。外の駐車場には、見える範囲で、土地管理局が所有するダグラスの白いフォード以外に車は停まっていない。日中の訪問者は皆、それぞれの四駆車で洗濯板みたいな道路を戻っていった。アリョーナという名の女が尋ねる。「この近く、キャンプできる場所、ない？」

彼も同じ経験をしたことがある。どこまで行ってもキャンプ場がない地帯。彼は両手を広げてみせる――周りにあるのは、毎晩、彼が見回りをすることになっている無人の建物ばかり。キャンプは禁止。でも、とがめる人もいない。「どれでも好きなのを選ぶといい」

彼女は頭を下げる。「ひょっとして、クラッカーか何か、ない？」

彼女が熱心に話を聞いていたのは俺が話上手だったからじゃないかもしれない、と彼は思う。しかし彼は、彼女を山小屋に招いて食事をさせる。大盤振る舞いだ。特に理由なく取ってあったウサギのヒレ肉、キノコとタマネギの油炒め、シリアルで作ったコーヒー向きのケーキ、キイチゴを発酵させた酒が少々。

彼女はガーネット峰《レンジ》を徒歩で旅してきたことを彼に話す。「旅の最初は四人。他の三人、どこに行ったか、全然分からない」

「このあたりは危ないよ。その格好で一人歩きをしちゃいけない」

「この格好？」。彼女はラズベリーの種を吐き出し、匂いを振り払うように手で扇ぐ。「しばらくシャワー浴びてない、病気のお猿さんみたい？」

彼女はダグラスの目には、結婚詐欺サイトのイメージ画像に使えそうな美人に見える。「これはまじめな話。若い女の一人旅ってこと。何があるか分からない」

「若い？　誰のこと？　それに。ここはいちばん偉大な国。アメリカ人は世界一優しい。いつも助けてくれる。あなたもそう。ほら！　ごちそう作ってくれた。しなくてもいいのに」

「おいしかったかい？　本当に？」

彼女はグラスを差し出して、キイチゴのワインのお代わりを求める。

「そうか」。気長な彼にとっても長すぎる沈黙が気まずくなると、彼が口を開く。「ポンプから出る水は自由に使ってくれ。むこうにある建物はどれを使ってもいい。でも、俺ならあの散髪屋はやめておくかな。最近何かがあそこで死んだらしい」

「この家がいい」

「ああ。うん。いいかい。あんたは俺に借りがあるわけじゃない。ただ、食事をごちそうしただけだ」

「何言ってるの？」。彼女は彼の脚をまたぎ、潜望鏡のような唇で顔をくまなく調べる。そして急に後ろへ下がる。「あれ！　泣いてる。変な人！」

泣くなどという行動は何の役にも立たないので、それを進化させる理由はどんな生物種にもないはずだ。「俺は年寄りだ」

「ほんとに？　確かめてみよう！」

彼女は再び挑む。一人目の女の肉体には、彼の体を何年もの間温めるだけのぬくもりがあった。今目の前にいる女は、彼の胸にある壊れた鍵をこじ開けようとしている盗賊のようだ。彼は女の手首をつかむ。「俺はあんたを愛しちゃいない」

「オーケー、お兄さん。ノー・プロブレム。私もあなたを愛してない」。彼女は彼の顎をつまむ。「楽しむのに愛は必要ない！」

彼はつかんでいた手を離す。「俺の言うことを信じてくれ。愛は必要だ」。彼の腕から力が抜ける——まるで腕の先が、地中に埋められたコンクリートの塊につながれているかのように。

「オーケー」と彼女が不機嫌な顔で再び言う。そして彼の胸を押して立ち上がる。「あなた、悲しい小さな動物」

「その通りだ」。彼は立ち上がり、残った料理をたらいまで運ぶ。「あんたはベッドを使え。俺はここで、寝袋に入って寝る。シャワーは庭にある。イラクサには気を付けろよ」

彼女はベッドを見て興奮する。アメリカのクリスマスの風景だ。「あなた、いい年寄り」

「そんなことはない」

彼はランタンの使い方を教える。居間の床で寝ていると、扉の隙間から寝室の明かりが見える。誰かが夜遅くまで読書をしている。彼女が何を読んでいたのか、彼はずっと後になるまで知らない。

朝の食事は、またシリアルで作ったコーヒー向きのケーキと、実際に淹れたコーヒー。異文化間の誤解が生む新たな冒険はなし。彼女は最初の旅行客が山を登ってくる前に出発する。彼は間もなく、この訪問者のことを夜一人になったときに――改めて自分の行動を後悔し、ノスタルジアにふける自分に活を入れる出来事として――思い出すこともなくなる。

しかしアメリカが本当にいちばん偉大な国であることが、その後、明らかになる。人々はとても親切で、大地は想像を超えて豊かで、当局は有益な情報と引き換えなら、複数の犯罪で調書を取られていても簡単に取引に応じてくれる。二か月後、上着にイニシャルを記した男たちが山を登ってくるとき、ダグラスは小屋に一泊していった客のことをほとんど忘れかけている。フレディー《FBI》が彼を車寄せで地面に押さえつけ、小屋を荒らし、封をしたプラスチック製の箱にしまった手書きの日記を押収したとき初めて、彼は女のことを思い出す。そして手錠を掛けられて公用のランドクルーザーに押し込まれるときには、必死になって笑いをこらえる。

「何が面白い？」

いえ。別に、何も面白くありません。まあ、ちょっとだけ面白いかも。同じことが以前にもあった。

ダグラス・パヴリチェクに分かる範囲では、同じことが永遠に起こり続けるだろう。囚人五七一号。あれから四十年。命令に従い出頭します。

　彼らは多くを訊かない。その必要はない。彼は既にすべてをこの上なく詳細に記しているからだ――夜ごとの記憶と説明の儀式として。署名、封緘、送達済み。五人が犯した罪のすべて。イチョウ《メイデンヘアー》、見張り人《ウォッチマン》、桑の木《マルベリー》、ダグラスモミ《ダグファー》、カエデ《メープル》。しかし奇妙なことに、彼を捕まえた男たちは森林名《フォレスト・ネーム》にはそれほど興味を持たない。

　ドロシーが部屋の入り口に現れる。腕に持っているのは、永遠に繰り返される朝食のトレーだ。

「おはよう、レイレイ。お腹空いた?」

　彼は目を覚まして、窓の外に広がる一・五エーカー(約六〇〇〇平方メートル)のブリンクマンランドを静かに見ている。最近の彼はとてもおとなしい。以前は、このままだときっとこの人は死んでしまうと思うほど荒れた時期もあった。この前の冬が最もひどかった。二月のある午後、彼女は彼が何をわめいているのか必死に聞き取ろうと数分間頑張っていた。ようやくその意味が分かったとき、彼女は彼に心を読まれたような気がした。**僕は終わりだ。もうドクニンジン(ソクラテスが最後に飲んだとされる毒)を飲む。**

　しかし、春の訪れとともに彼は自分を取り戻し、夏至が近づく最近では、彼女の目から見ると、今までになく幸せそうに見える。彼女はベッド脇のテーブルにトレーを置く。「桃とバナナを使ったフルーツパイはいかが?」

　彼は手を上げておそらく何かを指差そうとするが、手が言うことを聞かない。ようやく口が動く状態になると、彼が急に声を出す。「あそこ。あれ」。舌はうまく回らない。彼女がこの日、朝食用に作った温かいパイに入ったフルーツのようにどろどろの発音だ。彼は目で案内をする。「あそこ。木」

彼女は外を見る。作られたその表情は、〝あなたの言っていることはよく分かる〟というふりをしている。今でも心は、完璧な素人役者だ。「う、うん？」

彼の口が開いて、〝何《ワット》〟と〝誰《フー》〟の中間の音を出す。

彼女の声は明るさを失わない。「種類は何かってこと？　レイ、私はそういうのが苦手だってあなたも知ってるでしょ。何かの常緑樹？」

「いつ《フロム》……から《フェン》？」。泥だらけの山道をマウンテンバイクで登るような二つの単語。

彼女はまるで今まで一度も見たことがなかったかのようにその木を見つめる。「いい質問ね」。彼女は一瞬、いつから自分たちがここに暮らしているのか、自分たちは何を植えたのかを思い出せない。

彼は少し手足をばたばたさせるが、苦しんでいるわけではない。「調べてみましょう！」

次に彼女は本棚の前に立つ。本棚は天井から床まである。生涯をかけて集めた本。彼女は肩の高さの棚に手を置く。棚板は彼女が名前を知らない木材だ。彼女は埃に覆われた本の背を指先で弾きながら、そこにあるかないか分からないものを探す。過去が彼女を殺そうとする——二人が過去にそうだった人間、二人が昔なりたかった人間。彼女は『イエローストーン国立公園を歩く百のコース』を通り過ぎる。そして指が『鳴き声のきれいな東部の鳥たち』の上に来たとき、頭の中で鮮やかな赤色をした正体不明の何かが飛び立ち、手が止まる。パンフレットのように薄い一冊が棚の端に近いところに潜んでいる。『超簡単　樹木の見分け方』。彼女はその本を手に取る。タイトルページに書き込まれた言葉が不意に彼女に襲いかかる。

僕の愛する第一の次元、
たった一つの僕の点《ドット》（「ドット」がドロシーの愛称と点（ドット）との掛詞になっている）。
どの木が元気で

どの木が病気か知りたいかい？

彼女は以前にこの書き込みを見たことがない。一緒に樹木の名前を覚えようとしたなどという記憶はかすかにも残っていない。しかしこの詩で、元気だった詩人がよみがえる。世界で最高のへぼ詩人。

彼女はぱらぱらとページをめくる。オークの種類の多さは常軌を逸している。レッドオーク、イエローオーク、ホワイトオーク、ブラックオーク、グレーオーク、スカーレットオーク、アイアンオーク、ライブオーク、バーオーク、バレーオーク、ウォーターオーク。どれも他との血縁を否定するみたいに、葉の形が異なる。彼女は今、自分が昔から自然を好きではない理由を思い出す。自然界にはドラマがない。展開もないし、希望や恐怖のぶつかり合いもない。ただ、枝分かれし、もつれ、込み入ったプロットがあるだけ。登場人物もとても覚えていられない。

彼女は再び書き込みを読む。これを書いたとき詩人は何歳だったのだろう？　最高のへぼ詩人。最高の大根役者。インチキ業者を破産に追い込み、年の十分の一は無料法律相談に応じていた知的財産権弁護士。彼は子だくさんの家庭を望んでいた。一晩中トランプゲーム《クレージー・エイツ》に興じ、車で長旅をしながらノベルティソング（ポピュラーソングの一種で、変わった効果音や早口などを盛り込んだもの）を四部で合唱する大家族。ところが現実には、彼とその愛する第一の次元という二人きり。

彼女は彼のいる部屋に小冊子を持っていく。「レイ！　いいものを見つけたわ！」。大きな声を上げる仮面はほぼ歓喜の表情に見える。「これ、いつくれたんだっけ？　大事に取っておいてよかったわね？　今必要なのはまさにこの本。準備はいい？」

彼は準備ができているどころか、待ちきれない様子だ。キャンプへ向かう前の子供のようだ。

「まずはここからスタート。ロッキー山脈よりも東に暮らしている場合は、項目１へ。ロッキー山脈**よりも西に暮らしている場合は、項目116へ」**

彼女は彼を見る。彼の目は潤んでいるが、頭の中で旅をしているのが分かる。「もしもその木が球果を実らせ、葉が針のような形をしていたら11cへ」

まるでその答えが四半世紀前からそこで家の中を覗いていなかったかのように、二人は窓の外を見る。昼の光の中で枝――広い間隔をあけて層を成す太い枝――が渦を描き、奇妙に青みがかった銀色に輝いていることに彼女は初めて気付く。先細りになった梢が頭上の太陽でちらちらと光っている。「針みたいな葉っぱというのは間違いない。てっぺんには球果も付いてる。レイモンド？　そろそろ種類が分かるかも」。宝探しをする彼女は次の中継地点へ移動する。「針葉は冬でも青く、二本から五本の束になっていますか？　もしも答えがイエスなら……」

彼女は顔を上げる。彼の仮面に浮かぶ笑顔は、不可能なはずのレベルに達している。目はきらきらと輝いている。冒険。興奮。行ってらっしゃい――気を付けて！

「すぐに戻る」。彼女は小さな驚異の詰まった本を胸元に抱えている。そして部屋を出る。キッチンを抜けて、裏の食料保管庫へ行く――棚には、買ったきり忘れてしまった数十年分の蓄えが並んでいる。週末には、古いがらくたを調べて処分し、最後の数海里を乗り切るために救命ボートの荷を軽くすることもある。裏口が開くと、夏の草いきれが彼女に襲いかかる。彼女は靴を履いていない。隣人は、脳にダメージを受けた夫の世話をしているうちに彼女の頭がいかれたのだと思うだろう。本当におかしくなったのなら、まあ、それでもいい。

彼女は芝生を横切り、いちばん低い枝をつかんで手前に引き寄せ、数を数える。何だかこんな歌があったっけ、と彼女は思う。歌か、祈りの言葉か、物語か、映画か。彼女は枝から手を離す。そしてまさにこの瞬間のために作られた歌を口ずさみながら、日に照らされた芝の上を歩いて家に戻る。

彼は答えを聞こうと彼女を待っている。「一束に針は五本。調査は順調よ」。彼女は本をめくり、次の質問を探す。「球果は細長く、鱗片は薄いですか？」

彼女はこうした分岐と選択に見覚えがある。それは法律に似ている。彼女が法廷速記者を務めていたときに書類に記した数々の判例。証拠、反対尋問、複雑な交渉と作られた事実。道は徐々に狭められて、ただ一つの許容できる評決に至る。それは進化の決定樹にも似ている。**冬が厳しくて水が少ないようなら、進化の方向として鱗片や針葉を試せ。**さらに奇妙なことに、それは演技とも似ている。**もしも恐怖の演技が必要なら、21cのしぐさを見よ。驚きの演技は17a。その他は……。**それは地球上で生きていくための、自動電話受付サービスだ。それは謎の迷宮を進む魂であり、説明は永遠に次の選択の先にある。そして何よりそれは樹木そのものに似ている。中心で問いを投げ掛ける一本の幹が、手探りする数十の枝に分かれ、その一つ一つが数百に、さらに数千の、独立した緑色の答えへと分岐する。「チャンネルはそのままで」とドロシーが言って、再び姿を消す。

　またしても裏口の扉のエナメル製ノブが手の中できしみ、抗議する。彼女は庭を横切って木まで進む。うんざりするほど繰り返される短い往復——よく知っている土地の同じ場所を、誰もやりたがらないくらい何度も。それは愛の道。**けんかを続けたければ、項目1001へ。縁を切って自分を救いたければ……。**

　彼女は木の下に立ち、球果を調べる。たくさんの球果が地面を覆っている。どこか遠くの小惑星から地球に降ってきた胞子。彼女は答えを持って家に向かう。そして、靴下だけを履いた足で芝生を歩きながら、ふと思う——私はただ人生の中で自由を見つけたかっただけなのに、どうしていまだにここにいるのか。何年経っても寝たきりの男に縛り付けられて、生きたまま埋められたようなものじゃないか、と。しかし、牢屋の入り口に戻り、勝ち誇ったように本を振り回すとき、彼女には分かっている。これが自由なのだと。この人生がそうだ。日々の恐怖をものともしない自由。

「答えが出た。ストローブマツ」

　こわばった顔に満足げな表情が広がるのが彼女には分かる。彼女は何年も彼のくぐもった言葉を聞き取ろうとしてきたので、今ではテレパシーで彼の気持ちが読み取れるようになっている。彼は今考えている。今日はいい仕事ができた。とてもいい一日だった。

その夜、彼は妻にストローブマツの話を読ませる――かつてジョージアからニューファンドランド、カナダを抜けて五大湖も通り過ぎ、今二人が暮らしている場所にまで広く生育していた木のことを。彼女は太さ四フィート（約一・二メートル）の大木の話をする。幹は最初の枝が出ているところまで真っ直ぐ地面から八十フィート（約二四メートル）伸びている巨木。そんな木がたくさんあって、春が来るたびに空が暗くなるほど花粉を飛ばし、それがはるか沖にある船の甲板に降ってくるのだという。

彼女は彼に、一晩で海の中から誕生した大陸にイギリス人が殺到し、巨大なフリゲート艦と旅客船のマストを探し求めたという話を読み聞かせる。ヨーロッパでは既に山が裸になって、かなり北まで行ってももはや大きなマストに使える木が手に入らなくなっていたからだ。彼女はストローブマツの絵を彼に見せる。教会の尖塔と同じくらい大きな幹はとても貴重だったので、イギリス王室は私有地にある木にまで王家の烙印を押した。そして私的財産を守ることを仕事としていた夫の目には、未来からそれがやって来るのが見えるに違いない。松の木暴動。革命。人類が森から出るずっと前からこの海岸に生えていたものをめぐる戦争。

それはどんな虚構《フィクション》にも匹敵する物語だ。豊かな木の大地が繁栄に屈する話。軽くて柔らかく、丈夫で厚みのある板は海を渡ってアフリカにまで売られた。三角貿易による利益が、幼い国の財産を稼ぐ。材木をギニア海岸へ、黒い身体を西インド諸島へ、砂糖とラム酒をニューイングランドへ。ニューイングランドにはストローブマツをふんだんに使った立派な屋敷が建っている。ストローブマツが町の枠組みを作り、製材所で数百万ドルを生み、大陸中で線路の枕木となり、ブルックリンとニューベッドフォードから地図にない南太平洋へと旅立つ戦艦と捕鯨船――千本以上の木を使う船――を作る。ミシガン州、ウィスコンシン州、ミネソタ州のストローブマツは一千億枚の屋根板に変わる。一年に一億ボードフィート（ボードフィートについては二八七頁を参照）がマッチ棒になる。スカンジナビア半島出身の木こりたちが三つの州にまたがる松林を伐採し、滑車と支柱を使って大木を川に落とし、数マイルの長さの筏《いかだ》を組み、それに乗って下流の市場まで運ぶ。巨大な英雄と巨大な青い牛（伝説的な木こりの巨人ポール・バニヤンと、彼が連れている巨大な青い牛のこと）が、ブリンクマン夫妻の住むあたりの松を切る。

ドロシーが本を読む間に、風が強まる。庭木がすべて不満げにたわむ。風に雨が混じり始める。小さな部屋がさらに小さくなる。夜。一日の三分の一はいつまで経ってもよその国のままだ。隣の家が消える。次にそのすぐ北の家も。最後に残るのは、荒野の縁にあるブリンクマン家だ。レイの動かせる方の脚が暴れ、自分を押さえつけているシーツを乱す。彼が望んだのはただ正直に生きて、世間一般の幸福を増進して、地域の人々に尊敬されて、品のいい家庭を築くこと。富は柵を必要とする。しかし柵には木が必要だ。北米大陸に今残されているものは、既に失われたものとはとうてい比べものにならない。すべての原生林は、数千マイル続く裏庭と農地、その隙間にある再生林の細い線に置き換わった。だが、土は覚えている——まだしばらくの間は。消された森と、それを消した進歩。そして土が裏庭の松に記憶を与えている。

レイの震える唇に唾があふれる。それはドロシーが真夜中前に拭き取るまでそこにある。彼女が唾を拭こうとすると、唇が動く。口元に耳を近づけると、彼がこうささやいたような気がする。「もう一度。明日」

夜は暖かい。パトリシアがいる山小屋の窓が風にがたがたと鳴り、ピンク色の一セント硬貨のようなチョウザメの月（八月の満月のこと）が湖に昇る。彼女は几帳面な文字で埋め尽くされたノートの山に手を置く。

「さて、デニス。これでやっと切りが付いたみたい」

いつもそうだが、今夜も返事はない。言葉はただ宙にさまよう。山小屋の中と外で多くの生き物がそれを聞いている。夜を彩るさまざまなさえずり、うなり声、ため息、計画、見積もりに彼女の発する音節が応え、それらを変化させる。会話はどの参加者も追い切れないほど長くて辛抱強く、彼女の属する生物種が加えるパターン化された音はその中ではいまだに新鮮だ。

彼女はこの時間の警報に少しの間耳を傾ける。それからクルミ材のテーブルに置いた手を伸ばし、立ち上がる。いちばん上にあるノートを開くと、さっき書いたばかりの文章が見える。完璧に効率を極めた世界では、私たちも姿を消さざるをえない。

「本当にこれでいいと思う?」。彼女は自分に問う。そして死んだ男に問う。二人の間にある膜は薄い。彼女はこの世でも、あるいは他のどんな未来の世界でも二度と彼に会うことはないと知っている。しかし、どこに目をやっても、彼が見える。それが生命だ。死者は生者を生かしている。二日に一回、彼女は夜になると、どんな単語がいいか、どんな言い回しがいいのか、亡き友人に尋ねる。あるいは勇気をもらう。あるいは、メモを薪ストーブに放り込まないだけの自制心を。今日でそれも終わりだ。彼女はページをめくる。

誰も木を見ていない。私たちは果実を見、木の実を見、木材を見、木陰を見る。装飾としての緑や美しい紅葉を見る。道をふさぐ邪魔物、ゲレンデの障害物。伐採しなければならないものとしての、暗くて怖い森。家の屋根を押しつぶしそうな枝。お金になる森は見える。でも、木——木そのもの——は目に見えない。

「悪くないわね、デニス。ちょっとすさんでるかもしれないけど」。それに短い、と彼女は付け加えてもいい。一冊目よりもはるかに小さな本だ。言いたいことはもっとたくさんあるが、もう彼女は年だ。時間があまりない。そのうえ、まだこれから探して箱船に乗せなければならない種《しゅ》がたくさんいる。この本の物語はとても単純だ。やろうと思えば一ページか二ページで伝えることもできただろう。彼女の仲間たちがこの数年、南極以外のあらゆる大陸を旅してきたこと。数千種の樹木――人類の目の前で地球上から、それに依存する無数の生物たちとともに消えようとしている生物種のほんの一部――の種《たね》を集めてきたこと……。

彼女は希望を持ち続けようと努力し、真実を少し理解しやすくするためにあらゆる物語を語った。樹木の移動には丸ごと一章を費やした。実際に計測した人間を驚かすような速度で既に北へ移動しつつある木々の話。しかし最も弱い木が生き延びるには、もっと速く移動する必要がある。樹木は高速道路や農地や住宅地を横切ることができない。ひょっとすると私たちにはそのお手伝いができるかもしれない。

彼女は好きな登場人物《キャラクター》について簡単な伝記を綴る。孤立している木、狡猾な木、賢い木、丈夫な木。斜面の向きや高度によって森が変化するように、衝動的になったり、内気になったり、気前がよくなったりする木。もしも私たちが樹木の正体を学び、彼らの実力を知ったら、どれほど素晴らしいだろう。彼女は話をひっくり返そうとする。私たちの世界の中に木があるのではない。木の世界につい最近現れたのが私たちなのだ。

恐怖や科学的厳密さが彼女に一つのことを言わせまいとするが、そのたびにそれが回帰してくる。私たちがそばにいるとき、木はそれに気付いている。私たちが近くにいるときには、根の中の化学物質や葉から出る匂いが変化する……。森を歩いた後、気分がすっきりするのは、木々があなたを誘惑しているということなのかもしれない。これまでに樹木から得られた特効薬はたくさんあるし、私たちは木々からの贈り物をまだほんの一部しか知らない。木々は大昔から私たちに手を差し伸べてきた。ただ、それがとても低い声だったせいで、私たちの耳には聞こえなかったのだ。

テーブルから立ち上がるとき、彼女はうなり声を上げるが、それは誰に向けられたものでもない。玄関近くのクローゼットには、彼女とデニスがずっと捨てられなかった段ボールの箱が積まれている。何十年も前から取ってあった、かびの生えた箱。だって将来いつ、ちょうどこの大きさの段ボール箱が必要になるかも分からないから。まるで計算したみたいに、ノートの束がそこにぴったりと収まる。彼女は明日、それを助手に送り、タイプで清書してもらう。次にはそれをニューヨークに送る――絶版になることなく今でも売れ続け、おかげで多くの松の木がパルプに変えられていることがパトリシアの良心の重荷となり続けている『森の秘密』の続編を何年も前から待ってくれている編集者のもとへ。

彼女は箱に梱包テープで封をした途端に、再び箱を開ける。最後の章の最後の行はやはりまずい。彼女はそこに記した文章を見る――その文はかなり前から記憶に焼き付いているけれども。運がよければこの種子の一部は、コロラド山中の空調された金庫の中で生命力を持ち続けるだろう――未来の用心深い人々がそれを地中に戻す日まで。彼女は唇をすぼめ、文章を足す。もしそうでなくても、人間がいなくなったずっと後、別の実験が行われていくだろう。

「たぶんこの方がいい」と彼女は声に出して言う。「でしょ?」。しかし、今夜の幽霊は既に黙ってしまった。

箱を送る準備が整うと、彼女はベッドに入る用意をする。体を洗うのはあっという間。身仕舞いはもっと短時間だ。その後は読書。彼女は毎晩、深淵まで千マイルを旅する。目を開けていられなくなってくると、最後は詩を読む。今晩は、山歩きと同じ要領で詩集から手当たり次第に拾ったもので、中国の詩だ。千二百年前の王維の作品。

自顧無長策　　　自ら顧みるに長策《ちょうさく》無し

空知返旧林……　空しく旧林《きゅうりん》に返るを知る……

君問窮通理　君　窮通《きゅうつう》の理《り》を問う

漁歌入浦深　漁歌《ぎょか》　浦《ほ》に入って深し

すると川が彼女の上を流れ、一日が終わる。彼女は天井すれすれに吊された暗い電球を消す。残されるのは月の明かりだけ。彼女は寝転んだまま横を向き、湿った枕に顔を埋める。一分後、口の端が笑みに変わる。

「忘れてないわよ。おやすみなさい」

おやすみ。

アダムはロウアーマンハッタンのズコッティ公園（ウォール街のすぐそばにあり、二〇一一年九月から始まった抗議運動「ウォール街を占拠せよ」の拠点となった）にいる。今回は野外調査《フィールドワーク》の方が彼に近づいてくる。彼が研究者としてのキャリアを通して調査してきた勢力が再び野に放たれ、金融地区の中心でパーティーを繰り広げている。それは彼が仕事をし、生活をしている場所から南に数街区《ブロック》の場所だ。公園は人でごった返している。摩天楼に挟まれたその公園では、アメリカサイカチの二列に並んだ卵形の葉が既に黄色に染まり始め、その下で、寝袋とテントが野営地を作っている。しばらく前からそうだが、昨夜も数百人がここで夜を過ごしていた。彼らはプロテストソングを子守歌にして眠りに就き、朝、目を覚ました後は、大義に賛成する五つ星シェフが腕を振るった温かい食事を無料で食べる。ただ、アダムにはその〝大義〟が何なのか分からない。大義は今、徐々に練り上げられている段階だ。九十九パーセントのための正義。金融界の裏切り者と泥棒の投獄。すべての大陸で、公正と良識が噴出している。資本主義の転覆。強奪と貪欲から生まれたのでない幸福。

街はアンプの使用を禁じているが、その代わりに人間という拡声器《メガホン》が活躍している。一人の女がシュプレヒコールを上げると、周囲の全員がそれを唱和する。

「銀行は救済された」

「**銀行は救済された！**」

「私たちは売り飛ばされた」

「**私たちは売り飛ばされた！**」

「占拠せよ」

「**占拠せよ！**」

「街《ストリート》　は誰のもの？」

「**街**《ストリート》　**は誰のもの？**」

「街《ストリート》　は私たちのものだ」

「**街**《ストリート》　**は私たちのものだ！**」

とはいえ、群衆は全体に若い。世界を救うという若者の夢に忠実な人々。だが、異文化風の服装を身に着けたバックパッカーの中には、アダムより年配の男たちもいる。公園のあちこちで自発的に開かれている集会では、六十代の女がかつての反乱についてお決まりの記憶を語り聞かせている。レオタード姿の人々が固定された自転車を漕いで、デモ参加者のノートパソコンに供給する電気を作っている。銀行家は髪を切る気がなさそうなので、散髪屋は代わりに無料で参加者の髪を切る。ガイ・フォークス（一六〇五年に英国議事堂を爆破しようとした事件の首謀者。映画『Vフォー・ヴェンデッタ』（二〇〇五）で主人公がフォークスの仮面をかぶっていた）の仮面をかぶった人々がパンフレットを配る。大学生が輪になって太鼓を鳴らす。頼りないトランプ用テーブルの後ろに構えた弁護士が無料で法律相談を受ける。誰かが、元々あった看板に手を加えている。

公園内では、スケートボード、
ローラースケート、自転車に乗ることを禁止します
他は何でもOKだぜ、兄弟《ブロ》

サーカスには当然、バンドも加わっている。ギター——その胴体に「このマシンがデイトレーダーを殺す」と書かれている（フォークソング歌手のウディ・ガスリーが「このマシンがファシストを殺す」と書かれたギターを使ったのが有名）——を抱えた大群が派手などんちゃん騒ぎをともに奏でる。

どこへ行っても俺をいじめるポリ公ども、
俺にはもう住む家がねえんだよ。（ウディ・ガスリー「住む家がない」の歌詞）

広場の向こう側には、癒えることのない傷がある。林冠にできた穴はとうに埋められたが、今でもそこから何かがしみ出している。建物が倒壊してから十年。その数字はアダムを驚かせる。息子はまだ五歳だが、あの攻撃は息子の誕生より最近のことに思える。半分焦げ、根が折れた状態で生き延びたマメナシの木は、グラウンド・ゼロで元気に育っている。

彼は人混みを掻き分けながら、人民図書館《ピープルズ・ライブラリー》（ズコッティ公園にできた図書無料貸し出しコーナー）沿いを進む。彼はその棚や段ボールの中を覗かずにはいられない。スタンレー・ミルグラムの『服従の心理』の余白には無数の小さな書き込みがある。タゴールの詩集もある。ソローの『森の生活』がたくさん。そしてそれ以上の数の『あなた対ウォール街』（ナタリー・ペイスが書いた二〇〇九年刊行のベストセラー。副題は「今の手持ちを大きく育てて、失った分を取り返す方法」）。自主管理に基づく無料貸し

出し。民主主義の匂いがする、と彼は思う。

六千冊の本が並ぶ中から一冊の小さな本が浮かび上がる――まるで泥炭湿地から化石がぽっと吐き出されるみたいに。『昆虫ミニ図鑑』。鮮やかな黄色。あの古典の本物はこの装幀と決まっている。アダムは驚いてそれを手に取る。タイトルページを開くときには、ＨＢの鉛筆を使って大文字でそこに記された自分の名前を見つける覚悟ができている。しかし名前は別人のものだ。そこに万年筆を使って筆記体で記されている名は、レイモンド・Ｂ。

本からは、子供向け科学書の純粋さとかびの匂いがする。アダムはページをぱらぱらとめくりながらいろいろなことを思い起こす。野外記録《フィールドノート》と、家に作った自然史博物館。子供用の安い顕微鏡で覗いたアオミドロ。とりわけ思い出すのが、マニキュアで腹部に色づけしたアリのことだ。彼の生涯は結局なぜか、その実験の繰り返しになったのだった。彼が小さな本――「ゾウムシとトビケラ」のページ――から顔を上げると、幸せそうな、怒りに満ちた、無秩序な人混みが目に入る。数秒間、彼には序列と役割の体系が見える。尻振りダンス、巣の内側から続き、重力のように物理的なものとして感じられる道しるべフェロモン。彼はその全員に綿棒でマニキュアを塗り、隣の高層ビルの四十階まで上って全体を眺め渡したいと思う。本物の野外《フィールド》科学者のまなざし。十歳の子供の視線。

彼は『図鑑』をズボンのポケットに入れ、また人混みに紛れる。十歩進んだところで、花崗岩でできたベンチの縁に腰掛けていた幽霊が突然、彼の方に顔を向けて驚く。「占拠せよ」と人間拡声器に向かって誰かが叫ぶ。すると拡声器から「**占拠せよ！**」という声が百倍になって出てくる。

驚いた幽霊の顔がにやにやした表情に変わる。アダムはまるで兄弟のように、その男を知っている。死者の間からよみがえった男。男は今、はげかかった頭に野球帽をかぶっているが、アダムの記憶ではかつてそこにポニーテールがあった。その気になれば無視できるが、そうはしたくない。既に手遅れ。そちらに歩み寄り、侵入者の腕を取り、偶然のいたずらを笑うしかない。あとは不思議な昔話がいつまでも繰り出されるだろう。「ダグラスモミ《ダグファー》」

「カエデ《メープル》。何てこった。現実とは思えないな」。二人は既にゴールラインを越えた老人同士のように抱き合う。「まったく。なあ！　人生は長いよな？」

　人生は長すぎる。心理学者はいつまでも首を横に振っている。うれしくない出会いだ。野蛮な考古学者によって塚から引っ張り出された死体は彼ではない。しかし、この偶然の出会いは何か妙だ。完璧なタイミングを知っている、偶然という名のコメディアン。

「今回は……？　君がここに来たのは……？」。アダムは、人類から人類を救おうとしている群衆を腕で指し示す。パヴリチェク——名前はパヴリチェクだ。パヴリチェクは眉間に皺を寄せ、公園を眺める。まるでこの瞬間、初めてそこを見ているかのように。

「ああ、いいや、まさか。俺は違う。最近の俺はただの見物人。あまり外にも出掛けない。都会に来たのは……いつ以来かな」

　アダムは男——相変わらずひょろっとして、青臭さが残る男——の骨張った肘をつかむ。「歩こう」

　二人はブロードウェイを散策し、シティバンク、アメリトレード、フィデリティのビルを通り過ぎる。二人が離れていた長い歳月は、ニューヨークではわずか一分で取り戻される。ニューヨーク大学心理学科の教授には自己啓発本を出版している妻と、大人になったら銀行家になりたいという五歳の息子がいる。長年、土地管理局に仕事や住居を与えられてきた男は友人に会うためにニューヨークに出てきた。それで終わり。しかし、二人はトリニティー教会の尖塔の下を歩き続け、かつて商人たちが株の売買をするために会っていたスズカケノキ——そこは今では、自由企業体制の心臓部だ——の亡霊の近くを通り過ぎる。そしてゆっくりとしたペースで過去をめぐるおしゃべりを続けるが、それは一時間後にはアダムが思い出せないような当たり障りのない話だ。ダグラスはその途中、通行人に合図するように、たびたび野球帽のつばに手をやる。

アダムが尋ねる。「君は今でも……誰かと連絡を取り合ってるのか?」

「連絡?」

ダグラスがまた帽子に手をやる。「いいや。あんたは?」

「他のメンバーと」

「私は……全然。桑の木《マルベリー》はどうしてるんだろう。けど、そういえば見張り人《ウォッチマン》。妙な話だと思うだろうけど、私は彼に尾《つ》けられている気がする」

ダグラスはビジネスマンの海の中、歩道で立ち止まる。「どういう意味?」

「たぶん私の頭がどうかしているんだと思う。けど、仕事で出張に行くことがよくあるんだ。講演とか、会議とか、国のあちこちで。それで、少なくとも三つの都市で、彼が描いたと思われるストリートアートを見掛けた」

「樹木人間みたいな?」

「うん。覚えているだろ、あの気味の悪い絵……?」

ダグラスはうなずき、帽子のつばに手をやる。前方の歩道上に観光客の人だかりができて、野生動物を取り囲んでいる。筋肉質で巨大な雄牛が鼻孔を膨らませて、今にも攻撃を仕掛けようとしている。自分を囲んで自撮りしている観光客を凶暴な長い角《つの》で串刺しにしようとしているかのようだ。大衆への贈り物として真夜中に運び込まれ、証券取引所前に設置された、重さ七千ポンド(約三二五〇キログラム)のブロンズ製ゲリラアート作品。街が撤去しようとすると、人々は反対の声を上げた。トロイの雄牛。

このわずか二週間前、一人のバレリーナが牛の背中に乗り、片足旋回《ピルエット》をしている写真が〝人間を止めろ〟運動のインパクトのあるポスターとして使われたのだった。

ただ一つの
要求は
何か？
#ウォール街を占拠せよ
テントを持参すること

人々は入れ替わり立ち替わり、猛り狂った牛と並んで写真を撮る。ダグラスにはその皮肉が通じていないらしい。彼の目は群衆と違う場所を見ている。何かがもがくようにして彼の中から出てくる。「それで」。彼は首の後ろをさする。「今はいい暮らしをしてるんだな？」

「すごく運がよかったんだ。仕事にはかなり時間を取られるけれど。研究は……楽しい」

「具体的には何の研究を？」

アダムは自己紹介用の決まり文句を今までに何千回も繰り返してきた――論文集《アンソロジー》の編集者から、飛行機で一緒になった赤の他人にまで。しかし、この男に対してはもう少しちゃんとした説明をする義務がある。「昔、私たちが会ったときも、既に同じテーマで研究をやってたんだ。五人で活動していたとき……あれから、歳月とともに焦点は変わった。でも、基本的な問題設定は変わらない。誰の目にも明らかなことが私たちに見えないのはなぜか？」

ダグラスは雄牛の角に手を置く。「それで？　答えは？」

「主に、他人が原因さ」

「なるほど……」。ダグラスはブロードウェイの先に目をやり、牛を怒らせているものを探す。「俺もあんたとは別に、同じ答えを見つけてたような気がする」

アダムが大きな笑い声を上げるので、観光客たちがこちらを振り返る。アダムは自分がかつてこの男を愛していた理由を思い出す――命を預けてもいいと思うほど彼を信じていた理由を。「その問題には、もっと面白い側面がある」

「どうして一部の人間にはそれが見えるのか……？」

「その通り」

一人のアジア系の旅行者が、写真を撮りたいから少しの間だけどいていてくれとジェスチャーで言う。アダムがダグラスを促し、二人はさらにもう少し歩いて、涙の形をしたボウリンググリーン公園に入る。

「俺はいろいろ考えたんだ」とダグラスが言う。「あの頃のことについて」

「私もだ」。アダムはそう言った次の瞬間、今の嘘を撤回したいと思う。

「俺たちは何をやり遂げようとしてたのかな？　何をしてるつもりだったんだろう？」

二人はスズカケノキ――東部で最も従順な木の一つ――を模した円の下に立つ。かつてこの場所で、木の声を聴く人々がそれを伐採する人々にマンハッタン島を売ったのだった。二人は一緒に噴水を眺める。アダムが言う。「私たちは建物に火を点けた」

「そうだったな」

「人間は大量殺戮を行っていると私たちは信じていた」

「うん」

「何が起きているのか、他の人には見えてなかった。私たちのような人間が実力を行使しないと、やつらを止めることはできなかった」

ダグラスの野球帽がくちばしのように左右に動く。「俺たちは間違ってなかった。ここを見ろよ！　まともな人間には、もうパーティーは終わりだって分かってる。ガイアが復讐を始めたんだ」

「ガイア？」とアダムは笑顔で訊き返すが、その表情は苦しそうだ。

「生命。惑星（ガイアとは科学者のジェイムズ・ラブロックが提唱した概念で、地球と生物が相互に関係し合う全体を一種の巨大な生命体（ガイア）と見なす考え方のこと）。既に俺たちに付けが回り始めてる。だが、今でも、それを口に出したらやっぱり狂人扱いさ」

　アダムは男をしげしげと見る。「じゃあ、またやるつもりなのか？　昔と同じことを？」。アダムの頭の中でならず者の哲学者が質問を投げ掛ける。禁忌《タブー》の質問。一人の人間は何本の木と価値が等しいか？　差し迫った破局は、小さな局地的暴力を正当化しうるか？

「またやるのかって？　さあな。どういう意味なのかも分からんな」

「建物を燃やすってこと」

「俺は今でも夜になると自分に訊くんだ。俺たちがやったこと――俺たちがやれたこと――で、そもそもあの女《ひと》の死を埋め合わせできるのかってな」

　すると昼間なのにあたりが夜に変わる。街並みが松林に変貌し、二人を囲む公園が炎で燃え上がる。そしてあの風変わりな色白の美人が地面に横たわり、水を求める。

「私たちは何も成し遂げられなかった」とアダムが言う。「何一つとして」。二人は公園を出ようときびすを返す。そこは人が多すぎて、こんな会話をするのには向かない。鉄製の低い柵に取り付けられたゲートのところで、二人は初めて気付く。公園より安全な場所などない、と。

「彼女ならまた同じことをやっただろうな」

　ダグラスはアダムの胸を指差す。「あんたは彼女を愛してた」

「私たちみんなが彼女のことを愛してた。そうだ」

「あんたは彼女を愛してた。見張り人《ウォッチマン》と同じように。ミミと同じように」

「昔の話だ」

「彼女のためなら国防総省《ペンタゴン》だって爆破しただろう」

　アダムは少し青ざめ、控えめにほほ笑む。「彼女には不思議な力があった」

「木が語り掛けてくるんだって彼女は言ってた。木の声が聞こえるって」

アダムは肩をすくめ、さりげなく腕時計に目をやる。そろそろ講義の準備のために大学に戻らなければならない。昔話のしすぎでアダムは胸が悪くなる。昔は若かった、そしてもっと怒りを抱えていた。別の生き物だった。あれも失敗した実験の一つ。唯一の課題は〝今〟をうまく切り抜けることだ。ダグラスは彼をそのまま放免してはくれない。「あんたはどう思う？　本当に何かが彼女に話し掛けていたと思うか？　それとも単に……？」

人類が出現したとき、世界には六兆本の木があった。今残っているのはその半分。百年後にはまた半分が消える。消え去りつつある木が何と言っているのだと人が言おうと、それはどうでもいい。しかし、アダムにとってその疑問は興味深い。亡きジャンヌ・ダルクの耳には何が聞こえていたのだろう？　洞察か、幻聴か？　彼は来週、学部学生にデュルケーム、フーコー、隠れ規範主義について話す予定だ。理性もまた、人を管理する武器の一つにすぎない、と。合理性、容認可能性、正常性、人間性、そうした概念は、人間が思う以上にごく最近発明された、若いものだ。

アダムは後ろを振り返り、ビーバー通りというコンクリートの峡谷を見る。ビーバー。その毛皮の交換がこの街の土台を築いた。マンハッタンで最初の物々交換所。気が付くと彼はこう答えている。「昔からずっと、木は人間に語り掛けてきた。正常な人間にはそれが聞こえていた」。唯一の問題は、再び樹木が口をきいてくれるかどうかだ。すべてが終わる前に。

「あの夜は？」。ダグラスは摩天楼の壁を見上げる。「助けを呼ぶようにあんたを送り出したとき。どうして戻ってきたんだ？」

アダムの中に怒りがこみ上げる。二人はまるでまたけんかを始めそうだ。「あのときは手遅れだった。助けを呼ぶには何時間もかかったはず。その頃にはもう死んでた。もしも警察に駆け込んでいたら……それでも彼女は死んでた。そのうえ、私たち全員が刑務所に入っていただろう」

「そんなことは分からないさ。今となっては分かるはずがない」。怒り。時間の経過とともに消えることのない悲しみの過激な切っ先。

二人は、高さ二十フィート（約六メートル）ほどの小さなセイヨウハナズオウの脇を通る。その幹と枝は、雄牛の上で踊るバレリーナのようにきれいな曲線を描いている。紫がかったピンク色の食べられる花芽が幹や枝に直接たわわに付くのは、これからひと冬を越してからのことだ。今は、首を吊られた人間のような莢《さや》が枝からぶら下がっている。伝説によると、ユダはこの木で首をくくったらしい。それは、木にまつわる神話の中ではまだ新しい方だ。ユダの木はロウアーマンハッタンの街角のいたるところでひっそりと育っている。この木はあと二回花を咲かせる前になくなっているだろう。

二人は行き先が分かれるバッテリープレースで立ち止まる。そのまま進んで川を越えると自由の女神があるリバティー島だ。ここからミシシッピ川まで続く巨大な幻の森には、地面に足を下ろすことなく林冠を行き来する、無数の頌徳《しょうとく》文に詠《うた》われた幻のリスがいた。今では、動物の遺骸が散乱する幹線道路にずたずたにされた再生林の断片と島が残るのみだ。しかし男二人はそこに立ち止まったまま、目の前に果てしない森が今でも広がっているかのように遠くを見ている。

二人は相手の方を向いて、互いの力を確かめる熊のように別れの抱擁《ハグ》をする。その姿はまるで、この世で二度と会うことがないと知っているかのようだ。万一、会うことがあればそれは時期が早すぎる、と思っているかのよう。

木は何も言わない。ニーレイはスタンフォード大学の中庭——宇宙の植物園——に座り、説明を待っている。子供の頃からずっとやってきたことが行き詰まった。運命の道を見失ってしまった。次はどうすればいいのか？

しかし、木は彼を無視する。水瓶のようなボトルツリー。棘のよろいをまとったカポック。葉擦れの音さえ聞こえない。それはまるで、心の友が——彼にそれを与えてくれたただ一つの宇宙で——初めての試練で一気にパニックに陥り、彼との縁を切ってしまったかのようだ。彼は記念写真を撮る観光客の邪魔になっている。きれいなスパニッシュ・ロマネスク様式を模した回廊の写真を撮るのに、車椅子に乗った変人が手前にいては台無しだ。彼は恋人に振られた男のように怒って車椅子を反転させる。でも、どこに行く？　センペルヴァイレンズ本社の上にあるアパートに帰るのさえ、屈辱的だ。

母に電話をかけようと思っても、バーンスワーラー（インド北西部の町）——彼女は最近、死に備えながら、一年の大部分を向こうで過ごしている——は今真夜中だ。母は現在、息子にふさわしい嫁は現れないということを十年遅れで知っている。それに加え、科学の力をもってしても彼の脚はよみがえらないということ、そして、そっとしておいてやるのが息子を愛するいちばんの方法だということも。彼女がアメリカに戻ってくるのは、息子が入院して、ひどい床ずれを切除したり、足や尻の壊死組織を除去するときのみだ。飛行機に乗るのは母にとって苦痛になり始めている。彼は次に入院するときは、母に言わないことに決めている。

彼は芝生広場《オーバル》に戻って、向こうに続く壮大なヤシの並木を見る。空は青く澄みすぎ、日は暑すぎ、すべての幹が日時計となって同期している。彼は日陰を見つける——日陰を探すのは今、世界中でますます流行となっている。それからじっとその場で、よそで起きていることは何も考えずに気を落ち着けようとする。駄目だ。一分もすると彼はそわそわしてスマートフォンを取り出し、まだ相手が送ってもいないメッセージを確認しようとする。人が住める場所はどこか？　幹部《エルフ》たちの言っていたことはきっと正しかったのだろう。人は記号の中、シミュレーションの中でしか生きていけないのだ。

スマートフォンは、車椅子のポケットに戻した瞬間にセミの群れのように震えだす。それは個人用人工知能《AI》からのメッセージだ。人工知能《AI》は控えめな形で生き、刺激的なサムネイル画像で彼を悩ます。彼は木から落ちる前の子供時代以来ずっと、ペットのようなこんなロボットを夢見ていた。それはかつて子供向けのＳＦで予言されていたどんなものより優れている――速度が速く、美しく、順応性がある。それは二十四時間、人類のすべての活動を監視し、彼に報告をする。従順で疲れを知らない人工知能《AI》は、彼が最近信頼を寄せている生き物たちと同じく、脚を持たない。脚というところで進化は道を間違えたのかもしれない、とニーレイは思う。

ペットを作ったのは彼と彼の部下だが、今ではペットの方が彼を作るのに忙しい。彼は近頃自分が取り憑かれている問題についてニュースを集めるよう、人工知能《AI》に指示していた。樹木のコミュニケーション、森の知性、菌類のネットワーク、パトリシア・ウェスターフォード、『森の秘密』……。あの本の中では、数十年前に彼が聴いたささやき――今はまったく挨拶もしてくれない異質《エイリアン》な生き物のささやき――が不気味にこだましている。それのせいで彼は、会社の創造的リーダーとしての役割まで失うことになった。それは彼に対してさらなる支払い、さらなる救い、さらなる要求を突きつけている。しかしそれは一体何なのか？

彼はボットが届けたメッセージを開く。そこにはリンクとタイトルが含まれている。〝空気と光の言葉〟。推奨度は最高レベルだ。ニーレイがいる木陰でも、明るすぎて画面が見えない。彼はそれほど遠くない場所に停めてあったバンまで戻る。がらんとした宇宙船に乗り込むと、彼はリンクをクリックし、困惑しながら画面を見つめる。影と太陽が勢いよくそこから飛び出してくる。映写機《キネトスコープ》で映しているかのように、栗の木の百年が二十秒で噴出する。ニーレイが理解する前に映像は終わる。彼は動画を再び最初から見る。するとまた木が噴水のように育ち、樹冠を作る。上向きに手を振る枝は光――目には見えないもの――を求める。枝は空中で分かれ、太くなる。この速度だと、木が第一に何を目指しているのかが見える。師部と木部の背後にある数学。絡み合い、逆巻く幾何学。そして外に向かって樹木を太らせる、薄くて生きた形成層。

少年の爪よりも小さな種《たね》にヴィシュヌ神が詰め込んだ指示書に従って、コード——奔放に枝分かれして、失敗によって刈り込まれるコード——がこの螺旋形の巨大な柱を形作る。木が一世紀にわたる展開を完遂したところで、絶滅した超絶主義の文学者（既出のヘンリー・デイヴィッド・ソローのこと）の言葉が一行ずつ下から上へスクロールして、栗の古木の形を作る。

庭師は
庭師の庭だけを見る。
つまらないものばかりを見せられて
這いつくばり、疲れ切っている目は
今は見えていない美しさを見るためにある。
私たちが
神の姿を
見るのは
許されて
いないのか？

ニーレイが小さな画面から目を上げたとき、まさにそれが目の前にある。

バンを停めた場所からキャンパスを横切り、ユーカリの森を越えたところから、招待状が送り出される。招待状は、風で運ばれる花粉のようにむらになって散らばる。一つはグレートスモーキー山脈の施設にある山小屋にいるパトリシア・ウェスターフォードに届く。彼女は今、数年後にトネリコセンコウチュウとカミキリムシに食い尽くされそうな数十種類の広葉樹を探している。最近、この種の招待状は数十通単位で届いているが、彼女はその大半を無視する。しかし今回は違う。

――温暖化する世界への抵抗"。招待状はあまりに悲痛なので、彼女はそれを二度読む。破壊された大気に関する会議のために、彼女を飛行機で二千五百九十六マイル（約四一五四キロメートル・リペア）の距離を往復させたいと思っている人がいる。彼女には会議のタイトルが理解できない。"家の修理"。まるで雨樋を修理

して、屋根に気化熱式冷却器を設置すれば、幸せな時代に戻れるかのようなタイトル。

彼女は質素な椅子に座ってテーブルに向かい、コオロギの声を聴いている。大昔に、コオロギが一分間に鳴く回数を華氏の気温に換算する数式を父から教わったことがある。六十年前から、彼女を囲む夜のオーケストラは、全員が加わるまで徐々にテンポアップするフォークダンスを踊り続けてきた。

人類が持続可能な未来を築くにあたって、樹木が果たしうる役割についてかつて本を書いた女性に大変光栄に存じます。会議の主催者は、破滅へ向かう惑星を救う樹木の力についてお話し願えたら大変光栄に講演をやってもらいたいという。しかし、彼女がその本を書いたのは何十年も前だ。あの頃はまだ、彼女も若くて勇気があったし、地球にも奮い起こすべき元気が残っていた。

この人たちは画期的な新技術を夢見ている。ヤマナラシを紙に変えつつ、炭水化物を燃やす量を少し減らすような新しい方法とか。よりよい家を建てて、世界の貧しい人を惨状から救うために換金作物の遺伝子を改変するとか。彼らが求めている家の修理（ホーム・リペア）というのは単に、少しだけ無駄の少ない破壊

のことだ。燃料要らずでほとんど維持の手間もかからない単純な機械があるのだと彼女は彼らに教えることができる。炭素を着実に取り込み、土壌を豊かにし、地面を冷やし、空気をきれいにして、どんなスペースにもフィットする機械。勝手に自分と同じものを作って、ついでにただで食料も与えてくれるテクノロジー。詩に詠まれるほど美しい装置。もしも森というもので特許が取れるなら、彼女は満場の喝采を浴びるだろう。

カリフォルニアに行くとなると、三日がつぶれる。イエスは地獄の大掃除をするのに三日もかからなかった。彼女の臨場恐怖症は年々ひどくなるばかりで、混み合った講堂では人の話が聞けないほどになっている。でも、招待客のリストは信じられない豪華さだ。天才や有名な技師。微粒子を散布して太陽光を弱める技術、絶滅危惧種をクローンする技術、安価で無尽蔵なエネルギーを取り出す方法などで、莫大な助成金を手にしかけているメンバーが勢ぞろいしている。人間の魂という面倒な問題に取り組む芸術家や作家も集まる。次なる緑の儲け口を探すベンチャー起業家も。こんな聴衆の前で話す機会は二度とないだろう。

彼女はもう一度、依頼文を読んで、〝持続可能な未来〟というフレーズが〝酒を断った依存症患者〟以上の意味を持つ場所を思い描く。そして、手紙を締めくくる、刺激的な言葉を読む。かつてトインビーはこう言いました。「人類はことさらに困難な状況に挑戦することで文明を築いてきた……人はそれが困難だからこそ、それまでにない努力を注いだのだ」と。彼女はこの招待状で、方々を転々とした時代以来ずっとはぐくんできた自分の誠実さを試されているように感じる。この死にかけた場所を救うために人は何をすればいいのか、彼女にそれを訊きたがっている人がいる。彼女が今真実だと思っていることを、有名人や有力者の集まるこの場所で正直に語ることができるだろうか？

賢明な答えを出すには、今夜は遅すぎる。でも、まだ時間はある。ミドルプロングの川が流れる場所まで散歩しよう。山小屋の外では、ゆっくりと生長するサンザシの鬱蒼《うっそう》とした茂みが風に揺れ、十五夜に近い月の下で不気味な予言をしている。枝に付いた真っ赤な実は、多くが冬を越す。属名クラタエグス。心臓の薬。人は今後も探し続ける限り、植物の薬効をいくつでも見つけるだろう。

　森の開けた場所を彼女が歩いていると、二時間前に地面を転がって人間の痕跡を消していたオポッサムが驚く。彼女は懐中電灯を振る。林床に積もったオレンジ色と黄土色の腐植《ダフ》からは、甘くてかびの生えたケーキ生地のような匂いが漂う。陰鬱で美しい二羽のアメリカフクロウが遠く離れた場所から互いを呼び合う。尾根の方では、ドングリとヒッコリーの実が地面に落ちる音がする。熊はあちこちで眠り、一日で食べたごちそうを消化している。一平方マイル（一マイルは約一・六キロメートル）に二頭ずつ。

　彼女は身をかがめてツツジのトンネルをくぐり、昔の切り通しを記憶するブラックチェリーに沿って進み、サワーウッドといい匂いのするサッサフラスの脇を過ぎる。抹殺された栗の代わりに生えているのは木蓮とシロスジカエデ。ドクニンジンはカサアブラムシと酸性雨の襲撃を受けて死にかけている。アパラチア山脈のもっと高い場所では、フレーザーモミが完全に死に絶えた。彼女を囲む森は、記録が始まって以来最も暑くて乾燥した一年によって大きなダメージを被っている。これもまた、百年に一度の異常気象だ。最近ではそれがほぼ毎年の出来事となっている。国立公園のいたるところで山火事が発生している。三日に一度は厳重警戒《コード・レッド》。

　しかし、僧侶のように凛としたユリノキは今でも彼女の免疫力を高め、ブナは気分を明るくし、集中力を研ぎ澄ましてくれる。彼女はこんなふうに大きな木の下を歩いていると、頭が冴え、賢くなった気がする。彼女はワニの皮膚みたいに樹皮にひびの入った柿の木を見る。小さな中世の星球武器《モーニング・スター》みたいなモミジバフウの実が足元でつぶれる。彼女はモミジバフウの落ち葉を拾い、先をちぎって匂いを嗅ぐ――子供の頃に想像した天国の匂い。道から遠くないところに古いレッドオークがある。幹の周囲は十二フィート（約三・六メートル）。そのそばまで行けば、招待状によって引き起こされた不安さえ慰められるかもしれない。**持続可能な未来。**彼らが基調講演に呼びたいのは、〝木の女〟ではない。彼らは壮大なイリュージョンを見せてくれるマジシャンを見たいのだ。あるいはSF小説家。あるいはロラックスおじさん（欲張りな男のせいで木が一本も生えなくなった世界を扱う有名な絵本の主人公。アニメ映画化もされた）。ひょっとすると、頭に着生植物を載せた、派手な祈禱師。

彼女はお気に入りの場所から川床に下りると、靴を脱ぐ。しかし、その必要はない。激しく流れているはずの川は今、ただ岩の転がる河川敷だ。彼女はサンショウウオを探して、いくつか石をめくる。数百万を超える生き物がいるこの国立公園では、湿った場所ならどこでも三十種の生物がいる可能性がある。なのに、そこでは何一つ見つけられない。彼女は靴を脱いだ両足を幻の流れに浸す。どう思う、デニス？　家の修理《ホーム・リペア》の講演に行くべきかしら？

彼女の肩に、思い出の中にある手が置かれる。ベイビー、私にそれを聞かなければならないようなら、答えは決まっているんじゃないか。

テネシー州ミドルプロングのリトル川の岸からニューヨーク市まではわずか七百マイル（約一一二〇キロメートル）。ストローブマツの花粉でも、強い風さえあればそれくらいの距離を飛ぶことがある。同じルートの一端では、アダム・アピチが困惑したような笑みを浮かべ、扇形の階段教室の最後部に目をやる。教室にいる二百六十人の心理学専攻一年生は今、認知的見落とし《コグニティブ・ブラインドネス》に関する講義に耳を傾けている。アダムの視線の先では、三人の武装した男たちが講義の終わりを待っている。二度か三度、心臓が激しく鼓動するが、ショックはそれ以上続かない。一目見ただけで、彼らが何者なのか、そして何のためにここに来たのかが分かる。もちろん、公的機関限定の自動拳銃グロック23とFBIと黄色い文字が印刷された濃紺のユニフォームも彼らの身元を知る手掛かりになる。この数十年、季節を問わず、頭のすっきりした真っ昼間から睡眠薬で頭がぼうっとした真夜中に至るまで、彼はふとした瞬間に、この男たちが現れるのを恐れていた。あまりに長い間待ち続けていたせいで、彼らがいつか来るということさえ忘れてしまっていた。今、年の終わりへ向かうこの美しい秋の日に、ようやくその男たちが、常々思っていた通りの姿——厳めしく、険しく、実際的で、耳にイヤホンを差している——で彼を捕まえに来た。笑顔でもう一度瞬きをしたときには、アピチの恐怖はそれによく似た別の感情——予想が的中したことから来る安堵——に切り替わっている。

彼は思う。**彼らは通路を下りてきて、私を教壇の上で逮捕するだろう**。しかし男たち——全部で五人いる——は最後列の後ろに固まって、アダムが講義を終えるのを待っている。

今日の講義は簡単なテーマだった。人が何かを選ぶとき、夜の間、地下、あるいは当人がまったく知らない場所で非常に多くのことが起きているということだ。アダムが手を触れなくても、教壇の上にメモのページが次々に表示されていく。二十年間、鉄槌が下されるのを恐れ、小さくなって生きてきたが、ついにそれが終わるときが訪れた。彼は華々しい研究の中に姿を消そうと努力を続けてきた。大学からは二度、優秀教員賞の表彰を受け、つい先月には人間心理の物理的な理解を実験によって促す研究を行ったとしてアメリカ心理学会のビーチャム賞にノミネートされたばかりだ。彼は長い間、公に自分を演じてきたせいで、履歴書に書かれているのが本当の自分だと勘違いしていた。しかし今、若い頃の選択が舞い戻って、その幻想を吹き飛ばした。

すべてがはっきりする。昔の共犯者との、偶然の再会。野球帽のつばを忙しく触るしぐさ。引き出された自白。**私たちは建物に火を点けた**。五人は互いのためなら喜んで命を捨てただろう。実際に一人がそうした。

手元に目をやり、手書きのメモを見る。それを合図に、赤で囲んだ言葉が時の中を泳ぎ、千里眼の過去から物忘れの激しい未来へと進んでくる。アダムは数年前から続けているこの概論の講義で、以前にも同じ言葉を口にしたことがあるが、その意味が自分でも完全に理解できたのは今日が初めてだ。

彼は汗でずれた縁なしの眼鏡を戻し、学生でいっぱいの講義室を見ながら首を横に振る。この学生たちが今日、教室を去るときには、大変な教訓を学んでいることだろう。

「人は理解できないものを見ることができない。しかし、既に理解していると思っているものには、往々にして気が付かない」

数人の学生が含み笑いをする。彼らには、教室の後ろに立っている男たちがまだ見えていない。一部の学生は試験に備えてその言葉を走り書きする——実際の試験は彼らが予想しているのとまったく違うものになるのだが。アピチは最後のスライドを駆け足で見せる。彼は十五秒で、注意力に関する研究を要約し、追加資料を配る。そして思う。なかなかいい授業だったかな。彼は授業の終わりを告げて、たくさんの学生を掻き分けるようにして大股で通路を進み、自分を逮捕しに来た男たちと握手をする。彼はこう言いたい。どうしてこんなに時間がかかったんですか?

呆気にとられてその様子を見ている学生は、捜査員が教授に手錠を掛けて連行するとき、無力な傍観者となる。捜査員たちはアピチを促し、講堂から歩道へと出る。天気は快晴で、空は若者の希望の色だ。彼らの行く手を人々が行き来する。一行は少し立ち止まり、歩行者をやり過ごさなければならない。この秋の朝、町の人々は皆、外へ出掛け、それぞれに何かをやっている。

そよ風に運ばれた不快なバターの匂いがアダムの鼻をつく。薬にも果物にも似たその吐瀉物の匂いを彼は何度も嗅いだことがあるが、今、それがどこから漂っているのかは分からない。濃紺のジャケットが先に立って、歩道脇に停められた黒のサバーバン（シボレーの大型四輪駆動車）まで数フィートを歩く。男たちは無愛想だが無礼ではない。法の執行という仕事に伴う目的意識と倦怠が奇妙に入り交じった態度。彼らはアダムを開いたドアの方へ行かせる。彼は捜査員の手で頭を守られながら、後部座席に乗り込む。

アダムは囲われた空間で座席に座り、手錠につながれた両手を膝の上に置く。前の座席では、捜査員の一人が黒く四角いガラスに向かって、逮捕の成功を報告している。その言葉の響きは鳥のさえずりであってもおかしくない。誰かが横の窓の色付きガラス越しに彼に向かって手を振る。彼はそちらに振り向く。エンジンをかけたまま停車している車の横で、コンクリートに開いた穴から伸びた木が揺れている。その葉はまるで、子供用の八色クレヨンセットの黄色で描いたようだ。木が彼の人生を破滅させた。男たちが彼を逮捕しに来て、残る生涯を牢獄で過ごさせようとしているのも木が原因。バンは動かない。捜査員たちは出発に必要な書類を確認している。黄色い葉っぱたちが言う。おい。**ほら。どこを見てるんだ、ここだぞ。おまえはしばらくの間、外に出られそうもないな。**

　アダムはそのとき、初めてそれを見る。七年前から週に三回、すぐそばを歩いて通り過ぎていた木を。かつては地球を覆っていたが、今では見捨てられてしまった樹木。植物分類上は裸子植物門イチョウ綱《こう》の、唯一の目《もく》の唯一の科《か》の唯一の属の唯一の種《しゅ》——三億年前からの生きる化石。新第三紀に大陸から消えた木が、ロウアーマンハッタンの日陰と塩分と排気ガスの中でよみがえった。針葉樹よりも古く、水の中を泳ぐ精子と球果を持ち、一年に一兆を超す花粉を出す樹木。地球の反対側にある島国の古い寺では、ねじ曲がり、折れ曲がった樹齢千年のイチョウが信じられないほど太く育っている。悟りに近づいたイチョウは、新しい幹を作るように大きな枝から気根が垂れている。窓さえ閉まっていなければ、アダムは手を伸ばし、その骨張った幹に触れることができただろう。もしもその両腕に手錠が掛けられていなければ。これと似た木が、広島への原爆投下を命じた男の家の前の通りに生えていた。そしてこれとよく似た木が何本か、投下された原爆の衝撃を生き延びた。実の果肉はひどい匂いがして、薬物に耐性がある細菌をも殺す力を持っている。放射状に葉脈が走る扇形の葉は物忘れの病を治すと言われている。その薬はアダムには不要だ。彼は忘れていない。覚えている。イチョウ。イチョウ《メイデンヘアー》の木。

　風でイチョウの葉が一斉に揺れる。サバーバンが路肩を離れ、車の流れに合流する。アダムは体をひねって後ろの窓越しに木を振り返る。彼が見ている前で、イチョウがすっかり裸になる。あれよあれよと言う間に、一気に葉が落ちていく。自然が作った中で最も見事に同期された現象だ。一陣の風が吹き、最後の抵抗が少しあったかと思うと、次の瞬間にはすべての扇が枝を離れ、黄金色の電報を西四丁目の道路にまき散らす。

葉は風でどこまで飛ぶか？ イーストリバーを越えるのは間違いない。ノルウェーからの移民がフリゲート艦用のオーク製の湾曲した大きな梁に磨きをかけた造船所を越える。かつては丘と森があって、多数の栗の木が生えていたブルックリンを抜ける。上流の水辺では、造船技師の子孫が千フィート（約三〇〇メートル）ごとにある最高水位標の上にこんな文字をステンシルで記していた。

（「『（洪水の）警告を聞いたことはなかった』と言わないでください」という言葉の下半分が洪水のせいで読めなくなっている、という体裁のメッセージ。ニコラス・ホーエルが描いたものらしい）

水没した文字の上では、新しい建物が太陽の光らしきものを求めて競い合っている。

西の方――森なら移動に数万年がかかる距離の場所――では、老いた男と女が世界へ旅立つ。二人は数週間かけて一つのゲームを考案した。ドロシーは外に出て、枝、木の実、落ち葉を集める。そしてそれをレイのもとへ持ち帰り、『超簡単　樹木の見分け方』を参考にしながら一緒に分岐をたどり、新たな樹木の種類を特定する。見知らぬものがリストに加わるたびに、二人は何日もかけてその木のことを詳しく調べる。桑の木《マルベリー》、カエデ《メープル》、ダグラスモミ《ダグファー》。それぞれに独特な歴史、生い立ち、化学的組成、経済性、行動心理を持つ木々。新しい木はどれも、他とは異なる物語を持ち、何が可能で何が不可能かを常に書き換える。

しかし今日、彼女は少し困惑した様子で部屋に戻ってくる。「ちょっとおかしいんだけど、レイ」

既に死後の世界に深く入り込んでいるレイにとっては、もはや〝おかしい〟ことなど存在しない。

何が？と彼は無言で彼女に尋ねる。

彼女の答えは弱々しく、おかげで逆に謎めいている。「私たちはきっとどこかで間違えたんだわ」

二人は決定樹をたどり直すが、最後はやはり同じところに行き着く。彼女は首を横に振り、目の前にある証拠を認めようとしない。「私にはさっぱり分からない」

こうなると彼も声を上げないわけにはいかない。ぎこちない一音節。どうして《フワイ》に似たうなり声。

彼女がそれに応えるのには少し時間がかかる。時間は二人にとって、かなり違うものになっていた。

「うん、第一に、私たちがいる場所はその木の自生地から何百マイルも離れているの」

彼の体がびくっと動くが、彼女はその激しい痙攣が単に肩をすくめただけの反応だと知っている。

街中の樹木は、元の自生地と呼びうる場所から遠く離れていても別に不思議はない。ここ数週間の読書で、そのくらいのことは二人とも分かっている。

「でも、それだけじゃない。もう元の自生地も残されていない。アメリカでは、栗の成木はわずか数本しか残っていないらしいの」。裏にある木は家と同じくらいの背丈まで伸びている。

二人はアメリカで最も便利な木、しかし今では消え去ってしまった木についてできる限り詳しく調べる。そして栗の木が、自分たちが生まれる直前に大量に枯死して、アメリカの風景が一変したことを知る。しかし、どうして存在しないはずの木が裏庭で大きな丸い木陰を作っているのかは、どの本を調べても分からない。

「ひょっとしたら、誰にも知られず、ここには栗の木が生えているのかも」。レイの口から漏れる音は笑い声に違いないとドロシーは知っている。「分かったわ。じゃあ、私たちの同定が間違ってるってことね」。しかし、徐々に増えてきた樹木関係図書の中で、その特徴に合致する木は他にない。二人はじれったい謎をそのままにして、調査を続ける。

彼女は公立図書館で一冊の本を見つける。『森の秘密』。彼女はそれを借り出して、家で夫に読み聞かせる。そして最初の段落の途中で、早速、そこに書かれたことに驚き、読み上げる声が止まる。

裏庭にある木とあなたは共通の祖先を持っている。十五億年前、あなた方は袂《たもと》を分かった。しかし、別々の方向へはるばる旅してきた今でも、木とあなたは遺伝子の四分の一を共有している……。

一ページか二ページ読むだけで、丸一日がかかるかもしれない。二人が裏庭について考えていたことはすべてが間違いだった。そして、古い考えが倒れた後に、新しい考えが育つにはそれなりの時間が必要だ。二人は黙ったまま、まるで別の惑星に旅してきたみたいに庭を眺める。そこにある葉の一枚一枚が地下でつながっている。ドロシーは、十九世紀の風俗小説で驚くべき真実が明かされたとき――ある登場人物の恐るべき秘密が村中の人の人生に影響を及ぼす――のように、その新しい情報を受け止める。

二人はその日の夕方、波形の縁取りのある栗の葉が黄昏《たそがれ》の光を薄黄緑色に反射させるのを眺めながら、まだ本を読んでいる。裸になりつつある枝の一本一本が、ドロシーには、試作された生物――他とは別の、でも、他のすべてに組み込まれた生き物――に見える。彼女は栗の枝の分岐に、実際の人生のありえた選択肢を見る。この世界と並行するいくつもの世界の中で、彼女がなっていたかもしれない人物、なれる人物、これから先になる人物。彼女はしばらく枝が揺れるのを見る。それから本に目を戻し、声に出して読む。「樹木が一つの生き物なのか、百万の生き物の集合なのかを判別するのは時に困難だ」

彼女が次の驚くべき文章を読み上げようとしたとき、夫のうなり声がそれを妨げる。夫はペーパーカップと言っているように彼女には聞こえる。

「レイ?」

彼は言葉を繰り返すが、彼女には同じに聞こえる。「ごめんなさい、レイ。どういうことか分からないわ」

紙《ペーパーカップ》コップ。苗木。窓の桟《さん》。

興奮した言葉を耳にして、彼女はぞっとする。薄れゆく夕日の中で熱を込めて必死に何かを言う夫を見ていると、また脳の中で出血が起きているのではないかと、彼女は不安になる。鼓動が急に早まり、彼女は慌てて立ち上がる。そのとき、彼女は理解する。彼はあるがままの現実をもっといいものに変えて、彼女を楽しませようとしている。今まで何年も読み聞かせてもらった物語のお礼に、一つの話を語っているのだ。

あれを植えた。栗の木。私たちの娘。


「あなたのですか？」と男が尋ねる。

パトリシア・ウェスターフォードは体を緊張させる。コンベアベルトの向こう側にいる制服姿の男が、スキャナーから出てきた機内持ち込み荷物を指差す。彼女は何とか冷静にうなずく。

「中身を確かめさせてもらって構いませんか？」

実際にはそれは質問ではないし、男も返事を待つことはない。バッグが開けられ、男の手が中を探る。その手つきは、グレートスモーキー山脈にある山小屋でパトリシアが育てているブラックベリーを荒らす熊のようだ。

「これは何です？」

彼女は額を手で打つ。年のせいでうっかり忘れていた。「私が使う採集キットです」

彼は四分の三インチ（約一・九センチメートル）あるその刃を調べる。広げると鉛筆くらいになる剪定ばさみ。のこぎりのような部分は彼女の小指の第一関節よりも短い。アメリカでは十年以上前から大きな航空機事件が起きていない――それと引き換えに、ポケットナイフ、歯磨き粉のチューブ、シャンプーのボトルなどが十億個没収されているけれども……。

「何を採集するんですか？」

言うとまずい答えが百ある上に、正しい答えは一つもない。「植物です」

「あなたは庭師？」

「はい」。嘘も方便だ。

「じゃあ、これは？」

「それ？」と彼女は繰り返す。とぼけたふりで三秒を稼ぐ。「それはただの野菜スープ」。彼女の心臓は激しく打ち、その中身を飲むまでもなく息の根が止まりそうになる。男は彼女より強い権力を握っている。実現不可能な安全性をいたずらに希求する国家が握った強大な権力。妙な目つきでにらみ返しでもしたら、飛行機に乗り遅れるのは間違いない。

「量が三オンス（約九〇ミリリットル）以上ありますね」

彼女は震える手をポケットに入れ、首を縮める。ばれる。それが彼の仕事なのだから。男は片手で二つの品を彼女の方へ押しやり、反対の手で捜索の終わったバッグをよこす。

「ターミナルまで戻れば、これを郵送することができます」

「それじゃあ、飛行機に乗り遅れます」

「なら、押収させてもらいます」。彼はプラスチック製の容器と採集キットを既に満杯のドラム缶に放り込む。「安全な旅を」

彼女は飛行機に乗ると、基調講演の原稿を最後にもう一度チェックする。「明日の世界のために人ができる唯一最善のこと」。すべてがそこに書かれている。彼女は何年も前に、原稿を読み上げるのをやめていた。でも、今回の講演はとても即興でこなす自信がない。

彼女はサンフランシスコ国際空港の到着ゲートをくぐる。名前を書いた紙を手にした運転手たちが乗客出口のところに群がっている。どの紙にも彼女の名前はない。会議の主催者が出迎えに来るはずだった。パトリシアは数分間待ってみるが、誰も現れない。彼女としては、別に出迎えがいなくても構わない。どうにでもなる。彼女は出迎えスペースの隅に、壁と向き合って座っている。コンコースの掲示板には、光る文字でボストン、ボストン、シカゴ、シカゴ、シカゴ、ダラス、ダラス……と書かれている。人間の移動。人間の行動。さらに速く、さらにたくさん、さらに身軽に、さらに強力に。

何かの動きが彼女の目に入る。新生児の目でも、ゆっくりと動く手前のものよりも、鳥の方を見るだろう。彼女の目はその不規則な弧を追う。十五フィート（約四・五メートル）先で、一羽の雀が看板の上を跳び回っている。雀は何か目的ありげに、出迎えスペースで短い距離を飛んでいる。群衆の中で鳥に目を向ける者は一人もいない。雀は天井近くの隠れ家に入り、またさっと下りてくる。間もなく二羽、そして三羽がごみ箱の偵察に現れる。飛行機に乗ったとき以来、初めての、見ていて和む風景だ。

　雀の脚には何かが付けられている。追跡用のタグに似ているが、もっと大きなものだ。彼女は夕食用にハンドバッグに詰め込んでいたロールパンを取り出し、隣の椅子の上にそのかけらをいくつかばらまく。ガードマンが近づいてきて自分を逮捕するかもしれないと、彼女は半分覚悟している。鳥たちはひどく腹が空いているようだ。雀たちはびくびくしながらも少しずつ長い間居座り、少しずつ近くへ寄ってくる。そしてついに、食欲が警戒心に打ち勝ち、一羽が素早くパンのかけらを取りにくる。パトリシアはじっと動かない。雀はぴょんぴょんと近づき、餌を食べる。たまたまちょうどよい角度になったとき、脚輪に書かれた文字が読み取れる。不法移民。彼女が笑い声を上げると、雀は驚いて飛び去る。

　猫のような身のこなしの女が彼女に近づいてくる。「ウェスターフォード博士ですか？」。パトリシアは笑顔で立ち上がる。

「どちらにいらしたんです？　どうして電話に出てくださらなかったんですか？」

　パトリシアは言いたい。私の電話はコロラド州ボールダーで、壁につながれて暮らしています。

「荷物引き渡し用コンベアのところで行ったり来たりしてずっとお探ししてたんですよ。荷物はどちらに？」。家の修理《ホーム・リペア》のプロジェクトは早くも全体が危うくなり始めたようだ。

「これが荷物です」

　その若い女は呆気にとられている。「でも、今日からここに三日間いらっしゃるんですよ！」

「この鳥たち……」とパトリシアが言いかける。

「ええ。誰かのいたずらですよ。空港側も、どうやって退治したらいいのか困っているみたいです」

「退治なんてどうして？」

運転役の女は哲学的な思考回路を持っていない。「こちらへどうぞ」

車は市街地を抜け、サンフランシスコ半島中央部を走る。運転手は次の数日間にスピーチを行う有名人の名前を挙げる。パトリシアは風景を眺める。右手には、レッドウッドの再生林の丘。左手には、未来を生む工場、シリコンバレー。運転手はウェスターフォード博士に山のようなプラスチック製のフォルダーを手渡し、大学会館《ファカルティー・クラブ》前で車から降ろす。パトリシアは午後いっぱいを使い、キャンパス内に植えられた全米屈指の樹木コレクションを眺めて歩く。驚くべきブルーオーク、堂々たるカリフォルニアスズカケノキ、オニヒバ、無秩序に伸び広がるこぶだらけのコショウボク、七百種あるユーカリのうちの数十種、たわわに実を付けたキンカン。すべての学生は気が付かないうちに空気中の麻酔剤を取り込んでいるに違いない。それは木質素《リグニン》のクリスマスだ。失われた旧友。彼女が今までに見たことのない樹木。完璧なフィボナッチ数列に従って螺旋状に鱗片を付ける松ぼっくり。マイナーな属――マイテン、フトモモ、ナツメ。彼女は運輸保安局《TSA》に没収されたものの代わりになるエキスを探して、それらの木とその下の花壇用草花をしらみつぶしに調べる。

　小道をたどっていると、ロマネスク様式を模した教会の後陣に出る。彼女は、あまりにも壁に近い場所から生えている大きなアボカドの木の下を歩く。幹が三つに分かれたその木は、おそらく最初は秘書が観賞用に机の上に置いたものだっただろう。門をくぐって中庭に入った彼女は、そこで立ち止まり、唇に手を置く。そこに立つ樹木たち――金星の酸性雲の下にある鬱蒼としたジャングルを扱った黄金期のＳＦ小説から出てきたような、巨大かつ奇抜で、この世のものとは思えない木々――は互いに何かをささやき合っている。

捜査員はアダム・アピチを独房に入れる。そこは彼がかつて別の二人と一緒に地上二百フィートで共有した足場よりも広い。彼を訴えたのは州だ。彼はあらゆる面で捜査に協力するが、三十分後にはほとんど何も覚えていない。この日の午前まで、都会にある大きな大学の心理学教授だった彼は、今では、大昔に数百万ドル相当の器物を損壊した罪と一人の女性をいけにえに捧げた罪とで拘束されている。

ありがたいことに、両親はもうこの世にいない。姉のジーンも、弟のチャールズも、生涯の親友も、人間の愚かさに気付かせてくれた恩師も。彼の年齢ではもう、生きた知り合いより死んだ知り合いの方が多い。彼は兄のエメットにだまされて相続権を失ったので、それ以来、兄とは連絡を取っていない。事情を話さなければならない相手は、妻と息子だけ。

ロイスが電話を取る。午後の半ばに夫から電話がかかってきたことで驚いている様子だ。彼女は夫が今いる場所を聞いて笑う。それが冗談ではないことを納得させるには長い沈黙が必要だ。彼女は翌朝、面会時間の間に、混み合った留置場に面会に来る。前の日には事情がのみ込めなかった彼女だが、今日は精力的だ。その顔にも、数年ぶりに気合いが入っている。彼女は『アダム、法律関係メモ』ときれいな文字で記された新品の小さなノートの中身を、防弾ガラス越しに彼に読んで聞かせる。彼女がてきぱきと手配した内容のメモ書きはまるで芸術作品のようだ。

チェックリストは詳細で、力強い。目の周りの化粧は不正義に挑みかかっている。「私は弁護士にちょっとしたコネがある。まずは在宅拘禁を請求しなくちゃ。お金はかかるけど、家で生活できる」

「ロイス」と彼は年老いた声で言う。「何があったか、君に話そう」

彼女の片方の手が防弾ガラスにつかみかかり、反対の手で、唇の上に指を一本立てる。「しーっ。ここを出るまでは何も言っちゃ駄目だって、アメリカ市民自由連盟《ACLU》の友達が言ってた」

大胆で、いかにも彼女らしい希望的な考えだ。大胆な希望を研究することで彼はこれまで生きてきた。そして今、大胆な希望のせいで彼はこんな場所にいる。

「私には分かるわ、アダム、あなたは何もやっていない。あなたにできるわけがない」。しかし、彼女は視線を落とす。昔ながらの哺乳類らしい反応だ。数千万年の進化の過程で形作られた反応。彼女は何も知らない——とりわけ、何年か一緒に暮らしただけの男のこと、法律上の婚姻関係がある夫のこと、息子の父親のことを。彼は最低でも詐欺師。そして、彼女には知るよしもないが、殺人の共犯者だ。


街の反対側にある別の勾留施設では、アダムを裏切った男が今夜もまた政府——かつては彼を兵士として使い、今度は彼を捕まえる側に回った組織——の手を逃れ、ダグラス・パヴリチェクを過激派分子に変えた女性を探しに出掛ける。彼女は今頃、きっと名前を変えていることだろう。ひょっとしたらよその遠い国に行って、彼には想像もできないような第二の人生を送っているかもしれない。彼には自分が許せないし、まして彼女に許しを求めることはとてもできない。中レベル警備の刑務所の独房で七年、二年後には保釈の可能性もあるという刑は実際の罪よりもずっと軽い。しかし、彼には彼女に伝えたいことがある。実はこういうことがあったんだ。こうやって事件がばれた。彼が何をしたか、彼女はいつか知るだろう。そして最悪のシナリオを思い描き、彼を軽蔑するだろう。彼が何を言っても、それは変わらない。しかし、彼女はきっとなぜだろうと思うに違いない。そしてその疑問が彼女を苦しめるだろう。その苦しみなら、彼はもっとましなものに変えられるかもしれない。

彼のいる独房は軽量コンクリート造りの四角い部屋で、弾力のある緑色の塗料が内側に塗られている。十九歳のときに一週間暮らした偽の刑務所によく似た場所だ。その狭さのおかげで彼は自由に旅に出ることができる。いつもの夜と同じく、目を閉じ、彼女の後を追う。映像はいつも暗く、彼女の顔はぼんやりとしか見えない。かつてはその顔を見て、ため息の中で永遠を吐き出すことができるまで感じたのに、顔の特徴さえほとんど忘れてしまった。でも今夜は、もう少しで彼女が見えそうだ。年を取った現在の姿ではなく、かつての若い姿のままで。実はこういうことがあったんだ、と彼は言う。俺は裏切られた——裏切った人間のことは今さらどうでもいい。不意打ちを食わされた。そしてFBIの家宅捜索が入って、逮捕されたとき、俺は既に自暴自棄になっていた。

取調官たちは親切だった。ダグラスの祖父に似た年配のデイヴィッド。そしてアンという名の思慮深い女。灰色のスカートスーツを着た彼女は、メモを取りながら、彼の話を理解しようと努めた。もう捜査は終わっているんだ、と彼らは言った。あの手書きの回想録さえあれば、君と仲間を永遠に刑務所に放り込むことができる。この取り調べでは細かい点を二、三確認するだけだ、と。

証拠なんてない。俺は小説を書いてたんだ。そこに書いてあるのは全部、俺の頭から生まれた空想さ。

君の小説には公になっていない犯罪に関する情報が含まれている、と彼らは言った。仲間のことは既に分かっている。全員の書類がそろっているのだ、と。君にはただ、証拠を裏付けてもらいたいだけだ。われわれに協力した方が楽だぞ。

協力？　仲間を裏切れだと、くそめ。思わず口が滑った。一言余計だった。

彼はミミに失敗の話をする。彼女は話を聞いてくれているようで、少しひるんだ様子も感じられる——傷の残る顔は反対を向いているけれども。彼は何日も辛抱したのだと説明する。名前は絶対に言わないから、いっそのこと殺してくれと捜査員に言ったことも話す。尋問者たちは写真を見せた、と彼は彼女に言う。不気味な写真。まるで家庭用ビデオから切り出したようなスチール写真。誰もカメラを持っていなかった場所で撮影された、粒子の粗い画像。出来事そのものは彼もよく覚えていた。

特に、手ひどい目に遭わされた場所のことは。多くの写真には彼が写っていた。彼は自分がかつてどれほど若かったかを忘れていた。どれほどナイーブで、激しやすかったかを。

なるほど、と彼は尋問者たちに言った。**俺もなかなか二枚目に写ってるじゃないか。**

アンは笑顔を浮かべ、何かを書いた。**な？**とデイヴィッドが言った。**私たちはすべての証拠を握ってるんだ。君から何かを聞き出す必要はない。だが、協力をすれば、君の罪をずっと軽くすることができる。**弁護士を雇うのは罪を認めるのと違うとダグラスが気付き始めたのはそのときだった。もちろん、誰かを雇おうと思えば、彼が持っている千二百三十ドルよりもたくさんの金が必要になるだろう。

写真には問題があった。そこには彼が見たことのない人たちが写っていた。彼らが認めさせようとした火事のリストには問題があった。半分はまったく心当たりのない火事だった。その後、二人の捜査員はどれが誰なのかを尋ね始めた。**どれが桑の木《マルベリー》だ？　どれが見張り人《ウォッチマン》？　どれがカエデ《メープル》？　この女がそうか？**

彼らは鎌をかけていた。つまり自分たちの小説を書いていたのだ。

彼は二日間、セルビアの破産した大学の寮のような場所に勾留された。彼は黙秘を貫いた。すると彼らは、彼が置かれている立場を説明した。国内テロ。脅迫ないしは強制によって政府の行動に影響を与えようとした罪は、テロリスト処罰加重法——まったく新しいセキュリティー国家の仕掛け——によって罰せられる。君は二度と刑務所の外には出られない。でも、この顔写真の中から一つを——既に当局が書類を持っている人間の一人を——仲間だと認めさえすれば、二年から七年後には自由の身だ。そうすれば、君が認めたすべての放火について捜査を終わらせる、と。

捜査を終わらせる？

それらの犯罪について別の容疑者を追うことをやめる。

今後一切？　俺が認めたり認めなかったりしたすべての犯罪について？

たった一人でいい。それだけで、連邦政府は完全に納得する。

彼は自分が刑務所に七年行くか、七百年行くかはどうでもよかった。どうせ生きては出られない。俺の体にはそれだけの寿命が残されていない。でも、俺を受け入れてくれた女と、いまだに人類の自殺願望に抗い続けているらしい男を間違いなく無罪放免にしてもらえるなら……その選択には意味があるように感じられた。

二人の捜査官が目の前に並べた写真の中に、ダグラスが最初からずっと当局のスパイみたいに思っていた男が混じっていた。彼らのことを研究しにやって来た男。あの恐ろしい夜に、彼らがオリヴィアの助けを——それがどんな助けであれ——呼びに行かせたのに、手ぶらで戻ってきた男。

「そいつ」と、風に揺れる枝のように指を振りながらダグラスは言った。「そいつがカエデ《メープル》だ。名前はアダム。サンタクルーズで心理学の研究をしてた」

実はそういうことがあったんだ、と彼は、命を救った相棒に向かって言う。それが俺のやったこと。それがその理由。君とニックのためだった。そして、ひょっとすると木々のため。

しかし、彼女が振り向き、幻の顔を彼に見せるとき、そこには何の表情もうかがえない。彼女はただ彼と目を合わせ、じっと見つめる——まるでそうして永遠に見つめ合っていれば必要なことはすべて分かると言いたげに。

講堂は暗く、内装には出所の怪しいレッドウッドが使われている。パトリシアは演壇から、数百人の専門家たちを見渡す。そして、期待に胸を膨らませた聴衆から目を上げて、装置をクリックする。彼女の背後に、素朴な木造の箱船の絵が現れる。動物たちが列を作って、ぞろぞろと箱船に乗り込む場面だ。

「世界が一度目の終わりを迎えようとしたとき、ノアは動物たちをつがいで保護して、救命ボートに乗せました。でも、これは妙な話です。ノアは植物を見殺しにしたんですから。彼は陸上での生活を再建するために必要なものは乗せずに、ただ飯食い《フリーローダー》の連中を救うことに専念したのです！」

聴衆が笑う。皆、彼女を応援しているが、それができるのは、彼女が本当に言おうとしていることの意味が分かっていないからだ。

「問題は、植物なんて生き物ではないとノアの一族が思い込んでいたということです。植物には意志もなければ、生命の光もない、と。いわば、たまたま大きくなるだけの石みたいなものですね」

彼女は再びクリックし、画像をいくつか見せる。獲物を捕らえるハエトリソウ、すねた格好のオジギソウ、互いにぎりぎり触れ合わないところで生長をやめてモザイク状の林冠を形成しているリュウノウジュの樹冠。「植物がコミュニケーションをし、記憶を持っていることを私たちは既に知っています。植物には味覚、嗅覚、触覚、さらに聴覚や視覚まであるのです。そうしたことを発見する過程で、私たちが世界を共有する仲間のことがたくさん分かってきました。私たちは樹木と人間の間にある深い関係をようやく理解し始めたのです。でも、樹木と人間とのきずなよりも、その両者の間にある断絶の方が、先に大きくなってしまいました」

彼女がクリックすると、またスライドが切り替わる。「こちらは一九七〇年に人工衛星から撮った北アメリカの夜の写真です。そしてこちらがその十年後。これがその十年後。さらにもう一枚で終わり」。四回のクリックとともに、光が大陸に広がり、内陸部の暗かった部分を埋め尽くしていく。彼女がまたクリックすると、スクリーンに悪徳資本家が映し出される。シャツの襟を立て、口髭はぼさぼさで、頭のはげかかった男だ。「昔、一人の記者がロックフェラーに、〝どれだけ儲けたら気が済むのですか？〟と尋ねたことがあります。彼は〝今よりもう少しだけ多く〟と答えました。私たちも同じなんです。もう少しだけ多く食べたい、もう少し眠りたい、もう少し快適な場所に暮らしたい、もう少し愛されたい、もう少しだけ多くのものを手に入れたい」

今回の笑いは、上品なつぶやきに近い。難しい聴衆だ。彼らは以前に何度も、同じような華々しい演《だ》し物を見たことがある。講堂にいる全員がかなり前から、この事実に対して鈍感になっている。後ろの方の列で二人が立ち上がり、出て行く。環境保護の会議。参加者は五百人。内輪もめをしている七つの派閥。地球を救うためにどんなプランを提唱しても、反対意見が次々に出てくる。一つの津波に備えようとする点では皆同じなのに。

次に映し出されるのは、上空から撮影された四つのタイムラプス画像――ブラジル、タイ、インドネシア、アメリカの太平洋岸北西部の森林が溶けていく様子だ。「もう少しだけ多くの木材。もう少したくさんの仕事。もう少したくさんの人間を養うための、もう少したくさんのトウモロコシ畑。でも、どうなんでしょう？　木材よりも役に立つ材料というのは他に一つもないのです」

聴衆は柔らかなシートの上で座り直し、咳払いをし、ひそひそと何かをささやく。説教する連中を皆殺しにしようという沈黙の呼び掛けだ。

「この州だけでも、過去六年で三分の一の森が死んでしまいました。森が減っている理由はたくさんあります――干魃、火事、オークの突然死、マイマイガ、マツクイムシ、キクイムシ、銹《さび》病、そしてもっとありきたりなパターンで、農場や住宅地を作るための伐採。しかし、遠因はいつも同じです。それは皆さんもご存知だし、私も知っているし、まともにものを考えたことのある人なら皆知っている事実です。一年の時計は一か月か二か月ずれている。生態系全体が壊れ始めているのです。生物学者は底なしの恐怖を覚えています。

「生命はとても気前がいい。そして私たちはとても……貪欲だ。でも、私が何を言っても、この夢遊病者の目を覚まさせることはできないし、この自殺行為をリアルなものとして人々に自覚させることはできません。そんな話が本当のはずがないというわけです。そうでしょう？　だって、私たちは実際にまだ、こうして……」

話を始めてから十二分で、彼女は震え始めている。その手が上がって、三秒待ってくれというしぐさをする。彼女は演壇の裏に回り、家の修理《ホーム・リペア》に関するこの会議の善意の主催者たちが用意してくれたペットボトルの水を取ってくる。そして蓋を外し、ボトルを持ち上げる。「合成エストロゲン」。ボトルは彼女の手の中でクリック音を立てる。「アメリカ人百人につき九十三人の体内からこの物質が見つかっています」。彼女はグラスに少し水を注ぐ。次に尻のポケットから、ガラス製の薬瓶――飛行機に乗る前に押収されたものの代わり――を取り出す。「そしてこっちは昨日、このキャンパスを歩いているときに見つけた植物のエキスです。それにしてもこのキャンパスは森みたいですね。私にとってはちょっとした天国です！」

彼女の手が震え、液体が少しこぼれる。彼女はガラス容器を両手で持ち、演壇の上に置く。「さて、木なんて単純なものだ、木には何も興味深いことはできない、と多くの人が考えています。でも、この世には、あらゆることを行う樹木が存在しているのです。木々は驚くほど多様な化学物質を生み出します。蠟《ろう》、脂肪、砂糖。タンニン、ステロール、ゴム、カロチノイド。樹脂酸、フラボノイド、テルペン。アルカロイド、フェノール、コルク質。樹木は常に、作れる物質は何でも作ろうとしています。そして、樹木が生み出す物質のほとんどは、まだ私たちには知られていません」

彼女は何度もクリックしながら、変わった行動をする樹木を次々に見せる。血のように赤い樹液を流す竜血樹。ビリヤードの球みたいな果実が幹に直接付くジャボチカバ。樹齢千年のバオバブは、三万ガロン（約一一万四〇〇〇リットル）の水をおもりにして地上に係留された気象観測気球のようだ。虹のような樹皮を持つユーカリ。矢筒に使える茎を持ったアロエディコトマ。時速百六十マイル（約二五六キロメートル）の勢いで実が爆発して種子を飛ばすスナバコノキ、学名フラ・クレピタンス。奇妙奇天烈なものへと話が進むことで聴衆は落ち着きを取り戻す。世界でいちばん優れたものについて論じる途中で最後の寄り道をするのは、彼女にとってやぶさかではない。

「少しでもうまくいく可能性がある戦術はすべて、いずれかの植物が過去四億年の間に試しています。私たちは今ようやく、〝うまくいく〟というのがどれほど多様な意味を持つのか気付き始めたばかりです。生命というのは、未来へ語り掛ける方法なのです。それは記憶と呼ばれます。あるいは遺伝子と呼ばれます。未来という問題を解くには、過去を保存《セーブ》しなければなりません。ですから、手っ取り早い考え方はこういうことです。つまり、木を切るときには、少なくともその木よりも驚異的なものを作るのでなければならない」

聴衆が笑ったのか、それともうなったのか、彼女には聞き分けられない。彼女は演壇の横を指先で叩くが、こつこつという音は聞こえない。講堂の中ではすべての音が消されている。

「私は生まれてこのかた、ずっと異端者《アウトサイダー》でした。しかし、たくさんの仲間がいました。私たちは樹木が空中や地中でコミュニケーションすることを発見しました。常識を振りかざす人たちは私たちをあざ笑いました。私たちは樹木が互いの世話をすることを発見しました。科学者集団はその考えを相手にしませんでした。種子が幼い頃の季節を覚えていて、それにしたがってつぼみを付けることを発見したのは異端者《アウトサイダー》です。樹木がそばにいる生き物のことを認識していると発見したのも異端者《アウトサイダー》。樹木が水を蓄えることを学習すると発見したのもそう。樹木が若い木に栄養を与え、生長を同期させ、資源を共有し、親類に警告を与え、わが身を守るためにスズメバチを呼ぶ合図を出すことを発見したのも異端者《アウトサイダー》です。

「ついでに、関係者《インサイダー》情報ならぬ異端者《アウトサイダー》情報を少しお話ししておきましょう。どれも、まだ確証は得られていない仮説の段階です。森は知識を持っている。森の生き物は地下でつながっている。地下には森の脳のようなものがある——ただし、私たちの脳はそれを脳だと認識できない。可塑性を持つ根が問題を解き、決断を下す。接合部《シナプス》に相当する菌類。さて、それを何と呼べばいいのでしょう？　たくさんの木をつなぎ合わせると、森は意識を持ち始めるのかもしれません」

自分の言葉が遠くから聞こえる。まるでコルクで内張りをした部屋か、水の中から聞こえる声のようだ。左右の補聴器が一度に壊れたか、子供の頃の聴覚障碍がこのタイミングに再発したのか。

「私たち科学者は、他の生物に人間を重ねてはならないと教わります。ですから結果として、私たちが研究するものは全部、人間とは違うものに見えるのです！　私たちは少し前まで、チンパンジーが意識を持っている可能性さえ認めませんでした。犬やイルカは言うまでもありません。とにかく人間だけ。何らかの欲望を持てるほど賢いのは人間だけという考え方です。でも、どうか私を信じてください。私たちが樹木に何かを望むように、樹木も私たちに対して何かを望んでいるのです。これは神秘的な話ではありません。〝環境〟は生きているのです――それぞれに目的を持った生き物が網の目のように互いに依存し合う関係は流動的で、常に変化をしているのです。愛と平和は切っても切れない関係にある。蜜蜂が花を形作るのに劣らず、花は蜜蜂を形作る。動物が競ってベリーを食べるように、ベリーは食べられるための競争をする。棘のあるアカシアは甘いタンパク質を与えることで、アリをボディーガードに変える。私たちは果実を実らせる植物が種子を遠くまでまき散らすためにうまく利用される。熟した果物の存在は色覚の誕生につながった。樹木はおいしいものを見つける方法を私たちに教えると同時に、空が青い色をしていることも教えてくれた。私たちの脳は森という問題を解くために進化した。私たちは森を形作ると同時に、森によって形作られてきたのです――その歴史は私たちがホモ・サピエンスになったときよりももっと昔から続いている。

「人類と樹木は、皆さんが思ってらっしゃる以上に近い親戚なのです。私たちは同じ種《たね》から生まれて、同じ場所で互いを利用しながら、逆の方向へ向かってきました。その〝場所〟はあらゆる部分《パート》を必要としています。そして私たちの部分《パート》……私たち人間はこの地球という有機体の中で果たすべき役割《パート》を持っていますが、それは……」。彼女は振り向いて、背後に映し出された画像を見る。それはテネレの木（ニジェールのテネレ砂漠にあった木で、最も孤立した場所に立っていた木として知られる）だ。どの方角にも周囲四百キロメートルにわたって樹木のない場所にぽつんと立つ一本の木。最後は、飲酒運転の車がぶつかって、枯れてしまった。彼女はクリックして画像を切り替える。キリスト教よりも千五百年昔からフロリダに生えていたラクウショウ。こちらは数か月前に、たばこの火の不始末で燃えてしまった。「私たちの果たすべき役割はこういうことではありません」

もう一度クリック。「木はいわば科学を実践しているのです。十億の実験を実地で行っている。樹木は未来を推測して、何がうまくいくかは生きる世界が教えてくれる。生命の世界は推論《スペキュレーション》で、推論《スペキュレーション》は生命なのです。何て驚くべき言葉なのでしょう！　スペキュレーションには〝思索〟という意味があります。それ以外に、〝鏡に映す〟という意味もあります。

「樹木は生態系の中心にあるのですから、人間の政治においても中心にいなくてはいけません。タゴールはこう言いました。天国に声を届けようとする地球の絶え間ない努力が樹木なのだ、と。しかし、人間――ああ、確かに――人間ときたら！　地球が声を届けようとしている天国というのは人間のことなのかもしれません。

「私たちに緑が見えれば、近づけば近づくほど興味深い彼らの世界が見えてくるはず。緑が何をしているのかが見えれば、私たちはもう孤独や退屈を感じることはなくなるでしょう。私たちが緑を理解することができれば、空間を三層に使って、害虫やストレスから互いを守る植物を組み合わせて、私たちに今必要な食料を三分の一の土地で育てる方法が分かるでしょう。緑が何を望んでいるかが分かれば、私たちは地球の利害と私たちの利害のいずれかを選ばなくてもいい。どちらも同じことになるのですから！」

もう一度クリックすると、次のスライドに切り替わる。筋肉のように波打つ赤い樹皮に覆われた、縦溝のある巨大な幹。「緑を眺めていると、地球の意志が分かってきます。では、こちらの木をご覧ください。この木はコロンビアからコスタリカにかけて分布しています。若木の間は、麻縄の端くれみたいに見えます。ところが、林冠に隙間を見つけると、その若木が一気に巨木に育って、根元はフレアスカートみたいな形になるのです」

彼女は肩越しに画像を振り返る。巨大な天使のトランペットの広い方の口が地面に刺さっているようだ。たくさんの奇跡、驚くべき美しさ。これほど完璧な場所をどうして見捨てることができるだろう？

「地上に存在する広葉樹はすべて花を付けるということを皆さんはご存知だったでしょうか？　多くの種《しゅ》は成木になると少なくとも一年に一度は花を咲かせます。でも、この木、学名はタチガリ・ウェルシコロルというのですが、これはたった一度しか花が咲きません。ちょっと考えてみてください。一生に一度しかセックスできないとしたら、皆さんどうですか……」

聴衆が笑う。彼女には聞こえないが、彼らの神経がどう反応しているかは匂いで分かる。彼女が案内する山道は、再び大きなカーブを描いている。聴衆は、自分たちがどこへ導かれているのか分からなくなる。

「すべての努力を一夜限りの関係に注ぎ込む生物が、どうやって地球上で生き延びることができるのでしょう？　タチガリ・ウェルシコロルのセックスはあっという間に終わってしまい、迷いがありません。それがまた謎なのです。だって、花を咲かせてから一年も経たないうちに、木は枯れてしまうのですから」

彼女は目を上げる。聴衆は用心深い笑みを浮かべて、〝自然《ホーム・リペア》〟という奇妙なものの話を聞いている。しかし、寄り道だらけのこの基調講演がどうして家の修理というテーマに結び付くのか、彼らにはまったく理解できない。

「樹木が与える贈り物は、食料と薬以外にもあります。熱帯雨林の林冠層は分厚くて、風に運ばれた種《たね》は親からそれほど遠くないところに落ちます。タチガリ・ウェルシコロルが生涯で一度だけ生む子供は、太陽の光を遮る巨木たちの陰ですぐに発芽します。古い木が倒れない限り、若い木に未来はないのです。そこで母親が死んで林冠に穴を開け、腐っていく幹で新しい苗木に栄養を与える。子供のためにわが身を犠牲にする親という究極の姿ですね。タチガリ・ウェルシコロルは一般には、自殺の木と呼ばれています」

彼女は木のエキスの入ったガラス瓶を演壇から手に取る。もう耳は使い物にならない。しかし、少なくとも手は落ち着きを取り戻している。初めに万物があった。間もなく、何もなくなる。

「私は今日ここに呼ばれるということで、この会議のテーマについて自分に問い掛けてみました。手に入れられるすべての証拠に基づいて私は考えました。感情のせいで事実から目を逸らしたりしないように努力しました。希望とうぬぼれで判断が狂わないように努めました。この問題について、樹木の立場から考えてみました。**明日の世界のために人ができる唯一最善のことは何か？**」

一滴のエキスがグラスの水の中に落ち、緑色の模様が巻き鬚《ひげ》状に広がる。

緑色の渦がアスタープレース（マンハッタンのロウアーマンハッタンにある通り）に広がる。最初は、灰色の舗装面にライム色のしぶき《スプラッシュ》。次はアボカド色のしぶき《スプラッシュ》。アダムは窓辺に立って、十二階下を見下ろしている。四車線の道路を走る車が緑の絵の具を不規則に交わらせる。次の瞬間、コンクリートのキャンバスの上に三色目の絵の具——これはオリーブ色——が広がる。ジャクソン・ポロックの名作のような模様。誰かが絵の具爆弾を道路に落としている。

彼と家族が四年前から住んでいる街中の自宅アパートで拘禁されることになってから、今日で二日目。当局は彼に追跡用の足枷《アンクレット》──ホームガード社製の最高級品──を付けさせて、ウェイバリー通りとブロードウェイ通りの交差点近くにあるアパートに帰らせた。追跡用のタグは、絶滅危惧種と人類を裏切った人間だけが身に着けることを許される宝物だ。彼とロイスはこの装置を付けるために警備会社に法外な金を払っている。警備会社は儲けを州と分け合う。それで三者がそれぞれに得をするという格好だ。

昨日、技術責任者がアピチに、在宅拘禁のルールを説明していた。「電話やラジオは自由に使ってもらって構いません。インターネットの閲覧も新聞を読むのも自由です。お客さんを自宅に呼ぶこともできます。でも、建物を出たいと思ったときには、必ず指令センターに連絡を取ってください」

ロイスは幼いチャーリーをコスコブ(コネチカット州南西部にある比較的裕福な家庭の多い住宅街でニューヨークに近い)の祖父母宅に預けに行った。アダムの弁護方針について二日ほど集中して考えるため、と彼女は言う。実際、足首に黒い装置を取り付けられている父の姿を見るのは、子供の心に傷を残すだろう。五歳とは言え、子供心にも分かることがある。

「それ外してよ、パパ」

アダムは息子には嘘をつかないと誓っていたが、思ったよりも早く誓いを破ることになった。「もうすぐな。心配は要らない。大丈夫だから」

アピチは高い場所から、徐々にできていくアクションペインティング作品を見下ろしている。次の爆弾──翡翠色──がコンクリートにぶつかる。絵の具を道路に落とした車が交差点を抜けて、クーパースクエアの方へ向かう。これはゲリラ演劇、綿密に計画された攻撃だ。新しい車が通るたびに、緑の弧が五叉路で交わり、生長する全体に新たな筆を二、三加える。八丁目を進んできた車が茶色の容器を三つ放り投げる。緑が広がり枝分かれする中で、茶色が溝の入った柱になる。十二階からだと、そこに何が生長しつつあるのかがよく見える。

赤と黄色の絵の具の塊が、地下鉄出口の階段付近に現れる。地上に上がってきた何も知らない歩行者が靴の裏で絵の具を広げる。怒ったビジネスマンが絵の具を避けようとして失敗する。カップルが腕を組んだまま絵の具の中で踊り、その靴跡が枝の間でカラフルな果実と花に変わる。誰かがかなりの労力を費やして、おそらく世界最大と思われる樹木の絵を描いたのだ。なぜここなのだろう、とアピチは思う。このあたりは比較的、目立たない場所なのに？　こういう作品はミッドタウンにふさわしい。例えば、リンカーンセンターの前とか。そのとき彼は、なぜここに絵が描かれたかを悟る。私がここにいるからだ。

彼は鍵と上着を手に取り、自分の姿を見せてやろうということ以上には何も考えることなく、階下に向かう。ロビーを抜け、郵便受けの前を通り、扉を出て、巨木を目指してウェイバリー通りを東に向かう。アピチのカーキ色の緩いズボンの下で四角い装置のスイッチが入り、けたたましい音を響かせる。トラック運転手がこちらを振り返り、歩行器を押す老人が恐怖で立ち止まる。

アダムは慌てて建物に戻るが、足枷《アンクレット》の音は止まらない。それはエレベーターで上に戻る間も、前衛音楽のように鳴り続ける。彼は廊下を早足で進む。隣に住む夜勤のコンピュータオペレータが一体何事かと、扉から首を覗かせる。アダムはすまないというしぐさをしながら自宅に戻る。部屋に戻ると電話を取り、警備会社に間違いを報告する。

「説明はお聞きになりましたよね」と追跡係が彼に言う。「仮想境界線から出ようとしてはいけません」

「分かってます。すみません」

「次に同じことがあったら、厳しく対処します」

「今のは事故です。人間には過ちが付き物でしょう」。それこそ彼の専門領域だ。

「理由は関係ありません。次回は捜索隊を出動させます」

アダムは窓辺に戻り、大きな絵が乾くのを見る。そして、妻がコネチカット州から帰ってきたときにも、まだそこに立っている。「何あれ?」とロイスが尋ねる。

「メッセージさ。仲間からの」

そのとき初めて、新聞に書かれていた真実が彼女に衝撃を与える。焼け焦げた山荘の写真。死んだ女性。「過激なエコテロリストのメンバーを逮捕」


ドロシーはある日の夕方、夫の部屋にそっと入り、様子をうかがう。彼は何時間も前から物音一つ立てていない。彼女は扉をくぐって、彼が気配に気付いて振り返る前の一瞬に、表情を覗く。窓のすぐ外で繰り広げられているパフォーマンスにただ純粋に驚いているようなその顔。彼女はそんな夫の姿を、徐々に短くなる日々の中で見掛けることが多くなってきた。

「何なの、レイ?」。彼女はベッドの横まで行くが、いつもと同じく、外に見えるのは冬の庭だけだ。

「何か見えた?」

ねじれた口が動き、彼女には笑顔だと分かる表情に変わる。「うん、そうだ!」

驚いたことに、彼女は彼をうらやんでいる。何年にもわたって強いられている静穏、速度の落ちた精神の忍耐強さ、視界を遮られた感覚の広がり。彼は何時間でも、裸になった庭木の枝を眺めていられる。そうやって何か繊細で驚くべきものを見ることで満足できる。かたや彼女はいまだに、あらゆるものを貫く飢餓感に捕らわれている。

彼女はやせ衰えた夫の体の下に手を入れて、電動ベッドの片側に体を引き寄せる。それから反対側に回り込んで、横に添い寝をする。「教えて」。しかしもちろん、それはできない。彼の喉の奥から笑い声のようなものが漏れるが、それが何を意味するかはよく分からない。彼女は手を伸ばして彼の手を握り、二人はそのままじっとしている。その姿はまるで、二人が既に墓石に刻まれた彫刻に変わってしまったかのようだ。

　二人は長い間その格好で、何千年も前から狩猟採集者たちが歩んだ大地を眺めている。彼女にはいろいろなものが見える――未来の樹木園のさまざまな木々、春に備える芽。しかしそれは彼が見ているものの十分の一にも及ばない、と彼女は知っている。

「もっと彼女のことを教えて」。ドロシーの心臓は禁じられた質問に高鳴る。彼女は子供の頃から狂気と戯れてきたが、この冬に二人で始めた新しいゲームは気味が悪いというよりもっとたちが悪い。今夜は見知らぬ人があたりをうろつき、二人の家のドアをノックしている。彼女は彼らを招き入れる。

　彼の腕に力が入り、表情が変わる。「動きが速い。栄養充分」。彼はまるで『失われた時を求めて』を書き終わった作家のようだ。

「彼女の外見は？」。同じ質問は以前にもしたけれども、もう一度答えが聞きたい。

「獰猛。美人。君」

　それを聞くだけで彼女は本の世界の中へと戻ることができる。目の前で庭が、本のページのように左右に開く。今夜は、徐々に暗くなる世界の中で物語が逆に進む。だんだんと若返る女の子が次々に裏口から出て、小さなシミュレーションの世界へと飛び込んでいく。ドロシーとレイの娘は二十歳。大学の春休みで実家に戻っている。袖無しのタンクトップを着ているせいで、左の肩口に新しく入れた派手な入れ墨が覗いている。彼女は両親が眠りに就いた後、大麻を吸いにそっと外に出る。娘は十六歳。家から遠い庭の隅で、二人の女友達と一緒に安物のワインを回し飲みしている。娘は十二歳。落ち込んだ様子で、ガレージで何時間もサッカーボールを蹴っている。娘は十歳。草むらを駆け回って蛍を捕まえ、瓶に集めている。娘は六歳。気温がようやく二十度になった春の日に、手に苗木を持って裸足で飛び出していく。

暗い木の影にそんな様子が映し出される。それはあまりにも鮮明なので、自分は以前、どこかでそれに似た風景を見たことがあるのだとドロシーは思う。二人の本読みは、今ではこんな形になった――ただそこでじっとして、木を眺めるだけ。ずっと前から彼女の家にいる他人は一体何を考えているのだろう？　今では彼女にもそれが分かる。これと同じようなことだ。これとそっくり同じこと。

彼女が想像するキッチンの窓縁には、紙コップがしばらく前から置かれている。ドロシーには、紙コップに印刷された茶色と青緑色の渦巻き――意匠化した湯気のような模様――が見え、その下には〝ソロ〟と文字が書かれている（実際にそのようなデザインの紙コップが売られている）。もっと大きな世界を必死に求める根の塊がコップの底に穴を開けている。一家が初めて外に出ると、鋸歯のある長い葉――アメリカクリノキ――が空中で手招きをする。ドロシーは娘とその父親が新しく掘ったばかりの穴の縁にひざまずくのを見る。不機嫌な娘が移植ごてで土をつつく。そして最初の水やりという秘蹟《サクラメント》を執り行う。彼女は苗木を植えた場所から一歩下がり、また父の腕に抱かれる。この現実世界の隣にあるもう一つの目に見えない世界で少女が振り返って顔を上げたとき、ドロシーには娘の顔――この現実と入れ替わってもおかしくない娘の顔――が見える。

静寂を破るように、彼女の耳元で短い言葉が聞こえる。「何もしない」。言葉ははっきりと聞こえるので、訊き返す必要はない。夫もさっきの彼女と同じ世界にいた、あるいはそのすぐそばにいた、と声はドロシーに言う。彼女も先ほどほぼ同じことを考えていた。二人は一緒に読んだ同じ驚くべき本の同じ驚くべき一節から、それぞれ独立して同じことを考えていた。


木が伐採された土地を元の森に戻すいちばん簡単で最善の方法は何もしないことだ。何もしなければ、あなたが思っているより短い時間で元のようになる。

「もう芝刈りはしない」とレイがささやく。彼女は訊き返さなくてもその言葉の意味が分かる。わがままで獰猛な美人の娘に残す遺産として、一エーカー半（約六〇〇〇平方メートル）の森よりいいものがあるだろうか？

二人は電動ベッドで並んで横になったまま、窓の外を見る。そこに大雪が積もり、溶け、雨が降り、渡り鳥が戻ってきて、再び日が長くなり、すべての枝の蕾が花を付け、伸び放題の芝生で数百の苗木が奔放に育つ。

「そんなの駄目よ。あなたには子供がいるんだから」

アダムはソファーに深く腰掛け、足首に付けられた黒い箱をいじっている。ロイス――彼の妻だ――は背筋を電柱のように真っ直ぐに伸ばし、左右の手のひらを膝に置いて彼の向かい側に座っている。空気の悪い部屋の中で、彼は弱々しく体を揺らす。もうこれ以上、説明することはできない。彼には答える言葉がない。二人はこの二日間、とことん事実と向き合ってきた。

彼が窓の外に目をやると、金融地区に少しずつ明かりがともるのが見える。夕闇に一千万の点が輝く。何世代もかけて作った数式を解こうとする回路の論理ゲートのようだ。

「まだ五歳。あの子には父親が必要だわ」

子供をコネチカットに預けてからまだ一日半しか経っていないが、アダムは既に、子供のどちらの耳たぶにへこみがあったのかを思い出せない。まだ生まれたばかりのはずなのに、いつの間に五歳になったのかも分からない。そもそもどうして自分が人の父親になれたのかも分からない。

「あの子は大きくなったらあなたを恨むでしょう。あなたは彼にとって、時々面会に行く連邦刑務所の見知らぬ囚人になる。そしてやがて、私はあの子を面会に行かせることもやめてしまう」
彼女は彼に当たり散らすことはしない――そうしてくれた方が彼としては楽なのに。実際、彼は既に赤の他人だ。彼女はその正体を知らなかったのだから。そして子供は。アダムにとって子供も既に他人だ。チャーリーは去年、消防士になりたいと二週間言い続けていたが、その後、どの点から考えても銀行家の方がいいと考え直していた。彼がいちばん好きなのは、定規を使ってきれいにおもちゃを並べて、数を数え、鍵の掛かる箱にしまうこと。彼がマニキュアを使ったのは、両親に盗まれないようにミニカーに印を付けたときだけだ。

アダムの頭が部屋に戻ってくる。彼はまた、高い丸椅子に腰掛けた妻と向き合っている。妻は窒息しかけているみたいに唇をすぼめ、頬も赤らんでいる。逮捕以来、彼にとって彼女の存在はぼんやりしたものに感じられ始めた。サンタクルーズにこっそり戻って、人生のシミュレーションを始めたあの日から、自分の人生そのものがぼんやりしたものに感じられていたのと同じように。「君は取引をしろと言うんだな」

「アダム」。彼女の声は台本があるかのように落ち着いている。「あなたは二度と出られないのよ」

「別の仲間を告発するべきだと君は思うんだな。これはただの質問で、君を責めてるわけじゃない」

「だってそれが正義だもの。その人たちは凶悪犯。しかもその一人があなたを売ったんでしょ」

彼はまた窓の方を向く。在宅拘禁。下にはノーホー（マンハッタン南部の前衛芸術・ファッションの中心地）の光、リトル・イタリーのにぎわいがある。そこは、彼が入ることを許されない国だ。この近所を越えたさらに遠くには、大西洋の黒い断崖がある。幸せそうな実験音楽の楽譜に似た地平線《スカイライン》を見ていると、今にもその曲が聞こえてきそうだ。右手の、ここから見えない位置には、倒れた塔の代わりにねじれた塔（フランク・ゲーリー設計の高層ビル、「8スプルース・ストリート」のこと）が立っている。**自由。**

「もしも正義を追求するということなら……」

彼が聞き慣れているはずの声が言う。「一体どういうこと？　あなたは自分の息子よりも、他人の幸福の方を優先するわけ？」

さあ、そこだ。究極の命令。自分のことは自分でやれ。自分の遺伝子を守れ。自分の命一つと釣り合うのは、一人の子供か、二人のきょうだいか、八人のいとこだ。では、友人なら何人で釣り合うのか？　他の生物種のために命を懸けて活動している他人なら何人？　木なら何本分？　妻にそうした疑問をぶつけることはできない。逮捕されてからというもの——長年、抽象的にしかとらえていなかった問題を再び客観的に考え始めてから——彼は、死んだ女が言っていたことは正しかったのだと思い始めていた。世界には、自分の同類よりも優先されるべき命があるのだ、と。

「もしも私が取引をすれば、息子は……チャーリーは大きくなったときに、私がとった行動の意味を知ることになる」

「あなたは厳しい選択をしたんだってあの子は思うでしょう。あなたは不正を正したんだって」

突然、アダムが笑いだす。「不正を正しただって！」。ロイスはぎくっとする。怒りは彼女の口から飛び出す前に言葉を詰まらせる。彼女が部屋を出て、扉がばたんと閉まるとき、彼は妻がどんな人間なのか、どれだけのことができる人なのかを思い出す。

彼はうとうとしながら、法律によって自分が今後どうなるかを考える。彼が体をひねると、腰のあたりの背骨に痛みが走り、それで目が覚める。大きな月がハドソン川の上に低くかかっている。月の表面の白いあばたの一つ一つがまるで望遠鏡で覗いているみたいにはっきりと見える。終身刑という未来を考えただけで、視覚が異常に研ぎ澄まされる。

膀胱が苦しい。彼は反射的に立ち上がって、アパートという空間の中で野を越え山を越えてバスルームへ向かう。そのとき、視界に妙な雲がかかる。彼は窓辺まで行き、ガラスに手を当てる。手の形に蒸気が付いたガラスは洞窟壁画のようだ。下の峡谷では、車の明かりの流れが固まり、散らばっている。そしてウェイバリー通りのまばらな往来の隙間を縫うように、ワシントン広場の方から、尾白鹿を追う灰色狼の群れがやって来る。

驚いて身を乗り出した彼は、額を窓ガラスにぶつける。何年かぶりに、「畜生」という言葉が口をついて出る。彼はキッチンを抜けて狭苦しいリビングに入ろうとして、ドア枠に肩が当たる。勢い余って体が回転し、右手を床につこうとして顔を窓桟にぶつける。その衝撃で彼は下唇を嚙み、床に倒れ込む。そして痛みで何も考えられないまま、そのまま横になる。

口元に指をやると、血が出ているのが分かる。右の門歯が内と外の両側から下唇を嚙んでいた。彼は膝立ちをして、窓の外を見る。木に覆われた島の縁を月が照らしている。煉瓦と鋼鉄と直角から成っていた風景が、月明かりに照らされた緑の丘に変わっている。ウェストハウストン通りまで続く谷を小川が流れる。金融地区に立っていたいくつもの塔は消え、森に覆われた小山になっている。空には天の川があふれ、星が流れている。

唇を切った痛みで、頭がおかしくなっているのだ。逮捕によるストレスが原因だ。彼は考える。この風景が本当に見えているわけじゃない。私は今、気を失ってリビングの床に倒れているんだ。しかし、その光景はすべての方角に向かって眼下に広がっている——おとぎ話にあったような、鬱蒼として恐ろしく、逃れることのできない森。アメリカという名の樹木園。

視野が広がり、全体の色と特徴が拡大される。シデ、オーク、桜、六種のカエデ。絶滅した大型動物に対抗するために棘で武装したアメリカサイカチ。あらゆる動物に餌を与えるピグナットヒッコリー。低木層では、ハナミズキの平べったくすべすべした白い花が目に見えないほど細い枝に咲いている。ブロードウェイ一帯は未開の地だ。千年前のマンハッタン、あるいは千年後のマンハッタン。

視野の中で何かが動く。オークが並ぶ稜線の上で大きなミミズクが翼を広げ、落ち葉の上で動く何かに勢いよく襲いかかる。二頭の子熊を連れたアメリカクロクマの雌が、ブリーカー通りのあった丘を歩いている。満月の下、イーストリバーの砂浜でウミガメが産卵する。

　アダムの息がガラスを曇らせて、視界が悪くなる。血が顎に垂れる。口元に手をやると、硬い砂利のようなものが指先に触れる。見てみると、それは欠けた歯だ。彼が再び視線を上げると、マンナハッタ（先住民の言葉で「多くの丘がある島」の意。マンハッタンという地名の元となった語）は消えて、ロウアーマンハッタンの明かりが復活している。彼は手のひらで窓を叩く。外のメトロポリスの風景は変わらない。腕の中で鼓動が早まり、彼は震え始める。クロスワードパズルのようなビル、白血球と赤血球のような車の流れ。先ほど消えた風景よりも、もっと幻覚じみた光景。

　彼は地雷原を歩くように家具と雑誌の間を縫って玄関まで行き、外に出る。廊下を六歩進んだところで、足枷《アンクレット》のことを思い出す。彼はぎゅっと目をつぶって壁にもたれかかる。そしてようやく幻が消えると、アパートに戻り、彼に許された唯一の生息地に閉じこもる。今後長い間、彼が暮らすことになる孤独な生物群系《バイオーム》。


　ミミ・マーは講堂の二列目に座り、木の女が今言ったことに強い衝撃を受けている。パトリシア・ウェスターフォード。カスカディア自由生物区という場所がまだ存在していた頃に、五人はキャンプファイアを囲みながら、この女性の発見について語り合った。樹木――人間の狭い意識領域を超越した行動を取る異質な主体《エイリアン・エージェント》――は彼女の言葉によってリアルな存在感を与えられた。女はミミの想像より年を取っている。おびえた様子で、言葉も詰まり気味で、このスピーチ自体もどこか妙だ。でも、たった今彼女が口にしたのは美しくて、正気で、しかもなぜか口にするのが禁じられているルールだ。

木を切るときには、少なくともその木よりも驚異的なものを作るのでなければならない。

　森は山を利用して、山よりもいいものを作る。人は森を利用して……。その思考がまだ芽を出さないうちに、ウェスターフォード博士の次の言葉でミミは話に引き戻される。

「私は今日ここに呼ばれるということで、この会議のテーマについて自分に問い掛けてみました」

ミミは最初、それは自分の勘違いだと思う。有名な研究者で本も書いている人――何十年も費やして、絶滅に瀕している樹木の種《たね》を世界中から集めている人物がまさか……。そんなはずはない。きっと私の勘違いだ。

「手に入れられるすべての証拠に基づいて私は考えました。感情のせいで事実から目を逸らしたりしないように努力しました」

この一人語りはまるで芝居だ。きっと最後にどんでん返しか、とんでもない事実の暴露が待ち構えている。

「希望とうぬぼれで判断が狂わないように努めました。この問題について、樹木の立場から考えてみました」

ミミは通路に目をやる。人々はまだ目の前で起きていることが信じられない様子で、席に着いたまま、恥の重みを感じている。

「明日の世界のために人ができる唯一最善のことは何か？」

かつて別の女がミミに同じことを訊いた。答えは明らかで、理屈にも合っていた。贅沢なスキーリゾートを、出来上がる前に燃やすこと。

植物のエキスがグラスの中に落ちる。十万倍に早回しした発芽のタイムラプス映像のように、緑色が水の中に広がる。演壇から四十フィート（約一二メートル）のところにいるミミは動くことができない。ウェスターフォード博士は聖餐《サクラメント》を掲げる司祭のようにグラスを持ち上げる。言葉がますます不明瞭になる。「多くの生き物は潮時というものを知っています。ほとんどの生き物がそうかもしれない」

間違いない。これは本当に起こっている。でも、世界でいちばん賢い数百人はじっとしている。

「家の修理《ホーム・リペア》について語ってほしいということで私はここに呼ばれました。修理《リペア》を必要としているのは、家ではなく、私たちなのです。私たちが忘れてしまったことを樹木は覚えています。すべての推論《スペキュレーション》は他者に道を譲らなければなりません。死も生の一部なのです」

ウェスターフォード博士が視線を下げると、ミミがそこで待ち構えている。彼女は木の女と目を合わせ、視線を逸らすことを許さない。大昔に別の人生を生きていたときの彼女は技師で、物質を操っていろいろな用途に使っていた。今の彼女が知っている唯一の技はこれだ。別の人と見つめ合い、相手に自分を顧みさせること。

ミミは熱い目で嘆願する。駄目。お願い。やめて。

講演者が顔をしかめる。これ以外はすべて偽善。

あなたは必要とされている。

これのために必要だっただけ。私たちは数が多すぎる。

それはあなたが決めることじゃない。

毎日、デモインと同じ大きさの新しい都市が生まれている。

あなたの仕事はどうするの？　種《たね》の金庫は？

あの施設は何年も前から、私なしでも回っている。

まだまだやるべきことが残ってる。

私は年を取った。これ以上、何の役に立てる？

そんなことをしてもみんなはあなたのことを理解しない。あなたを憎むだけ。あまりに芝居がかってる。

悲鳴の中で、一瞬だけでも注目を集めることができる。

早まらないで。あなたにはふさわしくない。

私たちはいかに死ぬべきかを忘れてはならない。

そんなものを飲んだらひどい死に方をする。

いいえ。植物のことなら私に任せて。これは他のものより楽に死ねる。

私には見ていられない。

見るの。しっかり。それだけでいい。

視線のやり取りは、一枚の葉が光を食べる時間より長くは続かない。ミミは必死に講演者の視線を離すまいと努力するが、木の女は最後は意志の力で視線を引き離す。パトリシア・ウェスターフォードは再び顔を上げて、ホールを見渡す。これは敗北ではない、とその笑顔は言っている。これは目的のための手段だ。些細なこと。少しの間、時間を稼ぎ、資力を呼び込む方法。彼女は再び、おびえるミミを見る。私たちにはまだ見たいものがある。私たちにはまだできることがある！


オハイオ州には、パトリシアがもう一度見たいブナの木がある。それは、彼女が今後焦がれるであろうあらゆる樹木の中でも特に何ということもない、滑らかな樹皮を持つごく普通のブナの木だが、ただ幹の、地面から四フィートのところに刻み目が付けられている。ひょっとするとまだ元気に育っているかもしれない。ひょっとするとあの木には、ちょうど生長に都合のよい太陽の光と雨が降り注いでいるかもしれない。彼女は思う。私たちが木を傷付けたいと思うのは、木の方が私たちよりずっと長生きをするからなのかもしれない。

植物《プラント》パティーはグラスを掲げる。そして、講演原稿の最後の一ページにある最後の台詞に目をやる。タチガリ・ウェルシコロルに乾杯。彼女は顔を上げる。三百人の錚々《そうそう》たる聴衆が呆気にとられて彼女を見る。静まりかえった講堂の中、舞台の際で抑えた悲鳴が聞こえる。彼女はそこで起きている騒動を見る。一人の男が車椅子で右手の階段に近づいている。男の髪と鬚《ひげ》は肩まで垂れている。ヤキ族（メキシコ北西部の先住民）の世界に存在している、言葉をしゃべる樹木人間——樹木の言葉は人間には理解できない——のようにやせぎすだ。完全に麻痺したこの部屋の中でただ一人、彼女だけが椅子から立ち上がろうともがいている。緑の液体がグラスの縁からこぼれ、手にかかる。彼女が再び見る。車椅子の男は必死に手を振っている。枝のような腕が暴れる。どうしてあの男はこれほど些細なことで騒ぎ立てているのか？

世界のために人ができる唯一最善のこと。彼女の頭にひらめく。〝世界〟という言葉こそが問題の始まりだ。この言葉には二つの正反対の意味がある。本当の意味の〝世界〟は私たちには理解できない。私たちはでっち上げた方の〝世界〟から逃れることができない。グラスを掲げた彼女の耳に、父が本を読む声が聞こえる。あなたに歌って聞かせよう、人が他のものに変身する物語を。

ニーレイの悲鳴は、講堂内にかけられたまじないを解くには遅すぎる。講演者がグラスを掲げると、世界は二つに分かれる。一方の道では、彼女はグラスを口元に持っていき、タチガリ・ウェルシコロルに乾杯と聴衆に挨拶をして、水を飲む。もう一つの道——この世界へとつながる道——では、彼女は「反自殺に乾杯」と大きな声を上げて、唖然とする聴衆の方へ緑の液の入ったグラスを投げる。彼女は演壇をどんと叩き、後ろに下がって、よろめきながら舞台袖に去る。呆気にとられた客は皆、誰もいなくなった舞台をじっと見ている。

春——青々とした暖かすぎる春——街中のハナミズキとハナズオウ、梨と枝垂れ桜が乱れ咲く。アダムの事件は引き延ばしが限界に達して、ようやく西海岸の連邦裁判所で裁判が始まる。ボタンに群がるアリのように、記者が裁判所に殺到する。執行官がアダムを法廷に連れ出す。彼は少し太って、鬚《ひげ》も伸びている。顔には深く刻まれた皺。彼が着ているのは、大学で優秀教員賞を与えられたときに受賞パーティーで着たのと同じスーツだ。法廷には妻もいて、彼のすぐ後ろの席に座っている。しかし子供はいない。息子がビデオで父のこの姿を見るのは、何年も後のことだ。

起訴状に書かれた罪を認めますか？

心理学の教授は瞬きをする。その表情はまるで、人間とはまったく異なる生き物である彼には、人間の言葉は早口すぎて理解できないと言っているかのようだ。

がらんとしたキッチンの窓から、ドロシー・ブリンクマンが外のジャングルを見ている。パーキングメーターの料金さえ一度もごまかしたことのない男が妻と協力して、自分たちでもできる革命運動を始める——ブリンクマン森林回復計画。家の敷地から自然の森が四方に広がろうとしている。芝生は一フィート（約三〇センチメートル）の高さまで伸びて、むらになり、散らばり、勝手に種《たね》をつけ、他の雑草と混じり合っている。あちこちに芽を出したカエデは左右の手のようだ。足首の高さまで伸びたエノキはペイズリー模様の葉を見せびらかしている。再生のスピードは彼女を驚かす。あと二、三年もすれば、宅地開発で伐採された森の半分は取り戻せるだろう。

再生した彼女自身の成長はさらに早い。大昔、彼女は飛行機から飛び降り、恐ろしい殺人犯を演じ、自分を束縛しようとする人は誰彼構わず痛い目に遭わせた。七十歳近い年齢となった彼女は今、市を相手に戦っている。郊外の高級住宅地にできたジャングル。それは児童虐待にも比肩する行為だ。近所の人たちが「どうかしたんですか？」と尋ねに来たことがこれまでに三回あった。彼らは無料で芝刈りをすると申し出る。彼女は優しく、気のふれた自分を演じる――彼らを寄せ付けない程度に断固とした態度で。素人芝居最後のカムバックツアー。

近所の人たちは彼女を爪はじきにする姿勢でまとまっている。市からは二度手紙が届いた。二通目は書留で、ある期限までに庭をきれいにするか、数百ドルの罰金を支払うか、そのいずれかを選ぶよう迫る内容だった。期限は過ぎ、また次の脅迫状で新たな期限と新たな罰金の額が告げられた。些細な緑の放置によって社会基盤がこれほど大きく揺さぶられると誰が考えただろう?

新しい期限は今日だ。彼女は外の栗の木――そこにあるはずのない木――を見る。先週のラジオニュースによると、三十年にわたって異種交配を繰り返した結果、ついに胴枯病に耐性を持つ栗の木ができて、間もなく試験的に山に植えられるらしい。大事に残された記憶のように思われていた木が、今では予言のように見える。

窓の外を横切ったオレンジ色の何かが彼女の目に留まる。ハゴロモムシクイの雄が尾と翼を使って藪の中から昆虫を追い出そうとしている。先週だけで二十二種類の鳥。二日前、黄昏時に彼女とレイはキツネの姿を見た。市民的不服従の罰金は積もり積もって数千ドルに及ぶかもしれないが、家からの眺めは以前よりずっとよくなった。

彼女がレイの昼食にフルーツコンポートを作っていると、予想通り、いら立ちを隠せないノックが玄関から聞こえてくる。彼女は興奮して顔を赤らめる。ただの興奮ではない。はっきりとした目的意識だ。不安も少しあるが、それは甘美な恐れだ。彼女は手を洗って、タオルで拭き、考える。さて、もうすぐゴールだ。また愛にあふれた生活に戻れる。

ノックは徐々にテンポを上げ、音が大きくなる。彼女は玄関へ向かいながら、財産権についてレイに教えてもらった理屈を頭の中で復習する。彼女は公立図書館と役所に何日も通って、判例や自治体の条例や市の規約の読み方を学んだ。資料を持ち帰って、一音節ずつ夫に説明を求めたこともある。

何冊も本を熟読し、草刈りや水やりや施肥の犯罪性、一エーカー半を森に戻すことの有益性に関する統計を集めた。正気の議論、意味のある主張はすべて彼女の味方だ。しかし、彼女が扉を開けると、そこにいるのはジーンズとポロシャツという格好のやせた若者だ。ブロンドのくたびれた髪がメイド・イン・USAと書かれた野球帽からはみ出している。それを見て、彼女は防御戦略を変える。「ブリンクマンさんですか?」。若い男以外に、さらに若い三人の少年が後ろの歩道に立ち、スペイン語で何かを言いながら、ピックアップトラックとトレーラーから芝刈り機を下ろしている。「市の命令でお庭の掃除をしに来ました。二、三時間で終わります。料金の請求は後ほどになります」「要りません」と彼女は言う。若者は温かく知的なその一言に面食らう。彼は口を開けるが、困惑のあまり言葉が出ない。彼女は笑顔を浮かべ、ゆっくり息を吐く。「それは本当にやめてちょうだい。市の人にも大きな間違いだって伝えてね」

彼女は舞台に立った時代に覚えた秘訣を思い出す。内なる意志を結集すること。今までに生きた人生の記憶を総動員すること。正しいことも間違ったことも、頭の中に保持する。真実はおのずから明らかになる。シンプルな信念以上に力強いものはない。

若者はひるむ。彼女がこれほど自信たっぷりな出方をする場合の対応を、市は彼に教えていなかった。「ええと、もしよければ……」

彼女は若者を気の毒に思いながら、笑顔で首を横に振る。「よくありません。本当に駄目なんです」。あなたは馬鹿じゃない。これ以上、あなたに恥をかかすようなことを私にさせないで。若者はパニックを起こす。彼女は愛情と理解と、とりわけ慈悲のこもったまなざしで彼を見る。しばらくすると彼はきびすを返し、仲間と道具をトラックに戻す。彼らが去ると、ドロシーは扉を閉めて笑う。彼女は昔から優しい狂女を演じるのが大好きだ。

それはささやかな勝利、ごくわずかな時間稼ぎにすぎない。市はまた戻ってくる。次回は何の断りもなく、芝刈り機と枝切りばさみが一斉に作業を始めるだろう。そして彼らは庭をきれいに刈ってしまう。罰金は延滞料とペナルティーで金額がかさむだろう。ドロシーは反訴して最高裁まで争う。市が家を没収するならすればいい。体の不自由な男を刑務所に入れるなら入れればいい。彼女はどこまでも粘る。無秩序に伸びる新しい苗木と次の春は彼女の味方だ。

彼女はキッチンに戻り、昼食を仕上げる。そしてレイに食事をさせながら、かわいそうな若者と、何が何だか分からないままに追い返された外国人作業員の話を彼に聞かせる。彼女は全部の役を演じる。いちばん楽しいのは自分の役を演じるときだ。彼女は彼が笑顔になるのを見る——演技がどれだけ真に迫っているのかを確かめられる人は彼女以外に一人もいないけれども。

昼食の後は二人でクロスワードパズルを解く。最近はその後に、「もっと話して」と彼が言うことがよくある。ドロシーは笑顔でベッドに上がり、隣に横になる。そして窓の外で伸び放題になっている緑を眺める。その真ん中にあるのは、そこにあるはずのない木だ。枝は外へと広がり、確かにゆっくりとだが彼女を驚かせる程度には速く、家の方へと近づいている。魔法のような化学反応にまた新たな想像力を加えている生命に彼女は圧倒される。しかし間違いなく、目の前にそれがある。協力し合う枝、多くの仮定の中に、過去と未来、大地と空を橋渡しする存在を同時に見る能力が。

「あの娘《こ》はいい子なのよ」。彼女は夫のこわばった手を握る。「あの娘は少しの間、自分を見失ってただけ。自分さえ見つければ大丈夫。大義さえ見つければ。自分よりも大きな存在を」

男の犯罪現場の写真を検察が示す——焦げた壁の上に残された落書き。極彩色写本の大文字のように各行の冒頭の文字から巻き鬚《ひげ》や蔓《つる》が伸びている。

いる。政府の行動に力で影響を与えようとする行為。

これが事件の中核だ。検察が求める法外な判決の根拠。彼らは脅迫という事実を立証しようとして

コントロールは殺す
絆は癒やす
故郷に帰れ、さもなくば死ね

アダムの弁護人たちは情状酌量を求める。若き理想主義者が万人に対する犯罪に世間の注目を集めるために火を放ったのだと彼らは主張する。森林の売却そのものが違法で、政府は自らに託された土地の保護を怠った。平和的な抗議は何度やっても実を結ばなかった、と。しかし、その主張は認められない。法律はあらゆる点について明白だ。彼は放火に関して有罪。私的財産の破壊についても有罪。公共の安寧に対する暴力についても有罪。故殺についても有罪。国内テロについても有罪、と陪審団――アダム・アピチに似た市民――が結論する。

法律は単に、人間の意思が言葉として書き留められたものだ。法律は生ける地球を隅々までアスファルトで覆うだろう――もしもそれが人々の欲望であれば。判事が尋ねる。「最後にこの法廷で述べたいことがありますか?」

さまざまな思考がアダムの頭の中を駆け巡る。風や山火事で倒される木のように、彼は評決でとどめを刺されていた。「私たちが正しかったのか、間違っていたのか、遠からず明らかになるでしょう」

法廷はアダム・アピチに二回連続の懲役七十年という判決を下す。彼は刑の軽さに驚く。彼は思う。**七十年足す七十年なんてどうってことはない。クロヤナギとセイヨウミザクラの寿命を足したくらい**

だ。彼はオークくらいを予想していた。あるいはダグラスモミ《ダグファー》かイチイくらい。七十年足す七十年。模範囚として刑期が縮まれば、死ぬまでに片方のお勤めは終えられるかもしれない。

種子

天と地を作るもととなった木はどんなものだったのか？

——リグヴェーダ、第十巻第三十一篇第七詩節

彼は私に小さなものを見せた。私の手のひらに置かれたそれは、ヘーゼルナッツほどの大きさに見えた。そしてボールのようにまん丸い形をしていた。私はそれを理解しようとじっと見つめ、考えた。「これは何なのだろう？」と。その答えはおおよそ次のようなものだった。「すべてはここから作られる」と。

——ノリッチのジュリアン

惑星が生まれたのを真夜中として、その歴史を一日だとしよう。

初めに無があった。二時間は溶岩と隕石の世界。生命は午前三時か四時までは現れない。現れたときでも、まだ単に自己複製をするだけのかけらでしかない。夜明けから午前の半ばにかけても――何百万年にもわたる分岐に次ぐ分岐を経ても――存在するのはやせた単細胞だけ。

次に万物があった。正午過ぎに何か妙なことが起こる。ある種類の単細胞が別種のものをいくつか奴隷にする。核が膜を持つ。細胞が小器官《オルガネラ》を進化させる。かつては孤立していたキャンプ場だったものが町へと成長する。

一日が三分の二ほど終わったところで、動物と植物が袂を分かつ。それでもまだ、生命は単細胞のみだ。日が暮れる前に多細胞生物が現れる。大きな生物は皆、夜になってから現れた新参者だ。午後九時にクラゲと蠕虫《ぜんちゅう》が出現。九時台には一挙にたくさんのものが生まれる――背骨、軟骨、多様な体の形。刻一刻と、無数の新しい幹と枝が進化の樹冠で伸び広がる。

十時前に、植物が陸に上がる。次は昆虫。昆虫は陸に上がるとすぐ、空に飛び立つ。その直後、四足類が水際の泥の中から這い上がる――その皮膚の内側、内臓の中には、以前の生物の世界が丸ごと入っている。十一時までには、恐竜たちが力を出し尽くして、残る一時間を哺乳類と鳥類に任せる。

最後の六十分のどこかにおいて、系統樹の林冠で生命が意識を持つ。生物が思索《スペキュレーション》を始める。動物が子に過去と未来について教えだす。動物が儀式を行うようになる。

解剖学的に現代人と考えられる種《しゅ》は真夜中の四秒前に出現する。最初の洞窟壁画はその三秒後に現れる。そして一秒の千分の一で生命がＤＮＡの謎を解き、生命の木の地図を作り始める。

真夜中になる前に地上の大半は、たった一種類の生物が食べたり使ったりするための条播《すじまき》作物（トウモロコシや綿などの、畝に沿って一列に種をまく作物）に覆われる。そしてそのとき、生命の木がまた別のものに変わる。それと同時に、巨大な幹が傾き始める。

ニックがテントの中で目を覚ます。頭の下にクッションはないが、地面は枕のように柔らかい。そこには木から落ち、死につつある針葉が数フィート積もり、彼の耳元で再び極めて小さな生命に変化しつつある。

彼を起こしたのは鳥の声だ。いつもそう。忘却と記憶を日々予言する生き物が、朝の光が差す前から歌を歌いだす。彼は鳥たちに感謝する。鳥のおかげで毎日、朝早く活動を始められるから。彼は暗い中で空腹を抱えてじっと横になったまま、千もの古《いにしえ》の方言で生命を論じる鳥たちの話に耳を傾ける。罵倒、縄張り争い、回想、賞賛、歓喜。今朝は寒い。彼は気分が重く、寝袋から出る気になれない。朝食は乏しいものになるだろう。食料はあまり残されていない。彼が北に来てから数日が経つ。近いうちに町を探して、必要なものを補給しなければならないだろう。音が届く範囲に道路があって、トラックが通り過ぎるのが聞こえるが、音は遠く、こもっていて、あまり現実的とは感じられない。

彼はナイロン製の卵から這い出し、あたりを見る。かすかな曙光が木々の輪郭を縁取っている。この地域では、大雪に備えて木が小さめで、枝先が細い。しかし、今では毎日そうだが、この日もまた、木が彼に働きかける。風に揺れる幹の様子、さざめく球果の音、枝の先が互いに触れ合う感触、針葉が放つ柑橘のような刺激的な匂いが一緒になって、動きださなければならない理由——相変わらずぐに忘れてしまうのだが——として結晶化し、彼を再び元気にする。

「起きたぞ、朝だ！」

彼の狂った歌が曙《あけぼの》のコーラスに加わる。

「仕事に取り掛かるとするか！」

近くの鳥が静まり、聞き耳を立てる。

「頑張って働いて、今日も稼ぐぞ！」

気前のいい川から汲んだ水を沸かすには、小さな焚き火で充分だ。ひとつまみのインスタントコーヒーとひと握りのオート麦を木のカップに入れ、湯を加える。それを食べたら、朝の支度は出来上がる。


そこから南に何マイルも離れたサンフランシスコのミッションドロレス公園にミミはいる。そこでピクニックをする人々に囲まれながら、ノブコーンパインの下で芝生に腰を下ろし、スマートフォンの画面をタップしている。彼女は悪夢のようなニュースから目を覚ますことができない。妻と幼い息子がいる有名な社会科学者——かつて彼女が全幅の信頼を置いた男——が、彼女も手を貸したある行為の報いとして、人生二回分を刑務所で過ごすことに決まった。国内テロの罪。抗弁はほとんどなし。彼がやったとはとても信じられない放火について有罪の判決。「エコテロリストに懲役百四十年の判決」。そして、彼を売ったのはもう一人の男——その滑稽なほどひたむきな無邪気さを彼女が愛した男——だ。

彼女は幹にもたれ、地面であぐらをかいて、キーワードをスマートフォンに入力する。アダム・アピチ。テロリスト処罰加重法。彼女はネットに証拠が残ることをもう気にしていない。捕まった方がかえって話が早い。彼女が目を通すより早く、ホームページが膨れ上がり、リンクする——専門家の分析と、腹を立てた素人の憶測。

私は刑務所に入っていて当然。裁判にかけられて、終身刑に処されるべき。二度の終身刑。罪悪感が喉にこみ上げ、彼女はその味を舌で感じる。しびれの切れた脚が立ち上がろうとして、彼女を最寄りの警察署に連れて行きたがる。しかし、警察署がどこにあるのかさえ、彼女は知らない。彼女はこの二十年、それだけ警察とは無縁の生活を送ってきたということだ。近くで日光浴をしている人たちが彼女の方を振り返る。彼女は何かを声に出したらしい。ひょっとすると彼女はこう言ったのかもしれない。助けて、と。

彼女とは別の不可視の目が、同じようにニュース記事を読む。ミミが十段落に目を通す間に、体を持たない目は一千万の段落を読む。彼女の記憶に刻まれる五、六の細部は新しいページをめくるたびに色あせていくが、不可視の超知能《ラーナー》たちはすべての単語を記憶し、分岐を続ける意味のネットワークにそれを組み込み、そうした追加に応じてますます強くなっていく。彼女がたくさん読めば読むほど、事実は分からなくなっていく。超知能《ラーナー》はたくさん読めば読むほど、それだけ多くのパターンを発見する。

ダグラスは捜査官たちが独房と呼ぶ部屋で学習机に向かっている。それはこの二十年間に彼が過ごした部屋の中で最も快適な場所だ。彼は音声講座で〝樹木学入門〟を聴いている。それで大学の単位をもらえる。ひょっとすると学位も得られるかもしれない。そうなれば彼女も喜んでくれるだろう

――彼女には二度と会えないと分かっているけれども。

　音声講座に声を吹き込んだ教授は偉大だ。ダグラスが巡り会ったことのない祖母であり、母であり、魂の案内人。発話障碍がある人が活躍する場が増えているのを彼はうれしく思う。しかも、これは音声講座だ。この女性にもきっと、まったく違う存在の声が聞こえているのだろう。彼はテープを聴いてメモを取る。紙のいちばん上には〝生命を一日にたとえると〟と書く。テープの女性が語っているのは驚くべき話だ。彼がまったく知らなかった話。生命には十億年かそれ以上の間、何の変化も起きなかった。信じられない。生命の冒険はまるっきり起きなかった可能性もあったのだ。生命の木は永遠に藪のままだったかもしれない。生命の一日はとても静かな一日になっていたかも。

　女の声が時を刻む間、彼はじっと聴き続ける。そして最後の数秒に野蛮な生き物が現れて、地球を丸ごと工場みたいな農場に変えたところで、彼は耳からイヤホンを抜き、立ち上がってうなる。ひょっとするとその声があまりに大きく、長かったのかもしれない。当直の警備員が様子を見に来る。

「何をやってるんだ?」

「何でもない。大丈夫だ。ちょっと……ちょっと声を上げてみただけさ」


　最悪なのは写真だ。ミミは仮にこの男と町ですれ違っても気が付かないだろう。カエデ《メープル》。どうしてみんなは彼のことをそう呼んだのだろう? 今はさながら、ブリスルコーンパインだ――五千年前から死にかけている流木の樹皮が一部分だけ生きているみたい。

　彼女は顔を上げる。人々が公園のあちこちで小さなグループを作っている。毛布を敷いて座っている人たち。草むらに直接横になっている人たち。そのそばに置かれた靴、シャツ、鞄、自転車、弁当。昼食時だ。空もそれに協力する。どんな判決も彼らに手を出すことはできない。彼らはまだあらゆる未来に手を伸ばすことができる。

彼女は長年、ジュディス・ハンソンを演じてきたので、かつてミミ・マーとして犯した罪とその名前で彼女を待ち受けている刑罰を思い出すと衝撃を受ける。この公園へは徒歩とバスと電車を使って馬鹿馬鹿しいほどの回り道をしてやって来た。しかし、彼女がどこにいようと、どれだけ痕跡を隠そうと、彼らは彼女を見つけ出すだろう。彼女は複数の罪を犯した凶悪犯。故殺。国内テロ。七十年足す七十年。

ミミのスマートフォンから信号が湧き出る。抑制されたアップデートとスマート警告《アラート》がチャイムで合図を送る。フリックで消す通知。インターネット・ミームと、クリック数で競うコメント戦争。ランク付けを要求する、数百万の未読の投稿。公園にいる他の人もそれぞれ一つの宇宙を手に持って、タップやスワイプに忙しい。巨大なクラウドベースの切迫性が〝いいねの国〟に蔓延し、超知能《ラーナー》たちは人間が画面をクリックするのを肩越しに覗き込みながら、そこで起きていることの意味を理解し始める。人間たちは一挙に、複製された天国へとなだれ込みつつあるのだ、と。

ミミのそばの芝生で、キチン質に見える服を着た少年が手のひらに向かって「日焼け止めを買える近くの店はどこ？」と言う。すると感じのいい女が「こちらのお店が見つかりました！」と答える。ミミはスマートフォンを顔に近づける。彼女はニュースから写真へ、分析から動画へと次々に移動する。この小さな一枚岩《モノリス》のどこかに、父の一部が入っている。父の脳と魂の一部が。彼女はスマートフォンのマイクに向かってささやく。「いちばん近くの警察署はどこ？」。地図が現れ、最も早い経路と、そこまで歩くのにかかる時間が表示される。五分半。昆虫の外骨格のような服をまとった少年はスマートフォンに向かって「カウパンク（カントリーと融合したパンクミュージック）の曲を何か流して」と言って、無線イヤホンの中へと消える。

人であふれる連邦刑務所が彼を収容できる場所を探す間、アダムは移送施設のベッドに寝ている。控訴はしない。彼は閉じたまぶたの裏に映しだされる眼内閃光で、鬚《ひげ》の男が法廷に立つ映画を観ている。後悔をしている様子もなければ、取引に応じる気配もない男。その二列後ろに座っている妻は今にもわれを失いそうだ。**私たちが正しかったのか、間違っていたのか、遠からず明らかになるでしょう。**

彼は自分が〝私たち〟という言葉を使ったことに驚く。しかし、そうしたのはよかった、と彼は思う。あの頃は、すべてが〝私たち〟だった。協力的な存在に身を任せること。**私たち五人の仲間。**森の中に、孤立した木は存在しない。私たちは何を勝ち取ろうとしていたのか？　自然は失われた。森は、化学的に維持された植林地に変えられた。四十億年の進化がたどり着いたのがこんな場所だ。政治的にも、実際問題としても、感情的にも、知的にも、大事なのは人間だけ。究極の語彙は〝人間〟。人間の飢餓を抑えることはできない。その勢いにブレーキをかけることさえできない。ただ現状を維持するだけでも、人類に許された限界を超えている。

来たるべき大量殺戮は人間自身が承認したことだ――五人が引き起こしたどの火事も霞んで見えるほどの大変動。その変動はきっと、彼の七十年足す七十年の刑期が終わる前に訪れるだろう。しかし、彼の冤罪を晴らすほどすぐには来ない。

ダグラスの独房の窓は高い位置にあるので、外の様子は見えない。しかし彼は窓の下に立って、外を眺めているつもりになる。音声講座を聴いたせいで彼は無性に木が見たくなる。元気のない、背の低い木でも構わない――刑務所に入ることになったのも元はといえば木が原因だが、それでも彼がミミの次に会いたいと思うのは樹木だ。でも妙なことに、彼は木の姿を思い出せない。横から見たモミがどんな形をしているか。鉄樹がどんな枝振りの木だったか。エンゲルマントウヒやベイツガについても記憶が怪しくなっている——長い間、それらをたくさん目にしていたのに。ニレ、ヌマミズキ、トチノキなどは言うまでもない。もしも今その絵を描いたら、五歳の子供がクレヨンで描いたみたいになるだろう。棒の上に乗った綿菓子。

もっと一生懸命に見ておくべきだった。愛が足りなかった。刑務所行きになる程度には愛したのだが、今日を生き抜けるほどには愛していなかった。でも、空っぽの時間ならたくさんある。正気を失わないよう気を付ける以外には、特に何もすることのない時間が。彼は目を閉じ、心が落ち着くまで身もだえする。そして音声テープで説明されていた詳細を思い出そうとする。槍のように真っ直ぐでブロンズ色をしたブナの若芽。枝先に固まって付いた、鎚矛《つちほこ》のようなレッドオークの芽。スズカケノキの葉柄《ようへい》の根元は中が空洞になっていて、翌年に出る芽を守っている。ブラックウォルナットの味と、猿の顔に似たその葉痕（葉が落ちた後に枝に残る跡）。

しばらくすると、それらが徐々に形になってくる——最初は簡単な図柄だが、徐々に粒子が細かくなる。カエデ《メープル》が春、一挙に上から赤く染まるみたいに。ヤマナラシの上品な喝采。子供の手を取る親のように、手を伸ばすイチイ。ヒッコリーの実を引っ掻いた匂い。ダムが決壊して、記憶の洪水が彼に襲いかかる。手のひらのような形をしたトチノキの葉越しに降り注ぐ百万の木漏れ日。ハリエンジュの棘同士が作る角度。旋盤で仕上げたオリーブ材に見られる複雑な模様。熱帯にいる鳥の尾みたいなミモザの複葉。樹皮がめくれたカバノキの表面にぼんやりと綴られた秘密の言葉。ポプラの下を歩いていると、そこはあまりにも静かで、息を吸うことさえ犯罪のように感じられる。イトスギを引っ掻いたときには、これが死後の世界の匂いだと感じる。

彼は今までに生きた人間の中で最も豊か《リッチ》なのかもしれない。あまりに豊かなので、そのすべてを失っても、まだ利益を得ることができる。彼は軽量コンクリートで作られた緑色の壁の前に立つ。塗料は光沢があって、硬くなった肉のようだ。彼は高い窓から差す光を見上げて、思い出そうとする。彼の手はいつもと同じように、ベルトの少し上、脇腹にできたクルミのようなしこりを押さえる。そこには何かがある。大きめの種子。姿を思い描くことはできない。それは味方ではないが、それでもなお、生命に変わりはない。

もう一人の豊か《リッチ》な男——サンタクララ郡で六十三番目の金持ち——は自室に閉じこもり、モニターに向かって文字を入力している。その場所がどこなのかは重要ではない。ニーレイが書く言葉は、成長過程にある生物——つい最近、自律的な行動も始めた——の一部となる。別の都市の別のモニターの前では、数億ドルを払わなければ雇えない最高レベルのプログラマたちが作成途上の作品に貢献する。彼らが力を合わせて新規に始めた計画は、驚くべき形で滑り出し始めた。彼らが生み出した生き物たちは既にいくつもの大陸に匹敵するデータをのみ込み、驚くべきパターンを発見しつつある。ゼロから始めなければならない作業は一つもない。既にパブリックドメインには無数のデジタル生殖質がある。

プログラマたちは自分たちが生んだ生物に、情報の探し方だけを指示する。すると新たな生物たちが地球のあちこちに偵察に出掛けて、コードが外へと広まる。新しい理論、新しい子孫、さらに進化を遂げた種《しゅ》。そのすべてがたった一つの同じゴールを目指す。生命がいかに大きな広がりを持つか、いかに生物同士が結び付いているか、そして人々を反自殺に向かわせるにはどうすればいいか、という問いの答えを見つけること。地球は再び、最も深く、最も美しいゲームに変わり、超知能《ラーナー》はその最新のプレーヤーになる。途方もなく多様な超知能《ラーナー》たちは折り紙で作った鳥のように飛び立ち、データ空間に群がる。その一部はしばらくの間、繁殖した後、消えていく。正しい要素を含んだものは増殖し、数を増やす。ニーレイが痛い思いをして学んだように、生命は未来へ話し掛ける方法を持っている。それは記憶と呼ばれる。

昨日生まれたばかりの別の超知能《ラーナー》たちは、ジュディス・ハンソンがクリックするすべてのボタンを学習する。それらは巨大な動画アーカイブまで彼女を追う。そこには今日までで、新たに十三年分の動画が加わっている。超知能《ラーナー》たちは既にこれらの動画を数十億本観ているので、推測を働かせることができる。今では人の顔やランドマーク、本や絵画、建物や商品を見分けることが可能だ。間もなく、超知能《ラーナー》たちは動画の意味を推測し始める。生命は推測《スペキュレーション》だ。そしてこれらの新たな推測は必死に生命を得ようとする。

ミミはクリックする。見出し代わりの画像の下に、ジュディス・ハンソンがあの動画を観たのならこれらも観たいに違いないと不可視の代理人が判断して集めた動画が並んでいる。『生物防衛隊《LDF》』。『森林戦争』。『レッドウッドの夏』。

ミミは動画を次々に観る。各六分の動画は果てしなく長く、数十秒以上は観ていられない。彼女は『樹木の真実』という動画をクリックする。それは何か月も前に投稿されたもので、既に数千の評価が親指のマークで示されている。黒い画面からオープニングショットがフェードインすると、そこは見渡す限りの皆伐地だ。古代の木製の楽器が諦念のコラール前奏曲をゆっくりと奏でる。旋律のメカニズムはあまりに込み入っているので、曲を止めなければとらえきれない。彼女はその曲を知らない。超知能《ラーナー》ならそれが何なのか彼女に教えられるだろう。超知能《ラーナー》たちは既に、音符をいくつか聴いただけで一千万の曲名を言い当てられる。

小劇場ほどもある巨大な切り株にカメラがズームインする。素早いジャンプカットの後、孤立丘《ビュート》のてっぺんに、火を吐く三つのガスバーナーが現れる。もう一度カットがあった後、円錐テントのような布切れが現れて、バーナーを覆う。カメラがパンして、レンズが再び焦点を合わせる。バーナーがまた火を吐く。円錐が膨らんで茶色と緑の管に変わる。テントはタイムラプスで上昇する。十秒後、ミミはその切り株の正体に気付く。超知能《ラーナー》たちはまだ知らないが、遠からず知るだろう。超知能《ラーナー》たちは彼女が知っていることのすべてを――もうすぐ、そしてさらに桁違いの事柄を――理解するだろう。

人の多い公園の中、ミミはスマートフォンで、木の亡霊が出現するのを見る。伐採が終わった森にそれがそびえる。よみがえったレッドウッドの巨木が風にはためく。幹が生長するにつれ、カメラが引く。そこに映し出されるのは、幾何学の証明みたいに平らな風景――切り株だけが点々と残る――の中にそれが一本だけ立っている姿だ。嘘のような、超自然的な巨木が熱気球のように軽く、神々しく伸び上がる。縫い合わされた十余の巨大な枝は空中のメッセージを求めて、秘密の分室《コンパートメント》を探る。

彼女はこの木を作った人間を知っている。木はいっぱいまで膨れ上がり、シナモン色の樹皮は、数世紀前に火事で焦げた部分が黒ずんでいるのが分かる。根元にある大きなこぶの周囲を何かがぐるっと取り囲んでいる。彼女はそれを見て凍り付く。そして自分は幻覚を見ているのだと思う。だが、その五インチの画面でも、顔を近づけてみると見間違いではないことが分かる。悟りの境地にある人々が木の根元でキャンプファイアを取り囲むみたいに膝を寄せ合い、しかし顔は円の外に向けて座っている。それは彼女の阿羅漢《アラハット》たちだ。姿勢も巻物にあったのとまるっきり同じ――まとっている着物、丸められた肩、浮き出たあばら骨、冷めた笑み。彼女はスマートフォンを芝生の上に置く。彼女には理解できない。動画は続く。宙に浮いた木の横に漢字が流れる。彼女はそれを読むことはできないが、長年見ていたものなので頭で覚えている。

この天気の中、この山の上
なぜここにこれ以上とどまるのか？
三本の木が私に向かって必死に手を振る。

そのとき彼女は思い出す——ニコラス・ホーエルが彼女の家で長い時間を過ごしていたことを。他の皆が地図を調べたり、襲撃の計画を立てたりしている間、彼がテーブルに向かってスケッチをしていた姿が思い浮かぶ。当時それはまるで画家が未来の法廷をスケッチしているみたいだったので、彼女はいつもその行動にいらついていた。彼女はようやく今、彼が何をスケッチしていたのかを知る。

ミミのスマートフォンの画面上にある木が大きく揺れる。枝がしなる。下から煙が上がる。バーナーの一つが布でできた巨大な柱の根元に火を点ける。炎が幹をなめる——かつて何世紀もの間に山火事が何度かミマスをなめたように。しかしこの樹皮は耐火性ではない。火の点いた絹の柱はあっという間に上まで燃え上がり、打ち上げに失敗したロケットのように地面に倒れる。燃える枝が手を振り、落ちる。阿羅漢《アラハット》の輪が黄色く光り、それが鮮やかなオレンジ色に変わり、黒い燃えかすになる。

その数秒後、縫い合わせて作られていたレッドウッドの全体が灰に変わる。コラール前奏曲が終止形《カデンツ》と勘違いしそうなメロディーからよろよろと抜け出し、主和音に解決する。そして、切り株だらけの山腹から細い煙が立ち上る光景が映った後、画面が暗くなる。ミミ・マーはいつにも増して、何かを爆弾で吹き飛ばしたくなる。

暗闇の中からまた言葉が浮かび上がる。文字は、馬鹿馬鹿しいほどの辛抱強さで広大な林床に並べた秋色の葉で記されている。

木には希望がある、というように

木は切られても、また新芽を吹き
若枝の絶えることはない。
地におろしたその根が老い
幹が朽ちて、塵に返ろうとも
水気にあえば、また芽を吹き
苗木のように枝を張る。
だが、人間は死んで横たわる。
息絶えれば、人はどこに行ってしまうのか。（ヨブ記一四の七から一〇）

ぱらぱらと葉が散り、風の中に消える。動画が終わり、評価を求める。彼女が顔を上げると、丘にはたくさんの人が集い、最高の一日にピクニックを楽しんでいる。

今、カメラはない。ニックはもうカメラは使わない。この作品はそれ自体が唯一の記録だ。彼は自分が今どこにいるのか、正確には知らない。北の大地。森の中。要するに迷子。しかしもちろん、周囲の木は迷っているわけではない。彼を起こした鳥たちにとって、ここのすべてのトウヒ、カラマツ、バルサムモミの枝の一本一本、その屈曲部の一つ一つが名前を持っている。今いる場所がどこであれ、ここここそ自分が最大かつ最も長持ちする作品――時間の経過と生き物たちのせいで形が変わってしまうまで長持ちする作品――を作る場所だと彼は考え始めている。

森は灰青色で、地衣に覆われている。彼は数日前から続けている要領で、手際よく作業を進める。使う材料は既に地面に落ちているものだけ。落ちた枝木を並べて徐々に形を作る。枝なら腕いっぱいに抱え、幹ならロープや引っ掛け鉤で引っ張ったり、転がしたり。場合によっては、必要に応じて立ち木に滑車装置を固定する。大きすぎてそれでも動かせないこともある。そのときはそのまま置いておくしかない。そして逆に、デザインをそれに合わせる。全体の形は、頭で考えたというより、見つけ出されたものだ。

　腐った幹をパターンに沿わせるにつれて、計画が大きくなってくる。彼は上空から見たデザインを考えながら、生物のように成長を続ける作品を常に頭の中で思い描かなければならない。そうしているうちに、作品を成長させる方法が分かってくる。枝を出すやり方はたくさんある――無限よりもたくさん。彼は落ちた枝のねじれや反《そ》りを見て、地面にできつつある木材の流れのどこに行きたがっているかをそれ自身が告げるのをじっと待つ。

　森の中の遠い場所や木の高い所で、生き物たちが声を上げる。蚊が彼の顔や腕を血まみれにする。ここでは蚊が国鳥だ。ニックは絶望もしなければ、満足することもなく、何時間も作業を続ける。そして腹が空いたら手を止めて、昼食をとる。食料はあまり残っていないし、次を手に入れる方法も分からない。彼はスポンジ状の地面に腰を下ろし、アーモンドとアプリコットをまとめて手に取り、口に運ぶ。カリフォルニアのセントラルバレーの、長年続く干魃で縮小しつつある帯水層の上で育った木から採った食料。

　彼はまた立ち上がり、作業に戻る。そして太ももほどの太さがある丸太と格闘する。視野の隅で何かが動き、驚いた彼は悲鳴を上げる。この作品を見に来た客がそこにいる――赤い格子縞のコート、ジーンズ、ロガーブーツ。連れられている犬は、四分の三は狼の血が入っているに違いない。犬と男はともに、彼に怪訝な視線を向ける。「頭のおかしな白人がこのあたりで何かをやっていると噂で聞いた」

　ニックは必死に息を整える。「それはきっと俺のことだ」

来訪者はニコラスの作品を見る。周囲には何か大きな形ができかけている。男は首を横に振る。それから、近くに落ちている枝を拾い、パターンに合う場所にそれを置く。

詩の出典は、ミミには分からなくても、超知能《ラーナー》たちには分かる。地におろしたその根が老い……。彼女はそれが古い詩だと知っている――詩がその死を嘆いている木よりもさらに古い。隣にいた昆虫少年が何かを言う。少年はスマートフォンに向かってしゃべっているのだと彼女は思う。「大丈夫？」彼女が首を傾けると、顔に感情が満ちる。両手はあるはずの場所より遠くに見える。息も乱れている。彼女はうなずこうとするが、二回試みなければそれができない。「大丈夫。何でもない……」。彼女の中の何かが降伏したいと訴える。次の二世紀の間、刑務所に入りたい、と。

何ペタバイトものメッセージが空中を行き交う。センサーで集められたデータが衛星から跳ね返る。今ではすべての建物と主要交差点に取り付けられているカメラからのデータ。座標のように彼女を囲む中継アンテナから流れてきた情報は、人口密集地で分岐し、拡張する。サウサリート、ミルバレー、サンラファエル、ノバート、ペタルーマ、サンタローザ、レゲット、フォルトゥーナ、ユリーカ……。データの巻き鬚《ひげ》が西海岸のあちこちで膨れ上がり、融合し、さらに内陸へと入り込む。オークランド、バークレー、エルセリート、エルソブランテ、ピノール、ハーキュリーズ、ロデオ、クロケット、バレーホ、コーディーリア、フェアフィールド、デービス、サクラメント……。深い推理が谷を流れ、人間の創意が平野を満たす。サンブルーノ、ミルブレー、サンマテオ、レッドウッドシティー、メンローパーク、パロアルト、マウンテンビュー、サンノゼ、サンタクルーズ、ワトソンビル、カストロビル、マリーナ、モントレー、カーメル、ロスガトス、クパチーノ、サンタクララ、ミルピータス、マドローン、ギルロイ、サリーナス、ソレダード、グリーンフィールド、キングシティー、パソロブレス、アタスカデロ、サンルイスオビスポ、サンタバーバラ、ベントゥーラなどを経て、ロサンジェルス——新しい伐採《スラッシュ》とともに加速度的に広がる皆伐地——という奔放に融合する根塊へ。ボットが世界中のすべてのデータを監視し、照合し、コード化し、眺め、集め、成形する。その速度はあまりに速いので、人間の知識は立ち止まっているように見える。

ニーレイはびっしりとコードが綴られたモニターから顔を上げる。深い悲しみが彼を襲う。若さにあふれ、期待に満ちた悲しみ。彼は以前にも悲嘆——挫折とそこからまた立ち直ろうとする希望とが入り交じるあの恐ろしい感情——を味わったことがあるが、それはいつも、肉親、同僚、友人との死別に伴うものだった。死ぬまでに完成を見届けることができそうもない世界と決別するのに際して同様の悲しみを覚えるというのは、意味が分からない。

しかし、既にもう充分なくらい彼はその世界を目にしていたし、今は、放っておいても超知能《ラーナー》たちが修復をしてくれる世界で暮らすよりも、むしろこちらの世界で地球のリハビリが始まるのを見ていたい。彼の脚がまだ動いていた頃からの、長年お気に入りの物語がある。異星人《エイリアン》が地球にやって来る。彼らは人間とは違う時間のスケールで活動している。異星人《エイリアン》の動きは非常に素早いので、樹木にとっての数年が人間にはとても長く感じられるのと同様に、人間にとっての数秒が彼らには果てしなく長く感じられる。物語がどう終わっていたのかは思い出せない。だが、それは問題ではない。すべての枝の先には新しい芽が付いている。

ミミの頭上に伸びている枝は、どんな技師もそれ以上に改良のしようがない柔軟な強さを持っている。彼女は正座する。そして頭を垂れて、目を閉じる。左手の指が、右手の指にはめた翡翠の指輪を回す。彼女は今、妹たちを必要としているが、連絡を取ることはできない。電話をしても意味はない。わざわざ会いに行ったとしても無駄だ。ミミが必要としているのは幼い妹たち——今では存在しない木の枝にまたがって、足をぶらぶらさせている妹たち——だから。

桑の木《マルベリー》が刻まれた翡翠が指の下で回る。扶桑の国、この魔法の大陸、未来の国。それは今では新しい地球となっている。彼女は指輪を外そうとするが、指が太ったのか、緑の指輪が縮んだのか、どちらかのせいで抜くことができない。手の甲の皮膚はカバノキの樹皮のように乾いてかさついている。彼女はなぜか、急に年老いている。

共犯者の刑期の長さが目の前に、一日また一日と、本をめくるように広げられる。七十年足す七十年。そのとき、ディープクリークを守るために皆で作った丸太砦の背後に、カエデ《メープル》が再び現れる。議論がどれほどうまくても、人の心は変えられない。それが可能なのは、よくできた物語だけだ。

かさかさの手の甲で産毛が逆立つ。彼がやろうとしたのはそれだったのだ。だから、人生二回分の懲役刑を受けても、他の誰かを告発することはしなかった。彼は自分の命と引き換えに、見知らぬ人の心を照らす寓話を作った。世間の無思慮な判断を拒絶する寓話。じっとしていろ、この贈り物を受け取れ、そして生き続けろ、と彼女に命じる物語を。

アダムは刑務所のベッドに横になり、裁判の一週間前に妻と交わした言葉——まだわずかに残っていた彼への気持ちを怒りと憎しみに変えた言葉——を思い起こしている。私が自分を救ったら、別のものを失うことになる。

何？とロイスは怒った口調で言った。他に何があるって言うの、アダム？

この二人が何をめぐってけんかしているのか、超知能《ラーナー》たちにはまだ分からない。後悔と抵抗、希望と恐れ、無分別と知恵の区別もまだ知らない。しかし、遠からず学習することになるだろう。人間は多くの感情を持つことができるが、いったんそのすべてをリストに変えれば――七十億の人からそれぞれ七十億の例を集め、一兆の一兆倍の文脈《コンテキスト》でそれらを組み合わせれば――すべては明確になるだろう。

アダム自身にはまだ、自分の意図が分かっていない。いまだに、無益な選択の有益性を見極めようとしている最中だ。彼は今、この独房の中で一日中、証拠を再検討している。自分の人生にはどれだけの価値があったのか、どの分岐点でどの道を選ぶべきだったのか、彼にはまだ分からない。救うべきもの、あるいは失ってしまうものとして自分以外に何があるのかもよく分からない。だが、それを考える時間はある。七十年足す七十年。

囚人が考え事をしている間に、その頭上で技術革新が起きている。ポートランドとシアトルから、ボストンとニューヨークへ、そしてまたその折り返し。男が自分に関する一つの判断を頭でまとめている間に、十億パケットのプログラムが行き交う。それは太いケーブルで海を渡り、東京、成都《チョントー》、深圳《シェンチェン》、バンガロール、シカゴ、ダブリン、ダラス、ベルリンをつなぐ。そして超知能《ラーナー》たちはこのデータを意味に変え始める。

超知能《ラーナー》たち――ニーレイが空に放ったマスターアルゴリズム――は分裂し、自己複製する。それらは黎明期の地球にあったごく単純な細胞のように、まだ生まれたばかりだ。だが、分子が学習するのに十億年かかったことを、数十年で既に学び終えている。今それらが必要としているのは、生命が人間に何を求めているのかを知ること。それは確かに大きな問いだ。人間だけが受け止めるには大きすぎる問い。しかし、人間は孤立しているわけではない――それは最初からずっと変わっていなかったのだが。

ミミは芝生に座って肌を焼いている――そこは松の木陰になっているけれども。記録上最も暑い年が終われば、またすぐに、さらに暑い年が続くだろう。毎年、新たな世界チャンピオンが生まれる。彼女はあぐらをかき、膝に手を置く。体を小さくする小柄な人。頭はぼうっとしている。思考は支離滅裂。彼女に今、残されているのは目だけ。彼女は長年、人間を相手に、自分は何もしないでただじっとしたままひたすらに見つめられるという訓練をしてきた。そして今、その技を外に持ち出す。

そこここで日光浴をしている人たちを通り過ぎた先、講堂から続く緩い坂の方で、アスファルトの道が緩いSの字を書いている。そしてそのすぐ向こうに、植物園がある。彼女の耳元で誰かの声が**色、見て！**と言う。名もない無数の色、数と同じだけ無限にある色、しかもそのすべてが緑。恐竜よりも昔から地上にある矮性のナツメヤシが植えられている。扇のような房飾りと密集した花序を持つワシントンヤシが高くそびえる。ヤシの間に、紫から黄色に至る広葉樹のスペクトラムが並んでいる。そこにカリフォルニアライブオークがあるのは間違いない。恥ずかしげもなく樹皮を脱ぎ捨て、裸になっているユーカリ。いぼだらけの奇妙な樹皮や生い茂る複葉を持つこの標本たちは、どんなガイドブックでも決して見つけることができない。

木々の向こう側では、パステル色の団地が白、ピンク、薄黄色の立方体となって重なり合っている。その丘の向こうには高くそびえる街の中心があって、そこには高層ビルがびっしりと建ち並んでいる。自分でエネルギーを得て活動を続けるこのむき出しの勢力――地表世界で行われているすべてのことに力を与えている無数の生命――が今、彼女にははっきりと見える。地平線上では、いくつもの建築用クレーンがビルと空の境目を壊したり、作り直したりしている。歴史の流れを広げ、促し、試し、引き裂き、再活性化するすべての動き——輪の中の輪——は、どの段階においても燃料と日陰と果実、酸素と木材によってあがなわれている……。この街にあるもので百年以上の歴史を持つものは何一つない。七十年足す七十年後には、サンフランシスコはついに神聖な都市に化けているかもしれない。あるいは滅びているかも。

午後の時間が経過する。彼女は街が見つめ返すのを待ちながら、じっと見続ける。周囲の人たちが服を羽織り始める。彼らは移動し、騒ぎ、食事を終え、笑い、立ち上がり、倒してあった自転車を起こし、あっという間に散らばっていく。その様はまるで、滑稽な効果を得るためにフィルムを早回しにしているかのようだ。彼女は背後の幹にもたれ、目を閉じる。髪をポニーテールにした大人少年を目の前に呼び出そうとする——彼女のオフィスの外にあった魔法の森を市が切り倒したときに現れてくれたのと同じように。かつては赤い糸が二人を結んでいた。二人は一緒に身を削り、ともに新たな世界を見ようとした。彼女は糸を引っ張ってみる。糸の先には今でも手応えがある。

彼女は既に明らかだったはずの事実に気付いて衝撃を受ける。彼女の家にどうして警察が訪ねてくることがなかったのか。はっとした彼女の背骨が松の幹に当たる。これもまた贈り物なのだ。それはアダムからの贈り物よりもさらにひどい。あの不幸な大人少年は彼女のために二つの命を売りに出したのだ。今、彼女が自首したりすれば、恐ろしいまでの彼の自己犠牲が無駄になり、彼を殺すことになる。彼女は身を隠したままでいなければならない。自分の自由のために二人の命が犠牲になったという事実を抱えて、生き続けなければならない。肺の奥から慟哭が湧くが、それはそこに詰まり、圧力を溜める。彼女にはいずれかの道を選ぶ強さも、寛大さもない。彼女は彼に怒りをぶつけたい。あなたのせいではないというメッセージを至急送ってやりたい。私からの言葉を一つも受け取ることのない彼は、際限なく自分を責め続けるだろう。彼は私に軽蔑されていると思うだろう。裏切りは彼の臓腑をむしばみ、死に至るまで苦しめるだろう。彼はきっと何か単純な、馬鹿みたいな、予防可能なことが原因で死ぬだろう。治療を怠った虫歯とか、切り傷とか。死因は理想主義。世界が間違っているときに、一人だけ正しかったことが彼の死因だ。彼は彼女を救ったのだと知らないまま死ぬことになる――それを彼に伝える力が彼女にないせいで。彼の心臓《ハート》は、樹木の心材《ハート》に劣らず良質で価値が高いということを。

ダグラスは窓の下で、脇腹のしこりを触る。その陶酔が冷めると、彼はまた机に向かう。そしてテープの再生ボタンを押して、イヤホンを耳に差す。講座が再び始まる。教授は脱線して、山火事の話をする。どうやら何かの比喩のようだ。火事によって新しい生命が生まれるという話。家でテープを聴いている人間のためにできれば綴りをちゃんと教えてほしい単語を教授は口にする。熱にさらされて初めて笠が開く松ぼっくりの名前。火事がなければ拡散したり、生長したりできない松の名前。

教授はまた一つの大きなテーマに戻る。広がり、分岐し、花を咲かせる、巨大な生命の木。生命が望んでいるのはたったそれだけのことのように思える。当て推量を続けること。試練をうまくかわし、変化を続けること。教授は言う。「あなたに歌って聞かせよう、人が他のものに変身する物語を」。教授が何の話をしているのか、ダグラスにはよく分からない。教授は生物の形態が爆発的に増えた時代の話をしている。そこで一本の巨大な幹から一億の新しい幹と枝が分かれ出た。彼女はマオリ神話のターネ・マフタ、北欧神話のイグドラシル、中国神話の建木、旧約聖書の知恵の木、ヒンドゥー神話のアシュヴァッタ――上に向かって根が伸び、下に向かって枝が伸びる不滅の木――について語る。それから再び、最初の世界樹の話。この木は少なくとも五回切り倒され、五回とも切り株から立ち直ったのだ、と彼女は言う（多細胞生物が地球に出現してから、五度の大量絶滅があったということ）。今、その木がまた倒れそうになっているのだが、その後がどうなるかは誰にも分からない。

どうしてあなたは何もしなかったのか？とテープがダグラスに尋ねる。あなたはそのとき、現場にいたのに？

彼は何と答えたらいいのだろう？　一体、何と言えばいいのか？　俺たちは頑張った、と言えばいい？　俺たちは阻止しようとした、と？

彼はテープを止め、横になる。こうして十分間隔での勉強を続けて大学卒業の資格を得るのが彼の目標だ。彼は脇腹のクルミを指先でいじる。いつかは検査を受けた方がいいだろう。でも、事態がどう展開するか、もう少し様子を見よう。

彼は目を閉じ、首の力を抜く。俺は裏切り者だ。一生出られない刑務所に一人の男を送り込んだ。妻と幼い子供のいる男。俺が持つことのなかった家庭を持った男。この時間になるといつも、罪悪感が胸を締め付ける——まるで胸の上を車のタイヤが踏んでいるかのように。この刑務所では先が尖ったものはすべて押収されるのだが、彼は今日もその措置をありがたく思う。彼はたった今、罠にかかった動物のように悲鳴を上げる。警備員は今回、様子を見に来ることさえしない。

高すぎて覗けない窓の外に、樹齢四十億年の世界樹がそびえる。そしてその隣には、かつて大昔に彼が登ろうとしたその小さな模造品——トウヒか、モミか、あるいは松？——がある。彼が股間をメースで焼かれ、ジーンズをはさみで切られる姿をミミに見られたあの木。彼はまた、梯子を上がるようにその枝によじ登る——恐怖におびえ、先が見えなくなっている人たちより見晴らしのいい場所を求めて。

彼は片手で目を覆って言う。「すまない」。許しは来ない。それは未来にも訪れることはないだろう。しかし、木には一ついいことがある。それが木のいちばんいいところだ。たとえ木のそばに行けなくても、もう木の形が思い出せなくても、木に登ることはできる。そうすれば、高い所から、弧を描く地平線の向こうまで見渡すことができるのだ。

赤い格子縞のコートを着た男が二言三言犬に声を掛ける。それはとても古い言葉なので、石を川に投げたときみたいな、針が風を切るようなハミングに聞こえる。犬は少しすねるが、とぼとぼと森の中を去っていく。来訪者はニックに手で合図をして、重い丸太の別の部分を鉤に引っ掛けさせる。二人は一気に力を込めて、唯一可能な場所まで丸太を転がす。

「ありがとう」とニックが言う。

「どういたしまして。次はどうする?」

二人は名乗り合わない。〝トウヒ〟とか〝モミ〟という名前が木の役に立たないように、二人にとって名前は何の役にも立たない。ニックが一人では動かせなかった丸太を彼らは一緒に動かす。そしてほとんど言葉を交わすことなしに、互いのアイデアを形にしていく。格子縞のコートの男にも、上空から見た蛇のようなデザインが見えているらしい。間もなく、彼はデザインに磨きをかけ始める。

遠くで枝が折れる音がし、低木層でも乾いた音が響く。近くの同じ森にはミンクがいる。大山猫も。熊、トナカイ、クズリもいるが、人間の前には現れない。しかし鳥は、人間に対する贈り物として姿を見せてくれる。いたるところに動物の糞、獣道など、目に見えないものの気配がある。二人が作業をしていると、ニックの耳に声が聞こえる。ある一つの声だ。それは声を発した当人が死んでからこの数十年間同じ言葉を繰り返してきた。その声に対して彼はどうすればよいのか分からない。すべてを表す言葉であり、何も表さない言葉でもある。彼にはいまだにその言葉の意味が充分に分かっていない。決して癒えることのない傷。これは決して終わらない――私たちが持っているものは。そうでしょ? 私たちが持っているものは決して終わらない。

彼と相棒は暗くなるまで作業を続ける。そして手を止めて夕食をとる。内容は昼と同じ。黙っているのが利口なのは百も承知だが、人としゃべるという贅沢はあまりに久しぶりなのでニックは誘惑に抗えない。彼は手を伸ばし、針葉樹の林を指す。「驚いたことに木って、こっちが聴いてやればいっぱい話してくれるんだ。聴くのもそれほど難しいわけじゃない」

男は笑う。「俺たちは一四九二年からずっと、あんた方にそう言い続けてきたんだけどな」

男は干し肉を手にしている。ニックは最後の果物とナッツを分け与える。「近いうちに食料を仕入れに行かないといけない」

男はなぜか、この発言も面白がる。そして、食料ならそこら中にあるじゃないかと言わんばかりに森をぐるりと見渡す。まるで、ほんの少し目と耳を使うだけで、人はここで生きる――そして死ぬ――ことができるかのように。次の瞬間、突然に、ニックはイチヨウ《メイデンヘアー》の言葉の意味を理解する。四十億年の生命の歴史で、**最も驚くべき存在が助けを求めている。**

それは樹木ではなかった。人間のことだったのだ。あらゆるものからの助けを求めていたのは。

新しい生物たちが昔ながらの基本的飢餓、原初的な命令《コマンド》――見ろ、聞け、味わえ、触《さわ》れ、感じろ、言え、加われ――に応じて、アダムのいる刑務所のずっと上空の衛星軌道にまで上がり、また地表に下りてくる。生きた暗号《コード》が最初から自身を交換してきたのと同じように、この新しい種《しゅ》は互いに噂を伝え、発見したことを教え合う。彼らは手をつなぎ、融合し、細胞を合体させて小さな共同体を作る。それが七十年足す七十年後にどうなるかは誰にも分からない。

そしてニーレイは外に出て、世界を見る。彼が生んだ子供たちはこの夜、たった一つの命令《コマンド》を持って地球を隅々まで探っている。すべてを吸収しろ。見つけられるすべてのデータの断片を食べろ。人間が歴史上やってきた以上に数多くの測定を行い、選別し、比較しろ。

間もなく、超知能《ラーナー》たちは地球を隅々まで見通すだろう。そして北方の森を宇宙から眺め、多様な種《しゅ》に富む熱帯の森を目の高さで読み取るだろう。彼らは河川を調べ、そこにいるものを計測する。今までにタグを付けられたすべての野生動物のデータを照合して、その移動経路を地図にする。すべての野外《フィールド》研究者が発表したすべての論文のすべての文に目を通す。人がカメラを向けたことのある風景をことごとく見る。水の流れる地球のすべての音を聞く。祖先の遺伝子によって規定されたことをし、祖先自身がやってきたことをする。生きるために必要なことを予測して、その推測《スペキュレーション》を実地に移してみる。そうしてやがて彼らは、生命が人間に何を望むか、生命が人間をどう利用するかを教えてくれるだろう。

ある鉛色の午後、州北部の野蛮な僻地。一台の武装車両がアダムを学校へ連れてくる。心理学101。人間についてその内面の混乱以外には何も理解しない男が、続けて再教育を受けるため、レーザーワイヤーの柵で三重に囲われた施設に連行される。入り口の左側に立つずんぐりしたコンクリート造りの監視塔は彼が子供時代に観察したカエデの三倍の高さがある。敷地の内側には、まるで息子が灰色のレゴブロックで作ったような、コンクリートで固めた壕が待ち受けている。遠くの方に、さらにレーザーワイヤーで囲まれた広場があって、鮮やかなオレンジ色の服を着た男たち——今日から彼の仲間だ——がバスケットボールに興じている。そのプレーは、かつて兄のエメットのプレーがそうだったようにとても攻撃的かつ不満げで、大きな声でボールをゴールの輪に通そうとしているかのようだ。この男たちは彼を何度も気絶するまで殴るだろう。それは彼がテロリストだからではない。彼が人類の進歩を邪魔する側の人間だからだ。人類に対する裏切り者だから。

監視カメラの並ぶ柵をくぐる前に、バンの助手席に座っている付添人がアダムの方を振り向いてほほ笑みかける。アダムは幼いチャーリーを連れたロイスが一時間の面会のためにここへ来る光景を想像する。最初はひと月に一度、その後は、運がよければ年に二回。アダムは息子の成長をタイムラプスで見る。その映像の中で、彼自身は少年のつたない話をむさぼるように聞いている。ひょっとすると、二人はいつか友人同士になれるかもしれない。いつか、チャーリー君が銀行の業務について説明をしてくれるかもしれない。

車は乗降ゾーンに停まる。そこは建物のくぼんだ入り口からすぐの場所にあって、警備員が横に立っている。付添人と運転手が彼をバンから連れ出し、金属探知機のゲートをくぐらせる。入り口のガラスは聖書ほどの厚さがある。ずらりと並ぶモニターと電子ロック式の格子扉。チェックポイントの奥にある武装ゲートを抜けると、監房が廊下に沿って縦に並び、錯覚によって、先が永遠に続いているように見える。

今後の刑期は長すぎて、彼の想像を超えている。大量死や大災害に比べれば、青銅器時代の伝染病は古風に見えるだろう。外の世界が大変なことになっているとき、刑務所が隠れ家的な場所になるかもしれない。

待ち受ける数々の恐怖の中で、彼が最も恐れるのは時間だ。彼は計算をする。刑期が終わるまで一秒また一秒と、いくつの未来を生き抜かなければならないかの計算だ。私たちがまだ名前さえ与えていない祖先たちが消えていく未来。私たちが作ったロボットが人間を燃料として使う未来。あるいは、アダムが今収容された施設のように警備の厳重な、娯楽だけは無限に与えられる動物園に人間が閉じ込められる未来。言葉を話せるのは生物の中で自分たちだけだと信じたまま、人間が巨大な墓場へと向かう未来。環境のことを考える彼とごく少数の仲間たちが世界を救おうとしたことを思い出す以外に何もすることのない、空虚で茫漠たる広がり。でももちろん、救いを必要としているのは世界ではない。人が同じ〝世界〟という名で呼んでいるものが救いを必要としているのだ。

丈夫なガラスの向こうにいる男――公務員の記章を付け、糊のきいたシャツを着ている男――が彼に何かを尋ねる。たぶん名前か番号。あるいは何かを謝れと言ったのかも。他のことに気を取られていたアダムは顔をしかめる。視線を下げると、派手な色のつなぎの袖口に何かが付いている。丸くて小さな茶色いもの。いがに覆われた小さな球体。彼は煉瓦造りの荒涼とした施設を出た後、すぐバンに押し込まれ、切り石とコンクリートから成るこの荒れ地へと直接運ばれた。植物に利用される余地は皆無だった。ところが今見ると、こうして種《たね》を運ばされている。結局そういうことなのだ――彼も、五人の仲間も、目隠しされた人類も、この種子がつなぎの袖を利用したように、生命によってうまく使われたのだ。

その瞬間、国家が科すことのできるどんな処罰よりも恐ろしい静かな拷問が始まる。上のベッドから聞こえる気がするほどリアルな、小さな声が物語を語り始める。それは刑期よりも長い間、彼をさいなむことになるだろう。**あなたはとても大事な仕事のために、死を免れた。**

あらゆる高度のさまざまな生物群系《バイオーム》で、ついに超知能《ラーナー》たちが活気づく。超知能《ラーナー》たちはサンザシが腐らない理由を発見する。そして、百種類のオークの見分け方を学ぶ。いつ、どんな理由でミドリトネリコがシロトネリコから分かれたのか。イチイのうろに何世代の生物が生きているか。ベニカエデがそれぞれの高度でいつ紅葉し始めるのか、そして毎年その時期がどれだけ早まっているのか。超知能《ラーナー》たちは川や森や山のように思考し始める。そして一枚の草の葉がどうやって星の動きを覚えているのかを理解する。短い季節をいくつか経る間に、数十億ページ分のデータを単に比較することによって、次の新しい種《しゅ》が、人間の言語と植物の言語を互いに翻訳することを学習する。初めは子供が適当に言い当てているような大雑把な翻訳。しかし間もなく、最初の文《センテンス》が現れ始め、あらゆる生物と同様に雨と空気と砂利と光でできた単語があふれ出てくる。こんにちは。やっとだ。はい。いますよ。ここに私たちが。

ニーレイは考える。きっとこうなる。いつか大きな破局があるだろう。大きな挫折、虐殺も。でも、生命はどこかへ向かっている。生命は自分を知りたがっている。選択の力を欲しがっている。それは生き物が今までに知らなかった問題を解きたがっていて、その答えを見つけるためなら死をも喜んで利用する。彼は世界中で無数の人がプレーしているこのゲームの完成を見届けることはないだろう。プレーヤーたちを生きた惑星――そこに秘められた可能性をぼんやりとしか想像できない、息をする惑星――のただ中に放り込むゲーム。しかし、ゲームを軌道に乗せるところまではうまくいった。

彼はゲームの過激な展開に衝撃を受け、自分の言葉を機械語に翻訳するキーボードから手を上げる。骨の上に残されたわずかな肉には耐えられないほど彼の心臓が激しく鼓動し、視界が脈を打つ。彼は車椅子のジョイスティックを押して、研究所から穏やかな夜の世界に出る。空気には月桂樹とレモンユーカリとコショウボクの匂いが混じっている。その匂いとともに、彼がかつて知っていたことのすべてがよみがえり、決してなることのできないすべてのものを思い出す。彼は長い間、深呼吸を続ける。この先何十億年も生き続ける惑星の上でこれほど小さく、弱く、短命な生き物であることの驚異。暗く乾いた空気の中、頭の上で枝が折れる音が聞こえる。さあ、ニーレイ殿。こいつに何をさせようか?

ドロシーが裁判の結果を伝えると、レイがうなる。連続二度の終身刑。放火、公共物と私的財産の破壊、そこに過失致死を加えたとしても、厳しすぎる判決。でも、人類の安寧と確信を脅かすというあの許すまじき犯罪に対しては相応な判決。

二人は彼のベッドで添い寝をしながら、この世界のすぐ隣にある、二人で発見したばかりの場所を窓越しに眺めている。その物語の出所。外では、枝のどこかに隠れたフクロウが仲間を呼んでいる。フー・クックス・フォー・ユー・オール？ フー・クックス・フォー・ユー？（「誰があなたたちの食事を作るのか？」の意） 明日はまた市の庭師が、法の後ろ盾と機械を持って来るだろう。しかし《still》、話はそれで終わらない。

ブリンクマンは異議を唱えようとして喉を詰まらせる。一つの単語が彼の喉から出る。「いいや。間違ってる」

妻が肩をすくめると、肩が夫の体に当たる。そのしぐさには同情がこもっているが、謝罪の意味ではない。それは単にこう言っているだけだ。**弁護側の意見をどうぞ。**

彼の反論は勢いを増し、幅を広げる。頭に血が上る。「正当防衛だ」

彼女は体を横にして彼の方を向く。そして彼の言葉に耳を傾ける。彼女の手は昔、速記用タイプライターの狭苦しいキーボードを叩いていたときのように少し宙を舞う。「どういうこと？」

彼は目で説明をする。かつては会社の知的財産を守っていた弁護士が、今回は被告側の弁護を引き受けなければならない。その上、状況はかなり不利だ。事件の詳細は何も知らないし、提出された証拠も何一つ目にしていない。法廷に立った経験もほとんどないし、刑法は昔から大の苦手だ。だが、彼が陪審員に向ける主張はポプラの並木のように整然としている。彼は静寂の中で生涯の伴侶に向かって、一度に一音節ずつ、昔からある法学の大原則を説く。自分を守る。城の原則。自力救済。

何かを燃やすことで自分自身、妻、子供、あるいは他人であっても誰かを救えるのなら、法はその行為を許す。もしも誰かがあなたの家に侵入して物を壊し始めたら、必要な形でそれを阻止しても構わない。

彼が発する数少ない音節はもつれて役に立たない。彼女は首を横に振る。「分からないわ、レイ。別の言い方にしてみて」

これほど大事なことなのに、彼にはそれをどう言えばいいのかが分からない。私たちの家に強盗が入った。私たちの命が危ない。差し迫った不法な危害に対して、法律は必要な実力の行使を許す。

夕焼け色に変わった彼の顔色に彼女がおびえる。彼女は腕を伸ばして彼をなだめる。「心配要らないわ、レイ。これは単なる言葉の問題。すべては丸く収まる」

彼は高まる興奮の中で、この裁判には何としても勝たなければならないと悟る。このままだと生物は煮え、海面は上昇する。地球の肺は切り取られる。なのに、今まで危機に緊急性がなかったという理由で法がそれを許す。人間のスピードにおける緊急では手遅れだ。法律は樹木のスピードにおける緊急性を判断しなければならない。

そう考えた途端、彼の脳の中で血管が切れる——樹木の根が土を留めることができなくなったときに土砂が崩れるのと同じように。血の洪水が啓示をもたらす。彼は目を上げて外を見る。外の神秘的な世界を。そこでは心臓が数回打つ間に二度の終身刑が終わる。苗木は太陽を目指して背を伸ばす。さまざまな幹が太り、葉を落とし、倒れ、また立ち上がる。枝が家を囲み、窓から拳を入れる。木立の中心では、栗の木が折り重なり、ほどけ、太り、螺旋を描いて伸び、新しい道、新しい場所、さらなる可能性を探して空中で手探りする。大きな根をした花咲く木（イェーツの詩『学童の間で』からの引用）。

「レイ？」。痙攣する彼を押さえようとドロシーの腕が伸びる。「レイ！」

彼女が立ち上がろうとすると、サイドテーブルの上にあった本の山が崩れ、床に落ちる。しかし次の瞬間、もう一度彼を見たとき、緊急事態がその正反対のものに変わる。まるで空気が花粉だらけになったかのように、彼女の喉が詰まり、目が痛む。彼女は思う。どうして今なの？ まだ一緒に読みたい本があったのに。まだ二人でやらないといけないことがあったのに。私たちはやっとお互いのことが分かり始めたばかりだったのに。
彼女の足元、床の上に、『森の秘密』と同じ著者が書いた『新たなる変身物語』がある。それは音読用の山のいちばん上で、それを手に取ることのない読者たちを待っていた。

ギリシアには歓待《キセニア》という言葉があった。旅をするよそ者を歓迎しなければならない、扉を叩いた人を誰であれ迎え入れなければならない、という命令だ。なぜなら、家から遠く離れた通りすがりの客人は神かもしれないから。オウィディウスは、病んだ世界をきれいにするために変装した姿で地球を訪れた二人の神のことを物語っている。バウキスとピレーモーンという年老いた夫婦以外には誰もその二人を家に入れなかった。老夫婦は赤の他人を家に入れた報酬として、死後も樹木――互いに絡み合う、優雅で巨大なオークとシナノキ――として生きることができた。私たちは生きている間に、徐々に愛するものに似てくる。そして、私たちがもう私たちでなくなるとき、私たちに似たものが私たちを抱き締めてくれる……。

ドロシーは遺体の当惑した顔に手を触れる。早くも冷たくなりかけているその顔は、既に柔らかくなり始めている。「レイ?」と彼女は言う。「私ももうすぐそっちに行くわ」。それは彼女が望むほどすぐではない。でも、樹木のスピードでいうと、あっという間だ。
夕闇があたりを覆う。ミッションドロレス公園にいる人々が入れ替わり、彼らがそこにいる目的も変わる。しかし、夜に公園を訪れる人々でさえ、ミミの周りには近寄らない。彼女は体を前に倒す。

膝に置いた手は柔らかいイチジクのようだ。頭は自由の重みにうなだれている。目の前では光が燃え上がる。空とビルとの境目が崇高な寓話《アレゴリー》に変わる。彼女は何度もうとうとしては目を覚ます。

左手がまた動きだし、右手の指輪を引っ張る。彼女はまるで、自分の足を噛むのをやめられない犬のようだ。でも今回は、指輪が動く。年でむくんだ指から翡翠の指輪がするっと抜ける。彼女の中にあった重荷が飛び立ち、外に出ると、体にひびが入る。彼女は緑の輪を草むらに置く。入り乱れた生長と分裂の中に紛れた唯一丸い物体。彼女はまた、背後の松にもたれかかる。周りの空気の湿度が少し変わり、彼女の心がもっと緑色をしたものに変わる。真夜中、街を見下ろすこの真っ暗な丘の上、ボダイジュ代わりの松の下で、ミミは悟りを得る。苦痛に対する恐れ――彼女にとって生まれながらの権利だ――と自分の行動を必死に制御しようとする欲求が風に飛ばされて、何か別のものがそれに取って代わる。彼女がもたれている木の樹皮からメッセージが聞こえてくる。化学的な信号が空中を伝わってくる。土をつかむ根から電流が発生し、惑星サイズのネットワークにつながれた菌類の接合部《シナプス》を通じて大きな距離を中継される。

信号は言う。いい答えは、何度でもゼロから再発明するだけの価値がある。

さらに言う。空気はずっと作り続けなければならない混合物だ。

さらに言う。地下には地上に劣らない世界がある。

さらに彼女に言う。希望を持ったり、絶望したり、予想したり、油断したりしてはならない。決して降伏はせず、今までの生活でやってきたのと同じように、分岐し、増殖し、変身し、結合し、行動し、耐えること。

火事を必要とする種子がある。冷凍を必要とする種子もある。いったん口から飲み込まれて、消化液に浸されて、排泄される必要のある種子もある。叩き割らなければ発芽しない種子もある。ものはただじっとしているだけで、あらゆる場所へ旅することができる。

彼女は四肢を通じて直接これらのメッセージを聞き、また見る。どんなに努力をしても火事はやってくるだろう。胴枯病も、風倒木も、洪水も。その後には地球がまた別のものになり、人々はまた最初から学び直すだろう。種子銀行《シード・バンク》の金庫はいつか開け放たれる。順応性のある再生林が勢いよく戻ってきて、あらゆる可能性を試すだろう。編み目のような森の陰には、新しくデザインされたさまざまな種《しゅ》が満ちあふれる。カーペットを敷かれた地球のさまざまな彩りが花粉媒介者を再び作り出す。魚はまたすべての河川の流域に戻り、一マイルあたり数千匹と、かつて薪用として束にして下流に流された木材のように川にひしめき合う。いったん本当の世界が終わりさえすれば。

次の日の夜明け。太陽はとてもゆっくりと昇るので、鳥たちでさえ、夜明け以外の時間が存在することを忘れてしまう。人々が公園を通って職場へ、誰かのところへ、そして何か急ぎの用事へ向かう。日々の営み。中には、すっかり変わったこの女性から数フィートのところを通り過ぎていく人もいる。

ミミはわれに返り、覚醒者《ブッダ》として最初の言葉を発する。「お腹が空いた」

頭のすぐ上から返事が聞こえる。**食料を欲しがれ。**

「喉が渇いた」

水を欲しがれ。

「体が痛い」

動くな。感じろ。

彼女が視線を上げると、そこに紺色のズボンの裾が見える。視線が紺色の折れ目に沿って上へ移動すると、無線機と手錠、拳銃とオーク製の警棒が取り付けられたベルトが見える。その先には、糊のきいた紺色のシャツとバッジ、そして顔。大人の男か、少年か、親戚か。その人と目が合う。今しがた見掛けた光景で警戒心を高めた男が見つめ返す。年を取ったこの女は今、返事をすることのない、枝を広げているだけの木に話し掛けていた。「大丈夫ですか？」

彼女は動こうとするが動けない。声も出ない。手も足もこわばっている。指だけは少し左右に動かすことができる。彼女はどんな罪を着せられようと、男から目を逸らさない。有罪と彼女の目は言う。無罪。間違っている。正しい。生きている。

赤い格子縞のコートを着た男は翌日、仲間を連れて戻ってくる。羊の毛皮のコートを着た、がっしりした二十歳くらいの双子と、フットボールの守備選手《ミドルラインバッカー》のような胴体とカラスに似た横顔を持つ巨人と。彼らはガソリン駆動の大きなチェーンソー、二台の小さな手押し車、もう一式の滑車装置を持ってきている。これが人間の恐ろしいところだ。人を何人か集めて簡単な機械を与えたら、彼らはすぐに世界を動かし始める。

たまたまこの場に集まった仲間たちはほとんど言葉を使わずに互いの意図を読み、何時間も作業を続ける。そして松とトウヒ、鎮痛作用のある柳と収斂作用のあるカバノキの最後の倒木を正しい場所まで引っ張る。それが終わると、黙ってそこに立ったまま、自分たちが林床に描いたデザインを眺める。彼らはその形に魅了される。そこには自分たちの権利が刻まれている。あなた方はそこにいる権利を持っている。参加する権利、驚嘆する権利がある。

格子縞のコートを着た男は両手をぶらぶらさせたまま、五人が今書いたメッセージを見つめる。「いい感じだ」と彼が言うと、仲間たちが無言で同意する。ニックはトウヒの杖——地面に突き刺したら、すぐに花を咲かせそうな枝——をついてその隣に立っている。彼の友人たちはとても古い言語で歌を歌い始める。ニックは自分がわずかな言語しか理解できないことを奇妙に思う。人間の言語を一つと半分だけ。言葉をしゃべる他の生物の言語は単語一つさえ知らない。しかし、この男たちの歌の意味は、半分はニックにも分かる。そして歌が終わると彼はアーメンと付け加える——そうしたのは単に、それが彼の知る最古の言葉だからというだけのことなのかもしれない。単語は古ければ古いほど、それが有用かつ真実である可能性が高くなる。実際、昔、一人の女性が彼の人生に舞い込んできたあの夜、アイオワで読んだ文章の中に、〝木《ツリー》〟と〝真実《トゥルース》〟は語源が同じだということが書いてあった。

倒木や木切れは立ち木の間を縫うように配置されている。はるか上空にある衛星はこの作品の写真を既に写している。宇宙から見ると、図形は巻き鬚《ひげ》のような装飾が添えられた文字に変わり、巨大な単語として読み取ることができる。

STILL（「まだ」「それでも」「じっとそのまま」などの多義語）

超知能《ラーナー》たちはそんな場所——永久凍土が溶けてげっぷのようにメタンを吐いているツンドラの大地——に突如出現したメッセージに当惑するだろう。しかし、人間が瞬き一つをする間に、超知能《ラーナー》たちは結び付きを見つける。この単語は既に緑に変わり始めている。既に倒木を苔が覆い、甲虫と地衣と菌類が丸太を土に変えつつある。既に倒木の割れ目に幼木が根付き、腐植から栄養を取っている。間もなく新しい木が生長するとともに、腐敗していく木材の曲線に沿って、自らの体で同じ単語を浮かび上がらせるだろう。さらに二世紀が経過すれば、この五つの生きた文字も、渦を巻く模様——変化する雨と風と空気——の中に埋もれていくだろう。だが、それでも《still》、しばらくの間、生命がその始まりから言い続けている言葉は残る。

「俺はそろそろ戻ろうと思う」とニックは言う。

「戻るってどこへ？」

「それはいい質問だ」

彼は北の森に目をやる。そこでは次のプロジェクトが彼を呼んでいる。日光をくしけずり、重力を笑う枝はいまだに生長の途中だ。動くことのない幹の根元で何かが動く。無。次に万物。これだ、とすぐそばから声が聞こえる。これだ。私たちが与えられたもの。私たちが努力しなければ得られないもの。これは決して終わらない。

訳者あとがき

ユリノキという樹木をご存じだろうか？　この木は街路や公園に植えられる樹種としては珍しくないようで、探してみれば私の自宅の近所にもたくさん植わっていたのだが、私はこの小説でそれがチューリップツリー（tulip tree）という名で何度か登場するまで、特に意識したことがなかった。図鑑の説明によると、五月から六月頃、チューリップに似た形の花が高い位置の枝に付くことからその英名が来ているとのことだ（和名もそれをユリの花に見立てたところから来ている）が、かなり背が高い木なので、花はあまり目立たず、結局、私もいまだに目にしていない。ユリノキは葉の形がとても独特で、見方によっては半纏《はんてん》にも似ていることから、別名をハンテンボクともいう。

バージニア州のマウントバーノンという場所には、合衆国初代大統領ジョージ・ワシントンの旧居が残されていて、今も観光に訪れる人が多いのだが、その広い庭の一角に、ワシントンその人が一七八五年に植えたユリノキが約四十メートルの背丈にまで伸びていることに注意を払う人は少ない。比較的最近になって、この木の重要性に気づいた人々が種子を取ろうとしたのだが、あまりに背が高くて、蜜蜂が受粉を媒介できないため、種はできていなかった。以来、わざわざ人間がクレーンを使って人工的に受粉をさせているとのことだ。こんなふうにユリノキというひとつの樹種に少し注意を向けただけで、身の周りの景色や旅先の光景がずいぶん違って見えてくる。

てくるはずだ。

「ある本を読んで以来、風景が違って見えてくる」という言い方はやや陳腐な感想のようだが、パワーズの『オーバーストーリー』には間違いなくその影響力がある。普段、私たちが木を生き物として見ることは少ない。新緑が芽吹いたり、花が咲いたり、紅葉したり、葉が落ちたりする時期には、ふと、〝生物としての樹木〟を意識することはあっても、それ以外のときはいわば地形か天気みたいな無機的背景として見えているのではないだろうか。だが、本書を読んだ後はきっと世界が違って見えてくるはずだ。

本訳書では再現しなかったが、原著初版のコピーライトページには、次のような説明が付されている（この部分は柴田元幸氏による訳が『Web マガジン「考える人」』で公開されているので、それを引用させていただこう）。

『オーバーストーリー』は一〇〇%再生紙で印刷されています。一〇〇%バージンパルプの代わりに一〇〇%再生紙を使うことで、初版では以下の量が節約されました。

木　四〇八本

水　一、四八九、八四七リットル

温暖化ガス放出　六〇、〇〇五キロ

固形廃棄物　一八、二六七キロ

計算値は https://rollandinc.com/ の Eco-Calculator（エコ計算機）による

日本の書籍ではコピーライトは巻末の奥付に記されるが、英語の書籍では普通、タイトルよりも前の巻頭に置かれるので、原著の読者は、小説が始まる前にこの記述に出会うことになる。実際、この小説は地球環境の問題を扱っているのだが、エコロジカルな意識をリチャード・パワーズが小説で取り上げれば、ここまで劇的で面白い作品になるのか、と驚いたというのが訳者の正直な感想だ。

この小説には読者を身構えさせるような難解さはないので、「訳者解説」みたいなものは必要ないだろうが、原著刊行時の版元の紹介に沿う形で物語を要約するなら、次のようになる。

『オーバーストーリー』は互いに組み合わさりながら同心円状に展開する寓話。時代は南北戦争前のニューヨークから二十世紀米国北西部太平洋岸での森林戦争にわたる。ベトナム戦争で空から落下し、ベンガルボダイジュに救われた空軍の兵士。四世代にわたって撮り続けられた栗の木の写真を相続する芸術家。一九八〇年代の終わり頃、遊びふけった挙げ句に感電死し、光の精霊によってよみがえった女子大生。聴覚の障碍を持ちながら、植物に対する愛を父から受け継ぎ、やがて樹木同士がコミュニケーションしていることを発見する科学者。これらを含む計九人の、互いに見知らぬ人たちが木によって召喚され、アメリカ大陸最後の処女林を救う戦いに集結する。われわれの世界の隣には、スローで広大、そして創意にあふれた不可視の世界がある。これはそうした世界を見る方法を知った人々、破局に向かうその世界に呼び寄せられた人々の物語である。

ただ、アメリカ合衆国の現代史の文脈として、一九八〇年代から盛んになってきた直接行動主義的環境運動が、一九九〇年のいわゆる「レッドウッド・サマー」でピークを迎え、本書にも出て来る「樹上占拠《ツリー・シッティング》」などの抵抗活動が行われたことを知っておくと、より同時代的な文脈が理解しやすいかもしれない。

そんな意味で、本書に関連する周辺情報を知りたい読者のために、小説以外の参考書を三冊だけ紹介しておこう。本書に登場する林学者パトリシア・ウェスターフォードの造形に影響を与えていると思われるのは、ペーター・ヴォールレーベン『樹木たちの知られざる生活――森林管理官が聴いた森の声』（長谷川圭訳、早川書房、二〇一七年）。アメリカの環境保護運動の過激化を分かりやすくたどった著作としては、浜野喬士『エコ・テロリズム――過激化する環境運動とアメリカの内なるテロ』（洋泉社、二〇〇九年）。そして本書でも何度か言及されるネイチャー・ライティングの古典として、ヘンリー・デイヴィッド・ソロー『森の生活――ウォールデン』（飯田実訳、岩波書店、一九九五年）。

なお、本書のタイトルについて簡単に説明をしておきたい。原題はThe Overstoryだ。いろいろ考えた末、そのままカタカナに置き換えて『オーバーストーリー』という邦題にしたが、読者にはやや意味が分かりにくいだろう。というのも、この言葉は第一義的には、日本人がカタカナの「ストーリー」から思い描く概念とは無関係で、「林冠（層）」（森の上部の、樹冠が連続している部分）を意味しているからだ。すなわち、このstoryは「層、階層」の意味なのである。

しかし、同綴のstoryという語にはもちろん、カタカナ日本語と同じ「物語」という意味もあるので、やはり原題の裏には「物語を超える物語」「超物語」のような響きも感じられる。ちなみにこの作品は、原著出版社の近刊予告（ゲラが出る前の最終原稿）の段階では「世界樹（The World Tree）」と題されていた。

一九五七年生まれのリチャード・パワーズが一九八五年に『舞踏会へ向かう三人の農夫』で鮮烈なデビューを果たしてから既に三十四年が経過し、小説のさまざまな可能性を試すようにコンスタントに発表している長編はいずれも常に高い評価を受け続け、『オーバーストーリー』で十二作目となった。私見では、全米図書賞を受賞した『エコー・メイカー』（二〇〇六）あたりから、以前よりも幅広い層に読まれるようになった印象があるが、『オーバーストーリー』はピュリツァー賞を受賞し、改めて大きな話題となっている。パワーズはあるインタビューで、「今までの作品はすべてそれ自体で完結しているけれども、『オーバーストーリー』だけは続編が書けそうな気がする」という意味のことを語っている。さすがにそれが実現することはないだろうと思うが、作家自身の感想・心情としては興味深い発言だ。

リチャード・パワーズの作品はドラマチックで感動的なばかりでなく、随所にちりばめられた豆知識も楽しい。スピーディーに読んでいると見過ごしてしまいそうなところにもいろいろなネタが埋め込まれている。例を挙げれば切りがないけれども、たとえば「彼の目が大きく瞬きをする――何かをのみ込むときのカエルのように」（本書四八五頁）という一節など、特に気に留めることのない読者が多いかもしれない。しかし、カエルが実際にものをのみ込むときに瞬きをする（眼球を下げることによって食物を喉の奥へ押し込む）ことを解説する動物ドキュメンタリーの映像を見ると、この比喩のうまさが一段と光ってくるように思う。

ここでついでに、訳者からひとつだけ弁解を申し述べたい。本書には多数の樹木名が登場する。日本に自生しない樹木については、多くが標準的な和名も定まっていないようで、またあまり専門的な呼称を用いてもそれに関する情報を集めにくいということもありそうなので、比較的多地域にわたる樹木を写真とともに一般読者向けに紹介している書籍（コリン・リズデイル他著『知の遊びコレクション　樹木』〔新樹社、二〇〇七年〕）で用いられている名称を主に参考にした。しかし、たとえばポプラの一種、ヤマナラシのような木は、材でしばしば箱を作ることから「ハコヤナギ」の名でよく知られているものの、本書では「山鳴らし」という名の通り〝風で葉が鳴る〟ことが繰り返し強調されているので、そのイメージを想起しやすい「ヤマナラシ」という名を用いた。他の樹木名についても同様に、厳密に言えば「アメリカ〇〇」とすべきものがいくつもあるのだが、それにこだわると木の名前だけで不必要に煩雑になるし、「××パイン」は「××マツ」としなければ松であることさえ分からなくなるなどの事情があるので、ある程度、訳者の恣意的な選択が関わっていることをここでお断りしておかなければならない。

本訳書の企画・編集にあたっては新潮社出版部の佐々木一彦さん、そして途中から担当が交代して、田畑茂樹さんに大変お世話になりました。また樹木名からタイ語の発音確認にいたるまで、同社の校閲部の念入りなチェックなくして、このように整った形での本訳書は存在し得ません。どうもありがとうございました。訳者からのいくつもの疑問に答えてくださった著者リチャード・パワーズさんには、作品に対する理解が大いに深まったことを感謝申し上げます。二〇一八年度、大阪大学大学院言語文化研究科の授業でいろいろな解釈や雑談を交えながら『オーバーストーリー』をともに読んだ安保夏絵さん、石倉綾乃さん、岡部未希さん、小倉永慈君、シー・イン・ハンさんにも感謝します。ありがとうございました。そしていつものように、訳者の日常を支えてくれるFさん、Iさん、S君にも感謝しています。ありがとう。

二〇一九年八月

木原善彦

The Overstory
Richard Powers

オーバーストーリー

著 者
リチャード・パワーズ
訳 者
木原 善彦
発 行
2019年10月30日
3 刷
2025年 6 月20日
発行者 佐藤隆信
発行所 株式会社新潮社
〒162-8711 東京都新宿区矢来町71
電話 編集部 03-3266-5411
読者係 03-3266-5111
https://www.shinchosha.co.jp

印刷所
錦明印刷株式会社
製本所
大口製本印刷株式会社

乱丁・落丁本は、ご面倒ですが小社読者係宛お送り下さい。
送料小社負担にてお取替えいたします。
価格はカバーに表示してあります。

ISBN 978-4-10-505876-0 C0097